「語り」言説の研究

糸井通浩 著

和泉書院

目次

後編　現代語の「語り」言説

凡例

本書は、これまで発表してきた、「語り」文学の言説研究に関わる論考を集め、編成したものである。前編では、物語文学を中心にした古典語の作品について考察したものを、後編では、近現代の小説を対象にしたものをまとめている。

本書に納めるに当たって、もとの論文（「初出一覧」参照）に、次のような統一や修正、補注等を施している。

一、引用の人名は、敬称略で統一している。
一、著者（糸井）は、「筆者」と記すことで統一している。
一、用字・表記に関しては、可能な限り統一を図っている。
一、記述上の表現や用語を、その後の考えに基づき改めているところがある。また思わしくない記述の部分などはカット、または大幅に書き換えている。
一、記述の不十分だったところやその後考えが深まったところなどについては、加除修正及び補筆をするとともに、論文末に（補注）を加えたものがある。
一、本書利用の便宜を考え、巻末に「キーワード索引」をつけている。

前編　古典語の「語り」言説

〔一〕物語の表現機構

1　物語文学の表現——語法と文体のはざま

一　本稿の領域——表現と表現論

『源氏物語』の研究史が「成立論・構想論から構造論・方法論へ、さらに文体論・表現論へという道筋が大まかに描き出せ（1）」るものとして、さらには、昭和四十五年五月の『國文學』の特集「源氏物語の文体」から昭和五十二年一月の『國文學』の特集「源氏物語——表現の論理」へに象徴される研究動向の道筋があり、「『文体』から『表現』へと用語は変化しつつあるが、そこには源氏物語の本文に密着することでその本性を探りあてようとする基本姿勢が窺われる。来たるべき研究の方向として、源氏物語の主題的世界に深くかかわったところでの表現論が一つの流れを成すのではと予感されもする（2）」と展望されている。こうして表現論の名のもとに『源氏物語』の表現構造ないし機構の研究へと進んでいるが、「表現論というのはそれ自体孤立しているものではなく、表現的な志向の色濃いあらゆる領域に多様な形で存在するものであって、作品分析の過程において対象なり目的なりに即した方法としてそれぞれ具体的な様相をとるものといえよう（1）」と言われる。この広義の表現論に立って、物語文学の〝ことば〟（言説）を研究するならば、本稿の前後に位置する（補注）テーマ「時・空間」「話型」「語り手・作者（草子地）」「視線」（さらには作品の方法や文体）等々も「それぞれ具体的な様相」をとった表現論のうちに包まれるテーマとなるのは必然であり、「物語文学の表現」論はそれら種々の「具体的な様相」を機能的に統一する表現構造——機構論を目指すべきものとなろうが、本稿では、筆者の能力から考えても、物語作品の表現に密着しつつ、物語文学としての「語り」が「いかに」書かれているか、その表現的特徴と思われるものをいくつか——本稿の前後に配置されている諸主題《テーマ》からは漏れるかと思われる表現論的課題をとりあげることを配慮しつつ——論述することとしたい。

端的には、語法と文体のはざまの問題をとりあげてみたいのであるが、そうは言っても本稿の前後の項目の論述と重ならざるをえないかと推察する。

二　物語る世界と物語りの世界——「けり」「き」をめぐって

物語の文章を考える時、助動詞「けり」の問題は、その基本の一つである。物語りの世界（作中世界）が「けり」によって展開されているからである。初期物語に属する歌物語（『伊勢物語』『大和物語』『平中物語』）では、「けり」による文末終止率は、六二％〜七二％を占めるという。[3] これらは「…なむ…ける」といった文（語り手の主体的立場を顕わにする文）を特徴として、[4C] 歌語りの存在を前提に書くことによって成立した作品であった。そして『竹取物語』について阪倉篤義が指摘した[4AB]ように、冒頭部と末尾部とが「けり」文で終止することによって、物語は「けり」文に包まれた、「けり」の世界であり、このことは物語文学一般に言える普遍的又は原理的表現事実であった。この「けり」に物語りする語り手の語りの態度がみられるのである。「けり」は、伝承された世界を過去（昔）のこととして回想することを意味するとみられている。このように物語の文章を特徴づける「けり」は、伝聞回想の助動詞と呼ばれ、体験回想の助動詞「き」とは対照的な意味機能を担うものと理解されてきている。

しかし、竹岡正夫の「けり」の本義をめぐる問題提起[5]以来、国語学においても「けり」論議が盛んになり、至りついた理解の一つは次のようなものであった。竹岡の「あなたなる場の表現」としての「けり」説を止揚した春日和男の「あなたなる場での事象を現場に迎え取る姿勢を示すのが『けり』の本義」という説を支持する馬淵和夫は「き」と「けり」とは対比されるべき助動詞ではなく、「『き』と『けり』の区別ということは論ずる必要のないこととなった」といい、「『けり』は過去や回想ではないのである[6]」と説いている。

存在詞「あり」を内在させる「けり」の意義の理解として、基本的に私も竹岡説を支持するものであるが、では物語における「けり」とは一体何であったのか、それを明らかにしておく必要がある。阪倉は、物語の「けり」の表現性を「過去というよりは、むしろ完了の助動詞的であって、「き」が、過去の事象を、それとして主観的に回想する態度を表わすに対して、いわばそれをある程度客観視して、常に現在との関聯において見る態度を示すもの」で、「そこから、一種、説明的な叙述の態度が、この「けり」には認められる[4]B」とする。

つまり、「けり」による主体的表現とは、昔のことがらという「あなたなる場」での出来事を、語り手の語る現在に迎え取っていることを意味するのであり、そういう語り手の主体的立場を表出するものと言えよう。「昔男ありけり。」は、「（昔（男あり））けり。」という構造をなし、語られる世界（作中世界）の（男あり）が、「語る現在」と「昔」という時との関係で成立する世界であり、さらに、（男あり）という話題（表現素材）を「あなたなる場」のこととして「語る現在」において認識しているという、語り手の主体的立場を示したのが「けり」であった。

助動詞「き」についても（すでに古代和歌と『源氏物語』を対象にして論じたが[7]AB）、体験回想の過去の助動詞という通説の理解は再検討を要する。最近の、吉岡曠による「源氏物語における『き』の用法」をはじめとする一連の物語文学における「けり」「き」の精力的な研究[8]が、語り手を「実体的」な存在として捉えうるという結論をみちびくが、それがこの助動詞「き」を体験回想の過去を示すという理解を手懸りにしてなされていることに疑問を持つからである。語り手をあまりに「実体的」存在として捉える吉岡らの考えに対する批判は別にもなされているが、助動詞「き」そのものの理解という点からも疑問があるのである。助動詞「き」は、「き」で認識されたことがらが確かな過去の事実であることを示すが、それは常に叙述の現在との関係において捉えられ、その点で、時間規定の助動詞としては、むしろ完了の助動詞と対比的に捉えるべき語であり、そこに先の阪倉[4]Bの説明にもみられるように、「き」の使用に「主観的」とうけとられるような側面もあった。そして叙述の現在には（殊に物語文学においては）、二つの異質な「現在」があることに注意する必要があったのである。一つは、語り手の語る「現在」であり、一つは、語られている世界で展開している「今」――「現在」（物語中の現場）である。『源氏物語』の助動詞「き」は、この二つのそれぞれの「現在」に対して、確かな非現在――過去の事実であることを示す機能を持って使用されており、この二つの「き」は峻別されねばならない。このこともすでに竹岡正夫[5]、原田芳起[9]の説くところである。

この二つの「現在」が時に錯綜することもあった。例えば、『源氏物語』の例、

例文(一)　かの大尼君も、今はこよなきほけ人にてぞありけむかし。この御有様を見奉るは夢の心地して、いつしかと参り近づきなれ奉る。（若菜上）

右の「今は」が語られている世界の現在からみての「今」を意味するのに対して、「こよなきほけ人にてぞある」ことを「けむかし」と推量するのは、語り手の語る現在からみてのことであり、さらに「かし」と語り手は聞き手との関係をも表出しているのである。[10]

例文(二)　この御中どものいどみこそあやしかりしか(A)。されどうるさくてなむ。七月にぞ后居給ふめりし(B)。源氏の君、宰相になり給ひぬ。（紅葉賀）

右の(A)「しか」が、語り手の語る現在から物語の世界を過去のこととして認識する表現、いわゆる草子地であることはいうまでもなく、それにつづく「されどうるさくてなむ」も同じ時点の現在からする表現（この草子地は、老

典侍物語の一応の終わりを告げている）。しかし、(B)「し」を語り手の語る現在からみての過去時と見るのは誤りであろう。ここは、光源氏が宰相になった（「宰相になり給ひぬ」）、と語られる新たな今を提示するに際し、その今（現在）においては、藤壺立后の事実はすでに実現していた過去の事実（既成の事実）であることを提示した表現であるとみたい。そしてここには、いわばここまでの「語り」においては語られないでいた事柄の存在が暗示されてもいるのである。つまり時期的に、藤壺立后と光源氏の宰相昇進とが並列的に描かれているのではなく、すでに立后のことがあった後で、時を異にして今光源氏の宰相昇進がなったというように継時的に物語っていると捉えるべきであろう。

三　表現史としての物語文学史

本節では、書くことによって成立した物語文学の文章表現を、「いかに」表現しているかを分析する視座から捉えた、諸先学の研究を踏まえて、文章史的観点から物語文学史を展望してみたい。

清水好子は、物語の表現を「模写的な言語」と「感情的な言語」と、二つの異質な言語（表現）からなると捉え[11]、A前者は、素材を素材のまま投げ出したような、具体的な事柄に関心を示した表現をとるとする。例えば、『竹取物語』や『宇津保物語』には会話が多く、それによって物語が展開することは、もっとも模写的な態度の現れである。鈴木一雄に、物語の会話量の統計的研究[12]があり、清水の考えを裏づけるものがある。『源氏物語』以前では、『伊勢物語』を除いて前者の傾向の言語によって書かれているが、『源氏物語』以後においても、『狭衣物語』が『源氏物語』の文体を真似ようと試みている以外は、『夜の寝覚』も『浜松中納言物語』も前者の模写的線条的な言語であると付け加えている。後者の感情的な言語（文体）を達成した作品は『伊勢物語』について『源氏物語』であったという。人物の内面を語るに必要な事柄のみが取捨選択されており、又感情を凝集する表現が種々創出されてもいるのである。

この『伊勢物語』と『源氏物語』、そして『大鏡』とを「つないでゆくと、平安時代の文章の流れのようなものの大筋が見えて来るのでは」ないかという予測を検証したのは、渡辺実であった。(13)A

清水が同じく感情的な言語（表現）を獲得しているとする『伊勢物語』と『源氏物語』とを、渡辺はその文章（表現）においては「対蹠的な関係」にあるとする。『伊勢物語』が客観的記述者の立場から、男女の内面（感情）を外面的事態を通して描く態度をもって、歌を詠むに至る過程と進行を描いた文章であるのに対して、『源氏物語』は、『伊勢物語』の捨てた具体的描写を復権させ、人物の内的主観によって捉えられた外面を描くという当事者的表現を確立した「状態の文章」であるとする。さらに渡辺は、王朝の「物のあはれ」を否定し、和歌的散文に反発した『大鏡』が、対話体形式をとることによって、第三者的存在から、作中世界に対する自分の把握を主張する、つまり素材を自分に引き寄せて語る表現をとっており、『源氏物語』の文章を状態主義と言うならば、『大鏡』のそれは行動主義と言えるものだとする。(13)B　これはちょうど絵巻史において、物語的絵巻からさらに説話的絵巻が発生し発達することとも、又、その時代とも対応することであった。前者の絵巻の絵が状態主義的であり、後者のそれが行動主義的であることは、用語は違えど、つとに指摘されていることである。

物語文学における〈書くこと〉の意味を問いつづける三谷邦明もその表現（本文《テキスト》）分析の視座を精力的に様々に掘りおこしてきたが、それらの諸論を体系化しまとめる試みを行っている。(14)A　それによると、『竹取物語』（宇津保物語）の方法と『伊勢物語』の方法とを対照的に捉えつつ、それらを止揚し、『宇津保物語』の長編化を継承発展させたところに、『源氏物語』にみる、言語的多様性を高度に発揮する物語の方法に至ったことを説いている。そして、『竹取物語』が口承文芸から書かれた物語（文学）へと突きぬけたのは、その「描写」にあることを分析した。

三谷は、作品表現を「話素」と「描写」という二つの異質な表現に区別することを提起する。「話素」は話型にも係わる表現の要素であるが、「描写」（客体的表現）が一般に「説明」（主体的表現）と対立的に捉えられる概念であることを考慮すると、三谷のいう「話素」は、表現の深層を意味し、「描写」は表層の表現を意味すると捉えなすならば、表層的な「描写」は、さらに狭義の「描写」と「説明」とに区分して捉えることが必要になってこよう。そうすることによって、三谷が『竹取物語』において行った「話素」と「描写」の区分はさらに後続の物語作品においても応用しうるのではないかと考える。つまり、「話素」と「描写（説明を含む）」とは、物語表現の深層と表層という構造的対立として捉えられることになろうか。物語の内なる物語史ないしは、語りの重層化、又は、三谷のいう「前本文《プレテキスト》に対する解釈」を問う視座がここにあるように思われるのである。

さて、ベタ連続相をなす出来事（表現対象）からどんな部分を「切りとり」、それを「いかにつなぐ」ことによって全体像が形象しうるか(13)Cという文章構成の核心的な問題は、物語（史）においては、物語の長編化の問題と係わってくる。その始発と典型は、現存物語で言えば、『宇津保物語』『落窪物語』『源氏物語』においてみられるのであるが、それ以前の初期物語においても、「語り」を持続させるもの、作品を統一体とするものが、長編化を可能にする芽ばえとして認められ、すでに長編化は志向されていたことが読みとれよう。

一つの歌語りが、一組の男女の一対の贈答歌からなることを基本的な形態（単位）としていたとするならば、現存の作品『伊勢物語』は、章段としては自立する一二五段からなることになるものの、一種の長編性を持っているとみることができる。そこには各段を構成する「昔、男」を、少なくとも享受において在原業平と読みとることが、早くに作品『伊勢物語』を統一する原理（力）として働いていた。これが長編化を可能にする一つの方法であったことは否めまい。類似的な方法による作品に『平中物語』がある。又、『伊勢物語』は数度の生成過程を経ることによって現存本が成立したものとみられているが、例えば現在一章段としてのまとまりを持つ九段（東下り）自体が、そうした生成過程を経たものと考えられる。これには連続的な空間の移動（旅）が長編化を可能にする表現的原理として働いている。『伊勢物語』にしても、『平中物語』にしても、一人の人物が作品を統一する原理となっていることは重要である。渡辺が、『伊勢物語』において「歌中心にしぼられていた興味」が、『大和物語』では「人に興味が分散している」とすることが(13)D、『伊勢物語』の成長、『平中物語』の成立をも合わせて、物語に対する時代的志向性が背後にあって力となっていたと考えられる。ただ作品『大和物語』には、他の二つの歌物語に比して、その統一原理的なものは見い出しにくい。しかし、筆者は、『伊勢物語』の九段にみるレベルでの長編化への志向は種々見い出すことができると考える。『大和物語』を構成する部分において、「さて」「かくて」といった接続詞の多用が、そうした語り手の志向を物語っていると考える(7)C。

「かくて」などの接続詞（語）を手懸りに、中野幸一は『宇津保物語』の方法、その長編化の実態を分析している(15)A。『宇津保物語』には「かくて」が三九九例あり、『栄華物語』の二八三例とともに群を抜いている。しかし、中野の調査によると、『伊勢物語』二例、『平中物語』四例に対して、『大和物語』では三一例の「かくて」が存在する。『落窪物語』の一三例、『源氏物語』の一五例からみても、『大和物語』の「かくて」（及び「さて」）は注目されてよい(7)C。

中野は、『宇津保物語』の「かくて」について、「（『栄華物語』の「かくて」の）ほとんどが『うつほ物語』と同じく前文との承接関係の稀薄なB型である」とし、「『うつほ物語』の「かくて」多用という叙述の方法こそは、初めての長編への試みにおいて、幾つかの挿話を時間的意識をもって連続していくためのきわめて有効な承接の方法であったのであり、それはおそらく意図的に『うつほ物語』の作者によって物語文学に初めて大幅に取り入れられた、長編構築のための叙述方法であったと思われる(15)A」と結論するが、この方法を志向するきざしは、やはり『大和物語』にすでにあったものと考えてよいだろう。なお、「さて」については、『宇津保物語』で二四例に対して『栄華物語』では一三九例みえる。『大鏡』にも多くみえるが、『大和物語』にも四三例あり、「さて」「かくて」との対比において語りの方法を追求してみるべきものがあろう。

『源氏物語』では、「かくて」はわずか一五例にすぎない。しかし、『源氏物語』が「その頃」「この頃」「そのかみ」「まことや」[16]を採用する多様化の方向にあったことともに、そうした接続語による以上に、『宇津保物語』とは異質な――高度な、多様な長編化の方法を獲得していたことを意味していよう。そこで思い起こされるのが、清水好子の場面論である。

それは、『源氏物語』が、その叙述の中心を、主要人物の対座する場面をもって構成することにおいているという指摘で、この「対座の場面」を中心に物語は同心円を描いて展開しており、「一つの同心円の外側は他の円の外側と重なる」ことによって、『源氏物語』は場面を重層化し長編化しているという。[(11)BC]屋内の男と女という中心人物の周縁にある侍女など端役が位置する、物語中の周縁的空間世界において、一つの中心的場面ともう一つの中心的場面とが連続していくという方法を、長編化の方法として『源氏物語』は獲得しているというのである。

中心的場面である主要人物（男女）の対座の場面の表現の特色の一つが、高貴な女性も光源氏もが「女（君）」「男（君）」と呼称されることである。[(11)BE]このことは、やや乱れはあるにしてもすでに『落窪物語』が採用した表現方法であったことは三谷邦明が指摘している。[(14)B]この表現性について清水は、「伊勢物語の「昔、男ありけり」「女…しけり」という形を思い起こさせるし、また、思い起こすべき技巧であった」と推定し、「屏風絵の男女の歌の詞書以来の恋の場面を書く伝統に依るもので」あろうという。[(11)B]『源氏物語』には、表現的側面からも、いわゆる内なる物語史を掘りおこしうるのである。

屏風歌が絵の中の人物の立場から詠まれたことや、歌語り[17]（ないしは歌物語）及び作り物語がその発生と展開において、「絵」と深い関係のあったことは種々説かれるところで、屏風絵物語の存在の想定（岡一男）や、古本

『住吉物語』が四季・月次の屛風絵の物語化ではなかったかといった指摘（三谷邦明）もあり、元来物語は絵を伴っていたもので、例えば『宇津保物語』が会話によって文章が展開しているのは、それが絵のための詞であったからとみ（玉上琢弥・なお現存本文には「絵詞」がある）、『落窪物語』の「て」止めや「ば」止めの文も絵の存在を物語る（三谷邦明）と解されてもいる。

ここで注目しておきたいことは、歌集における屛風歌の詞書の文章には、原則として「けり」が用いられていないことである。私家集のみならず、「けり」文体をとる勅撰集の詞書においても、その絵の場面の情景を描く部分では「けり」を用いないのが原則であったようだ。それは「たり」叙述の世界であった。このことは、絵を観る立場からの叙述、つまり絵の外の世界からの叙述ではなく、絵の場面にいわば同化した叙述、つまり視点を絵の場面の現在に移した叙述になっていることを意味する。「けり」文体を採らないことによって、歴史的現在法の叙述になっているのであり、歌物語においては未発達（逆には、すでに萌芽のみえた）であった歴史的現在法[3]が物語文学の表現法として獲得されていった契機には、屛風絵の物語化、又、物語の絵画化といったことがあったとみることができよう。三谷邦明の言う、『伊勢物語』の「同化」の方法[14]Aもそこに系譜の求められるものであっただろうし、その「同化」の方法は、『伊勢物語』にとどまらず、後続の物語作品においても、種々の表現法の獲得によって実現していることを見うるのである。

清水は、『源氏物語』が主要人物対座の場面をもって構成されていることをいい、「場面を構成することによって古代の物語にはじめて真の描写が存在しえたし、人物の心理もこまごま書き分けられた[11]C」と述べる。この場面構成の描写が生み出した表現的特徴が、「凝集」（的表現・名詞的世界）「同時的なものを捉えようとする」表現（以上清水）ともいわれ、「状態の文章」（渡辺実）、「空間性」（三谷邦明）ともいわれ、又、根来司が、「ものあはれなり」などの「もの」を冠する形容詞・形容動詞の表現性に注目して、『源氏物語』の表現世界を「静的」「空間的」表現と分析する[18B]のも、場面構成の描写が生み出した表現的特徴をそれぞれの観点から指摘したものと捉えてよいであろう。ただ筆者の注目しておきたいことは、これ又清水の指摘するところに連なるのだが、清水が「『さま』『かたち』という語で締め括られることが多いということは、従来の物語が筋の展開を追っていたのに対して、源氏が描写を以て進めようとしたことを裏付けるものであり、『にほひ』『けはひ』が多く用いられているのは、描写がより感覚的になり、生動するものを捉えようとしたことが考えられる」とし、「これを下へ下へと続く日本語の〝流れ〟のごとき構造のなかにあって、可能な限り凝集を求めたのだ」と指摘する[11A]表現法に該当する表現的事実が存在することである。

例文㈢　大将よろづのことかき集め思し続けて泣き給へるけしき、いと尽きせずなまめきたり　（須磨）

例文㈣　とかくうち嘆き、やすらひてゐざり出でたまへる御けはひ、いと心にくし。　（賢木）

例文㈤　くくり染めのさまも、さるかたにをかしう見ゆ。　（関屋）

例文㈥　心の底ゆかしきさまして、そこはかとなくあてになまめかしく見ゆ。　（若菜下）

筆者は別稿[7E]で、平安和文系作品を中心に、三二個の作品をとりあげて、その「こと」「もの」「さま」「わざ」系類の語彙を統計的に調査して、「こと」認識「もの」認識「さま」認識「わざ」認識が各作品表現にどの程度現出しているかを分析したが、「さま」認識については、「サマ」系語彙「ヤウ」系語彙、及び「けしき、けはひ、すがた、かたち」類の三つの下位区分を設けて調べてみた。『紫式部日記』『源氏物語』において「サマ」系語彙が増大する現象がみられ、全体に「さま」認識表現が増加していることや、後期物語がこの『源氏物語』の傾向を継承していることなどをみたのであった。歌語「けしき」と紫式部との関係については根来に論[18D]があり、又、小松光三には、王朝作品の表現が「事態表現」から「様態表現」へと展開したことを論じた論考[19]がある。

いずれにしても王朝物語が「さま」認識を、つまり様態認識、状況認識を志向していたことは明らかで、このことは先にみた場面構成の描写と深く関係するものと考えられる。そして、このことはさらに、語りの（叙述の）視点（視線）とも深く係わることであった。全知的な立場にあって物語を書く作者も、場面描写においては、限定的な視点を色々に変化させながら、あたかもその場面を目撃した女房などが目撃譚を語っているかのように叙述する（語る）という方法を採ったのである。そうした女房の視線は、あたかも物語絵巻の絵を見る聞き手の視線とかなり一致するものとみてよい。すでに清水は「吹き抜き屋台の構図の視点」(11)B と言っている。(17) いわゆる草子地論の一部は、「同化」の方法（歴史的現在法を含めて）と絵を観る視点の表現化という二点からも考えてみるべき問題であるように思われる。そうした視点（それは物語中のある人物の視線にもなった）から、作中人物たちをながめる眼が、その人物たちの様態や状況を通して人物たちの内面等を探ろうとすることが、物語の表現として様態認識、状況認識の表現をもたらしたものと考える。

四　描写・説明の表現機構

前節中の例文㈤について根来は、「見ゆ」とは誰に見えるのかという問に「空蝉一行の遠目に趣深く見える」とともに「これはまた話主がいまのこの情景を自分から離れた状態でよそに見た情景として『これはこれで趣深く見える』というふうに叙述している」とし、話主は情景から離れて「観念的なゆるやかな表現にしている」(18)A とする。しかし、この「見ゆ」には少なくとも物語中の現場に視点を置く語り手の存在を感じさせるものがある。(10) このことは単に「見ゆ」に限らず、「思ゆ」「聞ゆ」の場合にも言えることで、いわゆる視点人物となったある作中人物、その人物の視線から叙述された表現が語り手（そして聞き手）の視点と融合するのは当然のことであった。

ただ、物語文学の視点は近代小説のそれと異なり、後者は、少なくとも一定の連続する場面では、視点人物（神の位置にある視点も含めて）は一定するのであり、むしろ小説全体がそれによって一貫していることが一般であろう。しかし物語文学では、同場面においてさえもかなり自在に視点人物ないしは視点が入れ代わるのである。まだ充分な検討を尽くしたわけではないが、『狭衣物語』『夜の寝覚』などにおいて、地の文における作中人物の行動を示す動詞に自発の助動詞「る・らる」が多く現れるように思われるのも、右の「―ゆ」系感覚動詞の表現法と共通の地盤から必然したものではないかと考える。

さらには又、根来の指摘する「情意性形容詞の終止法(18)B」がこれらに連続して、作中人物と語り手とが融合した表現となっていることが注目されよう。現代語においては一般に二人称三人称の主観的感情をそのまま投げ出して、例えば、「君は飲みたい。」「彼はさみしい。」といった表現はできない(24)。「さみしい」など情意性形容詞が終止法で述語に立つときは、主語（感情主体）は一人称に限られるのである。三人称の「彼」を主語に立てる時は、「彼はさみしいだろう」「彼がさみしがる」「彼はさみしいと思っている」「彼はさみしいのだ」などの表現をとって、「彼」の内面が直接述語となることはなく、言語主体（語り手）の立場からの判断か、又は対象素材（彼）の内面の外化した現象を捉えた表現をするか、いずれかになるのである。その点、物語の地の文にみえる登場人物の情意を示す情意性形容詞の終止法は、それが語り手の表現部分であるにもかかわらず、語り手の判断や客体的表現を伴っておらず、登場人物の内面が直接述語となっているわけで、それは結局、語り手が登場人物の立場、つまり、一人称的当事者的視点に立っているからであると考えられる。ここにも作中人物と語り手との融合―同化の表現がみられると言えよう。

こうした表現が可能になるのは、語り手が語る立場（「けり」）から転移して、叙述視点を作中世界に移した歴史的現在法をとっている表現領域においてであることは言うまでもない。語り手（そして聞き手）は物語の現場に居合わせる何者かの位置にあるわけで、こうした語りの叙述の表現機構が、さらに次のような語法ないしは表現法をもたらすことになるのも必然であった。

現場における聴覚的事象を根拠にその本体の存在を推定する助動詞「なり」（終止形接続）や視覚的事象に関する助動詞「めり」[20]が、時の助動詞「き」「けり」を伴わずに終止に立つ表現がある。「めり」は「見ゆ」に、「なり」は「聞ゆ」に連続するところがある。「めり」表現については、清水好子に「草子地からの考察」[11]Dがあり、「視覚的な場面を巻々の頂点として成り立つ源氏物語」にとってふさわしい表現の方法の一つであったことを述べ、この語をめぐる青表紙本と河内本の違いの一端にもふれている。「めり」は又、視覚的事象にとどまらず、例文㈡の「めり（し）」について新潮日本古典集成本『源氏物語㈡』が「重大な国事に関する記述を遠慮してぼかした書き方」と注するように、心理的に隔たりを感ずる政治的事柄や状況一般についての推定的判断にも用いられたことは注意しておいてよい。

又、多くは挿入句[21]、例えば「…や…けむ」という形をとって、語り手が語る現場から作中世界の事柄について推量（反語表現も含めて）を加えることがある。初期物語では「けむ」のみと言ってよいが、歴史的現在法が定着してくると、『源氏物語』などでは、「らむ」「む」などの助動詞による「…にやあらむ」といった挿入句、又単に「…にや」という形が多くみられる。これらはもはや語る現在からの推量ではなく、物語中の現場（作中世界）に位置する視点からの眼前の出来事に対する推量といったものであることは言うまでもない。後期物語では、この種の語り手の推量において「けむ」が使用されることは稀になり、「にや（あらむ）」を主とするようになっていくが、『源氏物語』では「む」「らむ」「けむ」にわたってみられ、しかも「けむ」は初期物語ではほとんど挿入句的に用いられ、そして語る現在からの推量であったのに対して、主文の述語としても立つ例がみられ、又物語中の現場（作中世界）からの推量の「けむ」もみられる。こうした面にも、『源氏物語』の語りの表現法の多様性と表現機構の複雑化を垣間見ることができる。

さらに中野幸一(15)BCのいう「推量の草子地」の対象とする表現一般にことは広がっていくが、中でも助動詞「べし」の表現性には注意したい。(22)B「思ひやるべし」といった推量が、語る現場からなのか、作中世界の現在からみてなのか、その叙述視点を確認する必要があろう。これらいわゆる推量の助動詞群による物語の現場の事柄に対する推量が、いかなる語りの必然から生まれてくるのか、又、そこに語りの志向するいかなるものがみえてくるのかということは、助動詞別に又作品別に検討してみる必要があるように思われ、又いわゆる心内語（心中思惟）の生成とも係わる問題かと考える。

最後に「なりけり」表現についてとりあげておきたい。

例文㈦　行方なき心地し給ひて、ただ目の前に見やらるるは、淡路島なりけり、「あはと遥かに。」など宣ひて（歌）頭中将なりけり。（明石）

例文㈧　「誰ならん。心かけたるすき者ありけり。」とおぼして、陰につきてたちかくれ給へば、（末摘花）

根来は例文㈦や若紫巻の例の「…行なふ、尼なりけり」などの「なりけり」表現について、「これは話主が作中場面の中で作中人物のいま気づいた驚きを一体となって描写している」と捉えた。(18)A そして「話主が作中人物の意想外の驚きをその人物になりきって描写する『なりけり』の多いことに気づく」と述べる。根来は『源氏物語』地の文のすべての「なりけり」終止文を対象に論じたのではなかったが、久保木哲夫は、例文㈧など、作中人物と話主が一体となっていない「なりけり」終止文の存在することを指摘し、(23)それらには、例文㈧のように、作中人物は知らなくて語り手が知っていることを享受者に示す場合（草子地的な「なりけり」なども）と、作中人物は当然知っていたことを語り手が今はじめて気づいたと享受者に示す場面とがあるとし、いずれの場合も語り手の主体的立場を示す「けり」叙述であることにおいてすべて一貫しており、その点根来のとりあげた例なども例外ではなく、根来が話主（語り手）と作中人物の気づきが同時に一体となって描かれているとするのは、結果的にそう受けとられることになるのにすぎないと批判している。しかし、筆者は、むしろ根来の考え方をとりたく、根来のいう「なりけり」語法の表現法も、これまで述べ挙げてきた表現法に連続するものとして『源氏物語』に認められてよいと思う。ただ、この同化的表現法には二つの方向があったとみるべきか。それは、作中人物（当事者）的立場からの表現に語り手の方が融合する場合と、語り手（言語主体）の立場からの表現に作中人物が融合させられる場合とであり、「なりけり」表現の場合のそれは後者による一体化（同化の）表現であると考える。この問題についてはさらに敬語法—敬語使用との関係で個々に判断してみる必要があろう。

さて、久保木は、「なりけり」の意味用法につき、今気づいた驚き（発見）の表現をとる場合と、すでに知っていることの説明の表現の場合とがあると分析した。前者の場合「なりけり」の「けり」に重点があり、「（Aは）Bなり」という理法又は状態・状況自体が気づかれたことを示す。後者は、むしろ「なり」に重点があり、「（Aは）B」であることを説明している語り手の態度（立場）が「けり」によって示された表現であると言えようか。「けり」はすべて、語る現場における語り手の主体的立場を表出していることになる。『源氏物語』では、和歌及び心内語における「なりけり」は前者の場合のみであり、地の文では後者のみで、会話では両者がともにみられるといわれるが[23]、他の作品においてもほぼ同様の傾向になると判断される。ただ問題は地の文における場合について、語り手の主体的立場の表現である「なりけり」に、作中人物の一人称的当事者的立場が重ねられた場合があることを認めざるをえないと思う。

後者の意味用法（説明）の「なりけり」が『源氏物語』地の文でも一つの特徴をなすことはいうまでもなく、中野幸一の草子地の分類[15]AB中でも、「説明の草子地」（特にその内のA解説、B理由、D日時確認）にその例が多くみられる。

ところで「なりけり」は、まず「なり」を含むことで成立しているのであり、この指定の助動詞「なり」の表現性―意味用法も究められねばならない。これは又、清水の「凝集」[(11)A]の文体とも係わってくる。「…さまなり」「…ことなり」「…わざなり」「…ものなり」といった「形式名詞＋なり」をはじめとして、「御つぼねはきりつぼなり」など、具体性を持った名詞、及び具体的な長い修飾語を伴って「体言＋なり」で終止する文の存在が問題となる。中野が草子地の五分類に追加した三類[(15)C]（強調・感動・傍観）の中で、「感動の草子地」は、「…ことわりなり」を中心とするものであることが注目される。

例文(九)　師走の二十日なれば、大方の世の中閉ぢむる空の気色につけても、まして晴るる世なき中宮の御心のうちなり。　（賢木）

例文(一〇)　さるべき節会どもにも（略）遊びも珍しき筋にせさせ給ひて、いみじきさかりの御世なり。　（絵合）

これらは、文末の体言に凝集を求めている例として清水があげる例文[(11)A]で、「一種の感動をあらわす形式を持った文」と評する。ところで、これらの文の述語「御心のうちなり」「さかりの御世なり」に対する主語は、これといって具体的に指摘することが困難である。つまり、最近渡辺実が、

例文(一一)　草むらの虫の声々もよほし顔なるも、いと立ち離れにくき草のもとなり。　（桐壺）

を例にして、これは「草のもといと立ち離れにくし」という主述表現を操作した表現とするもので、和歌の体言止め又は詠嘆表現に等しいものと説明した[(13)EF]もので、これには、書き手の思い入れの姿が表現されているという。述体句を喚体句で表現しているのである。

野村精一は、「なりけり」を「…なりプラスけり」の構造とみて、この語法は中野の「批評の草子地」に多くみる「なりかし」「なりや」などの変型をつくるとする[(22)B]。又野村は、中野の「説明の草子地」のうち日時確認の「なりけり」例えば「今日は子の日なりけり」などを手懸りにして、聞き手における物語の〝時間〟を断止して凝集した空間を、無時間的な情況を、これら「なりけり」表現が〝ことば〟において創り出していると述べ、「主題論と

一歩の隔てをもって〝空間論〟が成り立つ」と述べている[22]Bことは注目してよく、物語にとっての「なりけり」表現の重要性が窺えるのである。[25]

おわりに

表現と思想を切り結ぶ文体論、語彙範疇と表現映像の問題、そして、和歌と物語の関係、殊に引き歌とその引用論、等々にふれるべきであったかと思うが、うまく組みこめなかった。又、私の関心事へとひきつけすぎた点について大方のご寛恕を乞うしだいである（『源氏物語』の本文は、角川文庫によった）。

注

（1）小町谷照彦「表現論から」（『解釋と鑑賞』一九八〇・五）。なお『同』誌の三田村雅子「源氏物語の〈言葉〉」も表現論的諸論考をよく整理している。
（2）池田和臣「研究史と研究書解題」（別冊國文學『源氏物語必携』一九七八・十二）。
（3）山口仲美「歌物語における歴史的現在法」（『表現学論考』表現学会・一九七六）。
（4）阪倉篤義(A)「竹取物語の構成と文章」（『國語國文』一九五六・十一）、(B)岩波日本古典文学大系『竹取物語・外』解説、(C)「歌物語の文章」（『國語國文』一九五三・六）。
（5）竹岡正夫「助動詞『けり』の本義と機能」（『言語と文芸』一九六三・十一）、同「『けり』と『き』との意味・用法」（『文法』一九七〇・五）。
（6）馬淵和夫「助動詞キとケリの区別は何とみるべきか」（『解釋と鑑賞』一九六四・十）。
（7）糸井通浩(A)「古代和歌における助動詞『き』の表現性」（『愛媛大学法文学部論集』一三、後に『古代文学言語の研

究』和泉書院・二〇一七・前掲〔二〕1に収録）、(B)「源氏物語と助動詞『き』」（『源氏物語の探究第六輯』風間書房・一九八一、後に『古代文学言語の研究』前掲〔二〕2に収録）、(C)「『大和物語』の文章」（『愛媛国文研究』二九、本書前編〔二〕2）、(D)「初期物語の文章――二、三の問題」（『古代文学研究』四）、(E)「基本認識語彙と文体」（『国語語彙史の研究二』和泉書院・一九八一）。

（8）　吉岡曠「源氏物語における『き』の用法」（『源氏物語を中心とした論攷』笠間書院・一九七七）など。

（9）　原田芳起「『けり』の変遷」（『文法』一九七〇・五、『平安時代文学語彙の研究続』風間書房・一九八八）。なお、このところ藤井貞和に「けり」「き」について論ずるところがある。

（10）　榎本正純「源氏物語における語りの諸問題」（『國語と國文學』一九七六・十一）、同「源氏物語の語り手・構造・表現」（『源氏物語の表現と構造（論集中古文学1）』笠間書院・一九七九）。

（11）　清水好子(A)「物語の文体」、(B)「源氏物語の作風」、(C)「場面と時間」、(D)「草子地からの考察」（以上『源氏物語の文体と方法』東京大学出版会・一九八〇）、(E)『源氏物語の女君』（塙新書・一九五九）。

（12）　鈴木一雄「『源氏物語』の文章」（『解釋と鑑賞』一九六九・六）、「源氏物語の会話文」（『源氏物語講座第七巻』有精堂出版・一九八一）。

（13）　渡辺実(A)「平安文章史上の源氏物語」（『文学』一九六七・五）、(B)「大鏡の表現」（『文学』一九六七・九）、(C)「仮名文の初期―きり方・つなぎ方の文章法を中心に―」（『國語國文』一九五六・十一）、(D)「伊勢物語・大和物語の文体」（角川鑑賞講座『伊勢物語・大和物語』一九七五）、(E)「対談「文体・人と言葉と」」（『國文學』一九八〇・三）、(F)「書き手の問題・古代から近代へ」（『解釋と鑑賞』一九八〇・八）。

（14）　三谷邦明(A)「物語文学の文章＝物語文学と〈書くこと〉あるいは言語的多様性の文学＝」（『日本文学』一九八一・三）、(B)「落窪物語の方法」（『平安朝文学研究』一九六九・十二）、(C)「桐壺―源氏物語の方法的出発点として―」（『源氏物語講座第三巻』有精堂出版・一九七一）。

（15）　中野幸一(A)「うつほ物語の表現と方法」（『うつほ物語の研究』武蔵野書院・一九八一）、(B)「草子地攷(一)(二)(三)(四)」（早稲田大学教育学部『学術研究』一八～二一）、(C)「源氏物語の草子地」（『源氏物語講座第一巻』有精堂出版・一九七二）、(D)「『源氏物語』における強調・感動・傍観の草子地」（『源氏物語の探究第三輯』風間書房・一九七七）。
(16)「まことや」については、阿部好臣「二つの『まことや』」（『日本文学』一九七四・十）、田中仁「まことや―光源氏と語り手と―」（『國語國文』一九八一・三）にそれぞれ論ずるところがある。
(17) 木村正中「〝ことば〟の世界」（『國文學』一九七〇・五）も参照。
(18) 根来司(A)『平安女流文学の文章の研究』笠間書院・一九六九、(B)『同続編』笠間書院・一九八三、(C)『源氏物語枕草子の国語学的研究』笠間書院・一九七七、(D)『中世文語の研究』笠間書院・一九七六。
(19) 小松光三「王朝語にみる事態表現から様態表現へ」（『王朝』一）。
(20) 秋本守英「助動詞『めり』の文章史的考察」（『国文学論叢』一九）がある。
(21) 塚原鉄雄「挿入句――文章の重層」（『國文學』一九七七・一）、同「挿入表現の修辞構文―落窪物語と助動詞『き』―」（『解釈』一九七九・七）。
(22) 野村精一(A)「源氏物語の表現空間(一)」（『日本文学』一九七四・十）、(B)「草子地の語法について――源氏物語の表現空間(二)」（『源氏物語の探究第三輯』風間書房・一九七七）。
(23) 久保木哲夫「すでに知っていることといまはじめて知ったこと―『なりけり』の用法―」（『論叢王朝文学』笠間書院・一九七八）。
(24) 国立国語研究所（西尾寅弥）『形容詞の意味・用法の記述的研究』（秀英出版・一九七二）にこの問題の整理と関係論文がみられる。
(25) 糸井通浩「源氏物語の「なりけり」語法の表現価値」（『國文學』一九七七・一、本書前編〔二〕3）
（補注）本稿は、三谷栄一編『体系物語文学史第二巻』（有精堂）の一節に当たるもので、当編書には、本稿以外に多くの節で様々なテーマがとりあげられている。

2　物語言語の法——表現主体としての「語り手」

一　和歌と物語

ここで「物語」とは、主として平安時代の物語作品を念頭において言う。さて、たとえば、『古今集』に「詠み人知らず」の歌々がある。わざわざ「詠者」は不明であるとことわっているわけだが、そこに、和歌には「詠者」が存在し、それが誰々であると明らかであることが前提となっていることがわかる。(1)そして、これはすでに『万葉集』において確立していたことであり、詠者に異伝のある場合は、それを左注で取り上げたりしている。『古今集』にも見られることである。

こうした和歌作品の存在の仕方に対して、物語のそれは対照的である。ほとんどの作者が不明であり、『源氏物語』の作者が紫式部だと知れることは、作品とはまったく別の事情が幸いして作者と伝承されたにすぎない。他の作品についても、たとえば、有力な作者説が存在する作品についてすら、作品そのものに作者が明示されている例はまったくなく、すべて伝承かその他の考証から、推定されているにすぎない。このことは作品享受のあり方においても、和歌と物語とでは対照的であったのだ、と見直すことができよう。これは何を意味するのか。

何よりも、和歌の言語と物語の言語との違いに起因しているとみるのが妥当であろう。

和歌を享受する上で、なぜ作者が必要なのか、を考えてみよう。少なくとも古代和歌は「「今・ここ」における一人称主体の心情の表出」という原理に基礎づけられた表現機構を持っていた、と考えられる。それは言わば、「一人称文学」という性質を持っていたことを意味する。その一人称主体が詠者その人である。ただ、和歌表現史的には、次の事実に注意しておかねばならない。たとえば『貫之集』に、

桜花かつ散りながら年月は我が身にのみぞ積もるべらなる　（四二五）

という歌がある。しかし、これには「返し、女」という詞書があるから、この詠者は「女」と思われる。が、さらに、この歌をも包み込む詞書「おなじ年宰相の中将屏風の歌、三十三首」が四一七番歌の前にあり、四二五の歌は屏風歌であることがわかる。つまり、この歌の詠者は貫之なのである。すると、この歌の「一人称主体」は貫之か、と言うとそうではない。一人称主体は「女」である。これを表現主体（歌の一人称主体）とするなら、貫之の方は、創作主体とでも規定すべきことになる。屏風（絵）歌や歌合歌には、「詠者＝歌の一人称主体」という式の成立しない場合があるのである。しかし、和歌の表現が、一人称主体の心情表出であることにはいずれの場合にも変わらないのであり、「一人称（視点）文学」と言ってよい所以である。そして、元来一人称主体が即、詠者と言ってよい場合が、まずは原則（印なしの場合）であったことも疑うべくもなく、先の貫之歌のような場合には、それなりに詞書や左注などにおいて説明がほどこされた（印が付けられた）のである。

文学言語が心情や思想の伝達を意図するものであるなら、それが誰の心情や思想であるかは、必須の要件であったはずであり、「和歌の享受」において、「詠者」に関する情報が必要であったのも、この「一人称文学」という和歌言語の性質によるものと考えられる。

こういう和歌に対して、物語は「三人称文学」であった。和歌が「我《われ》」を語る一人称文学であるなら、物語は、「他者」を語る三人称文学であった。つまり、読者は、語られる「他者」をよみとることを目指したのである。換言すれば、物語は、「他者を語る」という表層の言語性《ディスクール》を確立しながら、「我を語る」という深層性をしたたかに隠

し込めることのできる文学であった。「他者を語る」という表層性の重視において、創作主体（作者）は、背後にしりぞく、そして作者として名乗りをあげることは望まれなかった。「他者を語る」とは、「他者」の心情や思いを語ることであったのだ。和歌の虚構性と物語の虚構性との違いは、たとえば、先の「女」の歌（貫之集・四二五）は、紀貫之の作と認知できるが、『源氏物語』中の和歌は、紫式部の歌としてあえて歌人論の対象となることはなかった、という事実に象徴的である。(2)

二　作者と語り手

たとえば、『枕草子』という作品、などと言うが、いったいそんなものがあるのか。周知のとおり、『枕草子』には、三巻本、能因本、前田家本、堺本と区別される、形態と本文を異にする、伝本の四大分類がある。実際我々が読むのは、そのうちの一つの伝本《テクスト》（または、それを底本とする校訂本）によるのである。そういう伝本《テクスト》をもって「作品」と言いうるのだろうか。我々は、残存するテクスト（伝本）を通して、「作品」に迫るしか方法はない。作品は実体ではなく、幻想なのだ。自ずと、作者も解体しかねない。やはり、我々は、テクストを通して、幻想としての「作品作者」を思い描くことしかできない。古典の「語り」の文学作品もよく似た事情にあった。もっとも、語りの文学では、作者名が本文に添付されることもなく、また本文とともに、伝承されることもなかった。ただ、同じ語りの文学と言っても、「作者」が存在したのは、「作り物語」類においてである。神話、伝説、説話など、原型をもとにしたパフォーマンス（変型）では、主体は伝承者（語り部・語り手）と言うべきものであり、それらを集めて編んだ「集」になると、編者（筆録者）と言うべきものであった。ただ、歌物語類になると微妙なところがあって、「集」的な作品では、編者と言うべきかと思われるが、その段階にとどまらず、主体的な操作や創意工夫の加わった作品では、作者と言うべき人物の存在を想定すべきことになろうか。

作り物語になると、たとえ既存の「語り」の話型（プレテクスト）が踏まえられた作品であっても、それは原型の語りに対する変型《パフォーマンス》の語りという関係とは異なって、正に引用の関係と言うべきであり、そこには明らかに書くことを通しての個人的な創作的言語行為が存在した。その言語行為者をはじめて作者と呼ぶことができる。しかし、作者は伝承されず、我々は特定のテクストを通してその物語言語の背後に浮かんでくる作者像によって、実在したはずの作者を思い描くしかない。しかも、多くの物語作品の創作主体─作者は、その多様な異本《テクスト》の存在によって解体していると言ってよい。にもかかわらず我々は、いずれの伝本《テクスト》においても、確かな存在として、表現主体「語り手」が存在していることだけは感じとることができるのである。「語り」の文学は、「語り手」なくしては存在しないのである。

その「語り手」の存在の仕方は、典型的に示すならば、『竹取物語』─『源氏物語』─『大鏡』といった史的展開が、そのあり方の展開史にもなってくると言える。

『源氏物語』では、ことに、聞き手（読み手）と直接向き合う「語り手」は、『大鏡』の語り手たちのように、作中世界に登場する人物として、あからさまには設定されていない。しかし、我々は、『源氏物語』を読むとき、あたかも「語り手」が作中世界の現場に居合わせているかのように感じさせられるのである。それはどういう言語的機能がもたらすものなのか、そのことを以下に考えてみることにする。

三　物語の視点

近現代の欧米の小説を対象とする文芸批評がもたらした功績の最大の一つは、作者と語り手の峻別であり、もう一つは「視点」論であろう。言語表現が主体的行為である限り、言語行為の主体をぬきに言語表現は考えられない。物語にとっての表現主体は、語り手である。創作主体作者が、表現主体としての「語り手」をどのように設定しているかによって、作中世界の出来事を認識する視点が異なる。その異なる視点の分類が諸氏によって試みられてきたのである。そして、このことがさらには、作中人物と語り手との関係に深く関わっており、「語り手」自身が作中人物の一人であるか、そうでないか、さらに作中の一人物ではない場合でも、「語り手」が作中人物（第三人称者）のいずれかの人物に、視点を重ねて描いているかどうか、などなどといった観点から、「語り手」の語りのあり方の異なりが分析されてきたのである。しかし、人称や視点の腑分けはなされてきたが、そうした、それぞれの作品の物語言説《ディスクール》が採《と》った特定の人称や視点が、その作品の「語りの展開」や「主題性」とどのように関わっているか、つまり物語内容《イストワール》との関係自体はそれほど追究が深められてはいない段階ではないかと思われる。

語り手の視点の問題は、また時制《テンス》と深く関わっている。古典語で、「時」の区別に関わる語には、助動詞の「き・けり」「ぬ・つ・たり・り」「けむ・らむ・む」そして、動詞の現在形（ル形）がある。さらに、時を区別する名詞（昔、今、その頃、年号、××の御時など、期間ことばも）や副詞の類などの存在にも注意しておかねばならない。

古典語の「語り」は、「けり」による認識を枠とするという構造をとるのが一般である。[3] そして、過去「き」による認識は、「けり」認識の枠内に生起する時の認識であった。日本語のテンス・アスペクトの研究は、現代語を中心に進められてきたが、工藤真由美[4]が、「歴史的にみれば、スル―シタはテンス的対立ではなかったであろう。しかし、現代日本語では、少なくとも〈終止〉の位置では、もはやともに「ひとまとまり性」を表して、アスペクト的に対立せず、テンス的対立を確立している」と述べているように、古典語では、テンス的対立を示す言語形式は未発達であって、「出来事を時間の流れに沿って記述することを本質とする〈かたり〉では、基本的に出来事間の時間関係そのものが問題とされて、絶対的テンス化はおこりにくく」かったことに注意したい。ことに助動詞

「き」による時の区別は、相対的であったのである。

四　視点の移動

「語り」は、作中世界をすでに起こったこと、昔にあったこととして語る。欧米の物語・小説では、語り手の「今・ここ」（現在）を基準時に「語り」のすべての時の表現が規定される。時にはしかし、作中世界の出来事の「現在」に立った時制が見られるが、それは特別な表現と意識され、それを「歴史的現在」と呼んで区別するのである。この表現的事実を日本語の「語り」文学にも導入して、「夕形」の中に登場する「ル形」叙述を、「歴史的現在」と言うことがあるが、欧米の場合とはかなり実態を異にすることにもっと注意を向けるべきである。（補注1）

牧野成一によると、「英語でも文章の中には歴史的現在がないわけではないが、日本語の文章のように頻繁に使うと文章は幼稚になる。大仏次郎の文章の翻訳文（ここでは省略）では原文のすべての現在形が過去形になっているし、指示代名詞のこのなどは全然出てこない。英語の文章では日本語の文章のように主観的な視点（登場人物の視点）と客観的な視点（著者の視点）とを入りまぜることはパースペクティブの喪失を意味するのである。この点でも日本語の文章の方が英語の文章より共感表現になりやすい傾向がある(5)」という。これは近代小説一般に観察できることであり、しかもこのことは近代にはじまったことではなく、古典の「語り」の文学――ことに物語文学にも指摘できることであった。このことは、日本語の語りの文章では古来、視点の移動（転移）が自由であることを意味する。つまり、日本語では「歴史的現在」という翻訳語で規定されるような特別な「語りの文法」であったのではなく、日本語の語りの言語《ディスクール》に備わっている一般的な性質であったのである。(6)この日本語の語りが持つ性質は、言うまでもなく、日本語（の表現）が持っている性質（特質）に由来するのであり、それは、日本語（の表現）が、話者主体中心という性質を濃厚におびていることによる。そうした日本語の表現的特質が近年具体的に指摘されていることに注目しておかねばならない(7)。たとえば、現代語の口頭語表現では、

　水が飲みたい。／今日は腹が痛くてくるしい。

など、直接的な感情感覚表現の文では、人称制限があり、感情感覚の主体が一人称の場合に限られるという事実がある。しかし、物語や小説になると、三人称の作中人物がその主体になることが許容される、と付加説明がなされる。このことはつまりは、物語・小説では、「語り手」がその三人称の人物の側に立ち、そして、その人物に同化（視点が転移）することが自由な日本語であることによるのである。次に『竹取物語』などからいくつかの例を見ておきたい。

(1)　今は昔、竹取の翁といふものありけり。野山にまじりて竹を取りつつ、よろづの事に使ひけり。名をば、さかきの造となむいひける。その竹の中に、もと光る竹なむ一筋ありける。あやしがりて寄りて見るに、筒の中光りたり。　（竹取物語・冒頭）

語り（手）の現在から、出来事の現在へという視点の転移が見られる。「見るに」など作中人物の視覚行為が契機となるのが典型的で、近代の小説でもそうである。

(2)　さて、帰りて、大やけにこの由を申しければ、僧加多にやがてこの国をたびつ。二百人の軍を具して、その国にぞ住みける。いみじくたのしかりけり。今は僧加多が子孫、かの国の主にてありとなむ申しつたへたる。
（宇治拾遺物語・六―九・末尾）

ここには、「語り」の冒頭におけるとは逆に、作中世界の現在から、語り（手）の現在へと視点が戻ってくる変化を読みとることができる。これはすでに触れたことのある例であるが（補注2）、ここには指示語の「この―その―かの」の使い分けがそういう変化と呼応している様相を読みとることもできるのである。

(3)　命婦は、まだ大殿籠《（桐壺帝が）》らせたまはざりけると、あはれに見たてまつる。…御物語せたまふなりけり。
(源氏物語・桐壺)

故桐壺の更衣の母君のもとより帰参した命婦の視点から、桐壺帝の姿が眺められていることに注意したい。ここを、命婦の帰りを待つ桐壺帝の側からの視点から描くこともできたはずだが、命婦の視点を採り、そのため「なりけり」は命婦の判断（気づき）でもあったことを思わせる。

(4)　人々は帰したまひて、惟光朝臣とのぞきたまへば、ただこの西面にしも、持仏すゑたてまつりて行ふ、尼なりけり。すだれすこし上げて、花奉るめり。
(同・若紫)

「見る」などの視覚行為が、視点の転移の契機になることは先にも見たが、ここもその例にあたり、右の「…めり」は、行為の主体光源氏の視座からする（ないしは、それに同化した）観察であることを示している。(3)・(4)の「…なりけり」も、作中人物の疑問の解決や事実の発見に「語り手」が同化していることを意味する。

(5)　みづ《（薫）》からもまうで給ふ《（宇治の山荘に）》。げに、きき▲しよりもあはれに住まひ給へる様よりはじめて、いと仮なる草の庵に、おもひなし事そぎたり。
(同・橋姫)

副詞「げに」をはじめ以下、薫の視点（立場）で語られていると言ってよい書きぶりである。「げに」は薫の心理であり、「きき▲しよりも」の過去も、このときを現在（時の認定の基準時）として、この現在とは切れているかつてのこと、過去を意味する。そして、このように作中人物の眼を通して観察された事実を語るときには、「たり」文末が現れやすかった。

(6)　仏の御隔てに、障子ばかりを隔ててぞおはす《（姫たちは）》べかめる。すき心あらむ人は、けしきばみ寄りて、人の御心ばへをも見まほしう「さすがに、いかが」とゆかしうもある御けはひ《（姫たちの）》なり。されど、「さる方を思ひ離るる願ひに、…うち出で、あざればまむも、事に違ひてや」など、思ひ返《（薫は）》して、…
(同・同)

「されど」とあり「思ひ返して」とあることは、その前の描写が、「おはすべかめる」と薫の視点から姫たちが捉えられていて、「すき心あらむ云々」が、語り手の勝手な判断というのではなく、薫の内面であったことを物語っているのである。

五　語り手と草子地

先に日本語が話者主体（物語では語り手）中心的言語性を有すると言い、語り手が、語る出来事（作中人物たち）と主体的心情的に関わりながら語ると述べたが、ことに古典の物語において、我々に、語り手の存在が感じられるというのは、こうした日本語の表現的特質に基づくのである。

では、作中人物の立場に同化した表現ではなく、明らかに作中人物を外から眺める視点からする語り手のことばには、どういう表現（語法）が認められるだろうか。

人物を他称詞（人名・官職名・代名詞など）を用いて表現している場合や敬語（待遇）表現になっている場合がまず指摘できる（ただし、これらの場合も、選ばれた他称詞や敬語表現に、話者主体〔語り手〕と作中人物との関係が描き込まれてしまうところに日本語の特質が見られる）。

挿入句もその一つである。中野幸一が「語り手の存在を感じさせる表現方法としては、草子地をはじめとする表現形態が想起されるが、この挿入表現がもしそれらと無縁でないとすれば、語りの構造の中でどのような位置づけを保つのかということも当然検討されなければならない課題[8]」であるとするのは、重要な指摘である。

(7)　「人、おはす」と、告げ聞ゆる人やあらむ、すだれおこして、みな入りぬ。（源氏物語・橋姫）

(8)　…とあるをみせたてまつれば、あはれとやおぼすらむ、ただかくなむ（歌）（松浦宮物語・三）

(9)　昔、男、京をいかが思ひけむ、東山に住まむと思ひ入りて…　（伊勢物語・五九段）

「む・らむ」による疑問推量表現が、出来事の現場に視座をおいてのものであるのに対して、「けむ」には、「む・らむ」と同様の場合と、語り（手）の現在に視座をおいての場合との二種があることに注意する必要がある。

(10)　…と、心移りぬべし。　（源氏物語・橋姫）

「ぬべし」や「なるべし」の文末表現も多く見られるが、疑問推量の挿入句の場合同様、出来事の現場に視座をおいた語り手のことばとみることができよう。

(11)　（「いかでかく」の大君の歌）
よからねど、その折は、いとあはれなりけり。　（同・同）

「よからねど」とは、描写する出来事（作中人物の行動や状態）に対する、語り手の批評のことばとされるものである。この種の例には、出来事の現場での批評なのか、語り（手）の現在からする批評なのか、その区別の明確でないものもある。ここでは、つづいて「その折は…」とあることから、語り（手）の現在において、「今から思うと」という語り手の回想的批評とみられる。

さらに、次の例のような、それぞれ理由は異なるが、省略・省筆のことばは、「語り」そのものを操作していることを物語っていることばであるから、最も典型的な、語りの現在における語り手のことばということになる。

(12)　このほどの事くだくだしければ、例のもらしつ。　（同・夕顔）

(13)　みな人きこしめしたる事なり、まうさじ。　（大鏡）

作中人物の会話・心内語・和歌など（これらは作中人物が言語主体である）の引用部分を除いた、いわゆる「地の文」は、「語り手」のことば（語り手が言語主体）なのだが、それには、作中の出来事そのものを伝達（描写）するもの（「コト」叙述）――それが時には、その場の作中人物に同化した視点からなされることもあった――と、出来事と語り手との関係、つまり出来事に対する語り手の主体的判断（ムード叙述）を表現するものとがあった。そして、さらに、出来事を語る、という行動そのものに関する語り手の態度を示す表現――語りの操作を示すことばで聞き手配慮に通じる表現――とがあったことになる。この三種は、ビューラーの言語の叙述機能の三区分――叙述・呼びかけ・表出――に対応するとも考えられる。これは、日本語のシンタクスにおける述語成分の構造、または構文自体の、ディクトゥム、モドゥス構造と相似的な構造であることがわかる。言わば、モドゥスないしはムード（叙述のムードと伝達のムードの二種）にあたる語り手のことばが「草子地」ということばで意識されるようになったものと言えるだろうか。

〔底本〕『貫之集』は日本古典全書（土佐日記外）、『竹取物語』は岩波文庫、『源氏物語』『松浦宮物語』『宇治拾遺物語』は角川文庫、『大鏡』は新潮日本古典集成によった。

注

（1）「題知らず」も同じで、「題」（歌の成立の「場」の情報など）や「詠者」が和歌表現の享受を完結させる必須条件であったことが分かる。

（2）藤井貞和「物語における和歌」（『國語と國文學』一九八三・五）は、浮舟の歌に浮舟らしさがどのように工夫されているか、という観点からの分析を試みている。なお、岡井隆との対談「源氏物語、物語うたのことなど」（『國文學』一九九一・五）を参照のこと。

（3）塚原鉄雄「作品大鏡の表現機構」（『二松』五）は、「けり」の統括する表現と「けり」の統括しない表現――つまり枠内に「けり」認識を抱え込む表現、といった「けり」文末と非「けり」文末とによって、文章構成の分類を行っている。

（4）工藤真由美「現代日本語の従属文のテンスとアスペクト」（『横浜国立大学人文紀要』三六）。

（5）　牧野成一『ことばと空間』（東海大学出版会・一九七八）。

（6）　糸井通浩「物語・小説の表現と視点」（『表現学論考第二』表現学会・一九八六、本書後編〔四〕1）など。

（7）　たとえば、野村真木夫「話法をどう捉えるか」（『表現研究』三八）、山口明穂『国語の論理』（東京大学出版会・一九八八）、熊倉千之『日本人の表現力と個性』（中公新書・一九九〇）、糸井通浩「語彙・語法と時空認識」（中西進編『古代の祭式と思想』角川選書・一九九一）など。

（8）　中野幸一「挿入句」（別冊國文學『源氏物語事典』一九八九）。

（補注1）　日本語における「歴史的現在（法）」に相当するものについて、どう捉えるべきか、また「タ形」「ル形」についてどう解すべきかについては、本書「後編」の諸論考を参照のこと。

（補注2）　糸井通浩「文章論的文体論」（『日本語学』四―一二）で述べた。なお、本書後編〔一〕参照のこと。

3 「語り」言語の生成——歌物語の文章

一 歌語りから歌物語へ

口頭における「歌語り」の存在が指摘されて以来、歌物語文学の研究も飛躍的に発展した。「歌語り」という用語は『枕草子』『源氏物語』『紫式部集』などにみられ、平安中期には概念化をとげていたことがわかる。更に、少し時代が下るが、「歌物語」という用語の例も、例えば、

つのくににすむ、こやの入道、歌ものがたりなどおほかたにいふ人なりけり。（「相模集」私家集大成本）

とある。摂津の国に住むという「こやの入道」とは、能因法師のことと思われるが、「いふ」とあるから、この「歌ものがたり」は書かれた作品としての歌物語ではなく、口頭による「語り」であったと思われる。和歌説話のようなものを能因は語ったのであろうか。「歌語り」「歌物語」ということばの存在から、様々な「語り」がある中でも、「歌」をめぐる「語り」が、他の「語り」から区別されていたことは明らかである。

しかし、現在、歌物語文学と規定される、書かれた（筆録された）作品『伊勢物語』『大和物語』『平中物語』などが、これら口頭伝承の「歌語り」「歌物語」という用語で指し示されたものと、どのような関係にある言表行為であったか、という点になると、まだ充分に明らかにされているとは言えない。口承の「歌語り」から筆録の「歌物語」へ、詳しくは、例えば神尾暢子の研究[1]によるならば、「口承性の『歌語り』は、口承性の『歌もの・語り』

を経由して、口承性の『歌・物語』となり、さらに筆録性の『歌物語』として定着した」のであり、「歌語りから歌物語への展開は、漸層的に実現したと看做される」ということになろう。この「語り」の生成過程において、それらの展相の各段階と、先の歌物語作品とがどういう対応関係にあるものなのかが、具体的に明らかにされねばならない。大雑把に見通しをつけるとするなら、『大和物語』がより「歌語り」的（世界）であり、『伊勢物語』がより「歌物語」的（世界）であるということは認められてきていると言えるだろう。

一方、作品を構成する各章段の、作品への移入の時期を考察して、テクスト（現行作品形態）に至るまでの生成過程が、つまり作品『伊勢物語』の発生論的研究として、三段階説などが論じられてきている。『大和物語』に関しても前編・後編の区分の問題や、いわゆる付載説話の問題も含めて、何次かの生成過程を考えることができよう。また、生態論的観点からみるとき、作品『伊勢物語』は、それはそれで一つの統一的全体をなす表現行為とみなされ、特定のテクストに関して、この観点から、すぐれた作品構成論が生まれてもいる。『大和物語』に関しても、類同の研究が存在する。また、様々な異本類の存在と、それら異本間の相違をふまえての作品成立に関する研究もなされている。

ところで、作品『伊勢物語』の生成過程を考察する、この発生論的研究とは別個に、もう一つの発生論的研究がなされなければならないと考える。本稿の研究は、この後者にあたるものである。作品『伊勢物語』にしても、作品『大和物語』にしても、個々の自立した章段から構成されている。これらの個々の章段は、発生論的にみて、独立した一つひとつの「語り」として発生し、存在したものであったと思われる。それは、各章段が、冒頭部分と末尾部分とを有して、一つのエピソードと言える「まとまり」を有していることから知られる。この個々の「語り」が発生し生長するものと仮定するならば、両作品を構成する個々の章段は、発生から熟成への、それぞれの段階における形態をとどめた姿において筆録されたもの、と考えられる。単に量的側面からみても、両作品を構成する各章段には、ごく短い章段から、いくつかのエピソード（場面）を抱えこんだ長い章段までが存在しているのである。それらの間にみる差異に「語り」の生長の段階の差をみることができると考える。

例えば、『伊勢物語』の二三段（筒井筒）と『大和物語』の一四九段とは、同一素材による別種の「語り」であることは明らかであるが、両者に見る差異を、各「語り」が、それぞれ生長する、ある段階の様相を呈していると考えるのである。もっとも、祖孫関係において、より新しいものがより古いものより、近代の眼からみて文学的に洗練された、すぐれた作品（表現）になっているとは必ずしも言えない。生長が文学的質をも変えてしまうこともある。

さて『伊勢物語』『大和物語』、この両作品を構成する各章段（別個に、一章段自体が生長発展した形態――例えば『伊勢物語』九段――であることが問題ともなる）が、その現行の形態において、単純から複雑へ、とでも捉えておくならば、一見して、量的な形態上の相違からみても明らかなように、そういう種々相をなしていることは明らかである。これを基本的には、先に述べた、各章段（語り）の発生・生長過程の種々の段階の相違におおよそ対応するものと、ひとまずは捉えられるかと思う。「ひとまずは」と述べたように、「語り」の質は、単純に「量」的な問題に帰することができないものであることは、お伽草子の作品群を持ち出すまでもないことであり、また作品『伊勢物語』という言語場（面）が、かえって自立し生長すべき「語り」を、その書かれたかたちのままに凍結してしまったとも考えられるからである。そういう作品『伊勢物語』『大和物語』という言語場（面）の形成が、作品自体の生成過程を終結《ストツプ》させると言ったことをもたらしたと考えられる（この問題は、現存伝本間にみられる章段構成上の出入りや配列順序の異同など、伝本系統間の相違の問題も含めて、生長する作品の一つの終結が、何によってもたらされたのか、という文学史的課題を意味すると言ってもよい）。

本稿では、口承性「歌語り」から、筆録性「歌物語」へという展相を視座におきながら、その具体的な様相の言語表現への反映といった問題を、両作品の「語り」言語にみる表現的特徴を摘出することによって、それを、両作品の「語り」の質の相違を明らかにする手がかりとみなして、「語り」言語生成の実態を明らかにすることを目標としたい（いわば、両作品それぞれが、「歌語り」の生長という自分史を抱えこんでいるのであるが、本稿では、両作品の差異にのみ注意を向けることになる）。

二　語りの視点と歌

『大和物語』を特色づける表現形式の一つは、歌が提示された後、その歌をひき受ける表現形式を、「〜と（なむ）ありけり（る）」とすることである。

（例1）　故式部卿の宮を、桂のみこ、せちによばひ給ひけれど、おはしまさざりける時、月のいとおもしろかりける夜、御文たてまつり給へりけるに、

　ひさかたのそらなる月の身なりせばゆくともみえで君はみてまし

となむありける。（以下略）　（二〇段[2]）

右の例のような「とあり」型は、一四〇段[3]までで、三五例を数える。『伊勢物語』では一二五段中わずかに一例であることを考えると、『大和物語』表現上の特徴とみなしてよいと考える。

この、歌を受ける表現（引用）形式には、種々の型が存在するが、主なものは、「無」型（直接に歌を受ける表現形式がないもの、又は示されていないもの）、「〜とよむ」型、「〜といふ」型、「〜とかく」型、「〜とやる」型などである。「無」型を除くと、『大和物語』では、「とあり」型が最も多く、ついで「といふ」型、ついで「とよむ」型が多いということになる。これに対して『伊勢物語』では、「とよむ」型が多く、ほぼ同数で、「といふ」型がつづ

く。この両型に代表されると言ってもよい。数値の上から、『大和物語』が、「とあり」型を特徴としていることは明らかで、『伊勢物語』の特徴は、『大和物語』に比して相対的ながら、「とよむ」型が多く用いられる傾向にあったということができるであろう。歌をめぐる「語り」において、この差異は、一体何を物語っているのであろうか。

ところで、『伊勢物語』の「とあり」型の唯一例とは次の例である。

（例2）（略）京より女、（歌）、とあるを見てなん堪へがたき心地しける。　（一三段）

京の女からの「文」を受けとった「武蔵なる男」が、その文に書かれていた歌を見たことを語っている。「とある」としたのは、歌を受けとった男の立場（視点）に立って男の側の行為や内面を描くことが狙いであることをもの語っている。男の視点から語られる「語り」であるからである。

ところで、主な型として指摘した「といふ」型、「とよむ」型、「とやる」型は、すべて歌の詠者の行為を表現する点で共通しており、その点で、「とあり」型とは異質である。もっとも前三者の間にも、詠者の行為を表現する点では一致するけれども、「とよむ」型がもっぱら詠歌行為を指し、「といふ」型が詠歌行為または表示（伝達）行為を指し、「とやる」型が伝達ないしは贈歌行為を指す、といった、詠者の行為のどの段階の行為を指示するかに相違があることには注意しておく必要がある。また、時枝誠記の、「呼びかける歌」（贈答歌など、対話的な歌）と「ながめる歌」（独詠歌など）という分類(4)を適用して区別するならば、「とよむ」型が「呼びかける歌」「ながめる歌」いずれの場合にも存在する行為であるのに対して、「といふ」型、「とやる」型は主として「呼びかける歌」にのみ用いられていると言ってよいであろう。それだけ、「とよむ」型の方が「独詠歌」をも対象とするだけ、いわば心内語的性格を有していて詠者の内面表白に適しているのであり、実際、独詠歌的和歌を多く有することとも相まって、「とよむ」型使用を表現特徴とすることが『伊勢物語』の性格を自ずともの語っていると考えられる。

『伊勢物語』の唯一の「とあり」型である（例2）と同様な用い方をしている「とあり」の用例は、『大和物語』

にも勿論みられる。それは、

（例3）（略）柏に書きたる文をもてきたる。とりてみれば、（歌）、とありければ、この良少将の手にみなしつ。

（一六八段）

右にみるような「文（ふみ）」によるものだけでなく、その他書きつけられたものなどの場合において典型的にみられる用法である。つまり、口頭における会話的贈答と異なって、「文」などに書かれた歌は、客観的にその存在をながめてみることができるわけであるが、そのように歌を享受した受け手の立場において、歌をみている、または受けとっていることを、「とあり」型は表現していると考えられる。

先に示した三型が、いずれにしろ詠者（歌の送り手ともなる）の行為を示す表現形式であるのに対して、「とあり」型は、詠者の手を放れて歌が存在することを消極的に意味するだけでなく、歌の受け手の立場から、その対象の歌に接していることを意味すると言えよう。そして、それは、単に語られる世界に登場する、歌の直接の受け手だけにとどまるものではなく、その歌をめぐって語られる「語り」そのものの受け手（語りの聞き手または読者）の立場から読みとるべきであることを意味しているものと考えられるのである。つまり、『大和物語』では、直接的に、「文」などによって書かれて存在している歌を受けとったという場合だけでなく、歌の受け手側の視点で語られるという表現法（「語り」の方法）として「とあり」型が広く用いられているのである。

このように、「とあり」型の表現性を、その歌の内容がどのように、詠者の相手である受け手に受けとられたか、という視点から描こうとした表現であることを意味すると理解するならば、『大和物語』が、この「とあり」型を多く有していて、しかもそれが『伊勢物語』の表現との極立った違いを示す、最も特徴的な表現形式であったことは、「語り」の方法上何を意味するのか、という課題に行きあたらざるをえない。これは、『大和物語』における「歌語り」の本性を探る上で有効な手がかりになるはずだと考える。

「とあり」で歌を受けるとは、(詠者によって放たれた)歌のあり様にこそ、語りの焦点があったものと言ってよい。そのあり様において、歌語りするだけの価値が、その歌にはあった、「歌語り」の対象になる歌はその表現上、語られるだけの話題性を含んでいたと考えられる。その一種としてここで、清少納言や小式部内侍などにみる、当意即妙、機知に富んだ即興の詠歌のエピソードなどを想起してもよい。(例1)の場合、詠者である「桂のみこ」が、待つ人がこないことを、月夜に歌を詠むとすれば、歌はどのように詠まれるものなのか、そういう関心に対する一つの答えとして、「ひさかたの」の歌は存在した。そういう関心に答えるだけのものが和歌には期待されていた。歌の前に語られる地の文は、詠歌行為の言語場を構成する。そういう言語場(詠歌の状況)が、いかに詠歌表現の中に取り込まれるか、そこに、歌の表現のあり様の面白さがあった。「歌」という文芸には、そういう「機能」が日常の中で要求されることがあったのである。

ここで二つのことに注意しておくことが必要になる。一つは、「あり様」の面白さは、後世盛んになる歌学書、歌論書の類が対象とする歌の質的評価とは必ずしも相入れるものではなかったということ。もう一つは、その「面白さ」を語る「語り」であることにおいて、人事にかかわる、就中、男と女のこと(恋)に関わりあることが好まれ、要請されもしたであろうこと、この二点である。

後世、『徒然草』が「人の語り出でたる歌物語の、歌のわろきこそ本意なけれ」(五七段)と述べたのは、「面白さ」が、人事そのことに傾きすぎて、肝心の歌がないがしろにされていることへの、歌人兼好の眼からする批判であったと考えられる。ただし、『徒然草』の言う「歌物語」が一体どういうものであったのかは、もう一つ限定しきれないが、おそらく当時、和歌説話ともなっていた、歌の成立をめぐる「歌語り」を指していたものと考えてよかろう。歌の表現そのものが、歌の成立してくる状況(事態)またはそのときの人物の心情とひびき合うものでなければならなかっただろうし、両者の間に緊張関係が要求されたことを意味していよう。肝心の歌が「面白さ」に欠けるのではせっかくの「語り」の迫力も損われるというものであったのだ。

次に、これまでみてきた、歌を受ける表現に対して、逆に、歌の直前に位置して、歌をひき出し誘導する表現、または、歌との関係をなす表現に注目してみることにする。

これには、詠歌の作者、贈歌の相手など、歌をめぐる人間関係を表示する表現や、贈歌行為などの、詠者の歌を対象とする、種々の行為を表示する表現や、詠歌の動機・状況を表示する表現などがみられ、一般に勅撰集などの詞書における歌へのつなぎの表現を継承し、または発展させたものと考えられる。

さて、『伊勢物語』『大和物語』における、地の文から歌へのつなぎの表現形式を整理し比較してみると、両作品の特色と思われるものがいくつか存在していることがわかるが、ここでは、その中でも『伊勢物語』で顕著だと思われる、注目すべき形式を二つ取り上げて置きたい。

一つは、「…よめる、(歌)」となる例が、一九例もあることである。この形式が、『大和物語』には、一例もみられないのである。この事実は、勅撰集、なかでも『古今和歌集』との関係を考えてみる必要があるかも知れないが[5]、「語り」の場合は、歌集の場合とは自ずと異なるものであったとみるべきかと思われる。この問題は、すぐれて助動詞「けり」にかかわる文体論的問題でもある。かつて次のように述べたことがある。和歌集（特に勅撰集）の「詞書」は、「り／たり」文体を基調とする中に、「けり」文末の叙述があり、「語り」では、逆に「けり」文体を基調とする中に「り／たり」など完了ないし用言終止形による叙述がある、と[6]。

ところで、近年、熊倉千之が『古今和歌集』の詞書について、

（例4）　春立ちける日よめる

袖ひちてむすびし水の氷れるを春立つけふの風や解くらむ　（古今集・二）

の例をとりあげて、次のように説明する。少し長くなるが引用しておく。

詞書の「春立ちける日……」は、歌をよんだ事情を歌人が説明するもので、『古今集』では詞書の文末を「よめる」とするものと、「よみける」とするものが多い。この違いは、歌を詠んだ時間が詞書を書いている時間と同じなら、右の歌のように「よめる」、それ以前なら「よみける」となる。「さくらの花のちりけるをよみける」（八二・つらゆき）のような例がある。

（『日本人の表現力と個性』中公新書・一九九〇。引用文中の傍点はすべて著者の付したもの。）

熊倉は『古今集』の詞書の文末形式を「よめる」「よみける」ともに多いとみて同列に捉えているようだが、少なくとも『古今集』では、「よめる」が圧倒的に多く、「よみける」はむしろ例外的であり、「よみける」となっていることについては伝本の問題もある。私見ながら、『古今集』は「よめる」を基調とする文体と認められるのであり、まして両者の違いを「歌を詠んだ時間」と「詞書を書いている時間」との関係（つまり、両者の時間が同一時か、異なる時間かという違いになる）で理解することはできない。

　詞書が、歌の成立事情を説明するものであることは言うまでもない。勅撰和歌集の場合、その叙述の視点、言い換えれば叙述の現在は、奏覧の相手（直接の読者）である勅命者（古今集の場合、醍醐天皇になる）の現在である。つまり、歌集に収録されて眼前に存在する和歌がいかにしてここに入集してあるか、という視点から説明されたものである。それが「よめる」である。[7] つまり「…といった事情のもとに、今ここによまれて存在している（歌が）」と説明しているのである。詞書が「り／たり」文体を基調とすると述べたのは、この意味においてであった。熊倉は「よめる」とある場合は、「歌を詠んだ時間が詞書を書いている時間と同じ」場合だとするが、だとするならば、「春立つ日よめる」とあるべきで、右のように「春立ちける日よめる」では、すぎさった過去の日（「春立ちける日」）を、今回想して詠んでいることになる。ここには矛盾がある。熊倉は、「右の「春立ちける日」の場合、「春立つ」という事象はすでに過去のものだ」と認識しているのである。歌の中の「けふ」とは、まさに歌を詠んでいる今、今日であろう。その「けふ」が「春立ちける日」であってこそ意味がある歌である。「春立ちける日」は明らかに過ぎ去った時間（「日」）である。それは確かに歌の詠まれた日であるが、「よめる」とするのは、そうして今歌が存在していると語る、つまり享受の現在のことを述べているのである。

さて、『伊勢物語』においては、「よむ」以外の動詞によって、詠歌行為や贈歌行為を示す場合でも、それが歌へのつなぎ表現である場合には、「けり」を伴わない形式をとることが目立つ。このことは、「よめる」形式をとる一九例を含む章段が、四、五、九、一六、三九、四〇、六四、六九、七九、八〇、八一、八二（二例あり）、八四、九二、九三、一〇七、一一五、一二四、の各章段(8)、いわゆる第一次伊勢、または第二次伊勢と認定されるグループに属する章段に多いことを考え合わせると、ある程度、「語り」として熟した型態をもつ章段において現出しやすい表現であったとみることができる。「よめる」型は、「けり」をはぎとった形だと考えられる。つまり、それだけ、語り手の立場から記述するという姿勢を背後に退かせて、語られる場面そのものを志向する、言い換えると、視点が語られるできごとの現場に移っていることを意味する。詠者（登場する人物たち）の現場に即した叙述と言えよう。いわゆる「歴史的現在」といわれる用法に該当するのだが、西洋の語り言語に関して言われる歴史的現在とは、日本語の語りの場合、随分性格を異にするものであることは注意したいところである。(補注)

さて、もう一つは、次のような例である。

（例5）（略）男の着たりける狩衣の裾を切りて、(A)歌を書きて(B)やる。(C)その男、しのぶずりの狩衣をなむ着たりける。（歌）、となむおいづきていひやりける。（初段）

傍線部(B)が、「やりけり」ならぬ「やる」とあることについては今触れたところだが、ここでは、(A)「歌を」とあることに関わった問題を考えてみたい。一般の形式と異なり、この例の場合、詠歌行為や贈歌行為などを表示する表現とつづいて提示される「歌」とが構文的に直接つながってはいない。むしろ切れているのである。「書きてや

る歌」ではなく、「歌を」と現出することで、「切っ」ているとも考えられる。この種の例は、例えば、

（例6）（略）京に、その人の御もとにとて、ふみ書きてつく。（歌）。富士の山を見れば、五月のつごもりに、

雪いとしろう降れり。（歌）（九段）

などの類を含めると、『伊勢物語』では、二五例あまり数えるが、『大和物語』では、一四〇段までで、わずか六例にすぎない。勅撰集の屛風歌の詞書にも、詞書の末尾が終止形で終わるもの、また更には、私家集などにおいては、屛風歌の場合とは必ずしも限らなくて終止形で終結する詞書が存在することなど、詳しくは別稿にゆずるとして、『伊勢物語』が、この種の形式を特色とすることの意味は考えておきたい。(9)

端的に言えば、この種の表現形式のベクトルが、歌をなすことを目的とする行為とその行為の結果である歌（の存在）とを切りはなす方向にあることだと考えられる。ここに語られる人物たちの行動の自立化がみられる。人物の詠歌行為（または、その継起的展開としての贈歌行為）の表現が自立化することは、そういう行為自体に、「語り」の志向（焦点化）が向いていることを意味する。またこのことによって、かえって、人物たちのすぐれて内面表白たる歌が自立化するということにもなる。これは又、歌を受ける形式において、「とて」とか、「と泣きをれば」「と思ひをり」（ともに、六五段）などと、歌の内容――そこにこめられた詠者の心情そのもの――を直接に受ける形式が発生してくることとともかかわっていたかと思われる。『大和物語』との相対において、この種の受ける形式が『伊勢物語』において特色となっていると言える。

更に、（例5）の、傍線(C)のような表現が、地の文と歌とのつなぎの表現の間に割りこんでくるという例が数例みられる（この種の例は『大和物語』にもみえる）。「語り」において、語られるべき素材（中味）が奈辺に求められていたかをうかがうにたる表現事実だと考えられる。

以上、歌をひき出す、または受ける表現、その表現形式に注目してみることで、「歌語り―歌物語」における

「語り」の方法ないしは、「語り」の方向を探ってみようとしたのであるが、更に、語り手が顔を出す助動詞「けむ」に注目して、この問題を考えてみよう。

三　助動詞「けむ」と初期物語

地の文に使われた「けむ」に限定して考察する。つまり、「けむ」は語り手の、物語世界に対する「志向」の方向を探る手がかりの一つとなる助動詞であると考えるからである。『竹取物語』には四例、『伊勢物語』には二九例、『大和物語』（一七三段まで）には二三例が検出できる。単に数値の上だけでなく、各作品毎に「けむ」の使用のあり方をみることで、各作品の志向した「語り」の方向を探ることができるのではないか、という目途のもとに考察をしてみたい。

地の文の「けむ」は、語り手が語る立場（「今・ここ」）を視座として、その「語る現在」から、昔あったこととして「語られている世界の時」へと遡上して、その時の事態に関して、ある事情を推量することを意味する。つまり、「けむ」表現に注目することで、語られる世界に属することがらに対する語り手の関心（消極的、または積極的にも）が奈辺にあったかが端的に窺えるものと考えられるのである。

語り手の語りの立場自体は、助動詞「けり」に最もよく反映しているわけであるが、「けり」によって示される「こと」自体は、語られる世界のこととして、確定の事実として叙述されることがらである。それに対して「けむ」によって示される「こと」は、語り手において確定の事実として認定しえないものであることを消極的ながら、まず意味する。ある事態を確定の事実として語れるか語れないかの違いは、一体何によって識別されていたのだろうか。対象素材の世界のどの範囲のことがらについて確定の事実となしえたのか、なしえなかったのか、また更に確定の事実として知ることを望んだのか、何を語って何を語らないか、そして語れずにいて何が気がかりになったのか、という課題である。このことは、「語り」の態度・方法を探る上で問題となるはずのことである。こういう観点から、各作品における「けむ」の使用のあり様をまず考察してみたい。

『竹取物語』の四例は次の通りである。

(例7) いつか聞きけむ、「車持の皇子は、優曇華の花を持ちて、上り給へり」とののしりけり。 (蓬萊の珠の枝)

(例8) 御死にもやし給ひけむ、え見つけたてまつらずなりぬ。皇子の、御供に隠し給はむとして、年ごろ見え給はざりけるなりけり。 (同)

(例9) いかがしけむ、疾き風吹きて、世界暗がりて、船を吹きもてありく。 (龍の頸の珠)

(例10) いかで聞きけむ、遣はしし男ども参りて申すやう「…」と申す。 (同)

(例7)からみると、「ののしる」世間の人々が、車持の皇子の行動についてなぜ知っているのか、という疑問の表出を「けむ」が示している。「皇子」は、「いとかしこくたばかりたる」人故に、皇子の方から、事を喧伝することはなかった。そのことは、世間の人々の噂においては、「蓬萊の珠の枝」ならぬ「優曇華の花」となっている、このズレがもの語っている。この難題譚における難題物として、おそらく当時よく知られていたと思われる「優曇華の花」を登場させたことは、作者のうかつな筆のそれなどといったものではない。世間の人々が「優曇華の花」と「ののしる」故に、かぐや姫も皇子の行動を確信せざるをえなかった、と受けとるべきところであろう。このように(例7)を考えるのは、むしろ(例8)(例9)から帰納できる、『竹取物語』の「けむ」の使用のあり様、その表現性に基づくと言うべきかも知れない。

(例9)においては、「いかがしけむ」と、後述の事実の原因が不明と語っているのだが、実は語り手には、その原因は知られていたのであり、実際に、後の叙述において、大伴御行自身に、「これは、龍のしわざにこそありけれ、この吹く風云々」と語らせているのである。（例8）でも「御死にもやし給ひけむ」と語り手は、事実の確定を保留したかたちになっているが、この文につづく次の文において、語り手自らが「…なりけり」と、その真相をもらし語っているのである。

ではなぜこのような叙述（語り）の方法をとっているのだろうか。『竹取物語』の語りの方法の基本が、物語に登場する人物の視点に即する、言わば当事者的な視点をとっていることによると考えられる。そして、そこに、当事者的世界（直接の見聞の世界）――うちなる世界と、第三者的世界（世間ないしは間接の見聞の世界）――そとなる世界とが明確に識別されていることをみてとることができる。つまり、この「うちなる世界」に対する「そとなる世界」に属することがらは、登場人物の当事者的立場に立つ、語り手（の視点）からは、「けむ」と推量する領域に属することであったことを意味する。

（例7）では、「そとなる世界」つまり世間の人々のことに関することであり、（例8）では、今や「うちなる世界」から脱落した「そとなる世界」に属する人となった車持の皇子の行動に関することであり、（例9）では、大伴御行たちをおそった事態の原因が「そとなる世界」にあるとしか考えられなかった、そのことによるのであり、（例10）では、やはり、一旦は「そとなる世界」と視野から消えさった「男ども」のことであった、ということになろう。『竹取物語』は、登場人物たちの眼線、つまり生身の人間のとりうる視線と視座から出来ごとは語られているのである。いわば、語り手の視点が、現実の空間においてほぼ生身の人間の持ちうる視座に置かれていたとみてよい。

さて、次に『伊勢物語』地の文における「けむ」二九例をみてみよう。これらのうち、「けむ」の上接語が「思ふ」であるものが、一三例あり、『大和物語』（一七三段まで）ではわずか二例であることからみて、この事実に

『伊勢物語』の「語り」のあり様が顕著にみえてくる。更に、「思ふ」上接に類するものとして、「なにとも思はずやありけむ」（三二段）、「いかなりけることを思ひける折にか」（「ありけむ」の略とみる、一二四段）の二例、更には、「思ひけむ」を人物の内面を推量するとみると同じように、人物の内面を推量する、例えば、「京や住み憂かりけむ」（八段）などの五例を加えると、以上で二九例中の「二〇例」となる。

（例11）むかし、男、京をいかが思ひけむ、東山に住まむと思ひ入りて…。（五九段）

（例12）（略）京や住み憂かりけむ、東のかたにゆきて住みどころ求むとて、友とする人ひとりふたりしてゆきけり。（八段）

右の傍点及び傍線の部分とほぼ同文の表現が、九段にあることは周知のことである。「東のかたに住むべき国求めにとてゆきけり。もとより友とする人、ひとりふたりしていきけり」（九段）。そして「京や住み憂かりけむ」に対応するところが、九段では「（その男）身を要なきものに思ひなして、京にはあらじ…（とてゆきけり）」となって「けむ」が消えているのである。もっともそれは、もともと五九段の「京をいかが思ひけむ」に発していたともみることができるのであり、ここに「語り」の生成過程がうかがえるのである。更に、この八段九段について、塗籠本では、八段を九段が吸収したかたちで一章段にまとめられていることが想起される。

また、他の「東下り」章段をみると、「京にありわびて東に行きけるに」（七段）、「みちの国にすずろに行きいたりけり」（一四段）、「すずろにみちの国までまどひいにけり」（一一六段）などとある。[10]

「語り」の生成ということを考えるならば、一四段や一一六段などから七段を経て、更に八段から九段へと、人物（男）の行動をつき動かしている、その内面への、語り手の関心の度が深まっていると考えることができる。九段のように人物の内面を語り定めることによって、「語り」が一つの高いレベルに到達しえているのである。渡辺実が『伊勢物語』の文体を「第三者的外面記述によって内面に迫ろうとする」[11]文体と規定し、また「出来事の外面を捨てることによって、伊勢は、出来事の内面的な意味を描き出し、それによって出来事の自律性を、文章によって創り出すという、初期仮名文としては瞠目すべき文体を創り出した[12]」とも述べたが、文体把握としては首肯しうるが、なお、「語り」の生長の過程にすでに内面志向への意欲がみえることには注意してよいかと思う。

『大和物語』で（例1）にみたように、「ことば」の縁によって、地の文と歌の表現とが呼応関係を形成しているのとは異なり、『伊勢物語』では、（例12）の八段でも明らかなように（勿論、地の文と歌とにおける、素材的なつながりがあることは言うまでもないが、それ以上に）地の文と歌との関係が、より内面的心情的な呼応関係によって結びつけられていることが指摘しうる。歌に内面表白される、その心情が聞き手に納得してもらえるだけの、人物たちの行動の最少限度の表現化がなされていると言えよう。しかし、それにしても、これらの「けむ」表現によって人物の内面が推量されるということが、内面に裏打ちされた行動を叙述しようとする『伊勢物語』の語りの方法において、それがより消極的な面を意味しているのか、より積極的な意味をなしているのかは、むずかしい課題である。筆者は、後者だと理解しておきたい。〈けむ〉で推量される内面が、「歌」に表出されてくるのである。

元来、詠歌行為によって、人物の内面が一挙に表出されて完結した、歌語りの当初的段階を考えてみるなら、人物の内面を志向する、これらの「けむ」表現は、いわば人物の内面追求のすべてを歌に託していた段階から、地の文の「語り」においても、人物の内面追求を行うことによって、地の文が歌から自立しようとする姿勢を意味していると考えられるからである。言語場外面的事実の、歌の表現への反映といったところに関心のある『大和物語』に対して、『伊勢物語』は、これらの「けむ」表現に代表されるように、人物の向内面的追求を推し進めることによってとりもなおさず、「歌語り」から「歌物語」――歌を契機として展開する「語り」の方法において、「こと」がたりから「もの」を追求し語る文芸――へと、「語り」が展開しえたのだと言えまいか。

さて、『大和物語』における「けむ」表現の世界は、『伊勢物語』のそれとは、様相を異にする。『伊勢物語』が主として人物の内面的真実を志向していたのに対して、『大和物語』においては、向外面的な、展開する語りの世界における事態への関心を示していると考えられる。

『大和物語』地の文の「けむ」表現二三例は、一四〇段の前編に一三例、一七三段までの後編に一〇例が存在する。このうち前編で注目されるのは、「これにやおとりけむ」（八段）、「いかがありけむ」（七八段）、「上手なればよかりけめど」（一三五段）の三例が歌の後にあって、その歌に関しての推量をしている例のあることである（後編にも「かへしはいかがしたりけむ」（一四八段）の一例がある）。

章段の末尾において、歌についての感想や批評・解説または人脈表示などを付加しているものが、これまた前編には多く見い出せることと一致する事実であるが、これらの事実にも、「とあり」型で歌を受けることを特徴とすることと合わせて、『大和物語』の「語り」が、歌の存在（または成立）それ自体にいかに関心が向けられていたものであったかが窺える。「語り」に価する歌、話題にするに足る歌が対象化されていた。それは、なるほどそれでこう詠んでいるのか、という歌の表現への関心が高かったことを意味しているのではないか。

この種の「けむ」も、すでに、先に述べた『伊勢物語』の人物の内面を志向する「けむ」表現とは異質のものであるが、更に「いかがありけむ」（九四段・九五段）、「いかがなりにけむ」（一四八段）、「いかがしけむ」（一五八段）、「をろかなる親にやありけむ」（一四七段）、「いかなる折にかありけむ」（二七段）、「その事ともやなかりけむ」（三段）など、これらの例から人物の内面ならぬ、人物の行動や人物のおかれている環境、または事態・状況といったことがらに、語り手の関心が向いていたことを知りうるのである。

四　「時」の規定と語り

歌をめぐる「語り」の関心のありどころが、『大和物語』では歌（の内容）に関わる人物の内面にはなくて、歌の成立に関わる環境――歌の言語場――の言語場外面のことがら（事態・状況）に向いていることをみた。この『大和物語』の「語り」の志向するものが、更に具体的に顕現している表現的事象として、殊更「時」の限定に熱心であることを指摘することができる。

従来から『伊勢物語』と『大和物語』の「語り」言語にかかわる違いとして、登場人物を、前者が「男」「女」と抽象化して語るのに対して、後者が、具体的、特定的に指示する語で語られるという違いや、前者が、時をもっぱら「昔」と規定するのに対して、後者が、やはり歴史時、特定の時を指示する語で語られるという違いが注目されてきた。すでに、これらに、『伊勢物語』が「もの」を志向する語りであり、『大和物語』が「こと」を志向する語りであるという根本的相違がうかがえたのであった。前者が物語的であることのベクトルを持ち、後者が「こと」語り的な説話的であったことを意味するとも言ってよかろう。

「時」の限定に熱心であることは、歌集の詞書などにもみることができるが、歌の成立した言語場の外面的事実として、「時」が基本的かつ重要な要素であることは言うまでもない。この、『大和物語』の「時」の規定については、小松光三の論考[13]がある。小松は『大和物語』の「時に対する認識」が「私有の時」の提示を志向し、「個別的な世界への指向」を「示唆している」と述べている。つまりは、勅撰集をはじめとする歌集における、歌の成立を説明する詞書と同じ発想であることを示すものであり、さらに換言すれば、「こと」語りであることこそが、『大和物語』の「語り」が志向した世界であったことを意味する。

しかし、この問題は、「時に対する認識」の問題というよりは、どういう時であるかを認識しようとしている、または、時に関してどういう認定を必要としていたかの問題であり、『伊勢物語』での「昔」という規定、『大和物語』での「…の（御）時」「…ころ（頃）」という規定は、それぞれの「語り」が志向する、それぞれが必要とした「時」の認識の違いであったと考えるべきかと思う。更には、『大和物語』において目立つ「故（人物）」とか「先帝」といった表現の存在することも、語りの時と語られる世界の時との個別的で私的な関係（歴史的時空〈特にその特定の実在の人物たち〉と語り手〈ないしは聞き手〉との直接的関係）をも厳密に規定しようとする姿勢であったと考えられようか。『大和物語』のエピソードがスキャンダル的ともいわれるが、『大和物語』が説話的であったのに対して『伊勢物語』は物語的であったということであろう。もっとも『伊勢物語』もその享受史において、特定的歴史的なエピソードとして（スキャンダラスに）読もうとすることがあったが、それは物語そのものの言説とは関わりのないことであった。

小松は更に、『伊勢物語』の「時」が、「時はやよひのつごもりなりけり」（八三段）など、次のような捉え方がされていることを特色あることとして指摘している。

○時はやよひついたち（二段）
○時は五月になんありける（四三段）
○時は水無月のつごもり（四五段）
○時は秋になむありける（九四段）

以上五例の表現については、別途の問題意識から、山田清市(14)も注目しているところである。筆者も、これらが基本的に「AはBなりけり」の名詞構文であることから注目していたのであるが、少なくとも、これらは『大和物語』の「語り」との異質性を示唆する表現だと思われるのである。『伊勢物語』のこれらの「時」に関する表現については、次のように考えてみたい。

小松は、この種の「時（は）…」の表現性について、単一化はしても特定的な指示機能を持たない「男」「女」などの抽象的な表現と同質の発想によるものと考えて、「この普遍的な表現で、聞き手は「むかし」の世界を自己の世界となしえたのである」と説いている。しかし、「時（は）…」の述部の部分が具体的な時の規定であることにおいて、「AはBなりけり」構造の文であることに注目するならば、これは「時」の主題化であると言える。いわば、「時を語る」のではなく、「時について語る」表現であって、普遍的ないしは一般的認識を前提にして、個別的時間の認識をしているとみるべきであろう。

時を意味する語が、連用成分として外延的に叙述を限定するという機能で用いられるのではなく、「時」に対する意識が主題化され、その具体的相が述語化されることの意味は、「語り」の主題としての人物の内面を追求するという方法と呼応する、時のイメージの内面化、いわば、時の「もの」化を志向するものであったと考える。述語としての具体相（季節名または月日）の内面化された映像《イメージ》こそが、人物の内面を規定するものとして認識されていたことをものがたる表現ではなかったかと考える。ここに、時のイメージの「もの」化をみることができると考える。

『大和物語』の文章は、『伊勢物語』が「もの」語りであることを選んだのに対して、伝説、説話的な「こと」語りの方向をとっている。また、もともとの「歌語り」の本質として捉えられるべき「こと」語り性を、なお多く「語り」の形式に残存させている体のものであったことを意味する。(15)

この『大和物語』のあり様は、なお「歌」をめぐる「語り」に対する時代的要求に根ざしたものと考えられるが、「もの」語りであることを志向した『伊勢物語』にさえ、そうした「歌」をめぐる「語り」に対する時代的態度が影響して、それがその「語り」の方法の中に割り込んできていることは充分注意してよいことであろう。例の「後人補注」の文の存在などのことである。

『大和物語』においては、前編と後編との問題、更には、いわゆる付載説話の問題などに配慮しながら、これらの相違性に注意して、『大和物語』の志向する「語り」は、捉えていかなければならないであろう。

『大和物語』が、後編において、『伊勢物語』の「昔男」の「語り」を、「在中将」の「こと」語りとして、連続的に収めているが、その末尾にあたるところで、「これらは物語にて、世にあることどもなり」（一六六段）と言っていることが注目される。少なくとも、『大和物語』が『伊勢物語』の「語り」を、自らのそれと異質なものとして捉えていたことを、しかもそれを「物語」という語で認識していたことは重視すべきことかと思われる。

注

（1）神尾暢子「歌物語と歌がたり――「語り」形式と「物語」形式と――」（『古代文学研究』二）。
（2）以下、作品本文の引用は、『大和物語』は校注古典叢書（明治書院）（底本は前田家所蔵為家本）を、『竹取物語』『伊勢物語』は新潮日本古典集成（底本は、それぞれ、有栖川宮家伝来高松宮家蔵本、天福本系学習院大学蔵本）を使用した。
（3）『大和物語』を通説に従って、一四〇段までとそれ以降とに区分する。「語り」に違いを見るからである。
（4）時枝誠記「和歌史研究の一観点」（『国語学』四七）。
（5）糸井通浩「勅撰名歌評釈（四）――難波江の芦間に宿る月――」（『王朝』七、後に『古代文学言語の研究』和泉書院・二〇一七・後編〔五〕3に収録）など。
（6）糸井通浩「勅撰和歌集の詞書――「よめる」「よみ侍りける」の表現価値――」（『國語國文』五六―一〇、後に『古代文学言語の研究』中編〔一〕に収録）。
（7）糸井通浩「『けり』の文体論的試論――古今集詞書と伊勢物語の文章――」（『王朝』四、後に『古代文学言語の研究』前編〔二〕4に収録）。
（8）『伊勢物語』八七段には「よむ」の例が三例見える。また、「かくうたふ」の例が、一二〇段・六五段に見える。

（9）　注（6）の拙稿。
（10）「貫之集」（日本古典全書『土佐日記』による）に見える屏風歌の詞書に、「道行く人の馬よりおりて、岸のほとりなる松のもとにやすみて、波のよるを見たるところ」など、同じような状況（場面）のものが多くあるが、人物の内面を語ることばは見えない。
（11）渡辺実校注『伊勢物語』（新潮日本古典集成、注（2）前掲書）解説。
（12）渡辺実「歌物語から源氏物語」（『國文學』一九七二・十二）。
（13）小松光三「物語冒頭の時の表現」（『王朝』八）。
（14）山田清市「伊勢物語の成長と作者」（『國文學』一九七九・一）。
（15）糸井通浩「『こと』認識と『もの』認識―古代文学における、その史的展開―」（『論集日本文学・日本語1　上代』角川書店）。

（補注）このことについては、「視点」論として、いくつかの論稿で考えてきた。本書後編参照のこと。また、糸井通浩「源氏物語と視点」（『新講源氏物語を学ぶ人のために』世界思想社・一九九五）なども参照いただきたい。

〔二〕「なりけり」構文と「語り」の展開

1　貫之の文章——仮名文の構想と「なりけり」表現

序　問題の設定（仮名文の創造）

貫之の文章が、『新撰和歌集』序などはともかく、平仮名による序文においてさえ、漢籍の影響をうけているところについては、つとに、最近は殊に深く追求されつつあるところである。しかし、本稿は、その問題にはふれない。いかに文章の緊張感を持続させるか、それは、文章の単なる修辞技巧の問題ではない。確かに修辞技巧こそ緊張感を持続させ、読み手を説得し納得させる力として働くものではあるが、常にそれだけに終わることのできないのが、文章創造の、まして文学的文章におけるきびしさであろう。そしてこのことは、文章を生み出す書き手の問題意識と深くかかわっていることであり、そのきびしさを克服するものは、書き手のものの見方考え方の深さであり、また新鮮さであり、誠実さである、と言えよう。

叙述展開における緊張感、それは書き手の問題意識と深く関わっていると述べたが、本稿においては、すでに上代において芽ばえていた「なりけり」表現が生成発展していく過程を捉えながら、貫之の文章において、叙述の構想、その展開の緊張感が「なりけり」表現——構文によっていかに実現しているかということを確認することによって、初期仮名散文の創造の工夫の一端を明らかにしてみようと思う。貫之の散文で、「なりけり」表現を見いだすことができるのは、『古今集』仮名序と『土佐日記』だけである。この二作品に焦点をしぼって述べることにしたい。

一　「なりけり」の生成（上代から中古へ）

「なりけり」は、形態的にはⒶ「にあり」Ⓑ「なり」Ⓒ「にありけり」Ⓓ「なりけり」という過程を経て生まれてきたもので、平安時代になると、以上四つの形態が併存したことは言うまでもない。特にⒶⒷの形態的機能的変遷の整理は、春日和男、西尾光雄の論[1]にみられ、またⒶ—Ⓓにわたってその意味的表現的価値の分析は、森重敏の論[2]に展開されている。さらに和歌に限ってⒸⒹの存在数については、拙稿で明らかにしたことがある[3]。

「にあり—なり」という理法への自覚を示す指定の表現と、そのこと自体を詠嘆的に認識したことを示す助動詞「けり」とを合わせもつ表現をひとくくりにして「なりけり」表現と称することにする。

記紀歌謡には「なりけり」表現はなく、「にあり—なり」の連用形は、「ひとつ松人にありせば」（景行記・三〇）のみであるが、『万葉集』になると、「なりけり」表現が表Ⅰのような数を示す。「なりけり」という融合形は、高田女王の、状態の詠嘆的認識を示すにすぎない「盛りなりけり」（一四四四）を除くと、家持の、

恋ふといふはえも名づけたり言ふすべのたづきもなきは我が身なりけり　（四〇七八）

表Ⅰ

	万葉集の「なりけり」表現	（　）は末句の数
A	にありけり（る）	8（0）
B	にしありけり	10（5）
C	にぞ（こそ）ありける（れ）	4（1）
D	なりけり	1（1）
	計23例	

の一首のみ。C「にぞ（こそ）ありける（れ）」は「なりけり」の強調表現であるが、理法へのさめた意識の表出というよりも、より情意的な詠嘆法にとどまった四五〇、三五九一、三七一八、三七八四の四首があり、これらもすべて天平期十年前後以降の歌である。

未融合形A「にありけり（る）」は、巻一〇、一一、一六の各一首、それに大伴宿祢田主の歌などを古い例として、家持の歌まで八首。B「にしありけり」は、人麻呂との問答歌を含む巻一一の二首、巻一〇の一首、巻一三の一首（長歌）巻七の四首を古いものとして、家持の歌まで一〇首である。(4)

慣用句的な「かくのみにありけるものを」（三八〇四など四例）は、「かくのみに」で句切れをなすように、ある状態の指定という認識にとどまり、充分に一般化してとらえる理法への志向は不徹底で、なお外在的な個別的なイメージが生きている。このことは、末句において比較的早くから、しかも多く現出した「にしありけり」においてもみられ、「ことは君にしありけり」（二八〇九）、「ものは恋にしありけり」（二四四二）、「ものは妻にしありけり」（三三三〇）が、天平期に入っては「ものにぞありける」（三五九一）（一四五〇）となることで理法への志向の深まり、より客観性の高い詠嘆的断定へと進化していくのである。ことに巻七の四例と家持の一例と五例もある「言にしありけり」に、『古今集』仮名序にみられるという「こころとことのはの決定的な乖離の認識」(5)が、すでに、しかしまだことばに対する素朴な絶望においてではあるがみられるのであり、言霊信仰の呪術的な力への絶望とは言えても、人間存在にかかわる決定的な諦念には至っていないものであった。

以上二三例のうち、歌の末句において成立しているものは、七首である。そのうち、天平期以前の可能性をもつのは三首（巻一三の一首、巻七の二首）。また長歌の例は、二三例中一例（三三三〇）。「なりけり」表現は、ほぼ第二期から第三期にかけての頃からの短歌において発達してきたものと言える。この傾向は、「なりけり」が私的な個別的な体験に基づいて、主体的な判断を提示する表現であったことから当然なことであり、歌の一首全体を統括する機能を実現する末句への現れが、やや時代を下って三期ないし四期においてであったことからみても、『万葉集』においては、一首全体において理法の発見そのものに抒情性を見いだすという発想の歌は今なお類型化していなかった。末句ならぬ途中句において「なりけり」表現を表出していることにおいて、『万葉集』ではなお理法への志向より、詠嘆法においてすぐれていたと言えよう。

春日は、未融合形「にあり」が融合して「なり」となる動機を、詩歌という韻律の力の支配に帰しているが、(6)さらに、表現対象を一般化して「もの」や「こと」として指定しながら、その事実を詠嘆的に表出する表現は、少なくとも『万葉集』の世界においてすでに確立していたと言える。

それは詩歌が、抒情の世界のものであることの以前においてより向内面的に、外的現実に対する自覚が心情的により鋭敏であることが要求される世界であるからで、たとえば、

石橋の崖に生ひたる顔花の花にしありけりありつつ見れば　（二二八八）

の「ありつつ見れば」といった眼、心的作用―文学的営為において認識されうるものであるからでもあった。

西尾光雄が祝詞との異質性として指摘した、(7)宣命の指定「にあり―なり」が、春日の調査(8)によると、「にあり」が四九例（うち終止形三三例、連体形一五例、連用形二例）、「なり」が八例（うち終止形七例、連用形は〝可受賜物奈利世波〟の一例）であり、主たる指定表現をうけもったのは「にあり」であり、「なり」は、「これから栄えんとする準備の段階」にあったとする。そして『続日本紀』中の宣命では「なりけり」表現が四例を数える。

うち二例は、「諸の神たちにいましけり」（三八詔）、「仏の御法は……授け賜ふ物にいましけり」（四一詔）で、そこにみる敬語法が示す通り、客観的な理法への志向は不徹底におわり、なお「神たち」「仏の御法」の貴き存在性を、つまり、個別的なイメージを表出していると言える。措定に徹底していないのである。残りの二例は、先の「にあり」の連用形の二例にあたるもので、一つは、

然《さ》て皇とまして天下政を聞しめすことは労しき重しき事にありけり　（一二三詔）

点線の部分は、宣命では類型的な表現であるが、「然て」とあるように、この文自体は譲位（この宣命の主意）して、位を皇太子にゆずる理由を述べるものであり、この「詔」の核心にふれるところにあたる、つまり最も説得的であることが要求されたところなのである。叙述が類型的な表現で構成された故に、一層理法的にも情意的にも、その主体の意志が強く表出しうる「にありけり」で陳述することになったものと思われる。次の二四詔（即位）にも、「然《さ》て…平けく安く治むる物にあるらしとなもきこしめす」とあるように、宣命における類型としては、点線のような表現、または「物にぞあると念」うといった形で、「らし」や「念、思、きこしめす」といった主観的判断であることを表出する語を伴った「（物）にあり―なり」の表出、または、単に「（物）にあり―なり」のみの表現によって、理の説明・指摘にとどまるものであり、「にありけり―なりけり」という、主観的判断であることを示す概念的表出ははずした、客観的理法として、それをそれとして決めつけることによって、それ自体の発見を主観的な詠嘆によって提示するという表現は、宣命においては、あと次の一例にしかみられないのであった。

…此を見るに仲末《ママ》呂が心の逆に悪状は知りぬ。然れば先にしが奏し事は毎事にかだみへつらひてありけり。此を念へば唯…この年の年ごろありつ。然るに今は明らかに仲末呂がいつはりにありけりと知りて…諸々きこしめさへと宣る　（二八詔）

仲麻呂の行為が朝廷を傾動《かたむけ》んとする「いつはり」であったことがあきらかにされるために、事柄を理論的に展開し、ゆるがないことわりとして新たに認識しようとしているのである。そして、ここにあきらかなことは、「にありけり」という表現が成立する要因として、「にありけり」で示される理法の発見を志向する展開において緊張感が存在していたことである。

公的な儀式のことばである必然性から、概して類型的表現によって叙述し構成される宣命においても、より時事的現実的な個別的事柄を扱って、それについての公（朝廷）の態度を示そうとすると、右のような説得的な文章の工夫と創造が要求されたのである。

宣命の文章と貫之の文章との直接的間接的な史的関わりは、なお多角的に明らかにされねばならないが、御書所預、そして後に大内記にも進んだ儒士貫之が、歴代の宣命などに触れないことはなかったであろうと指摘することは可能である。

二　『古今集』仮名序の文章

ここに持続する緊張感というとき、それを成立させる条件として「呼応の脈絡」または「脈絡の対応」が要請されてくる。(9) こうした文章の持続する緊張感は、単純に言えば、文章の構想力、表現力の問題ということであって、そしてそれは、仮名序の文章についてこれまで明らかにされてきた、枕詞、序詞、対句表現、文と文の接続、構成、構造なども叙述の部分相互に、また部分と全体との関係において、この力に与かるものではあった。しかし、ここにみる「なりけり」表現は、「なりけり」という意識的判断であることにより、筆者貫之がより主体的に表現対象に肉迫していく意欲を表出していると読みとることができるのであり、貫之に、この文章をかかせた発想の、より根源的な問題意識に触れることにもなるのではないかと思われる。

古へよりかく伝はるうちにも、奈良の御時よりぞ弘まりにける。(A) かの御代や、歌の心を知ろしめしたりけん。かの御時にあひて、柿の本の人麿なむ歌の聖なりける、(B) これは君も人も身を合はせたりといふなるべし。…これよりさきの歌を集めてなむ、(C) 万葉集とは名付けられたりける。（段落10）

日本古典全書（『土佐日記』）中の本文によって、その段落に1から13の番号をつけると、右の段落は、段落10となる。

西尾光雄があきらかにしたように、前半（段落9以前）には「ぞ」が、後半（段落10以後）には「なむ」が集中し、例外は二、三にすぎない。[10] Aの「ぞ」は後半の冒頭にあって、言うならば前半最後の「ぞ」である。Bの「なむ」は、後半最初の「なむ」に当たる、そして、それを受けているのが問題の「なりける」であることに注目したい。「ぞ」と「なむ」の表現性の違いについては先学の指摘もあるが、[11] 筆者は、「ぞ」は言語主体が表現対象の存在をとりたてて強調するために表現対象をそれと指定する表現であり、「なむ」は言語主体の表現対象に対する情意的共感的な認識を強調するために、表現対象をそれと認定する係助詞とみる。

さて、一三の段落は、表Ⅱのように三つに整理することができる。第一部は、末句を「なり」で結ぶ五つの文（仮名序中の末句「なり」はこれで全てである）を含んでいる。つまり指定の助動詞「なり」による認識の世界である。第二部の最初の段落である段落7は、「いまの世のなか」に始まり、「その始めを思へば、かかるべくなむあらぬ」で結ばれる。この「なむ」は「なむ」の領域である後半からははずれている唯一の例外であるが、「その始めを思へば」という反省は、仮名序中独特な叙述部分とも評価されている段落8 9を生み出し、段落10の「かの御時にあひて…歌の聖なりける」という理法の発見へとつながっていく予告的な表現、そして、なお後半の領域内にある「なむ」に通うものであったと言えるのである。この叙述法は、正に先に述べた宣命二八詔の方法でもあった。

表Ⅱ　古今集仮名序の構成

	段落	部		
前半	段落 1 2 3 4 5 6	第一部	和歌の本質と起源	「なり」の世界 原理の確認
前半	段落 7 8 9	第二部	今を反省して古えのさまを確認	古えに見いだされる理法の発見
後半	**段落 10**			
後半	段落 11 12 13	第三部	当代の讃美と撰集の喜び	当代への理法の投影の確認

段落7を受けて、段落8 9は、「古への代々」のさまをふりかえり、「歌をいひてぞ慰めける」「歌にのみぞ心を慰めける」と一般理論で結ぶ。これは、段落1で「…心をも慰むるは歌なり」と指摘した本質的真理の現実性を客観的に確認していることを意味しているのである。この一般論的な（古へを対象とした）段落8 9を受けて、段落10は「古へよりかく伝はるうちに」と受け、また段落8のことば「しろしめしけん」を継承して「（かの御代や、歌の心を）知ろしめたりけん」と指摘することによって、「奈良の御時」が聖代であったことを確認しつつ、この「なりけり」表現により理法の発見を提示しているのである。ここに緊張感は最高に高まる。まさに「破」にあたる。第一、二、三部を序破急の展開で読みとることが可能であろう。[12] そして、「なむ」の叙述は次のようにつづく。

かの御時よりこの方…代は十次ぎになむなりにけり。（段落11冒頭）

かかるに今、天皇の天の下…四つの時九のかへりになむなりぬる。（段落12冒頭）

…延喜五年…奉らしめ給ひてなむ、…歌をなむ撰ばせ給ひける。（すべて…古今和歌集と云ふ）（段落12末尾）

「聖代奈良の御時―人麻呂（赤人）―万葉集」という段落10の骨格は、段落12の「聖代醍醐の御代―紀貫之ら―古今和歌集」という骨格と重なっていくことによって、「なりけり」表現による理法の発見の表出の意味意図が実現しているのであった。「君の側と臣の側とを対比しつつ文章をすすめることは、対の原理によって発見した仮名序の方法であった」という指摘[13]は、この理法の構造、理法の意図を明らかにしたものとして首肯できる。

段落13は喜びの感想である。「…貫之らがこの世に同じく生まれて、この時にあへるをなむ喜びぬる」は、「かの御時にあひて」の確認であり、「歌の聖なりける」に相当しうるという自負と自覚を意味していたであろう。

三　『土佐日記』の文章

『土佐日記』の文章についても、語彙の位相に基づく、貫之の文体意識を明らかにした論[14]や、叙述―表現法の面から、その和歌的発想や方法とのかかわりを説いた論[15]、さらに和歌文学の立場からの論[16]など、すでに多くを数えるが、本稿は、萩谷朴の指摘する「日毎の偶発的な体験的事実をありのままに記録した日記、紀行文ではなく、特定の構想のもとに組み立てられた創作品」と規定される性格「一貫照応」または「反復学習」[17]という面を、「なりけり」表現を通して検討してみようとするものである。「一貫照応」「反復学習」という性格は文章―叙述の持続する緊張感を生み出す効果的な手法であったはずである。

さて、『土佐日記』を次の五つの群に整理する。

A 序――十二月二十七日（七 日間）1（1）
B 二十八日――一月九日（一一日間）4（2）
C 十日――二十二日（一三日間）2
D 二十三日――二月五日（一三日間）4（1）
E 六日――十六日（一一日間）2（1）

ここにとりあげる「なりけり」表現は、和歌及び地の文の各文末に出現するものに限る。和歌五例、地の文八例、各群に属する数は、右の分類表の下段に示した。（ ）は、なりけり表現の和歌の例数を示す。

山口博は、玄人の歌の世界である『新撰和歌集』に対して、『土佐日記』は素人歌人的な通俗的な歌の世界と規定し[18]、『大和物語』的な性格をもそこにみようとするように、多くの歌は詠歌の事情――場面と密着して詠まれているわけで、貫之の意識に歌日記――歌物語の創造という側面も存在したのではないかと想像される。褻の歌の世界であり、歌自体も叙述の展開の一素材《モチーフ》として機能しているのであるから、「なりけり」表現を持つ歌も当然ここでの考察の対象にしなければならない。

『古今集』は、『万葉集』に比して質量にわたって飛躍的に「なりけり」表現の歌を発展させたのであるが、とりわけ貫之が当代歌人の中でもぬきんでて「なりけり」歌を多く詠作していた。

さて各群ごとに「なりけり」表現の意義意図を明らかにしてみたい。

A群は、大津より浦戸へ舟出した二十七日まで。つまり、大津滞在の期間にあたり、A群を一貫する話題が「別れ」であることはいうまでもない。二十一日の門出の宴、二十二、三、四日は「馬のはなむけ」の三日間、二十五、六日は守の館で送別の宴、儀式的公的な別れは頂点に達し、そして二十七日、いよいよ舟出の日となって、

　　都へと思ふをものの悲しきはかへらぬ人のあればなりけり

地の文に「京へかへるに、女子のなきのみぞ」とあるのを歌で「かへらぬ人のあれば」と対比的呼応表現をとって、地を歌へと接続させこの地を去る別れのつらさ悲しさの根底に潜んでいた事実に思い至ったことを明示している。別れを惜しむ行為は、さらにB群につづくのである。しかし、それは公的な性格をおびたものでなく、より私的な行為としてであった。

B群は、浦戸を出立して大湊に向かった二十八日から、大湊を出立して奈半へ向かった一月九日まで。つまり、大湊滞在の期間に当たる。

ここで一連の行為が列挙されていたことに気づく。「酒なにと持て追ひ来て」（二十七日）、「酒よきものども持て来て」（二十八日）、「屠蘇白散…酒くはへて持て来たり」（二十九日）、「白散…え飲まずなりぬ。…求めしもおかず」（元日）、「もの、酒おこせたり」（二日）、「（風波のしばしと惜しむ心やあらむ）」（三日）、「酒、よき物たてまつれり」（四日）、そして七日のこと。

　　浅茅生の野辺にしあれば水もなき池に摘みつる若菜なりけり

地の文に「池と名あるところより、鯉はなくて、鮒よりはじめて川のも海のも、ことども…」とある。かかりうけ

のひびきあいからすれば、「池と名あるところより、鯉はなくて」「池に摘みつる若菜なりけり」のいきおいと読める。「鯉はなくて」は言わずもがなと見えて実は、「池―鯉」「川―鮒」「海―…」といった対応の上に立って、しかし、池ならぬ池故に「鯉はなくて」であり、「今日を知らせ」る若菜であったところに感動があり、贈り物に対する喜びの頂点をなしている。この「をかし」さの実現は「よき人」つまりかつて都人であった人の、季節時期にあった行為―風流ごとであって、かつて都人であったことによって可能であった。それは都の貴族である舟の一行の最も期待するところであり、贈り物は、やはりこうあるべきであったという感慨を読みとることができる。

大晦日の二十九日に「心ざしあるに似たり」と言っているのは、元旦のものを大晦日にもってきて、しかも、その白散は「え飲まずなりぬ」であり、元旦になると、もう誰も元旦のものを持ってくるものもなかったという事実と考え合わせて理解すべきところであろう。

七日には、もう一人「わりご持たせて来たる人」があり、その人は「歌よまむと思ふ心ありてなりけり」とあって、この池の女とこの田舎歌仙との対比(19)は、従来指摘されるところである。贈り物に関する記録、話題はここで一くぎりとなっている。

B群の中心的な話題の頂点は九日にある。九日は奈半をめざして陸から沖あいへと遠く離れていく日であった。

「この人々」ぞこころざしある人なりける

「この人々」とは、「藤原のときざね、橘のすゑひら、長谷部のゆきまさらなむ…」である。大津を舟出した後も、私的な行為から、別れを惜しんでやってくる人々があり、すでに「藤原のときざね」(二十二日。馬のはなむけの最初)、「藤原のときざね、橘のすゑひら、こと人々追ひ来たり」(二十七日。A群の最後の日)とあったのを受けているのである。実名の列挙に一つの秩序がある。この「なりけり」表現によって話題の頂点に達しているのである。

前日の八日に、もう一つ「なりけり」表現がある。

照る月の流るる見れば天の川出づる湊は海にざりける

地の文で「今夜、月は海にぞ入る」「入れずも…」「入れずも…」とあったのを、歌では「天の川出づる」と対比的に呼応させている。この海上の月の話題は、むしろ次のC群に属するもので、「ただ月を見てぞ」（十一日）、「十日あまりなれば月おもしろし」（十三日）、「あかつき月夜…（水底の月を詠んだ歌）」（十七日）、「（仲麻呂の月に関する故事）」（二十日）と、八日の「今夜、月は海にぞ入る」から二十日の「月…海の中よりぞ出で来る」で一くくりになる話題である。しかも、業平、貫島、仲麻呂の故事で枠づけし、「波より出でて波にこそ入れ」の歌でまとめている。

この話題の場合、話題の発端において「なりけり」表現がなされたことは、都の貴族にとって月が海から海へと出入りすることはまず指摘せざるをえない新鮮な体験―発見であったからであろう。このことは、池の女との対比から、先に「歌よまむと思ふ心ありてなりけり」と示して、その後で田舎歌仙の行為がそれを証明するという表現法と類同とみてもよいだろう。

C群は、右のように「月」に関しても話題にしながら、さらに次のような中心的話題を持っていたのである。C群は十日奈半泊（奈半に着いた九日からすでにC群ははじまっているとみることもできる）から二十二日「こととまり」を追いゆく日まで。

十七日に「雲の上も海の底もおなじごとくになむありける」とあるが、話題の頂点は、二十一日の次の二つの「なりけり」表現が示しているといえよう。

春の海に秋の木の葉しも散れるやうにぞありける

七十ぢ八十ぢは海にあるものなりけり

和歌で発達した「見立て」という発想をここで実践している。ことば―ことのはにおいて、思いがけない二つの事柄のつながり（類似性）を発見して興ずるのである。中心的素材は「波」であった。「白栲の波」（十二月二十六日）、「波の白き」（一月七日、白馬の日に）など、それ以前から波の白さに注目しながら風とともに波立つことを恐れていた。

C群に入って、「雲もみな波とぞ見ゆる」（十三日）、「風と波とはおもふどちにやあるらむ」（十五日。これはすでに「松のうれ毎にすむ鶴は千代のどち」とあった）、「波のなかには雪ぞふりける」（十六日）、「磯には…雪のみぞふる」（十八日）、「…波の磯には…花のみぞ咲く」（十八日）、「立つ波を雪か花かと」（十八日）等々、波について「白」の語を用いないで詠んだ「見立て」の歌々である。そして二十一日楫とりが「黒鳥のもとに白き波をよす」と「物言ふやう」につぶやく。白いのは波だけではなかった。海賊のこととともに、海の恐ろしさから「頭もみな白けぬ」、ここに先の「なりけり」表現が登場したのであった。

ところで「七十ぢ…なりけり」につづいて、次の歌がある。

　　わが髪の雪と磯べの白波といづれまされり沖つ島守

従来の説では、「沖つ島守」を島の番人、あるいは島の守護神などとみているが、それではこのC群の話題の頂点をなすところの歌としてはおもしろくない。髪と波、その白さの程度の判定を沖つ島守にやれというのだが、その判定をするものは、「黒」こそふさわしい、つまり「沖つ島守」とは「岩の上に集まり居」った黒鳥のことを比喩的に言っているとみなければならない。そこで「黒鳥のもとに白き波をよす」と言った楫とりに「言へ」という意図も了解できる。C群を二十二日までとしたが、それは、地の文に「磯に雪ふり、波の花咲けり」とあって、

　　波とのみ一つに聞けど色見れば雪と花とにまがひけるかな

という歌が、「波」をめぐる見立ての一つの答えを示した体の歌であるからである。

波以外についても、「地名羽根と鳥の羽根」「人の数と鳥の数」（十一日）、「雲の上も海の底も」「棹にさはる桂」

（十七日）、「月の影と人の心」（二十日）、「春の海に秋の木の葉」（二十一日）、「山もゆくと見ゆる」（二十二日）などの対比表現ないし見立てによる認識が示されていた。

D群は、二十三日から住吉に着いた二月五日まで。すでに、楫とりが登場し、海賊が話題になってきているC群の二十一日からD群の中心的話題ははじめられているのであるが、二十三日「神仏」への祈りがはじまること（それはまた五日の住吉明神への祈りできわまる）で、話題の主要な素材は出揃うのである。

人災天災すべて楫とりに頼る以外なく、話題の中心が楫とりにあったことは当然であり、そのことは、

日もえはからぬかたゐなりけり　（四日）

げに三十文字あまりなりけり　（五日）

楫とりの心は神の御心なりけり　（五日）

と、D群を統括しているともいえる「なりけり」表現の存在からも首肯しうることであった。さて、楫とりをめぐる構想は、萩谷のすぐれた分析[18]にゆずることにする。ところで、

麻をよりてかひなきものは落ちつもる涙の珠を貫かぬなりけり　（三日）

この「なりけり」歌については、その表現の意図、前後の叙述との呼応関係などあまり明確にはしえない。四日の記事に「くさぐさの美はしき貝、石」のある浜で「忘れ貝おりて拾はむ」といひ、死んだ女子のことを「白珠」「珠」とたとえたことにつながるのか。四日の忘れ貝に対して、五日には住の江の松とともに忘れ草が出てくる。「忘れ貝」「忘れ草」は『万葉集』から住吉の風物として知られていたもので、

住吉に行くとふ道に昨日見し恋忘貝言にしありけり　（一一四九）

とある。また、前の記事との関連でみると、二月一日箱の浦を通過するとき、

たまくしげ箱の浦波立たぬ日は海を鏡とたれか見ざらむ

とあり、勿論、五日に海神に「鏡たいまつる」伏線的意味を持つ歌であろうが、それと同時に「たま（くしげ）」が「涙の珠」と呼応しているともみられる。[19] さらに、同日の記事「黒崎の松原」のところで「五色にいま一色ぞたらぬ」とあることにも注意したい。つまり、黒、白、赤、青があって、黄がたらぬと言っているのであるが、「五色」が「珠」を連想させる語であったということである。『竹取物語』の「たつの首の五色に光る玉」は、「珠」であったことはあきらかで、海神竜があばれ、楫とりが活躍することなど、この記事のあたりの話題と密着する内容を持っている。もし「五色」が「涙の珠を貫かぬなりけり」を経て「忘れ貝」「忘れ草」にまで連想がつらなるものなら、「忘れ草（萱《かん》草）」が夏に咲く花とは言え、赤みがかった黄色、橙色の花であることが思い合わされる。「五色にいま一色ぞたらぬ」を「ユーモアをもって総括する巧みさ[20]」ではすまされないようには思うが、これは存疑。[21]

E群。二月六日難波に着いて海から川をのぼることになった日から最後まで。「都近くな」ったよろこびに余裕ある心が、自然や人事をみつめることになる。

　とくと思ふ舟悩ますはわがために水の心の浅きなりけり　（七日）

地の文「ここち悩む舟君」（六日）「舟…なやみわづらふ」（七日）をうけて舟君の詠んだ歌である。これは「いぶせかりつる難波」という発想が、十六日の「はるかなりつる桂河」（桂河の第二首）の予告として対応していると同様に、「（桂河が）同じふかさに流る」（桂河の第三首）と対比的に呼応していると読める。それはまた、十一日岸の柳の川底に映るを見て詠んだ同想の歌が「桂河底なる影」（桂河の第一首）と繰り返すこととも関わる。

七日の歌の「水の心の浅き」という比喩は、その後の沿道の人々の、帰洛の国司にちやほやする行為や「売り人の心をぞ知らぬ」ことを通して指摘する「人の心の浅さ」を予感させる重要な発見であったことを意味する。このことは何よりも、わが宿（自邸）に到着しての、

　家にあづけたりつる人の心も荒れたるなりけり

に頂点をみる話題であった。この話題の最も鮮明な自覚は、九日の「渚の院」の記事にみられる。そこは「しりへなる岡には松の木どもあり、中の庭には梅の花咲けり」であった。「松の木」をうけて「千代経たる…変はらざりけり」の歌をなし、「梅の花」をうけて「君恋ひて…昔の香にぞなほ匂ひける」と詠んでいる。殊に後者は、貫之の「人はいさ心もしらずふるさとは花ぞ昔の香に匂ひける」と同じ発想の歌と思われ、この二首の後で、再び土佐で亡くした女子のことが話題になり、いわば、九日の記事は、自然の悠久と人事の転変を対照させていることになり、まさにE群の中心的話題を提示しているわけで、変わったもの、変わらないものについて、自然、人事にわたって十六日まで持続する問題意識であった。

B群の最後の日に「宇多の松原」、C群の最後の日に「山の松」、そしてD群の松づくし（ことに住吉の松）をうけて、E群では、渚の院の「千代経たる松」からわが宿の松の話題となり、さらに、A群の最後の日の「かへらぬ人のあればなりけり」以来折々触れてきた女子に対するかなしみが、「人の心も荒れたるなりけり」に集約されたE群の無常感をうけ、それを背景にふまえた二首の歌が詠まれて、『土佐日記』は終わっているのである。『土佐日記』は仮名散文の長編化の可能性を探りえていた。

〔底本〕『万葉集』は岩波日本古典文学大系、「宣命」は『続日本紀』（国史大系）、『古今集』仮名序は日本古典全書、『土佐日記』は角川文庫によった。

注

（1）　春日和男『存在詞に関する研究』風間書房・一九六八、西尾光雄『日本文章史の研究　上古篇』塙書房・一九六七。

（2）　森重敏「「なり」の表現価値――その意欲と情緒」（『萬葉』六六）、「「なり」の表現価値――古今和歌集における理法と比喩」（『國語國文』三七―八）。

(3) 糸井通浩「「なりけり」構文——平安朝和歌文体序説」(『京教大附高研究紀要』六、後に『古代文学言語の研究』和泉書院・二〇一七・後編〔五〕2に収録)。
(4) 巻一〇、一一、一二の作者未詳歌群は『古今集』詠み人しらず歌との関連などからみて案外に時代をくだるものである可能性があると考えられる。
(5) 秋山虔「平安貴族文学の始発」(『講座日本文学中古篇1』三省堂・一九六八)。
(6) 注(1)参照。
(7) 注(1)参照。
(8) 注(1)参照。
(9) 塚原鉄雄「清少納言と昆虫章段—文章構成の論理と実践—」(『人文研究』二四—七)。
(10) 西尾光雄『日本文章史の研究　中古篇』塙書房・一九六九。
(11) 宮坂和江「係結の表現価値」(『國語と國文學』一九五二・二)など。西尾光雄は前掲書で、仮名序の「ぞ」は理論的一般的傾向をもち、「なむ」は歴史的個的の性格を有する、と指摘する。
(12) 森重敏「万葉集の修辞」(『萬葉集講座第三巻』有精堂出版・一九七三)から示唆を受けた。
(13) 渡辺実「仮名文の初期—きり方・つなぎ方の文章法を中心に—」(『國語國文』二五—一一)。
(14) 遠藤嘉基「貫之の「文体と表現意識」—土佐日記の文章を通して—」(『京都大学文学部五十周年記念論文集』京都大学文学部・一九五六)。
(15) 秋本守英「和歌からみた王朝仮名文序説—貫之の文章を中心に—」(『王朝』五)。
(16) 萩谷朴「土佐日記創作の功利的効用」(『國語と國文學』一九六三・十)、山口博『王朝歌壇の研究宇多醍醐朱雀朝篇』桜楓社・一九七三。
(17) 萩谷朴『土佐日記全注釈』角川書店・一九六七。
(18) 注(16)参照。
(19) 注(17)参照。

（20）注（17）参照。

（21）青黄赤白黒を五色とするのは、仏教の正色のことで、五色雲、五色の糸、五色の水などの例がある。また「淮南子」に「黄龍負舟、舟中之人五色無主」（精神訓）とある。

2 『大和物語』の文章——「なりけり」表現と歌語り

筆者は、これまでに「なりけり」構文——表現について、いくつかの論述を試みてきたが、本稿は、それらの一端をなすものであり、『大和物語』を対象にして、その「なりけり」構文——表現と「歌語り」の文章との関わりについて考えてみるものである。

通行本の『大和物語』は、一七三の段章に区分され、「歌語り」集の型態をとっている。そして、各段章の語りの形態や性格を考慮して、全章段を二大区分する理解が定着しているとみてよい。本稿では、「一四七段を境目とする前後編は、前編の寛平—天暦の事柄が多く、和歌中心であるのに対し、後編の伝説的で前者より古い年代のものが扱われ、散文中心という差異がある」（雨海博洋『歌語りと歌物語』桜楓社・一九七六）という区分説を採用し、主として、この前編にあたる一四六段までを対象として、「和歌中心」「歌語り」と性格づけられる前編の、その語りの性格を、文章の面から探求してみたい。

『大和物語』前編一四六段中に、和歌は二三六首を含む。そのうち「なりけり」表現を歌末に持つ歌は、二一首（九％弱）を数える。決して多い数ではない。しかし、すでに調査統計を試みたことがあるが、『古今集』が五・七％『後撰集』が六・八％（八代集で平均約六％）であることからみると、やや多いと判断される。ちなみに定家本系『伊勢物語』一二五段・二〇七首中に「なりけり」表現歌末歌は、一三首（六％強）で、右にみた勅撰集の傾向とほぼ似た数値を示している。

『万葉集』と『古今集』との非連続性の面については種々論じられているが、文体にかかわる特徴の一つは、この「なりけり」表現歌末歌が、『古今集』から急に増加し、和歌表現形式の一典型となったことである。『万葉集』では、「にしありけり」型を含み、「なりけり」表現をとる歌は二三首（約〇・五％）にすぎなかった。この表現形式が『古今集』から急増しはやくも典型として定着しえたことには、『古今集』歌の発想・作風が関わっていたことは言うまでもない。

①　秋ならでをく白露は寝覚する我手枕のしづくなりけり　（古今集・一五・恋）

「しづく」を「白露」と見立てた歌であるが、こうした「虚像」と「実像」の二重構造的把握は、実感的情意性に根拠づけられながらも、理知的に事象を捉える、その捉え方に美的感動を詠みあげようというものであった。理知的に事象を把握しようとする発想にとって、「―は―なりけり」の構文を典型とする「なりけり」表現がみごとに適合したことは言うまでもない。言わば、「なりけり」表現は、和歌においてはすべて、「こと」や「もの（物）」さらには「モノ（理法）」などの発見のおどろきを表出するのであるが、その発見は、事態・状況（詠者の位置する「場」）についての新しい見方捉え方によるものであり、それはまた、非日常的な、それはとりもなおさず、ことばがことばを発見するといった境位においてもなされうるものであった。それ故に一層理知的とも観念的とも評される歌の世界が『古今集』以後において現出することになった。

『大和物語』において、「なりけり」表現歌末歌がやや多く存在することを、単なる偶然だと処理できないとするならば、やはり、右にみたような「なりけり」表現のもつ表現特徴が『大和物語』に採録された「歌語り」のあり様と関わっていたからだと解釈されねばならないことは言うまでもなく、以下に述べるようにそれは必然的な事象であったと考えられるのである。

『大和物語』前編中の二一例の「なりけり」表現歌末歌の存在は先に指摘したが、この二一例の分布には、著しい二つの偏向がみられる。その一つは、その大半が、ほぼ七〇段（約一〇〇首）までにみられることである。しかし、この事実については、偶然によるものか、それとも『大和物語』を構成する「歌語り」小話群の性格による必然的なものか、については、保留せざるをえない。七〇段以降にも全く「なりけり」歌がないわけではないが、ほんの数例である。偏向のもう一つは、二一例中九例が「ものにぞありける」型（七〇段までに八例、それ以降に一例）であることである。それらは次の通り。「　」は段数を、（　）は詠者を示す。

「七」（固有名未詳・男）、「一五」（陽成院後宮の召人若狭の御）、「一六」（陽成院のすけの御）、「四四」（ゑしう・大徳）、「五二」（うち・宇多帝）、「五九」（固有名未詳・男）、「六〇」（五条の御・在原滋春の妻）、「六九」（忠文が息子）、「一四三」（在原滋春・在次君）

これらの詠者には、『大和物語』では異例ともみられる「固有名未詳」のものや伝未詳とされるものが見える。また、「五条の御といふ人」（六〇段）、「ゑしうといふ法師」（四二段）、「わかさの御といひける人」（一五段）などや、一四三段では、在原滋春を「在次君といふ（が妻）」とあり、その段末には、滋春の歌を「今はみなふる歌になりたることとなり」と言っていることなどからみて、宇多帝の例（五二段）をのぞけば、『大和物語』を構成する「歌語り」群を口誦伝承した社交サロンの人々からすれば、時代的にも社会的にも周辺的な人々に関する「歌語り」であったと考えてよい。

これらの歌の「もの」は、個物を指しての「物」の意の例もあるが、「こと」の性質を一般化しまたは観念的に捉えて示す「モノ」を意味する例もある。いずれにしろ、「ものにぞありける」は、時には「ことば」を契機にもしての理法を発見したおどろきを表出しており、そこには歌の背景となった状況（場）の新しい認識や見方が表現される。それは、歌のおもしろさの一種であり、ましてや「場」に応じて、即興的に、当意即妙に和歌の表現世界が「場」を反映していれば、「歌語り」されるにふさわしいおもしろさを備えた歌でありえたことを意味する。

② これも、うちのおほむ

わたつうみの深き心はをきながらうらみられぬる物にぞありける　（五二段）

右は、九例中の一例である。「うち」は宇多帝を指す。『寛平御集』にはあるが、『拾遺集』では、「詠み人しらず・題しらず」（一五・恋）となっている。この段章の位置的意味について、高橋正治『大和物語』（塙選書・一九六二）では、「四六段―七〇段（恋の内容である）」中の、四八段を主要段章とする副次的段章群「四九段―五二段」の群に属し、宇多帝を登場人物として共有する。しかし、五〇段は、その前後との関係の理解しにくい段章である。それは、戒仙法師の話（「かいせん、山にのぼりて」）で、その歌は、「雲ならでこだかき峰にゐるものはうき世をそむくわが身なりけり」である。その前後の四五段及び五一段は、共に宇多帝とその娘賀茂斎院である君子内親王との贈答歌となっていて、先に示した例②五二段は、宇多帝が賀茂斎院に贈ったと思われる歌のみからなっている段章である。

この五〇段の歌及び位置の意味につき、高橋（前掲書）は、「この歌には俗世間に未練を残す感情がうかがわれる」とし、二七段の戒仙譚をふまえて、「家を頼る心もあり、（略）前後が親子関係をあつかっているところから、親に送りでもした歌」なのか、と述べている。この位置に二七段が存在するのならともかく、これは鋭い読みではあるが、五〇段の歌を中心に、戒仙と賀茂斎院との、各々のおかれた境遇の共通性がもっと問題にされねばならないと考える。つまり、「雲ならでこだかき峰にゐる（もの）」は、仏道に入った戒仙にとっては、「山にのぼ」ったことを意味するが、斎院にとっては、「おなじえをわきてしもを（置）」かれたこと（五一段）で、宮中ならぬ賀茂社の神山に身をおくことになった境遇を暗示する表現であり、また「うき世をそむく」ことは、仏道へと出家した戒仙にも、神の妻として仕える斎院にとっても同じことであったはずである。「ひかりもつらくおもほゆるかな」

と、その娘は父宇多帝を恨むのであるが、五〇段の戒仙譚は、この斎院のおかれた境遇を暗示し、斎院の、父に対する気持ちを補強する働きをなしているとみるべきではないか。五二段は、そういう娘への思いを込めた父宇多帝の嘆息となっているのである。「おなじえをわきてしもをく」の「をく」をうけて、「深き心はをきながら」とひびかせている。そして、「うらみられぬるモノ」と、斎院の境遇というものへの、帝の「モノ」志向があり、その上に、歌の技巧の点でも巧みなことばの文《あや》が形成されている。

この歌は『拾遺集』では、恋五の恨みの歌群の一つに位置する「詠み人しらず」歌であるが、それがこの歌の来歴としては正確であるとすれば、『大和物語』において、また口承の「歌語り」において、この歌を宇多帝の娘を思う歌としてとり入れたところに、雨海のいう「文学的発想」(3)の一つがここにもみられ、その点未完成（なお断片的な、関連小話の収集というレベルにある）ながらも、「四八段―五二段」が、一つの「歌語り→歌物語」を目指していた姿も読みとれるのである。ここに「こと」語りを超えて「モノ」語りへと赴く芽は見えている。こうした「モノ」語り化に、「文学的発想」と称される語り手（または、書き手、編述者）の方法意識が感じられるのである。(4)

『大和物語』の「ものにぞありける」型が、その「なりけり」表現歌末歌二一首中九首というのは、平安初期作品群の中では、決して小さくない率である。『伊勢物語』では一三首中一首（良房に仕える男の歌）のみ、『古今集』では六首（恋一、雑四、旋一。四季歌にはない）、『後撰集』では一三首（四季歌一、恋八、雑四）である。両勅撰集では、「なりけり」表現歌末歌自体が概して、四季歌よりも恋（雑）歌により多く現出している。つまり、より内面的述懐的な歌に現出しやすい傾向にあったとみられる。例えば『古今集』の恋歌における「なりけり」歌をみると、恋一に九例、恋二に五例、恋三に〇《ゼロ》例、恋四に一例、恋五に八例となり、恋の初めと終わりに集中して現出しやすかったことは、「なりけり」構文の表現性からみて首肯しうるものがある。恋三、恋四を合わせても一例にすぎないのである。ましてや「ものにぞありける」型が『古今集』の四季歌では一例もみられず、『後撰集』においても、一例にすぎないことは、この「モノ」志向を示す「ものにぞありける」という表現が、より人生的な述懐性と結びつきやすい和歌文体であったことを意味している。両勅撰集のように、千首を超える歌を有する歌集においての数からみても、わずか二三七首のうちに九首もその型を有するということは、『大和物語』を構成する素材となった「歌語り」において、どういう歌が好まれたかという、その傾向を象徴しているとみることができよう。(5)

四季歌においては、もっぱら「体言は体言なりけり」という表現形式が好まれた。その代表的歌人として紀貫之をあげることができる。(6)「貫之全歌集」（萩谷朴校註『土佐日記』日本古典全書・一九五〇）によってみるとき、実に一一％強の「なりけり」歌末歌を検出しうる。当時の、または貫之の歌の発想（歌風）がいかに「なりけり」表現を現出しやすいものであったかをもの語っているのであるが、特に屏風歌部（第一～第四）では、一三％を示し、中でも第三においては、一六％（一五六首中二五首）という数値を示す。ところが「貫之全歌集」一〇五六首中一一％強（一二一首）の「なりけり」表現歌末歌のうちにも「ものにぞありける」型は、わずか三例にすぎない（「ものにはありけれ」も含む）。そして、屏風歌には一例もない。

以上のような「ものにぞありける」の生態的分布からみて、『大和物語』のそれが、『大和物語』の「歌語り」の性向を暗示しているとみることができるかと思う。「歌語り」される歌は、いわば歌成立の「場」をうまく踏まえた、即興性、当意即妙性を発揮した秀歌でなければならなかったが、『大和物語』中の和歌が比較的技巧――特に掛詞・縁語に富むものが多いことも必然的な結果であって、それらの秀歌の価値基準が、勅撰集入集の価値基準と、また別のものであったことは言うまでもない。

『大和物語』の文章を『伊勢物語』などとの比較でみていく時、いくつかの文体特徴が抽出しうる。すでに「なむ（―ける）」の圧倒的な多使用が指摘され、その口誦的文体の反映が説かれているが、さらに、和歌を受ける表現形式において、「とありけり（る）」が多用されていることや挿入句「―けむ」の志向する特性については別稿(7)で考察したが、ここでは、さらに、二・三の表現事象をとりあげ、「歌語り」の文章を考察してみたい。

その一つは、「さて」「かくて」を代表とする「さ」系「か」系の接続語の使用のことである。総索引(8)によって、その使用密度を数値的にみてみると、『大和物語』（一四六段まで）では、「さて」―25例、「かくて」―27例（「かく（う）」―38例）となる。『伊勢物語』では、「さて」―11例、「かくて」―3例（「かく（う）」―20例）となっている。ちなみに『平中物語』では、「さて」―50例、「かくて」―5例（「かく（う）」―55例）である。

『大和物語』の文章展開の方法において、これらの接続語の多用は顕著な事象と認定しうる。特に「かくて」にみる『伊勢物語』（また『平中物語』とも）との、その数値の差は大きい。「さて」と「かくて」の用法的相違が、「語り」の文章展開―構成の問題との関係において、重要な意味をもっていたと考えられる。

③　かくて、九の君、侍従の君にあはせ奉り給ひてけり。（以下略）

右は、九六章段冒頭の一文である。通行本の章段が、江戸時代以来の区分に従ったものだとは言え、普通、「又」「これも」「おなじ…」といった並列的接続語にはじまる章段となっている中で「かくて」にはじまる章段は他にはない。勿論「さて」ではじまる章段はない(9)。

「さて」の使用の典型は、『大和物語』初出例の次のようなものである。

④（略）さて、「日根といふ事をうたによめ」とおほせ事ありければ、この良利大徳、（「ふるさとの」の歌）と、ありけるにみな人泣きて、えよまずなりにける。（略）　（二段）

『大和物語』における「さて」と「かくて」の使用において、相対的に大雑把な傾向として、「さて」がより歌に近接し、「かくて」がより遠接していることが注目される。つまり、このことから、強弁して両者の文章構成上の差異を結論するならば、「さて」が、個々の歌（または一対の歌）の成立を語る、一箇の「歌語り」の内部にあって、それを構成する語であったのに対して、「かくて」は、そういう「歌語り」と「歌語り」とを結合していく接続語として使用される傾向にあったと言えよう。ただし、「さて」には、右のような区別における「かくて」と同様の用いられ方をした例が数例ある。「かくて」は、先にも述べた「又」「これも」「おなじ…」などと近いレベルの接続語であったと考えられる。しかし、後者の「並列的接続語」が、もとは個々に孤立して存在した「歌語り」を、主として「語り」に登場する人物の同一という共通性によって、それらの「語り」を一箇所にまとめようとするところから用いられることになった（つまり、同一人物に関わる「語り」であるという連続性はあっても、なお、それらの「語り」の間が内容的に有機的な連続性を獲得しえずに、各「語り」は独立したままといった状態にある）と思われるのに対して、「かくて」は、各「語り」を重層的に積み重ねようとする意図を含んで用いられているとみることができる。そういう意味からも、「かくて」にはじまる九六段の一章段化は再考されねばならないことの一つであり、また、例えば五八段などは、「かくて」によって、個々の「歌語り」を結合して、一つのまとまり（四コマの場面から形成されていることになる）を示そうとした意図が如実に読みとれる（後述）。

ここに『大和物語』の、「歌語り」の「歌物語」化の方向をみることができると考える。これは、先の「宇多帝」をめぐる「四八段―五二段」のまとまりについても触れたことであるが、『伊勢物語』や『平中物語』とは比ぶべくもなく歌物語化のその未熟さは否めないにしても、『大和物語』が単なる「歌語り」の筆録化にはとどまらず、また類話（主として、地名、人名などの共通項目を縁とする）の群団化にとどまらないで、「歌語り」の「歌物語」化を志向する方向にあったことは注目してよいと思う。「かくて」の多用は、その生みの苦しみを象徴するものとみたい。それはまた、かえって「歌物語」化の未完成性をもの語ることにもなったのである。

最後に、地の文にみる「なりけり」表現の問題の一端に触れておきたい。いわゆる断定の助動詞「なり」には、指定の意味と存在の意味とがある。『大和物語』において、存在の意味の場合に、融合形「なり」をとらず、未融合形「にあり」をとるものがみえる。

⑤　筑紫にありける檜垣の御といひけるは、いとらうありをかしくて、よを経ける者になむありける。（一二六段）

「陽成院にありける坂上のとをみちといふ男、おなじ院にありける女」（五三段）もその例になるが、一方「筑紫なりける女」（一二九、一三〇段）ともあり、また、「兵衛の佐なりけるころ」（二一段）がみえる一方で、「土佐の守にありける酒井の人真といひける人」（一〇二段）の例もある。後者は「土佐の守にてありける」に近いニュアンスをもっており、例えば「甲斐守にて侍けるとき」「蔵人にて侍けるに」（ともに『後拾遺集』詞書から）と表現され、地位、身分、立場などを指定するときには、「なり」と融合しない形を用いることがあった。

ところで、五八段であるが、為家本では、

⑥　（略）閑院の三のみこの御むこにありける人、黒塚といふ所に住みけり。（五八段冒頭の一文）

とある。阿部俊子も、「「御むこ」は「おほむ子」の誤りか」とする。それは、為氏本など諸本が「…御むすこにありける人…」となっているからでもあろうか。しかし、未融合形「にあり」の使用分布からみれば、むしろ「御むこにあり」の方がよく、「御むすこ（また「おほむ子」）にあり」の方が例外的用法となると思われる。ちなみに、御巫本、鈴鹿本には共に「御女ありける人」とあって、この表現だと右のような疑念は起こらず、しかも「兼信の娘（重之がいもうと）」とすることができもする。しかし、「御むこ」（為家本）の本文も捨てるべきではないかもしれない。同段の中間部に、次のような「なりけり」表現がみられる。

⑦　（略）かくて、名取の御湯といふことを、恒忠の君の妻よみたりけるといふなむ、この黒塚のあるじなりける。（つづいて、兼盛と女との歌の贈答となる）（五八段）

右の文から、「御むこ」とは「恒忠の君」、その「妻」とは、「閑院の三のみこ」のむすめの一人であり、兼盛が「心がけしむすめ」とは、その姉妹（「むすめども」）の一人であったとみることはできないか。ただし、「心がけしむすめ」の「異男し」た「男」を、朝日全書、明治校注などは、「恒忠」とみている。いずれにしろ、この「にありける」には注意する必要があろう。

　ところで、例⑦の文は、「なりけり」構文になっているが、この一文は、はなはだ落ち着きのない一文である。まず「かくて」という接続語にみちびかれる文としては、事柄（ドラマ）の展開を描写する文とはなっておらず、「なりけり」で結ばれているように、説明的な文になっているのである。この「かくて」は、名取の御湯を詠みこんだ歌の男女の贈答行為という一コマ全体をみちびくものとして機能しているとみるべきであろうが、それにしても、「かくて」につづく一文との呼応関係に安定性を欠いている。これは、つまり、「名取の御湯といふことを、恒忠の君の妻よみたりけるといふなむ、この黒塚のあるじなりける」は挿入された、説明的な文であったと解すべきところだったことを意味する。または、「（かくて）名取の御湯といふことを、女」とでももとはあって、「大空の」の歌に続いていたところへ、その「女」を説明する「なりけり」表現が挿入されたものとも考えられる。

　五八段は、四コマの場面から構成されている。人物（たち）の一貫性と時間的秩序に矛盾がないことによって、四コマの連続性には無理がないが、なお、四コマの間のつなぎに飛躍があり、有機的な展開性には欠けると言わざるをえない。しかし、先にも述べたように、この四場面の間の有機的な連続性に欠けるという未熟さは指摘しえても、ここでは、むしろ、口承の「歌語り」を筆録化するに際して、このような方法によって「歌物語」化しようとしていた、というその積極性をよみとるべきかと思う。それは、「モノ」を志向する方法をはらみながら、「語り」が発達していく、その過程を露出した姿を意味している。そうした「語り」のふくらみにおいて、語り手の説明的な「なりけり」表現などの挿入が発想されたとみるべきところであろう。地の文の「なりけり」表現については論述できなかったことが多い。

〔底本〕『古今集』は岩波日本古典文学大系、『大和物語』は校注古典叢書（明治書院）によった。

注

（1）「なりけり」表現とは、「なりけり」の活用した形及び、「にぞありける」のように、強意の係助詞などの挿入された形のすべてを総称したものである。
（2）糸井通浩「「なりけり」構文――平安朝和歌文体序説」（『京教大附高研究紀要』六、後に『古代文学言語の研究』和泉書院・二〇一七・後編〔五〕2に収録）。
（3）雨海博洋『歌語りと歌物語』第一章第一節。
（4）同種の例は、三〇段、三一段、三二段、飛んで三四段が右京大夫宗于について語っているのに対して、三三段が躬恒について語るということがあり、これも、「草木に関係のある歌」（高橋正治『大和物語』塙選書・一九六二）だから挿入されたというのではなく、主題的に、また、同質の「場」での歌の詠み方といった点で、「宗于」譚を補強する働きを担って挿入されたものとみるべきであろう。
（5）柿本奨「大和物語の構造」（『國語國文』一九七七・十一）は、章段の先行段への連接の仕方に、三態みられることを指摘し、その一つに「Ⅲ詠歌法を共通にする場合」を指摘し、その一つに「15段―16段」つまり「ものにぞありける」という詠歌法をとり出している。なお、「Ⅲ」の例には疑念がある。
（6）注(2)及び糸井通浩「貫之の文章――仮名文の構想と「なりけり」表現」（『王朝――遠藤嘉基博士古稀記念論叢』所収、本書前編〔二〕1）。
（7）糸井通浩「初期物語の文章――二、三の問題」（『古代文学研究』四）。後に、「「語り」言語の生成―歌物語の文章―」と改稿（『龍谷大学論集』四四七）。本書前編〔一〕3。
（8）大野晋外編『伊勢物語総索引』明治書院・一九七二、塚原鉄雄外編『大和物語語彙索引』笠間書院・一九七五、曾田文雄編『平中物語総索引』初音書房・一九六九。
（9）『後撰集』の詞書に例をみる。

3 『源氏物語』の「なりけり」語法の表現価値

一 「なりけり」構文と表現性――「桐壺」

桐壺御門と更衣との間に生まれた「玉のをのこ御子」は、三《み》つになって「御かたち・心ばへ、ありがたく珍しきまで見えたまふ」。世の謗《そし》りのみ多い親子の状況にあるけれど、世の人も「え嫉みあへ給はず」。

表現価値とは、例えば、この「え―ず」語法を、(充分に)嫉むことができないという不可能を意味していると理解するにとどまらず、(少なくとも中古文学においては)その裏に(実は、本当は)嫉みたいのだがという気持ち(本音とか)をこめたものであると解釈できるところに現れる価値のことを言う。それは表現性と言ってもよい。「え嫉みあへ給はず」は、我が立場・事情とかかわっての、主観性に抗しきれない心的態度とは言えても、対象を客観視する態度ではなく、御子に対する、消極的、情的な讃美にすぎない。そして、「物の心知り給ふ人」のみが、その心内において、こう判断しえた。

(一)かかる人も、世に出でおはするものなりけり。　(一巻・30頁)[1]

源語初発の「なりけり」表現である。

「もの」は、実質名詞として、物体を指示する語である一方、形式名詞としては、ある事柄を一般的普遍的な事実として概念化する語である。ことに「ものなりけり」は、一般―普遍の理法を志向し[2]、それを積極的に認定する主体的態度を表現する。

体験的個別的な事実、「かかる人（の）世に出でおはする」こと、そのことが、この世における偶発的で例外的なこととして排除されるのではなく、元来この世にありえたこと、この世の理法にかなった普遍的一般的事実であるという認識を表出している。「かかる人（も）世に出でおはするものなり」であったのならば、その理法自体は、すでに世の人の常識か、ことあらためて注意する必要もないような常識的事実であるという認識に立って、ただそのことを、叙述の論理の必要上再確認しているといった底のものになる。

ところが、この例㈠が、「かかる人も世に出でおはする物なりけり」であることに注目したい。

助動詞「けり」の意義・用法については、多くの論議がなされてきたが、筆者なりに納得しているところを述べるならば、「けり」の意義の本質は、時空間にわたり、すでにこの世に現象した、又はしている事象・事実について、言語主体が、表現の現在においてはじめてその事象・事実を意識的に受けとめたという、言語主体の、主体的心的態度を表出するところにある。こうした「事象・事実（表現対象）」は、「隔離性」の働きをもつとか(3)、「〝あなたなる〟世界の事象」(4)と規定されもしている。〝あなたなる〟世界という、感覚的な規定について、筆者なりに理屈を言うならば、話し（語り）の現場――話者と聴者とで構成する――において、それまでにすでに存在している事象・事実であるにもかかわらず、認知されず、意識領域の外に放置されていた事柄であることを意味する。話しの現場がかつて確かに「あったこと」と意識し自覚している事実・事象であることを表出する助動詞「き」とは全く異なる。

「なりけり」語法が、ある事象・事実の「発見」を示すとも、又、普遍的な理法に対する情緒的詠嘆とも言われるのは、右のような「けり」の意義によっていることは明らかである。そうした「発見」に伴う感動、詠嘆は、又、そうした事実の意外性をも表出しうるわけで、例㈠もそれにあたる。それは「かかる人も」の「も」の使用にも端的に表出されている。ちなみに、「珍らかなる、児《ちご》の御かたちなり」（28頁）とあって、今「御かたち・心ばへ、ありがたく珍しき」＝「かかる人」が「世に出でおはする物なりけり」とあり、「わざとの御学問…人の御様なりける」（43頁）と三拍子〈かたち・心ばへ・さま〉そろったところで相人の登場となっている。

原理的には、「なりけり」構文は、「A（は）B」（なり〈けり〉）という構造をとる。しかし、例㈠は、「かかる人Ⓐ」は「物Ⓑ」とはならない。「かかる」という語が、ことを一般化して提示する表現性を有するところからみて、「かかる人の世に出でおはすること」が「あるものなりけり」を凝縮した表現とみるよりも、むしろ、「かかる人」に関して言えば、「この世に出でおはするもの」という理法があてはまると判断している構文とみるべきであろう。

「AはB」（なりけり）の典型的な例は次のようなものである。

㈡かぎりとて別るゝ道のかなしきにいかまほしきは命なりけり　（一巻・31頁）

更衣の絶唱である。「―は―ものなりけり」「―ものは―なりけり」が理法を志向する典型的な類型である[5]とは言え、「いかまほしき（もの）は命」（なりけり）という判断にも、典型的な普遍の事実を志向する意欲が表出されている。

源語中に和歌が七五九首あると言われる。そのうち「なりけり」表現の歌は一四首にすぎない（約一・八％）。しかし、筆者の調査[6]によると、勅撰八代集は平均約六％の「なりけり」歌を有する。『拾遺集』六％、『後拾遺集』六・二％であることからみて、源語の歌は「なりけり」表現によって理法を志向することに消極的であったと言える。それは、源語中の歌の多くが、恋歌などの「け」の歌であったことによるのか、紫式部という作者の個性によるものか（『紫式部集』に「なりけり」歌一首、詞書中には「なりけり」表現を五例数える）。しかし、源語全体においては、「なりけり」表現と認定できる用例が、筆者の調査では、五三九例になる。これは『源氏物語大成校異篇』の本文の頁数において、平均三・三頁に一つの割合で「なりけり」表現が現れることを示す。歌以外の表現においては、「なりけり」表現による理法への志向が顕著にみられると言ってよかろう。

㈢その宣命読むなん悲しきことなりける。　（一巻・33頁）

「やんごとなき際にはあらぬ」人の身分が、更衣であることは、やがてわかったことであるが、そのことがもたらした更衣の死という悲劇性、わずか「一きざみ」の違い――三位と四位との――のもっていた意味の大きさが、ここに改めて確認されている。「その宣命（を）よむ」こと、そのことは、必ずしも「かなしきもの」とは限らない。むしろ「かなしきもの」ではないのであるが、この更衣の、この場合における、つまり個別的一回性においては「かなしきこと」であったと認定せざるをえない重みを表出している。

(四)おぼしまぎるとはなけれど、おのづから御心うつろひて、こよなく思し慰むやうなるも、あはれなるわざなりけり。（一巻・46頁）

「あはれなり」は「おぼしまぎると…思し慰むやうなる（こと）」という体験的個別的事実に対する解釈・批評にあたると言ってよいが、それを単に「あはれなりけり」のように情意的にのみ把握するのではなく、この体験的個別的事実を「あはれなるわざ」と概念化し、その普遍性を肯定的に判断しようとする態度、ともすれば、常の世においては、見失われている、より深い人間的真実の行為として、今改めてその事実の価値の普遍性を情意的に提示している表現である。御門がその夫として、藤壺に更衣を感取するわざが、より深い人間性に根ざした普遍的真実であるならば、光源氏がその子として、藤壺に更衣を感取することが人間的なわざとして生じてくる可能性ないしは必然性をも読者は読みとってしまう勢いを、この（四）の「なりけり」表現は含みもっていたと考えられる。

このようにみてくると、「なりけり」語法の表現価値とは、物語の文脈の中で、漠然としていた事柄への興味に一つの結論を提示し一つの頂点を形成する一方、新しい緊張を設定するといった効果をも発揮するところにみられるのであり、単なる「―なり」「―ものなり」が[7]、その前後の叙述展開内において、論理的根拠や必然的因果律を提示して、叙述展開の論理を享受者に納得させるという、比較的狭い叙述範囲内にとどまりがちな表現であるのに対して、「なりけり」表現は、「けり」にこめられる語り手の、あえての聞き手への関与を表出する（語りの態度を露にする）、その情意性の力によって、そこに新しく提示された事柄の、物語展開の上に果たす意義・意味の大きさというものを思わせ、それだけ文脈の中ではば広く、「緊張」感を形成する機能を発揮するといってよかろうか[8]。

二　「なりけり」表現と文章展開――「若菜下」

唐猫が逃げ出した拍子にあらわになった、御簾の片端に見た女三宮の姿に、柏木の心は燃えたぎる。抱いた、その猫が「（女三宮に）なつかしく思ひよそへらるる」ことに柏木は悶々とする。

㈤（柏木は）…物ぐるほしく、「（唐猫を）いかでかは盗み出でん」と（思ふ）。それさへぞ、難きことなりける。

（三巻・319頁）

若菜下初発の「なりけり」表現である。せめて、ゆかりの猫をとまで思う柏木にとって、それまでもがむずかしいことであったと、語り手は追いつめられた柏木を語る。柏木は一体どうするのだろうか、と読者に期待をもたせて、それに語り手は答えていかなければならない。やがて、春宮の手を通して、ついにこの猫を手に入れることになるが、猫を「見し人」とまで言ってはみても、猫で満足している自分自身を「をこがましく」も思う柏木は、所詮、「ゆかりの人」ならぬ「ゆかりの猫」では満足できるはずはなかろう。この猫にまでこれほどの執着を示した柏木は、これからどうするのか。そんな疑問を残したまま、物語は、四年の空白の後、さらに二年目、突然「まことや。衛門督は、中納言になりにきかし」（366頁）ともとの主題《テーマ》がもどってくる。「まことや」（源語中一四例）は、文末の陳述「なりけり」語法が、概念化されて副詞句となり、文頭にたち現れたものだとみることもできよう。ただ文脈の大きな転換をはかる上において、文末の「なりけり」表現では果たしえない機能を、「まことや」は果たしえたとも考えられる。物語空白のうちに、すでに柏木は「ゆかりの猫」ならぬ「ゆかりの人」女三宮の姉、二宮を妻としていたという事実が、六年間という長い期間にもかかわらず、なお持続していた、柏木の女三宮への思慕の強さを物語っている。

㈥　なほ、かの、したの心忘れぬ、小侍従といふ語らひ人は、宮の御侍従の、乳母の女なりけり。（三巻・367頁）

ここに、持続する情熱が、局面を切り開いていく重大な事実が、このままではすまないであろうという期待を読者に抱かせて提示され、なお、「ゆかり」の人——二宮では満足できないでいることが、柏木自身の口から語られることになる。

㈦　げに、おなじ御筋とは、たづね聞えしかど、「それはそれ」とこそ、おぼゆるわざなりけれ。（同・368頁）

こうして、物語は、その緊張感を高めていく。激しい、柏木と女三宮の出会いがくる。

㈧　人繁からぬ折なりけり。（同・371頁）

㈨　たゞこの侍従ばかり、ちかくは侍ふなりけり。（同・371頁）

と。

㈩　せめて見あげ給へれば、あらぬ人なりけり。（女三宮の驚きである）（同・372頁）

(十一)「この人なりけり」とおぼすに、（同・373頁）

(十二)　あけぐれの空に憂身は消えなゝん夢なりけりと見てもやむべく（同・376頁）

(十三)「いと口惜しき身なりけり」とみづからおぼし知るべし。（同・377頁）

これらには、体験的個別的な事実自体に内在している「ことの重大性」なるものが詠嘆的に自覚されていることが表出されている。今更ながら、事態の重大さが、女三宮の心に重くのしかかっていくことが、その心内語のうちの「なりけり」表現を通して語られる。

こうして若菜下において、作者は、新しい状況を展開していく上で、「なりけり」表現を比較的多用する（二・

二頁に一つの割合）ことによって、聞き手（読者）を納得させる説得性と、物語の「緊張」の持続性とを生み出そうとしたものと考えられる。

三　源語の発想と「なりけり」表現

上接語に体言以外を有するのは「なりけり」型のみで、「なりける」型、「なりけれ」型にはほとんどない。さらに、用言を上接させているものの多くは、地の文中の「なりけり」表現である（その全用例一二五例中九〇例、七二％）。その典型的例が次のものである。

㈣　…御物がたりせさせ給ふなりけり。（桐壺・一巻・39頁）

「若宮の御恋しさ」（33頁）から、御門は更衣の里の母君に使いを出す。使いとなった靭負の命婦は、自分の帰りを心待ちしているであろう御門が、その夜長をいかにすごしているかが気がかりであったのだろうが、実は御門は㈣の例文の通りであった。そこには、現に眼にした事実に対する意外性がこめられている。

御門は若宮が気がかりで、命婦の帰参を心待ちしている。若い女房たちもそのことを気づかっている。勿論、命婦もそのことをどうしたものかと悩んでいたことであろう。ところが、母君は、

㈤　すがく〱とも、（若宮を）えまゐらせたてまつり給はぬなりけり。（桐壺・一巻・39頁）

命婦はどうしようもなかった。御門の反応が気がかりであったのだが、御門は「御物がたりせさせ給ふなりけり」、つまり更衣の思い出にふけっておられたのであった。「御髪上の調度めく物」（38頁）を御かたみとして贈り物された事実と考え合わせて、長恨歌の世界を連想することのできる表現性をそこに読みとることができよう。「なりけり」表現は、前からの話題を受けて一つのまとめを形成しながら、それを更なる展開へとつないでいく、そんな表

現価値を有している。それは、ひとえに「御物がたりせさせ給ふ」という行為自体がもっている意味であった。

個別的事実としての一回的行為に、ことの重大性意味性を指摘表出しようとする、この種の「なりけり」表現が、特に地の文に多いということは、物語の展開において、からみ合う人物たちの個別的行為がドラマを支える重要な要因であるとみていたことを意味しよう。会話や心内語で、この種が少ないのは、そこでこそ、むしろ人間や自然に関しての理法や道理が志向され、苦悩する内面そのものが語られるべきであったことを意味する。

又、行為そのものが、理法を志向する対象として意識化されていたことが、次の事実によってもわかる。「なりけり」表現の上接語体言について、どんな体言が多く上接しているかを調べてみると、「わざ」が四八例（しわざ二例を含む）で、「もの」三六例（会話において圧倒的に多い）、「こと」二三例、「人」一九例（世の人も含む）などをはるかにしのいでいるのである。

この「（し）わざ」なる語は、平均六％もの「なりけり」歌を有する勅撰八代集において「なり」の上接語として用いられた例が全く皆無と言ってよい語である。こうした「わざ」の語の多用に、物語文学『源氏物語』においてはいかなることが語りきわめようとされていたか、という発想の独自性をうかがうことができる。四八例のうち、八例（地二例・会話五例・心内一例）が、若菜下に存在していることは注目してよい。

又、所謂第一部での「なりけり」表現出現率は、三・五頁に一つ、第二部は、三・一頁、第三部は、三・二頁と、ほぼ変わらないのであるが、「なりけり」型のみについて、その心内語における出現率をみてみると、それぞれの部の全総数を一〇〇とするならば、第一部では二〇％、第二部では二四％、第三部では三六％となり、第三部は、第一部の約二倍であることが注目される。その実態の一端には、上接語体言のうち「わざ」を心内語では七例有するが、そのうち五例が第三部に属すること、又、「（御）宿世」全用例一〇例中、第三部の、しかも心内語に属する例が四例もあることなどが指摘できる。

源語の方法について、第一部が予定された理想の世界をめざして、事件や場面が積み上げられるという方法であったのに対して第二部が会話によって局面を新しく展開させていく方法をとったと説かれているが、第三部は、さらに向内面的な心内語の世界が物語を展開させる重要な契機となっていたのではないか、ということを思わせる。源語は、向外面的世界から向内面的世界へと、人間探求の、人間と自然をめぐる理法を志向する叙述の視点を移し変えていったものであると言えようか。(9)

語り手（ないしは作者）の、主体的な態度を顕著に表出する表現であるだけに、「なりけり」表現は、その方法や発想などと関わって考察すべき文体素として重視すべきであろう。

注

(1)　本文はすべて岩波日本古典文学大系によった。（　）内の数字は巻数と頁数を示す。
(2)　森重敏「『なり』の表現価値―古今和歌集における理法と比喩―」（『國語國文』三七―八）。
(3)　甲斐睦朗「古今集の文章論的研究（一）―詞書の機能を中心として―」（『国語国文学報』二八）。
(4)　竹岡正夫「助動詞『けり』の本義と機能」（『言語と文芸』一九六三・十一）。
(5)　秋本守英「『なりけり』構文続貂―『ものは』の提示を中心にして―」（『王朝』三）。
(6)　糸井通浩「『なりけり』構文――平安朝和歌文体序説」（『京教大附高研究紀要』六、後に『古代文学言語の研究』和泉書院・二〇一七・後編〔五〕2に収録）。
(7)　東辻保和「源氏物語の文章―『ものなり』の場合―」（『国文学攷』五九）。
(8)　糸井通浩「貫之の文章――仮名文の構想と『なりけり』表現」（『王朝――遠藤嘉基博士古稀記念論叢』、本書前編〔二〕1）。
(9)　秋山虔「『若菜』巻の始発をめぐって」（『源氏物語の世界』東京大学出版会・一九六四）。

〔三〕『源氏物語』の文体――「いかに書かれているか」の論

一　「文体」の研究

ひところほど「文体」という用語を研究論文に見かけなくなっている。筆者は先に、山口佳紀の大著『古代日本文体史論考』の書評を発表（『國語學』一八七）したが、「文体」と銘うった大著に接しながら一種のなつかしさを感じていた。

しかし、一方で、雑誌『言語』が特集「文体の条件」（平成六年二月）を組んだが、その論稿の一つ、斎藤兆史「現代の文体論」によると、「イギリスの新しい教育的文体論」が「危機」に瀕した文体論を救うものとして登場してきているという。それは、「水を得た魚のように生彩を放ち始めた」とも言う。

文体論というと、常識化していることに、文学的文体論と語学的文体論とに二大別されることがある。それは単に方法論の問題にとどまらず、研究者が国文学者なのか国語学者なのか、あるいは国文学界に所属するか国語学界に所属するか、といった識別が対応してもいるようである。ところで、先の、イギリスで新しく生まれた文体論とは、英米文学と英語学の分裂に対する問題意識から生まれてきたものだという。「語学と文学を結びつける理念」を提示したものと観察されているが、注目したいところである。私は、先の山口の著書の書評で、「（山口の）文体研究が成立不明の文学作品などの〝成立論に何がしかの寄与を果たすこと〞もあるという著者の指摘に賛同するならば、本書は文学史研究者にも無視できない書」だと述べたが、我が国においても、新しく文体論が蘇生するとすれば、この「語学と文学を結びつける理念」をうち立て、その上に研究の方法が構築されねばならないのかも知れない。(1)

　ところで、山口がその著書でいう「文体」と、本稿で「『源氏物語』の文体」というときの「文体」とでは異なるところがある。前者の「文体」は「様式」というに近く、いわばジャンルの表記表現様式の意味である。国語学者が言う「文体」とは、この意味の場合が多い（ただし、それがただちに「語学的文体論」だというわけではないことに注意）。例えば、漢文訓読文体とか和漢混淆文体とかいう、それである。それに対して後者は、個別的作品や個々の作者・作家の書き方の特徴をとり出して論ずるものを指して言う。前者の場合、文体史が成立しうるが、後者の場合、文体史はありえないのである。

　現在一般には、両者合わせて「文体」の用語ですますのが普通であるが、筆者はかねがね、その「史」の成立する前者を「文章体」とし、「史」の成立しえない後者を「文体」と呼び、用語上両者を区別したいと考えている。もっともその場合、まぎらわしいことには、時枝誠記が指摘した言語の単位（体）としての「語」「文」「文章」という区別にいかにも対応させたかのように「文体」と「文章体」との区別が理解されかねないことである。しかし、ここでいう狭義の「文体」の「文」も、その語の、古来の用い方に存在した、いわば「文章・談話」を意味する語である。その意味では「文章体」と言っても同じ意味になるのだが、類型的か個別的か、その対象とする「体」の特徴によって、両者の違いを用語で区別しておきたい、と常々考えている。高橋亨が、「源氏物語の文法」(2)と称してとりあげた「文法」の「文」も、いわば「文章・談話」の意味である。

　言語でつむがれた「語り」の文学（物語・小説など）、その言語（テクスト）を捉えるとき、物語内容《イストワール》と物語言説《ディスクール》とを区別する。もっとも、このことは「語り」の文学に限ったことではなく、あらゆる「文章・談話」に通用しうる、いわば言語内容と言語形式に対応するものである。

一つの「語り」作品を全的に把握するとき、物語内容の研究とは、「何が書かれているか（何を書いているか）」を探究することであり、物語言説の研究とは、「いかに（どのように）書かれているか」を探究することであると言える。その点、先に区別した「文体」も「文章体」も、「いかに書かれているか」という面に焦点を合わせたスタイル研究を指すことには変わりがない。

かつて筆者は、「物語文学の表現」(3)で、「『源氏物語』の研究史が「成立論・構想論から構造論・方法論へ、さらに文体論・表現論へという道筋が大まかに描き出せ」るものと捉え、さらには、昭和四十五年五月の『國文學』の特集「源氏物語の文体」から昭和五十二年一月の『國文學』の特集「表現の論理」に象徴されるような研究動向の筋道があり、「『文体』から『表現』へと用語は変化しつつあるが、そこには源氏物語の本文に密着することでその本性を探りあてようとする基本姿勢が窺われる。来たるべき研究の方向として、源氏物語の主題的世界に深くかかわったところでの表現論が一つの流れを成すのではと予感されもする」と展望されている」と、小町谷照彦や池田和臣らの整理(4)を引用してまとめたことがある。

ここに文体論から表現論への流れが指摘されている。先に文体論の衰退にふれたが、それは、この表現論への変容ということと関わっていたのである。ではなぜ表現論なのか。

文体論が、『源氏物語』はいかに書かれているか、に対する関心を高めた。つまり『源氏物語』の言語、その表現形式に注意が向くようになったわけであるが、そこから自ずと様々な、書かれ方の特徴に通じる言語事象や表現を捉える切り口が次々と噴き出してきたのである。例えば、敬語使用のあり方にみる書かれ方の問題、そこから語り手の問題に通じ、そして草子地、さらには引き歌や挿入句（はさみこみ文）という叙述のあり方の問題、視点、視線、視座や時、空間といった語り手の認識のあり方、話型論から引用論さらには言葉の文化的記号としての表現映像の分析、そして構造分析等々、小町谷が「作品分析の過程において対象なり目的なりに即した方法として、それぞれ具体的な様相をとるもの(4)」と述べた、そういう様相を呈するに至ったわけである。勿論、これらに加えて主として国語学において、『源氏物語』の語彙や語法の研究も盛んであったが、こうした『源氏物語』の言語を分析的に研究する切り口もすべて「いかに書かれているか」に応えるものであって、すべて『源氏物語』の文体を形成する要素要因であると言うことができるのである。とするなら、これらはすべて、それぞれ『源氏物語』の文体論の一端をになうものだと言えたはずである。しかし、それらは例えば、「静的な文体論」という見方もあったように、狭義の「文体（論）」という用語《ターム》ではおおいきれなかった。むしろ、「文体（論）」は、「いかに書かれているか」に応える研究の、その一端にすぎないもののようにみられるところがあったのだと思われる。そこで、こうした「いかに書かれているか」に応えるような言語分析を統合する用語として「表現（論）」が登場してきたものと思われる。

こうして、『源氏物語』という言語（パフォーマンスないしはテクスト）を全的に捉えようとする気運は、『源氏物語』という言語の本質を捉えるべく「語り言語」の表現構造―表現機構を明らかにする方向へと進み、欧米のナラトロジーを吸収することになる。テクスト論である。

文学研究の側にあって言語を重視する三田村雅子は、テクスト論の登場について「源氏物語研究においてテクスト論的な視座が導入されたのは、一九七〇年代後半の異常ともいえる草子地論ブームの折であった」と回顧し、そして「草子地論は、草子地だけを特権的に扱う些末主義からのがれ、全体のテクスト性の中で、源氏物語の（作者、話者、語り手、登場人物、聞き手、享受者などの織りなす）語りの輻輳性のもつ意味そのものを捉えようとする段階に移行していった」と述べている。(5)

しかし、一方で「テクスト」は、「作品」という概念と対立して「読者によって見出され、意味づけられ、構成されるものなのだ」「テクストは読者に大きく解放するものだ」と三田村が述べているように(5)、テクスト論の導入には、外山滋比古らによる読者論—読者の自立という「読み」の自立の主張が盛んになっていたという背景も影響したことと思われる。ここに「作者」から「読者」への転換がもたらされた。

筆者は、ここまで物語言説についての研究が「いかに書かれているか」を明らかにすることであると述べてきたが、「テクスト論」の観点は、いわば「いかに読めるか」という「読み」に重点を置いたことを意味する。「作品」論と「作者（の意図）」に支配されていた「読み」から解放されたことを意味したのだ。

「いかに読めるか」は、「読み手主体重視の観点」であり、「いかに書かれているか」は、書き手（作者）主体重視の観点であるという対立をなすが、今はこの「いかに読めるか」という読者の観点をも含めて、「いかに書かれているか」ということばで示しておくことにする。本稿は、「文体」と標題には示したが、『源氏物語』が「いかに書かれているか」について具体的な言語事象をとりあげながら、どんなことが語られているかを展望するものである。

二　語彙と文体

作品にみられる語彙的特徴、つまりどんな種類の語が用いられて書かれているか、ということが、作品の文体に反映することは従来よく指摘されてきたことである。

語彙を統計的に調査分析することで得られる結果に、作品ごとの基本語彙というものがある。例えば、宮嶋達夫編『古典対照語い表』（笠間書院・一九七一）によると、『万葉集』『枕草子』『源氏物語』の三作品に限って、その基本語彙として頻度数の高いものからベスト二〇位までの語がとり出せるが、それらをながめてみたところでも、三作品に共通して登場する語に「あり、なし、みる、す、おもふ、もの、ひと、こころ、いと（副）」などがあり——これらは古代文学の基本語彙となると予想のつくもので、またむしろ日本語の基礎語彙と言っていいかも知れない――、それに対して、それぞれの作品にしか登場しない語は、『万葉集』では「わが、きみ、われ、こふ、あふ、ゆく、やま、なく、く（来）、はな、しる」であり、『枕草子』では「をかし、いみじ、また、さ、みゆ、よし、さり、ただ」となり、そして『源氏物語』では「おぼす、この、世、さま、かた、のたまふ、はべり、みや」などが二〇位まででの独自語彙ということになる。この作品間の差異はほぼ予想のつくところであるが、『源氏物語』が特定の社会における具体的な人間関係を描いたものであるということが、この結果からも窺い知ることができる。中で、指示語の「この」が一三位に入って三作品のうちでの独自語であるのはちょっと注目しておきたいことである。

　しかし、この基本語彙にみる特徴は、「何を」という内容面を窺うことができるだけで、「いかに」という文体の問題にまでは及ばない。

　ところで、前掲の著書で山口は、文章体、つまり類型的文体――具体的には、漢文訓読文体、和文体などの区別を示す文体――を捉えるために、文体に反映する語彙的差異（特徴）について、次のような配慮を行っている。

　一つは、万葉語の文体的特徴を明らかにするために、山口は副詞類をその対象としたが、その理由は、「副詞は同一語を頻する傾向のあること、また、名詞などと違い、表現素材として何を取り上げるかということとは直接関わらず、文体差の現れやすい語類だということだ」からだと述べている。また、平安時代の漢文訓読語と和文語の性格を、語彙の面から考察するにあたって、形容詞を選んでいるが、その理由を、「形容詞はその本質上、認識や物事の把握方式に関係する部分が多く、事柄に左右されやすい名詞と異なり、また動詞より更に事柄に左右されない性質を持つという点で、表現の素材を必ずしも等しくしない漢文訓読の語彙と和文の語彙とを比較するに、便宜だから」だと言う(6)。

　文体的特徴を捉えるために、文体に反映しやすい語彙を選んで、山口はとりあげているわけであるが、この「文体」は確かに「いかに書かれているか」に踏みこんではいる。しかし、なおジャンル的類型的文体（文章体）におけるもので、本稿で言う「源氏物語の文体」の「文体」には直接的にはかかわらない。それが証拠に、先にみたように、山口が文体を語彙から探究する上であえて避けた名詞や動詞をめぐって、源氏物語の文体が指摘され、また論じられてもいるからである。

個別的文体を捉える「文体因子」として統計的処理の結果得られる品詞別、特に、その名詞型か動詞・形容詞型かといった差が文体差として有意味であることが指摘されている[7]。『源氏物語』に関する文体論の草分け的存在の清水好子の研究[8]が、名詞の使われ方に関して、「異常に長い形容詞的修飾節を持つ」名詞の存在を指摘している。それは、長い連体修飾の主名詞となるという、構文的観点から「名詞」の使われ方を指摘したもので、まさに「いかに書かれているか」に応えるものであった。例えば、清水は、

(1)　人目にこそ変ることなくもてなしたまひしか、うちには憂きを知りたまふ気色しなく、こよなう変りにし御心を、いかで見えたてまつらじの御心にて、多うは思ひなりたまひにし御世の背きなれば、今はもてはなれて心やすきに…　（鈴虫）

などの例を示して、「源氏物語には、このような重い長い形飾語を締め括るために用いられる新しい名詞もなかなか多い」と述べ、さらに「新しい名詞」の創出にとどまらず、この構文の「名詞」の位置には、「もの」「こと」「ほど」などの形式名詞や特に「さま」「けはひ」「にほひ」などの名詞がくることが多いことを指摘している[9]のが注目される。そして、この種の文体の志向するものが、作者の「可能な限り凝集を求めた」結果によるのだと解釈している。

さらに清水は、「凝集への意図」が生みだした表現として、助詞「の」の特別な使用法による複合語——例えば、先の「御世の背き」や「おぼつかなさのなげき」「ものめでのさしすぎ人」など、「〜の〜」という連語に注目している。

同じく名詞にかかわる文体的特徴のうち、前者の長い連体修飾を受けるという名詞の使われ方については、後に渡辺実がとり出した事例、例えば、

(2)　月は入り方の空清う澄みわたれるに、風いと涼しくなりて、草むらの虫の声々催ほし顔なるも、いと立ちはなれにくき草のもとなり。（桐壺）

など、文末の名詞が長い連体修飾語を受けて、いわば「主語なし文」となっており、一種の「思い入れ」の文を形成していると説いた[10]用法に通じていくものである。現代語で例示すれば、「このところすっかり育児に時間をとられていそがしくしている今日、この頃の私です。」などが相当する。

構文論的観点からみると、これらの名詞構文（名詞文）は、山田孝雄の言う喚体句であり、後者の名詞による「凝集」的表現（「～の～」類）も含めて、こうした名詞の用い方は、和歌の表現において当代以前からすでに充分培われてきた表現であることに注意しておきたい。それは言わば、体言止めの歌においてであり、また、「春の夜の夢」や「浦の苫屋の秋の夕暮」など、「～の～の～」といった凝集的表現がそれで、これらが和歌文学の特徴ある表現であることが指摘されてもいるのである。

さて、動詞についても清水は、「源氏物語はこのように非常に多くの意味と感情を一語に纏めようとするために」、その一つとして複合動詞が多出すると指摘している。例えば、

(3)　あなたの御《お》前は、竹編める透垣しこめて、みな隔て異なるを、教へ寄せたてまつれり。（橋姫）

「教へ寄す」など「全く新しい組み合せの動詞があ」ることを述べている[8]。そして、「心情の隅々まで述べようとしたから、「思ふ」と結びつく複合動詞は大層多く、たんに「思ふ」のみで片付けることは少ない」と言う。

『源氏物語』の複合動詞については、竹内美智子も国語学の立場から問題にしている[11]。殊に「思ひ」を前項とする複合動詞の考察は、「文体」論に寄与するところがある。その考察が「造語法の基底にある源氏物語の書き手の

言葉遣いの姿勢を考えることを中心に」しているからで、中でも「おぼし疑ふ」という動詞の用法を徹底的に分析して、この語が「源氏物語の中の重要な場面で使われ、物語が展開する上での原動力的な『疑心』を表わす、大切な役割を果たしていると考えることができる」という結論は、単なる統計的結果からだけでは導き出せないもので、最も典型的に「いかに書かれているか」に直接応える文体論的結論だと言えよう。

『源氏物語』の形容詞（付形容動詞）についても様々な指摘がなされてきている。竹内美智子の論稿、[11]それに根来司、山口仲美らの論稿が注目されるところである。

根来は、[12]『源氏物語』の文章が、この物語以前のみならず以後の文章からみても、形容詞、形容動詞に「もの」を冠した、いわゆる「もの」形容詞、「もの」形容動詞が極立って多いことを指摘し、その表現性を分析して、『源氏物語』が特有の言語空間（「気分的情趣的な性質」）を形象していると説いている。これらの語がもたらす空間は、「まこと静かな安定した空間」で、中でも「ものあはれなり」は、「このような空間のきわまった形であり、平安宮廷の彼女らにとって何の迷いもない心から納得のゆくもの」であったと読みとっている。いささか印象批評的なレベルを超えていないようにも思えるが、勿論、この「もの」形容詞、「もの」形容動詞の造語法は『源氏物語』の作者が生み出したものではなく、それ以前から、例えば『蜻蛉日記』あたりから多様化多用化の傾向がみられるものであったのだが、『源氏物語』において多種多用化が急激に増加しているという事実の指摘と、そこに作者の描こうとした、新しい表現世界を捉えようとした発想は、すぐれた着想であった。その後も、この論稿を受けて、藍美喜子「源氏物語における「あはれ」の偏在」（『国語語彙史の研究九』和泉書院・一九八八）という論稿や中川正美「八代集の形容詞――文体史との関わり」（神戸大学『国語年誌』九）などが生まれている。

根来には、物語など散文を「ふみ」系列の文章とし、和歌など韻文を「うた」系列の文章と名づけて、「ふみ」系列と「うた」系列との文章体の違いについて、特にその用語（語彙）の面から考察した論稿があるが、根来から学ぶべき観点に、文章の特徴は、単にいかに書かれているか、つまりどんな語がよく用いられているかだけに注目するのではなく、いかに書かれていないか、つまりどんな語が用いられていないか、という面からの考察もなされねばならないという指摘がある。語彙的特長は同時代の語彙分布の総体のうちに捉えねばならないということである。選んだということには常に、選ばなかったという範列的関係が背後につきまとっているからである。

その点で、これら「もの」形容詞「もの」形容動詞が和歌にはほとんど用いられなかったこと、逆に散文でこそ生かされた語形――語群であったことに注目しておきたい。和歌が五音七音の音数律に支配されたものであることが語を選択する上で束縛となる、そのことが大きく影響している面もあるとは思われるが[13]、和歌は、短詩型であることもあって、場の状況の微妙な雰囲気や気分を表現の上で捉えることは無理であり、散文でこそそうした描写は可能であった。和歌では、特定の状況、特定の場での「今・ここ」の心情をことばのリズムに託すのだが、歌の表現はむしろそうした一回的事態という「こと」（具象）の詳写には向かわず、むしろ「もの」（理法―抽象）を志向したところがあって、逆に「ものがたり」という散文でこそ、「こと」の詳写が工夫され、表現が開発されていく余地があった。つまり単に「何を」を伝えることに満足せず、それを「いかに」描くかという工夫がなされていくとき、語のレベルにおいても、様々な工夫と造語が生み出されてきたのである。それは自ずとイメージを豊かにし、「ことば」で切り開いていく意味世界が創出されるという改革もありえたのである。

描写の工夫が語の新しいかたちを要求する、同じ一つの形容詞でも、例えば「かなし」が、「ものがなし」となり、「うらがなし」「かなしげなり」「ものがなしげなり」「かなしがる」などという語を派生し、それぞれの微妙な違いが状況の、よりリアルな描写に寄与している。こうした派生語が概して和歌ではほとんど用いられることはなかったのである。

ところで「かなし」に対して「ものがなし」が、現代語訳で「ナントナクかなしい」と訳されることが一般だと思われるが、けだし、この「ナントナク」という訳は、名訳だと思う。それは、「かなし」という感情がかすかで漠然としている——だからとるに足りない感情（かなしみ）、という意味ではなく、むしろ、「今・ここ」の特定のことがらとの関係において理屈では説明できない心情であることを意味していて、それだけ根深いもの、深いところに根ざした心情（かなしみ）であることを意味しているのだと言える。そう解することが、接頭辞「もの」という形態素の意義にもっとも叶っていると思われる。「ものがたり」の「もの」も、この線で考えてみるべきではないか。

根来の指摘は、どんな形容詞を用いているかという、語の選択の観点からのものであるが、山口仲美の論稿(14)は、どのように形容詞を用いているか、という観点からの指摘で、重ねて用いられる形容語つまり「並列形容語」を対象にして、その表現的意味を追求している。山口によると、例えば、

(4)　及びなく見奉りし御有様のいと悲しく心苦しきを、近き程は怠る折ものどかにたのもしくなむ侍りけるを、かく遥かにまかりなむとすれば、うしろめたくあはれになむ憶え給ふ。（蓬生）

の傍線部のように、源氏物語には二語以上の形容語が並列する場合がきわめて多いという。しかも、そこに「どのように書くか」という作者の工夫がよみとれる、つまり、「情意性の語だけを並列する場合にも、対立する意味の語を組み合せ、そこに動揺し葛藤する人間の心を描き出した。状態性の語同士の並列では、互いに意味の重なり合わない語を並べ、物事のありさまを多面的に描き出そうとした」とその文体的特質を捉えている。作者紫式部のすぐれた表現力によるのであろうが、人間の心理への深い洞察力がなければ生み出しえない表現法であったと思われる。中でも、注目される指摘は、「源氏物語の情意語の並列においては、自分と相手といった相対する立場からする気持を並列することが、実に多い」という指摘である。もっとも、この点は、会話語や心内語にみられるものであるから、作者の人物像形象化の問題で、どういうキャラクターの人物として描こうとしていたかということに関

わる文体というべきかも知れない。

山口にはなお、『源氏物語』の象徴詞（オノマトペ）に注目しての文体論的研究もある。(14)

象徴詞は、「和文性が強く、描写性・具体性の強い文章に、より出現しやすい」という前提の上に、『源氏物語』における、象徴詞の用いられ方にみられる性質を明らかにしようとしたもので、次のように結論している。「源氏物語は、擬音語をできるだけ排除し、騒々しく卑俗な作品の世界になることを避けた。わずかに用いられる擬音語も、小さな幽かな物音や声であった。多く出現する擬態語は、積極的に美化の方向をめざしてつくられ選びとられた語詞群であった。『源氏物語』の象徴詞は、総じて、しめやかな作品の世界をつくるのに寄与する美的な性質を持つ語彙なのである。これは『今昔物語集』の象徴詞と対照的であった」と。そして、それまで「俗語的であったり」「俗語臭を帯びたまま使用されたりした」象徴詞を「美的なものとして質的な転換を計り、雅の文学の中に導入し、融和させた」ものとなっているという。

描写・叙述にどんな語を用いているか、にみる差異性は、作者が表現対象の素材に対して、その何に関心を持っていたか、何によって何を語ろうとしたかという文体論的課題につながっていくことがわかる。さらには、特定の作者の才能による、「ことば」によって切り開かれた表現方法が、後世における表現を豊かにする文化的財産ともなっているのである。

ところで、情意性の形容語と言えば、それが文末に裸形で投げ出される場合が問題になるが、この用い方については後にとりあげることにしたい。

三　構文法と文体

(一)「けり」文体

物語・説話など、「語り」の文学は、「けり」文体を基調とする。助動詞「けり」はムード性の強い助動詞である。つまり、言表事態(「ことがら」)という客体と表現主体(「語り」の文学では「語り手」)との関係そのものを言語化する助動詞の一つである。言い換えると、表現主体が言表事態(の存在)を確かに「今・ここ」において認識しているという主体的立場そのものを言語化する機能を持っているのである。そうしたムード性こそが、伝聞回想とか詠嘆とか、「気づき」などと、この語の用法が説明される根拠である。このムード性は、この語が含んでいる「あり」という存在詞がもたらすものである。

物語・説話などの「語り」の文字が、「けり」文体を基調とするとみられるのは、「語り」を構成する「文」の文末が「けり」で統括されるという事実に基づいている。

(5)　今は昔、竹取の翁といふ者、ありけり。

(6)　いづれの御時にか、女御・更衣あまたさぶらひ給ひけるなかに、いとやむごとなき際にはあらぬがときめき給ふ、ありけり。

このように物語冒頭は、ある人物の存在から語りはじめられるが、「けり」で統括される文の姿をとる。しかし、阪倉篤義がはやく『竹取物語』の場合によって、物語文学における「けり」文体のあり様のモデル化を試みたように、「語り」を構成するいちいちの文すべてが「けり」文末になるわけではなく、初期物語文学を対象とした山口仲美の調査が示しているように[14]、「けり」文末をとる頻度は、作品ごとに異なるのである。仮りに本来はいちいちの文が「けり」文末をとることが「語り」文学の本質(ないし始原)だったとすると、これらの作品ごとの異なりは、どのように「けり」文末をとらなかったか、ということを意味することになる。その場合、阪倉の指摘したこと――むやみやたらと「けり」文末をとらないということではないこと――、逆に言うならば、「けり」文末が一定の基準のもとに残ること、「語り」の文学という本質を保持するために、ある一定の残り方をすることを意味した。『源氏物語』も文を統括する文末として、「けり」文体を基調とするとみてよいが、予想以上に「けり」文末をとる文の比率は低いと言ってよい。巻ごとにその様相にはかなりの差異がみられるようであるが、しかし、ただ単に統計的に数値を示して論じてみるという問題でもない。この「けり」文末の分布は、「語り手」や「視点」の問題と本質的に関わっているのである。「けり」文末―文体については改めて「視点」との関係で論じたいと思うが、今ここでもう一つ注意しておきたいことがある。従来「物語」の「けり」については、もっぱら文末の「けり」を念頭において論じられてきた。しかし、「けり」が出現するのは、文末とは限らない。文中においても見られるのである。典型的には、条件句や連体句（名詞節）を統括する位置に出現するのであるが、これら文中の「けり」を、「語り」言説の機能の上からどう解釈すべきかについて、これまでほとんど論じられてこなかったが、いったいどんな場合に「けり」が出現するのか、どんな意味・用法を持っているのか、出現した「けり」は何を物語っているのかについても考えなければならない課題なのである。

(二)　文中「けり」の用法

筆者は、文中の「けり」も、基本的には文末の「けり」と同じ文法的機能を持つと考えている。さて、条件句や連体句などの従属句を有する一文における、「けり」の出現のあり方には、次の四種が想定できる。

(a)　文中・文末ともに「けり」が出現する。
(b)　文中には出現しないが、文末に「けり」が出現する。
(c)　文中に「けり」が出現するが、文末には出現しない。
(d)　文中・文末ともに「けり」が出現しない。

先に示した冒頭文の例(6)は、右のうち(a)に属する。右の(a)(b)は文末が「けり」で統括されている文の場合で、(c)(d)は文末が「けり」で統括されていない場合ということになる。もっとも解釈上問題となるのは、(c)の場合であろう。この場合も、基本的には文末の「けり」と同じように解釈すべきであると筆者は考える。つまり文末「けり」の場合と同様、やはり表現主体（語り手）がその「けり」で統括する「ことがら（言表事態）」に対して主体的立場からその「ことがら」を提示していることを意味しているとみる。

平安時代の散文作品の叙述を分析して、「記述の文体」と「操作の文体」の区別を試みている渡辺実[15]は、「紫式部の文章は、良い意味でも悪い意味でも、操作主体の文章である」という。そして、「清少納言より一段と深まった一般化の目、文を組み立て閉じる要領や文と文との配置の要領に関する抜群の言語感覚、それに何よりも媒介者としての操作の姿勢、そういうものが彼女の源氏物語を『ものがたり』の至れるものたらしめたのだ」と結論する。その指摘する言語事象を具体的にみてみたいが、先に例(2)として示した桐壺巻野分の段の例は、文の閉じ方に特徴のある一つであった。例(2)の文は、山田孝雄の文の分類中、喚体句にあたる文で、渡辺が「主語なし文」と説明する名詞文の一種である。先にもふれたが、すでに和歌文学ではみられた、一首全体が歌末の体言に統括される構文、体言止めの歌の一種である。その体言止めの名詞に指定の助動詞「なり」を付加した文型である。同じ名詞文でも、例えば「御局は桐壺なり」（桐壺）のように主題が存在する、説明的解説的な文とは異なって、一種の思い入れの詠嘆的表現の文である。知的な判断文でなく情的な詠嘆文である。渡辺によると、「同じ型の表現は、源氏物語以前の仮名文に稀で、源氏に目立って多く見られるのだが、こうした変則の述語によって生み出されて来るものは、作者の思い入れ以外にない」と考えられるからである。もっとも、この「作者の思い入れ」と捉えること、例えば、渡辺は、次の例、

(7)　光源氏、名のみことごとしう、いひ消たれ給ふとが多かンなるに、いとど斯かるすきごとどもを末の世にも

聞き伝へて、かろびたる名をや流さむと、忍び給ひけるかくろへごとをさへ、語り伝へけむ人のものいひさがなさよ。（帚木）

名詞「ものいひさがなさ（よ）」による文末の文について、「作者の詠嘆に似た、作者自身の洩らす思い入れなの」だと説明しているところにもみられるが、今の物語学《ナラトロジー》では「作者」でなく「語り手」とすべきところであろう。創作主体は勿論紫式部で、こうした叙述の作品に書きあげたのは作者であるが、この「思い入れ」の主体（表現主体）は「語り手」であって、いわば「作者」が、こういう思い入れの表現で語る「語り手」を設定しているのである。そうした「語り手」の語り方そのものも作者が創作したものであったと捉えるべきであろう。

(三)　連体修飾句

さて、名詞の使われ方という点では、これもまた、すでに清水好子がとりあげていた文型（構文）であるが、長い連体修飾（句）に導かれた名詞句となる文型について、渡辺[16]は、

(8)　夢のやうにて過ぎにし歎き（帚木）

(9)　いとつつましかりし所にてだに、わりなかりし御心なれば…（浮舟）

(10)　忍びやかにておはせし人の御有様けはひぞ、さやかに思ひ出でらるる（手習）

などの例をあげて（ここでは、渡辺の引いている例文のうちから、意図的に過去の助動詞「き」を含むもののみとりあげてみた）、(8)の例は、「歎き」という客観に対する、光源氏の初度の訪れを「夢のやうにて過ぎにし」という空蟬の思い（「主観的把握」）を用い、「それに客観を指す作用を兼ねさせている」と解釈し、これらが、客観を語るべき地の文において、「作中人物の心にその客観がどう把握されているかを問い、その主観的把握をなす言葉を通して客観を捉えることが珍しくない」のが『源氏物語』の文章だと論じている。

連体修飾部に過去の「き」を含まない例も、勿論、

⑾　あはれに、覚束なく思しわたる事の筋を、聞ゆれば…　（橋姫）

と存在するが、過去「き」を含む修飾句（「き」に統括されている連体句）を名詞が受けている⑻～⑽のような例では、登場人物の「今」が、ともすると過去（すぎた昔）を背負いこんでいるという「今」の重たい意味を語ることとなっている。それぞれの人物は、いずれも「過去」をひきずって「今」を生きている、そういう人間認識が、これらの文型には窺えるのである。過去の助動詞「き」を読みとることが単に過去においてこういう事実があったという回想に用いられているという理解にとどまるのでなく、過去「き」によって把握される「ことがら」が、常に「今」との関係において改めて回想されている、つまり登場人物の「今」を説明するためにこそ、「今」とは切れた、かつての時間の「ことがら」であるにもかかわらず、「今」を語るためにあえてとり出されてきたということになる。「昔」は「今」と対立しながら、「今」を糾弾しつづけるのである。

ここにみた、連体構文表現を、「客観」が常に、ある主体の「主観」を通して叙述に持ち込まれる叙述法と規定できるとすると、これは『源氏物語』の語りの方法の根本に通じるもので、後述するが、「見ゆ」「見る」という登場人物の眼を通して、事態、状況が語られていく、いわば「当事者的表現」という表現方法（文体）に通じるものである。

㈣　「なりけり」構文

先にみた「主語なし名詞文」（「主語なし述語」とも）、つまり「…名詞なり」文末の例を、渡辺は別の論文[17]でもとりあげている。

筆者はかつて、「…名詞なり」構文などに、さらに主体的立場を示す「けり」を付加した「なりけり」構文の、

『源氏物語』での用いられ方を考えてみたことがあった。[18] 例えば、須磨の巻から例をとって説明してみると、

⑿　おはすべき所は、行平の中納言の藻塩たれつつわびける家居近きわたりなりけり。

⒀　須磨には、いとど心づくしの秋風に、海はすこし遠けれど、行平の中納言の、関吹き越ゆると言ひけむ浦波、よるよるはげにいと近く聞こえて、またなくあはれなるものは、かかる所の秋なりけり。

などがその例である。⑿は、「…所は…わたりなり（けり）」という判断の名詞文で、「御局は桐壺なり」と同じ構造の文である。しかし、時には「なり」で終わり、[19] 時には「なりけり」と「けり」を付加して終わるという違いには重大な情報的違いがあるとみたい。少なくとも「けり」がつくことで、語り手の主体的立場があらわになり、伝える情報に対して語り手が意識的になっている姿勢を示していると解することができる。

この例の場合、直前の叙述において、須磨に向かって都を出発した光源氏が「唐国に名を残しける人よりも行方しられぬ家居をやせむ」と不安でいっぱいの気持ちを歌に詠むという心的状況にあったことに答えたかたちになっているのである。しかも、当の光源氏同様、流離の浮き目を味わった人物たち、右の歌にふまえられた屈原や、業平、白楽天らのことを読み手に思い起こさせた脈絡の後での、語り手の種明かし的な意味合いがこめられているのが、この「なりけり」構文である。ここには、重要な事実を提示するぞという語り手のポーズが感じられる。

⒀の場合も、「名詞は名詞なり（けり）」という構造である点では同じであるが、この場合、「…ものは…秋なりけり」とあって、単なる説明的解説的な判断を示しているのではなく、一種の理法の発見につながっていることに注意したい。この「…ものは…なりけり」または「…は…ものなりけり」といった「もの」を志向する判断文はすでに和歌文学において充分に発達していた構文で、[20] 作者は、そうした和歌の発想を「語り」の叙述に生かしているのだとみることができる。このことは、この一文の表現のうちに、「心づくしの秋風」の引き歌とか「…浦波、よるよる…」に掛詞がみられるなど、和歌の表現が念頭にあることからも納得できるところである。

「AはBなり」の構文では、情報の焦点（新情報）は、「B」（に語られることがら）にある。(13)を係助詞「ぞ」を用いて書き直すと、(13)′「…かかる所の秋ぞまたなくあはれなるものなりける（または、「あはれなりける」）となり、両文は情報としては同価と認めることができる。最も簡単な例で説明すると、係助詞「ぞ」を用いて書き直した文(13)′は、「猫が動物だ」という文と情報構造としては同一形となり、それに対して元のかたち（例(13)）は、「動物は猫だ」と言っていることになる。この「動物は猫だ」の文が、「猫は動物だ」とどう異なるかを考えてみれば、例(13)の文の表現性が見えてくるはずである。「猫は動物だ」という文は、最も一般的で普遍的真理を述べた文（アンマークドな文）であるのに対して、「動物は猫だ」の文は（とりも直さず「猫が動物だ」の文も）、特別な文脈、状況――例えば、いくつかの話題の事物の中でどれが動物なのかが話題となっているような――を前提としなければ出てこない構文である。この原理を、この事例（例(13)）にあてはめて解釈するならば、「かかる所の秋はまたなくあはれなるものなり（けり）」とあれば、もっともアンマークドな表現であったことになるのに対して、ここでは「またなくあはれなるものは、かかる所の秋なりけり」（これが「かかる所の秋ぞまたなくあはれなるものなりける」と同価）とあって、マークドな構文をとっていることになり、「特別な文脈・状況を前提」としていることを意味する。それは、晩春に須磨にたどり着いて以来の、書簡を通して語られた都の人々の様子との対比で捉えられる、光源氏の今の心的状況を前提として生まれた「なりけり」文であることを意味する。『源氏物語』の「語り」の展開が、例えば「その頃、大弐はのぼりける」のように、突然場面が転換することは勿論一方であるにしても、基本的にはそれまでの文脈・状況をふまえながら切れ続くものであることを意味している。かつて筆者は、「なりけり」文の表現価値について、「物語の文脈の中で、漠然としていた事柄への興味に一つの結論を提示し、一つの頂点を形成する一方、新しい緊張を設定するといった効果を発揮するところにみられるもの」と述べている[18]。

先の例(12)では、その直前にある光源氏の歌の中のことば「家居」が、地の文「なりけり」文の「家居」へと語脈[21]

を形成していたのに対して、例⒀では、「なりけり」文中の「浦波」の語が、直後の、光源氏の独詠歌「恋ひわびてなく音《ね》にまがふ浦波は思ふかたより風や吹くらむ」に響き合っていることに注意しておきたい。

『源氏物語』中の和歌が「なりけり」構文の歌である率は、当代の和歌のそれに比べて格段に少なくて(22)、むしろ散文の地の表現において「なりけり」構文が生かされているとみてよいが、その少ない例の中で、桐壺の更衣の和歌が、この例⒀と情報上同じ構造を持った歌になっていることに注目してみたい。

⒁　かぎりとて別るる道の悲しきにいかまほしきは命なりけり　（桐壺）

「いかまほしき（もの）は命」と「もの」の省略があるとみておく。ここも、「命はいかまほしき（もの）なり」という、命についての一般的普遍的真理を定義してみせたというものではないことに注意したい。改めて、「命」というものが「いかまほしきものだった」ことが発見されている、気づかれているという趣きがこの表現にはある。更衣の「今・ここ」における状況自体がここではこの歌の表現にとっての文脈であり、前提であることは言うまでもない。この「なりけり」の「けり」について、熊倉千之が「『命なりけり』は、現代の注釈書がほとんどすべて誤訳している」と述べ、「ここは、『生きたい命だったのです』『生きる道の方だったのでございます』と、今わのきわにいたるまで自分のこの気持に気づかなかった無念さを歌っているのだ」と、「気づき」の「けり」を無視した従来の解釈に対する不満を指摘している(23)。

この歌の「悲しきに」は逆接的に解すべきところである。和歌における「―もの―なりけり」構文歌は、秋本守英が指摘している通り(24)、「逆態的ないし対立的句関係をなすもの」や「対比的句関係を含む型」といった構文をとることが多い。ここも主題部（「は」の上接部分）は、要するに、「行きたくないのに行きたいのは」ということばの上のことながら、矛盾をはらみこんでの主題提示であることに意味がある。例えば、「今は、それが定めとお別れしなければならない死出の道が悲しく思われますにつけて、私の行きたいのは生きる道の方でございます(25)」という口語訳では、その矛盾（葛藤）が浮きあがってこないのである。

作者のしくんだものだが、語り手の意図を探る上で、重要なマーク（送りとどけられる信号）の一つが、この「なりけり」構文であった。ただ、同じ「なりけり」構文と言っても、以上みたような名詞述語文と、次の例のような、

⒂　命婦は、まだ大殿籠らせたまはざりけると、あはれに見たてまつる。（略）心にくきかぎりの女房四五人さぶらはせたまひて、御物語せさせたまふなりけり。（桐壺）

用言の連体形に下接するものとがある。後者の場合、その連体形の下に「名詞」が省略されている場合もありうるが、その場合を除くと、文末の「なりけり」をはずしても文としてなり立つ場合がある（勿論、その場合、述部は終止形となる）。右の⒂の例もその例である。単に宮中における桐壺帝の様子を描写するだけなら「なりけり」をはずした客観的描写ですませられるところである。それなのにここでは「なりけり」が付加されて、現代語でいう「のだ」文になっているのである。では、何故にここでは「なりけり」構文になっているのか。それを読みとらねばならない。つまり事実を事実のまま投げ出した表現ではなく、ここでは「命婦は…見たてまつる」とあったように、語り手のことばではあるが、語り手は命婦の眼を通して、命婦によって気づかれた事実であるとして語っているのである。それ故に、その命婦の目に写った事実に対する、命婦のある種の思いがこめられていることに注意しなければならないことになる。命婦は帰参して帝がまだお休みでないことに気づく。気の合う女房たち数人と玄宗皇帝と楊貴妃の物語でもなさりながらであったろうか、私の報告を首を長くして待っておられたのだ。と、「のだ」文で命婦の気づきと感慨が語られている。この例のように、用言の連体形に下接する「なりけり」構文は、その全用例中の七二％が地の文にみられる。

なお、この「なりけり」構文をとる語り方（いかに書かれているか）において、語り手が何を語ろうとしていた

か（その主題性）が端的に現れるのが、この構文における、名詞述語部の「名詞」である。⒁の例で言えば、「命なりけり」の「命」がそれであるが、ここに位置する名詞をみると、「わざ」（「しわざ」二例も含む）が四八例で圧倒的に多く、ついで、「もの」が三六例、「こと」が二三例、「人」が一九例であったことも前稿(26)で指摘している。これらに注目していくことで、この『源氏物語』の主題性を捉えるてがかりの一つが得られるものと思われる。

㈤　否定「ず」と構文

さて、次に、少し長い引用になるが、甲斐陸朗が指摘した、否定表現をめぐる、『源氏物語』の書き方（語り方）に関する問題(27)を考えてみたい。

⒃　その年の夏、御息所、はかなき心地にわづらひて、まかでなんとしたまふを、暇《いとま》さらにゆるさせたまはず(a)。年ごろ、常のあつしさになりたまへれば、御目馴れて、「なほしばしこころみよ」とのみのたまはするに、日々に重りたまひて、ただ五六日のほどに、いと弱うなれば、母君泣く泣く奏してまかでさせたてまつりたまふ。かかるをりにも、あるまじき恥もこそと心づかひして、皇子をばとどめたてまつりて、忍びてぞ出でたまふ。限りあれば、さのみもえとどめさせたまはず(b)、御覧じだに送らぬおぼつかなさを言ふ方なく思ほさる。いとにほひやかにうつくしげなる人の、いたう面瘦せて、いとあはれとものを思ひしみながら、言に出でても聞こえやらず(c)、あるかなきかに消え入りつつものしたまふを御覧ずるに、来し方行く末思しめされず(d)、よろづのことを泣く泣く契りのたまはすれど、御答へもえ聞こえたまはず(e)、まみなどもいとたゆげにて、いとどなよなよとわれかの気色にて臥したれば、いかさまにと思しめしまどはる。輦車の宣旨などのたまはせても、また入らせたまひてさらにえゆるさせたまはず(f)、「限りあらむ道にも後れ先立たじと契らせたまひけるを、さりともうち棄ててはえ行きやらじ」とのたまはするを、女もいといみじと見たてまつりて、…（桐壺）

右の引用文中の(a)〜(f)の否定の助動詞「ず」が問題になる。長い引用部分とは言え、「ず」が多用されていることがまず注目される。同じ否定表現でも、形容詞「なし」を用いた場合は、連用形と終止形とで形態が違うから区別がつくが、助動詞「ず」による場合、活用形が同形であるため、「―ず」が連用中止法によるものか、文末の終止形なのかの区別がつかない。それぞれがいずれの場合であるかは、校注者によって違うことになることを、甲斐は指摘しているのである。言うまでもなくどちらと解しているかは、「ず」の後が句点か読点かの違いで示されることになる。もっとも現代の日本語文においても、終止形であっても、読点によって、後続の文に埋めこまれたかたちにすることがあるから、古典文の場合には、一層、作者の意図がどちらであったかは判断しにくいし、古典の時代には、そうした「文の切れ」について、それほど論理的な区別の意識は存在しなかった、とみられもするのである。ともかく、現代の校注者は、句読点のいずれかによって処理することを強いられている。そのため、結果的に、その処置に違いが出てくる。しかも、改めて確かめてみると、同じ校注者による「全集本」であっても、旧版と新版でゆれている。二重傍線(e)の「ず」の後、旧版では「句点」であるが、新版では「読点」になっている（右引用は新版の小学館新編日本古典文学全集本による）。

甲斐の結論するところをみると、否定表現を導入することによって、「二つの行為を二重に述べる」表現法になっているという。そして、「上句（注：「ず」が統括する句の方）が常識・慣習に反すべき私的な事柄であることを否定表現を用いて語ることによって聞き手の予期―拒絶を緩和し、聞き手が、その特殊性を正面から理解しようとする、つまり、「補完」的に語る下句を積極的に迎えとるようにする手法」と説明する。『源氏物語』における、否定表現を導入することによっての「二重の叙述」とは、一つの事態に対して、「公」と「私」の二つの立場（観点）からの観方を複合ないしは並置することだとする。例えば、

⑰　目すこしはれたる心地して、鼻などもあざやかなる所なうねびれて、(a)にほはしき所も見えず。言ひ立つれ

ば〜〜〜(b)わろきによれる容貌を、いといたうもてつけて、このまされる人よりは心あらむと目とどめつべきさましたり。（空蟬）

右の(a)の部分は、源氏ののぞき見する私的立場から好意的にみようとする見方が否定表現となっているもので、それを言い換えた(b)の部分が公的立場からの叙述だという。波線の「言ひ立つれば」とは、「中立厳正に美の基準に照らして言えば」の意と解している（「全集本」の訳は、「はっきり言えば」）。こうして叙述に、「公」と「私」の対立が導入されているとみているが、この「公／私」の対立と、「主観／客観」「主体的／客観的」とどのように異なるのかは、甲斐の論じるところからははっきりしない。右の⑰の場合は、むしろ「主観／客観」といった見方の対立とみる方がよいように思われる。

㈥「公」と「私」

しかし、先の⑯の例に関しては、帝が、その立場において、私的立場と公的立場にゆれ動いている状況にあることから、「公」と「私」の対立（葛藤）が表現に噴出したとみることは納得できる。

この帝の、桐壺の更衣に対する姿勢については、冒頭の一文からして、「公」「私」の対立の狭間にあることが語られていたのであり、つまり「愛のジレンマ」にあったわけであるが、葛藤は、中でも「私的立場」を生きようとあえてする行為の遂行がもたらすものであった。物語の登場人物はそれぞれに、私的／公的の二重の価値体系の中に生きているとも言える。それを例えば、否定表現を導入することで、その私的／公的の両面から一つの事態を描くということは、とりも直さず、人物の立場に立って、当事者的な心情を語ろうとする語り方――書き方を作者が探っていたことを意味するであろう。

形容詞連用形「なく」が中止法に用いられた場合にも多く見てとれることなのだが、「ず」による否定表現は、私的／公的の対立という二重表現を形成したのである。とすれば、「ず」の後は、読点によることが原則となる（実際、現在の校注本では、「ず」の後を「句点」にしているもので「読点」とすべきかと思われる個所が散見される）。

甲斐は、否定表現に注目して、「冗漫であり不経済でさえある」「一つの行為を二重に述べる」ということの表現法を『源氏物語』が採用したのは、その言語が〈語る―聞く〉型の性質を有することによるのだという。(27) 一方で『源氏物語』の文体を語彙の面から追求した論文では、『源氏物語』は書かれた作品、そこに書記言語的性格がみられるという指摘がある。そうすると、『源氏物語』は書かれた作品ではあったが、「語り手」の存在が感じとれる表現が随所にみられることからも明らかなように、語り手が語るという、本来の音声言語の性質を残した文体を創出した作品だったということになるのだろう。

しかし、果たして、この否定表現を導入することで、「二重に述べる」ことになる表現法を、書記言語か音声言語かという観点からのみ判断して、「冗漫」「不経済」と評してよいものかどうか。心理・心情を立体的に描く工夫のあらわれとみるべきではないだろうか。作者が設定した「語り手」にいかに語らせるかという語り方（それはとりも直さず、「いかに書かれているか」ということ）の問題であるが、このことは、以下に述べる「視点」という観点から捉える『源氏物語』の文体と深くかかわっていることだと考える。

四　視点と文体

(一)「語り手」と視点

『源氏物語』の研究には、その表現構造や表現機構に関わる言語事象が様々にとり出され論じられてきた歴史があるが、ここでは、それらのうち主たる事象のいくつかをとりあげて、それらが「視点」というキー・ワードで統括できることを論じてみたい。

本稿では、作者（創作主体）と語り手（表現主体）とを区別する考えに立っている。勿論、語り手は、作者が創出した（設定した）存在である。同じ例を引用するが、

⒅　いづれの御時にか、女御、更衣あまたさぶらひたまひける中に、いとやむごとなき際にはあらぬが、すぐれて時めきたまふ、ありけり。（桐壺）

と、その父母から語りはじめられた、光源氏とその子息たちの物語は、語り継ぎ書き継がれ、人手を継いで伝えられてきた伝承の物語であるという設定を、作者が構想していたことが認められている。つまり、今、このテクストを受けとる読者に直接向き合っている語り手は、その語り継いできた最後の、つまり一番新しい語り手であるということになる。玉上琢弥は、「物語音読論」を展開する過程で、『源氏物語』に三種の語り手たち（「三人の作者」）の存在することを腑分けしてみせた。(28) 即ち、

一、光源氏の生活を見聞きした古御達

二、古御達の話を筆記編集する女房

三、それを語り聞かせる女房

である。これら語り手たちの存在は、『源氏物語』本文の叙述から抽出されたのだが、表現構造の観点からみるなら、これらは、次の二種にまず区分されるべき相違点をはらんでいる。

(a)　語られている語り手（先の一、二に相当）

(b)　語る語り手（最後の語り手、先の三）

時枝誠記の用語によれば、(a)は、「素材」としての語り手であり、(b)は「主体」としての語り手である。(a)が存在することは、光源氏とその子息たちの物語、という物語の内容に付加して、それらを語り継いできた語り手たちの

ことまでが語られているということになる。[29] 勿論、(a)のことを語るのは、(b)の語り手である。この(b)の語り手が、『源氏物語』の表現主体であると捉えねばならない。以後、語り手とは、この「語る語り手」(最後の語り手)のことを指して言うことになる。『源氏物語』の視点は、すべて、この「語り手」に支配される、その語り手に即応して捉えていかねばならないのである。

さて、語り手の語る言語は、次の二種に分けてみるべきであろう。

A　物語内容(光源氏とその子息たちの物語)を語る言説。

B　物語内容について、または関して語る言説。[30]

ほぼ、Bは、いわゆる草子地と認定されるものに相当するが(私見では、むしろ、少なくともBに該当するもののみを草子地の詞とみるべきだと考える)、この、言説(叙述)を二分する問題は、従来の草子地論の問題と深く本質的にかかわっている。

近現代の小説では、ほとんどBの言説は姿を現さないと言えるのだが、わかりやすい例として、近代小説のBの例を示すとすれば、芥川龍之介「羅生門」にみられる。

(19)　作者はさつき、「下人が雨やみを待つてゐた」と書いた。　(羅生門)

先ず、「(語る)語り手」によって「語られる語り手たち」についての叙述は、Bの言説に属するのである。Bの言説は、原理的には、語り手が語る「今・ここ」からする言説である。

(20)　(歌は)よからねど、その折は、いとあはれなりけり。　(橋姫)

右の「その折」とは、語り手が語りの「今」から物語世界(昔)を回想する視座からの指示である。地の文で、時の語に「そ」系の指示語がつくと、語り手の「今・ここ」からの指示であることが多く、例えば、「その頃、大弐はのぼりける。」(須磨)のように、文末「けり」と共起することも多い。[31] 例(20)の「よからねど」という評価は語り手の「今・ここ」における、今から思うといった体の評価である。

もっとも、文末表現（特に、その辞的表現）に注目して具体的にみていくとき、Aの言説ともBの言説とも区別のつけにくい場合が存在すると言わざるをえないのである。そこに語り手の視点の問題がかかわってくるからである。先に述べたように、語り手は、原理的には、聞き手（読み手）と向き合って語る「今・ここ」にあり、そこに叙述の視点がある。端的には、その立場が「けり」によって明示（言語化）されるのだが、ともすると、語り手は、物語世界（昔）、つまり登場人物たちのそばに視座を移して、その視点から人物たちを語るという方法をとる。そのため登場人物たちの様子や心理をうかがう視点から、それを推量する言説（「なるべし」など）を、Aの言説とみるかBの言説とみるかの判断に迷うことになるのである。

語り手は、神のみが持つような全知視点を与えられているかのように、いろんな登場人物の内面に立ち入りはするが、意外にことを知らない存在でもある。そういう生身の人間的な視点（等身大の視点）しか持っていないとも言えるのである。

一般に、言語による表現の実現には、表現主体が存在しなければならない。物語において、和歌や会話、そして心内語などは、特定の登場人物たちを表現主体とする表現である。それらを除いた部分、いわゆる地の文の表現主体は語り手である。その意味で、地の文の表現はすべて語り手の詞である。しかし、語られる表現素材がどのように語られるかによって、地の文の表現に表現主体（語り手）の存在が強く感じられたり、ほとんどその存在が忘れられるほど意識化されなかったりする。時枝のことばをまた用いるなら、その表現が詞的表現――ほとんど「ことがら（事態）」そのままを投げ出したような表現――の場合と、辞的な表現――語り手の主観的叙述――を伴っている場合とがある。後者は、もっぱら、概言《ムード》の助動詞、いわゆる推量系の助動詞を文末に付加した表現や終助詞を付加した表現の場合などがその典型である。

(二) 挿入句の機能

辞的表現では、表現素材（言表事態）に対する主体（語り手）の態度があらわになる。例えば、推量表現には、推量する主体の存在があらわに意識されざるをえないのである。そうした主体的ないしは主観的表現の一つに、挿入句がある。

挿入表現について、塚原鉄雄は、表現論的観点から、その特性を「一文構成を、客観的視点を基軸としながら、しかも、主観的視点を副軸として、主客両面に重複的表現を成立させ」たものとみている(32)。ところで、挿入句として従来扱われているものにも、甲乙二種あることに注意を向けておきたい。事例は、主として、橋姫、椎本の巻から引くことにする。

(21) 黄鐘調に調べて、世の常のかき合はせなれど、所からにや、耳馴れぬ心地して、掻きかへす撥の音も、物清げに、おもしろし。（橋姫）

(22) 耳馴れぬにやあらむ、「いと、物深く、面白し」と、わかき人々は、里心しみたり。（椎本）

(21)の例は、「世の常のかき合はせなれど、耳馴れぬ心地」がするという事実について、その原因を「所からにや（あらむ）」と推測するもので、事態に関する情報としては、「所からにや」がなくてもよい。(22)の例も同じように、「わかき人々」の行為をなぜそうなのかとその理由を推測している挿入句で、やはり、叙述上なくても「ことがら」を伝えるという点で情報上、問題はない。これらの挿入句を甲種とすると、次の例などは、乙種として区別する必要がある。

(23) …奥のかたより、「人、おはす」と、つげ聞ゆる人あらむ、簾垂おろして、みな入りぬ（橋姫）

この例の場合「簾垂おろして、みな入りぬ」という事態について、外にいる薫の君の気配を感じとった誰かが、「人、おはす」とつげたことが原因ではと推測しているのだが、甲種と違って、この挿入句（この場合どこからが挿入句かが判定できないのだが）は省略することができない。それは、この部分が、この一文における客観的事態として必要な成分となっているためで、ただ、その事態が語り手の叙述上に定めた視点（むしろ視座）からは、不確かなことがら――逆に言うならば、このことがらを不確かなと捉えるしかないほどに、距離的にも離れたあたりの視座[33]に語り手の視点があることを物語っている――であることを、語り手の視点から推量表現で示しているところとみられるからである。一文の途中に、一文を形成する整った文形式になっているから挿入句とみてよいだろうが、甲種と違って、物語内容（何を（何が））を形成する必要な情報なのである。この場合、確かな事実であったなら、「（～と）つげ聞ゆる人あれば」とあってもよい情報である。

その点、実は、『源氏物語』冒頭の一文の挿入句（例⑱の場合。「いづれの御時にか」）も、乙種の挿入句として扱うべきなのである。

「いづれの御時にか」は述語の省略された表現ではあるが（文末の「けり」との呼応から言っても、「あらむ」でなく「ありけむ」の省略とみる）、一定の文形式を持っていて確かに挿入句である。しかし、この挿入句は、この冒頭の一文において、以下に展開する物語世界の「時」を規定する成分として働いている。それ以前の語りの文学で言えば、「昔」「今は昔」に相当する不可欠な成分、つまり省略できない挿入句であって、ただ、叙述上必要な情報（この場合、物語世界の時代を規定する情報）であるにもかかわらず、それについて、語り手は確定的特定的に語れないという立場から表現しているまでのことなのである。

この甲、乙を区別する観点からすると、次の例はどう処理すべきであろうか。

㉔　…さまざま、いと、らうたげにて物し給ふを、あはれに心苦しう、いかが思さざらん。（橋姫）

㉕　まいて、世の中に住みつく御心おきては、いかでは、知り給はむ。（同）

登場人物の「思す」「知り給ふ」という行為を、反語表現という強い思い入れの表現にすることで、傍線部は事態の客観的表現でなく、語り手の主観的表現になっている。これらは文末にあって、この文の構成要素、述語成分にあたるのであるから、勿論省略することはできない。故にこれらの例については、挿入句として扱うまでもないと考えられる。では、よく似た表現であるが、次の例はどうか。

(26)　…しづかなる思ひに、かなはぬ方もあれど、いかがはせむ。花、紅葉、水の流れにも、心をやるたよりに寄せて、いとどしく、眺め給ふよりほかのことなし。（橋姫）

(27)　…宮この人の、目馴れたるだに、なほ、いと、殊に思ひ聞えたるを、まいて、いかがは、珍らしう見ざらむ。御返り、きこえ伝へにくげに思ひたれば…（同）

(26)の例では、文末というより文中にあって、次の文の文末の「ほかのことなし」と呼応する。つまり、その結果に至る語り手の解釈を挿入的に表現しているとみるべきところであろう。例(27)についても、文末とみるより、文中の挿入句とみるべきものと判断する（当然、(26)(27)ともに句点でなく、読点とすべきことになる）。

甲種と乙種、表現論的違いはどこにあるか。一文を構成する成分として、省略の可能なものと不可能なものとの違いとして述べたが、このことは、甲種が、伝える事態について、語り手の解釈や評価を加えたり、疑問を呈したりするもので、いわゆる草子地へと連続していくものであるのに対して、乙種は、伝えるべき事態そのものに関して語り手として不確かさが残るときに現れるもので、それだけに、語られる事態と語り手との距離を感じさせる表現で、次にみるような、「けむ」や「なるべし」などの文末表現に連続するものであるとみるべきであろう。

(28)　山桜匂ふあたりに尋ねきて同じかざしを折りてけるかな　野を睦ましみ」とやありけむ。「御返りは、いかでかは」など、聞えにくく、思し煩ふ。（椎本）

これは、不審な「けむ」の例である。[34] 語法的には、匂宮が宇治の大君に花の枝にそえてさしあげた「ふみ」の内容を、語り手の語る「今・ここ」から推測している表現なのである。しかし、なぜここでそうした距離をおいた表現にしているのかがわからない、その点が不審とみる理由である。

㉙　ふるき御願なりけれど、おぼしもたたで、年頃になりにけるを、宇治のわたりの御中宿りのゆかしさに、多くは、もよほされ給へるなるべし。（同）

この例文は、椎本冒頭の一文に続くもので、「三光院実枝説」ではこの「なるべし」を「草子地なり」とするが、[35]語り手と匂宮（の行動）との距離をとっているもので、事態そのものを語っているにすぎないが、条件句が「けり」を含んでいるように、語り手の「今・ここ」から語っている姿勢が濃厚で、解説めいた語りになっていることは確かである。連体形に接続する「なるべし」であるから、いわゆる「のだ」文になっている。ところで、『源氏物語評釈』（角川書店・一九六四）が「作者が匂宮の心中を推量した形」という、この「作者」はやはり、「語り手」とすべきところで、作者が語り手（の視点）と匂宮との間を距離をおいた設定にしているのである。

『源氏物語』に限らず、物語の文の文末によくみられるのだが、「なるべし」の例を、もう一例みておきたい。

㉚　髪ゆるるかにいと長く、めやすき人なめり。少納言の乳母とぞ人言ふめるは、この子の後見なるべし。（若紫）

前者㉙の「なるべし」は連体形に接した場合であったが、この例は名詞に接した場合という違いがあっても、同じく地の文の文末に現れる「なるべし」である。同じように、文末に出現する「なり」「なりけり」の場合にも語法上、上接語の違いで二種が存在する。ただ、ここでこれら「なり」「なりけり」「なるべし」の表現的違いは、語り手と、「なり」によって認識される事態（上接のことがら）との関係のあり方の違いにすぎない。ただ、この㉙と㉚の例において大きな違いがあると思われるのは、語り手の視点の問題にかかわることである。

㉙も㉚もともに、文末表現であることは共通であるが、㉙が先に見たように、語り手が読者と向き合う語りの現在（「今・ここ」）からする推測であると思われるのに対して、㉚の例は、明らかに、物語の現場に視点があって、その視点からの推測であるということだ。そしてそのこと以上に注目すべきことは、この例では、小柴垣の邸を垣

間見る光源氏の視点から語り手は語っていると思われることで、語り手の視点は、光源氏の視点と重なっている。と言うことは、地の文とは言え、むしろ光源氏の視点が主となって語られているとみるべきである。しかし、語り手なくして、このこと事態が、読者に送りとどけられないことは言うまでもない。だから語り手が消えてしまうことはない。あくまでも地の文は語り手のことばだと言ってよい。だからこそ登場人物の視点に、語り手の視点が移ったときには、登場人物そのものの眼が、その視線が表現に浮きあがってくるということになる。

㈢ 視点と敬語表現

物語の視点の問題は、語り手の問題と言い換えうるほど、語り手の存在をぬきに考えることはできない。そして、地の文の敬語の問題がまた、この「語り手」「視点」との関係において考えねばならない問題であることは言うまでもない。敬語の問題も、視点の問題であったのである。

『源氏物語』の敬語表現を、表現論的観点から捉えようとする研究は、玉上琢弥、秋山虔、根来司、森一郎といった先学らによって進められてきた。会話や心内語における敬語表現はともかく、地の文においても、登場人物に応じて敬語表現がみられることから、特定の人物を敬語表現扱いにするかしないか、するとすればどんな敬語が用いられるか、といった表現上の選択は、原則的には設定された語り手が、語り手を操つる作者の指示に従って実施したものだと言えよう。

敬語表現は、いわゆる待遇表現の一種であるが、特定の敬語を使用することだけが待遇表現になるのでなく、そうした特定の敬語を用いないことも、待遇表現の一つの現れと考えておかねばならない。敬語表現の対象となる人物と敬語を使用する主体人物との関係があってはじめて生じる表現である。『源氏物語』に限らず、広く物語文学が地の文において敬語表現を採用していること自体が、敬語を選択して使用する主体人物の存在、つまり、作者によって仮想されている語り手の存在が前提となるのである。ここから自ずと、『源氏物語』論において、その「語り手」を近代小説におけるような「機能的な存在」とみるのでなく、より実態的な存在、中には具体的な人格を備えた人物像をも想定しうるという解釈までが生まれてくることになり、また、語り手を介して、どんな人物がどんな敬語待遇で処理されているかによって、物語の作者像をも想定することになる。いずれにしろ、敬語ないしは敬語表現を選択し使い分けている表現主体の存在は明らかで、それは地の文においては語り手以外にありえないから、敬語表現が語り手の存在を生々しく感じさせることになるのである。

また、こうも言えよう。特定の人物を、敬語待遇扱いにするかしないかの選択を要求される語り手は、だからこそ、たとえ『源氏物語』が全知視点と認められるような視点で書かれているようには見えても、それは、神的存在（の視点）ではありえなくて、決して本質的には全知視点だとは言えないのである。『源氏物語』の語り手はそういう存在である。

さて、語り手が登場人物たちを語る、そこに敬語待遇上の表現処理がなされることになるのだが、それを視点の問題として捉えようとするとき、次の二種の場合を区別しておかねばならない。

(a)　語り手が人物を観察する視座から描写する場合――この場合、対象の人物によって敬語扱いすべき人物かされない人物かの選択が働く。

(b)　語り手が、語る特定の人物に同化する場合――この場合は、登場人物が視点人物となることになる。

特定の、同一人物の描写において語り手が(a)に立ったり(b)に立ったりすることで、敬語待遇の表現が現れたり消えたりする。(b)の場合、語り手の視点は特定の人物の視点に同化する、すると、特定の人物が、自分自身を語るような当事者的表現になる。そして、敬語表現が消えることになる。

『源氏物語』の表現構造の問題として、その敬語法について鋭い分析をしているのは、森一郎である。(36)従来、『源氏物語』の敬語表現については、多く、(a)の観点からとりあげられてきたが、森では、(a)にあたるものについても(b)にあたるものについても事例が多く示されていて、鋭い読みに基づいた指摘がみられ、注目される。ただ、本稿では、「視点」との関わりのより深い(b)に関してのみ、具体的事例をあげて確かめておきたい。

(31)　ねびゆかむさまゆかしき人かな、と目とまりたまふ。さるは、限りなう心を尽しきこゆる人にいとよう似てまつれるがまもらるるなりけり、と思ふにも涙ぞ落つる。（若紫）

(32)　さても、いとうつくしかりつる児かな、何人ならむ、かの人の御かはりに、明け暮れの慰めにも見ばや、と思ふ心深うつきぬ。（同）

(31)(32)ともに、北山で光源氏が小柴垣の邸を垣間見した場面に関わる。後述するが、この場面、のぞき見する光源氏の眼や心を通して邸の人々の様子が語られていると読めるところ。その光源氏を(31)にあるように、合い間合い間に、「目とまりたまふ」などと観察対象として描くが、語り手は、光源氏の視点に同化しているため、敬語表現が落ちることになるとみられる。(32)は、そののぞきの場から退出後、児（若紫）のことを心のうちにふりかえっているところである。

(33)　…大路のさまを見わたしたまへるに、…あまたみえてのぞく。立ちさまよふらむ下つ方思ひやるに、あながちに丈高き心地ぞする。いかなる者の集へるならむと様変りて思さる。（夕顔）

この場合も、語り手は、光源氏の「見わたす」という視覚行為の叙述に寄り添って、光源氏の視点に同化していることから、敬語がはずれたものとみられる。

(34)　日たつるほどに起きたまひて、格子手づから上げたまふ。いといたく荒れて、人目もなくはるばると見わたされて、木立いと疎ましくもの古りたり。け近き草木などはことに見どころなく、みな秋の野にて、池も水草に埋もれたれば、いと疎げになりにける所かな。別納の方に曹司などして人住むべかめれど、こなたは離れた

り。「け疎くもなりにける所かな。さりとも、鬼なども我をば見ゆるしてん」とのたまふ。（夕顔）

先の(31)が、森[36]の、「源氏物語の地の文が、作中人物の眼と心を通して語られる典型的な例は隙見、かいま見の段」と述べている垣間見の例であったが、語り手が登場人物の視点に同化する契機には、様々な場合がありうる。例えば、右の(34)は、光源氏が自ら格子を上げるという行為を行った場面であるが、そこで当然、光源氏の眼前に外の景色（「なにがしの院」の内庭）が展開するという状況で、光源氏の視覚行為を直接示す動詞はなくとも、その後につづく外の光景は、光源氏の眼を通して語られていると言える叙述である。ここでは敬語法の問題は直接関わりないのだが、先にみてきた敬語表現が消えるというのも、こういう視点の状況においてであるという点で、表現原理上では共通した事情にある。「はるばると見わたされ」「け近き」とは、光源氏の視座からの判断であり、「（…）所かな」は、光源氏の感慨、それは、つづけて、光源氏のことばとなって発言されてくることから知られる。「住むべかめれど」という「めり」による判断も当然、光源氏の眼によるとみてよく、「こなた」とは光源氏側のことである。

森が、次のように言う説明[36]は、充分納得できる。「（源氏物語において）語りの場の視点が(a)作中人物に密着していることが多いことを知るべきであり、語り手が語りの場にあって多くは作中人物の背後に黒子のように密着して視点を構え、〝描写〟を展開する方法に思いを致すべきなのである。語り手は、時に(b)作中人物を客観描写するが、それは語り手としての視点が〝自立〟してはたらいているといえよう」と。(b)「作中人物を客観描写する」とき、人物を敬語表現で待遇するが、語り手の視点が(a)「作中人物に密着している」とき、敬語待遇がはずれる、語り手が人物に同化するからである。なお、「総角」の巻から二つ事例を示しておく。

(35)　中納言殿（注・薫）は、ひとり臥し給へるを、「心しけるにや」と、うれしくて、心ときめきし給ふに、ややう「あらざりけり」と見る。いま少し、うつくしう、らうたげなる気色は、「まさりてや」とおぼゆ。

(36)　…すだれまきあげて見給へば、向ひの寺の鐘のこゑ、枕をそばだてて、「今日も暮れぬ」と、かすかなる響きを聞きて、（略、薫の歌など）蔀おろさせ給ふに、四方の山の鏡と見ゆる汀の氷、月影にいとおもしろし。「京の家の、『かぎりなく』と磨くも、えかうはありぬぞや」と、おぼゆ。（略）と、思ひ続くるぞ、胸よりあまる心地する。

(35)は、薫の内面の状況を語ることを契機に、(36)は、やはり薫の視覚行為の描写を契機にして、語り手は人物の視点に同化しているのである。

(37)　衛門督の君、かくのみなやみわたりたまふことなほおこたらで、年も返りぬ。大臣、北の方思し嘆くさまを見たてまつるに、強ひてかけ離れなむ命かひなく、…と思ふに、恨むべき人もなし。…など、つれづれに思ひつづくるも、うち返しいとあぢきなし。

などかく、ほどもなくしなしつる身ならん、とかきくらし思ひ乱れて、枕も浮きぬばかり人やりならず流し添へつつ、いささか隙ありとて人々立ち去りたまへるほどに、かしこに御文奉れたまふ。（柏木）

(37)は、柏木の巻の冒頭部である。第二の文の「見たてまつる」を契機にその後、柏木（衛門督の君）に対する敬語はなく、省略した部分などに、柏木の内面が長々と語られるところにも勿論敬語はないが、傍線部の柏木の動作を示す動詞にも敬語が付加されていないことに注意したい。「御文奉れたまふ」まで、敬語は現れない。

森も言う、語り手が登場人物（作中人物）の眼や心を通して語るという語りの視点のあり方が、自ずと、しばしばその用法が話題にされてきた、文末における、情意性形容語の裸形表現——形容語の終止形による表現——を生み出していると考えればよい。その例は、すでに、引用してきた事例の中にもみられたが、例えば、(36)の「おもしろし」、(37)の「（いと）あぢきなし」など、さらに二、三の例を補っておきたい。

(38)　つれなくて、恨めしと思すこともありけるにやと見たてまつりたまふに、いとほしうあはれなり。（柏木）

(39)　今日はよろこびとて、心地よげならましをと思ふに、いと口惜しうかひなし。（同）

文末の感情は、(38)が光源氏のもので、(39)が夕霧のものである。しかし、直前のそれぞれの動作に(38)には敬語があり、(39)には敬語がない、その分、(39)の方がすんなりと波線部を夕霧の心情だと解しやすい。しかし、(38)のような場合も、また次の(40)のうちの「すずろに悲し」も直前の人物（動作主体）の心情とみてよいのであるが、ただ、直前の動作が敬語表現になっている、つまり、そこでは語り手が人物を客観視している――観察対象としているために、文末の心情の視点（当事者的視点(37)）と矛盾すると感じられるために、問題にされてきた。そして、表現によっては、登場人物の心情というよりは、語り手の心情とみるべきかと判断される場合も出てくるのである。

こうした、語り手の視点が登場人物の視点に同化するという観点から捉えなければならない場合のある語法に、終止形接続する「めり」「なり」や過去の助動詞「けり」及びそれを含む「なりけり」などの語法もある。やはり典型的には、垣間見など、登場人物の視覚行為を語る場面にみられるので、それを例にして確かめてみよう。

(40)　人々は帰したまひて、惟光朝臣とのぞきたまへば、ただこの西面にしても、持仏すゑたてまつりて行ふ尼なりけり。すだれすこし上げて、花奉るめり。…髪ゆるるかにいと長く、めやすき人なめり。少納言の乳母とぞ人言ふめるは、この子の後見なるべし。…つらつきいとらうたげにて、眉のわたりうちけぶり、いはけなくかいやりたる額つき、髪ざしいみじううつくし。ねびゆかむさまゆかしき人かな、と目とまりたまふ。さるは、限りなう心を尽くしきこゆる人にいとよう似たてまつれるがまもらるるなりけり、と思ふにも涙ぞ落つる。

尼君、髪をかき撫でつつ、「…」といみじう泣くを見たまふも、すずろに悲し。幼心地にも、さすがにうちまもりて、伏し目になりてうつぶしたるに、こぼれかかりたる髪つやつやとめでたう見ゆ。（若紫）

人物の「のぞきたまへ（ば）」という視覚行為の叙述を契機に、語り手の視点は、人物の眼に同化する。単に物理的空間を示すという客観的描写ですますならば、「西面に」という指摘ですむところを、「ただこの（西面に）しも」と副詞、指示詞、副助詞などでとり立て飾り立てているのは、眼の前にした「西面」とのぞき見する主体との関係（心理的）そのものが語られているからである。この屋敷の西面という空間が、この場面のこの特定の人物にとってどんな価値を持っているかという主観的（当事者的）観点から、この「西面」が認識されていることを物語っている。つまり、「ただ」以下が、のぞき見する光源氏の眼と心とで捉えられていることを意味する。

さて、その後の「花奉るめり」と観察事実を視覚による判断で示しているのは、光源氏の眼からの「見え」を語っている。勿論、ここでは背景化している語り手の視点も光源氏側にあるわけだから、語り手に誘われた読者が「よみ」の視点上、矛盾を起こすことはない。

登場人物が聴覚でとらえた、そのままを描写している終止接「なり」文の例を一つ例示しておく。

(41)　…いと、いみじく忍びがたきけはひにて、いり給ひぬなり。ひきとどめなどすべき程にもあらねば、あかずあはれにおぼゆ。（椎本）

若紫の巻の、この長い垣間見の段において、語り手は時折、のぞきみする光源氏の姿を「とあはれに見たまふ」「…子なめりと見たまふ」「と目とまりたまふ」「…を見たまふも（すずろに悲し）」と客観視して読者に意識させることを忘れない。いわば、こののぞき見場面全体が「見たまふ」で包まれた叙述だと言ってもよいのである。

さて、「ただ…尼なりけり」の一文だが、森も言うように[38]、この文が尼の存在を発見したという「ありけり」文でないことに注意したい。しかも、渡辺実の言う「主語なし文」でもない。ここは、北山の聖近くの高台から見つけた小柴垣の邸に住む「女」、供人たちが「かしこに女こそありけれ」「僧都は、よもさやうには据ゑたまはじ」などと語っていた「女」の素姓が気がかりであるという脈絡にあって、その「女」の素姓がわかったとする、発見の「なりけり」である。光源氏の心の動きにそっていることは明らかである。つまり、この文の前提となる主題は、読者との間にも了解されていることであった故に、「なりけり」述語の主題は省略されているのである。

(40)の中の二つ目の「なりけり」は、「と思ふ」に包まれて、光源氏の内面（心内語）であることは明らかであるが、一つ目の「なりけり」のように、地の文にむき出しになっている場合には、語り手の視点か登場人物の視点か、その判断にとまどう場合がある。語り手の視点からする、解説的説明的「なりけり」文――例えば、次の(42)中の二つ目(b)の「なりけり」はそれ――や語り手の視点と登場人物の視点とが重なり合ったような「なりけり」文など、それぞれの文脈のありようによって読み分ける必要がある。

(四)「語り」と視点

ここで、明らかに、語り手の視点と登場人物の視点とがずれている場合を一つとりあげておきたい。

(42)　透垣のただすこし折れ残りたる隠れの方に立ち寄りたまふに、もとより立てる男ありけり。誰ならむ、心かけたるすき者ありけりと思して、蔭につきてたち隠れたまへば、頭中将(a)なりけり。…物の音に聞きついて立てるに、帰りや出でたまふと、した待つ(b)なりけり。　（末摘花）

(42)の主語は光源氏。末摘花の屋敷を訪れた光源氏が頭の中将とはち合わせする場面である。この文脈からすると、「頭中将なりけり」とは、光源氏自身の気づきを示しているようにみえるが、この後の叙述で「君は、誰ともえ見分きたまはで」とあり、中将の方から「ふと寄りて」名のり出る、そこではじめて光源氏は「この君と見たまふ、すこしをかしうなりぬ」ということになるのである。(42)の(a)の段階では、語り手の、読者への種明かしだけであったのである。

先には、語りの「けり」について、一元的に、語り手の「今・ここ」からする、語りの姿勢を示すものとして説明したが、「なりけり」文の場合も含めて、「けり」には、文脈によっては、登場人物が前景化した場面（人物が視点人物化した文脈）では、その人物の「気づき」を意味している場合があるのである。ただすべての「けり」が、この二種に明確に区分しうるものかどうか、なお、いちいちの検討がなされねばならないように思う。

源氏物語本文とそのフランス語訳の表現とを比較することで、日本語の物語言説の特質を研究してきた中山眞彦は、『源氏物語』を主たる対象として、『物語構造論』（岩波書店、一九九五）という一書をまとめている。この論の目的を著者自身「物語は、作中人物の発話を物語る語り手の発話として構成されるために、いかなる特別な語りの手法を用いるのかを知ることにある」とする。中山の言う「構造」とは、物語内容《イストワール》にかかわる意味構造ではなく、物語言説《ディスクール》にかかる表現構造のことで、いわば、語り言説の表現機構論である。

さて、中山は前掲書で「作中人物または視点」の章（第五章）を立て、視点論を展開している。「『視点』が物語構造の中心問題として浮上する」からである。そして、物語学の用語としての「視点」は、西欧からの輸入語であって、本来は「物語られることで提示される事柄」を、誰がどの地点から語っているかの「声」の問題に対して、それがどの地点から知覚（観察）されているかに答えるのが、「視点」の問題である。そしてこの「二つの角度」は区別されなければならないのだという。ところが、「声」と「目」とは切り離しがたく、片方を消せば他方もまた消える関係にあるのが日本語（による物語テキスト）であるという[39]。そのため、「西欧の術語を翻訳して、『視点』と言う時、すでに意味の違いがもぐり込む」と指摘する。そして、西欧語でいう「視点」は、『源氏物語』のテキストには存在していないのだというのが、その視点論の主張するところである。そして、「日本語の物語においては、『視点』という用語は、言い回しとしてならともかく、物語構造論の術語としては不用である」という。日本の物語の場合、「視点」は「表現主体」と述べる（言い換える）方がよいともいい、「視点」という用語による説明のあいまいさを警告している。中山の言に従えば、本稿では「誰がどこから語るのか」という「声の出所」をもって「視点」と捉えてきたことになり、語り言説の分析の観点とその定義からして根本的に反省を余儀なくされるところであるが、本稿では、「視点」という用語を従来の用い方で用いてきた。

中山の事例分析の二、三をとりあげて確かめておきたい。

(43)　かかる筋は、まめ人の乱るるをりもあるを、いとめやすくしづめたまひて、人の咎めきこゆべきふるまひはしたまはざりつるを、あやしきまで、今朝のほど昼間の隔てもおぼつかなくなど思ひわづらはれ(a)たまへば(b)…　（夕顔）

この例では、傍線の「あやしきまで」という「感想語」に中山は注目する。日本語の副詞の中には、主語主体の主観的立場を予告的に示す評価の副詞（渡辺実のいう誘導の副詞）(40)があり、これも語り手の存在が前景化される表現の一種であるが、この例の場合は、語り手の視点と登場人物の視点（光源氏）とが重なった、融合ないし一体化していると捉えられてきた例である。ただし、「あやしきまで」の修飾対象（支配するスコープ）に差があるとも考えられる。つまり、光源氏の視点では(a)までで、語り手の視点では(b)までと解することができるからである。

(44)　思しいたらぬことなくのがれたまふを、いかなるをりにかありけん、あさましうて近づき参りたまへり。　（賢木）

この「あさましう（て）」の「感想語」も、光源氏の行為に対する「語り手の感想」であるとともに、光源氏の行為、つまりその出来ごとのあり様の一部にもなっているという。「言表行為情況」（語り手の視点からの叙述）である「あさまし」の心情が、「言表表現情況」（物語られる場面——人物の視点からの叙述）の一環となるとみている。こうして、「感想語」が、〈昔〉（言表表現情況、伝承）と〈今〉（言表行為情況、語り手の立場）を結合する特別な働きをなしていると説いているのである。

五　時の助動詞と視点

最後に、改めて時の助動詞をとりあげて、それらと視点との関係について論じておきたい。

物語の表現機構上、二つの時間が重層的に存在する。表現主体としての語り手が語る時間がその一つで、発話時（スピーチ・タイム）という。もう一つは、語られる世界において事柄が展開する時間で、これを事態時（イベント・タイム）と呼ぶ。視点の問題は、この二つの時間の関係においても深く関わってくるのである。

物語は、すでにあったこと（昔のこと）を語り手が今において、仮想された――不特定多数の読み手に向けて語るものである。発話時（今）からは、事態時は昔の時間に属する、それが基本的な二つの時間の関係である(41)。今の発話時において、この昔に向き合う関係を示す辞的言語が、「けり」であり「けむ」である。

と指摘した途端に、実は、すぐさま補足すべきことが湧き出してくるのである。つまり、すべての「けり」「けむ」が、語り手の現在を基点にして用いられているものとは限らないからである。ここに視点とかかわる複雑な、ある意味では単純な問題があるのである。それは、「日本語の語りのテクストにおける時制の転換」の問題である。池上嘉彦に、問題の論文がある(42)が、そこで池上が対象とした作品が、星新一の作品、小学一年生の長い詩、そして『竹取物語』であったように、昔が今に変わらぬ日本語で書かれた「語り」言語一般に共通する「時」の表現の問題があるのである。

この「時制の転換」とは、過去のことを過去の時制で描出する表現から、過去のことにもかかわらずそれを現在時のことのように描出する表現に切り換えることを指している。基本的には、古典語の語り作品においては、「けり」文体から、非「けり」文体に切り換わるところに、この転換は典型的にみられる。

先にも指摘したが、山口仲美は、初期物語、その歌物語作品について、「けり」文末と非「けり」文末の分布の様子を統計的に調べている(43)が、作品によってその様子は異なる。『竹取物語』も含めて、相対的には、物語が長編化するに従って、「けり」文末分布の密度は薄くなっていると言えよう。先にもふれたが、『源氏物語』も物語伝統の文体、「けり」文体を基調とすることは確かなことであるが、意外に「けり」文末の分布は薄い。このことは、例えば池上の言によれば「冒頭に通常の『過去時制』を提示すれば、それで出来事が『過去時』に属するものという枠づけが出来るわけであり、あとの一連の出来事は『無徴』の時制で表示されることによって、自動的にやはり『過去時』に属するものと解釈されるという仕組である」と説明することで納得されるものかも知れないが、本質的なところで理解の不徹底があると考えられる。やはり、語りの視点の問題と考えるべきだからである。しかし、確かに、『源氏物語』の冒頭の一文が、「今」からすれば過ぎ去った「御時」のこととして、作中世界が「過去時制」（ここでは、時制は過去であるという認識が明らかであることの意にとっておく）で提示されていることは明らかである。

池上はなお、『竹取物語』などを例に、「過去形と交替して用いられる現在形の使用」がどんな語ないし表現にみられるかを観察し、それを次の五項目に整理している。

(1)〈状態〉を表わす動詞の方が〈行為〉ないし〈出来事〉を表わす動詞よりも、現在形になり易い。ここには、形容詞や否定の「ナイ」文末などを含む。
(2)直接話法に伴う「言ウ」または、それに相当する動詞は、現在形で用いられることがとりわけ古文では多い。
(3)敬語表現として機能している動詞が現在形のまま使われる、特に古文の語りのテクストにおいて。
(4)「連体形＋なり」や「ノデアル／ノダ」文など、過去の出来事を現在にひきとって語る文末。
(5)日本語のテクストでは、本来の「語り」の部分と語り手による「評価」との区別がしばしば曖昧になる傾向がある。その曖昧さを現在形ですませる。

しかし、これら(1)～(5)で指摘される現在形が現在時を指すとするならば、いわゆる描法において、西欧語の「歴史的現在」とか「自由間接話法」とかに該当するものとして説明されてきた描法になっていることになる。これらの指摘は、歌物語などではまだ有効であるが、『源氏物語』に関しては、無意味だと思われるほどに、「けり」文末は少ないのである。これら(1)～(5)の語法は、(3)を除いて状態性を共有していて、時—時間の変化に束縛されないところがあり、池上の言う「現在形」で表すことになるのである。「現在形」を使用するとは、非「けり」文末になるというより、完了の助動詞と共起しにくいというべきであろう。もっとも(3)については別途考えてみるべきか。むしろ、逆に、『竹取物語』については阪倉篤義の指摘があるように、どんなところで「けり」文末（文中用法も含めて）が顕在化するかを問うことこそ有意味であると考えられる。

基本的に、日本語には、時制専用の辞的ことばは存在しない。それはともかく、問題は、助動詞「タ」を一律に過去時制と捉えるところにある。「タ」には、「テンス」の「タ」と捉えてよい場合のあることは言うまでもないが、「アスペクト」の「タ」、「ムード」の「タ」もあるのである。つまり、「タ」はテンス過去を示すための時制専用の語ではないということである。例えば、歴史的現在と捉えてよい場合でも、文末における、「タ」形と「ル」形の対立を単純に過去時表示と現在時表示の対立とみるのは誤っている。むしろ、描写上の対立としては、「タ—ル」形に対して、「テイル—テイタ」形が対立関係にあるとみるべきなのだ。[44] このことは、むしろ、古典語の助動詞の使い分けで理解する方がわかりやすいと思われる。

現代語の「タ」にあたるものに、古典語の、「き」「けり」及び「つ」「ぬ」「たり（り）」がある。そして「テイル（テアル）」にあたる助動詞が「たり（り）」であったとおおよそは考えてよい。『源氏物語』では、すでに「たり」は用法が多様化していたとみられる。いずれにしろ、「き」「けり」は今除いて考えることにするが、これら完了の助動詞は、時制的には現在時に属するとみてよい。眼前において(a)事態が発生したり完了したりする変化を捉えたり、(b)動きや変化の結果など、眼前における状態を認識したりするときに用いられるからである。これらの助動詞を文末とする叙述——視点は、その事態の現場（現在）にあるとみることができる。ただし、「つ」「ぬ」そしてある種の「たり」が動く視点——視点を動かす事態の変化を眼が追っているという視点——を生み出すのに対して、「たり（り）」は止まる視点——結果や状態を観察する、または確かめる視点——を生み出すという違いがある。「けり」文体を基調とする物語の表現が非「けり」文体となることを、「時制の転換」と捉えると先に述べたが、非「けり」文体となるとは、右にみた「つ」「ぬ」「たり（り）」、そして動詞の裸形（「ル」形）などが文末に露出することを意味する。ここに視点の転換が伴っていることは言うまでもない。つまり、事態時が、過去時から眼の前のこと、つまり現在時となることで、語り手の視点が、過去の事態時と向き合っていた発話時から、事態時と同じ時間に属する発話時（つまり、ともに現在時）へと転換するのである。このことを、語り手の視点（発話時）を中心に述べるなら、語り手の視点は、常に語り手の「今・ここ」にあり、そこから物語世界（事態）をみているのであるが、その視座が、昔と向き合っている今から、昔の、その時（事態時）に転移するということになるのである。

この表現上にみる機構をもって、語り手の視点には、二種の「現在（時）」があると捉え、それが叙述の流れにおいて交替する。それが「時制の転換」と言われることに相当するのである。少なくとも、物語の基調となる文体に、助動詞「き」はかかわってこない。基調となる文体は、「けり」文体、非「けり」文体である。助動詞「き」による時の認識は、「けり」文体非「けり」文体の違いにかかわらず、それぞれ主体が視点をおく「時」を前提にして処理される、もう一つのすぎさった「時」を認識することであることは、従来から筆者の主張しているところである(45)。

おわりに

源氏物語の文体研究について、今後への展望もなきまま、過去の研究においてとりあげられてきた言語事象を、その分析とともに紹介するにとどまったが、そういう過去の研究についてもすべてを見渡せたわけではない。触れられなかったものに、例えば次のようなものがある。

文体研究の方法に、因子分析法を導入する安本美典の立場とその方法もその一つで、彼には、『源氏物語』前編（光源氏の物語）と後編（いわゆる宇治十帖）とが同じ作者の作品なのかどうかを追求した因子分析法に基づく計量国語学的研究がある。(46)

また、最近のものも含めて、野村精一が一貫して主張する、テクスト論的観点からする文体論、つまり、伝本による本文の異同がそのままそれがそれぞれのテクストの文体であることを重視すべきだという主張がある。例えば、これは上野英二の指摘するところ(47)だが、桐壺巻の冒頭の一文の文末は、多くの伝本が「ありけり」であるのに、陽明文庫本では「おはしけり」であることなど。

また、主題に迫るべき鍵語《キー・ワード》の抽出、例えば、中山（前掲書(48)）の指摘する「何心なく」という連語の問題もある。「物語」の「モノ」、この不透明な「モノ」を、源氏物語の「心」として再確認する、「物語は人の心を語る」ものだからであるという前提に立って、「何心なし」の意の表現に注目している。それは、「思い乱れる心」の対極にあるとみてのことである。

(45)　人間に、からうじて頭もたげたまへるに、ひき結びたる文御枕のもとにあり。何心もなくひき開けて見たまへば…　（葵）

中山は、藤井貞和が、紫の上についての「よみ(49)」、つまり若紫の巻の「何心なくうち笑みなどしてゐたまへるがいとうつくしきに」と御法の巻の「何心なくて臥したまへる」とを、語脈的に呼応すると捉えていることを引用しているが、これのみならず、次のように偏在しているところをみても、注目すべき句（連語）であると知れるのである。

(46)　何心なくゐたまへるに、手を入れて探りたまへれば…

(47)　君は、何心もなく寝たまへるを、抱きおどろかしたまふに、…

(48)　見上げたまへるが何心なくうつくしげなれば、うちほほ笑みて…　（以上、若紫）

(49)　何心もなきさし向かひをあはれと思すままに、あまり心深く、見る人も苦しき御ありさまをすこし取り捨てばやと、思ひくらべたまひける。　（夕顔）

(50)　正身は、何の心げさうもなくておはす。　（末摘花）

(51)　二条院におはしたれば、紫の君、いともうつくしき片生ひにて、紅はかうなつかしきありけりと見ゆるに、無文の桜の細長なよよかに着なして、何心もなくてものしたまふさまいみじうらうたし。　（末摘花）

こうした連語についても、語彙と文体の領域にとり込んで考えてみるべきことかと思われる。

源氏物語の表現・文体を論ずる上で、避けて通れない問題に、小町谷照彦が精力的に取り組んでいる、[50]語りの中の和歌という課題がある。これも本稿ではふれる余裕がなかった。

後半は、「文体」論の問題というよりは、「表現機構」論を展開してしまったキライがあるが、全体としては、とりあげた文体素という点で言えば、ミクロな問題からマクロな問題へと展開させてきたつもりである。

〔底本〕『源氏物語』は小学館新編日本古典文学全集、「羅生門」（芥川）は現代日本文学全集（筑摩書房）によった。

注

（1）吉井美弥子「源氏物語の文体」（『國文學』一九九五・二、特集源氏物語を読むための研究事典）では、文体論から表現論へ、そしてテクスト論へと展開してきたことを認めながら現在、「源氏物語において、今また新たなる「文体」の問題を問い直す時機にいたっている」ことを指摘している。この種の特集で、「文体」の項も立てられたわけである。

（2）高橋亨「源氏物語テクストの〈文法〉」（『物語と絵の遠近法』ぺりかん社・一九九一）。

（3）糸井通浩「物語文学の表現」（三谷栄一編『体系物語文学史第二巻』有精堂・一九八二）。

（4）池田和臣「研究史と研究書解題」（別冊國文學『源氏物語必携』一九七八・十二）、小町谷照彦「表現論から」（『解釋と鑑賞』一九八〇・五）。
（5）三田村雅子「テクスト」（別冊國文學『源氏物語事典』一九八九・五）。
（6）いずれも前掲書（山口佳紀『古代日本文体史論考』有精堂出版・一九九三）による。
（7）安本美典『文章心理学入門』（誠信書房・一九六五）及び同「文体を決める三つの因子」（『言語』一九九四・二）など。
（8）清水好子「物語の文体」など（『源氏物語の文体と方法』東京大学出版会・一九八〇）。
（9）清水は、注（8）の論文による。
なお、これらの様態語彙（「さま」「けはひ」など）と『源氏物語』の文章の関係を指摘したものに、渡辺実「語彙と文体」（講座日本語の語彙①『語彙原論』明治書院・一九八二）と糸井通浩「基本認識語彙と文体――平安和文系作品を中心にして」（『国語語彙史の研究二』和泉書院・一九八一）がある。

前者は語彙が文体（「ある特定の筆者の、一回限りの文章行為の軌跡」と渡辺は個別的文体を定義している）とどのような関係でかかわるかについて、平安朝の作品における「けはひ」「けしき」「やうだい」など「さま」「ありさま」を一層具体化して捉える語群（筆者の言う「様態語彙」、渡辺は「けはひ」語彙とくくっている）を対象に論じている。注目すべきは、『源氏物語』や『紫式部日記』において、紫式部が「けはひ」語彙を愛用し、特に「けはひ」の語については「源氏物語に先行する男性作と推定される物語」などの用い方、現れ方と同様であって、それは、それ以前の女流の散文作品における用法と異なるという指摘であり、「物語の中の人物の、内面的備わりの外へのあらわれを「けはひ」という語で指すことが、男の作り物語から後期女流（物語）作品への流れの中で激増する、その中間接点に紫式部が位置するものの如く」なのだ、という結論である。

なお、「けはひ」の語と『源氏物語』の関係については、中山眞彦『物語構造論』（岩波書店・一九九五）にもふれるところがあり、参考になる。
（10）渡辺実『平安朝文章史』（東京大学出版会・一九八一）。
（11）竹内美智子『平安時代和文の研究』（明治書院・一九八六）。

(12) 根来司『平安女流文学の文章の研究』『同続編』(共に、笠間書院・一九六九・一九八三)、同「源氏物語の文体と語彙―「ものあはれなり」―」(『国語語彙史の研究九』和泉書院・一九八八)。
(13) 糸井通浩「かな散文と和歌表現―発想・表現の位相―」(『和歌と物語（和歌文学論集三)』風間書房・一九九三、後に『古代文学言語の研究』和泉書院・二〇一七・中編〔三〕に収録)。
(14) 山口仲美『平安文学の文体の研究』(明治書院・一九八四)。
(15) 渡辺実「記述の文体・操作の文体」(『文体論研究』一九七三・十二)。
(16) 注(10)に同じ。
(17) 渡辺実「文章法から見た源氏物語―須磨・明石の巻の表現に即して―」(『文学』一九八二・十一)。
(18) 糸井通浩「『なりけり』語法の表現価値―「桐壺」「若菜下」を中心に―」(『國文學』一九七七・一、本書前編〔二〕3)。
(19) 陽明文庫本は「御つほねはきりつほなりけり」とある。
(20) 秋本守英「『なりけり』構文続貂―『ものは』の提示を中心にして―」(『王朝』三)、及び注(13)に同じ。
(21) 鈴木日出男「語脈」(『國文學』一九八三・十二)、池田和臣「語脈」(別冊國文學『源氏物語事典』一九八九・五)。
(22) 糸井通浩「『なりけり』構文―平安朝和歌文体序説」(『京教大附高研究紀要』六、後に『古代文学言語の研究』後編〔五〕2に収録)。
(23) 熊倉千之『日本人の表現力と個性――新しい「私」の発見』(中公新書・一九八二)。
(24) 注(20)の秋本論文に同じ。
(25) 小学館新編日本古典文学全集『源氏物語①』現代語訳による。
(26) 注(18)に同じ。
(27) 甲斐睦朗『源氏物語の文章と表現』(桜楓社・一九八〇)。
(28) 玉上琢弥『源氏物語評釈別巻一』(角川書店・一九六六)。
なお、源氏物語の視点をめぐる問題については、糸井通浩「源氏物語と視点―話者中心性言語と語り―」(高橋亨外編『新講源氏物語を学ぶ人のために』世界思想社・一九九五所収)を参照されたし。

(29) 三谷邦明「源氏物語における〈語り〉の構造」(『日本文学』一九七八・十一)が、「語り手」と「話者」とを区別しているのは、この違いに注目してのことと言えようか。

(30) 「を」と「について」の違いは、例えば、「日本語を教える」「日本語について教える」などの例で理解できると思われるが、Aの言説は、物語内容そのものを形成するが、Bの言説は、物語内容をその外から規定(価値づけなど)するもの。

(31) 橋姫巻の冒頭は、「その頃、世にかづまへられ給はぬふる宮おはしけり。」とあって、「その…けり」の呼応であるが、「宰相の中将、その秋、中納言になり給ひぬ。」(椎本)では、その呼応はない。

(32) 塚原鉄雄「挿入句――文章の重層」(『國文學』一九七七・一)。

(33) 正木正恵「『見ること』文法研究」(『日本語学』一九九二・八)で、〈注視点〉(注、見られる客体(対象))の「見え」から「〈視点人物〉の〈視座〉を逆に特定できる」と述べている。なお、正木は、〝よみ〟の方略として、「登場人物が見ていると思われる〝見え〟をまず見てみることによって、読み手は自動的に登場人物の立場に立たされ、その人物の心情を実感的に理解できるようになる」とも述べているが、参考になる。

(34) 榎本正純編著『源氏物語の草子地諸注と研究』(笠間書院・一九八二)によると、傍線部分について三種の古注がいわゆる「草子地」とする。

(35) 注(34)の榎本の編著による。

(36) 森一郎『源氏物語生成論――局面集中と継続的展開』(世界思想社・一九八六)。

(37) 日本語については、一般に、感情感覚を直接表現した文では、その感情感覚は一人称のものに制限される。しかし、物語・小説など「語り」では三人称の場合もあるとされるのは、その叙述に語り手の視点が関わるからである。

(38) 注(36)に同じ。

(39) 中山眞彦『物語構造論』(岩波書店・一九九五)では、さらに「日本語テキストでは声の出所と目の位置は同じなのだ」とも言っている。

(40) 渡辺実『国語構文論』(塙書房・一九七一)。
(41) この二つの時間の関係が顕在化した表現が正に、「今は昔」である。
(42) 池上嘉彦「日本語の語りのテクストにおける時制の転換について」(『記号学研究6　語り・文化のナラトロジー』東海大学出版会・一九八六)。
(43) 注(14)に同じ。
(44) 糸井通浩「歴史的現在(法)と視点」(『京都教育大学国文学会誌』一七、本書後編(二))。
(45) 糸井通浩「中古の助動詞『き』と視点」(『京都教育大学国文学会誌』二四・二五合併号、後に『古代文学言語の研究』和泉書院・二〇一七・前編(二)3)など。なお、鈴木泰『古代日本語動詞のテンス・アスペクト―源氏物語の分析―』(ひつじ書房・一九九二)、加藤浩司「キ・ケリ研究史概観―付、編年体研究文献目録―」(『信州大学人文学部人文科学論集』三一)が研究史及び論争・論点を知るのに便利である。
　また、鈴木泰には、近年「メノマエ性と視点」と題する一連の論稿があり、物語など王朝散文における「テンス・アスペクト」研究に、新しい展開をみせており注目される。簡便には、鈴木泰「源氏物語の読解と文法指導」(『解釈と鑑賞』一九九七・七)によって、鈴木泰の考えを知ることができる。「キ」「ケリ」の考え――特に「キ」のそれには、筆者も同意できるところがあり参照して欲しい。
(46) 安本美典『文章心理学の新領域』(東京創元社・一九六〇)。
(47) 上野英二「本文」(別冊國文學『源氏物語事典』一九八九・五)は、陽明文庫本の本文を、「『差異』とは言えても『誤謬』などではない」と言う。
(48) 注(39)に同じ著書。
(49) 藤井貞和『源氏物語の始原と現在』(冬樹社・一九八〇)。
(50) 小町谷照彦『源氏物語の歌ことば表現』(東京大学出版会・一九八四)、同『王朝文学の歌ことば表現』(若草書房・一九九七)。

〔四〕 夕顔巻（源氏物語）を読む

1　夕顔の巻はいかに読まれているか

一　二つの読者論

読者論には二つある。一つは外山滋比古らのいう読者論で、言語は通じないものだという時枝言語観からも必然的に浮かぶ、「よむ」ことにおける享受主体（読者）の自立性を言うそれである。読者の「よむ」論理、そのスタイル（レクチュール）も一つの自立した価値を持っているとする。太宰よみという言葉を聞いたことがあるが、一種の深よみであり、すでに知っている知識を前提に、ともすると先走って読むということがある。ただし、自立する表現のみを手がかりにする限り、表現の論理と矛盾した、または無視したよみは、少なくとも「表現のよみ」とは言えない。玉上琢弥の読者論（『源氏物語研究　源氏物語評釈別巻一』角川書店・一九六六）は、この「よむ」論理の観点からの先駆的な論稿であった。

もう一つの読者論は、狭義の享受史や研究史をも含みこんで、広義の鑑賞史を形成するもので、本稿はこれに属する。夕顔や浮舟「のやうにこそあらめと思ひける」孝標の娘から高校現場のよみなどまで広く『源氏物語』読者の実態にふれるべきものであろうが、ここでは、主として研究的「よみ」に限定して述べる。それでもなお紙数から、この標題に充分答えることは不可能だ。幸いにも、次のものがすでに標題に答えてくれている。『諸説一覧源氏物語』（阿部秋生編・明治書院・一九七〇）、森藤侃子「夕顔」（『國文學』一九七四・九）、後藤祥子「桐壺～明石」（別冊國文學『源氏物語必携』一九七八・十二）などである。

二　夕顔という女

「一つ動けばみんな動く」とは平岡敏夫の言葉だが、[1]黒須重彦の「白き扇のいたうこがしたる」（『平安文学研究』四六）は、この種の問題を投げかけた。その「一つ」とは、夕顔の巻始発の歌の「それ」の解釈に関わっている。

心あてにそれかとぞ見る白露の光添へたる夕顔の花

「それ」が光源氏を指すとみる通説に対して、黒須は頭の中将とみて、「夕顔の花」を五条なる女（夕顔）その人自身と読んだ。古注では『岷江入楚』だけが「是は頭中将とみなして出したるなるべし」とする。その結果どのように「みんな動く」かは黒須の著書『夕顔という女』（笠間書院・一九七五）にゆずることにする。鬼束隆昭が「朝顔と夕顔」（『日本文学』一九七三・十）で反論した。黒須のように解しても夕顔の巻の疑問・矛盾は解消しない、そうなったのは、『紫式部集』にみえる朝顔の贈答歌の体験を素材にして書いたからであると。[2]

五条の女たちが頭の中将のことを忘れていないことは、惟光の報告にも窺えるが、積極的に頭の中将に通じようとはしていない。「それ」は、もっと漠然としたものではなかったかと思う。[3]それは五条の女たちが次のようにも読めると思うからである。

円地文子は、夕顔の行動や性格から夕顔に「遊女性」のあることを指摘する（『源氏物語私見』新潮社・一九七四）。黒須は「児めきてらうたげなる」女性像で一貫させた夕顔像をもって円地のよみを否定する。が、当時の読者には、夕顔に遊女性をみる可能性は充分あったと思われる。光源氏が、垣根の白い花を見て「をちかた人に物申す」とつぶやき、御随身が「かの白く咲けるをなむ夕顔と申し侍る」と答えるのは、『古今集』の旋頭歌によることはいうまでもなく、その返歌に「（上句略）まひなしにただなのるべき花のななれや」とあるが、竹岡正夫は「思うに「花」とは遊女のたぐいであろう」（『古今和歌集全評釈下』右文書院・一九七六・989頁）と述べている。また某院で夕顔が光源氏に「あまの子なれば」と答えるが、これは『和漢朗詠集下』の「遊女」の項にある歌の引き歌であった。「あま」の語の縁で、光源氏は「われからなめり」と「あまの刈る」の歌を念頭に「うらみ」語るが、ここには、その歌を「くらにこもりて泣」く女の歌とする『伊勢物語』六五段がふまえられているとみるべきか。『伊勢物語』五段六段の語り直しが六五段であるが、夕顔の巻がその五段六段を下地にしていると思われることからして考えられることであろう。

夕顔怪死事件を、伝説的な宇多院京極御息所の河原院事件及び、物語（説話）的な『伊勢物語』六段（芥川の鬼一口譚）をふまえたものとみるのは定説となっている。また、三輪山型の話型によっているとみるのも定説である。そして、折口信夫、高崎正秀、さらに小林茂美が『源氏物語論序説』（桜楓社・一九七八）で、夕顔の資質及び夕顔物語に、「水の女」の物語系譜をみる論を発展させていることが注目される。「五条わたり（辺─渡）」の女については、近藤喜博が「京の五条の女たち」（『日本の鬼　増補改訂』桜楓社・一九七五）で、五条の渡渉地に居住した女たちの、水神祭祀の巫女的性格を説いている。五条の渡渉地が五条天神（祭神少彦名神）と清水寺とを結び、賀茂川を遡る舟の発着地でもあったと思われることが重要である。後世には明らかな、五条の遊女の存在を、この時代の五条の女たちにみることにはなお問題はあるが、すでに「水の女（橋姫）」から「水辺の女（遊女）」への変貌を遂げていたとみたい。芥川の話（六段）も、その原型においては、三島（淀川流域）の「水の女─水辺の女」盗みの話であった、と筆者はみている。三位の中将（中の品）の娘夕顔の、下の品の下ともみられる賤屋、陋巷に住むという淪落の姿には、『大和物語』に見える淀川流域の遊女たちを連想させるものがある。

夕露の紐とく花は玉ぼこのたよりに見えしえにこそありけれ

この歌の後の、光源氏の言葉「露の光やいかに」を通説は「私（光源氏）の顔は予想通り美しいですか」と読み、黒須は「あなた（夕顔）の推測した通りの人（頭の中将）でしたか」と読む。しかし「心あてに」の歌が女房たちの「合作」（玉上琢弥『源氏物語評釈第一巻』角川書店・一九六四）であり、問題の「それ」が漠然と指したものとすれば、「花（あなた）を咲かせた露（私）の光（情愛）をどのように思っているのですか」とでもなろうか。「（夕露の紐とく）花」は夕顔の花としか解しようがない。このように、解釈によって「一つ動けばみんな動」いてしまうのである。

三　物怪の正体

物怪に関して、妖怪（廃院に住む）とする説と、『細流抄』以来の怨霊（六条御息所の生霊）とする説と、妖怪・怨霊の融合（または未分化）とする説とがあり、深沢三千男の「夕顔怪死事件についての一考案」（『源氏物語の形成』桜楓社・一九七二）が諸説を詳細に分析している（なお深沢には「六条御息所悪霊事件の主題性について」（『源氏物語とその影響　研究と資料第六輯』武蔵野書院・一九七八）があり、また小林茂美前掲書の「融源氏の物語試論」がユニークな視点を提示する）。

物怪の語る「おのがいとめでたしと見奉るをば、たづね思ほさで」の解釈が問題であった。「をば」の「を」を格助詞とみるべきことは定着したが、玉上が「君をめでたしと見たてまつるおのれをば云々の意と見ることにしたいがなお落ちつかない」と述べ、また「六条の女君をば」と見ると「ずいぶんおせっかいなもののけ」（『源氏物語評釈第一巻』414頁）になってしまうとする疑念が問題なのである。「おの」は『源氏物語』ではすべて「おのが」の形で用いられ、本例を除くすべての「おのが」が下につづく体言に連体展叙する語句（またはその一部）となっている。とすれば、本例も「おのが…見奉る（人）をば」とみて、連体形「見奉る」が「人」を概念として含んだ体言相当句とみるべきであろう。この「が」を同格の「が」とみることは無理である。

さて従来「私が」と一人称に解しているが、ここは自照代名詞とみるべきではなかったか。つまり「おのが」は光源氏を念頭においた「自分自身」の意であり、そう見れば「見奉る」と、光源氏に対する為手尊敬の語がなくてもいけると思われる。ちなみに「おのれ」の夕顔三例末摘花一例はすべて自照代名詞である。深沢（前掲論文）は、「おのが」は男性用語で、女性の例は二例で紫上の君の祖母尼君と横川僧都の妹尼であることを指摘する。しかし、深沢も「おのが」を一人称とみて「妖物自身を指すものであると共に、源氏自身をも指すものであろう」とするが、その苦労された分析も自照代名詞とみることですんなりと解決するのではないだろうか。秋になって「六条わたり」で朝顔歌の贈答の後「まことや」（阿部好臣に「二つの「まことや」」（『日本大学』一九七四・十）がある）と夕顔のことに戻って怪死事件となる展開、しかも「六条わたりにもいかに思ひみだれたまふらむ」と思ひくらべた直後のこと、六条御息所との関係をぬきに読むことはできないが、「おのが」を光源氏を指す自照代名詞とするならば、この物怪は六条御息所の生霊ではなく廃院の主たる妖怪（河原院の源融霊ならぬ某院の女霊）となる。六条京極にある河原院に常住した京極御息所（六条の御息所とも呼ばれたという）ならぬ「六条わたり（六条御息所）」の君に通っていた光源氏が、その「六条わたり」の君ならぬ「五条の女（夕顔）」を――「水の女」ならぬ「水辺の女」の資質をもった女を――正に源氏ゆかりの某院（河原院）に誘いこみ「鬼などもわれをば見ゆるしてむ」と言挙げして「もののへんげゑ」めく我が正身を顕わにしたことに対する、源氏として同じ皇統に連なる院の主の「女物怪」の跳梁であった、と考えられる。この事件が、月の宴（公的、私的にどれだけ年中行事化した段階であったかにもよるが）の八月十五、六夜のことであった意味も考えてみる必要があろう。

補説　構造論

長編化を支えている語り内部の、対比・対立的な素材間の構造的関係の立体的解釈（よみとり）が盛んである。この構造論の一部をなす人物論にのみしぼって指摘すると、上坂信男は「夕顔とその前後」（『源氏物語研究と資料第一輯』武蔵野書院・一九六九）で「空蟬とそれに対する軒端荻の関係は、発展して六条御息所と夕顔の関係」になると説き、三苫浩輔は「光源氏をめぐる花姫達の対偶性と巫性」（『沖縄国際大学文学部紀要』八―一）で夕顔と朝顔（斎院）とを対照的に捉え、森藤（前掲論文）は、桐壺更衣・夕顔・紫上の母にうわなりうちによって死に到るという類縁性のあることを読みとっている。また大朝雄二は「紫上の登場をめぐって」（『中古文学』八）で夕顔を紫上の先駆的形象とみ、「水の女」の資性その他の点で相似性が夕顔と浮舟とに指摘できると小林（前掲書）などが述べている。これら「類似・対比・対応・両立・並列」といった、人物間の重層性と対位性の指摘による人物の相対化が、より積極的に作者の「もの」志向のベクトルを探求するものへと深化していくことを期待したい。

〔底本〕『源氏物語』は小学館新編日本古典文学全集、その他の古典作品は岩波日本古典文学大系によった。

注

（1）「近代文学史へのアプローチ」（『解釈と鑑賞（現代文学研究法）』一九七八・一）。
（2）夕顔の巻への紫式部の体験の反映については、鬼束に「源氏物語・夕顔巻の創造」（『平安朝文学の諸問題』笠間書院・一九七七）があり、角田文衛に「夕顔の死」（『若紫抄』至文堂・一九六八）がある。
（3）直接的には「それ」が〈夕顔の花〉を指していることは言うまでもない。その点、黒須説の弱点にもなる。

2　夕顔の宿

はじめに

『源氏物語』夕顔巻は、光源氏が下の品の女かと見る夕顔に巡り会い、連れ出した「なにがしの院」での一夜の逢瀬で、夕顔がものの怪に取り殺され、密かに埋葬されることに到るという「夕顔物語」であるが、舞台となった「五条わたり」とは当時どういう土地柄の空間であったのかについて、考えてみたい。

一　五条なる家

女（夕顔）に仕えていた右近が「夕顔の宿り」と呼ぶ家は、夕顔巻冒頭で次のように語られている。(1)

六条わたりの御忍びありきのころ、内裏よりまかでたまふ中宿りに、大弐の乳母のいたくわづらひて尼になりにけるとぶらはむとて、五条なる家たづねておはしたり。

と、惟光の母（光源氏の乳母）の家が「五条なる家」と紹介され、「この西なる家」が「夕顔の宿り」であった。「六条（わたり）」「五条（なる）」とあるが、条坊制で造都された平安京では、「六条」と言えば、六条大路から五条大路までの区画域を指した。「五条なる」は、「五条大路から四条大路のうちにある」の意味になる。しかし、地所を表示するのに、横の東西の通り名と縦の南北の通り名を組み合わせて示す方式（例：「五条東洞院あたり」）が便利とされ、通用するようになると、「六条大路」「五条大路」それぞれを単に「六条」「五条」と呼んで済ますようになった。

通りに面して建てられた邸宅（殿舎）に通り名をつけて呼ぶことが多かったが、例えば、その一つ「二条院」（光源氏の元の本邸）、その所在地は次のように描かれている。

暗う出でたまひて、二条より洞院の大路を折れたまふほど、二条院の前なれば、大将の君いとあはれに思されて、　（賢木）

六条御息所一行が伊勢に向かって出発した場面である。「二条」は「二条大路」である。この描写から、加納重文[2]は、二条院の位置を、これまでの諸説を整理した上で、「二条南東洞院東」と推定している[3]。とすると「三条なる（院）」となるが、院の名は「二条院」である。しかし、こうしたケースは他にも例の見られることである。例えば五条天神社は、六条のうちにあるが、五条大路に北面していたことから「五条」と称されたのであろう。大路に面した殿舎であれば、その大路の名を殿舎につけて呼ぶのが通常であったようだ。但し、この「二条院」の場合、「三条院」と呼んでも問題はなかったと思われる。

さて、「五条なる家」は、条坊制の「五条」の内にある家である。現在の松原通（旧五条大路）の北で堺町通西側に「夕顔の塚」と称すものがあり、「夕顔の宿」の古跡と伝えられているが、早くに角田文衛[4]は、「五条」のうちの高辻通北西洞院西側の一角であったという説を示したが、加納[5]は、源氏本文に、光源氏が乳母の家の門があくまで、

むつかしげなる大路のさまを見わたしたまへるに、この家のかたはらに

と、目の前が「大路」であると語られていることから、「五条北・東洞院西の一角の内」と推定している。その東隣が乳母の家になる。また「大路」は四条大路であって、家は「四条南」（「五条なる」に即する）であった可能性

もあるが、以下に見るような状況・環境から、「五条大路」であったと見るのが妥当と考える。加納説に従いたい。

二 平安前中期ころの五条大路わたり

五条大路に比較的近い所に、慶滋保胤の私邸「池亭」があった。「六条坊門南、町尻東隅」（『拾芥抄』）にあったという。「町尻」は、平安京の南北の小路の一つで本来「町小路」（現在の新町通りに当たる）と呼ばれたが、その「修理識町」以南は「町尻（小路）」と呼ばれていた。保胤の『池亭記』(6)が当時の五条大路界隈の状況をよく伝えている。「西京は人家漸くに稀らにして、殆に幽墟に幾《ちか》し」「東京四条より北、乾《いぬゐ》・艮《うしとら》の二方は、人々貴賤となく、多く群衆する所なり」と京中に繁閑の偏りのあることを述べ、自邸を「六条より北」の池水があちこちにあるような「荒れ地」に「開」いたとする。そして、四条より南については、「彼の坊城の南の面は、荒蕪渺々、秀麦離々たり」とある。「坊城」とは、左京の各条の第一坊に築かれた垣のことを言うが、先に「東京四条より北、…」とあったことを受けて、ここでは「四条坊門」と解されている。(7)また、現在「坊城町」（中京区壬生）という町名も残っている。「壬生」（壬生大路）は「水生」とも書いたように湿地帯であることを意味したようだ。直接「五条」について触れているわけではないが、五条大路周辺から六条あたりは、池などの多い湿地帯や荒れ地の広がるところであったと想像させる。

一二世紀初めの公家の日記（『殿暦』『中右記』など）や『今昔物語集』などによると、平安後期、京域を「上《かみ》辺《わたり》」「下辺《しもわたり》」と二分するとらえ方が定着していたようだが、その境は二条大路だったと見られている。「上辺」には、朝廷の官衙町（諸司厨町）や貴族の邸宅が集中し、「下辺」は、東西の「市」を中心に商工業に携わる庶民の居住地であった。なお、「三条」あたりまでは、官衙の厨町もいくつか点在していたようだ。「上京・下京」の認識は、応仁の乱以降、一五世紀末あたりに確立してきたものである。

平安後期になると、商工業が盛んになる。それまで「諸司厨町」に集まっていた職人たちなど、商いをする人々で賑わう繁華街が生まれてくるようになり、「町（チョウ）」を形成した。三条町、四条町、六角町、そして七条町が生まれた。いずれも先に見た「町（尻）小路」のそれぞれの「条」の周辺にできた繁華街である。七条町は、平安京とともに生まれた「東の市」とは別に新たに誕生した商工業区域であった。こうした繁華街についても「五条」に関してはそれらしい形跡は残っていないのである。

ここで「五条」について注目しておきたいのが、光源氏が夕顔を「夕顔の宿」から連れ出したのが、「このわたり近き所」の「なにがしの院」であることである。従来『河海抄』が「河原院歟」と準拠説を示したのを受けて、河原院をモデルにしているとみるのが通説となっている。しかし、加納重文はこれに疑問を呈した[8]。『河海抄』が、光源氏の本邸となる「六条院」についても「河原院を模する歟」としていることについて、「（河原院を）再度準拠論に述べたのは迂闊であった」とする[9]。そして、「両者（注：物語の「六条院」「なにがしの院」）が別のものなら、夕顔の「なにがしの院」は、五条辺に所在する別の邸宅でなければならない」と述べ、五条南・京極西に所在した「崇親院」を想定してみている。もっとも加納は、結論的には、『源氏物語』における、「なにがし」を用いた語りの方法を検討してみて、「河原院」説は捨てがたいという。しかし、「崇親院」のことは、『池亭記』も取り上げていて（「鴨河の西は、唯崇親院の田を耕すことのみを免《ゆる》し」）、同時代の読者には想定しやすい「院」の一つであったとも考えられる。筆者は、「崇親院」にこだわってみたく思う。

『西宮記』[10]に「崇親院養藤氏窮女所、在東五条京極」とし、「建崇親院、置藤氏女無居宅者云々」とあり、むしろ「夕顔の宿」を思わせるところもあるが、五条大路東の河原に近い所で、「なにがしの院」を「このわたり近き所」をと述べていることに叶う位置にある。主人の右大臣藤原良相は京極大路東に南北五町にわたる領地を持ち、唯一耕作が朝廷から認められていた（『類聚三代格巻八』）。

三　夕顔の宿の実態と夕顔の素性

光源氏などの眼を通してどのように観察されていたのか、まず「（五条）大路」の様子から描写を抜き出してみよう。「むつかしげなる大路（のさま）」「らうがはしき大路」であり、「むつかしげなるわたり」と語る。寂れていて、ごみごみした、むさ苦しい大路と捉えている。都市的な洗練された華やかさはないようだ。

光源氏が「いかなる者の集へるならむと様変はりて」思い、好奇心に駆られる「夕顔の宿」、その佇まいは「ものはかなき住まひ」とあり、後に夕顔の侍女・右近は、「あやしき所」とふりかえり、光源氏の二条院の前栽を眺めながら「かの夕顔の宿りを思ひ出づるも恥づかし」と思うほどである。板塀に這いかかる蔓草に咲いた「白き花」の名を光源氏は知らず、御随身が知っていて「夕顔の花」と答え、「かうあやしき垣根に咲く」と説明する。朝顔は知っていたが、ここに光源氏の日常にはなかった世界が眼前に展開している。光源氏自身「御心ざしの所」（六条わたり）の佇まいに接して、「夕顔の宿」の垣根を思い起こし、一層「いかなる人の住み処ならむ」と関心を高めている。

夕顔の世界を際だたせるように、一方で朝顔の世界も描かれている。秋になって訪れた「六条わたり」では朝顔のことを語り、二つの世界——上の品の暮らしと下の品の暮らしと——を対照させていると言えよう。朝顔も夕顔も蔓草であるが、前者はヒルガオ科に、後者はウリ科に属する。朝顔は前栽などに植えられ観賞用の植物であるが、夕顔は、板塀に這わせていても、その花が観賞用に栽培されているのではなく、実（ふくべ・ひさご）が目的で未熟のうちは食用にもなったが、完熟したものは容器（民具）の材料にされた。「ひしゃく」（のち「しゃくし」とも）

は「ひさご（瓠）」の音変化した語。生活に必要なものを作る実用目的で栽培されていた。

『枕草子』「草の花は」の段に、「夕顔は、花のかたちも朝顔に似て、いひ続けたるに、いとをかしかりぬべき花の姿に、実の有様こそいとくち惜しけれ。などさはた生ひ出でけん。…されど、なほ夕顔といふ名ばかりはをかし」と清少納言らしい評を下している。『人丸集』には「朝顔の朝露おきて咲くと言へど夕顔にこそにほひましけれ」とあり、いずれも実より花に注目している。『源氏物語』夕顔巻での、光源氏と夕顔との、夕顔の花を詠み込んだ和歌のやりとりは、当時の読者に新鮮な驚きを与えたことであろう。特に平安後期になって、和歌の世界に与えた影響は大きい。

宿に集う人々のことは、「をかしき額つきの透き影あまた見えてのぞく」とあり、惟光の報告「若き女どもの透き影見えはべり」から、若い女性が多くいることが分かる。しかも「口惜しうはあらぬ若人どもなむはべるめる」と惟光も好奇心を寄せている。「揚名介なる人の家」であった。受領崩れなのか、今は田舎わたらいの商いをしているのだろう。主人の揚名介の妻は「若く事好」む人で、その「はらからなど宮仕人にて来通ふ」と言う。さて、事好む人、風流好みの人という、その実態は何か？　宮仕えの身で来通うとは、その風流の故なのか。

夕顔の死後、二条院に連れてこられた右近が光源氏に語ることから、「夕顔の宿」の、夕顔を始め若い女達の素性が分かってくる。夕顔は、頭中将の愛人であったが、中将の正妻方の「右の大殿」の怒りをかい、それを逃れて、西の京に住む我が乳母のもとに身を寄せた。しかし西の京の息苦しい生活環境を嫌って、山里に住むべく一時的仮住まい（方違え）のつもりで、乳母の娘三人（女はらから）の住む五条なる宿（「夕顔の宿り」）に居候していたのであった。娘たちも元は母の住む西の京に育ったのであろう。また、光源氏は夕顔が三位中将の娘であったことを知り、夕顔の宿の「住まひのほど」から「下の品」の女と思っていたが、「中の品」であったことが判明するのであった。

その前「なにがしの院」で、夕顔の素性を知ろうと光源氏が「今だに名乗りしたまへ」と水を向けたのに対して、夕顔は「海人の子なれば」と回答をそらしている。これは、『和漢朗詠集下』の「遊女」の歌「白波の寄する渚に世を過ぐす海人の子なれば宿も定めず」の引き歌で、「宿も定めず」（一時的な居候の身）と答えているのであった。おそらく当時この歌が遊女の歌を本歌としていることは、よく知られていたことであろう。そこに何か意味するものがあったのではないか。後に右近から夕顔の素性を聞いた光源氏は、この「海人の子なれば」の返答が気に掛かっていたことを明かす。そして、はぐらかされた不満を込めて、「まことに海人の子なりとも」と言う。遊女（あそびめ・芸能者）である可能性を踏まえて言っているともとれないことはない。

後に「玉鬘」と呼ばれる夕顔の娘は、西の京の乳母の所にいるという。しかし、右近は、光源氏の私が育てるという意向にすがりたい思いで、「かの西の京にて生ひ出でたまはむは心苦しくなむ」と気がかりだった胸中を語る。西の京は、造都としての開発が進まず、その荒廃ぶりを『池亭記』が描くようにどんどん寂れていった。京中というより「新たな京都の周辺部」（洛外）と見られるようになり「周縁、境界的な場」であったとされる(11)。「西の京とその周辺には、…神々の物語や宗教的な教え、おまじないなどを、舞や音楽をまじえて聞かせる芸能民たち、遊女たち、…などが住んだ(12)」という。『梁塵秘抄』三八八番歌に「西の京行けば、雀燕《つばくらめ》筒鳥やさこそ聞け色好みの多かる世なれば人は響むとも麿だに響まずは」とある。「雀燕《つばくらめ》筒鳥」とは遊女達を意味している。遊女通いする男が言い訳している歌だという。「遊女」と言っても後に「ユウジョ」と呼ばれる者たちとは身の上が異なり、当時は「あそび」「あそびめ」と言われ、歌舞管弦に関わる芸を身につけた芸能者の一部であった。

を通っているのである。

四　五条大路あたりの実態

『大和物語』一七三段は、「物へ行くみちに五条わたりにて」雨宿りした家の女と歌を交わし親しくなるという話であるが、荒れすさんだ屋敷であった。このように五条わたりは寂れていたが、[13] 五条大路自体は比較的人々の往来があった通りではなかったか。光源氏も「今日もこの蔀の前渡り」「来し方も過ぎたまひけむわたり」と五条大路を通っているのである。

五条大路は、観音信仰の聖地として信仰の厚かった清水寺への参詣道に当たっていたと思われる。五条大路から東へ鴨川を渡って真っ直ぐ清水坂を上れば、清水寺であった。中世末期の「清水寺参詣曼荼羅」絵には、五条大橋がまさに境内の入り口かのように描かれている。もっとも『梁塵秘抄』には次のような歌がある。

いづれか清水へ参る道、京極下りに五条まで、石橋よ、東の橋詰め…　（三一四）

京の北から東京極大路を下ってきて、五条大路で東に折れ大橋を渡って行くという行程を案内したものである。しかしこれは大内裏や上辺《かみわたり》の貴族等の場合であって、少なくとも五条大路以南から参詣する人々までがこれに従ったとは考えられない。また、西、東の洞院大路を下ってきて五条大路で東に折れて清水寺へ向かう人もあったであろう。

ここで注目されるのが松原道祖神社の存在である。平安京の通り名では五条大路南町尻小路西に位置する。藤原明衡著『新猿楽記』に「五条の道祖にしとぎ餅を奉」り男の愛を祈願する老女のことを記しているように古社で、祭神は猿田彦命・天鈿女命であることから頷ける。『梁塵秘抄』三八〇番歌に「遊女《あそび》の好むもの」として「男の愛祈る百大夫」が詠まれている。「百大夫」は「男女のことを司る神」[14]で『遊女記』に「道祖神一名」としている。由来記では、平安京以前から祀られていたとする。道祖社は本来は、「塞神」「齋《さへ》の神」を祀る社で、ここも「首途の社」と言われている。一般に土地の境界に祀られていて、旅の無事を祈願したり、異郷、異界やよその土地から災厄や悪霊の浸入するのを塞ぐ神として信仰されていた。そういう道祖神がなぜ京のど満中に祀られることになったのか。他の京中の道祖神社や平安京の大路にも西の京に「道祖大路」（元は西洞院大路と呼ばれたか）[15]の存在も合わせ考えねばならないが、五条大路が旅の街道の出入り口であり、境界をなす場所とみられていたことによるのではないか。五条大路から清水寺へと進む道には、六道の辻があり、小野篁がこの世と地獄を行き来したと伝える珍皇寺や鳥辺野の墓域に続くという境界の地であった。

五条大路南・西洞院大路の西側には、伝承で平安遷都にともなって創建されたという、やはり古社と認められる五条天神社が今もある。主祭神は少彦名命（小さ子神）、医薬・厄除けの神と言われ、御霊神または疫神とも言われる。境界にあって災厄を塞ぐ神の性格を持っていたのであろう。『今昔物語集』などに登場する。

平安末期、後白河院は六条西洞院の六条殿（今、長講堂が残る）に住み、当時はやりの歌謡、今様に明け暮れていた。今様を集めた、院撰述の『梁塵秘抄』が残っている。同書によると、今様の師匠は「乙前」という傀儡子であった。乙前は「五条殿」「五条尼」と呼ばれたように、五条に住まいしていた。次の歌は、『梁塵秘抄』三九八番歌である。

男をしせぬ人　賀茂姫伊予姫上総姫…室町わたりのあこほと

「男をしせぬ人」[16]とは、特定の男と結婚しない女性を指すと考えられる。遊女などもその類い。「あこほと」は遊女の名であろう。『梁塵秘抄』にも「鏡の山のあこ丸」「さはのあこ丸」（青墓）などの遊女の名が見える。「室町わたり」に住んでいたと言うが、遊女なら自ずと「五条わたり」、つまり五条室町を意味すると受け取られたのに違いない。『梁塵秘抄』口伝集巻十に「乙前が許に室町とてありし者に習ひき」とあり、白拍子に「室町」と名乗る者もいたことが分かるが、五条室町に住んでいたことによる呼称であろう。

後の資料でしかも虚構ではあるが、お伽草子の『猿源氏草子』は、鰯売りが五条の橋で行き会った遊君に恋をするという話である。その遊君は、五条の東洞院に住む「蛍火」という遊女であった。また、『七十一番職人歌合』に「宵のまはえりあまさるる立君の五条わたりの月ひとり見る」（三十番左）とあるが、「立君」とは遊女の類いで、「五条わたり」がそれにまつわる場所であったのであろう。

近藤喜博[17]は、『伊勢物語』二六段の「五条わたりなりける女」や先に見た『大和物語』一七三段の「五条わたり」に住む女のことに触れた後で「後々になっても五条には遊女があり、幸若舞曲にもそうした女のことが知られ」と述べている。また、高取正男[18]は「五条西洞院の一郭に出現した高級遊女屋街」と書いているが、戦国期までの京では、五条東洞院界隈が遊里として知られていた。その遊里を、豊臣秀吉が天正十七年（一五八九）に移し、「二条柳町」という遊里を開設している。

先に一で加納重文が「夕顔の宿」を「五条東洞院あたり」と推定している説を紹介したが、後々には遊里であったことが明らかな場所で、平安期にすでに境界地であった五条大路は、あそびめ（遊女）と呼ばれた芸能者の集う場所であった可能性があるのである。五条大路の、東から東洞院、烏丸、室町、町尻、西洞院、油小路の界隈には、往来の人々を慰める場所があったと想像される。「夕顔の宿」の若い女たちが、つれづれなるままに…車の音すれば、若き者どものぞきなどすべかめる」と惟光の報告するのも、単に頭中将一行の往来を待ち望んで、注視していただけではないのではと考えられる。

注

（1）以下『源氏物語』の本文は、小学館新編日本古典文学全集によった。

（2）加納重文『源氏物語の舞台を訪ねて』（宮帯出版社・二〇一一）。

（3）本文「洞院」を「東洞院大路」とするが、東洞院大路は、洞院東大路とも言ったという。洞院大路と言えば、東の洞院のことで、それに対して西のを「西洞院大路」と言っていたか。左京の堀川小路に対して右京のは西堀川小路というように。もっとも洞院大路の東・西は、左京・右京の区別に対応する東・西ではないが。
（4）角田文衛「夕顔の宿」（『古代文化』一八―五）。
（5）加納重文「物語の地理」（角田文衛共編『源氏物語の地理』思文閣出版・一九九九）及び注（2）。
（6）『本朝文粋外』（岩波日本古典文学大系）所収の「池亭記」の訓読文による。
（7）『京都の歴史一　平安の新京』（学芸書林・一九七一）。
（8）注（2）に同じ。
（9）注（2）に同じ。
（10）注（6）の頭注による。
（11）網野善彦「西の京」（網野善彦外共著『瓜と龍蛇――いまは昔むかしは今第一巻』福音館書店・一九九三）。
（12）網野善彦外共著『瓜と龍蛇――いまは昔むかしは今第一巻』（福音館書店・一九九三）本文。
（13）『伊勢集』冒頭に「五条わたり」に住んでいた女の家を訪ねて来て、「人住まず荒れたる宿を来てみれば…」と詠んでいる。また、『今昔物語集』（二四巻四八話）には、五条油小路辺に住む、貧しくなって鏡を売る女の話がある。
（14）植木朝子『梁塵秘抄の世界』（角川選書・二〇〇九）。
（15）『京都大事典』（淡交社・一九八四）による。
（16）糸井通浩「梁塵秘抄三九八番歌研究ノート」（『京都教育大学国文学会誌』一八）。後に拙著『古代文学言語の研究』和泉書院・二〇一七・後編〔五〕4に収録。
（17）近藤喜博『日本の鬼』（桜楓社・一九六六）。
（18）髙取正男『京女』（中公新書・一九八二）。

〔五〕　とぞ本にはべめる——語りテクストの表現構造

一　問題の所在

『源氏物語』最後の巻（夢浮橋）の終わりは、巻末であるとともに、この作品の終わりでもある。これを「大尾」と言っておこう。それは、

（わが御心の、思ひ寄らぬ隈なく落としおきたまへりしならひにこそ）とぞ、本にはべめる。

と語りを閉じる表現である。この表現を巡って、いくつかの議論がある。

①「とぞ」は、この作品が「伝承の物語が、創作としての物語へと展開」[1]した作品の一つで、創作された作品ではあるが、「語り継ぐ」という伝承のスタイルをとどめている表現であることを意味するのではないか。

②「とぞ本にはべめる」は、いわゆる典型的な「草子地」である。この表現から、作品の語りの表現構造が、どのようなものであったと読みとれるのか。伝承者・語り手・作者の位相はどう捉えるべきか。「物語」とは何か。

③『源氏物語』の時代では、丁寧語化した「侍り」は、聞き手に対する敬語として「会話」文中にしか現れない。地の文の例は異例であり、鎌倉以降における「後入補入」の草子地ではないか。

以上の課題を念頭に置き、「宇治十帖」の巻の語り始め・語り終わりの表現に注目して、この物語の語りの表現

構造について考えてみたい。

二　作品の頭尾と巻の頭尾

問題の大尾の表現は、作品の冒頭「いづれの御時にか、…すぐれて時めき給ふ、ありけり」に呼応していると見て良い表現になっている。『源氏物語』自身が「物語のいできはじめの祖」と認定する『竹取物語』の頭尾「今は昔、竹取の翁といふものありけり―その煙、いまだ雲の中へ立ち上る、とぞ言ひ伝へたる」の型を継承していると言える。ともに語り手の現在においての叙述である。また、これが伝承物語の型として、『今昔物語集』の形式化した「今は昔…けり（き）―となむ語り伝へたるとや」という頭尾の呼応に受け継がれているのである。

いずれも引用の「と」が、そこまで語られてきた全体を受け止めて、それが既に存在した「語り」であったというポーズを取っている。ただし「言ひ伝ふ」「語り伝ふ」と異なって、『源氏物語』の「本にあり」というのは、すでに書いて記録（書承）されたものがあったことを意味しているらしいところが異なっている。

『源氏物語』の冒頭は、桐壺巻の冒頭でもある。この冒頭は、巻末の「光る君といふ名は、…ける、とぞ言ひ伝へたるとなむ」とも呼応しているのである。しかし、各巻の頭尾の呼応が、このような伝承の「語り」である印しての類型表現を備えていることはほとんどない。夢浮橋巻頭は「山におはして、…経、仏など供養せさせたまふ」とあって、ことさら先の大尾の表現と呼応しているようには見受けられない。巻というまとまりは、巻名の名付けとともに『源氏物語』成立に関する重大な課題の一つであるが、巻の頭尾の表現形式において、巻の自立性を感じさせる巻はほとんどないのである。もっとも従来指摘されてきた、帚木巻の巻頭と夕顔巻の巻尾との呼応ということがある。この呼応表現が、帚木・空蟬・夕顔三巻の「まとまり」性（一体性）を感じさせているのである。

しかも河内本系では、夕顔巻の巻末が、青表紙本系本文に加えて「と本にはことおほかりとなむ」となっていることが注目される。

しかし、各巻の頭尾の呼応がほとんど見られないとは言っても、巻頭は巻頭で、新たな巻の始まりを思わせる、やや類型的な表現や語り出しの内容が存在しないわけではない。同じく巻尾にも巻尾であることを思わせる類型的表現を持っている巻もいくつか存在する。

後者について、先ず気づくのは、語ってきたことが「伝承」であることを示す「とぞ」（これがもっとも多い）「となむ」「とや」「とかや」を持つ巻末が、二十近くの巻に見られること。その他、言い差し表現や助動詞「めり」「なりけり」「けむ」や助詞「かし」「にや」といった、語り手の主体的立場を顕わにする語が巻末に用いられているものもかなりある。ただしこれらは、必ずしも巻の終わりを積極的に示すものとは言いがたい（このことは、草子地の問題とも関わることなので後述）。

巻頭の表現ではどうか。「世の中」「年」「年月」など、時の規程・設定から始まることが比較的多く見られる中で、「そのころ」で始まる巻が四例ある。このことにまず注目してみたい。

三　巻頭の「そのころ」

「そのころ」で始まる巻は、次のように四例全てが「宇治十帖」を含む第三部に関わっているのである。

① そのころ、按察大納言と聞こゆるは、故致仕の大臣の二郎なり、亡せたまひにし衛門督のさいつぎよ、（略）御おぼえいとやむごとなかりけり。（紅梅・五巻・39頁）

② そのころ、世に数まへられたまはぬ古宮おはしけり。（橋姫・五巻・117頁）

③　そのころ、藤壺と聞こゆるは、故左大臣殿の女御になむおはしける、まだ春宮と聞こえさせし時、人よりさきに参りたまひにしかば、（略）ただ女宮一所をぞ持ちたてまつりたまへりける。（宿木・五巻・373頁）

④　そのころ横川に、なにがし僧都とかいひて、いと尊き人住みけり。八十あまりの母、五十ばかりの妹ありけり。（手習・六巻・279頁）

『源氏物語大成索引篇』によると、「そのころ」（「そのころほひ」「そのほど」などは除く）が、『源氏物語』全体で三四例を数える。そのうち、以上の四例が巻頭に用いられた例であることになる。

語りの方法において、指示語は視点との関わりが深い。ここでは詳述の余裕がないので、さしあたって、「こ」系の「このころ」と「そ」系の「そのころ」との違いについてのみ確認しておくと、概略、次のようになる。「こ」系は、語り手が視点を事態の現場（作中世界）において認知していること（知覚指示）を意味し、「そ」系は、語り手が語りの現在（聞き手と向き合う今ここ）に視点をおいて認知していること（観念指示）を意味する、という区別が原理である。それ故、「そのころ」は文末に「けり」を要求することが多い。

文脈を形成する上で、「そのころ」の用法はいくつかに整理できるであろう。「その」が直前の叙述の事態の時を直接受けている場合や、「一方」のニュアンスで漠然と同時性を示しながら他の事態を持ち込む場合などがある。後者の同時性を前提にしつつも、「そのころ」という時の規程のもとでの記述において、際だった特徴が見られるのは、

⑤　そのころ、高麗人の参れる中に、かしこき相人ありけるを聞こしめして（桐壺・一巻・39頁）

⑥　そのころ、大弐はのぼりける。（須磨・二巻・203頁）

などの例に見られるそれである。これらは直前の場面には登場していない人物を、新しく語りの世界へと登場させるときに用いる手法である。そういう人物を当の語りの世界に引き出すときには、人物呼称に「かの」という指示

詞を用いることが多い。しかし、この「かの」による引き出しより、「そのころ」による引き出しの方が、場面の転換（既存の叙述との切れ）が大きいと言えるだろう。

さて、先の巻頭の四例もすべて、人物についての叙述である。しかもその他の「そのころ」の用例には見られないことであるが、四例とも、「と聞こゆる（は）」「おはしけり」「住みけり」が示しているように、新しい登場人物の存在を紹介する文であることに注目しておきたい。巻頭の例ではないが、

⑦　そのころ、式部卿宮と聞こゆるも亡せたまひにければ、御叔父の服にて薄鈍なるも（以下略）。

（蜻蛉・六巻・217〜218頁）

この「宇治十帖」中の一例も、「と聞こゆる（も）」とあり、東屋巻にすでに登場している人物であるが、そこでは「式部卿宮」と言う名だけしか紹介されていなかったので、この人物の存在と素性は、ここで初めて明らかにされたと言える人物である。

新しい人物を導入することによって、物語世界をふくらませていく、つまりテーマ追求を立体化していくという手法（構想）が「宇治十帖」では際だっているのである。ところで、『源氏物語』の各巻頭部分を全体的に見るに、比較的過去の助動詞「き」が現れやすいことにも気づく。ただし、文末に用いられたのは、次の一例だけである。

⑧　斎院は御服にておりゐたまひにきかし。

（朝顔・二巻・469頁）

多くは、次の例⑨のように文中に用いられている。

⑨　光隠れたまひし後、かの御影にたちつぎたまふべき人、そこらの御末々にありがたかりけり。

（匂兵部卿・五巻・17頁）

巻頭部分に限らず、「宇治十帖」では過去の助動詞「き」の使用が目立つ。(2)「き」についての議論もなお尽きることのない状況にある。ここでは私見によって述べることにする。ある事態

が、表現主体の視点（今・ここ）を基準に現在（視点の今）とは切れていると認識されるかつての時間（過去）、典型的には現在と対立・向き合う、過ぎ去った時間の事態であることを示す助動詞と見ている。例えば、「ありし文」（以前の手紙、かつての、あのときの手紙）と「ありつる文」（さっきの手紙）の違いが「き」の本質をよく示している。前者は以前の「文（手紙）」が現在との関わりで回想されるときに用いられるが、後者は、さっきから話題として意識され続けている「文（手紙）」であることを意味する。つまり、過去の助動詞「き」が用いられることは、「現在」を語るのに、「過去」との関係（対比・対立・因果など）において語るという認識を意味していることになる。現世が前世との関わりにおいて存在するという当時の観念は、この延長上にあると言えよう。それだけ、そこには、創作主体（紫式部）の、現在の事態を立体的に捉えようとしている認識（語りの方法）を読みとらねばならないであろう。例えば、例⑧は、文末が「おりゐたまひぬかし」または「おりゐたまひ（に）けり」であってもよかったはずであるが、なぜ「き（かし）」文末であったのか。前の薄雲巻で、斎院の父式部卿宮の死が語られている。それを前提に朝顔巻は、又ぞろ光源氏が朝顔の姫君への思いを遂げるべく故式部卿宮邸に通っているという現在を語る。そういう現在（今）を語る上で、朝顔の姫君が現在喪に服しているには「斎院を下りる」事実が既成の事実でなければならなかったのである。「き」はそのことを物語っている。

ところで、「宇治十帖」の「読み」に深く関わる、注目すべき議論を吉岡曠[3]が展開している。「宇治十帖で、直接体験を回想する「き」がほとんど皆無となり、逆に右のような用法上の異例が増加する」と指摘し、作者と読者の間に存在した実体的語り手の存在が薄れて、抽象的な存在になり、語り手が作者になにがしか近づいたこと（?）を意味するのだという。吉岡は「き」を体験（目睹回想）の過去と捉え、「き」で認識した事態を体験した人物の存在を認めようとしている。それが吉岡が『源氏物語』の「語り手」を実体的に捉え、具体的に想定している根拠になっている。「宇治十帖」で、「き」がほとんど皆無となっているという指摘は、「直接体験（目睹回想）」と解せる「き」のことを言っているのであり、「き」そのものは、むしろ「宇治十帖」では他に比して比較的多いのである。そこで吉岡は「宇治十帖」の「き」はほとんどが「き」の特殊用法（異例）だというのである。しかし、私見からすると、決して「特殊用法（異例）」と扱う必要はなく、私見の定義に叶う用法とみることができる。

私見では、「宇治十帖」の「き」に、たとえ吉岡の言う用法上の区分が認められるとしても、それが「き」の本質に基づくものとは考えない。古代の助動詞が持つ意味機能の区分は、認知主体（表現主体）の「今・ここ」との関係で用法が区分される。推量「む」が一人称の行為に用いられると「意志」となり、二人称に対しては「勧誘」、三人称については「（一般的）推量」となる。また、過去「けり」の場合、過ぎ去った事態についてだと「伝聞回想」といわれ、現在のことだと「詠嘆」といわれるのが、それである。この「けり」の両極端な、二つの用法をまとめて説明できる「けり」の本質は、認識主体の「今・ここ」において、これまで認識主体の「今・ここ」の認識領域になかったものを今において認識したということを語る機能である。これを「気づき」の「けり」と言うことができる。そういう捉え方から、「き」についても先に述べたように捉えるべきだというのが、私見である。もっとも「き」の事例として、結果的に体験の過去が「き」で認識されていることが比較的多いことは納得できる。

先の「そのころ」の用例①〜④は、「と聞こゆる」を含む①③と「存在文」である②④に分けられる。前者には、過去「き」が含まれている。「按察大納言」「藤壺」は普通名詞で、代々誰かがその地位に存在しているのであるから、存在が前提となっている人物で、そこから既にあった、叙述に必要な過去をも併わせて記述している、それが「き」で指摘されている事態なのである。その意味では、②と④こそ、新しい語りの始まりに匹敵するような登場人物紹介の冒頭表現と言えるのである。それまでの語りの流れとの切れは大きい。切れ目が大きいだけ、「語り」世界は大きく結ばれ織りなされていくことになる。

四　地の文の「はべり」と草子地

夢浮橋巻末の「とぞ本にはべめる」は、明らかに地の文である。『源氏物語』では、「はべり」は聞き手尊敬の丁寧語化していて、いわゆる特定の相手を対象とする「会話」の部分にしか用いられていないと言われる。しかし現在のテクスト（小学館新編日本古典文学全集）で、この例と次の二例を合わせて、地の文の例が三例存在している。古注では「草子地」と注されている。

⑩あいなのさかしらやなどぞはべるめる。（関屋②三六五、巻尾）

⑪昔物語にも、物得させたるをかしきことには数へつづけためれど、いとうるさくて、こちたき御仲らひのことどもは、えぞ数へあへはべらぬや。（若菜上④九八）

⑩は、河内守の発言に対する世間の批評を伝えている語り手のことばで、「はべり」は本動詞「あり」の丁寧語である。⑪は、源氏の四十の賀に寄せられた贈り物をいちいち数え上げて語ることはできないとする、例の「省筆」の草子地である。玉上評釈[4]が、地の文の「はべり」はここ一箇所とするのはともかく、「はべり」が目の前にいる人（相手）に向かって使う丁寧語であることから「語り伝える女房がここに顔を出したのである」と解釈している。「数ふ」は語り手の行為である。なお、大尾の「とぞ本にはべめる」の「はべ（る）」も「あり」の丁寧語である。

これら三例が、「作者の詞」、あるいは「語り手のことば」などと認定されたりして、いわゆる草子地と捉えられてきた点では、おそらく揺れはないであろう。しかしこの三例にも叙述に違いがあり、そのことは無視できない。草子地の問題をどう捉えるかについて考えることによって、その違いを指摘してみたい。

草子地の問題は、叙述の層（表現構造）の腑分けの問題である。議論の前提として、表現する主体に関して創作主体（代詠者・作者貫之・作者紫式部）と表現主体（詠者・女・語り手）とを区別しておく。（補注1）言うまでもなく、語り手（表現主体）は、作者（創作主体）が想定（設定）した人物である。

叙述は、原理的に「描写」と「説明」という、二つの表現態度（方法）に大別できる。プロトタイプとして客体的叙述と主体的叙述と言い換えても良い。時枝文法の「詞」「辞」の大別に対応する。しかし、ことはそう単純ではない。基本の表現単位としての「文」の構造を見るとき、二つの叙述態度の層は、いわゆる「述語成分」に象徴的に集約されている。日本語の述語成分の構造が「素材表示の用言（例えば、動詞）＋ボイス・（オプション：敬語）・アスペクト・認め方（肯定・否定）・テンス・ムード①（助動詞）・ムード②（助詞）」という層のモデルを持つことは、古代語以来変わりがない。述語の核「動詞」に近い方が「詞的（客体的）」であり、遠のくほど（文末に行くほど）「辞的（主体的）」である。しかし、大きな切れ目が「テンス」と「ムード」の間にはあると言えよう。従来、草子地と認定されてきた表現が、「けむ」「らむ」「めり」「べし」「（にやあら）む」等々のムード①（概言・推量）の助動詞、あるいは「なりけり」やムード②「かし」等の終助詞を含む表現であったことは、それらの語に語り手の主体的態度が見られるからであった（これを、語り手が顔を出していると言ったりする）。「き・けり」の二つは共起することはなく範列的関係にあるが、（補注2）それでも微妙ながら、「き」は「けり」より客体的であるのに対して、「けり」は「き」より主体的であるということができよう。

会話や登場人物を視点人物とする叙述には、語り手の主観の加わる余地がないが、語り手の、人間的目線（視点）から捉えられた記述の部分には、先に見たムード①や②の助動詞・助詞を伴いやすい。しかし、以上の叙述の層はなお「物語内容（語られる事態・作中世界）」そのものである。「物語内容」のうちに語り手の存在が感じ取れるムード①②による叙述の層を含むことこそ、日本語による語りを、西洋の showing に対して telling であると規定する特徴そのものである。そしてこのレベル（ムード①②による）の叙述の層をも草子地と見る解釈もあるが、狭義に捉えて、「物語内容」そのものを構成する情報とみるなら、草子地と見るまでもない。

草子地と指摘されてきたものには、「とぞ（とや・とか・となむ）」（引用「と」系末尾）や語りの省略を断る記述（省筆）がある。これらは「物語内容（事態）」でなく、「物語行為・態度」の記述である。これらこそ狭義の草子地と言うべきものである。(5)

さて、叙述の層から見ると、⑩は「物語内容」であり、大尾（とぞ本にはべめる）は「物語行為」である。しかし、⑪は、省筆を断る「物語行為」であるとともに、その行為事態が光源氏の四十の賀がいかに盛大であったかを暗示していて、その意味では「物語内容」でもある。

これら三例は、いずれも地の文に「はべり」を用いているという例外的な存在であった。このことをどう捉えるか。二つの考えがありうる。ひとつは、元からあった本文とは認めない。例えば、大尾の例について、鎌倉時代以降の「後人の書き入れ(6)」とみる。地の文に「はべり」を用いるのは、ほぼ鎌倉期に入ってからという通史の知識による。つまり伝本の書写者が底本を念頭に置いて付加した語句と見る見方である。しかし、この理屈を、⑩⑪の例にも当てはめるのには、無理がある。

もう一つは、元から存在する本文と見る解釈である。書かれた物語でありながら、「伝承の文学」であるというスタイルを記述に継承している点を重視するなら、ひとつのストラテジーとして、ちらっと聞き手相手の「語り」であることを思わせているのである。このことは、巻末やその他の部分の文末に見られる「引用「と」系末尾」が、語り手が自らを語り継ぐ、「語り」の伝承者（リレーランナー）であるという姿勢にも通うストラテジーと見ることができる。

もっとも前者に解する立場に立ったとしても、むしろ「はべり」が問題であるというよりは「本」とあることの方が問題なのかも知れない。この問題は存疑であるが、筆者は後者の考え（「もう一つ」の方）を主張したい。

〔底本〕『源氏物語』の本文は小学館新編日本古典文学全集により、その他の古典作品は岩波日本古典文学大系によった。

注

（1）塚原鉄雄「冒頭表現と史的展開」（『王朝の文学と方法』風間書房・一九七一）。
（2）従来、筆者の主張してきた考えであるが、最近の藤井貞和「源氏物語と文体―主体の時間―」（増田繁夫外編『源氏物語研究集成第三巻　源氏物語の表現と文体上』風間書房・一九九八）に見える考えに近い。
（3）吉岡曠「源氏物語の遠近法」（『物語の語り手――内発的文学史の試み』笠間書院・一九九六）。
（4）玉上琢弥『源氏物語評釈』（角川書店・一九六〇）。
（5）叙述の層という観点に近い草子地の整理に、中野幸一「源氏物語における草子地」（三谷邦明・東原伸明編『日本文学研究資料新集5　源氏物語・語りと表現』有精堂・一九九一）があり、参考になる。
（6）岩波日本古典文学大系による。

（補注1）夏目漱石「吾輩は猫である」という作品では、この作品の創作主体は夏目漱石であり、作品中の「吾輩（つまり「猫」）」が表現主体（語り手）ということになる。古代和歌では、創作主体（代詠者）がある人物（詠者）の代わりに歌を詠むということがあった。表現主体は詠者ということになる。また、『土佐日記』は創作主体（紀貫之）が、ある「女」を表現主体（語り手）として書き綴った作品である。

（補注2）「き」と「けり」とを「範列的関係」にあるとここでは述べたが、厳密には適切な規定とは言えないのである。通説となっている「き」を体験の過去（回想）、「けり」を伝聞の過去（回想）という捉え方では、「き」でなければ「けり」、「けり」でなければ「き」という「範列的関係」と言えようが、二つの関係は、同一範疇内での対立、あるいは相補の関係にあるとはとても捉えきれない用法を双方ともが持っている。つまり「き」と「けり」の「使い分け」という認識では捉えきれないのである。本書前編㈠1などで述べた私見を参照されたい。

参考文献

榎本正純編著『源氏物語の草子地――諸注と研究』（笠間書院・一九八二）
布山清吉『「侍り」の国語学的研究』（桜楓社・一九八二）
高橋亨「物語の〈語り〉と〈書く〉こと」（『源氏物語の対位法』東京大学出版会・一九八二）

〔六〕『大鏡』を読む

1　『大鏡』――その語りの方法

一　物語言語の構造

本稿では、新潮日本古典集成本（石川徹校注・東松本を底本とする校訂本文）をテクストとして、『大鏡』の「語り」について考える。

さいつころ雲林院の菩提講にまうでて侍りしかば、例人よりはこよなう年老い、うたてげなるおきな二人、おうなといきあひて、同じ所に居ぬめり。（序・冒頭）

こうして書き始められたとみてよい作品『大鏡』の言語を創造したのは作者（創作主体）である。作者が誰かは未詳ながらいくつかの有力な説が存在する。が、今は問題としない。しかし、「さいつころ云々」と語り始めた表現主体は、作者ではない。それは、「さいつころ」（後の記事で、万寿二年（一〇二五）五月のことと知れる）「雲林院の菩提講」の場で、「おきな二人」（大宅世次と夏山重木）たちが語る昔語り（歴史語り）を傍聴し、今それを記録している人物である。これは、作者によって生み出された人物である。しかし、この作品の主要な物語内容を語る表現主体（これを、以下語り手という）は、この記録者ではなく、「おきな二人」である。「おきな二人」は、直接の聞き手として、脇役若侍や菩提講に集まった不特定の聴衆（記録者もその一人）を相手に「万寿二年五月のある日」の「雲林院」を〝今・ここ〟として歴史語りをする、それをその場で見聞した記録者が、直接話法で記録した体になっている。そして、百九十歳の世次、百八十歳の重木というおきなたちが語る歴史――その歴史中の人物たちのエピソードは、彼らにとって、目撃談や体験談であり、同時代を生きた者による回顧談である、ということになる。

『大鏡』の物語言語の構造は、おおよそ右のように把握することができる。量的にも質的にも「万寿二年五月（のある日）」を今とし、「雲林院の菩提講」の場をここととする、おきなたちの語りが、前景化していて、語り手たちは実体的存在であるのだが、一方記録者の立場や記録の今は、ほとんど影をひそめた存在となっている。

この物語言語の構造は、『源氏物語』を思い起こさせる。作者紫式部が、語られる世界を語り継いできた幾層かの語り手の女房たちを設定していることが、つとに明らかにされてきた。ただ、この語り継ぐ女房たちを、より実体的に捉えようとする見方と、いわゆる「物語の精神」ともいうべき語り手――作中領域に属さない第一人称者――とみる、または「機能的存在」と捉えて、実体的に捉えることに否定的な考えとが存在する。いずれにしろ、『大鏡』では、語り継ぐ語り手が実体的特定的に設定されたところに『源氏物語』との本質的な違いがある。

ところで、語り手の世次の年齢を、古本系テクストが百九十歳とするのに対して、流布本系テクストが百五十歳とするという、伝本本文に大きな相違が存在する。先にもみたように、万寿二年五月を今とする設定になっていることや語られる事実から判断すると、万寿二年（一〇二五）の時、世次は百五十歳であったことになる。すると、この点では、流布本系の方が内容上整合性があることになる。そして、古本系のいう、世次が百九十歳であるのは、康平八年つまり治暦元年（一〇六五）の年ということになるのである。

この矛盾を重視して、従来諸説が「さいつころ」「雲林院の菩提講」があった時を万寿二年とするのを批判して、これは康平八年とみるべきだ、という石川徹の説[1]が出た。そして、石川は、世次たちの現在が康平八年であるにもかかわらず、その四十年前の万寿二年五月を今とし、雲林院をここととして語るのは、「歴史的現在」の文法による「語り」であると解することで、古本系本文の正統性を指摘し、流布本系の本文がむしろそれを改竄したものであると説明する。そして、このことが作者能信（の周辺）説へと結びつけられているのである。

歴史的現在とは、過去形で語られる物語や小説において、語られるできごとの現在（事態時）に視点を移し、現在形で語られる方法のことである。『大鏡』の記録者は、記録する現在から、記録されることがらを「さいつころ…まうでて侍りしかば」と過去のこととして記録を始めるが、そのあとすぐ「（おきな二人…）同じ所に居ぬめり」と描くとき、さっそく歴史的現在に転移している。過去のその時に視点を移して描いているのである。日本語では、このように、叙述時（＝語る現在）と事態時（＝語られることがらの現在）との間の視点の移動が、他の言語に比べて、かなり自由な言語であることが、時の助動詞の用法などからみて、古典の物語・説話から現代の小説に至るすべての「語り」を対象に指摘できるのである。

さて、石川の「歴史的現在」説は、「雲林院の菩提講」があったのを康平八年とみて、その時が、世次たちにとっての本来の「今・ここ」であったのだが、彼らは歴史語りをする上で、その四十年前の昔（万寿二年）に遡って、その時を「今・ここ」として語り始めるという歴史的現在の方法をとったのだ、と考えるものである。しかし、これにはいささか疑問がある。以下の考察をふまえた上で、改めて、この疑問について私見を述べることにしたい。

二　指示語と視点

いずれにしろ、世次たちの語りが、万寿二年五月のある日を現在（今）として歴史語りを展開させたものであることは表現上の事実である。それが世次たちの語りの現在である。世次や重木ら、この実体的な語り手たちの「語りの現在」は万寿二年五月のある日というように、特定的具体的な現在として設定されている。それは歴史上に存在した、藤原道長の絶頂期にあたる現在である。こうした語りの場の設定を説得力あるものにするために、『大鏡』の叙述には様々な表現上の工夫がなされているのである。その一つをまず指示語の使用法にみてみよう。本節では紙幅の都合上、「こ」系の指示語にのみ焦点を絞って、その「語り」との関係を追究してみることにする。

　指示体系をなす「こ・そ・か（あ）」の使い分け（用法）の基準は、話者主体（ここでは主として世次や重木ら語り手）と指示対象との関係にある。『大鏡』にみられる「こ」系指示語の用法を列挙してみよう。まず、話者主体自身を指す「一人称用法」がある（以下例文の頁数は新潮日本古典集成本の頁を示す）。「これ（＝私）」（16頁）、「この翁が宝の君」（64頁）など。次に、話者主体自身が存在または所属する時空間を指し示す「絶対指示」[2]と称される用法がある。「この世」（20頁）、「この国」（223頁）など。これらは、話者主体が存在しない空間をいう「かの筑紫」（69頁）、「かのくに（＝九州）」（222頁）、「かしこ（＝大宰府）」（71頁）などにみる「か」系と対立的な用法となる。「亡せ給ひてこの五年ばかりにやなりぬらむ」（175頁）、「この当代」（135頁）なども、話者主体の現在（発話時）が含まれる時間を指し示す用法である。注目すべきは、「このごろ聞けば…おはすなれ」（103頁）などに見られる「このごろ」が時の絶対指示の用法で用いられている――常に話者主体の「今」を含む――のに対して、「このほどのこと」（224頁）、「この御時」（197頁）などになると、必ずしもそうではなく、つまり、発話時が基準となることもあるが、事態時が基準となることもあるのである。「この」に後接するときを示す概念語によって、慣用的に用法が異なったようである。このことは、現代語にも見られることである。

　さて、「こ」系の指示語の代表的な用法は、「文脈指示」と「現場指示」とである。それぞれをみていくことで、『大鏡』における注目すべき用法が浮かび上がってくるはずである。

(1)　この道長の大臣は、今の入道殿下これにおはします。（237頁）

右の「この」「これ」は文脈指示である。直前の文章（文脈）に存在する先行詞を指示している。一般に中古でも、文脈指示には、「そ」系を用いるのが典型的な用法[3]であるが、『大鏡』では、「そ」系（ほとんどが文脈指示用法である）も用いられるが、「こ」系が盛んに、文脈指示に用いられている。口頭語であることの反映か。ところが、次のような例がある。

(2)　この侍…。（18・301頁など。この例では、記録者が話者主体である）

(3)　この御目のためには…。（43頁）

これらの「この」が限定指示する「侍」「御目」は、直前の文脈には存在していない。にもかかわらず、「この」によって、それらが文脈に再び持ち込まれていることは何を意味するのか。それは、これらの指示対象が話者主体の「語り」《イストワール》の中心的存在体（関心事）であること、換言すれば、話題性の高い関心事であることを意味する。もっとも、直前の文脈に存在しないという点で、いわゆる文脈指示の典型ではないが、すでに以前の文脈において登場していることには変わりはなくこの点で広くは文脈指示とも言える。つまり話者主体によって、それ（指示対象）に対する関心（話題的価値）がさきほどから持続していたことを示していると言える。(1)の典型的な文脈指示と、(2)(3)のこれらの文脈指示との境界性は必ずしも明確ではない。中には両用法的なものもみられるが、あえて後者のような文脈指示をその言語場における「話題指示」として取り立てる（区別する）ことは、中古の「語り」にみる話題意識（の構造）を捉えるためには重要な指示語の識別になるかと思う。

三　話題指示と話題性

指示語の機能は、言語内外の文脈《コンテクスト》上に、指示語によって特定化個別化されたものを探せ、という指示にある。

とすると、先ほどの(1)の「この道長の大臣」もその例になるが、「この純友」（223頁）、「この種材が族」（223頁）や「この無量寿院」（281頁。このあたりの「無量寿院」のすべての用例にいちいち「この」が付いていることに注意したい）など、これら固有名詞に「この」が付いた例をどう考えるか（実は、これらの指示詞「この」はなくても必要な情報は伝わるのである）。固有名詞とは、それ自体特定化個別化されたものを指す指示機能を有している語であるから、すでに特定化個別化されているのであり、それをことさらに「この」と限定指示するということは（現代語にも見られることだが）、そこに話者主体の特別な意識が働いていることを意味するとみるべきであろう。それは、話者主体の話題性意識であり、その指示対象に対して抱く話題的価値を強調しているとみることができようか。それは、まさに述語成分における「けり」の表現価値にも通うところがある。もっとも、逆に普通名詞の場合には、限定指示詞なしには表現しにくいことがある。

『大鏡』で語られることがら（や人物）には、語り手たちの意識の中で、話題性の層（重要度の差）が形成されていたとみられる。それはおよそ次のように言えよう。全編を統括する話題の中心は、藤原道長である。常に背後に道長が意識されていると言える。さらに、各部分においては、列伝体をとって、帝王本紀では各天皇、大臣列伝では各大臣ごとに章段を形成し、それぞれの章段においては、各天皇または各大臣が話題の中心であったことになる。

たとえば、「太政大臣為光」伝では、「この大臣は…」とは、まず為光を指すことを意味する。しかし、一つの本紀または一つの列伝の中で、さらに部分的に話題の中心を移すことがある。たとえば、「右大臣師輔」伝では、「この九条殿…」「この御一筋…」「この藤氏の殿原…」などが師輔を指して、この章段の中心が師輔であることを示すものもある中で、「この式部卿宮」（為平親王）、「この宮には」（選子内親王）、「この后の宮」（安子）などは、その部分（一つのエピソード）での話題の中心であることを示しているのである。

「左大臣時平」伝の中で、「このおとど」と道真を指したり、逆に時平伝の中にもかかわらず、時平を「かのおとど」（79頁）と指示していることが注目される。また、「内大臣道隆」伝において、同じ「帥殿」であった伊周、隆家の二兄弟が同じように「この帥殿」と呼ばれるが、それはそれぞれ伊周エピソード群、隆家エピソード群の範囲において、それぞれの話題において、その中心である帥殿を指しており、紛れることはなかったのである。ただし、道隆伝の末尾に、「（道隆の族のうちで）今は、入道一品宮と、この帥中納言殿（注・隆家）とのみこそは残らせたまへンめれ」（227頁）と述べているので、中でも隆家に対しては、「この」が示すように語り手たちが特別な意識を持っていたのではないかと思われるが、そのことは次の「現場指示」のところでもみることになる。

次に現場指示に移る。これは、本来、会話の現場に存在するものを指《ゆび》さしによって特定化個別化している対象を指示する機能をいう。文章語では存在しにくい指示機能であるが、『大鏡』は、語りの場を特定的具体的に設定し、世次や重木らを中心にした対話構成—談話語になっているために、その言語の現場に居合わせている人々の間の会話の中では、現場指示も可能であった。もっとも、先に見た「一人称指示」や「絶対指示」も現場指示につながるものであるが、これらはまた、文章語としても用いられもするのであり、ここではやはり切り離して捉えておくのがよいだろう。

(4)　この聴かせたまはむ人々も…。（54頁）

これは、文脈指示ではなく、世次がまわりにいる菩提講に集まって来ている人々を指して言っているのである。こうした典型的な現場指示はあまり多くはない。ところで、次の例も現場指示の用法の一種と考えるべきであろう。

(5)　この高陽院殿（＝頼通の第宅《ていたく》）（64・161頁）

(6)　この前の帥殿（＝隆家）（91頁）

これらの指示対象（高陽院殿・前の帥殿）は、直前の文脈には登場していないのであり、突然文脈に持ち込まれた第宅であり、人物である。しかも、これらの第宅や人物が、雲林院の場において、眼前の指《ゆび》さし範囲に存在するわけでもないのである。

しかし、これらの指示対象は万寿二年五月の、この語りの「現在」において、現に世に存在し、生存する物と人であったのである。こうした物や人を指示するとき、現代語では一般に「あ」系の指示語「あの」や、また「例の」などを用いるところである。それを『大鏡』では、「この」によって限定指示しているのであるが、それは、話者主体にとって関心の高い、話題性（話者、聴者両者にとって共通に了解されている事項）に富んだ物や人であることを意味していたのである。これらを、現場的話題指示として、取り立てることにしよう。

ここで注意しておかねばならないのは、たとえば、次の例、

(7)　この(a)、ただ今の(b)入道殿下（＝道長）　（13頁）

(a)の「この」がここで言う「現場的話題指示」であるが、(b)の「ただ今の」は、指示対象が、万寿二年五月の語りの現在に生存することを意味していて、『大鏡』では、「今の」「ただ今の」によって、主として人物たちを取り上げている例が多く存在する。この「今の」「ただ今の」が単に指示対象の人物が「現在」世に生存する人物であることのみを意味するのに対して、「この」という限定指示による場合には、「今の」「ただ今の」をも含み込んで、さらには、話題性に富んでいる物や人であること、つまり語り手たちにとって関心の中心的な物や人であるという評価が加わっているのである。そういう「この」で取り立てられた人物たちに、「この入道殿」と呼ばれてしばしば登場する「道長」以外に次の人々があることが注目される。

「この前の帥殿」（隆家・91頁）、「この按察大納言殿」（公任・325頁）、「この民部卿殿」（俊賢・204頁）、「このごろの権大納言殿」（行成・168頁）、「この大蔵卿通任の君」（233頁）、「この関白殿」（頼通・331頁）、「この一品宮」（禎子内親王・296頁）、「この大宮」（彰子・296・332頁）、「この若君」（通房・274頁）たちであり、そして、「この四人の大納言たちよな。斉信、公任、行成、俊賢…」（326頁）の「この」も現場的話題指示で、いわゆる四大納言が取り立てられ

ているのだが、中でも、「俊賢」については、石川が新潮日本古典集成本解説で説いているように、作者またはその周縁の人物として、能信との関係も深い人物であり、しばしば道長の同席者として登場していることは注意しておいてよい。

右の人物たちが、「ただ今の」「今の」という限定をともなって登場することももちろんあるが、中でも、この現場的話題指示（「この」）で指示されていることが重要な意味を持っていたと考えられるのである。(4)

四　終止接「めり」「なり」

終止接の助動詞「めり」「なり」も、万寿二年五月の語りの現在における、ある事態に対する推定、様態判断を示していて、「現在性」を生々しく感じさせる効果を発揮する。もっとも、

(8)　手をおびたたしくはたはたと打つなる。（38頁）

の例のように、事態（語られていることがら）の現場に視点を移しての用法もあるが、むしろこの例は少なく、ほとんどが、万寿二年五月の語りの現在を視点にした用法である。

(9)　おきなどもの言ふやう「…」と言ふめれ(a)ば、今ひとり、…この侍ぞ「よく聞かむ」とあど打つめりし(b)。（18頁）

この例は、記録者による様態判断であるが、(a)では、語りの現場（雲林院の場）に視点を移して「めり」と用い、文末の(b)「めりし」は、記録者の記録する現在から万寿二年五月のことを回想している。世次ら語り手たちの場合も、これと同様である。

詳述する余裕がなくなったので、終止「なり」に絞って見てみると、『大鏡』三九例の用例中に、たとえば、

⑽　…とこそ、入道殿はおほせらるなれ。（45頁）

これは、現在入道殿（道長）がおっしゃっているようだ、の意で、このように、万寿二年五月の語りの現在における、存命の人々の証言として取り上げられたことば（終止「なり」をもってするものに限る）には、入道殿（道長）の四例、公任の二例、俊賢の二例があり、ここでも俊賢が浮かび上がってくる。

さらにこのことは、終止「なり」は伴わないが、たとえば、

⑾　…とぞ、通任の君、のたまひける。（249頁）

⑿　…とこそ、大夫殿（能信）仰せられけれ。（289頁）

などの表現も、同時代人たちの証言として取り上げられていることが注目され、先に現場的話題指示の対象となった人物に「通任の君」がいたが、ここでも登場してくることに注意したい。

五　語りの現在の聞き手たち

世次たちは自らの生きた一四〇～五〇年を同時代の昔物語（歴史語り）として語り、現在（万寿二年五月）絶頂期にある道長に語り及ぶのだが、万寿二年五月が、その聴衆にとっても、まさに現在―現代であることは言うまでもない。そこで、そういう設定に配慮して、次のような語りの工夫がほどこされてもいるのである。

⒀　この御末ぞかし、今の世に源氏の武者の族は。（24頁）

⒁　これは、皆人の知ろし召したる事なれば、ことも長し、とどめ侍りなむ。（35頁）

⒂　誰もきこしめし知りたる事なれど。（233頁）

⒁の例は、一種の「省筆・省略の文法」[5]にあたるものであるが、想定された聴者（聞き手）の知識を前提にしている、または、⒂のように、それを配慮した表現で、従来の物語文学に見られた省筆・省略の文法とは異なっている。

⒀も「今の世に源氏の武者の族」という旧情報（聞き手の知識）に、それが「この御末」であるという判断を新情報として示していて、聴者の知識を前提にした表現になっている。

以上、指示語の用法、終止接「めり」「なり」、聴者の知識を前提にした表現、の三点を取り上げたにすぎないが、万寿二年五月のある日を「現在」として設定された「語り」が、巧みに整合性あるものになっていることを確かめてみた。

こうしてみてくると、康平八年（一〇六五）を雲林院菩提講の時とみて、世次たちの年齢の矛盾を解決しようとした石川説は見直されねばならないと考える。つまり、石川説では、万寿二年は世次たちによる「歴史的現在」の方法による現在だとするのだが、しかし、万寿二年の聴者たちまでが、つまり菩提講に集まってきた人々までが、康平八年の聴者だと考えねばならないとすると、以上見てきた、語りの表現の方法からみて、とても納得できないことがわかる。菩提講は万寿二年五月と認めざるをえないのである。とすると、再び、世次たちの年齢の矛盾が残ることになる。しかし、これこそ、作者があえて、この矛盾を持ち込むことによって、この作品の成立時を巧みに隠し込んだトリックであったとみれば、石川が説く様々な説明も改めて用いることができることになると思量する。つまり、康平八年は、この作品の作者が、この作品の読者の現在を念頭においたものであったのであろう。

注

（1）新潮日本古典集成本（解説）以外に、「『大鏡』（序）の二つの嘘と一つのまこと」（『文学・語学』一一二）、「『大鏡』の虚構と史実」（『國語と國文學』一九九一・二）などに説かれている。
（2）堀口和吉「指示語『コ・ソ・ア』考」（『論集日本文学・日本語5現代』角川書店・一九七八）。

（3）『竹取物語』で見ると、人物の指示には主として「こ」系を用い、時の指示には「そ」系を用いるという傾向が顕著である。

（4）「この堀河殿の御子の左大臣」（233頁）は存疑。「この」が「堀河殿」（兼通）にかかるとしても、「左大臣」（顕光）にかかるとしても、現場的話題指示とはならない。また文脈指示としても、先行詞が遠い。『対校大鏡』（笠間書院・一九八四）によると、諸本に「この」の指示語は「ナシ」とわかる。小学館日本古典文学全集本『大鏡』頭注でも、「「この」の表現は適当でない」とする。もっとも、「この高名の琵琶弾」（兵衛の内侍）の「この」が「これやこの」に通じる話題性指示の「この」と考えられ、「この堀河殿…」も、同じ例とみるべきか。とすると、これら二例合わせて、語り手（ひいては作者）の、これら指示対象に対する、また別の関心のあり方があったことを読みとらねばならないことになろうか。

（5）『大鏡』における省筆・省略の理由の特質は、⑭の例に見るようなものにある。同じ理由をかかげながら省略されないところもある。なお、大木正義「歴史物語の表現覚書㈠—省筆・省略の理由づけの表現をめぐって—」（『大妻国文』二〇）参照のこと。

2　公任「三船の才」譚（大鏡）再考——指示語の機能と語り

序　紅葉の錦——問題の所在

『大鏡』道長（伝）に「四条の大納言のかく何事もすぐれ、めでたくおはしますを云々[1]」とある「かく」については、従来頼忠伝の「大井河三船の才」の逸事を指示する語とみられている。とすると、本文の文脈上随分かけ離れている記事を指示していることになり、それは常識的には考えられないことである。それ故、疑問とされてきたのであるが、近年、妹尾好信[2]などが、道長伝の「四条の大納言云々」の記事は、もと頼忠伝の「大井河三船の才」につづく記事として書かれたものであったのが、切り離されて現行本の位置に改編されたものであり、ただその折「かく」がもとのまま残った、という説を提示した。新潮日本古典集成本の頭注（石川徹）にも「ここに、突如として公任の事が出てくるのはいかにも唐突である。多分、編輯に際して、差し替え等が行われたのであろう」とする。本稿は、この問題を、語法的な面から再考してみようというねらいによるものである。

もっとも、問題は、ひとつ「かく」の語法上の問題にとどまらない。妹尾説の論旨からみても「大井河三船の才」全体を再考してみなければならないことになるのである。

そこで、まずこの節では、「大井河三船の才」の折に公任が詠んだという和歌の問題からみてみることにする。従来指摘されているように、類想の歌、または同一歌と思われているものが、出典によって次のように本文を異にしていたのである。

①　あらしの山のもとをまかりけるに、もみぢのいたく散り侍りければ　右衛門督公任朝臣
あさまだきあらしの山のさむければ　散るもみぢばをきぬ人ぞなき　（拾遺抄・新編国歌大観本による）

②　嵐の山のもとをまかりけるに、もみぢのいたく散り侍りければ　右衛門督公任
あさまだき嵐の山のさむければ　紅葉の錦きぬ人ぞなき　（拾遺集・新編国歌大観本による）

③　ほうりんじにまうで給ふ時、あらし山にて
朝朗《またきイ》　嵐の山のさむければ　散る紅葉々をきぬ人ぞなき　（公任集・私家集大成本による）

④をぐら山嵐の風の寒ければ　紅葉の錦着ぬ人ぞ無き　（東松本大鏡―頼忠伝）

主な相違点は次の二点に整理できる。

一つは、詠歌対象の場としての山名を、①～③が「嵐の山」（嵐山）とするのに対して、④では「をぐら山（小倉山）」としていること。他の一つは、第四句が「散る紅葉々を」とするものと、「紅葉の錦」とするものとに分けられること、である。

まず前者について考えてみると、公任集詞書③には「あらし山」[3]とあり、『能因歌枕』（広本・日本歌学大系本による）にも「あらしやま」[4]とするが、『和歌初学抄』『五代和歌集』『八雲御抄』などでは、「あらしのやま」とあるように、和歌集の和歌でも「あらしのやま」が一般で、「あらしやま」がみえるのは、『秋篠月清集』などからで、つまり平安末期まではみられないのである。増田繁夫が平安朝では、「小倉（の）山」と「あらし（の）山」とは同じ山を指していたと指摘したように[5]、「あらし（の）山」は「小倉（の）山」の別称――その山の風土的特色から比喩的に名づけられた歌語と思われる――であったと考えられる。それが、「あらしのやま」から「あらしやま」（後世はもっぱら「あらしやま」）とも言うようになって、山名として固定―固有名詞化したとき、「小倉山」と「嵐

山」とが別の山を指す語と認識されるようになり、現在みるような区別――大井河左岸に小倉山、右岸に嵐山――が生まれたかと思われる。とすると、それははやくとも平安末期、それ以降のことであったであろう。(6)

さて、とすると、①~③と④との間に山名の違いはあっても、公任の頃には同じ山を指していたということになる。ただ、このことのみを根拠にして、①~③と④とを同じ時の歌、つまり同一歌とみることはできない。しかし、法輪寺（③の歌の詞書）は、嵐山のふもとに存在しているから少なくとも、①~③は同じ折の同一歌とみることはできよう。問題は①~③の間にもみられる、もう一つの違いである第四句の問題である。

第四句には、「散る紅葉々を」と「紅葉の錦」の違いがある。ところで、この歌句をめぐっては、『拾遺集』編纂にまつわる伝承が残っている。『拾遺集』を自ら手がけた花山院が、「あさまだき」の歌を『拾遺集』に入集させるにあたって、公任に第四句「散る紅葉々を」を「紅葉の錦」に改めるように注文をつけたところ、公任はそれを拒否した、という話である。(7)一度は、公任の意見をとり入れて、もとのまま「散る紅葉々を」の形で入集させたが、現行の流布本では「紅葉の錦」となったものだという。(8)

漢詩の影響とみられる、この見立ての「紅葉の錦」の歌句は、はやく菅原道真の歌（古今集・四二〇）などをはじめ、平安前期の歌人の歌のいくつかに例をみる。そこで、この歌句に対する時代的好みを、今、勅撰集に限って調べてみると、次のようである。

『古今集』一例、『後撰集』一例、『拾遺集』五例、『後拾遺集』一例、『金葉集』〇例、『詞花集』二例、『千載集』一例、『新古今集』〇例、『新勅撰集』二例といった実情である。(補注)全体的に低い数値ではあるが、平安前期の好みを受けて、『拾遺集』において飛びぬけて高い数値を示している。殊更花山院が好むところであったらしい。公任には、一種の流行に対して抵抗するところがあったのだろうか。『金葉集』については、初度本・三奏本は各一例採ったが、再奏本（流布本）では〇例である。「紅葉」に関しては、『拾遺集』が屈折点であることは、紅葉の名所が、それまでの「竜田川―竜田山」から「大井河―小倉山（嵐の山）」へと移っていることにもみられるのである。[9]『金葉集』再奏本では、初・三奏本に比べて「大井河」の歌を多く採っている。

さて、ここでは、妹尾の説くところに従って①〜③の「あさまだき」の歌と、④の「小倉山」の歌とは、時を異にしてなった、別の歌とみておきたい。[10] つまり、類想の歌として、『拾遺集』では『拾遺抄』①の「あさまだき」の歌の方が採られて、④の歌の方は採られなかったのであるが、ただ、花山院は、「あさまだき」の歌の第四句に、④の歌の第四句「紅葉の錦」を採り入れたく、その旨を公任に打診したものとみておきたい。

一　「三船の才」と詠歌の時期

「あさまだき」の歌と、「小倉山」の歌とは別の歌とみた。ではこれらはそれぞれいったいいつ詠まれたのか。このこともまた、従来問題になってきたのだが、大鏡「三船の才」譚が、いったいいつの史実に基づくものであるかということと深くかかわっているのである。そこで、あらかじめ、問題となる時期をまず整理して示しておくことにする。（　）は西暦の年数である。

ⓐ　円融院大井河逍遥―寛和二年（九八六）十月。

ⓑ　兼家死去―永祚二年（九九〇）。

ⓒ　『拾遺抄』成立―公任撰・長徳二年（九九六）頃。第四句を「散る紅葉々を」とする歌入集。

ⓓ　道長大井河逍遥―長保元年（九九九）九月。[11]

ⓔ　『拾遺集』成立―花山院ら撰・寛弘二〜四年（一〇〇五〜七）頃。流布本で第四句を「紅葉の錦」とする歌入集。大鏡の「三船の才」譚は、「入道殿」（道真）の話として語られている。また『袋草紙』『十訓抄』『古今著聞集』

『東斎随筆』などの説話集類においても、「御堂」「御堂関白」、つまり道長の時のこととして伝えている。ところが、これまでの研究によると、道長に関して歴史史料では、ⓓの時の大井河逍遥しか該当する記事（権記・小右記）が見い出せないという。しかしその史料では、その折公任が付き従ったことは確認できても、三船の遊びがあったことやそこで「小倉山」の歌が詠まれたということは記録に存在しないのである。そこで注目されてきたのが、ⓐの円融院大井河逍遥である。こちらは、時中卿横笛譜裏書や『古事談』『続古事談』などによって、三船の遊びが行われ、公任がそのいずれの船にも乗ったということが確認できるのである。ところが、こちらは、「大入道殿（兼家）」が「摂政ノ時」のことと伝えられているのである。こうした史実との関係を整理した上で、妹尾は、次のように推定する。

「あさまだき」の歌は、ⓐ以前に詠まれて存在していたが、それを念頭に思い浮かべ、二番煎じながら、ⓐの時に公任は「小倉山」の歌を詠んだ。しかし、公任はこの「小倉山」の歌が気に入らず、ⓒの『拾遺抄』編纂の折、「あさまだき」の歌の方を自ら選んで入集させた。ところがⓔの時、花山院は、「あさまだき」の歌を入集させるにつき、「小倉山」の歌の「紅葉の錦」の歌句を取り込もうと公任に打診し、拒否されたのだ、とする。こうした推定がなされる前提には、「あさまだき」の歌と「小倉山」の歌との表現の違いから、「小倉山」の歌は、『大鏡』作者の虚構とみようとする最近の研究動向に対して、「小倉山」の歌も確かに公任が詠んだ歌であり、そうでなければ、長能や道命法師の歌で、明らかに「小倉山」の歌をふまえたと思われる歌の存在することが説明できないという考えがあってのことであり、そして大鏡の「三船の才」譚の「入道殿」を、道長でなく兼家とみるべきであるという考えもそこから生まれてくるのである。つまり、三船の遊び及び「小倉山」の歌は、ⓓの時でなく、ⓐの時のことであったと推定しているのである。

しかし、『拾遺集』の編纂の際、「紅葉の錦」の歌句に花山院や公任がこだわったという事実だけから考えるなら、次のように考えても矛盾はないのである。「あさまだき」の歌は、ⓒの『拾遺抄』に入集しているからそれ以前に詠まれたことは明らかであるが、「小倉山」の歌は、ⓓの時に詠まれたと考えて、その後の『拾遺集』編纂の折に、花山院から、先のような提案がなされたと考えても無理はないのである。

妹尾の推定（仮説）には、二つの重大な問題点を含んでいる。一つは、「小倉山」の歌を、円融院の大井河逍遥の折の歌とみるために、大鏡「三船の才」譚の「入道殿」を道長でなく兼家を指すものとみることである。これまでにもこの「入道殿」を、兼家を指す「大入道殿」の誤写ではないかとする説はあったが、妹尾は、誤写ではなく、「大入道殿」の略称として、ここでは「入道殿」を用いているとみている。誤写説も略称説も、ともかく兼家とみようとすることでは同じであるが、東松本の『大鏡』の傍注や『袋草紙』以下の説話集などが「道長」としてきたこととは対立する考えになるのである。

知られるように、『大鏡』では、「大入道殿」と「入道殿」とを使い分けている。当該箇所以外に例外はない。とすれば、「入道殿」とある限り、「大入道殿」とは異なる人物（道長）を指していると、まずはみるべきであろう。こうした呼称に関して、その人物を略称で呼ぶときは、単に「殿」（または、人によっては「大臣《おとど》」）とするのが『大鏡』での基本原理である。もっとも、これは『大鏡』の呼称表現上の原理であって、当時または他の資料で、兼家がいつも「大入道殿」と呼ばれたとは限らない。現に、『栄華物語』では、兼家を「入道殿」と呼んでもいるのである。「三船の才」譚の「入道殿」が兼家であるとなると、他の部分において、また、他の部分との関係において変化が起こる、そのいちいちは指摘しないが、それを見込んで妹尾は、兼家説を説いているのであるが、『大鏡』の表現原理に即して、「入道殿」をそのまま道長とみることができるものなら、それに勝ることはないはずである。

もう一点は、「小倉山」の歌を、どうしても円融院の折の歌とみなければならないかどうかの問題である。すでに「あさまだき」の歌が存在し、それを念頭において「小倉山」の歌が生まれ、ⓔの『拾遺集』編纂の折、

「あさまだき」の歌を入集させる上で、花山院が「小倉山」の歌の「紅葉の錦」を「あさまだき」の歌にとり込もうとした、という事柄の順序だけを問題にするのなら、先に述べたように考えることも可能である。とすると、「入道殿」も、古くから解されてきた通り、道長であっても一向に差し支えないことになる。

結局問題は、『大鏡』「三船の才」譚として語られる史実が、円融院の折のことか道長の折のことか、ということになる。確かに、道長が大井河逍遥を試みたことは史料から確かめられるが、ただその時、三船の遊びがあったことも「小倉山」の歌が詠まれたということも、それをうかがわせる記録は確認できないのである。そこで、それを、三船の遊びが確かに行われたことが知れる円融院の折のことをふまえたのだとみることになるのだが、そうすると、ここでもまた、その史実と、「三船の才」譚の内容との間に重大な相違点が存在していることを無視することになってしまうのである。

円融院の大井河逍遥の折、三船の遊びがあり、「公任・相方両朝臣、被択今清撰、相兼三之船」（時中卿横笛譜裏書）「公任乗二三船一之度也、先乗二和歌船一云々」（古事談）などとあることから、公任は三種のいずれの船にも乗って、まさにその才能ぶりを人々にみせつけているのである。しかし、『大鏡』「三船の才」譚の方は、「作文の船・管弦の船・和歌の船」と分かちて乗せた三船の遊びであったが、当の公任は「和歌の船」にのみ乗って「小倉山」の歌を詠んだだけで、「作文のにぞ乗るべかりける云々」とくやしがったという話になっていて、円融院の折のとは事情がはなはだ異なる。このことも既に問題にされてきたことであり、そこで『大鏡』「三船の才」譚は、円融院の折のことを前提にして、道長の時のこととして作者が虚構したものと言われたり、事情が異なるのはともかく、円融院の折のことをまちがって伝えたものとみたり、『大鏡』が道長（入道殿）とするのは兼家（大入道殿）のあやまりとみなされたり、「入道殿」とあるのは、兼家を指す「大入道殿」を略した表現なのだと解されたりしているのである。

しかし、少なくとも道長に大井河逍遥の事実があったことは否定すべくもなく、史料上確認できなくても、『大鏡』の伝える「三船の才」の出来ごとがあって「小倉山」の歌が詠まれたと想定することが拒否されねばならない理由はなく、このように解しても、先にみたように、「あさまだき」の歌との関係に矛盾はなく、明らかに公任が三船のいずれにも乗ったという円融院時のこととは異なるという点についても矛盾なく理解され、『大鏡』「三船の才」譚で、道長（入道殿）たちが「かの大納言（注・公任）いづれの船に乗らるべき」と問うた背景に、すでに公任が「いづれの船」にも乗るべき才を有していることが道長らにはよく知られていたからだと考えることもできるのである。こう考えれば、「入道殿」をめぐる疑念をも解消しうると考える。

ただ、円融院の折のこととは別のこととして道長の折のことを作者が意識していたとすると、一つ問題は、公任にとって最も名誉となるはずの、円融院の折に、三船のいずれの船にも乗って栄誉を受けたということが、『大鏡』では語られていないことになるという点である。ましてや、この記事が、頼忠伝中にあって、和歌の名手公任がテーマで語られている箇所であるのだから。今、この新たな疑念に答える用意はない(12)が、少なくとも『大鏡』本文を、現行本の通りの表現で読んでいくなら、右のように考えることによってこれといった矛盾はないことが確認できたかと思う。できる限り本文の表現の論理をよみとり、それを重視すべきものと考える。

二　大鏡の指示語――「かく」の表現機能

道長伝中の、次の一節を「面踏《つら》み」譚と呼ぶことにする。

四条の大納言のかく何事もすぐれ、めでたくおはしますを、大入道殿「いかで斯からむ。羨ましくもあるかな。我が子どもの、影だに踏むべくもあらぬこそ口惜しけれ」と申させたまひければ、中関白殿・栗田殿などは「げに、『さも』とやおぼすらむ」と恥づかしげなる御気色にて、物ものたまはぬに、この入道殿は、いと若くおはします御身にて、「影をば踏まで、面をやは踏まぬ」とこそ仰せられけれ。まことにこそさおはしますめれ。内大臣殿をだに、近くて、え見奉りたまはぬよ。さるべき人は、疾うより御心魂の猛く、御守りもこはきなンめりと覚え侍るは。（254頁）(13)

この、四条大納言（公任）が「かく何事もすぐれ、めでたくおはします」ことは、直接には、頼忠伝の「三船の才」譚を具体的にイメージしているとみられ、「かく」という指示語はそのエピソードを指していると解されてきている。例えば、「『かく』の指示する話はなく、『頼忠伝』の、公任が諸芸に堪能な説話を受けている」（小学館日本古典文学全集本頭注・橘健二）と。すると、重大な疑念がそこに生じることになる。つまり、橘も、「『かく』の指示する話はなく」とするように、この指示語の直前に、公任に関する説話は存在しないのである。「三船の才」譚は、新潮日本古典集成本で、約一五〇ページも前にある説話である。(14)そこで、「四条大納言は、藤原公任。『頼忠伝』に、大井河三船の誉れの話が載せられている。ここに、突如として公任の事が出てくるのはいかにも唐突である。多分、編輯に際して、差し替え等が行われたのであろう」と推定する意見（新潮日本古典集成本頭注・石川徹）が出てくる。妹尾説(15)では、さらに大胆な推理を働かせている。つまり、この部分（先の引用説話「面踏み」譚）は、本来、頼忠伝中に「三船の才」譚にひきつづき存在していたもので、まさに「かく」はその直前の「三船の才」譚を受けていたのであるが、後、編成し直された折に、道長伝の、この位置に差し替えられたが、その際指示語「かく」がそのまま残ってしまって、右のような矛盾をとどめるに至ったものと解する。このように解することによって、頼忠伝の「入道殿」を、道長伝の「大入道殿」（兼家）と連続したものとみることができ、「大入道殿」の略称として「入道殿」で兼家を指すことができたものとみることにもなっているのである。このように推理することで、なるほど、この場の「かく」の矛盾（疑念）はみごとに解消するのであるが、しかし、「かく」を消しそこなうほど、もし本文の修正が杜撰であった、つまり、現行本文がもとのままに移し換えられたものであるとすると、例えば、次のような矛盾をも、もともと有していたことにもなる。妹尾の論ずるところに従って改編以前の文章の流れを復元してみると、人物指示が次のように連続していたことになる。（　）内の人物名は妹尾説による。

①　「三船の才」譚直前「大入道殿」（兼家）
　　　　　　　　　　「入道殿」（兼家）
②　「三船の才」譚中　「入道殿」（兼家）
③　「三船の才」譚直後「大入道殿」（兼家）
　（「面踏み」譚）　　「入道殿」（道長）

このように、兼家を「大入道殿」と言ったり、「入道殿」と言ったり、また、「入道殿」が、兼家を指したり道長を指したりすることになる。史実との虚実の問題はともかく、後述するように、『大鏡』が表現の上で、厳密な計算の上で成り立っていることを考えると、右にみたような表現上のあいまいさがあることは不自然だと考えざるをえない。「入道殿」「大入道殿」の書き分けについては先にも触れた通りである。では、つまるところ指示語「かく」の疑念はいかに考えればよいのかということになる。

歴史物語に分類される大鏡は、「語り」の文学の系譜に位置づけられる。もっとも、その「語り」の言説には、特異なところがあって、『大鏡』ではいわゆる語り手を実体化する方法をとっているのである。つまり、語り手は大宅世次らであり（勿論、その外枠に、世次らの語りを傍聴していて記録した書記者（作者ではない）が存在しているが）、『大鏡』の「語り」の文学としての本体をなす部分の語り手は、世次らであった。そのように語り手を実体化することで、「語り」の場も実体化しており、所は雲林院、時は万寿二年（一〇二五）五月のある日、である。そして、こうした設定の結果、その場の民衆（聴衆たち）も実体化していることになる。『大鏡』の「語り」の言説は、こういう言語場に規定されたものになっているのである。

「語り」の本体をなす部分の言説は、万寿二年五月（のある日）を「今、現在」とするものであり、そういう言語場の設定の上に、この「語り」の内容を叙述するにあたっては、稠密に計算された歴史語りが展開していることに注意しなければならない。

「雲林院（菩提講）、万寿二年五月」という「今・ここ」が「語り」の現場であることをリアルに示す、言語表現上の方法（工夫）が、「こ」系指示語の用法、終止接の助動詞「なり」「めり」の使用、聴者たちの知識を前提にした表現などにみられることについては、既に論じたことがある。(16)

中でも特徴的な用法は、

① 今の閑院の大臣（公季）まで…（53頁）
② 五郎君、ただ今の入道殿（道長）におはします。（201頁）
③ その御むすめ、ただ今の内大臣（教通）の北の方にて…（94頁）
④ 小一条の大将の御姫君ぞ、ただ今の皇后（娍子）と申しつるよ。（119頁）
⑤ この、ただ今の入道殿下（道長）の御有様…（13頁）
⑥ …とこそ、この入道殿（道長）は仰せらるなれ。（82頁）
⑦ 一の大納言にては、この御堂（道長）ぞおはしましししかば…（203頁）
⑧ この高陽院殿（頼通邸）にて…（161頁）
⑨ 帥殿に、天下執行の宣旨下し奉りに、この民部卿殿（俊賢）の…（204頁）

①〜④の事例では、「今の」「ただ今の」という時の限定が、語りの現在である万寿二年五月時を指している。それを、⑤のように、指示語「この」と重ねて用いて示すこともあり、そして、⑥以下の例のように、単に「この」だけでも同じ表現機能を持ちえた、という用法である。

⑤〜⑨の「この」は、いずれもその指示内容が直前の文脈には存在していなくて、突然、語りの場に、指示語の限定する人物（道長など）を持ち込んでくる用法である。万寿二年五月現在なお存命であることを示す「今の」「ただ今の」と同じ機能を果たしているわけで、これを現場指示の用法とみることができる。もっとも現代語では、ダイクシス性の機能を持ったものを現場指示といい、その指示対象は現場に存在していなければならないが、大鏡の、これらの場合、指示対象が現場（雲林院）に存在しているわけではなく、現代語で言えば、眼前には確認できなくても今もこの世に存在することを承知しているものを指して「あの」「例の」「ただ今の」「今の」「みなさんご存知の」などと指示する語に当たるのであり、指示対象は、むしろ、言語主体（話者及び聴者）の頭の中で存在が認識されているもの、つまりそういう「観念」を対象として指示していると言うべきであろう。こうした性質から、筆者は別稿(17)で、これらの「この」の用法を、話題指示の一つで、「現場的話題指示」と呼んだ。このことは「今の」「ただ今の」との相違からも、そう呼ぶべきことが説明できるのである。

以上①〜④の「今の」「ただ今の」と⑤〜⑨の「この」とを同種の表現機能を持ったものとみてきたが、大鏡において両者には明らかな違いも存在するのである。「この」は、「今の」「ただ今の」が示す現在性を含み持つが、それ以上の表現機能をも持っていたと見られる。逆に、「今の」「ただ今の」には、「この」に置換できる場合と置換できない場合とがあった。つまり、「この」は「今の」「ただ今の」よりも、より限定した用い方がなされている。つまり、特に話題性を持った人物、いわば当時の有名人、話題の人物だけが「この」で指示されえたのであり、当時（万寿二年五月）存命中のすべての人物が、いきなり——それ以前の文脈に登場もしていないのに——「この」で限定されたわけではなかった。そのように「今の」「ただ今の」よりも、限定された人物を指示する「この」の機能を、現に存命中の話題人物を指示する機能を持っているという意味で、現場的話題指示と呼んだのである。

この「この」を冠して限定指示された人物は、道長、隆家、公任、俊賢、行成、通任、頼通、禎子内親王、彰子、通房たちであった[18]。

つまり、大鏡にみられる指示語「この」には、次のような用法があったことになる。

「この」
- 文脈指示
  - いわゆる文脈指示。
  - 文脈的話題指示。
- 現場指示
  - いわゆる現場指示。
  - 現場的話題指示。

もっとも、ここではそれぞれの用法について触れている余裕はない。注(16)の拙稿を参照願いたい。

○これやこの行くも帰るも別れては知るも知らぬも逢坂の関　（後撰集・雑・一〇九〇）

○（柏木）「御猫どもあまた集ひはべりにけり。いづら、この見し人は」と尋ねて見つけ給へり。（源氏物語・若菜下）

『後撰集』の歌など、「これやこの」という慣用句をいくつかの歌にみることができるが、右の『源氏物語』の例も含めて、これらの「この」は、普通「あの」と現代語訳されるように、今『大鏡』の例でみた「この」の話題指示用法に通う先駆的な例であったものと考えられよう（大鏡の「現場的話題指示」の「この」は現代語では「あの（ご存知の）」「例の」などと訳すことになる）。

勿論、『大鏡』にみる「この」の用例の多くは、文脈指示の用法で用いられたものである。しかし、先に見たように『大鏡』では特有の語りの言説を設定したことから、右にみるような現場指示の用法の特殊な一種とみるべき用法を生み出しているのである。

とするならば、指示語「かく」の用法も、この両用法がありえたことを考えてみなければならないことになる。

⑩　かやうに申すも、なかなかいと事おろかなりや。斯くやうの事は、人中にて下﨟の申すにいと忝なし。（131頁）

⑪　この太政大臣（公季）の御有様、かくなり。（183頁）

⑫　…さまざまおぼしし事ども違ひて、かく御病ひさへ重りたまひにければ…（215頁）
⑬　「いみじ」と思ひたるさま、まことに、その折もかくこそと見えたり。（295頁）
これらの「かやうに」「かくやうに」「かく」は、いずれも文脈指示の例である。例えば、例⑫は、その直前の、伊周の病気の様子を受けている。しかし、次の例にみる「かく」は、その指示内容を直前の文脈に求めることができない。
⑭　さて、遂に殿原の領にもならで、斬く御堂にはなさせたまへるなンめり。（194頁）
⑮　かの殿原、次第のままに久しく保ちたまはましかば、いと斯くしもやはおはしまさまし。（238頁）
（「斯く」は、現在（万寿二年五月）、道長公が出世して、大変な繁栄ぶりであることを念頭においた指示である。）
⑯　…今の世の御有様、斯くおはしますぞかし。（242頁）
⑰　さて、今年こそ、天変頻にし、世の妖言などよからず聞こえ侍ンめれ。督の殿（嬉子）のかく懐妊せしめたまふ。（294頁）
例⑰は、道長の四女嬉子が万寿二年懐妊し、やがて親仁（後冷泉天皇）を出産してなくなることになるのだが、五月の頃、その懐妊が世間の人々の話題であったことを前提にして、そういう聴者の知識（了解事項）を指示して「かく」としているのである。
⑱　かくばかり末栄えたまひける中納言殿（長良）…（60頁）
この「かくばかり」について、小学館日本古典文学全集本頭注は、直前の良房伝末尾の「その御末こそ、今に栄えおはしますめれ。」を受けるとするが、そうみると、文脈指示の用法とみることになる。しかし、「（かく）ばかり」とあることが、その「栄え」を具体的にイメージしている表現であるとみて、そのことを重視するなら、直前には、しかしそうした具体的な内容は語られていないわけであるから、むしろ、現在（万寿二年）の聴者たち自身が聞き知っている具体的な事実（実態）を指示して「かく」と言っていると解することになる。とすれば、一種の現場指

示の用法とみることになろう。

⑲　この大臣（堀河殿兼通）、すべて非常の御心ぞおはしし。かばかり末絶えず栄えおはしましける東三条殿（兼家）を、…　（178頁）

この「かばかり」は、明らかに、万寿二年現在の、兼家の子孫の状況を指示した現場指示の用法だと考えられる。

このように指示語「かく」が現場的話題指示として用いられた場合は、当然万寿二年五月現在における、ある現実の状態を受けていることは言うまでもない。このあたり時代錯誤を起こさないように、作者はよく計算して事がらを処理しているのである。そして、雲林院に集まった聴者たちが、万寿二年五月現在に生きる人々として想定されていることをふまえた、次のような、いわゆる省略の叙述や同時代人である聴者たちの知識を意識した叙述などが、意図的になされているのである。

⑳　皆人知ろしめしたらめど、物を申しはやりぬれば、さぞ侍る。　（59頁）

㉑　皆人聞き、知ろしめしたる事なり。申さじ。　（80頁）

㉒　誰もきこしめし知りたる事なれど、男君たち斯くなり。　（233頁）

㉓　その御有様は、ただ今の事なれば、皆人見奉りたまふらめど、言葉続け申さむとなり。　（240頁）

㉔　その事は、皆世に申し置かれて侍ンなれば、なかなか申さじ。知ろし召したらむ。淡そかに申すべきに侍らず。　（303頁）

このようにみてくると、先にみた道長伝の「かく」の用い方に対する疑念は、従来これを文脈指示の「かく」と解してきたことによっているのであるが、これを、現場的話題指示の「かく」と解することができるなら、疑念は解消することになるはずである。

○この四人の大納言たちよな。斉信・公任・行成・俊賢など申す君達は、またさらなり。　（326頁）

右の「この」は、現場的話題指示の用法である。つまり、万寿二年五月現在において、この四人の大納言たちは健在であった。その他に、道長、実資をはじめ、隆家、頼道、顕基、隆国、宗頼、能信、教通といった次の世代をになう人々が生存していることは言うまでもない。

こうした人物たちを、「語り」に登場させるとき、この現場的話題指示の「この」を冠して、いきなり「語り」の場に持ち出してくることが可能であった。そして、「四条の大納言の、かく何事もすぐれ、めでたくおはしますを云々」の「かく」も、万寿二年五月、今を時めく四納言の一人として活躍中の公任の現在を意識して用いられているのだと考えられる。

道長伝の「面踏み」譚の「かく」は現場的話題指示の用法と考えるべきであることを述べたが、次にこのように解してよいかを、この章段（「面踏み」譚）の構成において確認しておきたい。

従来、「かく」が「三船の才」譚を受けていると解されてきたのには、「四条の大納言の、かく何事もすぐれ、めでたくおはしますを」の「何事も」を公任が三船のいずれの船に乗るにもふさわしい才能を有していたことを意味すると解したからであるが、「何事も」とは、その「三船の才」にとどまらないことを意味していたと解すべきではないか。後世、「四納言」と並称されたように、政治的手腕の面でもすぐれた人物であり、様々な文化的な仕事の面でも功をなしている人物である。そこで、「かく」を、万寿二年五月現在（の公任）を指示するとみたのだが、述部が「（めでたく）おはします（を）」と、時の助動詞を伴わない、いわゆるル形（現在形）であるところに、その現在（発話時）性を物語っているとみることができる。公任は、若い時からすぐれた才能を発揮しているが、それは万寿二年現在においても変わらないことであり、当時の人々（聴者たち）も認めうることであったことを語り手（世次）は前提にしているのである。しかし、そういう公任を、「大入道殿」（兼家）が「いかで斯からむ云々」と述べたのは勿論現在（万寿二年）のことではありえない。大入道殿は、永祚二年（九九〇）に死去、万寿二年には生存していないからである。この時制に焦点を合わせるなら、「かく何事もすぐれ」ていると認められた公任は過去の公任であったことになり、「かく」は当然、兼家生存中のこと、例えば、兼家がつき従った円融院大井河逍遥の「三船の遊び」の折（九八六年）における公任のことを指しているとみたくなるのである。しかも、道長に関して確認しうる大井河逍遥の事実が唯一、九九九年のことのみであったとすると、その時すでに兼家はこの世に存在しない人であった。そして、勿論、兼家生存中においてすでに公任が「何事もすぐれ」た人物であったからこそ、大入道殿の、我が子らとの比較をした発言がありえたわけである。(19)「面踏み」譚の道長の言動が、道長の若い頃の、それであることは言うまでもない。道長と公任は同年の生まれである。しかし、公任は若い時に「何事もすぐれ云々」であっただけでなく、その才能は兼家の死後にも様々な活動を通して発揮されているのであり、「三船の才」のエピソードは、その一端を語るものにすぎなかったのであり、万寿二年現在の公任を、世の人々が「何事もすぐれ云々」と認めているものとして設定されていると考えても何の不思議もないのである。

道長が若い頃、「（公任の）影をば踏まで、面をやは踏まぬ」と言い切ったことが「まことにこそさおはしますめれ」と、現在（万寿二年）の道長が昔のことば通りであると語っている。現在も公任がこのように「何事もすぐれ」ていると認めたうえで、道長はさらにその公任を超える栄華をきわめ、若いときの心魂の通り、天下人であることを『大鏡』は語ろうとしているのである。「疾うより御心魂の猛く、御守りもこはきなンめり」と。

以上のようにみると、現在伝わる本文（東松本）通りに『大鏡』は読んで特に問題があるわけではない。勿論、歴史的考証をすることで、仮に『大鏡』作者の錯覚や事実の誤認が認められたとしても、作品『大鏡』の表現に矛盾がない限り、『大鏡』の表現意図は、表現通りに読みとることによって理解されるはずである。作品（例えば大鏡）の創作の方法と語りの方法とは、作品の方法として一つにはできない二つの側面、次元の異なる問題である。本稿は、後者の方法を明らかにせむことを目的とする立場からの考察である。

三　説話集の和歌

『大鏡』の「三船の才」譚を語り継ぐ説話集には、『袋草紙』『十訓抄』『古今著聞集』『東斎随筆』などがあることはよく知られている。これらの本文系統は、次の(a)(b)の二つに分けられる（理解しやすいように、表記は出典のものを改めたところがある）。

(a)　御堂殿の、一とせ大井河にて逍遥せさせ給ひしに、作文の舟、管絃の舟、和歌の舟とわかたせ給ひて、その道に堪へたる人々をのせさせ給ひしに、公任大納言遅参有りけるを、入道殿「かの大納言いづれの舟にかのらるべき」との給へれば、「和歌の船にのり侍らん」との給ひてよみ給へりしぞかし。

小倉山嵐の風の寒ければ　紅葉の錦着ぬ人ぞなき

人皆感じける歌也。みづからもの給ふなるは、「作文の舟にのりてかばかりの詩を作りたらましかば、名のあがらむ事もまさりなまし。口惜しかりけるわざかな。さても入道殿のいづれにかとの給はせしになん、我ながら心おごりせられし」とぞの給ふなる。一事《ひとこと》のすぐるだに有るに、かくいづれの道にもぬけ出で給ひけむは、古も侍らぬ事也。

（略）

亦円融院大井河逍遥の時、公任卿は三船にのるとも有り。

帥民部卿経信卿亦人にはをとらざりけり。白河院西河（注・大井河）に行幸の時、詩歌管絃の三舟を浮かべて、其の道の人々を分かちのせられけるに、経信卿の遅参の間、ことの外に御気色あしかりけるに、とばかりまたれて参りたりけるが、三事かねたる人にて候ひき。汀に跪きて「ややどの船まれよせ候へ」といはれける。

時に取りていみじかりけり。かくいはれんれうに遅参せられけるとぞ。扨管絃の舟に乗りて、詩歌をけむぜられたりけり。「三船に乗る」とはこれ也。

（東斎随筆・群書類聚第二十七輯による）

成立年代から言えば、これらの説話集の中で『東斎随筆』が一番おくれるが、次の(b)系に比べて『大鏡』本文をほとんどそのまま受け継いだともみられる本文であることから、まずこれを『大鏡』本文をも含めて(a)系とする。もっともこの部分（「三船の才」譚）を『大鏡』の文脈から切り離すことによって生じる理解不能を防ぐために、『東斎随筆』では冒頭で「入道殿」を「御堂殿」とし、「この大納言殿」を、「公任大納言」と書き換えてはいるが、『大鏡』では、万寿二年五月大宅世次らが語るからこそ意味を持っていた終止接の「なり」が、『東斎随筆』でも、

みづからもの給ふなるは、「…」とぞの給ふなる。

とそのまま残っていることや、末尾の「一事のすぐるだに云々」の残存などにも、『大鏡』本文をそのまま引用した体の本文であることがわかる。東松本『大鏡』と対校するとき、なおその他、大小本文を異にするところがあるが、今は問題としない。

(b)①　御堂大井河遊覧之時、詩歌之船分て各被㆑乗㆓堪能之人㆒。而御堂被㆑仰云、「四条大納言、何船可㆑被㆑乗哉」。大納言云、「可㆑乗㆓和歌之船㆒云々」。此度、散る紅葉ばをきぬ人ぞなき、とはよむ也。後日に大納言云、「いづれに可㆑乗ぞと被㆑仰れしこそ身ながらも心驕りせしか」と云々。また、有㆓後悔㆒、「乗㆓詩船㆒是許之詩作りたらましかば名は揚げてまし」と云々。

（袋草紙上巻・日本歌学大系二巻による）

②　御堂関白、大井河にて遊覧の時、詩歌の船をわかちて各堪能の人々をのせられけるに、四条大納言に仰せられ云、「いづれの舟にかのらるべきや」。公任卿云、「和歌の舟に乗るべし」とて、乗られけり。さてよめる。

朝まだき嵐の山の寒ければ　紅葉の《ちるもみじはをイ》錦きぬ人ぞなき

後に言はれけるには、「いづれの舟にのるべきぞと仰せられしこそ、心をごりせられしか。また、詩の船に

乗りて、是ほどの詩を作りたらましかば、名はあげてまし」と後悔せられけり。

此歌、花山院拾遺集を撰ばせたまふ時、紅葉の衣《錦イ》とかへて入るべきよし仰せられけるを、大納言しかるべからざるよし申されければ、本のままに入りにけり。

又、円融院御時、大井河逍遥のとき、三舟に乗るともあり。　（十訓抄・一〇・新訂増補国史大系による）

③　御堂関白、大堰河にて遊覧し給ひし時、詩歌の舟をわかちて、各堪能の人々をのせられけるに、四条大納言に仰せられいはく、「いづれの舟にのるべきぞや」と。大納言いはく「和歌の船に乗るべし」とて、乗られにけり。さてよめる。

朝まだき嵐の山の寒ければ　散る紅葉々をきぬ人ぞなき

後に言はれけるは、「いづれの舟にのるべきぞとおほせられしこそ心おごりせられしか。詩の舟に乗りて、これ程の詩を作りたらましかば、名はあげてまし」と、後悔せられけり。

此歌、花山院拾遺集をえらばせ給ふとき、紅葉の錦とかへて入るべきよし仰せられけるを、大納言しかるべからざるよし申されければ、もとのままにて入りにけり。

円融院、大井河逍遥の時、三船にのるともありけり。　（古今著聞集・巻五・岩波日本古典文学大系による）

⒝系の本文共通項となる点で、⒜系と対立するものがある。その一つ⒝系は『大鏡』本文を要約したような文章になっている。しかしこのことをもって直ちに直接大鏡を典拠としたことを意味するとは言えない。例えば、⒝系では、『大鏡』⒜系が「三船」の遊びであるとするのに対して、「詩歌の舟をわかちて」と「二船」の遊びであったように述べていることで共通するのである。さらに、公任の詠んだ歌が、⒜系では、『大鏡』本文と同歌（「小倉山」の歌）であるのに対して、⒝系では、「あさまだき」にはじまる歌であることでも共通している。もっとも、①の袋草紙では下句「散る紅葉ばをきぬ人ぞなき」のみの引用であるが、第四句からみて、これは明らかに「あさ

まだき」の歌を引いたものと考えられる。

①〜③の間には、二重傍線の接続詞「また」が、①では地の文に用いられいるが、②では、会話文に入り込み、③では、この語が消えてしまっている、といった違いなどがみられるが、この接続詞「また」の前後関係が、(a)系とは逆になっていることも、(b)系に共通するところであり、相互の引用関係のほどは決定できないにしても、①の和漢混交文的な『袋草紙』本文がまずあって、それがより和文脈的な表現に書き直されてなったのが、②であり③であったとみられる。殊に、②と③とはほぼ同文とみてよいであろう。そのことは、②と③には、ともに花山院『拾遺集』撰定の時のこと、円融院の三船の遊びのことにふれてそれを並記していることにもみられる。もっともこの円融院三船の遊びについては、(a)系の『東斎随筆』にもみられる（なお、東斎随筆にみえる経信のエピソードについては、(b)系のいずれにも載せるものであるが、ここでは省略した）。

ところで、(a)系(b)系ともに、『大鏡』の「入道殿」を「御堂殿」「御堂」「御堂関白」つまり道長と解している。それは『大鏡』古本の東松本の傍注に「道長」とあることによるというより、『大鏡』の人物表示の表現原理において、「大入道殿」「入道殿」の区別がなされていることを理解した上でのことであったであろう。だからこそ、「時中卿横笛譜裏書」や『古事談』『続古事談』などが伝える円融院三船の遊びにおける公任のことを、道長伝「三船の才」譚とは別の出来ごととして『十訓抄』『古今著聞集』『東斎随筆』はとりあげているのである。おそらくそこには、三船の遊びに際しての公任の行動に大きな違いがあったことが意識されているものと思われる。『古今著聞集』では文末が少し異なるが、『十訓抄』『東斎随筆』では、「（…公任卿は）三船に乗るともあり」と注しているのである。

さて、(a)系と(b)系の大きな違いは、公任の詠んだ歌の違いである。(a)系では、『拾遺抄』『拾遺集』『公任集』などにみる「あさまだき」の歌であり、それは『大鏡』の歌とは別の歌と本稿ではみてきたものである。つまり、(b)

系では両歌を同歌とみた、つまり「あさまだき」の歌と「小倉山」の歌との違いは、本文異同が生じてできた違いと考えていたことがわかる。とすると、『袋草紙』（以下の説話集は、この袋草紙本文を受け継いだものとみておきたい）撰述の際に、清輔は、歌集として権威のある『拾遺抄』または『拾遺集』によって『大鏡』「三船の才」譚の歌の正しいかたちを求めたものと思われる。そこに勅撰集を重視する、当時の人々の文芸意識、ましてや歌学書としての『袋草紙』がとらねばならない当然の姿勢があったとみるべきかも知れない。なお、『拾遺抄』か『拾遺集』かについては、第四句の本文の異同ともからんで微妙なところがあり、決定は困難である。しかし、『拾遺抄』は「散る紅葉々を」であったが、『拾遺集』では、撰定当初は、エピソードの語る通り「散る紅葉々を」であったものが、後の流布本（現存本の多く）で、「紅葉の錦」となったとみられている。(20)「散る紅葉々を」の本文を採る『袋草紙』では、『拾遺抄』によったということも考えられ、少なくとも公任（の意図）を重視した結果と言うことができるかも知れない。『袋草紙』が歌論書であるという性格が、こんなところに影響して、本文伝承に混乱が起こったものと考えられる。

注

（1）本稿での本文引用は、東松本を基に校訂本を作成した新潮日本古典集成『大鏡』（石川徹校注）によった。

（2）妹尾好信「藤原公任三船の誉れ譚をめぐって—伝承の成立と流布の背景—」（『國語國文』五四—一〇）。

（3）津本信博の後掲注(10)論文によると、日本古典文学影印叢刊本『公任集』では、「あらしの山」とあるとする。また、増田繁夫の後掲注(5)論文も、前田本公任集が「あらしのやま」であると指摘している。

（4）能因本『枕草子』は「あらし山」とし、しかも本文で「小倉山」と並存させている。又、『能因歌枕』（広本・日本歌学大系第壹巻）でも「あらし山」とあり、別に「をぐら山」「あらしの嶺」をあげている（「山城国」の項）ことは注目すべきで、注(5)と矛盾するのであるが、後考に待ちたい。堺本『枕草子』では、その一本が「あらし山」であるのを除いて他本はすべて「あらしのやま」、前田本『枕草子』は「あらしの山」である。
（5）増田繁夫「小倉山・嵐山異聞」（『文学史研究』二四）。なお、森本茂「小倉山考」（『解釈』三六―一）では、増田説を受けながら、「小倉」は地名で、「小倉の山」とは、小倉にある山、の意で、今の嵐山、小倉山、亀山あたりの山の総称であったとし、それ故、嵐山もその一つで、「小倉（の）山」と称されていたとする。
（6）「あらしのやま」「あらしやま」は歌語としてはよく用いられたが、散文学の地の文には例が少ない。加納重文編『日本古代文学地名索引』（ビクトリー社・一九八五）によって検索すると、太平記の例（「嵐山」とある）を除くと、新古今集詞書、保元物語、うたたね、とはずがたり、兼好法師集詞書などに例であり、それらはすべて「あらしのやま」である。
（7）『袋草紙』『十訓抄』『古今著聞集』などによる。（後掲三　説話集の和歌参照）。
（8）注（2）論文参照。異本系のものに「散る紅葉々を」とするものがある。
（9）渡辺輝道「紅葉の名所（歌枕）」（糸井通浩外編著『小倉百人一首の言語空間』世界思想社・一九八九）、糸井通浩「見立て・比喩（和歌の文法）」（同編著、後に『古代文学言語の研究』和泉書院・二〇一七・後編〔四〕1に収録）。能因の「嵐吹く三室の山の紅葉々は竜田の河の錦なりけり」の歌も、こうした和歌表現史の中で捉えるべきであることを述べている。
（10）津本信博「『大鏡』・公任の三船の才――その虚構性を探る」（早稲田大学教育学部『学術報告』三二）などが両歌を同一歌とみている。
（11）『権記』『小右記』などによる。注目すべきは、『小右記』の記事が、当日欠席した実資に、『大鏡』を考える上で重要な人物と思われる源俊賢が、報告したのを記録したものであることである。しかし、その折の歌として公任の有名な「滝の音は」の歌は記録されているが、「小倉山」の歌のことはみられない。俊賢の家の伝承として、『大鏡』作者とまで伝承されていたものと考えられるかも知れない。注（16）の拙稿及び新潮日本古典集成本『大鏡』の解説（石川徹）参照。
（12）『大鏡』は、公的な歴史書ではない。人物中心に、「ある意図」のもとに選択されたエピソードをもって構成された

「語り」の文学である。エピソードの選択が意図的であることを考えると、円融院の折の「公任」が撰ばれなかったことにこそ、『大鏡』作者の「意図」が働いているとみるべきかも知れない。逆に、道長の時のこととして、「公任」との関わりをとりあげたところに大いなる意味があったと考えてみると、『大鏡』が道長中心の作品であることからすると、作者の意図にそったエピソードの活用だったと考えることができる。が、表現された事実と、その歴史的事実との間に虚実さまざまであることは、今問題ではない。

（13）以下引用本文末の（　）内の数字は、新潮日本古典集成本の頁数を示す。
（14）もっとも『大鏡』の「語り」は、どんなに量があろうと、すべては雲林院菩提講での説経までの待ち時間に語られたものという設定になっている。とすると、「かく」が語りの文脈上を指示するのに、すべて、同時のこと、つまり今、さっき語ったことと意識されていたことによってすべて「かく」で指示しえた、と考えることも可能だろうか。
（15）注（2）の妹尾論文。
（16）糸井通浩外編著『物語の方法──語りの意味論』（世界思想社・一九九二）中の糸井通浩「大鏡──その語りの方法」。本書前編〔六〕1。
（17）注（16）に同じ。
（18）注（16）に同じ。
（19）注（10）の津本論文など。
（20）注（2）の妹尾論文。
（補注）塚原鉄雄「藤原公任の三舟才譚─漢詩発想の和歌表現─」（『解釈』二一─一）で、『大鏡』の「小倉山」の歌が、漢詩的発想の歌であることを具体的な分析によって示している。「紅葉の錦」も、その一つに加えてよいであろう。とすると、公任の後悔の弁「作文のにぞ乗るべかりける云々」も、このことを踏まえて理解すべきものと考えられる。

参考　絵巻詞書の文章――信貴山縁起（絵巻）・源氏物語絵巻・西行物語絵巻

はじめに

(一)　本稿の目標

本論は、京都大学文学部昭和三十四年度の二つの講義、一つは源豊宗講師の「大和絵史」における伴大納言絵詞の起承転結論であり、一つは玉上琢弥講師の「隆能源氏」論を受講したことが動機となったものである。絵巻は、絵画と文章（詞書）とからなる様式を典型とするが、絵画を伴うことによって、文章（詞書）は表現上いかなる影響を受けるものか、という課題を抱いたのであった。

絵巻における絵画と文章（詞書）、両者は別々に存在するのでなく共存している。多くの場合非常に密接な関係の結びつき方をして、絵画だけでは、文章（詞書）だけでは意味のないものである。絵画と結びつけられた文章（詞書）がそういう状況（表現環境・場面）からどういう影響を受けて存在しているものか、また影響がはたしてあったのかということを探究したのが、本稿における筆者の「絵巻詞書の文章」論ということになる。なお、詞書の表現が制約を受けるのは、絵画と結びつくということだけによるのでなく、「絵解き」[1]のための文章であったり、その他の実用的目的によったりしたことにもよることも想像される。

(二)　絵と詞の共存史概観

大和（倭）絵の発達とともに絵巻の発達があった。しかし、大和絵には大和絵の史的展開が有り、絵巻は絵巻としての独自の史的展開をなしている。絵巻は名の通り巻子本形態で、絵画と詞書を共存させる様式を基本的形態としたが、絵画と詞書を共存させる様式自体も又様々な展開をなしてきたのである。

色々な用途に応じて、絵巻という様式を借りて色々な制作品が生み出されたきた。そこに絵巻の形式（絵と詞の関係、両者の有り様）や詞書の文章に用途に応じた差異が生じていたと考えられる。又、時代を経るに従っても、絵巻の様式（姿）が様々に変化している。室町ごろになって、お伽草子など所謂今古小説が絵草紙に変じて発展したことは岡見正雄等によってしばしば論じられていることである。これは絵巻の冊子化とでも称されるものである。

絵巻という文化は、中国から伝来したもので、その影響を受けた日本現存最古の絵巻物が、奈良朝に造られた巻子本「過去現在因果経」である。上段と下段に紙面を分け、上段に絵、下段に経文を書くという形体（様式）で、その類似形式のものが敦煌で発見されている。「変文」と称している。つまり、インドから伝わったお経を民衆により広くより深く理解させるためにという布教の目的から経文を読んで理解しにくいところは上段の絵を見ることによって理解し、絵の意図の分かりにくいところは本文によって補われていくという形式を採ったものである。「変」の意味が仏教経説の説話内容を造形的に表現したものを指す言葉であり、「変文」が絵を前にして民衆にこれを説明するための台本であったことからもその目的が何であるか理解できる。日本においても後世、経文を広く説くという系統の絵巻が作成されたし、それを説いて回ったと思われる熊野比丘尼の存在や、寺院等で絵を示しながら寺僧が縁起等を読誦したと思われることや、『三十二番職人歌合』にみる絵解きなる芸人(2)の存在を思うとき、単に経文の口説きをするだけでなく仏教の色々な面（地獄、極楽のこと等）や仏道に生きた聖人の伝記を物語化して語ることによって仏道の世界を説こうとすることなどが実施され、より世俗化した、所謂説話文学に属するものでも絵解きされたとも考えられている。四天王寺では、絵の説明を専業とする法師が既に鎌倉時代に活躍し、『平家物語』等を語った琵琶法師たち（必ずしも盲目にあらず）も戦記物の絵巻を持っていたと想像できる。聖衆来迎寺蔵「六道絵」は、今でも寺で八月になるとこの絵を掲げて絵解きが行われ、新しいものではあるがその台本も残っているという。涅槃図、十界図等は、大きな絵だけのものであるが、それは民衆の前に架けられて説教、絵解きのために使われたものである。

絵巻は、単に絵解きのためにのみ作成されたのではなかった。また絵画としては、壁画、障子絵、屏風絵、掛幅絵、扇絵などが古くからあって、職業とする専門家の絵描き・絵師もいたが、そうした絵が文学（特に、和歌・漢詩）と結びつくことは自然なことで、障子絵、屏風絵、扇絵などに描かれた風俗画、風景画や名所絵には、和歌が添えられて鑑賞されたし、また逆にそうした絵を見て詩歌を詠むことさえ行われた。こうした絵画と文学の結びつきの延長に物語絵が生まれたと考える。言うまでもなく源氏物語絵巻を代表とする物語絵の一群があるが、これらは巻物の形式を借りて（冊子絵説もある）、絵の説明をするというのではなく、和歌を含んだ屏風絵のように静止的に鑑賞するのが本来の姿であったと思われる。それ故、大和絵の技術を最も集結させたと思われる濃絵の作り絵となったのであろう。『寝覚物語』等、物語絵巻の絵は勿論、絵巻であったと想像される『竹取物語』『宇津保物語』などの絵も作り絵であったであろう。

物語絵の鑑賞は、現存源氏物語絵巻（「隆能源氏」）の「東屋（一）」の絵に見るように他人に詞書を詠ませて、それを聞きながら眼では絵を観るという風習であったようだ。物語の、ある小クライマックスの場面を静止的瞬間的に捉えて絵画化し、そこに込められた物語世界の情緒を感じ取り、心にほのぼのとしたときめきを絵に描かれた物語の主人公たちの気持ちになって楽しんだ、追体験したものであったと思われる。そうした絵画への愛着が和・漢詩歌絵から物語絵を生み、絵画化することによってより深く物語の中に入っていこうとする総合的な親しみ方が為されるに至った。物語が絵画化されたのは、絵巻形式においてだけでなく屏風絵などや蒔絵の絵柄にもなった。

いずれにしても、物語絵の場合は、先の「変文」にみるような絵解きという啓蒙的なものではなく、詞書は読み手によて朗読されたものでその文章の響き流れを楽しみながら絵のうちにその情緒を得ようとしたものであったであろう。また詞書きは、能書家に書かせて筆跡を鑑賞することもあったに違いない。『源氏物語』絵合の巻に「絵は常則、手は道風なれば、今めかしうをかしげに」などとあって、「手は誰」ということにも注目していたことが窺える。

㈢ 本稿の考察内容と方法

全ての絵巻詞書の文章を一つの原理にまとめて論じることは難しい。いくつかの種類に分けて考察せねばならない。詞書はまずは次のように分類することができよう。

Ａ　既に文学作品として存在する文章を詞書として、そのままか、あるいはアレンジして活用したもの。

Ｂ　詞書として新たに創作されたもの。

Ｃ　文学的文章でなく、絵解きの文体を持つもの。

これらは大まかな目安に過ぎず、それぞれについても一律に論じることはできない。Ａに属するものについても文学ジャンル別に個々の絵巻詞書の特有性を探ってみなければならない。詞書の元になったと思われる文学作品が存在する場合は、両者を比較することによって表現・文体がどう違うか、詞書にするに当たってどういう変化がなぜ生じているかについて考えてみる必要がある。ここで注意すべきは、まず元の作品、及びそのテクストを比定すること、元の表現と詞書のそれとの相違が、単に絵巻詞書化のために生じたものばかりでなくて、書承関係の上に生じえた変化も含まれている可能性があることなどである。特に伝承文学である説話文学を元にする詞書の場合、例えば信貴山縁起（絵巻）の場合、それがどの説話集の説話を典拠にしてどんな伝承の仕方であったかを見極めることが重要な課題となろう。

また、絵巻の作製を前提にした本文ならば、そこに描かれるべき画面の説明という役割にふさわしい文章がなされるはずである。(3) とすると、それが表現に実際どのように現れているかを見いだすことが必要になる。段落――詞書の一段一段を指して言う・即ち絵と絵の間にある文章を、一つの「段落」と称することにする――の切り取り方、冒頭や文章末の表現など、特に注意を向けるべきところである。

本稿では、以下「信貴山縁起（絵巻）」「源氏物語絵巻（隆能源氏）」「西行物語絵巻」の詞書を考察することになる。

二　信貴山縁起――附、伴大納言絵詞

信貴山縁起、伴大納言絵詞ともに、詞書としての第一巻の冒頭を欠いている。(4) このことは、この種の絵巻の成立を考える上で、非常に残念なことである。問題は、この種の説話文学というジャンルの絵画化を目指している絵巻の詞書において、はたして、発語的なあの「今は昔」といった類《たぐい》の言葉を伴っていたかどうかということになる。吉備大臣絵詞、粉河寺縁起等も、冒頭を欠いているが、粉河寺縁起の第二話の冒頭は、「河内国さららのこほりに長者ありけり」となっており、(5) これに「今は昔」とでもつければ、そのまま説話文学の文体になる。江戸期に、第一巻の詞書を補って写されたといわれる安田本信貴山縁起では、「信濃国に命蓮といふ法師ありけり」で始まり、「今は昔」は書かれていない。(6) 福井の復原案でも、詞書を『古本説話集』によりながら、「しなののくにに…」と、「いまはむかし」を省いて復原が考えられている。この問題を考えるには、詞書と関係説話の問題、その関係説話と書承関係にあったのかどうかが又、問題になってくる。すでに言われているが、信貴山縁起の場合、『古本説話集』『宇治拾遺物語』に、ほとんど同類の文章が存在しており、このうち前者が、より詞書の文章に類似している

といわれる。しかし、通説として、以上の三者は、現存しないがあったと想像されているもう一つの、集大成された説話集――「宇治大納言物語」がそれだろうと言う――からそれぞれの目的によって書承され分かれたもので、その書承される際に、三者に少しずつの相違が生じたものらしいと考えられている。しかし、まだまだ検討すべき余地は残っている。

いずれにしても、信貴山縁起と『古本説話集』が、親子又は兄弟関係にあったことは間違いなく、詞書の文章を考えるに、『古本説話集』本文と対校してみるにこしたことはない。そこで、先の冒頭の語であるが、説話文学では、特に、『今昔物語集』において典型的に、「今は昔」で始まり、「…とぞ云けるとなむ語り伝へたるとや」で結ばれて、一つの説話的語り口を確立している。「今は昔」等で始まると、多くの話が遠のいた時代の思い出、又は伝聞の世界に、聞き手を誘い入れて、最後に「…と人の語りし也」「…とぞいひつたへたる」「…となむ」等で語り終わるのである。はたして、信貴山説話も、『古本説話集』『宇治拾遺物語』ともに、「たてまつりたりけるとか」という説話の文体をふまえて終わっている。ところが詞書では、「たてまつりたるところなり」と、断定の助動詞で終わっているのである。先にあげた説話的な粉河寺縁起の末尾も、「…までなりきたるなり」となりで終止している。ちなみに、『古本説話集』の各説話の文章末を総て調べてみても語り伝える説話特有の伝承回想の助動詞といわれる「けり」で終止するものが多く、和歌説話は、歌で終わるもの、「…けるとかや」で終わるもので、あと「…なりけり」が二例。「なり」で終わるものも数例あるが、所謂、説話を語る人が現在の位置に立って、注をつけたという形式の左注的なものに多く、話の筋のまとめにあたるものではない[7]。信貴山縁起の最後の二行も、後からの左注的なものと考えられそうであるが、「さて」――説話の語り口を思わせる重要な言葉で、語りの続いていることを示す――で、その段落が始まっており、『古本説話集』等で、「…けるとか」で終わっているところからみて、やはり、前からの続きで、ここで初めて「信濃国の法師の説話」が纏まることになったと思われる。そこで、この部分を左注とは考えない。とみると、詞書で文末が「…ところなり」となっていることは、詞書の一つの態度の現れている所と考えられる。

絵はある意味で現実性をおびるものである。絵巻を見る人は、絵の中の人物の行動を、想像ではなくて、現在の視点＝眼前で対することができる。すでに、昔の話であっても、それを今に引きもどして、確かめながら見るのである。それ故、「…けるとか」という伝聞回想の世界においてでなく、はっきりとそこで、「たるところなり」と認知する確かめの姿に成りえたのだと思う。しかも、縁起は、寺の起こりを説得的に人々に教えるものであって、伝聞回想の形では弱く、断定でもって初めて強く人々に、なるほどとうなずかせることになる。絵の現実性という理由を主に、以上のことから、筆者は冒頭に「今は昔」の言葉は存在しなかったものと考える。伴大納言絵詞、吉備大臣絵詞も、同じように、「今は昔」の発語を持たなかったと想像する。『三宝絵詞』に、「昔、長者有」等とあるが、これには、又別の解釈が必要である。またの機会に述べることにする。

信貴山縁起の詞書で、絵との共存故に、『古本説話集』と異なることになったと思われる個所が幾つかある。詞書では、より写実的具体的な描写になっている。(8)

これは臆測にすぎないが、なお、『宇治拾遺物語』の編者が信貴山縁起の絵巻を見た経験のある故に、『宇治拾遺物語』本文に絵巻の影響が入ったと思われる個所が、詞書では欠けている部分だが、『古本説話集』との違いとして現れているものがある。(9)詞書と『宇治拾遺物語』にあって、『古本説話集』にない言葉も何箇所かある。が、それは、先に仮説した、より集合体であった説話集（「宇治大納言物語」）から書承される時、『古本説話集』では省略されたか、うっかり落としてしまったものではないかと思われる。(10)しかし、この例をもって、『宇治拾遺物語』と詞書とをより近い関係のものと断定することはできない。

話をもどす。詞書が、より写実的、具体性をおびていると述べたが、このことは、より正確に、より人々に説得力あるものにしようとする、縁起絵巻製作者達にあった心構えに通ずるものと考える。注(8)であげた例の外に、次のようなものも、このことの裏書となろう。『古本説話集』『宇治拾遺物語』ともに、「河内《かふち》にしぎと申ところに」と誤っているのを、詞書は、「やまとにしぎといふ」と正しくしている。「僧妙達蘇生注記」に、「河内国深貴山寺明蓮師は」とあって、古くから信貴山を河内国とする誤りがあったようである。しかし、『今昔物語集』をみると、「大和国に至れり」とあり、「大和、河内の両国の辺の人自然ら此の事聞きつぎて」とあるように、信貴山が、大和と河内の境近くにあって、誤られやすかったことは考えられる。

さらに、絵巻詞書には、「しなのには、あねぞ一人ありけり」とあるが、説話集では、「しなの」という地名がない。「さすかに、廿よ年になりにければ、そのかみのことを知りたる人はなくて」という句は、絵巻詞書にのみあり、より具体的に、真実にせまって描く態度がうかがえる句である。

詞書は、説話集の本文に似ているが遥に簡略であるという縮小化説が、一般によく言われる。それはどういうことなのだろうか。特に目立つのは、二箇所にみる対話を含んだ長い部分が、詞書にはないことである。これについての考え方には、藤田の指摘通り二つある。「初めは、絵巻のようにあっさりしていたのを、あとからほかの材料を加えて、いまの『古本説話集』のかたちにしたとみることもできる。対話のところは、おなじはなしのなかでも、いろいろとちがいがあらわれやすい。おもいつきをはたらかせる余地が、たっぷりあるからであるが、よその本の文章をつけたしたとしても、さほど、ふしぎではない。ただし、このところは、絵巻では、なくてもいいというので、はぶかれたともかんがえられる。どっちにみたほうがいいのかきめてがない」と。筆者は後者と考えたい[11]。一つ目の、米を命蓮のために残そうという倉の持主と、それを拒否する命蓮との対話の省略は、この部分の絵が、あの躍動的な雁のように続く俵の山上の飛行を描いているので、対話のない方が、叙景画面の詞書として、より適切であると考えたからだと思う。もう一つの対話は、なくても筋の運びやニュアンスに、たいした影響はなく、あるとかえってくどい感じを与えるもので、詞書はこれを嫌って、より直接的に、前後にある対話を結びつけたのではなかろうか。この対話を抜いても、前後の会話文がそのまま結びつく程度のものなのである。

また、「このひじり、ずかいせむとて、のぼりけるままに」「かうまで、としごろみえぬ」が、同じあたりによく似た句が並存する『古本説話集』に対して、詞書にはないということが、整理された感じを与える。これらの例も、詞書製作者の姿勢の現れとみてよかろう。

この対話省略をめぐって、各説話集及び絵巻間の書承関係や、伝承関係の展開のことが問題になる。藤田は、「いちばんふるいのは、絵巻の詞である。それが古本説話集にかわり、宇治拾遺に移ってゆく」と考えている。『古本説話集』は一一三〇年頃製作の十三世紀後半の写本、『宇治拾遺物語』は一二二一年頃製作の十七世紀以後の写本しかなく、絵巻は、一一五六—一一八〇年の間の製作で、そのまま残っている。藤田は、写本意識を軽くみて、絵巻が最も古く、『古本説話集』は、その影響を受けたものと考えている。大串純夫も、「詞は、梅沢本説話集や、宇治拾遺物語の命蓮説話より古く、後二書は、共に絵巻からの話を収録したように思われる」（『美術研究』一七〇）と述べている。尚、『古本説話集』のより精しい研究に待たねばならない。しかし、『宇治拾遺物語』が最も新しいことは問題ないとして、『古本説話集』は、絵巻と同じ頃、又はより以前のものと考えてよい。写本の態度と、新しい説話集編集のための書承の態度とには、根本的な相違があると思う。写本の場合、確かに写す者の考えとか、その時代の言葉が、古いものに代わって挿入することがあっただろうが、両者の間に、それほど大きな言葉の相違をきたすものではなかったと思う。少なくとも、製作された時から、『古本説話集』には、詞書で欠文になっている二つの対話部分は存在していたに違いない。とすれば、「始めは、絵巻のようにあっさりしていたのを、あとからほかの材料をくわえて、いまの古本説話集のかたちにしたとみる」のは賛成できない。接近した説話集の間に、書承関係がありと考えられる場合、先の説話集を受けて、後の説話集の編者は、単に直接的に筆写的書承を行うのみではなくて、説話自身の流動して止まぬ伝承文芸の性格から、その時語られている、先の説話集には見えぬ語句を自由に取り入れたと考えられる。(12)説話の流動性を根拠に、詞書と『古本説話集』の共通の原本である説話集には、問題の対話がなかったのを、詞書はそのまま原本を継承し、『古本説話集』は、口承されるうちに生まれた対話を収録したと考えるのであろうが、『古本説話集』と原本説話集は、より類似していたと考えられるので、その両者に、あれだけの長文の類似から、『古本説話集』と原本説話集は、より類似していたと考えられるので、その両者に、あれだけの長文対話有無の相違があったとは考えにくいのである。『宇治拾遺物語』と『古本説話集』の同話を比較してみても、別話の有無は論外にして、長文の出入(あるいは、有無)はみあたらない。最も長いものでも、一文の有無、短い会話文の有無が、二、三あるにすぎないのであって、あとは同じ文脈の中で、詳しくなったり縮小されたり、又別の語句に入れ代わっているにすぎない。注(11)の川口の言葉も参考になる。やはり、対話は、詞書作成にあたって、省略されたものと考えたい。

その他の簡略化されたとみられる箇所を拾ってみると、それらは簡略化された意図を探るまでもなく、説話の書承関係上認めうるもので、逆に、詞書にのみある言葉もあって、簡略意識によって、簡略になったと考えなくてもよい。(13)

次に、詞書の一特徴とみられる、次の言葉について考えてみよう。「また」「さて」「まづ」等の言葉。これらは、「説話集有→詞書無」の場合はなく、「説話集無→詞書有」の場合が、「また」が二例、「さて」が二例、「まづ」が一例みられる。これは、詞書が絵の制約を受けながら、説話集等の書き言葉的説話より、さらに、語りの生の口ぶりに近い性質のものであることを示している。だから、「詞書が最も古体を有している」という通説が行われることにもなるのだろうか(伴大納言絵詞の詞書で、罵言的二人称代名詞「い」の使用がオーラルな意識によるものだという〔『国文』五、新井寛子〕)。

今、絵と絵の間にある詞書の一まとまりを段落と呼んでいるが、その各段落の冒頭を調べてみよう。信貴山縁起では「このはちに」「さて、三日ばかり」「かかるほどに」「そこをさして」、又、福井は第一巻詞書の復原で、第二段落を「さて、みれば」で始めている。伴大納言絵詞では「おとどは…」「秋になりて」「このいさかひ」「そのち」。粉河寺縁起第一巻最後の段落は、「さて七日と」と始まる。

信貴山縁起の第二巻第二段落は、『古本説話集』で、「かう〳〵中程に、三日といふひるつかた」とあるが、詞書では、第一段落の末で「…中程に」と切り、第二段落は「さて」を入れて、「さて、三日ばかり…」と書き起している。各段落は、独立しており、まとまりのある内容を持つものでありながら、常に、前の話（段落）との連絡を保つことを忘れず、「さて」等の語は、じっくりと前の場面の絵を見て、これからどうなるのかと興味を湧かせる鑑賞者を、たくみに次の場面へと誘っていくに適切な段落発語である。勿論、このことは、説話の持っている時間性にもよろうが、やはり、語り特有の語である。信貴山縁起の現存最初の段落は、「このはちに…」となっているが、「この」という指示代名詞は、明らかに、これ以前に話があったことを示している（これからしても、第一巻にも詞書があったことは間違いなかろう）。

物語絵巻の詞書では、各段落は他の段落とは、全く無関係と言ってよいほど独立しており、けっして、右にあげたような言葉で段落が始まることはなく、むしろ一つの段落の詞書は、そのまま完全な文章であると言ってよいものである。しかし各段落を結びつける言葉のあるものは、他の絵巻詞書にもみられる。特に西行物語絵巻に典型的に現れている。これは、説話絵巻の詞書ということからくる一つの特有性である。説話的語り口を示すもので、絵解きの文体に関係があるのでなかろうか。

伴大納言絵詞の詞書は、信貴山縁起の詞書よりも、さらに説話集（宇治拾遺物語）に近い文章で、簡略化されたとみられるところもなく、又、絵ある故に入ったとみられるものも、「そのほど、人々みな、なげきさはぎてあるほどに」ぐらいで、言葉の上で詞書独特の性格を示すものはほとんどない。しかし、説話本文が、詞書となる時、やはり絵の制約はあった。絵は時をさかのぼって、回顧することができず、時にしたがって起こった事件を、その順序に描いていくものであるが、そうした事件の絵画化が重要なことなので、その描かれた絵の内容によって、詞書はつけられたとみられる。そのため、段落の間に、非常な長短の差がみられる。伴大納言絵詞の詞書は、どの段落の後にも、広いスペースがあるので、絵を描いて、後から詞書をそこにはめこんだのだという説が通説となっている。第二巻第二段落の冒頭が、『宇治拾遺物語』では、「此ことは、すぎにし秋の比」となっているが、詞書は、「秋になりて」とある。この段落は、時をさかのぼっての回顧談に始まる。(14)ところで、この段落は、中心が回顧談にあるのでなく、子供の喧嘩で陰謀が暴露することにある。即ち、「此ことは」とあったのでは、回顧談に重点がおかれすぎるし、回顧談の絵があると錯覚される恐れもあって、「秋になりて」と詞書ではなったと考える。それでこそ、この段落の絵の場面の詞書となる「かくて九月ばかりになりぬ」のかくてが、より効果的になるのではなかろうか。(15)絵は生の語り口を持ち、説話を事件に従って鑑賞者に語りかけている。あの独特の連続描法は、正にそれである。詞書は、説話を完全なものにする助手であった。絵の説明でない。絵の充分語り尽くせぬ欠点をうめて、完全な絵語りにするもので、「生の話」から浮いて古典和文的になっていく説話文学の方向へとは進まず、より語り口に近いものになろうとした。それが説話絵巻の詞書である。

三　源氏物語絵巻

唐絵からぬけだして、日本の自然風土を描く大和絵が発達すると、藤原氏を中心とする貴族社会では、室内の屏風や障子に、大和絵で、日本の風土をきらびやかに描くようになった。障屏画は、和歌の世界と結びつき、四季の題詠や歌枕が固定してくると、四季絵、月次絵、名所絵が描かれ、それにマッチした和歌が、色紙に書かれて、併存するようになった。障屏画の静的、空間的、単一的な性格が、そうした性格を多分に持つ和歌の抒情の世界と結びつくことは、容易であっただろう。それ故、逆に、絵をみて和歌を詠むこともあった。人間の気持ちを、自然を通して表現しようとする和歌の世界であったからだと思う。単に装飾品としてだけでなく、絵にしみじみと味わう情緒を求めたのであろう。

筆者は、物語絵を、変文、絵解きの性質を持つ説話絵の系統の絵とは別に、絵巻であったにしろ、冊子絵であったにしろ、芸術品として、その形式だけを借りて、全く日本的な、文学と障屏画との結びつきの延長の上に、生まれてきたものと考える。絵巻物の中でも、特に源氏物語絵巻が、他の絵巻に比して、詞書と絵との結合の仕方等からみて、より静止的、空間的であることは、すでに言われている。しかし、その場合、あまりに物語であることにとらわれたもののように説かれているが、筆者は、そうでなかったと思う。ここで秋山光和の言葉をひく。「各々の場面の取り方をみると、物語の主要点というよりは、一つの情緒のクライマックスを選んでいる傾向がみられる」と注目し、しかも、その詞書の多くがその中に歌を含むことによって、「これが物語絵であると同時に、情趣性—抒情性の表現という意味で、歌絵に近いという所にこの絵巻の基本的な性格をみなければならない[16]」と秋山は言う。筆者は、今度源氏物語絵巻の詞書を調べてみて、歌を含んでいるからというのでなく（勿論、歌がある方がより目的に叶うのであるが）、歌を含んでなくても、先にあげた和歌と大和絵の結びつきに近い性格を、その詞書と絵との関係に感じられるのである。

目標は、詞書の文章が、源氏本文と、どう相違するかを明らかにすることである。詞書の文章となる時、どんな操作がなされたかを見いだすことによって、絵巻における詞書の位置が、どんな所にあったかが探れればよいと思う。そこで、この源氏絵巻の場合も、まず詞書と『源氏物語』本文とを対校することに重点をおく。周知の通り、源氏本文には、青表紙本、河内本、別本（古本）という本文系統があって、そのうちのどれによるかが、又、一つの大きな問題になってくる。詞書は、青表紙本に近いという山岸説（岩波日本古典文学大系）などから、詞書と青表紙本を中心に、その他のものとあわせ対校した玉上琢弥の「対校隆能源氏絵詞」（『女子大文学』一一）を使わせてもらうことにした。

詞書のある部分など、別本の国冬本に、非常にマッチするところがあり、一見、それによったかのようにみえるが、同じ国冬本でも、或幾つかの巻は、性質の異なった文になっているので、詞書全部が、国冬本によったとは言えないようである。(17) しかし、国冬本とは何らかの関係にあることは否定できず、鎌倉期に校訂されて成立した河内本、青表紙本がよりどころにした、十二世紀初頭、院政開始以来の『源氏物語』の流行によって生まれた多くの流布本の中に、詞書の典拠とした本があったと想像される。国冬本系のものが、あるいはその一つであったのかもしれない。

隆能源氏絵詞には、絵巻の詞書としてのために、本文をかなり変えたり、省略した箇所がみられ、『源氏物語』本文と異なったものになっているが、注意しなければならないことは、その中に、「絵巻の拠った本独自の異文」と「詞書にするために、筆者が、筆を加えることによって生じた異文」（注(17)の中村義雄論文）とが、含まれているであろうということである。しかし、この両者を明確に見分けることは、諸本の本文批判、別本の系統整理とその本文批判等が明確にされていないと、現在のところ、非常に困難な課題である。ここでは、青表紙本との対校によって、詞書の大体の方向を把んでみることとする。

『源氏物語』は、「物語」であって、動的時間的なものであるが、それが絵巻のために、あるクライマックスが、物語の展開していく中から抽出されて、絵と詞書によって再現された時、物語の流れは止まり、時間的なものから空間的なものになり、動的なものから静的なものとなった。その小クライマックスの情緒を楽しむものであった。

少なくとも、現存源氏絵巻は、物語全体にわたって、挿絵風の絵が存在したのでもなく、又、絵を伴うことによって「その絵によって、歌が増し、それらをつなぐ物語ができ、作品が完成する」(18)という過程にある絵でもなかったと思う。むしろ、完成した物語として存在し、上流社会でもてはやされ、その内容の「もののあはれ」を「その物語、かの物語、光源氏のあるやうなど、ところどころ語る」話が話題となることによって、情緒にあふれたクライマックスを抽出して、絵にすることによっても、さらに物語の情緒を味わいたいという欲求から物語絵は誕生したと考える。「ままははのはらぎたなきむかし物語も、おほかるを心みえに心づきなしとおぼせば、いみじくえりつつなむかきととのへさせ、ゑなどにもかかせ」（蛍の巻）たのである。

現存する物語絵が、この源氏絵巻をもって最古とするので、それ以前にどんな物語絵が、どんな風にあったか、文献上には、物語絵であったと思われるものの名前しかないので、知ることができない。飛鳥井姫が、「我が世にありけることども月日たしかに記しつゝ、日記してさるべき処々は絵にかき給へり」ということはあったであろうし、物語を書いた場合にも、処々に絵をはさんだであろうことは想像できるが、その場合は、常に絵は挿絵であって、物語に伴って必ず絵があったものでもなく、隆能源氏とは、全く次元を異にする絵であったのではなかろうか（源氏絵巻の引目鉤鼻の作り絵を、平安貴族の女房達が、日記や物語に、手すさびにかいていた女絵《おんなえ》から発展してきたとみる河野多麻説がある）。

隆能源氏の絵は、完全にそこで物語をストップさせ、その静止のうちに、ここまで流れてきたった物語主人公の気持ちを充満させることによって深い「もののあわれ」の情緒を楽しむものであった。勿論十二世紀中期の作とみられる現存隆能源氏をもって、そのまま物語絵の初期の姿をみようとすることは無暴なことであり、時代とともに、物語の鑑賞態度が変化して、詞書の在り方にも相違が生まれたかとも思われる。新しく紹介された大阪女子大蔵『源氏物語絵詞』にみる中世末期における『源氏物語』の絵画化と詞書の姿には、隆能源氏の姿（有り様）とは異なるものがあるようだ。[19]

この隆能源氏の姿は、十二世紀初頭になって『源氏物語』が特にもてはやされるようになった頃のものとしてみなければならない。その頃には、『源氏物語』は、すでに現在ある姿に完成していた。

隆能源氏の詞書は、中世末期のものと違って、源氏本文を機械的に抽出してそのままを詞書にしたものでなく、かなり製作者が手を加えたようだ。最も注目すべきは、文、句、語の省略[20]で、それを次の四種に分類する。

Ⅰ　文、又は文の連続した集合の省略。

Ⅱ　句の省略によって、文の構造が変化するもの。例えば、二文が一文となるような場合。

Ⅲ　句、又は語の省略。

Ⅳ　句、又は語の挿入。

㈠　Ⅰの場合について

文の省略はあっても、逆に文が挿入されることはなく、たとえ省略が目立ったとしても、文の挿入される可能性にも充ちていた信貴山縁起等の詞書とは、そこに大きな相違がある。中世末期のそれとは違った意味で、この詞書は、源氏本文に忠実であって、本文の言葉の範囲で、詞書として適するように手を加えたもののようである。『源氏物語』の、文章の上での権威が、そうさせたのではなかろうか。文の省略一七箇所のうち、一〇箇所が、会話文か、会話を含んでいる[21]。又、心中思惟の言葉、作者の主観的な感想の言葉（草子地）、それに、関屋、宿木㈡の省略のように、現出している場面に直接関係のない言葉等が省略となっている。早蕨の例を、文省略と考えるのも、その文がその場面で、中君が心況を語る言葉である故に、他の詞書に比して短くなるにも関わらず省略されたものと考えられるからである。

(二)　Ⅱの場合について

例えば、p.25.上.L.2（注(21)参照）「(前文) ふすまひきかけて臥し給へり。おましのあたり…(後文)」が略されて、「ふすまひきかけて、おましのあたり…」と、前文、後文が一文となる例をここに含む(22)。この二文↓一文化に程度の差がある。省略語句の多い例、少ない例、全然ない例と。全然ない例が、一九例中三例ある。問題は、単に、二文が一文化するという事実にあるのでなく、ある語句が省略されることによって、結果的に文数が少なくなるということで、これはⅠの場合にも通ずる性質のもの。省略された語句は、詞書として必要ないと考えられたもので、必要なものだけを残そうとしたと考えられる。樺島忠夫によると、「重要な語句を省かずに、文章の大きさを小さくするような制限を加えた場合、文の数が減少する傾向が認められる。文の数が減少するにつれて、一文の長さは長くなっていることもわかる。」(『國語學』一五)という。この詞書の文章も、本文に比して短くなり、文数が減る傾向にあることは、詞書の文章となる時、何かの制限が加えられることがあったからと思われる。「制限」がなんであったか、これがこの詞書の文章の性格を明らかにするものである。ある「制限」が加えられることによって、詞書の文章は、必要ないとみられる語句は省略され、かなり文章の整理がなされたことをⅠ、Ⅱの傾向は物語っている。

(三)　Ⅲの場合について

この場合は、特に、詞書の文章となるために、省略意識をもって省略されたものか、本文そのものに欠けていたものか判断がむずかしいが、それでもある程度、詞書の文章の特色といったものがみられるように思う。羅列的になるが、次にあげてみる。中には、Ⅳと関係するものもみられるので、その都度それにもふれることになる。

(イ)重複した形容と考えられるものの片方、又は部分の省略。注(23)にその例。勿論、重複していると言っても、ニュアンスの異なる語句であるのだが、一つで充分であるとみての省略と考えられる。

㈺程度副詞（句）等の省略。注(24)にその例。国冬本等の諸本にも同じように欠けているものも含めると、この種の例はかなりの量みられる。この種の省略によって、文章は直接的、客観的表現に近くなり、ゆとりがなくなる印象を受ける。

㈻登場人物の心理状態、又は作者の登場人物に対する気持ちを述べた語句の省略。注(25)にその例。

㈡絵に直接現れていないもの、又は絵の場面に関係のない語句の省略。注(26)にその例。絵巻詞書の特質として、特に重要な性質を示すものである。例えば、関屋では、絵にみる関屋の場面に至るまでの色々なできごとは省略されて、その関屋の一時《ひととき》の説明に充分であるというものだけが、残されている。その関屋で、逆に挿入された語がある。p.20.上.L.4「くるま」。これは、前の長文の省略によって、絵にみえる女車等の語句が欠けたために、「くるまたびすがた」と逆に挿入することによって、詞書を補ったものと考える。これも絵の影響である。一例、絵に見えるにもかかわらず、省略された語句がある。横笛p.28.上.L.1「うちまきしちらしなどして」。この意図不明。東屋㈠にみる「御前にて」「向ひて」、竹河㈡「君達は」の省略も、絵に見えるということからすると、略さない方がいいが、逆に、そこにその場面が展開しているという自明のこととしての省略例とも考えられる。横笛でも、御殿油が描かれているのに省略されているが、後に火影が出てくるので、ここは夕霧の動作が絵にみえるものと異なるというので、省略された、その省略の中の御殿油とみるとよい。この夕霧の動作を示す語句の省略によって、「上も」が、本文にはない所（p.28.上.L.5）に、逆に挿入される結果になっている。

㈭時を示す語句の省略。注(27)にその例。この種の省略は、㈡にも通ずるところがあり、絵の場面は、そこに現前している今であるので、昔のことは勿論、今ということを言う必要がない。絵の場面のその時に、鑑賞者は身をおいて鑑賞する。

詞書の文章として摘出される本文は、ほとんどが、例えば日本古典全書『源氏物語』の段落のくぎりにマッチしているのであるが、その際、その冒頭に、場面の時を示す語句のくることが多いが、鈴虫㈡「御かはらけふたわたりばかり参る程に」(p.30.下L.7)等のように、状況の時間的展開を漠然と示すものは省略されるようである。直接に絵の場面に入っていこうとする詞書の方向がみられるように思う。

(へ)形式名詞等の省略。注(28)にその例。すでに、中村義雄が、『美術研究』一七四(注(16)参照)で、「詞書では、所謂、連体中止形をとっているものが相当に多い事である」と述べ、「人、程(時も)、けしき、事ども、けはひ」等の省略を指摘し、これらの事実によって、詞書がリズミカルになっていることを述べている。確かに、詞書は、簡潔な感じを与えて、これまでの省略においても述べたように、直接的に文章が続き、非常に整理された印象を受ける。このことは、読誦されたとみられている詞書のよってくる特色の一つであるのだろうか(読誦は絵解きではない)。

(ト)和歌の作者指示の語の省略。注(29)にその例。これにあたる語が本文に三例みえ、詞書ではそのうちの二例が省略されている。勿論、その逆はない。断簡松風には、「あまぎみ」とはっきり残っているが、詞書としては省略される傾向にあったのではないかと想像する。これだけの例からは言えないのであるが、中心人物にあたる人の場合は、絵の情景が、その中心人物を中心にして描かれているので、示す必要がなかったのではないかと考えられる。この種の省略は、それだけの理由によるものでなかろうと考える。

筆者は、『源氏絵巻』の詞書が、和歌の詞書に似た表現性をもっているように思う。和歌の作者を指示するのは、明らかに、物語る型をしめしている。ただ「宮」と指示するだけで、「そこで、宮はこんな和歌をお詠みになった」と読者に語りかける働きを持っていた[30]。ところが和歌の詞書となると、和歌中心であり、つまり詞書は、「歌に向って行く[31]」のであるが、歌の作者は、すでに誰であるかは自明であり、あらためて誰の歌だと指示する必要がないのである。歌物語と和歌集詞書との違いである。(ト)の事実は、少なくとも、絵巻詞書が、和歌詞書的性格を持っていることからきていると思う。このことは単に、(ト)の事実だけによるのでなく、「詞書式の文」が、「長い文を構成しつつ下へ下へと流れて行く典型的な日本文の型を持つ[32]」と言われているように、必要でないものをできるだけ省略することによって、文数が減少（文が長くなる）する傾向を示すⅡの事実にも一致するし、これまで述べてきた、非常に文が整理され、直接的、客観的に表現しようとする傾向も、和歌詞書の文に近いことを示している。歌物語は、歌から生まれてきた、生まれるとともに、色々な語句を付加して、雪だるまのように一つの物語に仕上がっていったものであるが、絵巻の詞書の場合は、絵という和歌的世界――隆能源氏絵と和歌とは、静止的、一時的、情緒的という点で非常に近い世界にある――へ向かって、逆に、できあがっている物語から、いろんな要素をそりおとして、必要、十分条件だけに精選されていった文章と考えられる。和歌詞書とは、この点で相違がある。秋山が、歌絵に近いことを指摘しているように、和歌をもって終わる詞書が、関屋、柏木(三)、鈴虫(一)、早蕨、東屋(二)と五つあり、和歌を含むものとなるとさらに多くなる。しかも関屋等、歌意の表現とみられる絵や、歌の情緒を絵に描こうとしたとみられるものもある。絵巻詞書が、和歌詞書的であったように、絵が和歌だったのだ。

和歌的世界＝「絵」の詞書であるということが、『源氏物語』本文が摘出されて詞書となる時、手が加えられる「制限」となっていたのであると考えたい。省略も、その方向にあったのであろう。

(チ)前文省略の結果、省略されることになったもの。注(32)にその例。

(四)　Ⅳの場合について

源氏物語絵巻の詞書は、語句の挿入を本来のものとはしない。

このⅣの場合を、次の三種に分けてみる。

(a)　前文省略によってできた不備を補うための挿入。注(33)にその例。挿入の形式をとってはいても、その多くは、省略されたものが、場所を変えて挿入された例である。
(b)　よく理解できるためにと挿入された、と考えられるもの。注(34)にその例。
(c)　青表紙本以外の本（特に別本）と一致するもの。注(35)にその例。この例は、国冬本、保坂本が、詞書として挿入されたものではなく、詞書のよった本文にもともと存在したものと考える。何故なら、国冬本、保坂本が、詞書に影響を与えたことは考えられるが、逆に詞書が、国冬本等の本文に影響を与えたことは考えられない。詞書は、原初的『源氏物語』の本文を考えるのに一つの重要な資料になるが、それをそのまま諸本の一本としての位置を占めるものとは考えられない。詞書は筆写されたものでなく、本文から抄出され、詞書の文章として作られた、詞書の草稿のようなものがあったのでないかと想像されるからである。[36]しかし、源氏本文をかなり忠実に保っていることは、先にみた信貴山縁起等の説話絵の詞書との大きな相違である。いずれにしても、新たな文・語句が挿入されることは、詞書本来のものでなかったようだ。

以上、省略を中心に、和歌詞書的性格を持っていることをみてきたが、外にも多くの問題がある。事実として、「…ときこえたまふ」で終わる詞書の多いこと。形容詞ウ音便が、詞書ではほとんど「く」になっていること。「御」「給ふ」等の省略される傾向等。本文細部のことは、諸本の研究と詞書本文の系統研究に待たねばなるまい。

四　西行物語絵巻

西行物語絵巻の製作期は、十三世紀の半ばを下らないという。平安末期に生まれた信貴山縁起、源氏物語絵巻とは、又異なった、新しい絵巻の出現とみてよい。西行という半僧半俗の歌人が、さまよい歩く旅を描いている点で、説話的要素を持っており、又、古くからあった、例えば、聖徳太子絵伝や、偉い僧、聖人の絵伝（絵解きされたと考えられているもの）等のように、一人の人物の姿を描いた伝記的要素をも持っている。信貴山縁起が、命蓮の伝記ともみられ、北野天神縁起が菅原道真の伝記ともみられるが、しかしそれらは、真の伝記とは違い、結局は絵縁起であった。それとも異なり、西行物語絵巻は、名の如く西行の伝記絵巻であった。西行に関する説話、物語が、鎌倉期には色々と流布していたようで、末期になると、現実の西行の姿とは遠い、物語上の西行譚を成長させるに至っている。(37) そうした庶民にまでも流布していた西行譚が、一つの形をとって現れたものが、この西行物語絵巻であったと考えられる。説話文学にも西行譚は色々とみえる――『日本説話文学索引』（清文堂出版・一九四三）によると、『発心集』『撰集抄』『沙石集』『古今著聞集』『井蛙抄』『十訓抄』『愚秘抄』等に――が、一つとして、絵巻詞書と似るものはなく、絵巻はそれらの説話集のどれかによったのでなく、新たに西行譚を編集し、それを西行がたどった名所やその四季の風趣をたくみに組み合わせて、生まれてきたものと考えられる。詞書は、そうした西行譚だけにたよるものでなく、詞書の終わりには、殆んど西行詠の歌が、二、三首添えられているように、多分に歌物語としての西行物語の性格を持っている。少なくとも、歌にかなり重点がおかれている。

信貴山縁起の詞書の場合、各段落が一つのまとまりを持っていながら、各段落は、それぞれ連続する語り口を持っていることを述べた。源氏物語絵巻の詞書では、各段落は、完全に孤立し、「和歌詞書」的性格を持っていることを述べた。ここで述べようとしている西行物語絵巻の詞書は、はからずも、今述べた両方の性格を持った詞書のように思われる。つまり、各段落には、西行が出家してからあちこちと名所を四季とともにめぐり歩いていくという筋を通して、連続性がある。それは、各段落の冒頭の語句をみればわかる。徳川本第一段、「いまた其期やきたらざりけん」。第二段「されば…」、第三段「かくて…」、大原本第二段「年たちかへる…」、第三段「すでに出家の身と」、第五段「かくて…」等の語を持っており、段落が、語りの形をとって続いていることがわかる。

又、各段落は、歌人である西行の自詠の歌を詞書の終わりにもっており、歌物語というよりも、歌が中心で詞書は、その歌に向かっていく和歌詞書的性格を持ったものである。しかし、筆者はここで歌物語なのか、和歌詞書的文章なのか、どちらかに断定することができない。

徳川本、大原本を合わせても、これで西行物語総てというわけでなく、かなり欠けているようである。後《のち》には、一段落の詞書さえも、ばらばらになったらしく、そのばらばらになったものを集めて、順序不同に詞書だけを写した京都大学蔵「物語絵巻抄、残闕全、（表紙裏に）西行物語絵詞残闕也」をみると、徳川本、大原本と一致するものもあるが、それらにないものも多くあり、その殆どが、詞と和歌とからなっていて、一見歌物語的に見えるのであるが、中には、非常に短くて、和歌詞書にすぎないと考えられるものもある。徳川本等の詞書は、たとえ第三者が西行の身になって書いたにしても、西行が歌を詠んだ時々の状態を、西行自ら語っていくような書き方がされている（これは和歌詞書的性格）、ところが、「物語絵巻抄」をみると、「西行」なる語が、「さて、西行はかくぞながめける」等と詞書本文に見えて、それは明らかに、第三者が西行という人を他の人々に物語っている形をとっている（これは歌物語的性格）。

もし、岡見正雄のように、「西行物語の絵巻とても無数の同種の絵巻が存した(37)」と考えると、「物語絵巻抄」は、その色々あった絵巻の断片が、ごちゃごちゃにまざっていて、そのために、先の二種の違った性格のものが同居することになったと考えられる。「物語絵巻抄」のものと、徳川本等のものと一致する詞書も、所々違っていて、「物語絵巻抄」の筆写者の誤写でなくて、よった本文が違っていたものと考えられ、徳川本等とは違う采女本等の西行物語絵巻が存在していたことが、充分想像できる。

徳川本等の詞書は、和歌詞書的性格からぬけだして、歌物語になろうとする中間にあって、それ故両方の性格を備えたものとなっていると考える。

詞書は、説話集など説話文学作品に基づいて編まれたものではなかろうと述べた。そこで筆者は、西行の私家集『山家集』と『新古今集』に、絵巻詞書にみえる和歌をたずねて、その和歌についている和歌詞書を調べてみた。その結果、和歌詞書と絵巻詞書とは、非常に近い、和歌詞書の言葉そっくりのものもあれば、その言葉を適当に使って、延引させて絵巻詞書にしたと考えられるものもある。特に、大原本第五段落等、構成からして全くよく似ている。注(38)にそれをとりあげておこう。

西行物語絵巻は、『山家集』『新古今集』等の西行の歌、特に和歌詞書のある歌をよりどころに、より物語的に新しく生みだされてきたものだと考える。ここにこの絵巻詞書の持つ「和歌詞書的、歌物語的」文章という性格のよってくる原因があったのではないかと思う。

おわりに

従来問題になっていた課題等を中心に、各絵巻詞書を検討してきた。絵というものの感覚的な面白さを狙ってできたとみえる、ここでみた絵巻では、絵に重点があったようだ。それをもってすぐ、詞書が「従」であったとは考えない。が、やはり絵との共存ということからくる詞書文章の特有性はあった。しかし、絵の内容とか、製作意図によって、どの詞書も同じ文章体をとったのではなかった。絵に重点があったとみるのも、ここでみた絵巻だけの結論であるかもしれないと同様、他の絵巻においては、又新しい気持ち—視点から、絵と詞書との関係の検討が必要であろう。絵そのものの変遷も問題である。挿絵になれば、もう絵が「従」であり、文章は絵の影響（支配）を受けることはないであろう。

紫式部日記絵巻、枕草子絵巻になると、詞書は殆ど本文と同文で、絵は挿絵的になっている。寝覚物語絵巻も、本文にはその部分が欠けているが、本文をそのまま摘出したのでないかと考えられる。和歌的世界に通ずる源氏絵巻の系統は、時代を下るにつれて、消えていき、説話絵巻の世界の信貴山縁起、西行物語絵巻の系統が、段々に成長して、北野天神縁起、一遍聖絵にみる、読み手に語りかけながら、時を区切って、一時《ひととき》一時の主人公の姿を浮き彫りしようとする独特な文章体が、生まれてくる。詞書の最初に時を明記するのは、絵を伴う段落意識によったものであろう。そこに語りとしての形式の存在を思わせ、地獄草紙等になると、一つの型にはまった文体を持っていて、熊野比丘尼等が、語ってまわった語りの型を思わせる。説話画世界の絵巻は、絵の語りかける力が強く、詞書と絵とが、より密接になって、ついには、絵の中に、詞書が入っていく。それは話の筋の面白さをよび、御伽草紙等の形式へと移って行ったのではなかろうか。

説話絵巻における「絵解き」の詞が、いかなるものであるか、あったか、そしてそれがどのようにして、御伽草紙にまで至ったかを考えることは「絵解き」の問題と共に、大きな課題である。『宇津保物語』に散在する「絵解き」が、絵と詞書という関係の中で、どのように結びつくものなのか、又それが、華厳縁起絵巻にみえる画詞と、はたして同性質のものなのか。北野天神縁起が、『平家物語』等の軍記物と、文体や、語られたものという点で関係がありはしないか。こんなことが今後の問題である。

〔底本〕『宇治拾遺物語』は岩波日本古典文学大系、『古本説話集』は、岩波文庫（川口久雄校注）、絵巻物は日本絵巻物全集（角川書店）、日本絵巻物集成（雄山閣）にそれぞれよった。

注

（1）「絵解き」の語は、『宇津保物語』にみる「物語の中の異質の部分、即ち挿絵の説明の文」（『宇津保物語㈠』岩波日本古典文学大系解説23頁、河野多麻担当）を指すこともある。しかし、ここの「絵解き」は、絵を前にして民衆にわかりやすく経文、縁起等を説明すること、その行為又はその行為者（寺僧、熊野比丘尼等）を指す。

（2）「三十二番職人歌合に『絵をかたり比巴ひきてふる我世こそうきめみえたるめくら成けれ』と云ふ絵解の歌を載せ『平家は入道の姿にて盲目なり。絵をとくは俗形にて離婁が明をおもてとして、しかも四絃を弄せり云々』」（家永三郎『上代倭絵全史』高桐書院・一九四六）とあるように、中世には琵琶に合わせて絵を説き聞かせる絵解きという賤しい芸人がいた。

（3）日本絵巻物全集『北野天神縁起』（角川書店・一九五九）所収の源豊宗「北野天神縁起絵巻について」。

（4）信貴山縁起、伴大納言絵詞等の冒頭文が欠けている。但し、これらには、はじめからなかったとする説（源豊宗等）もある。

（5）『古本説話集』の、同一説話にある別話のあり方は、粉河寺縁起の同一主題に立った二話のあり方に、一見類似している。が、粉河寺の場合は、千手観音の説話集と考えられるもので、同一説話の中の二話のあり方とは根本的に違うと思う。古本の別話は、「又、いつごろのことにかありけん…」と始まっている。

（6）藤田経世、秋山光和共著『信貴山縁起絵巻』（東京大学出版会・一九五七）一八一頁。同著には、和学講談所本（鈴木敬三蔵）の冒頭文をみる。聖徳太子の説話を第一巻として、補い、「ここに中比、信濃国に…」と問題の箇所は始まっている。

（7）『古本説話集』末尾調査。（左注部分を除いて）

末尾	和歌説話	世俗（又は仏教）説話
歌	一四例 →	一例
「…とかや」の類	一二例 →	四例
「けり」	一五例 →	一二例
その他（係助詞・名詞等）	四例 →	｛「なり」　五例（左注的なもの） その他　二例

（8）（古本説話集）――（絵巻詞書）

○こめひとたはらいれて――…のせて、
○あのひじりの――そのひじりの
○よひとよ、「…」――よひとよ、をこなふ「…」
○をしへさせおはしませ――ゆめにもをしへさせたま…
○たづぬる僧――このたづぬる僧
○とみゆるところ（宇治拾遺）――…人のけしきみゆるところ
○あねなり（宇治拾遺）――あねのあまぎみ…
○…とて、ひきいでたる（宇治拾遺）――…とてふところよりひきいでたる
絵に具体的に見える状態に近い言葉になっている、又挿入されている。

(9) 『古本説話集』――→『宇治拾遺物語』
○一、二尺ばかり――→一、二丈斗
○とびのぼる――→とび行く
○　――→「毗沙門にてぞおはしましける」の挿入。
○（人々）みないきけり――→みなはしりけり。
○　――→「山の中に飛びゆきてひじりのばうの（かたわら）」の挿入。
○まどひ　――→飛びて
右の例は総て、詞書では散佚している部分にあたる所のものであるが、その詞書は、右の『宇治拾遺物語』の如くだったとも考えられる。とすれば、それは、注(8)の例に入るものとなる。

(10) 『宇治拾遺物語』、詞書にあって『古本説話集』にない部分。○「まいるべきよしいへば、ひじり『なにごとにめすぞ』」（詞書）。○「それはたまいらずとも、ここながらいのりまいらせ候むといへば」（詞書）これは『古本説話集』では落ちたとみた方がよい。ないとなんとなく文のつながりが不自然である。

(11) 各説話集間の対話の部分の移動については、次の川口久雄のことばに注目すべきである。「同一内容の説話で、諸

本によって種々に記載されたものを多く比較してみると、筋に多少の変化があり、記事に精粗繁簡の差がでてくるのは普通であるにも拘わらず、不思議に諸本を通じて部分的に会話の文句などが『てにをは』までもピタリ一致することが多いという現象がある」。藤田とは反対の考え方になる。

(12) 藤原成子「宇治拾遺物語小考――説話の伝承と説話集の特質に関して」(『国文』一二)参照。先にみた(注9)『宇治拾遺物語』の本文に絵巻の絵を見ての影響があると述べた部分等も、説話伝承の流動性に一役かった一ケースなのかもしれない。

(13) 例えば、ある箇所では、「…といふ※やある」と「人」がないが、ある箇所では、「とくつかぬ人‖は、…」と説話集にはない「人」が入っているといった語句の出入。

(14) 「此ことは」について。岩波日本古典文学大系『宇治拾遺物語』の頭注が、指摘するように、「此ことは」を正しく承けて結ぶ叙述が欠けているが、回顧談の内容全体が、その叙述部であると考えられるものであって、それはあたかも「今は昔」が、その説話内容全体を叙述部としての言葉であるのと同じ機能をもつものと思う。

(15) 応天門火災は三月であって、説話で「秋」とするのは誤りであるが、注(14)の大系頭注にみるごとく、放火事件の発覚、処刑が、八、九月であったため、誤られてこうした叙述になったとみてもよいと思う。七月に放火と考えれば時間的錯誤はないとみてよい。説話は史実とは別に発展していく可能性をもつものであるから、三百年以上口承伝承されるうちに、「秋の比」のこととなったとしても不思議はあるまい。

(16) 秋山光和「源氏物語絵についての新知見」(『美術研究』一七四)。

(17) 中村義雄「隆能源氏絵詞の性格」(『墨美』四二)。岩下光雄「源氏物語絵詞の本文資料的価値」で国冬本を大きくとりあげている。

(18) 玉上琢弥「屏風絵と歌と物語」(『國語國文』二二―一)。

(19) 清水好子「中世末期における源氏物語の絵画化について、『源氏物語絵詞』紹介」によると詞書は極く短小で、文章は物語本文にまことに忠実。それはもう絵解きの役目をしていなくて源氏物語の文句であれば謎のような二、三行でも充分だったからであろうと清水は想像している。非常に形式的な感じらしい。源氏の絵であることに、源氏の文であることに興味は移って物語の情緒を身にしみて味わうためのものではなかったかのようである。

(20) ここで省略と言っても、省略意識があっての省略のみを意味するのでなく、青表紙本との対校で、青表紙本にあって、絵詞書にないというだけのことで、どこまで省略意識によるものか判断することは、非常にむずかしい。次に本文にあげるⅠⅡは、大体省略意識あってのものと考えられ、その点、Ⅲは青表紙本だけにたよっていたのではだめかもしれない。

(21) Ⅰの例。頁数は玉上琢弥「対校隆能源氏絵詞」(『女子大文学』一一)による。上は上段、下は下段、(L)は行番号を示す。※は会話文を含むもの。p.16, 下L.7。p.16, 下L.8→p.17, 上L.8※。p.17, 下L.5→下L.6※。p.17, 下L.8→p.18, 上L.7※。p.18, 上L.10—下L.2会話文※。p.18, 下L.4→p.19, 上L.1※。p.19, 下L.2→p.20, 上L.2※。蛍、三文省略(小松茂美「源氏物語絵巻詞書断簡蛍の巻の新発見をめぐって」『美術研究』二〇九)。p.28, 上L.5—上L.8※。p.28, 下L.5→下L.6。p.29, 上L.2→上L.3。p.32, 上L.8→下L.3これを省略とみなくともよいようだが、詞書の本文からの摘出の仕方からみてこれを省略と考える。動作の主体に変化がある。p.41, 上L.6以下※これを省略とする理由は本文に記した。p.42, 上L.4—上L.8※。p.43, 上L.6—上L.9。p.44, 下L.1→p.45, 上L.2※。p.46, 下L.2—下L.6。

(22) 例にあげたp.25, 上L.2の場合、「臥し給へり」は同じ頁の上L.7に「物など云々」の句に代わって入っている。この部分国冬本と一致。が、こうした言葉のやりくりも、この詞書の一つの特徴、Ⅳ参照。p.30, 上L.1—上L.2の三文→一文化の一例を除いては、総て二文が一文となるもの。その逆に一文→二文化の例も八例数える。そのうち五例国冬本と、二例河内本保坂本とそれぞれ一致し、一例だけが詞書にだけみえるもの。その一例も、語句の省略、挿入によるのでなく、「まつりたまひ…‖」が「まつりたまふ。‖」とあるもので、ここで問題にしていることには影響なく、それは諸本の間にみられる文長の問題として扱うもの。

◎二文→一文化の例。(※は省略のない例)

p.16, 上L.9—下L.2。p.16, 下L.3—下L.5。p.17, 上L.9—下L.1。p.17, 下L.5—下L.7(これは文省略を含む)。p.24, 下L.5(L.4の「(御)思」に代わって「おほしたりければ」が入った結果。但し、国冬本も)。

p.25，上.L.2（例にあげたもの。p.27，下.L.8※（保坂本も）。p.28，下.L.5—下.L.6（文省略の例）。p.28，下.L.6—下.L.7。p.30，上.L.1—上.L.2（三文→一文化の例）。p.32，下.L.3。p.32，下.L.5—下.L.6。p.33，上.L.4—上.L.5。p.34，下.L.2※。p.35，下.L.5※。p.38，上.L.6。p.41，下.L.9—下.L.10。p.42，上.L.4—上.L.8（文省略を含む。異説あり）。p.46，下.L.4—下.L.6（文省略の例）。※を付けた三例は、先に述べた一文→二文化の傾向と同じ傾向のものではないかと思う。つまり諸本の間にみられる相違にすぎぬもの。

◎一文→二文化の例。p.26，下.L.10。p.25，下.L.4。p.22，下.L.9。p.23，下.L.6。p.23，下.L.8。p.27，下.L.10。p.35，下.L.4。p.38，上.L.8。

(23)　（イ）の例。―部分が省略。

蓬生p.16，下.L.2「こたちしけく（き）森のやうなる」。蓬生p.17，下.L.5「かれは、たれぞなに人ぞ」。関屋p.20，下.L.1「いにしへのこと人しれずわすられねばとりかへして…」。柏木㈠p.22，下.L.8「御法服ならずすみぞめの御すかた」。柏木㈢p.27，下.L.5「…こそねたけれおこなり（れ）」。橋姫p.40，下.L.7「すのこにいと寒けに身細くなえはめる」。蓬生p.17，上.L.8「惟光」。その他。惟光省略の例は（チ）の例にもなるもので、前文省略によって、「惟光」が重なることになるもの。以下分類するうちにも、一つの性質だけによるものでなく、ダブッて例とすることのできるものが多い。又、ⅠⅡの例も、このⅢの分類の例としてあげるものもある。

(24)　（ロ）の例。蓬生p.18，上.L.9「いと」。柏木㈡p.25，上.L.9「殊にいたうも」。柏木㈡p.24，下.L.1「しばし」。同下.L.10「すこし」。鈴虫p.30，上.L.4「しるく」。宿木㈡p.43，上.L.10「すべていと」。東屋㈠p.46，上.L.6「いとよく」。その他。

(25)　（ハ）の例。柏木㈡p.24，上.L.4「いと深く思ひ歎き（夕霧の心況）」。横笛p.29，上.L.3「なやましげにこそ見ゆれ（作者の説明）」。蛍（『美術研究』二〇九）「人のおはするほどを、さばかりと推し量り給ふが、少しけちかきけはひするに、御心ときめきせられ給ひて」。柏木㈡p.24，上.L.8上.L.9「重々しき御様…に思ひつつ弱りぬる事と思ふに口惜しければ」。その他。

(26)　（ニ）の例。蓬生p.16，上.L.9「をかしき程に月さしいでたり」。夕霧p.32，下.L.5「御殿油近うとりよせて見給ふ」。

横笛p.29, 上L.4「格子もあげられたれば」。絵合p.20, 上L.7「殿に」（これについては本文に）。柏木㈢p.28, 上L.5上L.9の文の省略。宿木㈡p.43, 上L.7―上L.8「ただ…かの対の御方は先づ思ほし出でられける」。その他。

(27) (ホ)の例。蓬生p.16, 上L.9.10「昔の御ありき思し出でられて」。絵合p.21, 上L.3「今」。（「先づ」の省略、p.22, 下L.9.10。p.24, 上L.5。）柏木㈡p.24, 下L.5「今日は」。竹河㈠p.35, 下L.1「夕つけて」。竹河㈡p.38, 下L.6「昔」。

(28) (ヘ)の例。（蓬生p.16, 下L.6「木立」）。柏木㈠p.23, 下L.3「程にて」。柏木㈡p.26, 上L.10「事の」。同p.26, 下L.8「時」。柏木㈢p.27, 下L.4「人」。横笛p.29, 下L.1「さまも」。鈴虫㈡p.31, 上L.8「御有様の」。夕霧p.33, 上L.2「のさま」。その他。

(29) (ト)の例。鈴虫p.30, 上L.9「宮」。御法p.34, 下L.4「宮」。

(30) 私家集でない和歌集では、ほとんど作品ごとに作者の名があげてあるが、その名が詞書の後に続いてあるので、一見和歌作者指示語とみられるが、『伊勢物語』等の歌物語にみえる作者指示語とは次元の異なるものであると考えている。

(31) 阪倉篤義「歌物語の文章――「なむ」の係り結びをめぐって――」（『國語國文』二二―六）。

(32) (チ)の例蓬生p.17, 上L.8「惟光」。夕霧p.32, 下L.3「宵すぐる程にぞ」。

(33) Ⅳの(イ)の例。関屋p.20, 上L.4「くるま」。横笛p.28, 下L.7―下L.8「…て乳などくくめ給ふ。ちごもいとうつくしうおはする君なれば」が省略されたが、L.9に「くくめ」が、L.10に「ちこきみもをかしくうつくしききみなれば」となって挿入されている。又、L.6の「いとよく肥えて」の省略によって、L.7に「こえ」が挿入となっている。その他。

(34) (ロ)の例。横笛p.29, 上L.2「女きみ」これは、p.29, 下L.10「おとこぎみ」に対立させてか。しかも、ここでは、「ちごきみ」と「ちご」が入って、この三人の「きみ」がはっきりと区別されて示されている。柏木㈠p.23, 上L.1「あやしく」もこの例か。その他。

(35) (ハ)の例。柏木㈢p.27, 下L.5「ひとびとはあらむかし」の挿入は保坂本と一致。その前の「その人と」の挿入は国冬本と一致。諸本系統関係の問題。その他。

(36) 中村義雄「源氏物語絵巻詞書――附・原典諸本との異文校合」（『美術研究』一七四）。
(37) 日本絵巻物全集『西行物語絵巻』（角川書店）、同上所収の岡見正雄「説話物語上の西行について」。
(38) 大原本第五段の例。

和歌詞書（『新古今集』一八四四）

　寂蓮、人々勧めて百首歌よませ侍りけるに、いなびはべりて、くま野にまうでけるみちにて、ゆめに、なに事もおとろへゆけど、このみちのすゑにかはらぬ物はあれ、なほこの歌よむべきよし、別当湛快三位俊成に申すとみはべりて、おどろきながら、この歌をいそぎよみいだして、つかはしけるおくに、かきつけ侍りける。

絵巻詞書（大原本第五段）

　かくてまとひありくほとに、登蓮法師、人をすすめて、百首のうたをあつらへけれといなび申て熊野へまいるみち紀伊国千里乃はまのあまのとまやにふしたりける夜の夢に、三位入道俊恵など申ていはく「むかしにかはらぬ事は和歌のみちなり。これをよまぬ事をなけくとみておどろきてよみておくりけるに、このうたをかきそへてつかはしける。

参考文献

家永三郎『上代倭絵全史』（高桐書院・一九四六）
藤田経世、秋山光和『信貴山縁起絵巻』（東京大学出版会・一九五七）
益田勝実『説話文学と絵巻』（三一書房・一九六〇）

後編　現代語の「語り」言説

〔一〕文章論的文体論

序　文章論・文章体論・文体論

標題、及びその用語については、様々な注釈が必要であると思われるが、ここではほぼ次のような規定に従って本稿を進めることにし、できる限り、具体的に文学作品から例をとりあげることによって標題に関して筆者の考えていることを提示してみようと思う。

国語学では、時枝誠記が文章を言語の単位体の一つとして研究の俎上にのせたが、学史的には「文章論」から「文章研究」へと展開した。そして今や文章論は、広義には、狭義の「文章論」に「文章研究」を含めて用いられ、その「文章研究」は「文体論」も含んでいると考えられる。それでここでは、文章論を狭義の「文章論」を指すものとし、典型的には二つ以上の文からなる、統一性と完結性を備えた文連続体が、いかなるしくみや法則性によって成立しているかを明らかにし記述する研究分野と規定しておこう。

なお、「文章論」「文体論」に対立する、「文章体」を研究する領域が別にありうる。そこでこれらを、次のように区別しておきたい。文章の個別的な表現特性を論じるレベルを「文体論」とし、文章の類型的な表現特性（ジャンル性）を論じるレベルを「文章体論」と称すべきものとし、文章の一般的な表現特性を論じるレベルを「文章論」とみなすことにする。文章の最もラング的側面を研究するのが「文章論」、逆にパロール的側面を研究するのが「文体論」で、丁度両者の中間的性格を持つ研究が「文章体論」というように図式的には定義づけられよう。

さて、文章論が文章の成立の特性を明らかにする研究だとすると、それは、二つ以上の文の連続体が展開を本質としてまとまりをもつ、そのしくみや法則を明らかにすることだと言い換えうる。この文章というまとまりがいかに生み出されるのかを明らかにする観点は、三つに大別できる。一つは、部分（文）と部分（文）の結合を明らかにする観点、二つは、全体的なまとまりを明らかにする観点、そして、三つには、部分的なまとまりと全体的なまとまりとの関係を明らかにする観点――これらを文章の一貫性の問題と称する――である。以下、この三つの観点ごとに、文章論がそれぞれの観点からなす分析や課題が、どのように文体論に寄与しうるのかについて考えてみることにしたい。

一　文章の部分的まとまり

(一)　指示語の機能

文章の部分的なまとまりの研究は、国語学の文章論で最も進んでいる分野で、接続詞などを手がかりに、文と文との連接のあり方が整理分類されてきた。しかし、文と文とは必ずしも接続詞で結合されているとは限らない。そこであらゆる文と文との連接を対象にして文と文との意味的連接を考えるようになってきた。これを文の連接論とか連文論とか称している。そして近年殊に注目されている一つに、指示詞による照応現象がある。そこで、日本語の「こそあ（か）」体系(1)をとりあげてみよう。

書かれた文章では、「こそあ（か）」指示は文脈指示を原則とする。その文脈指示では、「そ」系による指示が多くなると言われる。しかし、殊に物語や小説などでは必ずしもそうは言えない。

『竹取物語』の地の文（会話・心内語・和歌を除いた部分）についてみると、「これ」が二五例で「それ」が四例である。そして、「この」は二六例あり、そのうちの一九例が作中人物を指しており、「その」が作中人物を指すのは、「その中に王とおぼしき人」の一例のみである。逆に「その」には、時を限定するものが五例（その後、その時、その年）あるのに対して、「この」によるものは「この程三日うちあげ遊ぶ」の一例のみである。つまり、『竹取物語』では作中人物は「この」で、時は「その」で限定指示するのが基本である。このことは何を意味するか。作中人物指示は、語られている世界の現在に視点を置いて指示されるのに対して、時の指示は、過去のことを語る語り手の現在に視点を置いて指示しているということであろう。「その」の場合に限らず、「それ」を含めても、「そ」系の指示詞が語り手の現在から指す傾向にあることは、「それ」四例のうち三例が助動詞「けり」に包括される構文に用いられていること、また、作品冒頭と末尾では「そ」系が用いられていることにも窺える。「こそあ（か）」の使用の区別についていては、叙述の視点の観点からも考察しなければならないのである。この『竹取物語』にみられる「こ」系「そ」系の使い分けの傾向は、物語の文章一般の傾向とほぼ一致するものと思われる。一つの典型的な姿を次の例にみることができる。

さて、帰りて、大やけにこの由を申しければ、僧伽多にやがてこの国をたびつ。二百人の軍をぐして、その国にぞ住みける。いみじくたのしかりけり。今は僧伽多が子孫、かの国の主にてありとなむ申しつたへたる。

（宇治拾遺物語・六—九）

同じ指示物である特定の「国」が、「この→その→かの」と指示詞を替えて限定されているが、これは、語られている世界（作中世界）の現在から語り手の現在へと視点が徐々に移行しているからだと判断できよう。

『竹取物語』の「か」系をみると「かの」が一〇例（うち一例は「あの」）、「かれ」が一例であるが、「かの」は「この」と対立的な用法で、少し話題（文脈）から離れていたものを再び話題の場へ引きもどす限定指示が多いようである。一例のみの「かれ」は、かぐや姫を指した例で、これは、宮中にある帝の視点から、宮中の女性との対比でかぐや姫を認識していることによると考えられる。

物語や小説（に限らないが）での「こそあ（か）」の使い分けの基準として、話題性を考慮する必要がある。つまり、指示対象が話者（語り手）にとって今語る話題の中心のことがらであるか、その周縁に位置することがらであるかの区別に対応して使い分けられる。勿論、「こ」系↓「そ」系↓「か（あ）」系の順に、語り手の、その場での話題意識から遠のくものを指すことになる。そして遠のいていたものを再び話題の中心に引きもどす機能が「か（あ）」系にはあると言えようか。

文脈指示が観念対象指示の一種、ないしはそれより派生したものとみると[2]、「こそあ（か）」の使い分けに話題性の親疎を基準にすることがあるのは当然のことかも知れないが、文脈指示といっても、指示詞に照応する先行詞が、必ずしも直前の文にあるとは限らないことを考えると、文脈指示の一つとして、話題指示という機能を認める必要がある。例えば、上田篤『橋と日本人』（岩波新書・一九八四）に、

　ところで、この法音寺橋は笄橋のようなふつうのモグリバシとはまたひと味ちがう。

という文がある。これだけみれば、この一文の直前には、法音寺橋のことが書かれているだろうと想像されるが、この一文の前には、十数行にわたって、千曲川の笄橋のことが書かれているのであり、「この」の先行詞は直前の文どころか、直前の段落にもない。ここで「この」が使われたのは、この文章（節）が「潜り橋である法音寺橋」を主題としたもので、このくだりでの筆者の説明の中心（問題意識）に常に「法音寺橋」があるからに外ならない。こういう指示を話題指示と称しておこう。

物語や小説などでは、当面の叙述の中心を話題の中心とみて、「こそあ（か）」を使い分けるのが一般的であろう。ところが、『大鏡』に、次のような例がある。

帥殿に天下執行の宣旨下し奉りに、この民部卿殿の、頭弁にて参りたまへりけるに、…（道隆伝）

「この」で民部卿殿（俊賢）を限定しているが、道隆伝のうちにあって、この部分までに俊賢は登場していない。文脈指示とみるなら、道隆伝を越えてずっと先にさかのぼらなければ、俊賢は出ていないのである。文脈指示とは考えられない。結論的には、現場的観念対象指示（話題指示のこと）と考えられる。要するにこれは『大鏡』の語りの方法にわたらなければならない問題である。（補注）

作品毎に、その叙述を支える「こそあ（か）」体系があると考えられる。それを他の作品と対比してみるとき、その作品の独自性（文体）がみえてくる。また、その作品の基本的な「こそあ（か）」体系に対して、その作品の中で、その基本をはずれる用例が観察されるとき、それがその作品の文体がきわだつところだとも言えよう。

(二)「のだ」文

さて、前文と後文が特定の関係をもつことを示す表現形式の一つに、「のだ」文がある。もっとも、「のだ」が支配する範囲が一文のうちにおさまっている場合もあり、逆に段落《パラグラフ》にわたることもある。(3)

(1)　(a)彼が飛行機に乗らないのは、(b)落ちるのが恐いのだ。

(2)　彼は飛行機に乗らない。（それは）落ちるのが恐いのだ。

(2)を(1)のように一文化して表現することができる。(1)は、(2)の前文（コト）を主題化して、その説明をしている文ということになる。(1)の傍線(a)の部分は旧情報にあたり、傍線(b)が新情報にあたる。つまり(1)は傍線(a)が聞き手に既知であることを前提にしている。「のだ」文が前提を必要とする性質を有しているのなら、「のだ」文は冒頭文（始発文）には現れないと思われるが、『土佐日記』の冒頭文は「のだ」文である。

男もすなる日記といふものを、女もしてみむとて、するなり。

「するなり」は、「するのだ」に相当する「のだ」文であるが、この文に前提があるのだろうか。

(3)　次郎は、(a)太郎がなぐりかかったから(b)横に寄けたのだ。

(4)　次郎が横に寄けたのは、太郎がなぐりかかったからだ。

(3)は(4)のように置換しうることからみて、(3)の(a)が新情報で、「のだ」文に上接する(b)が旧情報となろう。これから類推して、『土佐日記』冒頭は、「(男もすなる日記といふものを)女もしてみむとて」が新情報で、「(日記といふものを)する」が旧情報ということになる。とすれば、この冒頭の一文は、こうして「日記」を書きはじめている行為自体(読者は、それを読みはじめている)を前提にして成立している「のだ」文ということになろう。

「のだ」文が前提としているはずの事態が漠然とした存在であればあるほど、「のだ」の機能は修辞的になる。井上ひさし『私家版日本語文法』(新潮社・一九八四)が最近の若者向け雑誌にみられる「のだ」文の横行を評して、「この頭ごなしの押しつけ、強調、「これには疑問の余地がありませんよ。事態は明らかなのですよ」という説明。これが「のだ文」の正体であると思われる」(「『のだ文』なのだ」)と言っているのは、修辞的な「のだ」の文の横行を物語っている。

ここで『枕草子』の「のだ」文に関して、一つの事実を紹介してみたい。『枕草子』は、文章形態によって、一般に類聚章段、随想章段、日記章段に区分される。これらそれぞれの文章形態の特質をあきらかにするのは文章体論にあたる。ここでは、類聚章段についてみてみる。その文ないし文章形態の基本は、

集は、古万葉。古今。(六五段)

といった事項の列挙にある。一般に主題(「〜は」)に関して「をかし」の評価に値するものが列挙されているとみられている。そこで、

草は、菖蒲。菰。葵、いとをかし。神代よりして、さる挿頭となりけむ、いみじうめでたし。もののさまも、

いとをかし。（六三段）

のように、評価語「をかし」が顕現したり、説明が付加される。しかし、右の文につづく、次の一文が「のだ」文になっていることは、いかなる『枕草子』の文体を物語るのだろうか。

(5) 沢瀉は、名のをかしきなり。「心あがりしたらむ」と思ふに。（同）

「沢瀉は」と「は」があること自体、類聚章段は事項列挙を基本とみるならば、「沢瀉。それは…」の疑縮形とみるべきか。しかし、「のだ」文になっていることと、「〜は」構文であることの間には直接の関係はない。類聚章段中の事項記述が「〜は」構文であっても「のだ」文になっていないものは多いのである。問題は、

(6) 沢瀉は、名いとをかし。

とあってもよいところが「のだ」文になっている理由である。この種の「のだ」文が類聚章段（一部随想的な章段もまじるが）に、一五例ある。うち三例が「思ひ出でらるるなるべし」（一〇段）、「おぼゆるならむ」（三五段）、「思はするなるべし」（五九段）で、後一二例はすべて「をかしき（あはれなる、めでたき）なり」「をかしう見えしなり」である。前者はすべて思考作用動詞を述語として、「なり」に「む・べし」という主体的立場を示す助動詞が付加されており、後者は「をかし」などの評価語（感情語）を述語として「なり」で終止する。ちなみに、随想・日記章段の地の文の「のだ」文では、総計二七例中、「なり」で終止するものは九例、他の一八例は「む・べし・めり・けり」など主体的立場を示す助動詞を付加する構文例になっており、感情語を述語とするものは全体二七例中でわずか四例（ゆかし・わびし・人わろし・あはれなり）と、類聚章段と全く様相を異にしていることが分かる。

では、(6)の文型によらず、(5)の文型になっていることは何を意味するのか。類聚の主題「草」に、「沢瀉」をとりあげた根拠は「名のをかしき」ことにある。それだけなら、(6)の文型でも充分である。それを「のだ」文にしたのは、沢瀉をとりあげたこと自体への言いわけの態度を示しているように思われる。(6)の文型のように言い切った

のではすんなりと納得されないと感じた清少納言が事項選定の根拠が根拠として確かなものであることを強調したものと考えられる。つまり、清少納言には次のような違いへの配慮があったものと想像される。類聚の主題に該当するものとして列挙された事項には、当時の宮廷サロンの人々にとって常識化していた事項とそうでない事項とがあって、後者の度合いの強いものほど享受者（読み手）を納得させる「言い分け」が必要であったものと判断される。「沢瀉」の場合、「をかしきもの」として「沢瀉」が常識化（共通観念化）しておれば、「菖蒲」のように名を挙げるだけですんだであろう。そうでなければ、⑹のようにとり挙げた根拠を示す、しかしそれでも納得されないと思われたので⑸のように「のだ」文で「言い分け」したものと考えられるのである。

二　一貫性——部分と全体

基本的には部分のまとまりが積み重なって全体のまとまりに至るとは言っても、ことはそう単純ではない。特に、連接論でも段落論でも、文と文、または段落と段落の連結の一つとしてとりあげられる「転換」という関係は、部分、部分が意味的に結合していくのを、むしろ中断するものだと言えよう。そこで部分から全体へと貫いているもの、あらゆる部分を一つの全体として結集するもの、それを文章の一貫性と仮称して、ここに見い出だせる問題を考えてみたい(4)。

一貫性を捉える切り口として、物語や小説などを中心に考えてみるに、語り手（表現主体）、作中人物、時間要素、空間要素といったものが指摘しうる。これらは、いわば、物語や小説の世界を構成する表現主体と状況の成分ということになろう。語り手の問題は視点の問題でもある。語り手の視点が作中人物の視点になって、作中人物が視点人物となって叙述されたりする。また、古典の物語のみならず、近代の小説においても、いわゆる語り手が顔をあらわにする「草子地」の問題もあるが、それは、それぞれの物語や小説の方法を知るきわだった「しるし」となり、それはそのままそれぞれの作品の文体を形成するものである。また、表現素材である作中人物が文章の一貫性を保証する。その作中人物がいかなる呼称――固有名か普通名かなど――で表現されるかは文体の問題で、例えば、川端康成の掌の小説には、「彼」「彼女」と冒頭から作中人物が代名詞で登場する作品がいくつかみられるのは、川端の短編手法の特異な点であろう。これは『伊勢物語』の「男」「女」に近い人物呼称と言えようか。

ここでは、時間の問題をとりあげてみたい。「今は昔」「それの年の十二月の二十日あまり一日の日の、戌の時に門出す。」「そのよしいささかにものに書きつく」「ある日の暮れ方のことである」などは冒頭部分に位置して、後続の文章の「時」を総括的に規定しており、後続の文章は、この「時」の支配のうちにあることで、文章の一貫性を保証する機能を果たす。

物語や小説は、過去にあった出来事を語るという態度をとるのが原則である。それは、過去形で語られることを基本とすると言ってよかろう。そこで、過去形に対する現在形（非過去形・未完了形）叙述が、いわゆる歴史的現在（形・法）の用法で、読者が出来事の現場に居あわせているような臨場感をもたらす表現と説明される。しかし、日本語の場合、単純に過去形（タ形―テイタ形）と非過去形（ル形―テイル形）の対立をもって、時制上の過去と現在の対立と認めることはできず、叙述の視点の問題として捉え直すべきものであるようだ[5]。

(7)　昔、男ありけり。

(8)　そののち十日余りたってから、良平はまたたった一人、午過ぎの工事場に佇みながら、トロッコの来るのを眺めていた。（芥川龍之介「トロッコ」）

「昔」「そののち十日余りたってから」など、過去の時点を対象化したことばと共起する「けり」「た」は、語り手が語る現在から、語られる出来事を回想しているという視点に立った叙述であることを示す。この「た」はテンス過去の用法とみてよい。しかし、(8)は次のようにつづき、そこにみられる「た」を(8)の「た」と同種の用法の「た」と考えることはできない。

(9)　そののち十日余りたってから、良平はまたたった一人、午過ぎの工事場に佇みながら、トロッコの来るのを眺めていた。すると、（略）登って来た①。（略）若い男だった②。（略）気がした③。（略）駈けて行った④。（略）快い返事をした⑤。（略）押し始めた⑥。（同）

(8)の文では、語り手の存在を読者は意識する。しかし、(9)の「すると」以下の文連続では、語り手の存在を意識しない。語り手はずっと背後にしりぞいている。そして「（良平は）眺めていた」という設定が契機となって、以下の文は、良平の視点から（特に、②の「若い男だった」は良平の気づきを示している）、またはその場に居あわせるものの視点（語り手の視点）からの良平の行動描写となっている。つまり、これらの「た」形も、歴史的現在法がもたらすという臨場感を読者に感じさせるのである。こういう視点の転移をもたらす契機は、(9)の「眺めていた」や「すると」などの外に「行ってみると」「見ていると」「見えた」「のぞいてみた」「〜と思った」など、作中人物の行動が契機となるが、これらの語句が必ずしも必要だというわけではない。

(10)　「てんごう言うな」富森がどなった。女に、「金持ったら帰れ、男の話に、女子供入ることない」と手をふる①。奥から、また、「上って行きなあれよ」と声がする②。女は、かくんとうなずく③。アイヤには、女が、頭に知恵がまわりきらないふりをしている、と思えた。（中上健次「水の家」）

右の(10)①②③のル形（終止形）は、(9)①③④⑤⑥の夕形と同質なところがある。その同質性は、

(11)　信太郎は、となりの席の父親、信吉の顔を窺った。日焼けした頸を前にのばし（略）シワがよっている①。一年ぶりに見る顔だが、（略）のびている②。大きな頭部にくらべてひどく小さな眼は、（略）力のない光をはなっていた③。（安岡章太郎「海辺の光景」）

この⑾①②③の「テイル―テイタ」形とは異質であることが注目される。つまり、テンス過去の「た」及び気づきの「た」を除けば、動作動詞終止形（ル形）とタ形は、眼前に展開することがらを動的に捉えている視点にあり、それに対して「テイル―テイタ」形は、眼前のことがらを状態として静的に捉える視点にあるという対立をみる。(6)語られる出来事の叙述において、移動する視点と静止する視点とがあることが、文体を捉える上では、むしろ大事な区別であろう。タ形とル形の対立で捉えるのでなく、「ル形―タ形」対「テイル形―テイタ形」という対立で捉えるべきなのである。もっとも「ル形―タ形」が同質性（移動する視点を形成する）をもつといっても、表現効果（価値）などの点で両者が異質であることはいうまでもなく、文体を考える上でも無視できない差異である。

日本語の小説が、

⑿　片側の窓に、高知湾の海がナマリ色に光っている。（安岡章太郎「海辺の光景」）

⒀　山寺の和尚と碁を打っている。（川端康成「冬近し」）

など、冒頭から、いわゆる歴史的現在法によって書き始められることもめずらしくないように、もともと英語などヨーロッパ言語の文章で言われる歴史的現在法をそのまま日本語の物語や小説などに当てはめることはできない。日本語では、語り手（表現主体）は、語る現在の視点から、語られることがらの現在へと容易に視点を移動させるからである。最近、日本語の体験話法（描出話法）が話題になるが、この問題も、こうした日本語の文章のもっている視点の移動の観点から捉えてみる必要があるものと考える。

『土佐日記』は、日付を単位とするパラグラフによる日次記事であることによっても一貫性を獲得している。

⒁　十一日。あかつきに舟を出だして室津をおふ。

一日の叙述の構成は、右の例文のような、その日の行動（状態）の概観を提示することに始まるのを基本としているようだ。「おふ」という視点は、船の進む先へ眼を向けたもので、そこから当然船の進行は、「行く」「離れてゆく」「ゆきすぐ」「漕ぎゆく」など「行く」系で叙述されるのが基本となる。とすると、その中にあって、「来る」系の視点が現れるところは注意してみる必要がある。その一部をあげてみる（（　）の中は日付を意味する）。

⒂　今し、羽根といふところに来ぬ。（1／11）

⒃　かくうたふを聞きつつ漕ぎ来るに、黒鳥といふ鳥、岩の上に集まり居り。（1／21）

⒄　夜なかばかりより舟を出だして漕ぎくるみちに、手向けするところあり。（1／26）

⒅　今は、和泉の国に来ぬれば、海賊ものならず。（1／30）

⒆　いつしかといぶせかりつる難波がた葦こぎそけて御舟来にけり（2／6）

ここには、先を見ている視点とは違って、ある場所に先まわりしてそこに視点を据えているという性質がある。⒃⒄では「居り・あり」と呼応してもおり、⒂⒃⒄は、やってきたその場でのことが次の文で話題となり、⒅⒆は、その場所にやってきた、そのことに意味があることを物語っている。このように「行く」「来る」は、叙述の視点を捉える上で重要な語である。難波に着いて川尻に入ったところから、「行く」にかわって「のほる」が多く使われることは、ただ淀川をさかのぼるという意識によるだけでなく、そこから、やっと「上京」の実感が湧いたことも含んでいるのではないだろうか。

⒇　かくのぼる人々のなかに、京より下りし時に、みな人、子どもなかりき。（2／9）

(21)　たちてゆきし時よりは、来る時ぞ人はとかくありける。（2／16）

京・土佐の往還を、⒇では「のぼる・くだる」（絶対的規定）で認識し、(21)では「ゆく・くる」（相対的規定）で認識している。(21)の、「来る」は、「たちてゆく」に対して「帰り来る」のニュアンスを伴っている。こうした語の使い分けにも注意してみたい。そこに「主題―思想」と結びついた文体の問題があると考える。

三　全体的まとまり

文章の全体のまとまりをいかに捉え、記述するか、それがこの節の課題である。古来、文章法として、序破急とか起承転結、序論・本論・結論といった展開の分析がなされたのも、このレベルの重要な課題であるが、これらは「構成論」と言ってよい。言語表現である文章は、線条的継時的表現様式を採らざるをえないが、そこには、「展開」という時間的な全体像が形成される。それを論じたものが構成論ということになる。しかし、文章が形成する全体像は時間的なそれだけでなく、「展開」のうちに投げ出されてきた表現素材や観念が、意味・内容や論理上の関係を構成する空間的な全体像ともいうべきものがある。[7]筆者は、それを論じるものを、「構造論」と称したい。日本語の文章論で最もおくれている領域が、この構造論ではないだろうか。今はまだ、もっぱら民話や物語の構造分析の段階にとどまっている。筆者も二、三小説の構造分析を試みたが試論の域を出ていない。[8]もっとも、構造論は、主題論と紙一重のところがあり、むしろ文学研究の側において盛んに試みられていると言えようか。文章（作品）の構造は、個々の作品（文章）において、それぞれの独自な結構を形成しているはずだからである。それは、作品の個別性そのものと言ってよいかもしれない。しかし、文章論のレベルにおいて開発されるべき課題もあろう。

先に少しふれた「転換」の問題は、端的に構造と深く関わっていくところがある。「A、（転換）B」と展開するとき、AとBとが、現在と回想される過去、といった時的な対立（関係性）をなすこともあろうし、Aが太郎（男）のことで、Bでは花子（女）のことと、話題の中心となる素材人物で対立をなすこともあろう。「転換」は、流れ（展開）をいったん切りながらも、新たな結びつき（統合化、あるいは構造化）を果たそうとする。

視点人物の転移も、構造分析には重要な観点になる。最近読んだ、ゼーガースの「約束の場所」[9]という中編小説は、約束の場所をめぐって、クラウスとエルヴィンの二人の少年の交流を描いた作品であるが、はじめはクラウスの視点またはその側から二人の交友が描かれているが、途中からエルヴィンの視点またはその側から描くという大きな「転換」がみられる。この視点人物の対立関係がこの作品の構造の骨格をなし、そこに作者の意図も読みとらねばならないことになる。ゼーガースの作品には、こうした操作性の強い作品が多いようだ。

表現の呼応や繰り返し表現などは、文章の一貫性の問題である側面とともに、全体的まとまりを形成する要素として働く側面ももっている。川端康成の「白い花」（掌の小説中の一篇）は、若い女（彼女）が男を遍歴するという作品で、「桃色」という語が、いくつかのエピソードをつなぐ「字眼」になっている。しかし、題名の「白い花」は本文部分には出てこない。つまり、「白い花」は主人公である「彼女」を象徴していると解され、「桃色」の象徴性は、それを前提にして読みとられねばならない。「白」と「桃色」という色は、この作品の重要な対立—構造をなしており、それがこの作品全体の象徴構造を形成していると考えられる。そしてこの象徴構造は、一つ「白い花」という作品にとどまらず、川端文学全体の脈絡につらなっていくものと思われ、そうした脈絡の中で、「白・桃色」のイメジャリーを捉えることが、この「白い花」という作品の構造の意味するところをより深く理解することにもなっていく。そして、川端の作品は、色彩語彙を、写実的描写に供するというよりは、象徴的記述に供する傾向をもつが、それは、彼の文体を考える手がかりになるのである。新感覚主義からする表現上の工夫として、掌の小説などの実験的小説では、特にこの傾向がきわだっているように思われる。

〔底本〕『竹取物語』は校注古典叢書、『宇治拾遺物語』は角川文庫、『大鏡』は岩波文庫、『土佐日記』は角川文庫、『枕草子』は新潮日本古典集成、「トロッコ」（芥川）は岩波文庫、「海辺の光景」（安岡）と川端康成作品は新潮文庫、「水の家」（中上）は角川文庫（『蛇淫』）によった。

注

（1）「こそか」体系から、平安以降徐々に「こそあ」体系に変わっていった。
（2）堀口和吉「指示語『コ・ソ・ア』考」（『論集日本文学・日本語5現代』角川書店・一九七八）。
（3）マクグロイン・H・直美「談話・文章における『のです』の機能」（『言語』一九八四・一）。
（4）従来の段落論、文脈論に重なるところがあり、特に永野賢の、主語・陳述などの連鎖論は、ここでいう文章の一貫性の問題そのものと言ってよい。
（5）糸井通浩「歴史的現在（法）と視点」（『京都教育大学国文学会誌』一七、本書後編〔二〕）。
（6）注（5）の拙稿、及び曾我松男「日本語の談話における時制と相について」（『言語』一九八四・四）。
（7）土部弘「文章表現論の方途」（『表現研究』二二）。
（8）拙稿を列挙する。「三島由紀夫『金閣寺』構造試論」（『愛媛大学法文学部論集』九、本書後編〔五〕1）、「安房直子作『鳥』の構造分析」（『解釈』二三―一二）、「『百合』（川端康成掌の小説）――その構造と思想」（『解釈』二六―一、本書後編〔五〕2）。
（9）アンナ・ゼーガース『奇妙な出会い』（新村治ら訳、明星大学出版部）に所収。

（補注）『大鏡』における指示詞の用法、就中、筆者が「現場的対象指示」（話題指示）と呼んでいる用法については、本書前編〔六〕「『大鏡』を読む」を参照されたい。

付記　文章論が実施すべき研究領域・課題とその研究成果を整理したものに、市川孝『国語教育のための文章論概説』（教育出版・一九八七）がある。また、文章論の動向は、「シンポジウム記録〝文章論の開拓〟」及びその「コメント」（『國語學』一三九）を参照のこと。なお、最近の「テクスト言語学（―文法）」「談話分析（―研究・―文法）」が本稿と重なるところは多い。

〔二〕 歴史的現在（法）と視点

日本語における「歴史的現在」または、その「法」について説かれていることに多少疑問を感じるところがあり、これについて私見を述べてみたい(1)。

『国語学辞典』には「歴史的現在」の項（亀井孝担当）があり、「historical present「物語の現在」とも「劇的現在」とも呼ばれる」とある。「劇的現在」は、イエスペルセンの用語「dramatic present」の訳かと思われるが、これは、この用法が「劇的効果をねらう表現」と捉えられるところから来ており、そこで「劇的効果は、過去の形と現在の形とを交互に用いることによって強められている」と説明がある。『国語学大辞典』では「歴史的現在」は立項されず、「時」の項（高橋太郎担当）のうちに、「小説の地の文などで一連の事件やできごとを描写するばあいの技法として、非過去形と過去形をまぜてつかうことがある。非過去形のこの用法は、歴史的現在とよばれ、よみて、ききてに、目の前でおこる動きであるかのような感じをあたえる効果をもつとされる」とする。時制（テンス）の問題を含むが、従来、文法論においてよりも、むしろ、大和田建樹(2)以来、波多野完治(3)、永野賢(4)らによって、修辞学や文章心理学、及び文章論などの分野などで詳論されてきた。しかし、亀井が「言語によって、その効果も、その使用の難易も決して一様ではない。日本語には古くからその実例が多い」と指摘する通りにもかかわらず、実際に日本語（主に現代語）を対象にして「歴史的現在」がとりあげられるときには、英語などにおける〝物語・小説などで、過去の出来ごとを過去時制で述べる中で、劇的に物語るために現在時制を用いて、あたかもその出来ごとが眼前に行われているかのように感じさせる技法〟といった理解をそのまま日本語にも導入し、現在時制（「ル」形）—過去時制（「タ」形）という対立にあてはめて、「タ」形を基調とする文章において挿入される「ル」形（または、非「タ」形）をもって、歴史的現在（法）とみようとする傾向があるのだが、はたして日本語の「ル」形—「タ」形の対立をすべて時制の対立に帰してよいものかどうか、はなはだ疑問である。英語などの「時制（テンス）」を日本語に適用すること自体、かなり慎重でなければならない。むしろ、もっと日本語の実態に即応して捉えねばならない問題であると考える。

歴史的現在（法）の表現効果については、一般にその臨場感が指摘される。つまり読者（聞き手）を物語中の現場に誘い込み、あたかもその場に居合わせるような印象を与える、また単なる事実の報告ではなく、その事実が眼前に生起するかのように生き生きとした描写を展開する法などと説明される。一語で言えば、臨場感となる。この歴史的現在（法）の表現効果が、はたして先の「ル」形—「タ」形の対立における、その「ル」形のみが発揮しうる表現効果であると言えるかどうか、これが疑問である。つまり、「タ」形にも同種の効果を発揮しうるところがあるのではないかと、筆者は考える。さらに、「タ」形を基調とすべき中に「ル」形が用いられることについて、両形の「混用という形をとる」[5]とか、「現在終止をつかう場合には、現在終止ばかりをつづけて使用すべきで、現在や過去をまぜてつかうことは修辞学の禁止するところであった」が、「横光氏の文章では、現在と過去が入りまじってつかわれている」[6]などとその実態が説明される、この「混用」「入りまじり」という認識は何を意味するのか、両形の用法の連続性断絶性が的確に捉えられねばならないところである。歴史的現在（法）についての筆者の疑問は、以上の点にある。これらは結局、現在と過去という時制上の対立を、日本語においては、「ル」形—「タ」形の対立にあてはめるところに問題のすべてがある、ということになりそうだ。

現在日本語において「書く―書いタ」「美しい―美しかっタ」「雨だ―雨だっタ」という対立があることは明らかで、これらのうち、「書く」「美しい」「雨だ」を現在形（「ル」形）と称し、「書いタ」「美しかっタ」「雨だっタ」を過去形（「タ」形）と称している。さらに動詞の場合には、「書いている―書いていタ」「咲いている―咲いていタ」という対立が存在する。これらも「ル」形と「タ」形の対立とみられるが、一般に文法論では、「ル」形と「タ」形の対立を現在形と過去形の対立としてみるときには、これらは含まれないようだ。しかし、歴史的現在に関して過去形と現在形の対立というときには、これらも含めて考えられているようである。特に、動作作用の動詞の現在形（終止形「書く」「咲く」など）が、主として現代語の談話語では「未来の事象」「話者の意志」を意味するといわれることから、むしろ、動作作用の動詞が、発話時における（現在の）事象であることを表すためには、「書いている」「咲いている」の方が正に「現在形」であると言うにふさわしい。本論では、「タ」形に対立する「ル」形をいうときには、「～テイル・テアル」形を含めて言うことにする。

さて、「ル」形に対立する「タ」形を過去形と称するが、これがそもそも誤解を生みやすい呼称である。形態的識別と機能（ないしは意義）的識別とは区別されねばならない。「タ」形を過去形と称するのは、形態的識別にすぎない。その機能（ないしは意義）的識別については、様々な議論がなされてきているが、寺村秀夫[7]は、ムードの「タ」を除けば、動詞の過去形（「タ」形）には、「過去」を表す場合と「完了」を表す場合とがあるとする。ただし、「過去形がこのような二面性をもつのは、動的な述語の場合（注・動作作用の動詞が述語の場合）で、静的な述語（注・名詞＋ダ、形容詞、状態・存在動詞が述語の場合）は、過去形は過去というだけで説明できる」とする。ここで問題は、「過去」の「タ」とは区別される「完了」の「タ」が認められていることである。これは言うまでもないことであり、さらに系譜論的には、古典語における過去の助動詞「き・けり」、完了の助動詞「つ・ぬ・たり・り」の六つの助動詞が現代語では「タ」一つになったのであるから（このことには様々な注釈が必要であるが、今は大筋だけをとらえて）、この「タ」が、過去と完了という二面性をもっていることは考えうることである。

ところで、歴史的現在というとき、小説や物語などすでに過去にあったことを語る文章は過去形を基調とする、という前提があるために、その「タ」形をすべて「過去」の「タ」と捉えてしまうのであるが、はたして日本語における小説・物語の「タ」形を、形態的識別のレベルにおいて「過去形」と称することはともかく、機能（ないしは意義）的識別のレベルにおいて、この「タ」形をすべてテンス「過去」の「タ」とみることができるだろうか。

例えば、森米二(8)は、歴史的現在を論じて、現在形、過去形の表現機構を、図A、図Bによって示す。

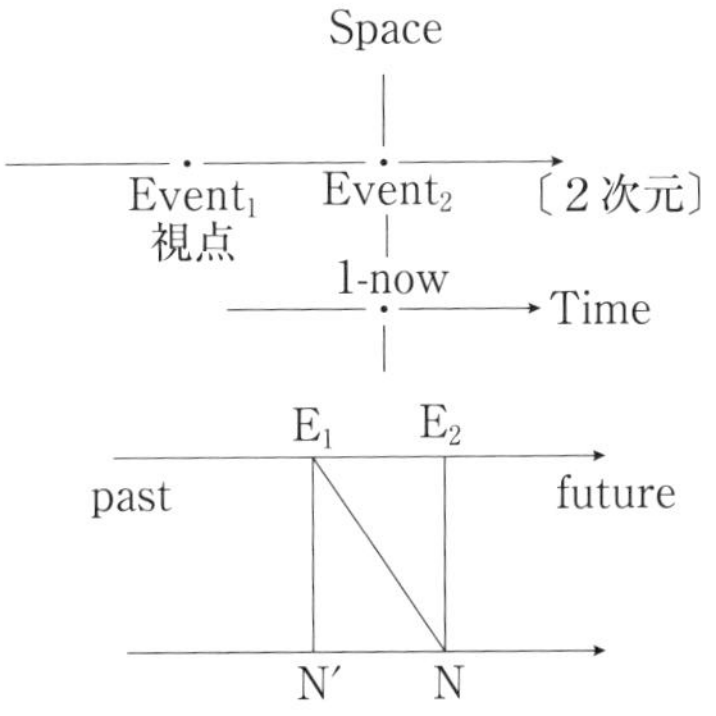

図A　歴史的現在の表現機構

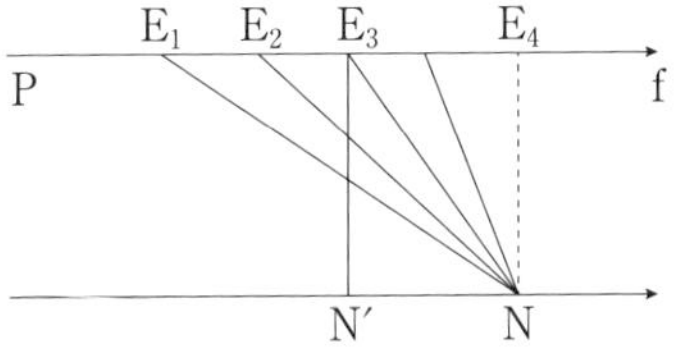

図B　過去時制の表現機構

(N)は話し手の時点（現在）。線は(P)（過去）から(f)（未来）への時の流れ。(E)はできごと。

森は、「過去時制で語り続ける話し手の現在の瞬間は、物理的には刻々に移っているが、心理的には、話し手の幅のある現在として、(N)に固定されており、話し手はそこからN—E^{1}、N—E^{2}…と順次追想し表現してゆく。このように、過去時制の物語においては、(N)は動かずに(E)が次々と変化していくといってよいだろう」と説く。もっともこれは、英語（の物語・小説）の過去時制の表現機構を念頭において示されたものであろうが、日本語における歴史的現在を説く場合においても、従来その過去形（「タ」形）の捉え方が、この森の捉え方とほぼ一致しているのではないか。はたして日本語の小説や物語における「タ」形（過去形）が、すべて、出来ごと(E)をこの話し手（語り手）の時点（N・客観的現在）からみて、過去にあったこととして規定する用法であると言えるだろうか。古典語において、純粋に、この過去時制を表出する語は、助動詞「き」だけである。「けり」も、確かに事象を話し手の時点との関係で捉えたことを示す語ではあるが、その事象は過去時のことに限ったことではなく、事象が過去時のことかどうかは、文脈・場面に依存してはじめて判断しうることである。その点で、純粋に過去時制の助動詞とは言いがたい。完了の助動詞群は、森の示す過去時制の表現機構には該当しない。とすると、森の過去時制の表現機構に該当しうる過去時制は、助動詞「き」だけであり、この助動詞「き」に置換しうる「タ」だけが、森の言う過去時制の「タ」ということになる。

もっとも英語に関しても、次のような、河本仲聖の観察がある。[9]「小説においては、ふつう過去時制の文は『過去』を意味しない。『侯爵夫人は午後五時に出かけた』は、けっして『過去』のことではなく、まさに読者がその文を読んでいるその瞬間に、彼の意識の中で展開する『現在』の事柄である」と。日本語とは違い、過去時制（テンス）が明確な英語においてさえ、小説・物語においては右のような観察が存在することは注目される。筆者が、日本語の小説や物語などにおける過去形（「タ」形）について言わんとするところも、この河本の観察に近いものである。筆者は、小説や物語などの「タ」形を捉えるためには、語り手の時点（現在）から切り離された視点、または、語り手から配賦された「視点（視線）」[10]から考えてみなければならないと考える。文法論・表現論における視点の重要性については、久野暲『談話の文法』（大修館書店・一九七八）が「第二章」（視点）において展開した分析からもうかがえるところである。

Ⓐ　片側の窓に、高知湾の海がナマリ色に光っている。①　小型タクシーの中は蒸し風呂の暑さだ。②　桟橋を過ぎると、石灰工場の白い粉が風に巻き上げられて、フロント・グラスの前を幕を引いたようにとおりすぎた。③

信太郎は、となりの席の父親、信吉の顔を窺った。④　日焼けした頸を前にのばし（略）シワがよっている。⑤　一年ぶりに見る顔だが、（略）のびている。⑥　大きな頭部にくらべてひどく小さな眼は、（略）力のない光をはなっ⑦

ていた。

（安岡章太郎「海辺の光景」冒頭）

①②⑤⑥が現在形、③④⑦が過去形と区分されよう。こうした実態が、現在形と過去形の「混用」「入りまじり」と言われたりするのだが、そうした捉え方にもかかわらず、この文章の展開に「混用」などと言われるような不自然さは全く感じられない。現代小説では、冒頭第一文から、①のように、視点が物語られる出来ごとの場面に移し置かれていることが多い。第四文は、視点が主人公信太郎をとらえ、④「窺った」という信太郎の行動を提示する。これによって視点は信太郎の視線に重ねられる。⑤⑥がいわゆる歴史的現在となっているのは、④によって設定された（または限定された）視点によって捉えられている「現在」であるからだと言えよう。いわゆる歴史的現在となっている場合には、往々にして、こうした限定された視点（視線）に導かれて現れるということが言える。

Ⓑ　歩みいりてみれば、階の間に梅いとをかしう咲きたり①。鶯も鳴く②。

（大和物語・一七三段）

このⒷ①②は、「…みれば」と設定された視線が捉えている事象の描写である。

では、なぜ同じ視点から捉えられたはずのⒶ⑦が「光をはなっていた」と過去形なのか。Ⓐ⑦は、「光をはなっている」と現在形でも、不自然ではない。では、なぜ過去形か。このことが、谷崎潤一郎『文章読本』（中央公論社）が「動詞で終る時は現在止めを用ひて、「た」止めを避けるやうにする」「なるべく「た」止めを用ひるのでありますが、時には引き締まつた感じを出すために現在止めを用ひるのもよい」（「調子について」）と説くようなリズム上の、または修辞的な問題ではないとするならば、父の「眼」が、力のない光を放つ状態ですでに存在していたことに今気づいた、といった、信太郎の視線で捉えた表現になっているからだということになろう。これは古典語では「けり」が持っていた意味用法である。現代語においても、例えば、国広哲弥[11]が「タ」の意義を九項にわたって分析する中で、(5)「ある状態が過去から現在にわたって継続していることに今気が付いた」（発見のタ形）と指摘する用法である。国広はさらにこの(5)を、(4)「過去に実現した状態が現在まで継続している」タ形の特別の場合と位置づけ、多分にムード的用法とみているようだが、それはよいとして、古典語「けり」の系譜をもひく現代語「タ」には、「特別な場合」というまでもなく発見のタ形が、特に小説や物語などでは認めうるのではないかと考えられる。小説や物語などにおける「〜ている—〜ていタ」「〜てある—〜てあっタ」という対立には、視線が現に捉えている事象の状態（動作の継続と結果の状態）を、事象のままに描写するか、事象の経験主体の心理（事実を確認した、という）を通して捉えるか、といった違いに対応する場合もあることは認めてよいだろう。それは、よくひきあいに出される、

(a)　この本は昨日からここにあった。

(b)　この本は昨日からここにある。

という、(a)(b)の対立にも近いものではないかと考える。これらの「タ」形、「ル」形の対立は、単なるテンス過去とテンス現在の対立ではない。とても「タ」形を過去形、「ル」形を現在形と呼んですませられる区別ではないのである。

『海辺の光景』の例文にもどる。今問題にしたⒶ⑦の「タ」形と③④の「タ」形とは異なる。読者がよみとるイメージにおいて、⑦は場面が動かないが、③④では場面が動く。タクシーの中にある視点のままに、時とともに事象が変化していく。だから、③④の「タ」形は、語り手の現在からみて、この事象が過去のことであったことを示そうとして用いた過去形（「タ」形）とは明らかに異質ではないか。むしろ、過去の出来ごとの、その現場（出来ごとの現在）に沿いながら、次々に実現していく事象を追っているのであり、その意味で現場の視点で事象が捉えられていると言える。そう考えられるならば、視点が過去のその現場にあるということにおいて、この③④の過去形（「タ」形）までもが歴史的現在と言われてよいと考える。このように、日本語の歴史的現在（法）については、「視点」論の観点から捉えていくと、従来説かれているものとは違ったものになってくる。

Ⓒ　そののち十日余りたってから、良平はまたたった一人、午過ぎの工事場に佇みながら、トロッコの来るのを①

眺めていた。すると、（略）登って来た②。（略）若い男だった②。（略）気がした④。（略）駈けて行った⑤。（略）快い返事をした⑥。（略）押し始めた⑦。

Ⓓ　良平は独りいらいらしながら、トロッコのまわりをまわってみた①。トロッコには頑丈な車台の板に、跳ねかえった泥が乾いていた②。

（ⒸⒹともに、芥川龍之介「トロッコ」）

Ⓒ①の「眺めていた」は「眺めている」とは改めにくいが、Ⓓ②の「乾いていた」は「乾いている」と置換しうる。先のⒶ⑦と同じである。Ⓓ②は、①「まわってみた」という視点の設定によって、良平の視線で捉えられるから、「乾いている」とすることも可能である。

　Ⓒ①は、改めての視点の設定である。つまり、「そののち十日余りたってから」という時の規定は、語り手が直接顔を出しているも同然で、これから述べる事象が、語り手の現在からみて過去のある時のことであることを示す「時の規定」の態度を前提にした表現である。「眺めていた」は、過去のある時に、良平のある進行中の動作が存在していたことを提示しているのである。「タ」形でしかありえない。しかし、例えば、

(c)　昨日、彼は走っていた。

(d)　昨日、彼は走っている。

この(c)(d)とも適格文であるが、文の意味は異なる。もしⒸ①を「眺めている」とすれば、それは右の(d)と同じ用法となるのであり、それは、文脈・場面からみて、この場合はありえない。

　例文Ⓒでは、第二文「すると…」以下が設定された視点（良平の視線）で、またはそれに沿って、次々に実現していく事象が「タ」形の連続で捉えられている。この「トロッコ」という作品では、「～ている」が可能な場合も、Ⓓ②のように、過去形「～ていた」としている場合が多いが、この選択関係を追求することは文体論の領域に属する問題になってくる。

歴史的現在(法)は、従来、過去形と現在形(「タ」形と「ル」形)の対立として捉えられてきたが、視点論からみればその対立を過去と現在というテンス的対立にすべて帰することは短絡的で不徹底な認識で、中には、両形は、修辞論（ないしは文体論）的レベルにおいてにしろ、視点論的レベルにおいてにしろ、置換可能な場合が多いのである。

では、小説や物語などにおける過去形（「タ」形）と現在形（「ル」形）の対立は、何を意味するのか。過去形（「タ」形）には、過去時制の「タ」（例・「昔、島に一人の若者が住んでいた。」、「昔」など、共起する過去の時を示す語彙などでそれと知れる場合が多い）と非過去時制の「タ」（「完了」のそれなど）とがある。ただし、実際の文章においては、両用法の識別を明確に実施することが困難な場合があり、文脈・場面によりながら、「視点」を的確に捉えることによって識別するべきものであるが、文章表現自体が「視点」を明確に設置しているとは、これまた言えなくて、両用法の「タ」を截然と区別することの困難な場合が多い。いずれにしろ、過去時制の「タ」形用法を除いて考えるならば、現在形（「ル」形）、と言っても主として「テイル・テアル」形と過去形（「タ」形）の対立には、静的な視点と動的な視点といった対立がみられるように思われる。前者は、ある時点における、事象の存在・状態などをその時点に位置して感受・確認する視点であり、後者は、時点の連続―時の流れに沿いながら、事象の推移・変化を確認・経験する視点である。これを、静止させた視点と移動させる視点と捉えようと言うのである。永野賢[12]が「歴史的現在が多用されて緊張感にあふれた静的構成を示し、（略）歴史的現在が一個も使われていないことにより動的な、テンポの速い描写となっている」と補説する観察と通うものと思われ、この相違こそ重要な、「タ」形と「ル」形の対立の一面だと考える。先に「場面が動く」と言ったのもこの過去形（「タ」形）の場合で、その視点は、「語り手の現在」を基点とするのではなく、「物語中の現在」を基点とするとみるべきだと考える。

Ⓔ　アイヤに、キノのことが眼中にないというのではなかった。眼中にないと言うなら、むしろ自分のことだっ

た。一日、飯を食い、酒を飲む①。眠る②。たまに女を抱く③。それだけでよかった。

Ⓕ「てんごう言うな」富森がどなった。女に、「金持ったら帰れ、男の話に、女子供入ることない」と手をふる①。奥から、また、「上って行きなあれよ」と声がする②。女は、かくんとうなずく③。アイヤには、女が、頭に知恵がまわりきらないふりをしている、と思えた。「房さんの弟かん」女は言った。（ⒺⒻともに、中上健次「水の家」）

Ⓖ…雨に向って口を開けたり松葉を嚙んだりし続けた。それがまた八人の男が一巡病人を背負ってしまって私の番が廻ってくると、どんなに背中の上のものを女だと思はうとしたって、その空腹では歩く力だけでもやっとのことだ①。息切れがして来ると眼の前がもうぼうっとかすんで来る②。腕がしびれる③。足がふらりふらりと中風のやうに泳ぎ出す④。すると舌を嚙んだり頭を前の傘持ちにぶっつけたりし続ける⑤。（横光利一「時間」）

右のⒺⒻⒼ中の傍線の語が、動詞の現在形（「ル」形・終止形）である。さて、Ⓔのそれらと Ⓕのそれらとでは用法を異にする。Ⓔ①②③の動詞終止形は、第六文の「それ（だけ）」に吸収されるもので、行為そのものが抽象的にとり出されている。これらは、三上章『現代語法序説』（くろしお出版・一九五三）がとりあげた例、

(e)　読ム、書ク、数ヘル、コレガイハユル三ツノRダ

と同種の用法で、特定の時空に生起した事象を意味するものではない。しかし、Ⓕ①②③の動詞終止形は、特定の時空（物語中の現場）で生起した一回的（歴史的）行為を示している。そして、Ⓖのそれらは、右のⒺのそれらともⒻのそれらとも異なる用法と判断する。文末の現在形（「ル」形）の用法を詳述した田中瑩一[13]は、このⒼの例を、田中の分類中の「超時的用法」と認定するのだろうか。田中は、「時と関わりなくその意味だけをあらわすもの」を「超時的用法」の現在形と規定し、

Ⓗ　運動場の鉄ぼうで、六年生のおねえさんが前回りのれんしゅうをしている、ぴょんと鉄ぼうにとびついた。ひざをまげてくるっと回る①。かみの毛がはね上がる②。三回めになると、顔がまっかになった。それでも、まだ

回っている。　（教科書教材から）

このⒽ①②をそれと認定する。瞬間動詞としてのこれらの例は、先のⒻ例と同種とも、また、Ⓖ例と同種ともみられる（筆者は、後者と判断する）が、いずれにみても、「超時的用法」とは異種とすべきか、と考える。田中は「時とかかわりなく」というが、確かに一回的事実の描写でないという点ではそれは認めうる。しかし、これらは、その物語中の現場の事実（歴史的事実）であることは否定できない。Ⓔ例などの超時性とは時的に質を異にする。Ⓖ例も、（Ⓗ例と同様に）微妙ではあるが、その現場で「くりかえされた動作」の説明的叙述という姿勢を持っている。Ⓖ微妙であるというのは、Ⓖ例が、一回的事実としての叙述「タ」形（過去形）をとったとしてもそれほど不自然でないことからもわかる。

Ⓕ例にもどると、その①②③の現在形は、「タ」形に置換しうる。「タ」形に置換したからと言って、それらが過去時制の「タ」にならないことは明らかであろう。むしろ、視点からするならば、現在時制と捉えるべき用法である。しかし、「テイル」形には置換しえない。そこに、文の時としての現在時制の問題として、瞬間動詞と継続動詞とを区別してかからねばならないところがあるように思われる。

談話語と文章語とでは、異なる様相を呈するであろうし、殊に、文章語の中でも小説や物語などになると、感情形容詞終止文にみられる人称制限に関する特殊用法があるといったこともある。そうした問題も含めて、語り手の表出視点と、それから配賦される叙述視点との関係が単純なものでなくかなり複雑なものであることを考えると、視点論の観点から論じられねばならないことは多い。叙述撰択の基点が、配賦された視点にあるとすると、歴史的現在（法）の問題も、もっと視点を重視したところで論じられねばならない、と考える。

〔底本〕「トロッコ」（芥川）は岩波文庫、「海辺の光景」（安岡）は新潮文庫、「水の家」（中上）は角川文庫（『蛇淫』）、

「時間」（横光）は現代日本文学全集（筑摩書房）によった。また『大和物語』は校注古典叢書（明治書院）によった。

注

（1）糸井通浩「文末表現の問題」（『日本語学』一―二）に多少ふれるところがある。
（2）大和田建樹『文章組立法』（博文館・一九〇六）。
（3）波多野完治『文章心理学〈新稿〉』（大日本図書・一九七七）。
（4）（5）永野賢『文章論詳説』（朝倉書店・一九七二）。
（6）注（3）に同じ。
（7）寺村秀夫『日本語の文法（上）』（国立国語研究所・一九七八）。
（8）森米二「歴史的現在の表現効果」（『表現研究』二六。なお、この号は「歴史的現在の諸問題」を特集し、田中瑩一「歴史的現在の表現効果」などの論文を含む）。
（9）河本仲聖「フォークナーの時間」（『小説の時間』朝日出版社・一九七五）。
（10）今井文男『表現学仮説』（法律文化社・一九六八）。
（11）国広哲弥『構造的意味論』（三省堂・一九六七）。
（12）注（4）に同じ。
（13）田中瑩一「現代日本語の文章にあらわれる文末の現在形の用法」（大坪併治教授退官記念『国語史論集』表現社・一九七六）。

〔三〕小説の冒頭表現

1　小説冒頭の「は」「が」（覚書）

一　一つの調査の実施とその結果

係助詞「は」と格助詞「が」の使い分け、また「は」をめぐる問題については、日本語の文構造の根本問題にかかわるだけに、文法論の中心的な課題として論じつくされてきた感がある。そして、文—文法の領域内において解決のつかない部分を含んだ問題であることから、文を超える文法（文法論的文章論、談話《ディスコース》文法）においても、主要な課題の一つとして研究されてきている。ここでは、後者の観点から、「は」と「が」の使い分けの生態論的観察をすすめながら、「は」と「が」をめぐる問題について、なお残された問題を探りつつ、考察を展開してみたい。

「は」と「が」の使い分けについて指摘されている重要事項の一つは、「は」が既知の情報を受け、「が」が未知の情報を受けるということである。ところで、昔話・物語や小説はそれだけで自立した表現世界である。つまり、昔話・物語や小説の冒頭文以前に、聞き手乃至読者と語り手乃至作者（書き手）との間に、昔話・物語や小説の内容について共有された情報（既知の情報）はないのが基本的なあり方のはずである。言い換えれば、冒頭文の一文からすべての情報は提供し始められると考えられる。例えば、昔話や物語では、

1　昔、昔、大昔、あるところに、お爺さんとお婆さんが住んでいました。そこへ一人の殿様がお通りになって…
（「鳥飲み爺」）

と、「が」が用いられることがそのことを証明している。ところが、近代になってからの小説においては、

2　五十四歳で彼は妻を失った。
（志賀直哉「老人」）

3　…雨はまだ降りつづけてゐた。
（芥川龍之介「海のほとり」）

と、必ずしもそうとは言えない場合がみられる。しかも冒頭の一文から「は」が用いられることは珍しいことではないのである。

そこで、ことは文体論的な領域にも踏み込むことになるが、近代小説の冒頭の一文（及び、必要に応じては、第二、三文にも及ぶことになる）に、どのように「は」と「が」が用いられているか、またそこに作者の方法や文体に基礎づけられた、どんな表現性が読みとれるかを考察してみたい。

さて、考察の手がかりを得ることを目的に、次のような〔調査〕を実施した。

〔調査〕　以下はすべて小説の冒頭文である。

〔A〕　次のうち、「が」または「は」の使い方が不自然だと思われるものを五つ指摘せよ。番号に○印をつけよ。

(1)　秋のはじめの空は一片の雲もなく晴れて、佳《い》い景色《けしき》である。
（国木田独歩「恋を恋する人」）

(2)　石炭をば早や積み果てつ。中等室の卓《つくゑ》のほとりがいと静にて、熾熱燈《しねつとう》の光の晴れがましきも徒《いたづら》なり。
（森鷗外「舞姫」）

(3)　こんな夢を見た。腕組をして枕元に坐って居ると、仰向に寝た女が、静かな声でもう死にますと云う。
（夏目漱石「夢十夜」）

表I　設問〔A〕の調査結果（調査協力者数五九名）

事例番号	原文変更の有無	不自然と答えた人数（%）
(1)	無	5
(2)	は→が	50 (84.7)
(3)	無	3
(4)	無	12
(5)	は→が	43 (73)
(6)	が→は	59 (100)
(7)	が→は	57 (96.6)
(8)	が→は	9 (15.2)
(9)	無	38
(10)	無	13

(4)　或夕方、日本橋の方から永代を渡って来た電車が橋を渡ると直ぐの処《ところ》で、湯の帰りらしい二十一二の母親に連れられた五つばかりの女の児を轢き殺した。（志賀直哉「正義派」）

(5)　物の本によると京都にも昔から、自殺者がかなり多かった。（菊地寛「身投げ救助業」）

(6)　昔、仙台坂の伊達兵部の屋敷にまだ新米の家来で、赤西蠣太《かきた》という侍はいた。（志賀直哉「赤西蠣太」）

(7)　山の温泉宿で私の部屋へ、宿の三つになる子供はこわい顔をしてちょろちょろ走り込んで来た。（川端康成「母の眼」）

(8)　ある弁護士の法律事務所に務めていた貧しい法学士は、市会議員の収賄事件の弁護に関係して、意外にも、花やかな女の友だちといささかな金とを同時に得た。（同「時計」）

(9)　どういうわけであるか、とにかくそこはイタリイであることが分っている。（同「鋸《のこぎり》と出産」）

(10)　十五になる許嫁《いいなずけ》の蓉子《ようこ》が頬の色を消して帰って来た。（同「硝子《ガラス》」）

〔B〕　次の文の「が」または「は」について、不自然な使い方と思われるものには×印を、「は」または「が」に置き換えても不自然にならないものには、△印をつけよ。（それぞれの「が」・「は」のところに×・△をつけること。）

① 自分は今ここに自分の第二の母と云っている初恋の女のことを断片的に云っておきたいと思う。
（武者小路実篤「初恋」）

② フラテ（犬の名）が急に駆け出して、蹄鍛冶屋の横に折れる岐路のところで、私を待っている。
（佐藤春夫「スペイン犬の家」）

③ 兼太郎は点滴の音に目をさました。そして、油じみた坊主枕から…
（永井荷風「雪解」）

④ 真夏の宿場ⓐは空虚であった。ただ眼の大きな一疋の蠅《はへ》だけⓑが、薄暗いうまやの隅の蜘蛛の網にひっかかると、後肢《あし》で網を跳ねつつ暫くぶらぶらと揺れていた。
（横光利一「蠅」）

⑤ えたいの知れない不吉な塊《かたまり》が私の心を始終圧《おさ》えつけていた。
（梶井基次郎「檸檬」）

⑥ 松戸与三ⓐがセメントあけをやっていた。外の部分は大して目立たなかったけれど、頭の毛と、鼻の下ⓑが、セメントで灰色におおわれていた。
（葉山嘉樹「セメント樽の中の手紙」）

⑦ 少年少女が路傍の荷車の両端に四五人ずつ並んで乗っかり、車の心棒をきゆうっきいきゆうっきい軋《きし》ませながら、かったんこっとん、シーソー遊びに夕餉を忘れていた。
（川端康成「男と女の荷車」）

⑧ 近眼の女が、二等郵便局の庭であわてふためきながら封緘《ふうかん》葉書を書いている。
（同「落日」）

⑨ 「ごらんなすって下さい。こんなになりました。どんなに一日会いたがっておりましたことか」あわただしく彼をその部屋に導いて来て、妻の母ⓐは言った。死人の枕べの人々ⓑがいち時に彼を見た。
（同「死顔の出来事」）

⑩ 彼ⓐは友人を連れて丘の上へ登った。木の間のところどころに建った貸別荘ⓑは、秋になってからすっかりしまっている。
（同「玉台」）

⑪ 〝風さやさやと秋を吹く〟小学校の女の子は歌いながら山路を帰って行く。
（同「胡頽子《ぐみ》盗人」）

⑫ ロンドンのホテルに着くと、栄子が窓のカーテンをしめきって、ベッドへ倒れるように横たわった。目をつ

ぶった。（同「乗馬服」）

⑬ 久しく自己的な孤独に住み慣れた彼が、却《かえ》って自分の身を他人に捧げることの美しさにあこがれるようになった。（同「雀の媒酌」）

⑭ 貧しい娘は貧しい家の二階を借りて住んでいた。（同「朝の爪」）

⑮ 青磁色が濃くなってきて空は美しい瀬戸物の肌のようだった。（同「笑わぬ男」）

⑯ 大正十三年九月一日のこと。「おい婆さん、そろそろ出かけようぜ」賢い乞食のケン（健太）が鉋屑の中から、ぼろぼろの兵隊靴を一足引っぱり出してきた。（同「金銭の道」）

表Ⅱ　設問〔B〕の調査結果（調査協力者数五九名）

事例番号	原文変更の有無	解答人数 ×印	解答人数 △印	解答人数 無印
①	無	0	10	49
②	は→が	32	23	4
③	無	0	14	45
④ⓐ	無	1	1	57
ⓑ	は→が	2	30	27
⑤	無	1	30	28
⑥ⓐ	は→が	20	30	9
ⓑ	は→が	4	26	29
⑦	無	14	28	17
⑧	無	2	13	44
⑨ⓐ	が→は	8	29	22

番号	原文変更の有無	解答人数 ×印	解答人数 △印	解答人数 無印
⑨ⓑ	は→が	6	28	25
⑩ⓐ	無	2	1	56
ⓑ	無	1	7	51
⑪	が→は	20	38	1
⑫	は→が	54	5	0
⑬	は→が	25	21	13
⑭	が→は	12	38	9
⑮	無	2	7	50
⑯	は→が	7	33	19
⑰	は→が	47	8	4
⑱	が→は	1	50	8

⑰　家を借りに来た代書人が、十二三の子供の家主面を見ると、笑い出さずにはいられなかった。（同「故郷」）
⑱　レモンで化粧することは、彼女の唯一つのぜいたくだった。（同「貧者の恋人」）

昭和六十二年度の国文法論受講生五九名を対象として、二つの設問を設定した。設問Aは、一〇箇の冒頭を列挙し、そのうち「は」または「が」の使い方の不自然だと思われるものを五箇指摘せよ、というもので、あらかじめ五つの作品の冒頭の「は」「が」を置き換えておいた。設問Bは、一八箇の作品の冒頭文を掲げ、そこに用いられている「は」「が」について、使い方が不自然だと思われるものには「×」をつけ、不自然ではないが、または「が」に置き換えても不自然にならないと思われるものには「△」をつけ、そのままで不自然ではなく、「は」または「が」には置き換えられないものについては無印のままにして置く、という指示を与えた。もっとも、短時間に（考えこまず、直感的な印象によって判断させるという意図から）、しかも読み上げながら判断作業をさせたことが、多少結果に影響を与えたかとも思われるが、大よその傾向を窺い知るには充分であったと考える。

設問Aでは、不自然な「は」または「が」を五箇と数を限定して指摘させたせいか、かなり共通した判断がみられ、正答（?）率が高かったが、設問Bにおいては、かなり判断にばらつきやまよいがみられるようで、「は」と「が」の問題のむずかしさ、または、「は」「が」の使い分けが、文法論というよりは、むしろ文体論的な問題であることを如実に物語る結果が出たように思われる。

まず設問Aの結果からみてみよう。作家の選んだ(1)「は」または「が」と異なる「は」または「が」であること（不自然な「は」または「が」であること）を、五箇のうち四箇については、ほとんどの調査協力者が指摘している。全員が指摘したのが、(6)の存在文の場合で、ついで(7)の現象描写文の場合であった。(7)は、(3)と同種で、(3)が「腕組をして枕元に坐って居ると」に「私」の視点が設定されて、その視点が捉えた現前の現象を描写した文であるのに対して、(7)では、「私の部屋へ」が「私」の存在と、「私」という視点からの描写が展開することを暗示しているのである。これら(6)(7)はともに「が」とあったものを「は」と置き換えておいたものである。ついでは、(2)(5)の形容動詞文、形容詞文で、ともに「は」とあったものを「が」に置き換えておいたものであるが、前者では九名が、後者では一六名が、「が」でよいと判断している。特に後者の数値は注目される。

ともかく、以上は、作家の選択と一致した判断を示しているが、全く的をはずれたといってよいものが、「が」を「は」に置き換えておいた(8)で、それを不自然であると指摘したものは九名にすぎなく、置き換えた「が」で自然だとみたものが五〇名もあった。それと裏腹に作家の表現のままであるにもかかわらず、不自然だと指摘するものが三八名にもなったものが(9)である。もっとも(9)は文構造上あいまいなところがあって、不自然と判断した根拠は、(9)の文を「…「そこはイタリイである」ことが分っている。」と理解したためかと推定される。つまり、「そこはイタリイである」が形式名詞「こと」に吸収される埋め込み文とみると、「は」より「が」を使うのが一般であるという感覚が働いたものと思われる。「…とにかくそこがイタリイであることは分っている。」とするのがよいと判断したものであろう。作家にしてみれば、「…とにかくそこは、イタリイであることが分っている。」という文構造のつもりであったか。冒頭文において、「そこ」などの指示詞が、その指示内容を前提とする旧情報扱いになることは後述する通りである。おそらく、この(9)の存在が、(8)の判断ミス（?）を誘発したものと思われるが、また、(8)そのものにも、作家は「が」を選んでいたにもかかわらず、「は」であっても小説の冒頭文として不自然に思われないような性格が備わっていたからこそ、判断ミス（?）を引き起こしたものと考えられるのである。それは（長文であることが判断をまよわせたかもしれないがなによりも）、(8)には、(3)(7)のように、語り手「私」の存在は認められず、また、「或日の暮方の事である。一人の下人が、羅生門の下で雨やみを待つてゐた。」（芥川「羅生門」）にみる、「が」が自然で「は」では受けにくい「一人の下人」という人物設定（特定的・限定的）とも異なる人物設定（特定的・指定的）が「…法学士」には認められることが、小説の主人公として作家が前提として想定している人物だと判断されたからであると思われる。これと関連させて論じなければならないかと思われるものが⑷⑽の場合で、作家の表現のまま「が」であるのに、それを不自然と判断したものが、一二、三名に達している。⑷は人物ならぬ「物＝電車」が主格であることによって（現象描写文的に捉えて）、そのままでよしと判断されたと思われるが、人物でありしかも固有名詞が主格に立っている⑽が「が」であることの理由については、後述する。

次に設問Bの結果に窺われる問題のいくつかについて触れてみたい。この種の設問のしかたが生み出す結果だと思われるが、作家が選んだままのものをそのまま自然と認める方が正答（？）率が高く（九箇のうち八箇が作家と一致する反応を示していると認められる）、作家の選んだ「は」または「が」を、「が」または「は」に置き換えておいたものに対する反応はゆれることがわかる。もっとも、そのうちのいくつかは、文体論的な使い分けにかかわるものと考えられるが、それにしても、反応が白黒をはっきりつける数的傾向を示さないものが多いのである。しかし、これら作家の表現を変えたものの中で、それを不自然だとほとんど乃至多くのもの（過半数）が指摘しているものが、⑫⑰②の三例にすぎないとはいえ、ある。⑫は、「は」を「が」に置換しておいた例であるが、調査の際、「ロンドンのホテルに着くと」の「着く」や「横たわる」「目をつぶる」は「栄子」の行為である、そしてつまり「ロンドンに着くと」が「栄子」以外の語り手「私」の行為ではない、と補足したことが、誘導尋問になったのか、最も指摘率が高かった。冒頭文における固有名詞（「栄子」など）の登場のしかたについては後述する。⑰も「は」を「が」に置換してあった例であるが、この例では、「十二、三の子供の家主面を見ると」という視点が「代書人」にあることとともに、述語「（…せずに）いられない」が、その視点人物の主体的感情であることによって、視点人物「代書人」が「が」をとると、その一文が現象文となって、客体的にその現象をながめて描写するという表現になってしまい、主体的感情の「（…せずに）いられない」と矛盾することから不自然さを感じたものと考えられる。「代書人」が「は」をとると、「私は」と表現するのと近似して、語り手はその「代書人」の視点に重なりうることが、述語の主体的感情表現と矛盾を感じさせないのである。もし「が」をとるなら、「家を借りに来た代書人が、十二、三の子供の家主面を見ると、笑い出した。」とでもしなければならないだろう。

ところで、先に、作家の表現のままのものについては、それを自然とみる反応が高かったと述べたが、ただ一例が例外であった。それは⑦の例である。これは、「少年少女」を「が」で受けたものであるが、反応はこのままでよしが一七名、「は」にすべきだが一四名、「は」でも「が」でも自然だとするものが二八名とまちまちな反応となっている。これは何を意味するのだろうか。この反応は、⑥の固有名詞「松戸与三」については「は」が好ましいとみる傾向と、一方⑧の「近眼の女」については、このまま「が」が好ましいとみる傾向との中間的な数値であると解読できる。「少年少女」の場合に似た反応は⑭の「貧しい娘」(「が」を「は」に置換しておいたが、×が一二名、△が三八名、ままでよしが九名）の場合にみられ、「は」でも「が」でも自然だという傾向が一層高い。「少年少女」「貧しい娘」と「近眼の女」との間には人物指示の上でどんな認識上の違いがあるのだろうか。「松戸与三」のように固有名詞によって、特定の個人がその人と限定されるような性格を指定性と言うなら、同じ普通名詞的表現でも「近眼の女」と「貧しい娘」とでは、その指定性に差があるとみるべきか。「近眼の女」には、「ある女」や「一人の下人」などに近い認識（どういう人物であるかという、その特定された人物の性格を限定するだけの用法―限定性）があり、「貧しい娘」には、より固有名詞に近い指定性が託されると認めてよいのではないかと思われる。普通名詞のもつ、この二重性――指定性と限定性――に注目しておきたい。勿論、この普通名詞的表現の一義的意味だけで、「は」「が」の使い分けの問題が解決するのではなく、普通名詞で設定された人物についてどういう付加的叙述が実施されているかが、関わっているものと思われる。「少年少女」は「貧しい娘」と「近眼の女」との中間に位置しつつも、「夕餉を忘れていた」という述語表現を主体的感情表現とみるか、客体的描写表現とみるかの多義性が一層⑦の反応にバラつきを生じさせたのかも知れない。

ここにみる「は」「が」の選択は文体論的で、その選択は作家の意図した方法、執筆態度に関わっていると考えられる。その意味で、設問Bの結果から窺える、「は」と「が」の選択がかなり文体論的レベルに基づいていると判断される典型例が⑱で、ついで⑪⑭⑯や、④ⓑ⑤⑥ⓑ⑨ⓐ・ⓑなどであることがわかる。

二　小説冒頭と人物提示

昔話は勿論、物語においても、基本的に冒頭に「は」が現れることは、殊に登場人物の提示においてはなかったと言ってよいが、近代になって、小説が一人称人物を語り手自身や主人公として登場させてきて、「は」を冒頭にもつ文が現れた。

4　吾輩は猫である。（夏目漱石「吾輩は猫である」）

旧情報を受けると言われる「は」が、このように、それ以前に情報のないはずの小説冒頭において現れうるのは、小説も昔話・物語などの「語り」の伝統を受け継いでおり、その語り手の存在は旧情報に属し、その語り手が一人称表現（「吾輩」「私」など）で明示化されるときには、旧情報扱いされて「は」で受けるのである。もっとも、事例4の場合、名詞文であるために、「が」であると、「吾輩が猫である」となり、「猫である」ことが旧情報となるが、そういう情報が小説の冒頭においては通常前提になることがないために、不自然な文となる。

さて、冒頭における人物提示の「は」「が」に焦点を絞って考察するが、〈資料〉としたものは、末尾の資料出典に示したものである。一人称を主人公とする小説では、言うまでもなく、その一人称の人物が視点人物となって、その人物の認識世界として小説世界は展開する。その視点人物を三人称「彼・彼女」に置き換えても基本的には同じで、ほとんど例外なく〈資料〉としたものにおいては、「彼」「彼女」を視点人物として登場させる小説の冒頭においては、設問B⑩などのように、それを「は」が受けている。

[5] 桐の花が咲いた病院を彼は退院した。　（川端康成「人間の足音」）

ただ、語り手でもある一人称の場合と異なるのは、一人称（語り手）の存在は前提となっているが、三人称の場合は、指示代名詞「彼・彼女」であることによって、語り手がその指示内容の人物の存在をすでに前提としている。だから、「彼・彼女」と代名詞が用いえた。つまり、それ故旧情報を受ける「は」で提示することが可能であった。しかし、語り手（一人称）の視点が、この三人称の「彼・彼女」の視点に重なり合うことが容易であることによって、一人称の場合と相似的になるとも言える。

一人称、三人称の人称代名詞が主格に立つとき、ほとんどの場合それを旧情報として「は」で受けるが、更に、一人称、三人称の人称代名詞によって限定された普通名詞においても、「は」で受けることが多い。

[6] 彼女の一族は肺病でだんだん死に絶えて行った。　（同「白い花」）

これらはいずれも、指示代名詞の指示する内容（人物）の存在がすでに前提となっていることを意味した。ただ、注意しておきたいことは、「我が輩」「私」「彼・彼女」についてのすべてが旧情報であるのではなく、その存在が旧情報であるにすぎないこと、そしてその存在が認知されている一人称、三人称の人物を「私は…」「彼は…」などと題目化してそれについて新情報が付加されていくことになる。逆に、ある旧情報について、この一人称、三人称が関わっていたという新情報を提示するときには、「私が…」「彼が…」となることは言うまでもなく、この違いは重要である。(2)

さて、設問Bには、固有名詞——②の犬の名も含む——で人物が提示されている例が五例（②、③、⑥、⑫、⑯）あった。これらについていずれも作家は、「は」によって人物を提示している。ではなぜ固有名詞の場合「は」が受けやすく（川端康成「掌の小説」中、「は」が受けるもの一四例に対して「が」の受けるもの二例である）、また固有名詞が旧情報扱いされうるのはなぜなのか、を考えてみたい。

そこで思い出されるのが、昔話・民話にみられる次のような人物提示のパターンである。

7　大呂に三ネモ（三右衛門）という正直者の若い猟師がいた。　（「天人女房」）

8　昔・昔ある所に、お鶴《つる》という娘がありまして。　（「水の神の文使い」）

（いずれも『日本昔話通観14　京都』同朋舎より）

固有名詞が新しい情報として提示されるときには、「（固有名詞）という（普通名詞）がいた」という存在文のかたちをとり、いきなり固有名詞が存在文の主格となることはないことがわかる。つまり、

9　昔々、ある小さな村に、ヘンゼルとグレーテルが住んでいました。

という文は不自然な文と判断され、勿論「は」でも不自然で、「ヘンゼルとグレーテルという兄妹が…」という存在文にしなければならないのである。

このことは近代小説においても同じで、存在文で人物が提示されるときは、

10　…。清吉と云う若い刺青師の腕ききがあった。　（谷崎潤一郎「刺青」）

や、設問A(6)のように、固有名詞がいきなり「が」で受けられるということはない。

普通名詞と固有名詞とでは、どんな情報上の違いがあるのか。固有名詞というものは、物として存在するという存在事実を前提にして、それに対して同類の他のものとは異なる特別な価値を見い出したものにのみ付けられる名前である、とすると、固有名詞でもって認識しているということは、そういう「物」としての存在をすでに前提にしていることを意味する。「我が輩は猫である。名前はまだない。」というように、物として存在しても、その個別的な物に対して特別な価値を感じて、他の同類のものとそれとを区別する固有名がつけられるとは必ずしも限らないことは言うまでもない。言語主体によって、言語主体とそういう特別な関係で存在するものと認識されていなければ、その「物」が固有名で呼ばれることはないのである。[3] 事例9の場合、「が」で示されることが不自然なのは、

あるものの存在を伝達するという新情報の提示において、その存在を前提としてしかありえない固有名詞をもって存在を伝達するということが矛盾であるからである。

また、近代の小説において、固有名詞を旧情報を受ける「は」で受けることが可能なのも、ある「物」の固有名を知っているということは、その「物」の存在自体を既知としているからで、そういう存在自体を既知（前提）として固有名詞は、「は」で題目化されうるのである。つまり、近代小説においては、事例7 8で見たような昔話・民話などの場合と異なり、作者（語り手）にとって既知な存在として設定された人物をいきなり固有名詞で示すことで、読者にもその人物の存在を既知なるものとして押しつけるという方法をとっているのである。これは、近代小説の大きな特色であり、いわば、一つの作品世界は、主人公（登場人物）たちの生涯の一断面が切りとられてきて、それだけで一つの世界を形成するといった方法だと言えるわけで、一つの作品世界は、始まりなき終わりなきドラマ(4)といっても過言ではないのかも知れない。

ところが、川端康成の「掌の小説」中に、固有名詞を「が」が受ける冒頭文の例が説問Aの⑽と次の例と二例あった。これはどう考えるべきか。

11　東京市電乗合自動車回数乗車券の表紙裏の運転系統図を眺めながら土工の五郎が、「よしか。千住新橋」小高い窓敷居に腰を掛けていた女房のお浅は、「こわいわ。」と、しかし、にゅっと前へ投げた足と両腕とを突張って、腰を浮き上らせた。（「叩く子」）

これは、前半が「…五郎が、「…」（と言うと）」といった従属句的な設定で、「…お浅は…」が主文的で、「お浅」に視点がある文構造とみられる。設問A⑽の場合はどうか。固有名詞が旧情報扱いされうるからといって、常に「は」が受けるわけではないことは、先に語り手が「私」などの場合（一人称小説）について述べたと同じことである。とすると、この⑽の例文は、現象描写文であるために、主格「蓉子」が「が」をとっていると考えればよいことになる。では、なぜここが現象描写文であるのかというと、この小説では、「彼」が登場し、その「彼」の視点から描かれていることがわかる。「…帰って来た。」という認識や、「許嫁の（蓉子）」という限定が、その「彼」の視点からの叙述であることがわかり、つまりは、「彼」の眼に捉えられた眼前の現象を彼の視点から叙述された一文であったことによっているのである。〈資料〉中では他に、

⑫　いよいよ東京を立つと云ふ日に、長野草風氏が話しに来た。　（芥川龍之介「上海游記」）

があったが、これも同じである。

おわりに

以上、本稿では、近代の小説の冒頭の一文を対象にして、そこにみられる「は」と「が」の使い分けについて考察したが、主として人物提示の場合について触れたに過ぎない。この場合についても、存在（詞）文、名詞文、形容詞文、動詞文といった文の種類との関係や、文法と文体の関わり方の問題など多くを残しているし、人物提示以外については、ほとんど触れられなかった。また、談話文法の視点から「は」と「が」を考察する手がかりとして、一つの調査を試みたのだが、まだ予備調査的な域を出ず、問題の所在や分析のポイントなどをさらに整備することによって、もっと充実した調査方法によって実施すべきであると反省させられる。いずれについても続稿を待って考察を深めたいと考えている。

〔底本〕　川端康成の作品はすべて『掌の小説』（新潮文庫）によった。その他は現代日本文学全集『志賀直哉集』『芥川龍之介集』（筑摩書房）、小田切進編『日本の短編小説　明治・大正』（新潮文庫）によった。

注

（1）「作家の選んだ「は」または「が」」という言い方をしたのは、例えば志賀直哉に、
○祖父の三回忌の法事のある前の晩、信太郎は寝床で小説を読んで居ると、並んで寝ている祖母が、「…（略）」と云った。（「或る朝」）
○或る夕方、私は一人、門も前で遊んでゐると、見知らぬ老人が其処へ来て立つた。（「暗夜行路」序詞）
と言った例があることを典型例として、ここでの使い分けが多分に文体論的レベルの事象を扱うものであるからである。

（2）文（主—述）全体が新情報（現象描写文）である場合には、「私」（一人称）は用いられることはなく、「彼」（三人称）の場合についても、「彼」（三人称）以外の視点人物（語り手など）が客観的に観察する位置から「彼」（三人称）をながめている場合においてしか現れない。

（3）このことは、固有名詞が代名詞的な指示機能を持っていることを意味する。もっとも、代名詞の場合は、指示物との関係が相対的であるのに対して、固有名詞の場合は、絶対的である。それ故また、代名詞は、固有名詞を先行詞として指示対象となしうるという違いがある。

（4）関西古代文学研究会での宗雪修三の発表にヒントを得た用語である。

参考文献

仁田義雄「現象描写文をめぐって」（『日本語学』一九八六・二）
毛利可信『橋渡し英文法』（大修館書店・一九八三）
安達隆一「文章における『は』と『が』—人物提示を中心として—」（『国語国文学報』三四）
川端善明「形容詞文」（『國語國文』二七—一二）
野村眞木夫「現代日本語の総称性をめぐって」（『国語国文研究』六八）
糸井通浩「場面依存と文法形式—国語における—」（『表現研究』三七）

2　小説冒頭表現――「は／が」の語用論的考察

序　本稿の目標

物語・小説の書き出しの文において、主語が「は」で提示されるか、「が」で提示されるか、について、かつて調査とその結果を「覚書」としてまとめたことがある(1)。それは、主として、情報構造の観点からの考察に終始した感があった。本稿では、やはりかつて物語・小説におけるテンス・アスペクト表現と視点との関係から「歴史的現在」の問題を論じた前稿(2)もふまえながら、「は／が」の選択と視点との関係、書き出しにみられる「は／が」の表現性について、語用論の立場から考察してみようと思う。資料としたのは、明治以降の、いわゆる近・現代の小説であり、その書き出しにおいて、登場人物が最初に現れる一文を考察の対象とする。以下、例文の末尾に（　）で示すのは、その書き出し部分にある一文の属する小説作品の題名である(3)。

一　普通名と固有名

人物提示の最初の一文の生態を、次の方法によって、まず概観してみることにする。

一人の特定の人物を指示する名詞を、(A)類固有名詞、(B)類人称代名詞、(C)類親族名称、(D)類普通名詞の四種に区分し、それぞれが、係助詞「は」に上接するか、主文において格助詞「が」に上接するか、その違いが表現上の、どんな違いを反映しているか、について観察してみたい。勿論、登場人物が最初に紹介される主文において、常に「主格」扱いになっているとは限らない。ここでは、次のような例は、考察の対象外としておく。

○…私の妹が居るといふ事実は、私をひどい憂うつに陥し入れてしまった。（昭㈠・片岡鉄兵「綱の上の少女」）

○幼時から父は、私によく、金閣のことを語った。（三島由紀夫「金閣寺」）

まず、(A)類「固有名詞」の場合からみてみる。

(A)①　四十二歳にもなりながら故郷を見捨てねばならない破目に陥った田村忠蔵は、…座して居る。（生田葵山「都会」）

(A)②X　ユミがまたゐなくなった。（細田源吉「寡婦とその子達」）

　十五になる許嫁の容子が頬の色を消して帰って来た。（川端康成「硝子」）

(A)②Y　そのころ、西の京の六条のほとりに中務大輔なにがしといふ人が住まっていた。（堀辰雄「曠野」）

①系は「は」に上接の例、②系は「が」に上接の例である（①系②系の区別は以下同じ）。

(A)類では、この①系が圧倒的に多く、②X型はごくまれで、例を見つけるのがむずかしい。②系の場合には、②Y型のように、「といふ（という）」を伴うのが、『竹取物語』（「今は昔、竹取の翁といふ者ありけり。」）などをはじめ、古来の伝統的な人物紹介の表現である。この点で、(A)②Y型は、(D)類に共通するところがある。言うまでもないが、「四十四歳の稲子が見た夢である。」（川・蛇）のように、固有名詞が従属節に現れる場合には、「が」に上接するのが普通となる。

(A)②Y型が、物語的な書き出し文であるのに対して、(A)①系は、近代小説になってみられる特有の人物提示であると言えよう。物語から小説へという転換が、Ⓐ②Y型からA①系へという転換をもたらしたのだが、近代小説においても、物語的な方法で、「固有名詞トイウ者（人）…」とはじめる作品が存在することは言うまでもない。

○昔、仙台坂の伊達兵部の屋敷にまだ新米の家来で、赤西蠣太という侍がいた。（志賀直哉「赤西蠣太」）

Ⓐ①系（固有名詞＋は）が、「は」をとるのは、Ⓐ②Y型にみられる人物の存在を提示する段階を省略して、既に、人物の存在が前提（旧情報）となっていることを、固有名詞であることが意味するからである。[4]しかし、固有名詞による人物提示がⒶ①系―「は」に上接する系をとりやすいとは言っても、Ⓐ②X型も数少ないがみられることは、「は／が」の選択が文法的制約を超えるものであることを物語っている。ここに「視点」との関わりが存在しているのである。

次に、Ⓑ類「人称代名詞」の場合をみよう。

Ⓑ①（一人称）型　私は街に出て花を買ふと、妻の墓を訪れようと思った。（昭㈢・原民喜「夏の花」）

Ⓑ①（三人称）型　彼は波止場の方へふらふらと歩いて行った。（大・宮地嘉六「煤煙の臭ひ」）

Ⓑ②（三人称）型　彼女が一ぱいの人群をすいすいと分けて一人坂を下って行く。（川端康成「火に行く彼女」）

一人称の「私・僕」などや、三人称の「彼・彼女」などが上接する場合は、ほとんど①系（「は」に上接）になると言ってもよい。本稿の対象とした小説群では、Ⓑ②（一人称）型は一例もなく、Ⓑ②（三人称）型も、右の一例のみが見つかったにすぎない。勿論、従属節（句）の例を除いてのことである。Ⓑ②系の右の例は、この作品の書き出しから数行後の文であるが、登場人物「彼女」が最初に登場して来る一文である。しかし、後述する視点論的観点からすると、この作品は「私」を語り手とする一人称小説であり、この「彼女」は、「私」からながめられた観察対象であることがわかる。ここに「彼女が…」となっている理由は説明できることになる。

人物提示の上で、人称代名詞には、固有名詞と共通するところがある。ともに、ある一人の人物の存在は前提になっている。単に個別化された対象というのではなく、どの人物かという特定化がなされた対象である。すでにどの人物と特定化されて存在する人物を指示するのに用いられるのが、固有名詞であり、人称代名詞である。つまり固有名詞や、人称代名詞で指示されるということは、語り手にとっては、その人物が既に「どの人物と特定化されて存在する人物」であることを意味する。(A)類(B)類が、「は」に上接することを標準（無標）とし、「が」に上接する場合が例外的（有標）となるのは、このことに関係している。語り手にとって、その人物は既知の存在と認識されているのである。言うまでもなく、そういう語り手の認識が、そのまま読み手に押しつけられることになるのであるが、この点については、近代小説の方法として、従来しばしば指摘されているところである。ただ、固有名詞の場合に比べて、人称代名詞の方が徹底して①系をとり、②系が一層現れにくい理由についてはよく解らないところがある。ただ、人称代名詞が記述に用いられる順序性を考えると、普通名詞や固有名詞で示された人物を後の文脈で、人称代名詞で受けて指示することはできるが、その逆に、人称代名詞で示された人物を、固有名詞で受けて指示することはできない（もっとも、「彼はクラスの人気者だ。名前を太郎という。」のように、名前の紹介・説明の場合は別だ。この場合の、「太郎」は人物指示に用いられたものではない）。つまり、人物の存在・特定化・指示の層を考えると、ある既知の情報を常に最後に受けうるのは、人称代名詞である。ここに、人物指示に用いられるための名詞に順序性が存在する。普通名詞＞固有名詞＞人称代名詞、である。固有名詞と人称代名詞とに、指示性の違いがあって、このことが、右の微妙な違いに反映しているものと考えられる。しかし、この微妙な違いよりも、両者の共通性の方が文脈形成に強く働いて、(A)類と(B)類とが「は／が」上接について同じ傾向をみせているものと考えられる。

次に、(C)類「親族名称」の場合をみてみよう。

(C)①系　父は…住んでゐた。（大・佐佐木茂索「選挙立会人」）

夫は、…また出かけた。（川端康成「夏と冬」）

(C)②系　丁度時は四月の半、ある夜母が自分と…。（明・矢崎嵯峨の舎「初恋」）

あわただしく彼をその部屋に導いて来て、妻の母が言った。（川端康成「死顔の出来事」）

新しいシャツを胸に白く見せて、息子が店に坐っていた。（同「質屋にて」）

この(C)類でも、①系の方がはるかに多いようだ。しかし、先の(A)類(B)類に比べると、(C)類では、②系が珍しい例とはならない。また、一応①系に分類しているが、例えば、「姉は二十、妹は十七、同じ温泉場の別々の部屋に奉公している。」（川・万歳）のように、「姉―妹」「兄―弟」「父―母」「夫―妻」という関係を対比的にとりたてた表現であるために「は」に上接していると思われるものも目立つのである。(C)類では、「私」（一人称）を主人公とすること（一人称小説）が比較的多い。「私」にとって、「父・母・兄・妹」などは、もとからその存在が前提になっている人物であるから、それらの人物が「は」に上接しやすいということも考えられる。旧情報扱いされる人物たちであるからである。

親族名称は、普通名詞と共通する指示性と、人称代名詞と共通する指示性とを持っていて、両者の中間的な性質を持つことが、右のような生態に反映していると考えられる。日本語では、親族名称が人称詞として、人称代名詞と同様の指示機能を有することは、つとに指摘されているところである。(5) その点では、この(C)類に、一部の職業（地位）名称なども含めて考えるべきであるが、層を単純化して捉えるために、本稿では、その種の名詞を「親族名称」に代表させていると考えていただきたい。

親族名称は、この語で指示される人物と、認識の基点となる人物との関係を表現する。当然、関係人物は特定化される。もっとも必ずしも特定化が必須の条件として要求されるわけではないが、小説中の特定化された場面に登場する人物であること、ましてや語り手ないしは特定化された人物が、認識の基点となることが多い故に、親族名称で指示される人物も、特定化された人物であることになるのである。その点で、人称代名詞の指示性に共通するのである。

ではなぜ、(C)類では、②系（「が」に上接）が(A)類(B)類に比べて現れやすいのか。

同じ関係といっても、人称代名詞の場合の、語り手と人称代名詞で指示される人物との関係と、親族名称の場合の、基点となる人物と親族名称で指示される人物との関係とでは、本質的な違いがあるからである。つまり、後者の場合、具体的特定的な場における人間関係において、対立的な関係にあるのであり、基点となる人物からみると、親族名称で指示される人物は、自らにとって対峙する、いわば観察・認識の対象として存在する人物ということになる。そのことによって、基点となる人物からすれば、親族名称で指示される人物は眼前に出現する事象の「主体」として、捉えることになるからである。つまり、基点となる人物にとっては、観察の対象である。それが親族名称が、「が」に上接しやすい理由であろう。ここにも「視点」との関わりがある。

最後に(D)類「普通名詞」の場合についてみておくことにする。

(D)①　ⓐスターメーカー！　人々はその紳士をかう呼んでゐました。（大・稲垣足穂「星を造る人」）

ⓑふと目と目がカチ合った。はッと思ふ隙もなく、女は白い歯をみせて、にっこり笑った。俺は…（昭㈠・里村欣三「苦力頭の表情」）

ⓒ家を借りに来た代書人は、十二三の子供の家主面を見ると、笑い出さずにはいられなかった。（川端康成「故郷」）

(D)②X　唯一人此所に男がある。（明・江見水蔭「炭焼の煙」）

少年少女が路傍の荷車の両端に…夕餉を忘れていた。（川端康成「男と女と荷車」）

(D)②Y　ⓐある日の暮れ方の事である。一人の下人が、羅生門の下で雨やみを待つてゐた。（芥川龍之介「羅生門」）

ⓑ一人の娘が髪を結おうと思った。（川端康成「髪」）

ⓒ近眼の女が、二等郵便局の庭で…書いている。（同「落日」）

ⓓ…やせた若々しい婦人が…忍び出た。（昭㈠・富ノ沢麟太郎「流星」）

これまでの(A)類(B)類(C)類と異なり、この(D)類では、①系に対して②系が圧倒的に多い。そして、①系の方が、むしろ例外的（有標の）事例となる。右の(D)①系の事例のうち、ⓐの例は、主語が「人々」であることのみならず、その内容が習慣的事実であることから、「は」をとることがむしろ無標の表現であり、「が」をとると、「人々」がとりたてられた表現性を帯び、「人々」に対立して、「スターメーカー」と、その紳士を呼ばない人の存在が前提となるような表現と受けとられる。ⓑ例は、「女は」「女が」どちらも不自然でないと思われる。「女」は、冒頭の一文「ふと目がカチ合った」という行為を構成する人物で、もう一人が、この小説の視点人物となる一人称「俺」である。「俺」の視点から「女」の行為をつきはなして描写するなら「女が」でもよいが、「ふと目と目がカチ合った」で既に意識されている相手であるから、それをとりたてて主題化し説明する方法をとるなら、右の例のように「女は」となるのである。ⓒの例は、「家を借りに来た代書人」の視点で描かれていることが、文末の「笑い出さずにいられなかった」という「代書人」の内面が描かれていることでわかる。それ故「…代書人が…」とすると、「代書人」を外から観察した描写となるため、文末の主観的な記述と対応しなくなり不自然な文となる。つまり、この「代書人は」は、「私は」とも「彼は」とも置換しうる表現なのである。ここに視点と「は／が」の選択との関係の問題が存在しているのである。

(D)類において、②系が多くみられることは、普通名詞の指示機能と深くかかわっていると考えられる。普通名詞では、指示される人物について、個別化までしか示せないのである。(D)②X型は、存在を伝える文である。これは例外なく「が」に上接する文になる。人物提示は単に存在を示すにとどまらず、ほとんどの場合、その人物の個別化がはかられる。(D)②Y型には、その個別化の方法の代表的なもの二種を示した。一つは、ⓐⓑなど、「一人の」

とか「ある（さる）」とかの、限定表現による個別化の場合であり、一つは、ⓒⓓなど、「近眼の」「…やせた若々しい」など修飾語による個別化の場合である。

以上、「は／が」に上接する名詞を、その指示性の違いによって分類し考察してきたが、「は／が」の選択には、言うまでもなく、文の種類が大きくかかわっている。[6] 例えば、以上では、「人物」が「は／が」で示される文を中心にみてきたが、いわゆる「事物」を対象とすると、その多くは、語り手ないしは視点人物からみれば、対峙する事象であるが故に、その多くは、観察した事象の存在を述べる文で、「が」に上接する文になりやすい。

○波の音がなくなった。（川端康成「合掌」）

しかし、「木曾路はすべて山の中である。」（藤村・夜明）など、いわゆる「名詞述語文」は、「は」をとることが無標であり、「が」をとる場合は、有標でそれ以前に情報のない書き出しでは現れにくいと言える。勿論、このことは「人物」提示においても言えることである。

二　語りと視点

小説作品など、文章全体をいかに捉えるか、それは文章論の中心的課題である。そうした観点を持った新批評《ニュークリティシズム》以来の文芸批評の方法が、語りの「視点」という分析の観点を定着させてきた。中でも、新批評が我が国に移入されて以降、叙述（あるいは「語り」）が、どのような認識主体、どのような主体の眼を通してなされているかの分類が、おのおのの文章（小説）の表現特徴を読みとっていく分析の観点として有効な方法の一つであると認められてきているのである。

近年は、新批評（普通、「分析批評」の名で呼ばれている）が、国語科教育において、教材の作品分析の方法にとどまらず、授業の方法（技術）としてとりこまれて話題をよんでいる。その分析批評の中心的な分析の観点の一つが視点論である。

分析批評がもたらした、ないしは遺産として残してくれた有効な分析観点のもう一つが、物語や小説における、作者（オーサー、創作主体）と話主（スピーカー、話者・語り手、表現主体）の峻別であった。

○ここで、この町の雰囲気をひと通り説明しておく方が読者のために便利であると思うが、作者である私は、どうもそれが面倒くさい。　（昭二・榊山潤「街の物語」）

○作者はさっき、「下人が雨やみを待つてゐた」と書いた。　（芥川龍之介「羅生門」）

右のような例もあるが、古い時代は勿論、現代でもなお、小説についての記述（批評・論文など）において、作者と話主とが峻別されていないものが多いのが現状である。本稿では小説の話主を「語り手」と呼んでおく。

井関義久の「実用的な視点」(7)の分類は、視点に関して考えられる、いろいろな要素を組み合わせることによって、一人称か三人称かの区別を根本的中心的区別として立て、一人称（限定）視点、三人称限定視点、三人称全知視点、三人称客観視点の四種に分類したものである。視点分類の代表的なものの一つで、国語科教育における「分析批評」の授業では、この分類が応用されている。

ところで、井関は、一人称（限定）視点を次のように説明し、図のような視点の構造図(A)を示している（(B)は、三人称限定視点の構造図）。

図(A)の枠内は、作中場面を表す。目玉の絵は話主で、

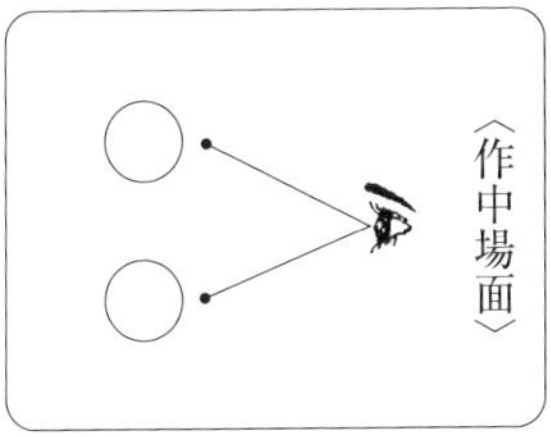

図(A)

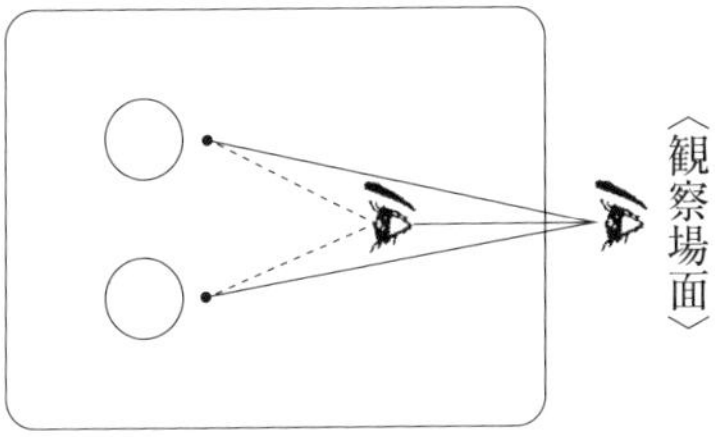

図(B)

作中場面にいるため内在視点。一人称だから話主と視座人物は同じだ。話主の主観で語っているので、他の人物（○印）の中にまで視線が入り込んでいない。

話主が作者と区別されたものであることは先に述べた通りである。しかし、「話主」が「作中場面にいる」と捉えるのは疑問である。三人称視点の場合――(B)図及びここでは省略した他の二つの視点の場合も含めて――をみると、「話主」は「観察場面（語り場面）」に位置づけられているのである。ところが一人称視点の場合、「一人称だから話主と視座人物は同じだ」と説明されているところに不明確さがあると考える。確かに、一人称視点の場合、「話主」と「視座人物」（一般に「視点人物」とも言われる）とは同じ（同一人物）であるが、時枝誠記の「言語成立の外的条件」の概念を用いて説明するならば、「話主」は、「主体」（言語主体、ここでは表現主体）としての一人称であり、「視座人物」は、「素材」としての一人称であって、異なるのである。つまり、語る一人称と語られる一人称という違いがあり、語りの構造を考えるとき、この違いは重要である。つまり、一人称（限定）視点の場合においても、「話主」は、「観察場面（語り場面）」に位置づけられていなければならないのであり、そうであれば、(A)図と(B)図とが相似的な構造となるはずで、ただ、両者の違いは、「作中場面」内の目玉が、一人称視点の場合は、登場人物としての「話者（私・僕と登場する）」であり、三人称視点の場合は、「話主」（登場人物としては登場しない）、あるいは話主が視点を同化させた作中人物「彼・彼女」などである、というところにある。このように、一人称（限定）視点と三人称限定視点とが相似的な関係にあることは、以下で述べる通りである。

井関分類を、このように修正することが妥当ならば、語りのすべての場合（井関分類の四種のすべて）において、「話主」は「観察場面」に位置づけられることになり、そのことが井関も「文芸作品は、すべて話主が読者に向かって直接に語りかける形をとる」と述べていることの意味であると考えられるのである。すべての物語・小説において、作者によって想定、または設定された話主（語り手）が存在しているのである。ただし、語り手と一口に言っても、それには、具体的実体的な人物としてイメージしうる場面から、漠然としていて、言わば、語りの「機能」そのもののような存在でしかイメージできない場合とまで様々であることには注意しておきたい。それ故にまた、井関のことばを借りて言えば、「観察場面（語り場面）」というものも、実体的なものからそうでもないものまであって、その空間を具体的特定的に記述することはむずかしい。演劇などの舞台を喩えにして言うならば、「観察場面」とは、ドラマの演じられている舞台に対する、それを観ている客席（の観客）にあたると言えようか（物語・小説をなす言語の構造には二種がある。一つは、劇場の構造であり、一つは舞台で演じられるドラマの構造である。構造論や構造分析では、この二種が区別されねばならない。「視点」は、前者の構造にかかわるものである）。

さて、すべての物語・小説に存在すると想定した語り手は、語り手——表現操作の基点となる人物、またはその眼——である限り、例えばそれが神的存在であろうと、猫のような存在であろうと、すべて一人称（視点）である。この語り手と表現（語りの叙述）とのかかわり方について考えてみることにしよう。

例(1) 国境の長いトンネルを抜けると雪国であった。夜の底が白くなった。信号所に汽車が止まった。向側の座席から娘が立って来て、島村の前のガラス窓を落した。雪の冷気が流れこんだ。（川端康成「雪国」）

この書き出しの一文を、サイデンステッカーが、「the train」を主語に補って英訳しているのに対して、原文では主語が明示されていないといった、日英語の違いを比較して、日本語の表現的特質を分析した具体例の一つが、金田一春彦のもの[8]であったか、近年もしばしばとりあげられて、有名な例文になっている。この書き出しを、小説における語り手の存在ということから読み直してみる。

日本語では、主語が明示されていない場合や理解に必要な限定がない場合（文脈依存による場合を除く）、それを理解するのに、まずは表現主体（話主—ここでは語り手）との関わりで理解すればよいところがある。

○妹が昨日東京からもどってきてね。

○今朝から頭がいたくてたまらない。

これら（突然もち出された文とする）は、文法論でも話題になる例文であるが、「誰の」という限定がない限り「妹」は、「（話者主体の）妹」であり、「頭」は、「（話者主体の）頭」であると理解されるのである。「雪国」の書き出しの一文は、「汽車」を主語としながら、それを省略したといった客観的で、つき離した描写とみることはできない。一人の人間そしてまず誰よりも語り手の、あるときの一回的経験を、自らの気持ちにそって表現していると理解するのが通常である。ましてや、トンネルを境にして、片方は雪国である、といった一般的事実を説明しているものでもない。「～すると、～」という条件帰結構文は、一般的普遍的事実を表現する場合にも用いられるが、ここでは一回的経験を述べた表現であることは明らかで、それ故「雪国であった」の「た」は、気づき、発見の用法と言える。つまり、書き出しの一文によって、その一文のように認識している特定の一人の人物の存在がありありとイメージされるのである。読者は、その人物をまずは語り手かと想像する。小説の書き出しで、言語表現できる「人間」として存在が明らかなのは、「語り手」だけだからである。「語り手」以外に与えられた情報はないからである。しかし、この小説の場合、やがて、書き出しの視点が、島村の視点であり、語り手は、書き出しから島村の視点に寄りそいながら語るという三人称限定視点を採っていたということがわかることになる。例示した部分では、後続の文の主語が、すべて「が」によるが、これは後述するように、視点人物島村が、観察対象として認識している外在的事象であるからである。こうした三人称限定視点の書き出しは比較的多くみられるが、次もその例である。

例(2)　片側の窓に、高知湾の海がナマリ色に光っている。小型タクシーの中は蒸し風呂の暑さだ。桟橋を過ぎると、石炭工場の白い紛が風に巻き上げられて、フロント・グラスの前を幕を引いたようにとおりすぎた。

信太郎は、となりの席の父親、信吉の顔を窺った。

（安岡章太郎「海辺の光景」）

この例では、「片側」と判断し、「暑さだ」と感じ、「白い紛が…とおりすぎた」のを目撃しているのが、語り手

（私）かと思わせながら、次の段階になって、「信太郎」であると分かる。つまり、信太郎を視点人物とする三人称限定視点であることが分かるのである。

今、この書き出しのパターンを「雪国型」と称しておこう。同種の書き出しのようにみえて、明らかに異なるものとして、次のものがある。

例(3)　無理に呼び起された不快から、反抗的に一寸の間目を見開いて睨むやうに兄の顔を見あげたが、直ぐ又ぐたりとして、ヅキンヅキンと痛むこめかみを枕へあてた。私は、腹が立ってならなかったのだ。

（大・中戸川吉二「イボタの蟲」）

例(4)　珍らしく静かな暖かな夜だった。この二、三日家ごと揺ぶられるやうにはげしかった波の音は、凪いだのかずっと落ちて居る。おていさんが夕御飯の後仕舞もしてくれるので、手持無沙汰に感じられるくらゐの無聊だった。

（昭三・檀一雄「終りの火」）

これらも、事態を認識する主体が語り手かと思わせるが、例(3)ではやがて一人称「私」が登場し、語り手自身であったことがわかる例——一人称（限定）視点を採った小説——である。前にも述べたが、この「私」は、「語り手」が自己を対象化して、「私」の視点から語っている表現である。これを「イボタ型」（例(3)による命名）と称しておく。

雪国型にしても、イボタ型にしても、書き出しから共に実体的な人物が存在していて、その人物が事態と関わり、事態を認識していることが読みとれるのであるが、やがて、それが片や一人称「私」であり、片や三人称の人物であったことが分かるのである。ただ、共に「まずは語り手かと思わせる」という説明のしかたをしたが、正確には、三人称限定視点の雪国型においても、一人称視点の「私」が視点人物かと思わせる表現（つまり、一人称小説・私小説）になっていると、言い換えるべきものであった。

このように、一人称（限定）視点と三人称限定視点とは、相似的な構造をとるのである。三人称限定視点の視点人物が、固有名詞や三人称名詞で紹介される場合が多いが、それは、多くの場合、「私」（一人称）に置換しうるような叙述になっていることが多いのである。

井関は、実用視点の分類の根本的中心的原理を、一人称・三人称の区別とみたが、この両者は、相違性よりも類似性の方が大きいとみるべきであって、私見では、視点分類の根本的原理としては、限定的か非限定的かの区別をこそ重視すべきであると考える。私見によると、井関分類は、次のように修正するのがよいと考える。

- 視点
  - 限定視点
    - 一人称視点
    - 三人称視点[補注]
  - 非限定視点
    - 全知視点
    - 客観視点

この分類の全体や個々の視点については、なお補説すべきことが多いが、今は割愛する。

文法論において、日本語では、感情感覚表現文には人称制限があり、発話時の直接の感情感覚主体は一人称に限られるという指摘がある。ただし、終止用法が過去形をとった場合、物語・小説では例外的に、三人称主体についても可能であるという判断が定説化している。このことは、三人称主体の場合、語り手の視点が三人称の視点に重なって、あたかも「私」（一人称視点）に置換しうるような視点をとっていることから必然的にもたらされたものであった。[9]

三　視点と「は／が」選択――まとめ

一では、主として「は／が」に上接する名詞が人物を指示する場合について述べたが、人物以外の事物事象を上接する場合には、小説の書き出しでは、「が」を採ることが多いこともすでに述べた。もっとも、

○木曾路はすべて山の中である。　（島崎藤村「夜明け前」）

といった名詞述語文になると、むしろ、「は」に上接するのが無標の表現であって、小説の書き出しにおいても例

外ではない。「は／が」の選択は、文の種類――名詞述語文、形容詞述語文、動詞述語文――によって、有標・無標の分布を異にするのである。そうした文型にみられる制約をまぬがれている場合における「は／が」の選択は、語り手の主観的叙述態度によることになる。物語・小説では、必ず語り手が存在する、ということは、描写にしても、説明にしても、人物である語り手の視点ないしは、語り手が入り込んだ視点人物――一人称・三人称――の視点から叙述がなされるわけで、「人物」に対峙する自然現象など、その「人物」に外在する事象は、客観的に存在する事象として描写されるのが普通（無標）となる。つまり、現象描写文となるのである。

例(5)　七月の半、すこし過ぎた頃の朝日が、静かに庭一帯に照っている。グラジオラスの紅い長い花の一群が、庭の一隅でその日を受けて燃えるやうな色を見せて居た。　（明・水野葉舟「微温」）

例(6)　波の音が高くなった。彼は窓掛を上げた。やっぱり沖に漁火があった。　（川端康成「合掌」）

これらがそれである。しかし、なかには、

例(7)　山の峰々や渓間から、そのふかい濃緑を乳色に溶いて、しとしと朝霧を流してくる風は肌にひいやりとした。　（昭(二)・島村利正「仙酔島」）

例(8)　無蓋の二輪馬車は、初老の紳士と若い女とを乗せて、高原地帯の開墾場から奥深い原始林の中へ消えて行った。　（昭(一)・佐佐木俊郎「熊の出る開墾地」）

右のように「は」に上接する叙述がなされることがある。こちらが有標であり、例えば、右の例(7)の場合だと、「…風は」は、「…風が」でもよいが、ここで「は」が選ばれたのは、主人公「杉村屋の老婆ウメ」を視点人物として、その「ウメ」一人がその時感知していることを描いたというよりは、「ウメ」の住む「小さな町」の状況を説明している叙述だからだ、と思われる。例(8)でも、「無蓋の二輪馬車が」とあってもよいところを、「…は」を選んでいる。「無蓋の二輪馬車が」だと、その文末が「…消えて行った」であるために、こう認識する視点（人物）から遠ざかって消え去ってしまうのだが、実は、この小説では、この後で「馬車はぼこぼこと落葉の上を駛《はし》った」などとあるように、視点はこの「馬車」とともに移動しているのである（語り手、つまり語り手の視点は「馬車」に乗っているとみてよい）。それ故、ここでは「馬車」の様子を説明する表現（「は」上接）を採っている。「無蓋の二輪馬車」の存在を前提とした書き出しになっているのである。

以上にみた、「が」に上接する、人物以外の事物事象の場合と同様に、人物名詞が上接する場合でも、「が」に上接する場合は、語り手ないしは、視点人物から、客観的に対象化して捉えられている場合であると言えるようだ。一人称代名詞の場合「が」が上接することが少ないのは、語りの視点としての一人称者が、「我」をつきはなして、現象として描写することが日本語では不自然だからであり、小説（「語り」）における三人称代名詞の場合も「が」に上接することが少ないのは、三人称人物が視点人物に立っていると、一人称視点の場合と同じことになるからである。「が」に上接することが少ないことには順序があるようで、人称代名詞、固有名詞、親族名称、普通名詞という順序で「少ない」ようだ。もっとも、親族名称も含めて、普通名詞に関しては、さらに下位類をほどこして、その指示機能とともに分析してみるべき点があると考えている。

注

（1）糸井通浩「小説冒頭の「は」と「が」（覚書）」（『京都教育大学国文学会誌』一二、本書後編㈢1）。
（2）糸井通浩「歴史的現在（法）と視点」（『右同』一七、本書後編㈡）。
（3）例文の引用は現代日本文学全集（筑摩書房）の『明治小説集』『大正小説集』『昭和小説集㈠』『同㈡』『同㈢』及び川端康成『掌の小説』（新潮文庫）その他によった。
（4）注（1）に同じ。
（5）鈴木孝夫『ことばと文化』（岩波新書、一九七三）。

（6）　佐治圭三「題述文と存現文」（『日本語の文法の研究』ひつじ書房・一九九一）。
（7）　井関義久『国語教育の記号論』（明治図書・一九八四）。
（8）　金田一春彦『日本語への希望』（大修館書店・一九七六）。
（9）　北原保雄「表現主体の主観と動作主の主観」（『國語學』一六五）では、「主観の客体的表現」の終止用法について、「これらの表現（注・主観の客体的表現の終止過去形用法）は、表現主体の他者（＝二、三人称の動作主）の主観（＝心のうち）を見透かすような視点――これを透視的視点と呼ぼう――に立って、他者の心中を描写しているものである」とする。私見では、「他者の心中を描写」ではなくて、他者の立場に立って、その我が心中を語るという表現であるとみる。「彼」を「私」に置換しうるのである。

（補注）　三人称視点とは、誤解を招く用語である。厳密には、三人称の人物の視座における視点というべきところ。いずれの主体の視座の視点であろうと、その主体の立場からつまり一人称の立場からの視点となるからである。すべての表現が、表現主体の一人称による言表行為である。

参考文献（本文及び注で取り挙げたものは除く）

安達隆一『構文論的文章論』（和泉書院・一九八七）
井関義久『批評の文法――文芸批評と文学教育』（大修館書店・一九七二）
木坂基「冒頭段落に位置する提題文」（『広大教育紀要』二一―三七）
金水敏「名詞の指示について」（『築島裕博士還暦記念国語論集』明治書院・一九八六）
熊倉千之『日本人の表現力と個性』（中央新書・一九九〇）
野田尚史「有題文と無題文―新聞記事の冒頭文を例にして―」（『國語學』一三六）
林四郎『文の姿勢の研究』（明治図書・一九七三）
望月善次『「分析批評」の学び方』（明治図書・一九九〇）

3　冒頭表現と視点

はじめに

小説も、広義には「語り」の文学である。「語り」の言語を分析する上で基本的原理となることからまず確認しておこう。

「語り」も言語行為であるとすると、言語行為の主体がかならず存在しなければならない。つまり、表現主体が存在する。作者夏目漱石が「吾輩は猫である」という小説作品を書いている。ここに典型的に露呈しているように、この「語り」の表現主体は一匹の「猫」である。これを「語り」では「語り手」という。そして語り手である猫は、作者夏目漱石ではない。「猫」に、作家の漱石の思想が反映しているかどうかはこの際関係のないことで、表現機構上、「猫」と「漱石」とは別人（?）格として捉えなければならないのである。この二者を、作主（例えば、漱石）と話主（例えば、猫）という語で区別することもある。いわば、「語り」は、作者（作主）によって設定された語り手（話主）が語る言語行為である。小説を「語り」（の文学）と捉える限り、小説にも作者とは異なる「語り手」が存在しているとみる。そして小説の「冒頭表現と視点」というとき、「視点」とは、この「語り手」との関係で認知されるものである。

本稿では、登場する人物（擬人化されたものも含む）なくして「語り」は成立しないことを前提にして、語られる世界に登場する人物（以下、作中人物、と称する）が、小説の冒頭部において、どのように登場するかに注目する。そして語り手とその人物との関係、さらにそこに設定される「視点」の問題を考えてみることにしたい。冒頭と書き出しとを区別したのは、時枝誠記であった。だが、本稿でいう「冒頭」とは、時枝の言う「書き出し」のことであり、それは必ずしも、「語り」の冒頭の一文だけを指すとは限らない――登場人物が冒頭の一文において必ずしも登場しているとは限らないから――。そこで、「冒頭」の語は、冒頭部の意味で用いることにする。

一　物語の語りから小説の語りへ

物語の「語り」の冒頭における、人物提示の文には、甲乙二種類があった。甲種は、人物の存在を語るものである。

①　今は昔、竹取の翁といふ者、ありけり。名をば讃岐の造となむ言ひける。（竹取物語）

②　昔、男、ありけり。（伊勢物語）

これはすでに『万葉集』の題詞などにみられる、例えば「昔者有娘子。字日桜児也。」といった文型を継ぐものである。そして、それが「語り」の原型ともみられるもので、今も昔話（昔語り・民話）では常套の人物提示文として生きている。もう一つの乙種は、人物の行動から語りはじめるものである。

③　亭子院の帝、今はおりゐなむとするころ（略）書きつけける。（大和物語）

甲種は、人物の「存在」を語り、乙種は「行動」を語る。この二種の違いは、人物そのものを指す「名詞」の種類の違いに関係する。甲種では、「男」など普通名詞であることを典型としており、もし固有名詞ないしは固有名詞的性質の名詞であるときには、「〜といふ」という引用形式を必要とした。①の『竹取物語』の例がそれである。

これに対して、乙種では逆に、固有名詞ないしは固有名詞的性質の名詞であることを典型とする。固有名詞であることは、すでにその人物の「存在」は前提とされていることを意味して、それ故あえて「存在」から語る必要がなく、いきなりドラマを導く「行動」から語りはじめることが可能だからである。もっとも必ず「行動」から語るとは限らず、名詞文や形容詞文によって、その人物の性格などを説明することからはじめることもある。が、やはり典型は、「行動」を語る動詞文の場合とみておいてよかろう。もっとも、人物を指す名詞が普通名詞であってもそこに何らかの「存在」を示す形式が付加されているときには、いきなり「行動」から語ることが可能であった。

④　ある僧、人のもとへ行きけり。（宇治拾遺物語）

⑤　山の横川に賀能知院といふ僧、きはめて…をのみしけり。（同）

これらの事象については、拙稿[1]を参照いただきたい。いずれにしろ、物語の「語り」では、人物の存在から語りはじめるものと、人物の行動から語りはじめるものとがあり、そのうち、前者の場合を原型としていたと言ってよい。同じ存在文から始発する場合でも、『源氏物語』では、

⑥　いづれの御時にか、女御、更衣あまたさぶらひ給ひける中に、〔いとやむごとなき際にはあらぬがすぐれて時めき給ふ〕、ありけり。

と、人物提示が、助詞「の／が」による同格準体句で示されているが、この種のものも多く古典の「語り」ではみられる。

さて、近代になって、小説では、上にみた、いわゆる存在文による人物提示型甲種がほとんどみられなくなったのである。そして、後者乙種の系統に属する語り出しが多くなったと言える。しかし、全く甲種が消えたわけでなく、例えば、

⑦　そのころ、西の京の六条のほとりに、中務大輔…といふ人が住まっていた。（堀辰雄「曠野」）

⑧　昔、仙台坂の…赤西蠣太という侍がいた。（志賀直哉「赤西蠣太」）

などでは、人物の存在から語りはじめられている。物語的な書き出しと言ってよい。この種に共通することは、作者にとって、同時代とは捉えられない人物・時代の設定を行ったとき、この種の人物提示をすることになるものと思われる。

二　小説の人物提示

すでに、次のような考察を発表したことがある。(2)「語り」の視点をどのように捉えるかを目標にして、小説冒頭において、作中人物がどのような語（名詞）で指示され、それが「主格」となる文において、係助詞「は」で受けられるか、格助詞「が」で受けられるか、それがそれぞれの名詞の種類によってどのように異なるか、そこにどんな傾向がみられるか、また、それは何故かを考察したものである。

作中人物を指示する名詞を、四種に分類した。A種は、普通名詞の場合、B種は、親族名称（特定の地位名称の場合も配慮する）の場合、C種は、固有名詞の場合、D種は、指示詞（人称代名詞）の場合である。それぞれの場合について、どういう傾向がみられたかを、ここに改めて整理し直してみたい。

まず、A種の場合である。

A①　ⓐスターメーカー！　人々はその紳士をかう呼んでゐました。（大・稲垣足穂「星を造る人」）

ⓑふと目と目がカチ合った。（略）女は白い歯をみせて、にっこり笑った。（昭㈠・里村欣三「苦力頭の表情」）

ⓒ家を借りに来た代書人は、十二、三の子供の家主面を見ると、笑い出さずにはいられなかった。（川端康成「故郷」）

A②Xⓐ唯一人此所に男がある。（明・江見水蔭「炭焼の煙」）

ⓑ少年少女が路傍の荷車の（略）夕餉を忘れていた。（川端康成「男と女と荷車」）

A②Yⓐ一人の下人が、羅生門の下で雨やみを待つてゐた。（芥川龍之介「羅生門」）

ⓑ一人の娘が髪を結おうと思った。（川端康成「髪」）

ⓒ近眼の女が、二等郵便局の庭で（略）書いている。（同「落日」）

ⓓ（前略）やせた若々しい婦人が（略）忍び出た。（昭㈠・富ノ沢麟太郎「流星」）

右の①は、係助詞「は」が下接する場合、②は、格助詞「が」が下接する場合である（以下同じ）。

A種の場合、②――つまり格助詞「が」が下接する場合が圧倒的に多い。右に示した、係助詞「は」が下接する①の例などは、むしろ例外的な存在である。近代小説では、人物提示文が存在文となることが少ないと先に述べた。存在文の場合、言うまでもなく名詞には「が」が下接する。右の②Xの場合がそれに相当する。近代小説ではこの存在文と認めうるX型自体が少なく、多くは、②Y型の文である。Y型では、「ある」「一人の」やその他の連体修飾句が名詞を形容することで「存在」提示の段階を含み込んで、「行動」からいきなり語られはじめるのだが、その人物を指す普通名詞には「が」が下接する、それは何故か。

これらは存在情報の提示自体を含んでいることから明らかなように、語り手にとって、自らとは明らかに異なる他者を紹介するのであるという点で、その人物の行動は、観察対象となるのである。「雨が降りはじめた。」などの現象描写文と同じになるからである。では、にもかかわらず、例外的とは言え、A種に①型が存在するのは何故だろうか。①のⓐ例では、「人々は」とある。これは、社会一般的な事態を定義的に述べた文で、それ故に「は」が下接する。ⓑ例は、「は」でも「が」でも通用するところだが、「は」であるのは、視点人物「僕」が表現以前にすでに注目していた人物（「女」）として設定されているからであろう――それ故旧情報として扱われた――。ⓒ例では、その一文が「代書人」の視点からの一文で、語り手がすでに「代書人」に同化した視点となっていて、語り手が対象を観察するという視座にはないことから、「が」は使われにくかったとみられる。このように、それぞれ「は」となった理由が存在する。

次に、B種、親族名称の場合をみる。

B①　ⓐ父は（略）住んでゐた。（大・佐佐木茂索「選挙立会人」）
　　ⓑ夫は（略）また出かけた。（川端康成「夏と冬」）

B②　ⓐ丁度時は四月の半、ある夜母が自分を（略）。（明・矢崎嵯峨の舎「初恋」）
　　ⓑあわただしく彼をその部屋に導いて来て、妻の母が言った。（川端康成「死顔の出来事」）
　　ⓒ新しいシャツを胸に白く見せて、息子が店に坐っていた。（同「質屋にて」）

A種の普通名詞の場合と違って、B種では、係助詞「は」の下接の方（①）が多くなる。親族名称の名詞も普通名詞扱いにするのが一般であるが、しかし、他の一般の普通名詞とは異なるところがある。話者（語り手）ないしは、ある特定の作中人物を基準にして、それと指示人物とがどういう人間関係にあるかを示す名詞である。この基準となる人物をここでは視点人物と言うならば、視点人物からみて、その人物がどういう関係の人物であるかを示すことになる。では何故、この種の名詞では、人物が初登場するとき、係助詞「は」が下接しやすいのだろうか。

親族名称で指示される人物は、視点人物からみれば、すでにその存在が前提になっているからだと考えられる。視点人物にとって「父」なる人物は、普通、その「存在」から語らねばならない人物ではないのである。妻にとっての「夫」の存在も同じである。ただ、妹だとか叔父だとかになると、その「存在」から語らねばならないこともあるが、しかし、いきなり「妹は…」「叔父は…」と登場しても、それが一人称（語り手）の妹や叔父――または、二人称（相手）の妹サンや叔父サンであってもよいが――であるときには、その「存在」を前提にしていると言ってもよいのである。理解する立場（読み手）からは、妹がいたのか、叔父さんがいたのかと認識を新たにすることで済む。視点人物からみて、「存在」はすでに前提になっている人物であることから（旧情報として扱われるから）、係助詞「は」が下接しやすいのである。視点人物からみてすでに個別化特定化された人物だからである。

では、普通名詞と同じように、格助詞「が」が下接する場合も例外とするほどでなく珍らしいと感じられることなく出現するのはどうしてか。視点人物からみて、視点人物と特定の人間関係において存在する人物であるから、対峙的に存在する人物であることは明らかである。つまり、向きあう人物であり視点人物からは明らかに観察対象となる人物だから、現象描写的に、親族名称指示の人物も対象化して捉えることができる、それ故、格助詞「が」が下接することは自然にありうることと考えられるのである。

次にC種の固有名詞の場合をみてみよう。

C①　ⓐ四十二歳にも（略）陥った田村忠蔵は、（略）座して居る。（明・生田葵山「都会」）

C②Xⓐユミがまたゐなくなった。（大・細田源吉「寡婦とその子達」）

ⓑ十五になる許嫁の蓉子が頰の色を消して帰って来た。（川端康成「硝子」）

②Yⓐそのころ、西の京の六条のほとりに中務大輔なにがしといふ人が住まっていた。（堀辰雄「曠野」）

C種になると、係助詞「は」が下接する①の場合が圧倒的に多い。そして、格助詞「が」が下接することが例外的になる。ある人物が固有名詞で示されるということは、すでに個別化特定化された人物であることが前提となっていることを意味する。つまり、その人物の「存在」を紹介するという情報提供の段階はすでに済んでいるものとして扱われることになるのである。ということは、その人物の存在はすでに旧情報になっているということで、それ故に固有名詞には係助詞「は」が下接するのが自然であるということになる。にもかかわらず、例外的ながら、格助詞「が」が下接する場合があるのは何故か。

この場合、右にも示したように、XとYの二種類がある。

Xⓐの場合、語り手（視点人物となる）が、自己を一人称として登場させ、その視点人物としての私から、「ユミ」なる人物を、対峙する他者として観察的に捉えているから、格助詞「が」をとっているとみられる（言うまでもなく、こうした例の場合、語り手がある人物を視点人物として設定して、その人物の視点から「ユミ」を観察的に捉えているという場合もありうる。ただし、その視点人物自体は、まだ表現の背後に隠れている、ということになるが…）。

Xⓑの場合も同様で、「許嫁」の語が、「蓉子」とそういう関係にある人物の存在を暗示しており、その人物を視点人物として、「蓉子」を観察的に描写しているとみることができる。「蓉子」が観察の対象であることは文末の表現「…帰って来た」にもうかがえる。「蓉子」を迎えている位置にいる視点人物の存在が明らかである。いずれにしても、小説の冒頭においては、そのC②X型が現れるのは非常に少ないようだ。

ただし、C②Y型となると、事情が異なる。確かに固有名詞によって人物は指示されてはいるが、その固有名詞に直接助詞「は／が」が下接しているわけではなく、先に古典の物語の「語り」においてふれたように、「といふ〈人〉」という引用形式が入っていて、そういう人物の「存在」を、ここで新情報として提示しているという表現になっている。

②Y型は、基本的には、その人物の「存在」から語る表現である。その場合、言うまでもなく、格助詞「が」が下接する。ただ、「〈固有名詞〉という〈人〉」と規定することで、述語が「存在」動詞でなければならないことはなくなり、その人物の「行動」が描かれることがあってもよい。「〈固有名詞〉という〈人〉」という表現自体がその人物の「存在」を提示する機能を発揮しているからである。

最後に、D種、人称代名詞の場合をみる。

D①（一人称）型ⓐ私は街に出て花を買ふと、妻の墓を訪れようと思った。（昭㈢・原民喜「夏の花」）

D①（三人称）型ⓑ彼は波止場の方へふらふらと歩いて行った。（大・宮地嘉六「煤煙の臭ひ」）

D②（一人称）型（なし）

D②（三人称）型ⓐ彼女が一ぱいの（略）一人坂を下って行く。

（川端康成「火に行く彼女」）

係助詞「は」が下接する①の場合には、人称代名詞が一人称の場合三人称の場合、ともに見い出せるが、格助詞「が」が下接する②の場合は、三人称の場合のみで、一人称の場合は、調査の範囲内では見い出せなかった。これは何故か。

従属句条件句中ならともかく、語り手が視点人物として登場（「私・僕」などと）して、自らを観察的対象として描写するということが、日本語では一般にはないからである。

D②（三人称）型にしても、調査範囲では、上の一例のみであった。しかも、この例にしてからが、下接が「は」であっても不自然ではない。とすると、ここで「が」が選択された表現意図があるとみられる。これまでみてきたように、やはりここも、「彼女」が観察の対象となっている。つまり、その場にそれをながめる視点人物が存在していて、その人物が「彼女」の行動を観察していると読みとるべきところなのである。

C種の固有名詞の場合と比べて、より徹底してD種の人称代名詞の場合は、係助詞「は」を下接する。それは何故か。

人称代名詞など指示詞は、後方照応の場合を除くと、本来、場面（現場）ないし文脈において、すでに個別化特定化されている存在物を指示する機能を持つものである。いわゆる照応詞なくして本来使用されることはない。固有名詞は、指示物の存在は前提になっていなければならないが、場面・文脈において個別化特定化されて存在していることを前提にしていなければならないということはないのである。この違いによって、文脈情報上、固有名詞より人称代名詞の方が、旧情報扱いされやすい。小説の冒頭においては、それだけ、読み手は、個別化特定化された人物の存在を強制的に納得させられることになる。

三　登場人物と視点

初出の作中人物を指示する名詞を四種に分けて、それぞれが「は／が」いずれの助詞を下接しやすいか、についてみてきた。A種の場合、圧倒的に「が」が多く、B・C・D種の場合、「は」が多いことを確認した。ただし、B・C・D各種の間にも差があって、人称代名詞の場合は、圧倒的に「は」を下接する。「は」を下接しやすい順序でいうと、D種→C種→B種→A種となる。しかし、B種とA種の間の違いは、大きいものがあった。この節では、これらの結果をふまえながら、語り手と登場人物との関係を捉えることによって、「語り」（小説）の視点の問題を考えたい。

小説の視点は、実験的に試みられている二人称視点（補注）の小説を除くと、一人称視点と三人称視点とに分かれる。一人称視点は、語り手自身が「私・僕」などとして登場する作中人物である場合である。表現主体としての語り手が、自ら（私・僕）を表現素材として語る場合である。その「私・僕」が視点人物となる。「私・僕」以外の登場人物は、すべて「私・僕」とは対峙する存在であり、「私・僕」からは観察される対象である。つまり、すべて、「私・僕」の視点から語られることは言うまでもない。D種①（一人称）型がこれにあたる。下接するのは、係助詞「は」のみである。

「語り」の実現において、語り手の存在は前提となっている。語り手の行為なくして「語り」という言説は存在しない。語り手自らを指示する一人称代名詞に旧情報を示す「は」が下接するのは当然で、もし「が」が下接することがあるとすれば、従属句中のそれか、とりたての「が」の用法（「総記」の「が」という）の場合である。まして、冒頭では、「我が輩は猫である」と語られはじめるのが普通で、「我が輩が猫である」と語られるには、ある特定の状況がすでに読み手に了解された旧情報として認められていることが前提となる。「語り」の冒頭の一文では、それはありえない。

問題は、三人称視点の場合である。三人称視点とは、語り手自身は、作中世界に登場しないにもかかわらず、語り手が作中に登場する特定の人物に同化することによって、その作中人物（三人称者）が視点人物となって作中場面が語られる場合のことである。つまり、語り手は、「語り」において、次の選択をすることになる。作中人物と同化するか、対峙するか。前者の場合、三人称視点となるが、後者の場合、それは語り手の立場・視点（一人称）から語られると同じ言説となる。「語り」の言説を操つる語り手は、基本的には一人称者としての存在であり、すべての「語り」の言説は、一人称視点を基調として生成されるものと考えるべきである。ただ、原理的にはそうであるが、一人称者としての「語り手」が人格的に、現実の生身の「人」の視点を保持しているかどうかは、それぞれの「語り」によって異なる。『大鏡』のように実体的な人格を有する存在である場合から『竹取物語』や近代の小説の多くがそうであるように、「消えた語り手」とまで言われるような機能的な存在としてしか確認しえないような語り手もある。いずれにしろ、一人称視点の場合も含めて、作中の人物とは異なる次元において「語り手」は存在している。

この語り手が、自らの視点を作中人物の視点に同化するとき、その人物が視点人物となる。そして、「私・僕」として語り手（作者ではない）が登場するときは、同化する過程（モード変換）を経るまでもなく、「私・僕」が視点人物となり、当然一人称視点となる。

語り手が作中人物に同化するとは、作中人物の視点人物化と言い換えられよう。この同化しやすさに順序がある。つまり、視点人物化しやすさの順序である。それがおそらく、先にみた、「は」が下接しやすい順序ということになると思われる。表現主体としての語り手が、自らを表現対象として、「私・僕」という人称代名詞で指示するとき、一人称視点人物化するが、その表現対象を、「彼・彼女」という人称代名詞で示すことも可能である。表現主体の「私」が、表現素材の「私」を語るとき、表現素材の「私」を、表現主体の「私（自分）」と区別して他者的に意識するとき、「彼・彼女」と置換することは可能である。このことが、三人称代名詞の場合と、一人称代名詞の場合とがほぼ同じほどに、係助詞「は」が下接することになる理由であろう。それは、「彼」を「私」に置換しても、文の成立することが多いという事実に現れている。日本語はそういう性質を持った言語なのである。

固有名詞の場合、人称代名詞の場合と同様、すでに個体化特定化された人物の存在が前提となっている。固有名詞や人称代名詞で指示されることではじめて個体化特定化されるのではない。そして、人称代名詞にしても、固有名詞にしても、その名詞自体が「語り手」との特定の関係を示すことはない。つまり、「語り手」が同化する上で、その障害となるような関係性は存在していないのである。その点、親族名称となると、一人称として登場する語り手、または三人称で登場する、ある人物との関係性を持った人物であるということで、個別化特定化された存在であることが前提となっていて、それ故「は」が下接しやすいが、「語り手」は同化はしにくい。つまり「語り手」にとって作中場面においては対峙する人物であり、観察対象として描写することになる、それで「が」が下接しやすいと言ってよいのである。

普通名詞による登場人物の場合が最も同化しにくい。ましてや、「存在」から語られる場合にはそうである。語り手とは異なる人物、対峙する人物として設定されるからである。しかし、これら普通名詞で登場してきた人物も、ある過程、手つづきを経ることで、つまり、「彼・彼女」などの指示語で指示可能となった段階においては同化しうることになる。

いずれにしても、小説の冒頭において、人物が提示されるとき、格助詞「が」で導入される人物は、語り手（一人称視点の「私・僕」）か、または、ある視点人物（三人称者）からは対峙的人物であり、観察されている人物、視点人物の視線から語られている人物であることは、注目しておいてよい。

なお、視点人物化の特殊な場合として、川端康成の「雪国」や安岡章太郎の「海辺の光景」などの冒頭にみられる、語りの始発から語り手が作中人物に同化している場合がある。いずれも読み手は、読みはじめにおいて、語り手である一人称者（私・僕）の視点で語られているものと受けとってしまうはずである。ことに日本語では、実際の発話において、一人称代名詞（私・僕）が省略されることが多い。その上、語り手の存在は前提となっていて、つまり「私・僕」としての語り手の存在することはすでに承知のことだから、「私・僕」が省略されても不自然ではないのである。今先に「特殊な場合」としたが、実は日本語の「語り」の場合、決して「特殊」ではなく、むしろありふれた手法とみるべきなのである。

やがて、視点人物が語り手としての「私・僕」ではなくて、それが「島村」であり、「信太郎」であることが知らされるという場合は、語り手は、冒頭から、すでに作中場面の事態時《イベント・タイム》に視点を移し、島村や信太郎の視点に同化して語っていたのである。

〔底本〕　現代日本文学全集（筑摩書房）の『明治小説集』『大正小説集』『昭和小説集㈠』『同㈡』『同㈢』及び川端康成『掌の小説』（新潮文庫）その他によった。なお、『竹取物語』は岩波文庫、『伊勢物語』は新潮日本古典集成、『大和物語』は校注古典叢書（明治書院）、『宇治拾遺物語』は角川文庫によった。

注

（1）　糸井通浩「人物提示の存在文と同格準体句―宇治拾遺物語を中心に―」（『藤森ことば論集』清文堂出版・一九九二、後に『古代文学言語の研究』和泉書院・二〇一七・前編㈥に収録）。

（2）　糸井通浩「小説冒頭表現と視点―「は／が」の語用論的考察―」（『文化言語学―その提言と建設―』三省堂・一九

九二、本書後編〔三〕2）。

（補注）「二人称視点」とは、厳密には、二人称人物が視点人物となってその人物を主体とする視点をとる場合をいう。二人称人物を主体とする視点も基本的には一人称視点になるのである。

〔四〕「語り」と視点

1　物語・小説の表現と視点

一　近代小説と視点

視点論は、はやくには近代小説の文学研究においてなされてきた。それは、いわば文章レベルでの視点論であり、作家が虚構の世界を、どこに視座を定めていかなる視点から叙述を進めていくか、を問題としたもので、この観点が小説の方法を文学論的に解明する上で大きな「カギ」でもあったからである。おそらく、この問題が自覚されはじめたのは、物語から小説への展開において、一人称の主人公が登場してきたことが契機となったかと思われる。

これまでの研究で、次のように視点が区分されている。まず大きく全知視点と限定視点に二分され、更に後者は、非人称視点と人称視点とに区分される。後者の人称視点は、限定視点ともいわれ更に三人称視点と一人称視点とに分けられる。同じ一人称視点をとっていても、語り手ないしは「できごと」との関係において細分化されることについては、根岸正純の論考がある。[1] いずれにしてもこれらは、作品全体を貫いている「叙述の目」を規定するもので、作品の方法を決定づける根本条件となるものである。

本稿では、文章レベルの「視点」をとりあげていきたいが、しかし、右に述べた観点を追求しようとするものではない。最近の談話《ディスコース》分析が叙述の一貫性（コヒージョン）の問題としてとりあげている叙述の時制・相と視点との関わりについて注目してみたい。もっとも典型的に問題がきわだつのは、限定視点のうち特に三人称視点（視点人物が三人称で叙述される）の場合であるから、そうした作品を例に考えてみることにする。

安岡章太郎「海辺の光景」（新潮文庫）の冒頭の部分を例にとりあげることにする。

(1)　片側の窓に、高知湾の海がナマリ色に光っている。小型タクシーの中は蒸し風呂の暑さだ。桟橋を過ぎると、石灰工場の白い粉が風に巻き上げられて、フロント・グラスの前を幕を引いたようにとおりすぎた(a)。

この小説はこのように書き出されている。書き出しの一文が、「高知湾の海がナマリ色に光っている」でも「高知湾の海がナマリ色に光っていた」でも「高知湾の海はいつもナマリ色に光っている」でもなく、右にみるような一文であることによって読者は、次のような視点に誘導される。つまり、「片側の窓に」が視点を限定するのに働いている。「高知湾の海がナマリ色に光っているコト」を認識する認識主体が両側の窓を認識しうる位置にある、つまり、何か乗り物とか家とかといったものに閉じ込められた空間にあって、「高知湾の海がマナリ色に光っている」状態を視覚的に認知している人物が存在すると読みとれる。すぐにその認識主体を閉じ込めている空間が、「小型タクシー」であることが分かる。「…光っている」とは、認識主体がそのことがらを「いま・ここ」のこととして認識していることを意味する。この「（テイ）ル」形はテンス現在に働いている。しかし、このテンス現在は、この小説を創作した作者の創作（言表行為）時の現在でないことは言うまでもない。

一般に物語や小説は、すでにあったことを語るという前提に立っている。しかし、近代小説の多くが、この小説のように、作者ないし語り手と語られる世界（物語りの世界）との時間的関係を語りの装置として明示しないで、いきなり読者（テキスト使用者）を語られる世界の現場（いま・ここ）に立ち合わせる書き出しをとっている。

先に認識主体の存在を述べたが、それが誰であるか、その正体は最初の段落では示されていない。次の段落になって、一人称の語り手ではなく、語り手が三人称で描く「信太郎」という名の人物であることが分かる。このように冒頭の段落で、認識主体が明示化されないことは、それが故に読者はその認識主体に同化しやすくなっているとも言えよう。

(2)　信太郎は、となりの席の父親、信吉の顔を窺った(a)。日焼けした頸を前にのばし、助手席の背に手をかけて、（略）……まるでうす笑いをうかべたようなシワがよっている。（略）剃り忘れたヒゲが一センチほどの長さにのびている。（略）

と(1)につづく。主人公は「信太郎」と三人称で語られる。このことは当然、三人称「信太郎」を表現素材として操作する位置にある語り手が存在しなければならないことを意味する。しかし、この小説では、右の「…よっている」「…のびている」が信太郎の視点（「…窺った」という設定を契機とする）の捉えた父親の「いま・ここ」での様子であることからすると、「信太郎」が、いわゆる視点人物であることが分かる。それによって「信太郎」を操作する原視点である語り手は、言表の背後に退いていることが分かる。

やがて、小説は次のように展開する。

(3)　――来た、と信太郎はおもった。

一年まえ、運転手がラジオにスイッチを入れたのは、ちょうどこのあたりだった。古い大型の車で、運転手のとなりに信太郎が、うしろの座席に父親と伯母とが両側から母をはさんで坐っていた(a)。後部のトランクに夜具が一と揃い収いこまれてある……。波長のととのわないラジオは部落をとおりこすと同時に、高く鳴り出した。漫才をやっていた(b)。どっと起った笑い声の中から、女のカナキリ声が聞こえた。とめてくれ、信太郎は云いつけようとしたが、口をひらきかけたまま言葉が出なかった。運転手は黒い皮の手袋をはめた手を得意そうに上げると、いきおいをつけるようにハンドルを打った。細い路地の両側に茶店の赤い小旗が目についた。狼

狽して信太郎は云った。（略）

それから一年たったいま、それが何であったか信太郎は憶い出すことができない。ことによると、それは外へ向った怒りではなくて単なる狼狽であったかもしれない。どっちにしても、あの小さな事件のおかげで…（略）

視点人物「信太郎」は、今と同じ場所を一年前に通りかかった時のことを回想し、再び「信太郎」の現在にたちもどるという場面である。

(4) 一年まえ、運転手がラジオにスイッチを入れたのは、ちょうどこのあたりだった。

(5) それから一年たったいま、それが何であったか信太郎は憶い出すことができない。

(4)の叙述の認識の時が、視点人物の現在（いま）であることは明白である。そして、「入れた」の「タ」が、この認識の現在を基点にしての過去であることは言うまでもない。「このあたり」の「この」がそれを明示する。「このあたりだった」は「このあたりだ」でもよいところであるが、「だった」としているのは「このあたりであるコト」という事実に今気づいたという信太郎の現在の認識のあり方を示そうとしているのである。(5)の「それから一年たった（いま）」も同じように考えてよく、ここも「それから一年たつ（いま）」とあってもよい。それでは、(4)の文につづく回想内容の部分に連続する「タ」（(3)参照）は、どのような機能を果たしているのだろうか。回想内容の部分の「タ」はすべてテンス過去を示すマークと考えていいだろうか。

例えば、(3)(a)の「坐っていた」と(3)(b)の「やっていた」とは、同じであろうか。ここで注意される表現が、この(a)と(b)の間にある「…収いこまれてある…。」という一文である。ここに視点の転移を感じとることができるのである。つまり、(a)は、回想された過去の一時点において、ある状態がその前から持続していた状態であることを示しており、その「タ」がテンス過去であることは明白であるが、「…収いこまれてある…。」という一文によって、ことがらを認識する視点が、その回想される過去の一時点に転移する。その後の「やっていた」は、ラジオのスイッチを入れた時を現在にしての、その時点において「…やっているコト」がすでに存在していた事実であることを示している。継続する状態は「テイル」で認識されるが、時の変化とともに次々に起こる―実現していく事態は、単に「タ」によってその動作実現が叙述されていく。「…収いこまれてある…。」の後の「タ」形は、その場の視点人物（「現在」の信太郎が回想する、過去のある時点における信太郎）の眼前において次々と実現していくことがらを、その事態の変化とともに認識を重ねていくところであって、それは、語る現在（過去を回想する視点人物信太郎の「現在」）からみて、それが以前（一年まえ）に実現したことであることを示すテンス過去の「タ」ではないのである。このことは、(1)(2)の部分、つまり、視点人物「信太郎」の「いま・ここ」を視点とする叙述中の、(1)(a)「とおりすぎた」、(2)(a)「窺った」の「タ」の文法的機能についても同じことが言えるのである。

二　時制・相と視点

私は、「ル」形・「タ」形の時制・相については、例えば、安岡章太郎「海辺の光景」冒頭部分についてなら、以上のように解する考えをもっている。そのことはすでに別に論じた[2]。改めて、このことを視点論として捉えなおしてみるならば、「ル」形・「タ」形の選択は、視点の定め方に基づくのであり、視点とは「ことがら」を認識、あるいは認知する視座を意味する。視座は認識主体に託される。視座を託される認識主体には、語り手―登場人物などが考えられるが、認識主体が変わることが視点の転移をもたらす。特に、語り手が登場人物の視座に立つことが視点の転移の典型的な場合となる。しかし、視点の転移は認識主体の交替だけがもたらすのではない。現在の信太郎が過去の信太郎のその過去時に視点を移して語る場合もある。しかし、これも、現在の信太郎が語る主体であるのに対して、過去の信太郎が語られる対象であるとするならば、その語られる対象の、その時に視点を移すことであり、広い意味で認識主体の交替と考えてよいであろう。そして、日本語の文章では、視点を託される認識主体が比較的自由に交替しやすいという特徴を有していると考えられる。視点の時を移すことが自由なのである。語り手が語られる人物の立場に立つ、つまり、語り手の視点が語られる人物の視点に転移することが容易な言語である（例えば、噺家の「落語」の「語り」を考えてみればよい）。視点が転移するということは、「ことがら」を認識する「いま・ここ」が動くことを意味する。こう考えてくると、「ル」形・「タ」形の時制・相の働きは、どの「いま・ここ」を基点（視点）にした表現であるかによって異なるものだということになる。

いわゆる歴史的現在（法）といわれる技法についても、このように視点の移動が自由な（容易な）日本語においては、とりたてて考えねばならない問題ではなくなるのである。少なくともヨーロッパ系言語で問題となる歴史的現在（法）とは質的レベルが異なると考えた方がよいようだ。「海辺の光景」などは、いわば歴史的現在（法）がむしろ基調となった叙述方法をとっており、そこにその現在からみての過去（語り手からみれば大過去）が回想されながら「現在」の意味も問うていくという方法の作品が成立しているのである。しかも、歴史的現在法が、単に「ル」形だけに託されるものでないことは、同じくこの「海辺の光景」の冒頭の分析からも理解されるところかと思う。その点、従来、日本語の歴史的現在が「ル」形のみについて考えられてきたことは、こうして「視点」論の立場から考えてみるとき、その不充分さが明らかになってくると思われる[2]。

さて、最近談話分析の分野で、談話構造との関係で「ル」形・「タ」形の問題が分析されているが、例えば曾我松男は、次のように論じている[3]。ホッパーが、語られる事象を、主筋的である事象と副次的である事象とに区別したことに基づいて、次の二つのことを指摘する。

(a)　主筋的事象は「た」で、副次的事象は「る」で述べられる傾向がある。

(b)　過去の事象を目前の事象とするため主筋的事象にも「る」が使われうる。

右の(a)にみる「ル」形「タ」形の対立関係が、右のように「傾向」という規定になっているように、物語（及び小説）における「ル」形「タ」形の、主筋―副次という対立関係は、絶対的原理ではない。この(a)で指摘される「傾向」は、首肯しうるところがある。それは、筆者の、物語・小説類における「ル」形「タ」形について「ル・タ」形対「テイル・テイタ」形の対立と捉える考え――前者を移動する視点、後者を静止する視点と捉える考え――に基づいて説明するならば、いわば「タ」形は、次々と「コト」が実現していくのを追って認識するところに現れるのであり、つまり、「ドラマ」が動いていく部分になる（「あらすじ」をつくる）。それに対して、いわば「テイル」形は――曾我が「ル」形として指摘しているものの多くは、この「テイル」形かまたは解説・説明の「デアル」形であることに注意したい――そのときの認識の対象を、主体が眼前の状態として認識していることを意味しており、いわば「ドラマ」は静止している。まして解説・説明の「デアル（ダ）」ではなおさら「ドラマ」は動かない。このことは、対象の「ことがら」が、主筋的であるか副次的であるかという判断が相対的な性質をもっているのに比すれば、絶対的な対立関係だと考えてよく、確かに動く部分が「主筋的」であり、静止する部分が「副次的」であるという「傾向」はあっても、「主筋―副次」の判断では「ル」形「タ」形の機能の本質は捉えきれるものではない。「主筋―副次」という判断は、物語・小説の本質をドラマ性（又は、あらすじ本位）にみる考え方であろうが、殊に日本の物語・小説においては、そうした本質観がどこまで通用するかは疑問である。また、例えば「ル」形によってもドラマが動く場合（例えば中上健次の作品など）があり、「タ」形にもドラマが静止する場合（「テイタ」形）があることも考慮しなければならない。曾我の指摘する(b)項で「る」のみを指摘しているが、「た」も「過去の事象を目前の事象とするため」に用いられる（「テイタ」形）のであり、またそれが副次的事象にも使われうるのである。いずれにしても、単純に「ル」形と「タ」形という形態的な対立として考えることのできない複雑さが日本語のそれにはある。

日常の話しことばでは「（私は）とてもかなしい」とか（「私は）今水が飲みたい」といった感覚感情表現文においては、感覚主体が一人称（私）でなければならないが、文におけるこういう人称制限が、物語・小説類では三人称主語にも許容されるといった言語事実等々、広くそれらを日本語の体験話法と捉えられたりする技法も、ヨーロッパ系言語にみられるほどに、日本語においては特殊なものではなく、語り手（一人称）の視点が三人称（主語）の視点に容易に転移する（あるいは同化する）日本語では、視点の問題として、時制・相の問題と同じ視野に入ってくるものである。[4]

また、談話分析では、時制の転移が段落を単位として次のような傾向があると指摘する。[3] 段落の変わり目（段落の冒頭ないし末尾）で時制の転移（タ形⇅ル形）が起こりやすいというのである。つまり、段落の冒頭ないし末尾には、「タ」形が現れ、その中間部分に「ル」形が現れやすいことを意味するが、物語・小説類の段落の性質は基本原理として、語られる「ことがら」の時間的空間的に連続性が高い部分を一まとまりにしたものというふうに説明できよう。逆に段落が変わることが、時間的または空間的に連続性が薄れ（断絶性が高まり）、いわば「場面」が変わったことが意識されていることを意味するのだと言えよう。この連続性が薄れる（断続性が高まる）とは、よりドラマがはげしく展開していることを意味する。その切れ目において、改めて、語り手が語り手の視点から「ことがら」（語られる世界）を設定しなおす叙述が現れる。そこに語り手の現在からみた「ことがら」の時が、テンス過去の「タ」で設定し直されることが起こる。そうした機能を古典文学の物語・説話では「けり」が果たした。

三　物語・説話と視点

古典文学の物語・説話類では、語り手の立場（現在）から「ことがら」（語られる世界）を認識していることを示すマークは、「けり」がになっていた。今井文男は、「けり」について、配賦視点の行動を原視点から監督・介入する、その跡が表現にとどめられたもの、とみている。[5] 平安前期の散文作品である歌物語は、それぞれ自立するいくつかの章段を集めたかたちをとっている。そのおのおのの章段は比較的短いものである。例えば『大和物語』（以下その他の作品も小学館日本古典文学全集本による）では、徹底的と思えるほど、文ごとに語り手の（視点の）存在を示す「けり」がその文を統括する。しかし、中には「けり」で統括されない文（「けり」脱文末文）が現れている。そうした文がやはり歴史的現在として扱われるのであるが、[6] ここにも散文における視点の転移という観点で考えなければならない文章論的課題があるのである。『大和物語』は一四〇段までを前半とし、一四一段以後を後半とする説がある（文体的にも両者には異にするところがあるとみられる）。それに従ってここでは口頭語的歌語りの文体を残存させていると考えられる前半のみを対象にして調べてみると、六〇例の「けり」ぬきの文が確認される（ただし、「かくなむ」などの省略文、「返しは知らず」「こと人のもありけらし」などいわゆる草子地的なものは除いて考えた）。主なパターンを文末の語によってまとめてみると、否定語による終止が一八例（なし―五例、ず―一三例）、完了の助動詞による終止が一六例（たり―七例、り―四例、ぬ―四例、つ―一例）、ラ変活用動詞による終止が四例（あり―二例、をり―二例）、その他、動詞による終止が一二例、形容詞、形容動詞による終止が三例、その他が七例（断定なり―五例、給ふ―一例、らる―一例）となる。典型的な段として、例えば、一〇一段は、文末語を拾っていくと、「けり―（なり）けり―ぬ―たり―問ふ―ず―心もとなし―はせゆく―つ―（なり）けり―かなし―けり―けり」となっていて、このことは『大和物語』の章段構成が基本的に「けり」による枠組み構造をなしていることを物語る。これは言い換えると、一つの章段が、語り手の視点から叙述されはじめるが、やがて語られる世界、その場に視点が移されて「ことがら」が描かれ、再び末尾では語り手の世界へもどってくるという構造――「語り」の展開の基本構造を示していると考えられる。このことは例えば、『宇治拾遺物語』の次の事例がその視点の移動の様子を典型的に露呈していることについては、これも先に指摘した(7)。

(4)　さて帰りて、大やけにこの由を申ければ、僧伽多にやがてこの国をたびつ。二百人の軍をぐして、その国にぞ住みける。いみじくたのしかりけり。今は僧伽多が子孫、彼《かの》国の主にてありとなむ申しつたへたる。

（六―九末尾）

さて、『大和物語』において、わずかながらも語りの視点が移動している実態を「けり」脱文末文の存在で考えたわけであるが、その転移の契機が露呈しているとみられる現象が例えば、次の例文など一〇例にみられる「…見れば」といった登場人物の視座の設定である。

(5)　なぞの文ぞと思ひとりて見れば、このわが思ふ人の文なり。

（一〇五段）

「見れば」といった登場人物の行動描写の場合が、最もその人物の視点に描写の視点を転移させやすいことを物語っているが、「見れば」といった契機がなくても、語り手の視点が「できごと」の現場へ転移されうるのである。

作品成立の史的順序はともかく、『大和物語』に比べて『伊勢物語』の方が、「けり」脱文末文の出現度は高くなっている。「けり」脱文末表現については基本的に『大和物語』にみられたものと変わるところはない。それだけ『伊勢物語』の方が、語り手が背後に退いて、語られる世界の「ことがら」に即して「ことがら」を認識する視点を獲得していると言えよう。そうした両歌物語作品の違いを最も象徴している現象が、章段の中心的存在である和歌を導入する文のあり方にみられる。詠歌行為をどういう視点で叙述しているかという点で、『大和物語』では、次の一例のみが「けり」脱文であるにすぎない。

(6)　さて、のちにいひおこせたる。（「うちとけて君は」の歌）

（四六段）

もっとも、「…を見れば（うた）とのみ書きたり」といった「見る―書ける（書きたり）」の呼応例四例（一〇一段、一〇三段、一〇五段、一〇六段）は除いている。ところが、『伊勢物語』では、多くの事例を指摘することができる。

(7)　…去年《こぞ》を思ひいでてよめる。（「月やあらぬ春や」の歌）　（四段）

(8)　…女のもとに、道よりいひやる。（「君がため手折れる」の歌）　（二〇段）

このことは何を意味するだろうか。歌語りにおいて中心となる「できごと」＝詠歌行為、その場面で、詠歌の行為者又は、歌の享受者の視点でその行為が描かれるのであり、それだけ聞き手（読者）が歌の行為（享受）者に同化しやすいことを意味する。いわば、ドラマのクライマックス（主筋的ことがら）において、臨場感を高める表現を採っていることを意味する。

かつて、阪倉篤義が『竹取物語』の文章について、いくつかのまとまりをもった部分（章段にあたる）が単位となっていて、それぞれが「けり」文による枠組み構造をなしていることを明らかにした。(8) そして、「けり」文の部分を「解説的に物語る叙述の態度」の部分と規定し、「けり」文枠組の内側の部分（訓読文的性格の文章）を、語りの自由領域であるとしたのであるが、これは先の曾我の議論と類似するところがあり、いわば、枠組みをなす「けり」で統括されている文は、語りの主筋的部分で、自由領域は副次的部分であることになろうか。それ故に自由領域で作者は独自の腕をふるうことができたと説明できるからである。

しかし、「一種の文体の混用」とされる『竹取物語』の文章についても、視点論の立場からするならば、語り手がその立場から語る世界を聞き手に投げ出していくうちにいつか語られる世界に視点を移して、その世界の「できごと」の生起をそれに即しつつ追っていく視点に移ることを意味する。そうした視点の転移がいかなる叙述（又は、認識）を契機としていたかについては、改めて詳しく調べてみなければならないが、『竹取物語』の冒頭は次のようにある。

(9)　いまはむかし、たけとりの翁といふものありけり。…けり。…なむ…ける。…なむ…ける。あやしがりて寄りて見るに、筒の中光りたり。それを見れば、三寸ばかりなる人、いとうつくしうてゐたり。

「見るに」「見れば」という視座の設定から「けり」脱文末が現れていることが注目される。これらが視点転移の重要な契機であったことは先にも述べた通りである。

章段や作品が長編化するにしたがって「けり」文末文は後退していく。そのことはまた書くことと関わっていたかも知れない。初期散文の『竹取物語』や歌物語作品からみると、『源氏物語』では、「けり」文末の表現はかなり姿を消しているのである。できるかぎり、語られる世界に視点を移して、その現場（いま・ここ）に居合わせる視座で叙述が進められているのである。そうした語りの方法を徹底させるために、自ずと登場人物たちの「できごと」の現場に居合わせる具体的な人物を据えることが要請されてきて、登場人物たちの側に仕える女房たちの目が語り手として設定されることになったのではなかろうか。しかし『源氏物語』の視点を詳しく見ていく紙幅をもたないが、そういう女房の視点で一貫して叙述されているわけではなく、『源氏物語』においても語り手ならぬ登場人物の視点から叙述される場合もあったのである。次の例はその一例である。

⑽　人々は帰し給ひて、惟光ばかり御供にて、のぞき給へば、ただこの西面にしも、持仏すゑ奉りて行ふ尼なりけり。簾少し上げて、花奉るめり。中の柱に寄りゐて、…とあはれに見給ふ。（若紫）

〔底本〕『竹取物語』は岩波文庫、『大和物語』は校注古典叢書（明治書院）、『源氏物語』は角川文庫、『宇治拾遺物語』は角川文庫によった。

注

（1）根岸正純「視点と語り」（『今井文男教授還暦記念　表現学論考』表現学会・一九九三）。

（2）糸井通浩「歴史的現在（法）と視点」（『京都教育大学国文学会誌』一七、本書後編㈡）、及び同「文章論的文体論」（『日本語学』一九八五、本書後編㈠）。

（3）曾我松男「日本語の談話における時制と相について」（『言語』一九八四・四）、牧野成一「物語の文章における時制の転換」（『言語』一九八三・十二）。
（4）野村眞木夫「話法をどう捉えるか—日本語体験話法を中心に—」（『表現研究』三八）。
（5）今井文男「表現における視点の問題」（『表現研究』一）。
（6）山口仲美「歌物語における歴史的現在法」（注（1）『表現学論考』、のち山口仲美『平安文学の文体の研究』明治書院・一九八四所収）。
（7）注（2）の後者。
（8）阪倉篤義「竹取物語における『文体』の問題」（『國語國文』一九五六・十一）、及び岩波日本古典文学大系『竹取物語・外』中の阪倉解説。

2 視点と語り

一 「分析批評」の井関分類——その問題点

視点をめぐる探求は、多方面に拡散ないしは展開しつつある。物語・小説言語における視点の問題は、その用語のもたらす視覚性を払拭すべく、遠近法《パースペクティブ》とか焦点化とかの用語で捉え直されているし、従来の視点の分類に終始する物語・小説の視点研究から、「視角」（誰の、どの方向からの視線による認識（描写）であるか、を重視する）を追求することで、作者の意図ないしは作品の主題へとせまろうともしている。認知科学では、事物の認識における、主体からの「見え」の問題として視点の問題が探求され、又、読み手における理解のための視点設定をとりあげている。さらに、文レベルないし談話文レベルでの視点が、文の構成との関係において注目されてもいる。

さて、一方国語科教育の現場（特に、小学校）では、授業の方法・技術として、又は、文芸作品（教材）の読解の方法として「分析批評」が一部で盛んである。これは、アメリカにおける新批評《ニュークリティシズム》を国文学研究に導入した小西甚一の理論に基づきながら、井関義久が、自らの実践をまとめた『批評の文法』（大修館書店・一九七二）を原拠とする文芸批評の一つの方法である。この「分析批評」の眼目の一つとなっているのが、作品の「視点」の問題である。しかし、「視点」に関する井関の理論及びそれを拠りどころとする分析批評の方法には、二つの疑問がある。そのことから「視点」について考えることを始めたい。

井関は「文芸作品は、すべて話主が読者に向かって直接に語りかける形をとる。この話主の、作中場面や作中人物に対するかかわり方のことを〝視点〟という。」と定義する。[1]「すべて話主が…語りかける」と右にはあるが、それにつづく「実用的視点」の分類をみると、次のようにあることが、一つ目の疑問である。

まず人称の違いを根本原理として一人称視点と三人称視点に分け、さらに、一人称視点が限定視点であること、三人称視点に限定視点と全知視点と客観視点とがあることを示し、それぞれの視点について、話主、視点人物、他の登場人物と、作中場面および作中外の語り場面との関係を図式化して説明している。図(1)は、その一人称（限定）視点の図式であり、図(2)は、三人称（限定）視点の図式である。

さて、一人称（限定）視点は、次のように説明されている。

（図(1)の）枠内は、作中場面を表す。目玉の絵は話主で、作中場面にいるため、内在視点。一人称だから話主と視座人物は同じだ。話主の主観で語っているので、他の人物（○印）の中までは視線が入り込んでいない。

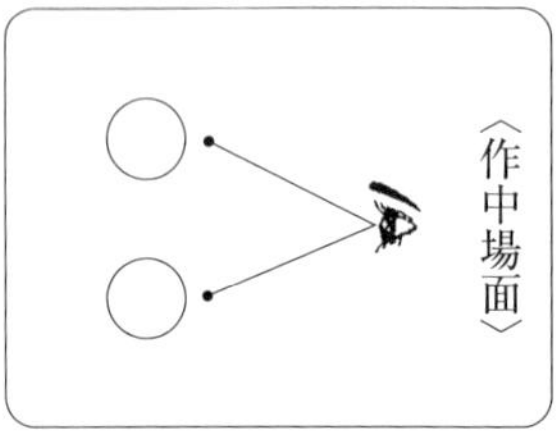

図(1)

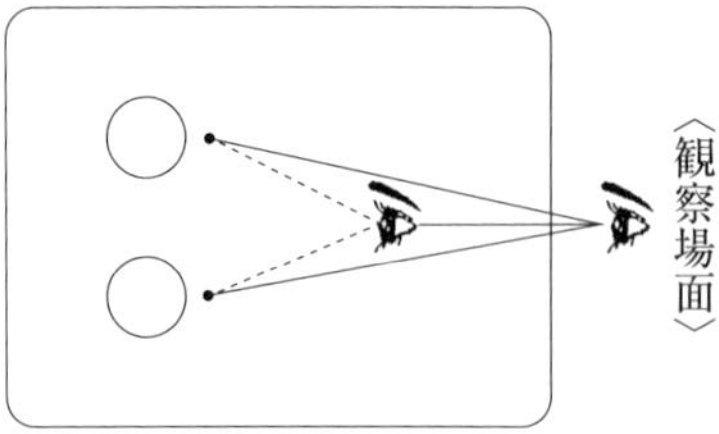

図(2)

三人称（限定）視点（図(2)）は、話主が作中外の語り場面（観察場面）に、そして話主の眼が重なりあう視点人物が作中場面にそれぞれ位置づけられていて、別個の存在となっている。この点はいい、しかし、一人称視点の図(1)は、これでよいであろうか。話主と一人称者（作中人物「私」「僕」など）とが作中場面に一つになっている。しかし、これでは先に見たように、井関の言う「文芸作品は、すべて話主が読者に向かって直接語りかける形をとる」としたことからすると、「話主」に向きあう「読者」も作中場面に存在することにな

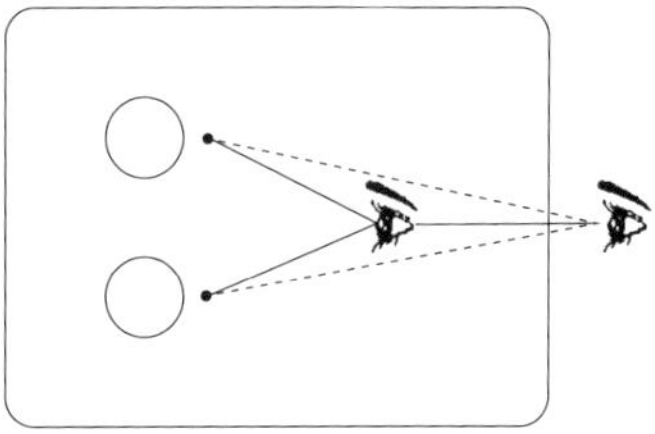

図(3)

る。それはありえないことだ。おそらく、一人称（限定）視点の定義で「一人称だから話主と視点人物は同じだ」としたところに不徹底が入り込んだ疑いがある。つまり、話主と作中場面に登場する話主自身を語る一人称（「私・僕など」）とは、同じではあるが、別なのである。それらには、時枝誠記によれば、主体としての話主（一人称主体）と素材としての話主（一人称の対象化されたもの）という違いがあり[2]、近年のテクスト論でも、「物語る私」と「体験する私」[3]という区別を指摘している。

図(1)は、図(3)のように、作中外に「話主」の眼を置くべきであろう。このように理解してはじめて、井関の言う「すべて話主が読者に云々」と矛盾しないのである。視点の分類において、一人称視点・三人称視点というように大別すると、文章表現の根本のところの理解があいまいになってしまう恐れがある。つまり、文章が表現行為である限り、表現主体は必ず存在しているのであり、それが、すべて主体としての一人称であることは当然である。三人称視点の場合も勿論、その前提に一人称視点人物（話主・語り手）の存在があるのである。もっとも、一人称視点の話主が、小説の冒頭から三人称者の視点に転移して語りはじめるということがしばしばある。その典型例が、例の「雪国」冒頭である。

国境の長いトンネルを抜けると、雪国であった。夜の底が白くなった。信号所に汽車が止まった。

この冒頭を読みはじめた読者は、話主自身の体験（私・一人称視点）――つまり、冒頭一文の表現主体は「私（僕）」であり、その「私（僕）」の眼前の現象認識を描写している文――と読みとるであろうが、やがて、

向側の座席から娘が立って来て、島村の前のガラス窓を落した。

とあって、この視点が話主自身による一人称視点でなくて、三人称の島村の視点（現象を認識する）であったことが分かる、という例である。

国語科教育における「分析批評」に詳しい望月善次は、この「視点」という用語及び、視点分類にみられる「一人称」「三人称」という名称（規定の仕方）に疑義を示している。[4] 望月は「視点」を「話者」と呼ぶべきであると言い、「第一人称」「第三人称」という名称も実態からの距離がある。個人的には、前者を「人物話者」後者に「人物外話者」の使用を考えている」と述べている。三人称限定視点の場合にも、三人称人物を語る主体としての話主は存在しているのである。すべての語りは、一人称主体（話主・語り手）の語りである、と言っても表現機構上ではあやまりがないのである。そして、そうした一人称主体（話主・語り手）は、作者によって設定されたものである。

このようにみてくると、実用的視点の分類の原理についても、一人称視点か三人称視点かを第一義の原理とすることに疑義が生じるのである。先にみたように、一人称視点の人物にしても三人称視点の人物にしても、作中場面に登場する、具体的な特定の人物であることが共通しており、つまり、それを限定視点と称するわけであるが、このように視点を限定されたものにとるか、非限定にとるかが、叙述上の相違の根本義とみるべきであろう。非限定視点とは井関分類でいえば、ともに三人称に扱われているが、全知視点と客観視点の二つになる。そこで、私見では、次のようになる。

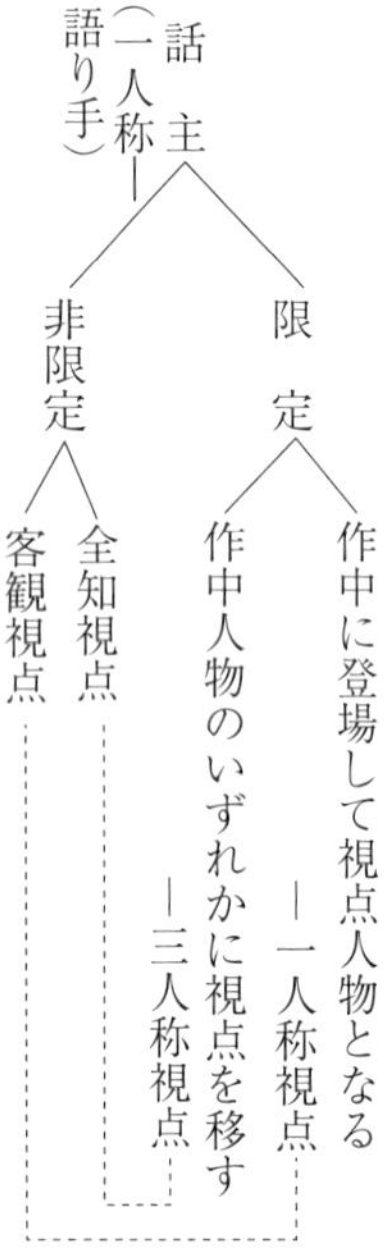

（……の関係については、補注参照のこと）

以上の、井関の視点論に対する二つの疑義への私見については、すでに別稿でふれるところがあった。[5]

二　日本語と視点

一において、すべての語り表現に、話主（語り手）という表現主体（一人称）が存在していることをみた。「話主（語り手）」は「作主（作者）」ではない。このことも、新批評が明確に示した分析の一つである。ところで、浜上薫『「分析批評」入門「10」のものさし』（明治図書・一九九〇）をみると、「一人称（限定）視点」であることは次の二点からわかる、とする。

①　話者が作中の中に登場している（わたし・ぼくなどの登場人物として）。

②　自分の心情を語っている。

しかし「話者（話主）が作品の中に登場」するわけがない。厳密には作品に「わたし・ぼくなど」と登場する人物は、話者（話主）が自らを素材（対象）化した人物である。②の「自分」とは、①の「話者（話主）」を受けていると思われるが、とすると、「心情」は、話主（話者）の心情となる。しかしそれは語りの文学でいう、いわゆる草子地にあたるものになるが、おそらくここは、「わたし・ぼくなど」（の人物）の「心情」の意のつもりであろう。とすると、この②は、誤解をまねく規定と言わざるをえない。こうしたところに、特に語りの文学における表現機構を厳密に分析する観点をしっかり確立しておかねばならない問題及び用語の用い方の問題が存在するのである。

浜上は更に、「一人称（限定）視点」について、次のように述べている。

多くの場合、(a)「話者＝作者」と考えられます（ただし、このことはその作品のみからではわからないことです。「作者名」に注目し、(b)その作者の経歴などを調べて初めてわかることです。すぐに「話者＝作者」と決めつけてはいけません。たとえば、私浜上が作品を書いたとします。そして、その中で次のような文章を書いたとします。(c)「私は、宇宙飛行士だ。」これは、「話者＝作者」とはなりません。）

(a)で、「話者」と「作者」がイコール（＝）で結ばれている、その意味があいまいである。(c)では、「話者」が「作者」とイコールにならない例が示されているが、ここもなぜイコールでないかあいまいである。「浜上」なる人物が嘘をついておれば、浜上の趣旨にそってイコールでありうるし、又、比喩表現や省略表現（「うなぎ文」など）である場合にも、同様の趣旨でイコールでありうるのである。つまり、イコールでないためには、いろいろな表現上の条件づけ（又は、場面の制約）が必要になるのであり、無条件では、イコールでないとは言えないのである。しかし、(c)の例から想像すると、イコールの意味は、「作者」の、現実の人格として規定されうる性格づけが、「話者」に関しても認めうることを意味しているらしい。わかりやすく言えば、「話者」が、「作者」自身をモデル（素材）としている場合であることを意味しているのである。だからこそ、(b)にあるように、表現上はイコールかどうか区別がつかないと説明されているのであり、「作者」の現実の人格として認定しうるものかどうかは、伝記的研究が明らかにしてくれる、そうでなければ、イコールであるかどうかはわからないというのである。しかし、伝記的研究がなされねばわからないようなことが、表現上なぜ重要なことだと言えるのだろうか。確かに、文学的研究（特に作家論）として、「作者」の経歴を調べて、その作家の、文学作品を生み出す方法や思想がどういうものであったかということを明らかにするところにはそれなりの意味があるとは思うが、主体的な「読み」において、そういうことがどこまで必要なことだろうか。時枝誠記が、「ことば」とのかかわり方について、主体的立場と観察者的立場とがあることを指摘した。(6) 前者はいわば観賞する立場であり、後者は、研究者的立場を意味する。一般の読書体験は、言うまでもなく前者の立場に立つことであり、そこに何故、後者の立場を要求しなければならないのだろうか。「話主」が、「作者」自身によって「作者」をモデル（素材）としたものである場合も含めて、むしろ「話主」と「作者」はイコールでないと認識することの方が重要であろう。これ又言うまでもないが、コト叙述を連ねることによって〝ドラマ〟を展開させ、そこににじみ出てくる人間観、人生観（いわば、作品の主題）こそが、「作者」のものなのである。

さて、作者（作主・創作主体）と話主（表現主体・語り手）とを区別することが視点論と深くかかわっていたのであるが、物語・小説の視点はすべて、話主（表現主体・語り手）とのかかわりで規定されるものである。

物語・小説の語りには、このような話主が存在する。換言すれば、すべての語りは、一人称視点の語りであることを原理とする。登場人物を他者として三人称で把握するのも、そういう話主なのである。先に、この原理を根本とした上で、それを限定視点と非限定視点とに二分すべきであることを示した。限定視点はさらに、一人称視点と三人称視点に分けられる。又、非限定は、全知視点と客観視点とに分けられるのだが、すると、日本の物語や小説の多くが、前者の限定視点になりやすいのに対して、非限定視点の例は、現実には少ないことがわかる。これは何を意味するか、このことについて考えてみよう。いわば、限定視点は、特定の実体的存在としての、特定の人物の視点という性質を持っている。このことは日本語という言語が、話者中心言語的性質をもっていると言われることと深くかかわっていると思われる。つまり、日本語の表現では、表現主体の（話者としての一人称の）立場が表現にきざまれやすい言語であることを意味する。表現主体である話主が、生身の人間として存在していると感じられやすい言語であるということである。そしてそのことが逆に、そうした生身の主体的立場をとりさった表現である非限定視点（客観的客体的にみる視点）が、日本語では選びにくい、ということにもなるのだと考えられる。

さて、ここで問題となるのが、（一人称視点の場合はともかく）三人称視点の場合である。一人称小説の場合は、話主（語り手）が、自らを素材化して、「私（僕）」などと作中場面に登場するのに対して、三人称小説の表現主体（話主）は、作中場面に素材化されない、つまり登場しないのである。しかし表現主体（話主）は存在しているのである。『竹取物語』を例に考えてみる。

今は昔、竹取の翁といふ者ありけり。

語りの現在を「今」と認識し、語られる世界を「昔（のこと）」と認識する、そういう時間規定の座標に位置し、（その昔に）「竹取の翁」という人間の存在したことを、「今」から回想するという語り方をしている（「けり」がそのことを示している）。そういう「今」にあって、「昔のこと」を認識する主体として表現主体は存在しているのであ

る。このことは、例えば、

くらもちの皇子は、心たばかりある人にて、おほやけには「筑紫の国に、ゆあみにまからむ」とて暇申して、かぐや姫の家には、「玉の枝とりになむまかる」と言はせて下り給ふに、仕ふまつるべき人々みな難波まで御おくりしける。

などと、地の文で敬語を用いていることが、登場人物たちの身分と我（表現主体）との待遇的関係を表現にきざみこんでいることを意味する、そこにそういう認識をする生身の人物の存在をうかがわせるのである。先の井関著や浜上著では『竹取物語』を、三人称全知視点としているが、全知視点を、神的存在者の視点、つまり超人間的視点によるものとすると、『竹取物語』の場合それに該当しないことは、以上の表現事実からも分かる。確かに『竹取物語』の表現主体は、どの登場人物（と言ってよいほど）の内面にもたち入った叙述をしているのであり、語り手（話主）が、登場人物の行動や内面までをもよく知っているということは分かる、単純な三人称限定視点でないことは明らかであるが、かと言って全知視点とするには、あまりに、話主（語り手）の肉声が聞こえすぎるほどの表現になっているのである。作品末尾は、

その煙、いまだ雲のなかへ立ち入るとぞ言ひ伝へたる。

とあるが、ここにも、この事実を語り伝える一人の話主（語り手）の存在が感じとれるのである。しかし、その話主（語り手）について、その具体的な人格は一向にイメージできないのである。こうした影的存在の話主（語り手）を「機能的な語り手」と称するならば、もう一つに「実体的な語り手」と称すべき話主（語り手）が存在する。例えば、風土記にみられる「古老伝曰…」などの「古老」や『源氏物語』にみられる「後の大殿わたりにありける悪御達」（竹河）など、語り部の女房たち、さらには、そうした語り手を最も実体化した、『大鏡』の大宅世継・夏山繁木らの存在など、もっともこうした実体化が進むほど、傍観者的、又は同時代人としての証言者的といった違い

はあるにしても、語られる世界（昔）に登場する人間として設定されることになりやすかった。そこで機能的な語り手を「話者」と呼び、実体的な語り手を「語り手」と読んで区別しようとする考えもありうるのである。

近代小説になると、機能的な語り手がほとんどであるというべきであろう。しかし、芥川の「羅生門」では、

作者はさっき、「下人が雨やみを待つてゐた」と書いた。

などと表現主体が顔を出す。作品では、「作者」とあるが、今ここでは「語り手（話主）」というべきで、勿論、その「語り手」に芥川の考えが反映されているわけで、それ故「作者」と言っているとみるべきところであろうが、その語り手自体は、作中場面には登場しない。機能的な語り手による近代小説では、特定の人物（三人称者）に語り手の視点を重ねて叙述する。いわゆる「三人称視点」になりやすかったのである。それ故に、作中場面に登場する一人称視点の場合と近似的な表現機構をとることになったのであり、三人称限定視点の視点人物も一人称限定視点の視点人物も、ともに作中場面に登場する人物であることに変わりなく、むしろ、古来の三人称限定視点を徹底させていったところに、一人称限定視点（「私（僕）」の語り手による、いわゆる「私小説」）が生み出されたものと考えられる。一人称小説の場合は、「実体的な語り手」が最も徹底された場合だとも言い換えることができよう。もっともそれによって、三人称限定視点であった故に許された複眼的複線的視点（井関の言う「並列視点」(7)）という方法を放棄せざるをえなかったことは言うまでもない。

三　視点の移動

井関の言う全知視点と、限定視点の一つの場合である並列視点との区別はむずかしい(補注)。井関自身、「全体としてみると全知視点のようにも見られたりするのが並列視点の効果」だと述べている。『竹取物語』の場合、先に指摘

したように、作中人物に寄り添う「視角」からの語りは、人格を持った話主を感じさせるのであり、近代的な見方からすると、生身のひとりの人間の「認識」のあり方としては矛盾があると考えざるをえないが、「物知りの古老」の語りとみるべきものであった、と考えられよう。各場面ないしは、そこに登場する人物のいずれかに寄り添う、又はながめる視点から叙述されているのである。

さて、井関の言う並列視点は、ある人物の視点から別の人物の視点へと、視点が移動することを意味する。ここで、視点の移動について考えてみたいが、この移動には、

① 視点人物の転換による場合。

② 視点が時間（空間）とともに移動する場合。

の二種がある。並列視点は、①の場合にあたる。この場合にも、同時間における別々の人物の、それぞれの視点からの出来ごとの認識を空間で語るという手法と、——例えば、芥川の「藪の中」のような作品の場合——、継時的に、一人の人物から別の人物へと視点が移って、出来ごとが叙述されていく場合とがある。後者の例に、芥川「羅生門」がある。

羅生門の階段をのぼっていく下人の姿を外から、語り手の視点——厳密に言うと、作中場面のある位置から下人たちをながめているという視座、決して語りの場（現在）を視座とするのではない(8)——で描いているが、やがて、語り手の視点は、下人の視点と重なり（三人称視点の成立）、下人の、その場での体験が、下人の心を通して描かれていく。老婆の様子は、下人の眼が捉えているのである。ところが、ここで注目すべきは、小説の末尾である。

暫、死んだやうに倒れてゐた老婆が、死骸の中からその裸の體を起したのは、それから間もなくの事である。老婆は（略）そこから、短い白髪を倒にして、門の下を覗きこんだ。外には、唯、黒洞々たる夜があるばかりである。

下人の行方は、誰も知らない。

ここに、下人の視点から語り手の視点へ、そしてさらに老婆の視点へと、視点が移動していることがわかる。これは何を意味しているのだろうか。要するに、この作品の（語り手の）視座は、羅生門を離れることがないのである。羅生門に現れ、羅生門から立ち去っていく一人の人物（下人）を描いている。その羅生門は、人生そのものを象徴しているのかも知れない。「薄衣のようにはかない生」の意味をになった門である（歴史的には「羅城門」であった）。最後の一文「下人の行方は、誰も知らない」の象徴性もなかなか解しがたいが、人生の場からの脱落とも、地獄へ落ちたとも解せようが、筆者は、「下人」を「誰も知らない」と表現した意図は、実は、「下人」は誰もが知っているのだ、という意味とみたい。読者の一人一人がそれぞれにおいて知っていることを意味しているのではないか。すべての人間（読者）の中に「下人」が潜んでいることを意味するのではないだろうか。「下人」とは「私」だと、読者は自覚しなければならないというアイロニーであると考えたい。

①の場合に属する、もう一つの視点の移動は、話主（語り手）の視点（語りの現在時）から、一人の作中人物の視点（三人称視点・作中世界の現在）への移動である。これは勿論、その逆の過程を経て、話主（語り手）の一人称視点にもどってくることがある。この両者——前の語り手の視点から登場人物の視点への移動と後の登場人物の視点から語り手の視点への移動——の関係のメカニズムについては、まだ充分明らかにされているとは言えない。この問題を考えるにあたって、筆者自身が把握している、いくつかの注目すべき事実のみを列挙しておこう。

その竹の中に、もと光る竹なむ一筋ありける。あやしがりて見るに、筒の中光りたり。それを見れば、…ゐたり。　（竹取物語）

傍線のような、登場人物の認識行動を示す動詞による条件づけの後、その人物の認識したままの事実が描かれることになりやすい。『竹取物語』には、「見るに」「見れば」「見て」の句が契機となることが多い。

冒頭の始発の文からして、すでに、語り手の視点からではなく、三人称の視点に立った叙述にはじまる作品もいくつか存在する。その典型は先にも見たが、「雪国」の冒頭である。

国境の長いトンネルを抜けると、雪国であった。夜の底が白くなった。信号所に汽車が止まった。

読みはじめた読者は、一人称視点（「私」）の作品かと思うだろうが、やがて、「…島村の前のガラス窓を落した」という一文が出現し、視点人物が三人称の「島村」であったことが分かるという描き方である。

家を借りに来た代書人は、十二三の子供の家主面を見ると、笑い出さずにはいられなかった。（川端康成・故郷）

この「故郷」という作品の冒頭の一文は、作中人物「代書人」を主語とする。ところで、「代書人」といった普通名詞によって作中人物が提示される場合、多くが、主格助詞「が」をとるのであり、右の例のように「代書人は…」と「は」をとることは珍しい(9)。この一文が「笑いださずにはいられなかった」という述部を持ち、ここに代書人の内面が語られていることに注意したい。つまり、普通名詞「代書人」を主語にしながら、その「代書人」の視点で、この一文は叙述されているのである。いわば「私」（又は「彼」）とあってもおかしくはない叙述である。普通名詞で提示された人物は、話主にとっては、まずは話主の視座からは観察対象となるのであり、その人物をはじめて描くときには、現象描写文特有の「が」をとりやすいのである。事実、小説の冒頭などで、人物が主格助詞「が」で提示される場合は、ほとんどが、視点人物から観察された対象（人物）の存在ないしはその行動描写となっているのである。なお、話主が三人称視点人物に同化したり、そこから離脱したりするメカニズムについては、さらに考察すべき点が多いようだ。

さて、②の場合についてであるが、語られる世界は、刻々にあれこれの状態を生み出しながら時間とともに変化する事態の世界である。時間とともに、又空間を視点は移動するということが問題となる。眼前において刻々に事態が変化する、作中人物の行動が展開するのを、その人物にそって描いていくと、そこに移動する視点がきざみこまれる。しかし一方、時には、ある瞬間、その場面がみせる状態を捉える視点がある。これは静止する視点と言うべきであろう。ここに視点と、テンス・アスペクトとの関係が存在することが知れる。このことは、②の視点の移動の場合に限らず、先の①の場合の後者とも深くかかわった問題であった。このことはすでに指摘したことであるので、詳細は、他の拙稿に譲ることにする。(10)

四 読者の視点

対象の認識ないし理解に関して、「視点の移動」を重視しているのは、認知科学である。(11)認知科学では、文学作品の情景理解と心情理解の場合をとりあげて、作者の設定した作品の中の視点と、読み手の設定する視点とを区別しなければならないことを強調し、後者が、前者にそって設定されるものであるにしても、ときには、それとは異なる視点を設定して、そこから作品世界を理解しようとすることも可能であることを示して、読み手が主体的に設定する視点の自立的な働きを追求する。そして、対象（作品世界の人物の心情や情景）を理解する上で、読み手が「見え」を生成する「見え」先行方略が、理解を深めるために優位性をもっていることを説いている。

従来の文学研究が、もっぱら、作者（送り手）の設定した作品の中の視点の分析に終始してきたのに対して、ここに、読者（受け手）の視点設定の問題がとりあげられているわけで、文学研究にとって新しい視点論の展開が示唆されていると言える。もっとも、国語科教育における読解指導においては、自ずと、こうした認知科学が取り組む方向と一致する作品理解の方法が、すでに行われてきていたのだが、認知科学の方法と成果とが、さらに参照されることによって、読解のメカニズムを明確化し、指導方法を充実させることに有効な科学となりうると考えられる。

そして「見え」の生成が、視点の移動——認知科学では、読み手の設定した視点を移動させることになる——により、理解がより完成されたものになることを指摘しているが、作者の設定した視点に関しても、対象を叙述提示する際に、読者の理解を配慮して、どのように視点の移動がなされているか、ということが、今後の重要な視点論の観点となると思われる。視点の移動と、作品理解とが深くかかわっているのである。

〔底本〕「雪国」など川端康成の作品、及び「羅生門」（芥川）は新潮文庫、『竹取物語』は岩波文庫によった。

注

（1）井関義久『国語教育の記号論』（明治図書・一九八四）。以下、井関の引用は、この書による。
（2）時枝誠記「言語の存在条件―主体・場面・素材―」（『言語本質論』岩波書店・一九七三）。
（3）F・シュタンツェル『物語の構造〈語り〉の理論とテクスト分析』（前田彰一訳・岩波書店・一九九〇）。
（4）望月善次『『分析批評』の学び方』（明治図書・一九九〇）。
（5）糸井通浩「小説冒頭表現と視点―「は／が」の語用論的考察―」（林四郎編『文化言語学―その提言と建設―』三省堂・一九九二、本書後編〔三〕2）。
（6）注（2）の著書及び、時枝誠記『国語学原論』（岩波書店・一九四一）。
（7）井関は、三人称限定視点に、「単純視点」と「並列視点」とがあるとする（前掲書注（1））。
（8）絵巻物の絵の視角と、語り手の視角との関係には注目してみるべきところがある。絵の中の透垣から覗きみする男の姿は、視角そのものが絵画化されていると言えないだろうか。
　叙述の視座、ないしは視角というものを、視点（視点人物）とは別に考えてみる必要がある。物語・小説の場合、話主（語り手）は、昔のこと（語られる世界）を、話主（語り手）の「今・ここ」において語るのであるが、その「今・ここ」を視座とする叙述（「けり」による統括文）もあるが、やがて、語られる世界に視座を移すのが、日本語では一般的である。その場合に、語られる世界に登場する人物の視点に、その視座を移す場合もあるが、そういう特定の一人物に同化しないで、その語られる世界の現場に立ちあっているかのような視座ないし視角から出来ごとを叙述する場合がある。その場合でも、どの人物かの側により添うような視座・視角からながめた叙述をなすことが多い。井関の「視点」図にみられる、「作中場面」とは区別された「観察場面」（これを、筆者は、「作中外の語りの場面」と理解したのだが）の「眼」とは、右に述べた「語り手」が「作中場面」に視点を移した視座ないし視角から「作中場面」をながめる「眼」とは異なる。とするならば、その「眼」は、「作中場面」内に設定されているものと言うべきである。比喩的には、絵巻物の絵の視座・視角を思い描けばよいか、又は劇の舞台と、それをながめる客席（の位置）との関係とも類似的と言えるだろうか。

（9）注（5）の拙稿に同じ。

（10）糸井通浩「物語・小説の表現と視点」（『今井文男教授古稀記念論集　表現学論考第二』表現学会・一九八六、本書後編四1）など。

（11）宮崎清孝・上野直樹『視点』（認知科学選書一、東京大学出版会・一九八五）。以下の認知科学に関する言及は、主としてこの書による。

（補注）限定のうちの「一人称視点」と、非限定のうちの「客観視点」とは、話主（語り手）が「作中に登場するかしないか」の違いであり、語り手の「作中の一人称視点」が、作中外に飛び出した構造が「客観視点」ということになる。又、限定のうちの「三人称視点」と、非限定のうちの「全知視点」とは類似的で、特に「三人称限定視点」の「並列視点」を徹底させた構造が「全知視点」だとも言える。もっとも、同時的関係において、視点が複眼的であるかどうかは重要な違いで、『竹取物語』の場合は、同時的に複眼的であるとみられるが、その点を強調すると『竹取物語』は、全知視点だと言わざるをえないところがある。

3　表現の視点・主体

一　視点と主体

(一)　表現機構から

「視点」とは見る点のことであるが、認知する点と言い換えることができる。それを「視点」と視覚を念頭に置くのは、視覚行為を認知行為の代表としているに過ぎない。そして、認知する行為の成立には、認知する行為者・主体の存在が欠かせない。

時枝誠記は言語成立の外的条件として、「主体・場面・素材」を指摘した。(1) 言語研究に「主体」を持ち込んだ先駆的提言であった。今や語用論、認知言語学において「主体」は不可欠な分析的要素である。言語過程説に立つ時枝は、「主体」を「言語主体」と捉えており、表現主体（話す・書く主体）にも理解主体（聞く・読む主体）にも該当するものと見ている。ただし、本稿では、表現主体に限定して「主体」の問題を考えることにする。また、日本語の「語り（物語・小説）」言語における「語り手（主体）」に絞って論述することにする。

視点を表現との関係で考えると、次の三つが包含されていて、厳密には区別すべきであろう。「視座」「視線」「被視点」である。

視座とは、認知主体である語り手が事態を認知し表現する位置――どこから見ているかの「どこ」を言う。基本的には語り手は、語り手の「いま・ここ」を視座とする。が、日本語の「語り」では、「いま・ここ」が確定的・固定的ではないことが、視点論の焦点の一つになる。

視線とは、まなざしで、主体の、認知する対象（ものやこと）に対する、主観的な思いである。もって臨む思いもあり、また、対象に接して引き起こされる思いもある。時には、対象に対する評価的判断ともなる。事態認知における、心の作用面を言う。

被視点とは、見られる対象（ものやこと）で、認知主体が、何を・どこを見ているかが焦点化される、言わば認知における対象面である。客観的な目で捉えられた対象であっても、焦点化されると、対象（ものやこと）の前景化する面や背景化する面が生まれる。

本稿では、もっぱら、右に言う「視座」に焦点を合わせて、「視点・主体」について考えてみたい。

さて、「語り」において、「語り手」（主体）は「語りの形式や内容」とどういう関わりをなすのか。ここでは、物語、小説を合わせて「語り」ということにするが、「物語」は、語りの冒頭で「時（所）」を設定し、まず登場人物の存在を紹介することから始めるのが一般的である。典型的には『源氏物語』など作り物語や『今昔物語集』などの各説話が存在する。多くが語り手の語りの「いま（ここ）」から、昔あったことを語るスタンスで始まる。やがて、語られる、昔の事態の時に「いま（ここ）」を移して語ることになりやすい。典型的には、冒頭を「けり」文体で始めるが、やがて「非けり」文体になり、語りの終わりになると、ふたたび「けり」文体にもどるという展開をなす。日記的なものを除き、基本的には、語り手自身が登場人物になることはない。

いわゆる近代の小説にも、次のように「物語」的展開で始まるものもある。

(1)　昔、仙台坂の伊達兵部の屋敷にまだ新米の家来で、赤西蠣太といふ侍がゐた。　（志賀直哉「赤西蠣太」）

(2)　昔、なにがしの大臣の息子に、四位の少将があつた。　（中村真一郎「扇」）

登場する人物は、「が」格で示される。人物の存在が紹介されるからで、人物がいきなり固有名詞で紹介されるときには、「という（人）」という表現を必要とする。「ある日の暮れ方のことである。一人の下人が、羅生門の下で雨やみを待つてゐた。」（芥川龍之介「羅生門」）の「一人の下人」のように、固有名詞によらない紹介でも、人物が個別化され特定化されていると「という（人）」は不要である。(2)では、人物は個別化され特定化されていて、「四位の少将」は普通名詞である。

近代の、多くの小説では、同時代のある時のことであることが暗黙の了解となっていて、特定の時を設定することがないことがあり、語り手の「いま（ここ）」は、語られる事態の「いま（ここ）」にある。「物語」で言うなら、「けり」文体で始めるのでなく、冒頭から「非けり」文体で始まるようなものである。

「昔・今は昔・その頃・ある暮れ方のことである」など、「特定の時を設定」することの意味は、語り手の「いま（ここ）」と、語られる事態の「特定の（過去の）時」とは、はっきり異なる時と認識されていることを意味していて、言わば、「けり」文体で始まることになる。もっとも、

(3)　珍しく静かな暖かい夜だつた。この二三日家ごと揺すぶられるやうにはげしかつた波の音は、凪いだのかずつと落ちてゐる。（檀一雄「終りの火」）

のように、冒頭の一文は回想的に始まるが、すぐさま、次の文では回想される事態の時（ある夜）に、語り手の「いま（ここ）」は移っている（「この二三日……落ちてゐる」）、という始まり方も多いが、

(4)　国境の長いトンネルを抜けると、雪国であった。夜の底が白くなった。信号所に汽車が止まった。向側の座席から娘が立って来て、島村の前のガラス窓を落した。雪の冷気が流れ込んだ。（川端康成「雪国」）

のように、冒頭からすでに事態の「いま（ここ）」に、語り手の「いま（ここ）」が置かれている場合も多い。(3)の場合でも、冒頭の一文から、「（その）夜」に視点を移して、「…夜である。」とすることは可能である。しかし、(4)

では、「…雪国である。」とすると、説明ないし解説の文になってしまう。(3)

(二)　冒頭の人物提示と「は・が」

さて、近代の小説では、人物が固有名詞、または「彼」などの人称代名詞で登場する場合が圧倒的に多い。(4)これらの名詞は、個別化特定化された人物を指示する。まず冒頭における、これらの名詞による人物提示に用いられる「は・が」の使用と視点の関係を見てみよう。

(5)　川上竹七は、満五十歳であった。（川崎長五郎「鳳仙花」）

(6)　加治木という表札をみつけると初はドキンとして急に躰じゅうから汗が吹き出すような気がした。（由起しげ子「女中ッ子」）

(7)　夢ではなかつた。彼はねむつてなどゐなかつたのだ。しかも峯生は自分の耳でたしかにそれを聞いた。（石上玄一郎「日蝕」）

物語的語りでは、人物の「存在」を提示するとき、人物を「が」格で受けるが、それと異なり、(5)の「川上竹七」、(6)の「初」、(7)の「彼・峯生」のように固有名詞（ないし「彼」など人称代名詞）で、人物が提示される時、受けるのは係助詞「は」であるのが基本である。もっとも(5)の場合は、名詞述語文であることも「は」である理由と言える面を持っている。いずれにしても、これらの「は」を「が」に変えることはできない。それはなぜであろうか。「吾輩は猫である。」（夏目漱石「吾輩は猫である」）が「は」である理由は、名詞述語文であるとともに、小説では語り手が存在することは既知の情報であるから、冒頭において、その既知の情報に当たる「語り手（一人称）」は「は」で示すことになるからである。「が」であると冒頭文でなくなるし、また一人称小説の場合語り手は「私は」と名乗らなくても通用するのであるが、この例の場合、単に「猫である。」とすると、近代小説では一般に語り手は人格を備えたもの〈人物〉という思い込みがあるため、何が「猫」か、意味不明になる、そこで「我輩は」を必要としている。この例は一人称小説の場合である。

では、三人称小説の⑸⑹⑺の場合はどうか。人物は固有名詞で登場している。本来、固有名詞（あるいは「彼」なども）は、すでに「存在」が認知されているものに用いられる名詞である。それが、いきなり冒頭から固有名詞で登場するのは、その人物の「存在」がすでに前提になっているからである（「そのころ、…という〈人〉がいた」という認知の段階を省略しているとも）。それが、近代における作者・読者の了解事項である。つまり、語り手は、登場人物の存在を既知の情報としてとり扱うことになる。それが「は」に上接する理由である。

ところが、次のような場合がある。

⑻　「片腕を一晩お貸ししてもいいわ。」と娘は言つた。そして右腕を肩からはづすと、それを左手に持つて私の膝においた。（川端康成「片腕」）

⑼　アハマドは山の中腹の一軒家に、細君と赤ん坊と三人で住んでいた。僕がその日にオートバイで行くと知らせてあったので、窓から街道を何回も見たという。（小川国夫「プロヴァンスの坑夫」）

⑻の「娘」は普通名詞であるが、個別化特定化していて、例えば仮にここが「智恵子」とあっても良い。⑸〜⑺の「は」と異なり、⑻⑼の「は」は、「が」に置き換えられる。両者の異なる点は、⑻⑼の方は「私」「僕」が語り手であり視点人物であるという一人称小説であることにある。語り手「私」「僕」にとって、「娘」（ここでは若い女の意）「アハマド」は他者であり、語り手の「私」「僕」の観察可能な対象であることに起因する。つまり、「…娘が…」「アハマドが…」と描けば、語り手（私・僕）の視点から、それらの人物を現象描写文的に描いていることになる。このことは、人物の描写に限らない。例えば、

⑽　海は、眠つた町を守りするやうに、夜ぢゆう鳴りつづけてゐた。（阿川弘之「夜の波音」）

この例の「は」は、「が」であっても良い。その場合、「海」の状況を客観的に描写したに過ぎないが、「海は」としているのは、その「海」に対して、登場人物でもある語り手が以前から関心を寄せていたという思いを前提にしているからである（「海」の存在を既知のもの、つまり前提としていることを意味する）。先の(3)でも「…波の音が…」とすることができる。ただ、この場合（「が」の場合）は、眼前に新たに生じた現象に気づいて、客観的に報告している表現になる。

つまり、(8)(9)が実際には「娘は」「アハマドは」となっているのは、これらの人物が語り手（この場合、「私」「僕」）にとって、以前から意識されていた（存在が意識されていた）人物であることを示そうとしているからである。

さて、冒頭の人物提示で、人物が「が」で持ち出される例は、意外に少ない。言うまでもなく、(1)(2)のような物語風の小説は除いてのことである。

(11)　自動車が二台、広島城址の前で止まつた。

背の高いK青年が、先に上まつた車の助手台から、身軽に飛出て、その城跡で開かれてゐる博覧会の事務所へ這入つていつた。

（丸岡明「贋きりすと」）

(12)　十五になる許嫁の蓉子が頬の色を消して帰って来た。

（川端康成「硝子」）

これらの「が」は、「は」には置き換えにくい。いずれも、視点人物の視点から眺められている行動で、その人物の行動を現象描写している表現だからである。(11)は、冒頭の一文が現象描写文、眼前で発生した事実を報告している。(5)それを受けた、次の文も自動車から降りてきた人物を、語り手の視点から現象描写しているゆえに、「が」で描かれている。(12)は、視点人物「彼」にとって「蓉子」は他者で、彼の許嫁なのである。「彼」の視点から観察して捉えていて、やはり現象描写文である。

二　視点と人称

(一)　人称と表現

人称の区別を、表現との関係で定義すれば、次のようになろう。

一人称は、表現する主体であり、それを言語化すれば「私」「僕」などになる。二人称は、表現（する）主体が表現を差し向ける相手で、それを言語化すれば、「あなた」「君」などになる。三人称は、表現（言語）活動に当事者として関わる一人称、二人称以外の人物等で、それを言語化すれば、「彼」「その人」「あれ」「これ」などとなる。

人称は、言語活動における「立場」の違いを区別するもので、その立場自体を言語化することはできない。「言語化すれば」と言ったが、実は言語化する主体（一人称）と言語化された「私・僕」は異なる。前者は「主体（表現する・語る私）」であり、後者は「素材（表現された・語られた私）」である。「私、僕」「あなた、君」「彼、その人、あれ、これ」と、いずれも言語化しているのは、一人称の表現主体である。表現主体は存在するが、その存在自体は言語化されないのである。もっとも通常は、表現された「私」以下の「ことば」を人称代名詞と言い、一人称、二人称、三人称という用語を当てて区別してはいる。

「語り」（物語・小説）には、その「語り」言語の表現主体である語り手が存在する。語り手は作者と区別されるもので、作者は、「語り」言語を紡ぎ出した創作主体であるが、表現主体ではない。「吾輩は猫である」という作品では、この区別が露出していて分かり易い。創作主体は夏目漱石であるが、表現主体は語り手である「吾輩＝（名前のまだない）猫」である。語り手である猫の視点から、作中世界は語られているのである。日常語においては言うまでもないが、「語り」言語でも、原則としてすべての表現が、語り手（表現主体・認知主体）の一人称視点から語られているのであり、時に二人称視点、三人称視点から描かれているという説明をしたりするのは、厳密には正確でなく、そういう視点からの「語り」言語はありえない。すべて視点人物の一人称の視点（いま・ここ）から表現は紡ぎ出されていると捉えるべきである。

厳密には二人称視点、三人称視点の語り（物語・小説）はありえないが、しかし、近代小説では、大きく分けて、一人称小説と三人称小説とがある。

一人称小説は、語り手が自らを「私・僕」などと作中世界に登場させて、語り手としての「私・僕」、ないしは作中の「私・僕」の視点から語る小説である。三人称小説は、語り手自身は作中世界の登場人物となることなく、語り手にとっては、すべて他者である登場人物たちを観察的にあるいはその人物に同化して描く小説である。

⒀　僕はその子供をちつとも可愛いとは思はなかつた。（福永武彦「死神の馭者」）

これは、一人称小説の例である。「僕」は、「語る私」（語り手）によって「語られた私」である。

㈡　二つの視点

先に、語りの表現は、すべて語り手の視点（いま・ここ）を基点時としていると述べたが、基点時には、次の二つがある。語り手は、すでにあったこととして作中世界を語るのが基本であるが、その作中世界を回想する、語り手の「いま・ここ」（発話時・スピーチタイム）を基点時とする場合と、作中世界の場面・事態に語り手の視点を置いて、その語り手の「いま・ここ」（事態時・イベントタイム）を基点時として語る場合とである。次の事例⒁～⒄はいずれも作品の冒頭部分であるが、いずれも事態時に語り手の視点がある例である。語り手の「発話時」から「作中の世界（事態時）」を回想するというセッティング（手続き）は省略されていると見てよい。

⒁　宵の口は閉め切つた雨戸を外から叩く様にがたがた云はしてゐた風がいつの間にか止んで、気がついて見る

と家のまはりに何の物音もしない。しんしんと静まり返つた儘、もつと静かな所へ次第に沈み込んで行く様な気配である。杌に肱を突いて何を考へてゐると云ふ事もない。（内田百閒「サラサーテの盤」）

⒂　乗客が充満なので、十一月半ばでも、汽車の中はさまで寒くもない。新橋から山陽線の沿道は珍しくないから見たいと思ふ処もない。加之心が楽しまぬから、明日の夕暮実家に帰り着くまでは何うか此のまま斯う静として、一つことに想ひ耽けりたい。なるべくならば、乗客の顔も見たくない。（近松秋江「骨肉」）

⒃　このうちに相違ないが、どこからはいっていいか、勝手口がなかった。

往来が狭いし、たえず人通りがあってそのたびに見とがめられているような急いた気がするし、しょうがない、切餅のみかげ石二枚分うちへひっこんでいる玄関へ立った。すぐそこが部屋らしい。云いあいでもないらしいが、ざわざわきんきん、調子を張ったいろんな声が筒抜けてくる。（幸田文「流れる」）

⒄　母が生まれし国うつくしき

菜の花を見てそう思いついた。

その俳句の上が菜の花だったかどうかは、昔学校で習っただけで定かでないし、母が妣なのかもあやふやだった。

古座の川に下る石段の脇に、茎の太いしっかりと葉を広げた花があった。見つけたのは姉だった。（中上健次「三月」）

以上⒁〜⒄の例では描かれている感情や判断そして動作等の主体が示されていない。とすれば、小説の冒頭以前において、存在の知られている人物は「語り手」のみであるから、ここで語られている人物は、語り手、つまり一人称の「私・僕」であろうと推測される。確かに⒁では、のちに「私」が出てくる。しかし、その多くが「私の杯」「私の顔」「私との間」「私の所に」といった、他の人物と区別することが必要な時に「私」が明示化されて、ほとんど動作・感情の主体としての「私」を言語化することはないようである。また、⒂も、のちに「私が」「私は」と出てくるのである。⒁⒂は一人称小説である。

しかし、⒃では、文庫本の五頁目の会話で人物の名前が「梨花」と分かり、語り手によって初めて（地の文で）「梨花」と語られるのは七頁目である。また、⒄では、冒頭の感情や動作の主体が、後になって「彼」と描かれている。つまり、冒頭部分では一人称小説かと思わせられるが、実は⒃⒄は三人称小説であった。こういう手法でよく知られているのが、先に⑷で取り上げた、川端康成の「雪国」である。これらでは、冒頭から語り手の視点は、登場人物の、事態時の視点に重なっているのである。

㈢　感情感覚表現文の人称制限とその解除

日本語による表現では、「主観的把握」の表現が「好まれる言い回し」だと指摘される。[6] 言い換えれば、日本語は「話者中心性の言語」とも、また話者（一人称）の立場が表現に持ち込まれる性質を強く持つ言語と言っても良いだろう。その典型的事象が「感情感覚表現文」に見られる人称制限で、「いま・ここ」の感情を直接表現できるのは、一人称主体の感情感覚に限られるという制限である。「水が飲みたい」「歯が痛い」という表現は、そう言っている本人（一人称）の願望であり感覚に限定されるのである。ところが、「語り」言語では、三人称についても可能で人称制限が解除されるのである。それは、なぜであろうか。

⒅　そのとき、彼は、手洗いから戻ってまだ眠れずにいた。夜半の十二時を過ぎたばかりであった。（略）一夜に、二度や三度は、きまって用足しに起きねばならない。（略）それにしても、寝床を離れている束の間に眠気が去って、容易に戻ってこないのが忌々しい。

（三浦哲郎「みそっかす」）

引用の「忌々しい」がそれである。主人公は「彼」とあって、この小説が三人称小説であるのは明らかである。

作品全体「彼」で通されていて、名前は分からない。この小説に限らないが、少なくともこの小説では、この「彼」を「私・僕」と一人称に置き換えても日本語としてほぼ支障がないのである。その意味で、一人称小説であっても良いわけである。もう一例、次の⒆もそうである。

⒆　それから二人は宿の下駄を突っかけて、外へ出た。（略）、からかわれているような気がする。西村は少なからず恥ずかしい。恥ずかしさが何となく嬉しくもある。（石川達三「四十八歳の抵抗」）

⒇　日曜日の繁華街Sで。ある劇場の地下喫茶店が山村英夫の目的の場所だったが、舗装路一ぱいに溢れて行き交う人々の肩や背にじゃまされて、狭い歩幅でのろのろと進むことしか出来なかった。そのことは、彼を苛立たしはしない。後ろに連なっている群衆が、彼の躰をゆっくりした一定の速度で押してゆく。（吉行淳之介「驟雨」）

この例⒇でも、「山村英夫」「彼」は、「私・僕」に置き換えても特に表現上支障をきたさないのである。三人称小説の多くでは、語り手は語りの視点を三人称の中心人物（主人公）の視点に重ねて、その中心人物が語るように語られていく。つまり、⒇のように固有名詞や三人称代名詞で人物を描きながら、その人物の「いま・ここ」を視点とする一人称語りになっている。それ故、それらの語を「私・僕」に置き換えることが可能なのである。日常語に見られる「感情感覚表現文」は、一人称主体の「感情・感覚」に限定されるという制限が、「語り」言語では解除されるのも、これ故と考えられる。

言うまでもないが、「客観視点」と従来言われる、語り手がどの登場人物にも視点を重ねない小説では、こうした表現は見られない。

しかし、語り手の視点が中心人物の視点に重ねられる「語り」においても、時には語り手が中心人物を客観的（観察的・対峙的）に捉えている表現が見られる。むしろ、それが基本の表現というべきで、古典の物語では、その人物を敬語扱いにしている表現などに、その典型的な場合が確認できる。近代の小説、特に語り手が視点を重ねる人物を中心人物一人に限定している小説では、ほとんどその人物を指す固有名詞や三人称代名詞を一人称代名詞に置換できると言って良いが、⒅⒇の作品にはわずかに次のような表現もある。

㉑　彼は、口を開けたが、すぐには言葉が出てこなかった。（三浦哲郎「みそっかす」）

㉒　現在の彼は、遊戯の段階からはみ出しそうな女性関係からは、身を避けようとしている。（吉行淳之介「驟雨」）

㉑の「口を開けたが」が外面描写的であること、㉒は「私・僕」なら「身を避けようと思っている」とあるのが自然かと思われる。さらに例えば、河野多恵子「片冷え」は、「麻柄・彼女」が主人公の三人称小説であるが、ほとんど「私」に置き換えて読める。しかし、たまに、「私」に置換できない、語り手が顔を出す表現、つまり語り手が「麻柄・彼女」を観察している表現がある。次の例では、「…（した）ようだった」という観察的判断が見られる。

㉓　彼女は（略）、本当はちょっと言ってみたくて電話をしたようだった。が、触れ損ねてしまったのである。（河野多恵子「片冷え」）

このように語り手が顔を出す程度や頻度は、作品によって千差万別である。

三　視点の転移と移動

㈠　語りの展開と転移

先に「語り」言語に見られる人称制限解除に関して考察した過程ですでに触れているが、語りの叙述が展開するとともに、語り手の視点も動くことについて、以下にまとめてみよう。語り手の視点の変化（変移）には、「転移」

と「移動」とがある。

①語り手の視点が、発話時の「いま・ここ」から、事態時（作中世界）の「いま・ここ」へと転移する場合。

語り手の発話時「いま・ここ」から回想的に過ぎ去った作中世界（事態時）を語り始める物語の「語り」では、語り手が、「発話時」から作中世界の「事態時」に視点を移して語ることがしばしばおこる。これを視点の「転移」という。しかし、近代小説では、冒頭から語り手の視点を事態時に転移させて語られる場合が普通になっている。比喩的に芝居の舞台に喩えてみれば、客席で語っていた語り手が、舞台に上がって人物の間を駆け回りながら語るようなものである。ただし、先に見た二の⑶のような場合も珍しくない。

②事態時にある語りの視点が、語り手の視点から作中人物の視点に転移する場合。

語り手が事態の「いま・ここ」に視点を置きながら、（A）三人称の登場人物を観察的・対峙的に語る場合もあるが、（B）語り手が自らの視点を登場人物の視点に同化させ、ないしは重ねて（転移して）、その人物の一人称視点で語る場合もある。近代小説では後者の視点で徹底させる場合が珍しくない。

一人称小説の場合、回想的に語るところでは、語り手（語る、今の私）は登場人物としての「私・僕」（語られる、かつての私）と対峙的である。しかし事態時においては、語る私の視点と語られる私の視点とは同化的である。つまり語り手（私）の視点が発話時から事態時へと転移しているのである。

ところで、物語学の藤井貞和は、②の（B）のような視点を「物語人称」と呼び、語り言語特有の視点であるから、「四人称（視点）」と規定して区別すべきと提唱している。(7) 提唱の背景には、アイヌ言語の「語り」にはっきり人称語として、日常語とは異なる形態の人称語が用いられていて、登場人物の視点で語られる時、その人物が自分自身を指す、特別な人称語（これを四人称（語）と言う）が存在することを根拠としている。

日本語の近代小説で言えば、先に見たように、語り手の視点が三人称の登場人物の視点に重ねられていると、

「固有名詞・三人称代名詞」で語られていても一人称の「私・僕」に置き換えうることを指摘したが、こういう時アイヌ語では「四人称語」が用いられるというのである。その意味で、藤井が言うように、アイヌ語の「四人称語」も、「一人称語」の変種なのであり、そういう判断は納得できる。

藤井が言うように、言語によって四人称を持っていて、いわゆる通常の一人称と区別する言語とそこまでしない言語があることになる。そこで藤井は、日本語でも四人称を立てて、物語の人称として「本来の一人称」と分けるべきだと主張している。言語間において、また同一言語内においても「形態」と「意味」との対応関係は異なる。日本語の場合は、同一の一人称の形態によって表現するが、アイヌ語では用法（意味）の異なりを形態の区別で示す、つまりそれが「一人称」、「四人称」と称される形態である。つまり、日本語では、アイヌ語の「四人称」に相当するものも一人称の形態によって示している。または、一人称表現の用法の一つと認識されている。それがもっぱら日本語の「語り」における一人称表現なのである。(8)

比喩的に言えば、落語家がある落語で、長屋の八っつぁん・熊さん（の視点）になって、語りを進めていく時の声は、八っつぁん・熊さんの声として聞くのだが、実際は落語家の声であって、語り手（落語家）と語られる人物（八っつぁん・熊さん）とが重なっているようなものである。

(二) 移動と文末形式

視点の変化（変移）には、先に見た「転移」とは異なる変移がもう一つある。それをここでは視点の「移動」と呼ぶことにする。視点がいつの事態のどこを認知しているかによる異なりのことである。

事態の、時空間における展開を語る視点には、大きく、固定的な視点（静止する視点）と流動的な視点（移動する視点）の二つが認められる。この異なりは、基本的には文末形式の異なりに呼応することが多い。普通、一つの

「語り」（物語・小説）においては、場面に応じて、この二つの視点の両方が適宜用いられるものであることは言うまでもない。紙数が尽きたので、要点だけを指摘するに止めたい。

(24)　国境の長いトンネルを抜けると、雪国であった。夜の底が白くなった。信号所に汽車が止まった。向側の座席から娘が立って来て、島村の前のガラス窓を落した。雪の冷気が流れ込んだ。（川端康成「雪国」）

(25)　「てんごう言うな」富森がどなった。女に、「金持ったら帰れ、男の話に、女子供入ることない」と手をふる。奥から、また、「上って行きなあれよ」と声がする。女は、かくんとうなずく。（中上健次「水の家」）

動作述語の「テンス・アスペクト」の区別を受け持つ文末は、「ル」形「タ」形「テイル」形「テイタ」形が基本的な形態である。（24）では「タ」形が用いられ、（25）では「ル」形が用いられている。しかし、ともに事態が時間を追って、次々と展開する変化を描写している。この二つの形――「タ」形「ル」形――は、動作がすでに実現していることを意味し（ただし、「ル」形は日常語では、一部の動詞を除いて未来の実現を示す）、いずれも一つ一つの動作を全的に認知しているからである。ここに視点が「移動」していることが確認できる。

(26)　中の刻になつても一向に衰へを見せぬ雪は、まんべんなく緩やかな渦を描いてあとからあとから舞ひ下りるが、中空には西風が吹いてゐるらしい。塔といふ塔の綿帽子が、言ひ合はせたやうに西へかしいでゐるのがそれで分かる。（略）ぶらりと宙にたれてゐる。（神西清「雪の宿り」）

(27)　信太郎は、となりの席の父親、信吉の顔を窺った。（略）シワがよっている。（略）のびている。（略）力のない光をはなっていた。（安岡章太郎「海辺の光景」）

この(26)(27)の文末の「てゐる（らしい）」「ている」「ていた」「分かる」による叙述には、事態の展開は見られない。事態は動いていない。視点はその場の今の状態を観察している、つまり、視点は静止しているのである。(27)の最後の「ていた」は「ている」とあっても良いところで、ここで「テイタ」形を取っているのは、さっき（以前）からそういう状態にあることに今気づいた、という意識が表出されているからである。なお、語り手（あるいは視点人物）による、解説的な記述の部分においても、事態の移動（出来事の展開）が見られないのは言うまでもない。

〔底本〕 近代小説は主として、現代日本文学全集（筑摩書房）の『昭和小説集（三）』、新潮創刊一〇〇周年記念『名短篇』（新潮社）所収のもの、および文庫本によった。

注

（1）時枝（一九七三）。

（2）「昔」「今は昔」などがその典型。なお、塚原（一九七一）参照。

（3）(3)の冒頭文は、「…夜だ」とあっても良い。しかし、ここは「（その夜は）…夜だつた」とあって回想的表現と読めるが、(4)は「…雪国だ」とはできない文（文の意味が異なってしまう）で、文末の「た」は確認的（気づきの）「た」と見られる。

（4）糸井（一九九二）など。

（5）現象描写文については、仁田（一九九二）を参照。現象描写文では、特殊な文脈の場合を除いて、一・二人称が主格「が」で描出されることはない。

（6）ウォーフのことばによる（池上二〇〇六など参照）。

（7）藤井（二〇〇四）。同書で「（物語人称とは）作中人物、場面、話題（＝三人称）について、その会話、心内などを語り、また語り手の語りに、作中人物の心情が色濃くかさなる」ものと定義している。

（8）なお藤井（二〇〇四）は、「語り手人称」を一人称の変種と認めながら「ゼロ人称」と呼んで区別するが、あえて通常の一人称と区別する必要があるだろうか。「ゼロ」は時枝の言う「零記号」の「ゼロ」を意味するのか。

参考文献

池上嘉彦（二〇〇六）「〈主観的把握〉とは何か―日本語話者における〈好まれる言い回し〉―」（『言語』五月号）
糸井通浩（一九九二）「小説冒頭表現と視点―「は／が」の語用論的考察―」（文化言語学編集委員会編『文化言語学―その提言と建設―』三省堂、本書後編〔三〕2）
澤田治美（一九九三）『視点と主観性―日英語助動詞の分析―』（ひつじ書房）
須田義治（二〇〇六）「小説の地の文の時間表現―テンポラリティを中心にして―」（『解釋と鑑賞』一一）
塚原鉄雄（一九七一）「冒頭表現と史的展開」（『王朝の文学と方法』風間書房）
時枝誠記（一九七三）「言語の存在条件―主体・場面・素材―」（『言語本質論』岩波書店）
中山真彦（一九九五）『物語構造論』（岩波書店）
仁田義雄（一九九一）『日本語のモダリティと人称』（ひつじ書房）
藤井貞和（二〇〇四）『物語理論講義』（東京大学出版会）
ジェラルド・プリンス（一九九六）（遠藤健一訳）『物語論の位相―物語の形式と機能―』（松柏社）
山岡實（二〇〇一）『「語り」の記号論』（松柏社）

4　表現と視点――「私」はどこにいるか

一　本稿の目標

表現学会第四一回全国大会（明治大学）のシンポジウム「表現学演習――日本近現代詩を材料として」は、日本の近現代詩を材料にして、シンポジストの、筆者を含めて四人がそれぞれの切り口によって、いわば「私の表現学」を実践的に提示しようというものであった。文芸批評は常に詩の分析から新しく始まるところがある。近現代詩をターゲットにした本シンポジウムにおいても、新しい分析の観点が多少とも見い出せたらよいという思いがあった。司会を務めたものとして、本来本稿では四人の提言の内容を要約して解説すべきところであるが、下手な要約や解説はやめて、それぞれが本誌に提言内容を論文にまとめることになっているので、そちらに譲ることにして、本稿は筆者自身の分析方法を提言してみることにしたい。

二　「視点」と表現

日ごろ文構造から談話・文章の表現機構の問題に関心を持っている筆者は、その分析のキーワードの一つは「視点」であると思っている。特に日本語の表現分析には欠かせない観点である。ここでは、「視点」を物事を捉える

（認知する）視座を意味するものとする。視点には、必ずその視座の持ち主である主体が存在する。また言語活動の主体には、表現する主体と理解する主体とがあるが、ここでは表現する主体の視点に限ることにする。

通常、具体的になされる表現はすべて、「一人称主体」（我と、我々意識でなされる我とがある）の行為によるものであり、日常における言語活動では、この一人称主体が表現主体ということになる。ところが、語りや詩歌になると、その点で表現機構を異にする。「吾輩は猫である」は夏目漱石が書いた作品である。夏目漱石が表現主体と言うことになるが、「吾輩」は漱石ではない、猫である。猫が語る表現になっている。それなら、猫こそこの小説の表現主体とみるべきことになる。この二つの表現主体は明らかに人格を異にする。いわゆる文芸の表現を分析するとき、この二つを区別しておくことが肝要である。夏目漱石は作者、この表現主体を創作主体と呼び、小説の世界で「吾輩」として登場する猫こそ、この小説の世界を、その視座から語る主体である。ここでは、これを表現主体（語り手）と呼ぶ。

「吾輩は猫である」や古典では『大鏡』などが、文芸の表現機構を表面に露出していて理解しやすいが、これらは決して例外的で特殊な表現機構を持ったものなのではなく、典型的な例とみるべきで、すべての文芸の表現機構は、この表現構造を持っていると認識すべきである。和歌においても、代作や虚構された表現主体の歌として詠まれた歌があって、創作主体と表現主体が別の人格として存在している場合があった。もっとも現代の短歌や俳句では、昔も多くはそうであったが、創作主体がそのまま表現主体であるという場合が支配的である。

文芸の表現は、すべて表現主体（ここでは、以下において「語り手」と言うこともある）である一人称（人物）の視点が描き出したものである。しかし、表層の表現に表現主体（語り手）である一人称の存在がいつも映し出されている、顕示化されているとは限らないのである。

三　表現される一人称と表現されない一人称

この二つを、語られる私と語られない私と言い換えてもよい。「吾輩は猫である。名前は…」と、あの作品では、語り手（一人称主体）の「吾輩」自身が語られている。語る猫と語られる猫である。表現主体としての猫と表現素材としての猫である。[1]この場合、語られる一人称によって、語る一人称の存在ははっきりと認知できる。一人称小説（私・僕が登場する）はこの場合である。しかし、いつも語る（表現する）一人称の存在が表現に明示されるとは限らず、表現主体（語り手・私・一人称）が背景化している場合もある。いわゆる三人称小説はこの典型である。

四　「私」（一人称・語り手）はどこに

視点と表現の問題を、具体的な表現（ここでは、近代の「詩」）を素材にして考えてみよう。ここではモティーフないしはテーマに「雪」を選んだ詩を対象とする。

①　雪　　三好達治

太郎を眠らせ、太郎の屋根に雪ふりつむ。
次郎を眠らせ、次郎の屋根に雪ふりつむ。

（三好達治詩集『測量船』）

②　雪　　石井敏雄

雪がコンコン降る。
人間は
その下で暮らしているのです。
（無着成恭編『山びこ学校』）

①②二つの詩には、いろいろな類似点と相違点がある。ともに雪という「自然」と「人間」との関わりそのものをモティーフとしていながら、①は、「太郎」と「次郎」の違いだけで、二行目は一行目の繰り返し、序列的な「太郎」「次郎」の違いによる繰り返しが、さらに「三郎」以下の人物の存在を暗示していて、この詩のイメージを遠心的なものにしている。それに対して、②は、求心的で、詩のイメージは完結的である。(2)

このことは視点と関わっている。①では、表現主体の存在が詩の表現からは感じ取れない。いわば背景に後退している。わずかに「太郎が眠る」ことを「太郎を眠らせ」と描いて、太郎をそのようにし向ける使役主の存在を前提にした表現になっていて、そこにそういう認識をしている主体が感じ取れる。この認識主体こそ表現主体と言えよう。太郎を眠らせる使役主は、「雪」ではない。雪をも降らせる「力」（例えば、自然という力）の存在が認識されていると解すべきであろうか。いわば自然のなりわいを中空的視点から描いている。

②は、①と対照的である。それは三行目を「その下で暮らしている。」とせず、「その下で暮らしているのです。」と、いわゆる「のだ」文にしているところに如実に現れている。「のだ」文は、文を説明の文にする。説明する表現主体が存在しなければ成り立たない文である。それ故、表現主体自身が表現に顔を出している、あるいは表現主体が表現されていると言えることにもなる。ただこの詩の場合、「のです」によって説明される対象が明示されているとは言えないが、言わば「人の生」とは、といった問いを前提にしての、「私」（表現主体）の答えを示した詩だと言えよう。「のです」には、表現主体の思い入れが託されているのである。(3)

①では、自然と人事とが一体的・融合的に捉えられているが、②では、一行目で雪という「自然」が描かれ、二行目以下で人事に当たる「人間」が描かれて、自然と人事が対峙的に捉えられている。②は人間の側に視点をおいている。

③

雪がつもる　　丸山　薫

雪がつもる
山の上の小さな学校で
けさも始業の鐘が鳴る

オルガンがひびき
子供達の
本を読むこゑや
手をあげるこゑが
かん高くきこえる

そして　しばらく
しんとする

ああ　ああ　しづかだ

まつたくしづかだ

木々が黙つて
それを聴いてゐる
何処か谷を隔てた遠くの
山々の兎や栗鼠達が
耳を立てて　じつと
それを聴いてゐる

（丸山薫詩集『北国』）

④　　雪　　　　山村暮鳥

冬は深くなつた
北国から来る汽車はどの汽車もどの汽車も
みな雪を屋根に乗せて来る
その雪のま白さよ
まだ見ぬ山の雪であらう
山の麓をとほる時のせてもらつた雪であらう

（山村暮鳥詩集『万物節』）

①②の詩は短い詩で、一回的体験といった、特定の事態を描いたものではなく、普遍的な事態、あるいは人の生とはどういうものかに答える「もの」的認識を語っていた。しかし、③④の詩は、眼前の特定の事態を描いている。

表現主体（「私」）はその眼前の事態に臨んでいる、目の前にしている。終助詞の「よ」などからも、表現主体の存在は明らかで、表現主体の視点が読みとれるのである。それは主として文末表現に現れやすい。

④の一行目の「た」は、過去を回想していることを示す「た」ではなく、眼前の時「今」の状態を規定している。この詩の視点は、描かれる世界の現場にある。「乗せて来る」は今のことであり、その事態に対する表現主体の位置（視座）をも示している。「であろう」は、今においては断定できないことであることを示し、主体的立場を表明している。この詩は「今・ここ」における観察者（表現主体）の認識を語った詩である。

③についても同じことが言える。まず「ああ　ああ」という感動詞や「しづかだ」という感覚の直接表現が表現主体の存在を明示している。そして、「けさも」という時の語が、表現主体の時間的存在を規定し、「きこえる」「聴いてゐる」がその空間的存在を規定する。表現主体である「私」は、特定の「今・ここ」にいる、そこに「私」の視座はあり、その視点から事態を描いている。

①②の詩と異なって、③④の詩では、表現主体と語られた事態との関係が時間・空間的に特定的なのである。①②の詩では、表現主体が「私」という一人称で表現に登場しにくいが、③④の詩では、登場しても不思議ではない。しかし、表現されて登場することがなくても、「私」の存在は明らかなのである。「私」の視点で描かれている。

③④の詩も、雪という自然と人の世という人事との融合的な関係を描き、雪がもたらす新鮮な体験を語っている。しかも③も④も、それぞれの中程の「そして　しばらく…まつたくしづかだ」、「その雪のま白さよ」という新鮮な感動を契機にして、前半の眼前の描写から、後半の未確認の世界の想像へと展開している。「今・ここ」に置かれた視点という規定からすれば、④の詩のように、「こちら」の世界に対する、雪の国「北国」は視点を超えた「あちら」の空間であるから、「であろう」と想像される世界であることは言うまでもないが、面白いことに、③の詩では、「木々」についても、また何処か遠くの山のものと想像する「兎」や「栗鼠」であるにもかかわらず、「私」

が聴いているものを同じように「聴いてゐる」と断定的に語っている。ここに詩の想像力による表現の特徴が発揮されていると言えよう。表現主体の心が語られているのである。

③の冒頭では、「雪がつもった」ならぬ「雪がつもる」とあり、④では、逆に「冬が深くなる」ならぬ「冬は深くなった」とあり、対照的である。文末の「ル」形、「タ」形の対照性についてもいろいろ述べるべきかと思うが、ここでは④の詩で「冬が深くなる」でなく「冬は深くなった」であることの表現性について、視点との関わりで考えておく。

格助詞「が」が事態を客観的に描写する、ないしは報告する表現を構成するのに対して、係助詞「は」は事態について説明する表現を構成する。この違いは、「は」は何かを取り立てて、その主題（題目）について、表現主体が説明するという表現機構を基盤としていて、それだけ表現主体との関わりが深く、何かを「は」によって取り立てる表現主体の存在が消し去れないのである。「春が来た」（童謡）は新しい事実を提示・報告しているが、「夏は来ぬ」（唱歌）はそういう表現ではない。『古今集』の巻頭歌「年の内に春は来にけり」もそうだが[4]、この詩の「冬は」は、今が「冬」であることを既存の事実、前提としているのであり、冬は冬であるが、その冬について、雪国でないこちらでは一向にそれとわからないが、汽車が持ちこんでくる「雪」の存在によってそれがわかる、そういうあらたな事実を情報として示す意図を込めた表現を選択しているのである。

「は」の持つ取り立て性は、視点をもつ表現主体（私）の存在を示している。

五　表現に刻まれる表現主体

文末に現れる語法を中心に、表現主体の存在が感じ取れる用法をいくつか指摘してきたが、ここで取り上げた

「雪」の詩に見られる範囲で取り出したまでで、すべてを指摘し尽くしたわけではない。使役の助動詞「せる」をはじめ、いわゆる「やりもらい」表現などボイスにかかわる語、「いく・くる」などによる補助動詞の用法、一人称制限のある、感情感覚の直接的表現、聞こえる・見えるなどの感覚動詞、主体的立場を表す副詞類や感動詞、等々がある。これらの語法に、表現主体の存在・立場が表現される。言い換えれば、これらの語法には、表現素材（表現された事柄）と表現主体との関係自体が表現されていると言える。取りも直さずそれが視点の問題なのである。

⑤　　雪　　　井上　靖

——雪が降って来た。
——鉛筆の字が濃くなった。

こういう二行の少年の詩を読んだことがある。十何年も昔のこと、「キリン」という童話雑誌でみつけた詩だ。雪が降ってくると、私はいつもこの詩のことを思い出す。（以下略）

（井上靖詩集『運河』）

⑤は、詩を含んだ詩で、散文詩であるが、一回的経験を回想して創ったという描写的な詩ではなく、詩についての詩、説明的・解説的詩である。「私」という表現主体が語っている。このことは、これまで見てきた①—④の詩においても同じであるが、これまでの詩では表現主体が「私」と言語化されて明示されることはなかった。なくてもそれらはすべて「私」が表現するものであった。その点ではこの詩も同じで、少年の詩を「読んだ」のも「みつけた」のも表現主体である「私」であることは享受者にも間違いなく了解される。ところが「私は…思い出す」と「私」が一箇所明示されている。その表現意図は何なのかが、かえって問題になる。

「私」が登場するのは、少年の詩を含めて考えれば、起承転結の「転」に、含めなければ序破急の「急」に相当するところである。「私は」はなくても表現に支障はない。この「私」は「語る私」ではない、表現主体の私によって「語られた私」である。その「思い出す」という行為者が私自身であることが詩の素材になっているのである。

六　二つの課題詩の場合

シンポジウムでは、四人のパネリストが共通してとりあげる素材として課題詩を二つ用意していた。次に課題詩について、視点からどんな分析ができるかを述べてみたい。

二つの詩、吉野弘の「夕焼け」（詩集『幻・方法』）と石原吉郎の「自転車に乗るクラリモンド」（詩集『サンチョ・パンサの帰郷』、以下「クラリモンド」と略称する）とは、視点論から見ると、対照的である。

「夕焼け」は、「いつものことだが」で始まる。主体的立場を示す副詞に近い、この句によって、特定の表現主体の存在は自ずと知れる。表現主体は「僕」という呼称で登場する。文末は「タ」形の連続で展開する。つまり、表現主体である「僕」が過去の一回的経験を、その場に居合わせた目撃者として、出来事を回想的に語っている。いわば「一人称小説・私小説」の表現スタイルをとっているのである。しかし、表現主体の「僕」と作者吉野弘とが一致しなければならないということはない。吉野によって虚構されたエピソードかも知れない。たとえ吉野の経験に基づいていても経験そのままである必要もないのである。「僕」という視点人物の語りに沿って読み解いていく詩である。

「クラリモンド」は、クラリモンドという人物のことを詠んだ詩である。クラリモンドは、常識的には表現主体（語り手）が語る第三者の人物と見られる。いわば三人称小説のスタイルをとっていると見る。

一行目の終助詞「よ」は、クラリモンドへの呼びかけであり、リフレインの「目をつぶれ」は彼（彼女？　若い少女？）に対する命令である。いったい誰が呼びかけ・命令をしているのか。表現主体以外には考えられない。この表現主体は「私・僕」といったことばで登場することはないが、主人公の人物に呼びかけや命令をするという関わりで表現（素材）と関係を結んでいる。しかし、この詩において、表現主体自体が語られる素材になるということはない。描かれる詩の世界には登場しないのである。詩における呼びかけ・命令というと、例えば雲や何かの花を詠んだ詩において、「おーい、雲よ」とか「＊＊の花よ」と呼びかけたりする表現形式を取ることがあるが、それらと「クラリモンド」の場合は同じだろうか。前者の場合、その詩は、表現主体「私」と雲と花との関係自体が表現の対象となっていると考えられるが、「クラリモンド」の場合は、前者の場合と同じように読みとれる手がかりはない。クラリモンドと表現主体「私」との関係を読みとることのできる表現はない。しかし、では、表現主体からクラリモンドに対する呼びかけや命令ができるのは何故か、または、そのことは何を意味しているのか。

一つの解釈は、クラリモンドという呼称は、表現主体自身の自称と見ることである。つまり、自分の体験を素材にして書かれた「私小説（ししょうせつ）」において自分自身を三人称にして描いた小説のスタイルということになる。つまりこの詩は、詩に登場する自分に呼びかけ自分に命令している詩と解釈するのである。

後半において「そうして目をつぶった／ものがたりがはじまった」という二行が展開上のキーになっている。目をつぶる、現実を遮断することで、もう一つの世界が開かれる。川端康成の「トンネル」という装置や浦島の古い語りなどに見られる「目をつぶる」あるいは「うとうとする」ことを契機に、別の世界に入ったように。目をつぶる、すると見えてくる内面の、自由に想像することができる世界、そういう世界を手に入れることの喜びを詠んだ詩なのだろう。

「夕焼け」に戻る。「僕」は、ある日の電車の中のことを単に報告しているのではない。「しかし」「可哀想に」

「そして今度は」等々の語が詩を誘導している。単なる観察者でなく、自分なりに「娘」の内的状況を推し量りながら、自分なりに事態の意味の解釈を示そうとしている。こういう語り手としての「僕」の仕掛けを、宮川健郎は、「語り手の力がすみずみまで行きわたっている」という言い方で指摘する。(5)

「語り手」に即して読むならば、例えば、「夕焼け」の五行目に「若者と娘が腰をおろし」とあるにもかかわらず、席を立ったのが娘の方であったことがシンポジウムの場で話題になったが、男性より女性の方が心優しいから、などと解釈するが、ここに四行目の「いつものことだが」を承けて、若い人たちと老いた人たちとの構図を描くのが眼目である。語り手にとっては、なにより娘に注目したかったからで、男の若者が席を譲らなかったこと自体は問題ではなかったと見るべきであろう。もっともこの詩において娘をターゲットにしたのには、男との違いが無意識にも作用した、つまり、娘の方が作者にとってこの詩の狙い（意図）が託しやすかったと判断したものと考えられる。

七　語り手と表現学

二つの課題詩は、中学校の国語の教科書の教材となっているもので、教室でどのように「よみ」の指導がなされているか、が注目される。特に「夕焼け」は有名な教材で、道徳の時間に扱われたりすることもあるらしい。今回のシンポジウムは「表現学演習」と銘打ったが、先の宮川は、表現学にとっても示唆に富む、重要な指摘をしている。「夕焼け」の詩は、「語り手の力が行きわたっていて、登場人物をよみにくいにもかかわらず、娘の気もちを読もうとする授業が数多く行われてきた」と述べ、詩や物語を読むことが、「いまだに何が書かれているか（内容や主題）を読むことだと考えられていて、どのように書かれているか（表現や構造）を読むことに目がむいていないからではないか、作品の表現や構造に目が向かなければ、語り手は問題にされない。」(6)と。筆者も共感するところであり、視点について論じた折に、しばしば主張してきたことである。「どのように」に目が向いていかなければ、「国語」は「言語（ことば）の教育」だと言ってみても、単なるお題目に終わっていると言わざるをえない。しかし、教室での「言語の教育」で活用されるだけの表現学の蓄積があるのか、と言うことになると、表現学の責任も大きい。しかも、必ずしも、教育現場と研究とが充分関係を持っているとは言えないことも、大きな課題である。例えば、批判されながら、学校文法が一向に変わらないことが、その典型的な状況を物語っている。

注

（1）「主体」「素材」の概念は、時枝誠記「言語成立の外的条件」（『現代の国語学』有精堂・一九五六）による。

（2）①は演繹的発想で、②は帰納的発想による。②は、『山びこ学校』（青銅社・一九五一）の詩、雪を地元の「ぞくぞく」でなく、都会的な「コンコン」降るとしたことには、作者の境遇が背景にある（佐野真一『遠い「山びこ」』新潮文庫・二〇〇五）という。

（3）奥田継夫「『のです』調に教育を見た」（『児童文学の周辺』世界思想社）は、「のです」には、知っている者が知らない者に教えてやると言う姿勢が見られ、そう決まっていると押しつけるところがあるという。

（4）小松英雄『やまとうた――古今和歌集の言語ゲーム』（講談社・一九九四）、糸井通浩「古今集の文法」（『古今和歌集研究集成第二巻』風間書房・二〇〇四、後に『古代文学言語の研究』和泉書院・二〇一七・後編㈠に収録）。「は」の主体性については、熊倉千之『日本人の表現力と個性』（中公新書・一九九〇）を参照。

（5）宮川健郎「『語り手』の概念の導入」（『ことばの学び』五・三省堂）。宮川はまた、「語り手は、作者ではない」と言い、「作者は、作品に固有の語り手をつぎつぎと乗り換えていくことができる」とも言う。

（6）「書くこと」についても、高島俊男『お言葉ですが…』（文春文庫・一九九九）の解説で、目黒孝二が「わが国ではどういうわけか、前者のほう（注・何を書くか）が重視され、残念ながら後者のほう（注・どう書くか）は軽視される傾向にある」と指摘している。

参考文献

森田良行『日本語の視点』（創拓社・一九九五）
糸井通浩「小説冒頭表現と視点――「は／が」の語用論的考察――」（『文化言語学――その提言と建設――』三省堂・一九九二、本書後編㈢2）
工藤真由美『アスペクト・テンス体系とテクスト――現代日本語の時間の表現』（ひつじ書房・一九九五）
山岡實『「語り」の記号論』（松柏社・二〇〇〇）

5　視点論の課題――語り手の視点と語法

序　本稿のねらい

昨年度五十周年を迎えた表現学会、今年度（二〇一四）は新たな船出の年にあたった。これまでも節目節目の年に、「表現研究」を根底から見直そうという意図を持ったシンポジウムが企画されてきた。今回「視点論」がテーマとなったのも、「表現」の「研究」の基本が、「何を」表現するために「如何に」表現されているかを究めることにあるからであった。「表現研究」は「如何に」を重視する学である。「如何に」を生み出す表現主体の目に注目したのが「視点論」である。そこで、「如何に」をどのように読み取るかについて、「視点」をキーワードに言語学（英語学・長谷部陽一郎）、日本語学（石出靖雄）、近代文学（小説）研究（深津謙一郎）の分野に絞って、三名のシンポジストから諸課題を提言してもらうことになったのである。

今回のシンポジウムでは、各提言において共通素材を使用することを試みた。「国語」教材としてよく知られた小説（語りの文章）の三作品（「ごんぎつね」「トロッコ」「雪国」）を選定した。「表現研究」は国語科教育でも活かされねばならないとの考えがあった。もっとも提言の素材を共通にしたものの充分に焦点化して議論を深めるまでに至らなかったなど、反省点は多いが、このシンポジウムをきっかけにして見えてきた課題を今後の「表現研究」に活かしてもらえるようにという思いから、以下「課題」を整理してみることにする。

一　用語「視点」を巡る課題

㈠「視点」と「焦点化」

深津から、G・ジュネットらのナラトロジー（物語論・文芸批評）の理論に基づき[1]、「Point of view」の訳語「視点」を受け継ぐ「視点論」を批判して、「誰が語っているか」と「誰が見ているか」を区別して、「視点」を「焦点化」と概念規定して捉えるべきであるという提言があった。以下仮に「焦点化論」と称する。「如何に」を重視すべき表現研究にとっては、どういう分析理論に基づくのがより深く「如何に」を捉えることができるか、という観点からして、この提言は注目される。ただ「視点（論）」といっても「視覚」に限定、あるいは「視覚重視」というように狭く捉える必要はない。日本語の「見る」は、意味を拡張して「認定する・考えている」という意味でも用いるように「視点（視覚）」は「認知」行為を代表している、あるいは象徴している用語と考えればいい。ここの「視点論」もそういう概念で用いている。

㈡　事態の認知

「視点論」の全体像を確認しておこう。「視座」（どこから誰が見ているか、認知しているか、その位置・認知点）――「視線」（まなざし・どんな思いで見ているか）――「注視点」（見ている対象・被視点。これを「視点」と言うこともある）、これらが言語形式（表現）にどのように反映しているかを論ずる理論を「視点論」と言っている。「視座」に位置する主体が視点人物（焦点化論では、焦点人物）であり、認知主体である。

事態の認知における「視座」と表現（言語形式）との関係を示す典型例を一例挙げるなら、同一の事態を、A

「太郎が教室を出て行った」、B「太郎が教室から出て来た」、C「太郎が教室を出た」などの、いずれで表現をするかは、認知主体がどこに視座を置いて事態を認知しているか、によって異なる。日本語の形容詞は、情意形容詞と属性形容詞とに二大区分されるのが一般であるが、視点論的には、前者は、認知主体の「注視点（対象）」への「視線（まなざし）」を言語化した語であり、後者は、認知主体が知覚した、「注視点（対象）」の性質を言語化した語であると言えよう。

(三)「語り手」と認知主体

「語り」の文章（物語・小説）に特定化して論ずると、「語り」には、表現する主体「語り手」の存在が欠かせない。語り手がいなければ「語り」は成立しない。「語り手」は作者ではない。「語り手」は作者が設定した「人格」なので、作者の存在なくして「語り手」も「語り」も存在しない。作者は「語り手」「語り」の創作主体であり、「語り手」は「語り」の表現主体である。

テレビのカーテンのコマーシャルだったか、漫画で描かれた猫がトコトコと画面に現れて「猫です」としゃべりはじめる。一方漱石の作品では、「吾輩は猫である」と語り始める。両者の違いは、一人称（以下「私」で代表させる）が明示されているかいないかにあるが、前者は場面に依存して「私」を言わなくて「私」のこととわかるという日本語の通常の表現であり、後者は通常大人向けの「語り」の語り手は「人格（「神」を想定することも）」を持ったものという常識に反する故に断らざるをえなかった自己紹介である。「吾輩」は当然語り手である。しかし、通常の観念と異なる故に「吾輩」を略して単に「猫である」とできなかったのである。(2) しかも「名前はまだ無い」のである。

一人称小説では、「私」は、語る「私」（表現主体）と語られる「私」（素材としての「私」）とを区別すべきであるが、同一人格である。しかし、三人称小説では、語る表現主体「私」が通常「私」として言語化されることはなく（語られる世界に登場しない）、語られる対象は語り手とは別人格の人々（第三人称者）であり、「語り」全体は語り手が統括している。「語り」は通常書記言語の作品として存在するが、「語り」の表現機構は、口頭言語の「語り」である、例えば落語の表現機構と同一である。語り手の噺家は、いわば地の文も登場人物の会話も心内表現もすべてを演じるのである。

「誰が語っているか」と「誰が見ているか」とを区別する（補注1）「焦点化論」に基づいて言うならば、視点論の課題の一つは、「焦点化」（3）はなぜなされるのか、いつなされるのか、誰（登場人物）になされるのか、その表現機構を追究することにある。

二　「タ」形「ル」形を巡る課題

(一)『雪国』冒頭文の「タ」形

この節では、「語り」の言語におけるテンス・アスペクトに関わる「ル―テイル」形、「タ―テイタ」形の文法機能と「視点」の関係について考える。

①-1　国境の長いトンネルを抜けると雪国であった。（『雪国』）

視点を巡る議論でもおなじみの『雪国』の冒頭文である。幸いに英訳もあって、日本語文と英語文に現れた表現方法の違いを基に、両言語の発想の違いがしばしば論じられてきた。動作述語「抜ける」の動作主体を明示しない日本語文（原文）と「The train」を主語として明示する英語文（翻訳文）という違いを巡って議論がされてきたが、このことについては後に触れることにする（四）。ここでは、これまで余り議論されることのなかった文末の「タ」

の機能に注目してみたい。

英訳では「came」と過去形を用いているが、そのことは原文が「(であっ)た」という「タ」形であることとは関わりがない。では、ここ(冒頭文)の「タ」形文をどう受け取るか。原文を「ル」形に変えると、

①-2　国境の長いトンネルを抜けると雪国である。

となり、一般論としての解説文で一種の判断文となる。同種の文で考えると、

②-1　二〇一四年元日は水曜日である。猫は哺乳動物である。

②-2　二〇一四年元日は水曜日であった。猫は哺乳動物であった。

②-1の示す内容は、「確定している事実」(時間の制約を受けない事実・真理)であるから、②-1の文は、発話時が何時であっても成り立つ文である。では、これを「タ」形によって②-2のように言うこともあるが、それはどういうときか。「確定している事実」を改めて確認したり、あるいは、その事実に出くわしたり気づいたりしたときに現れる文だと分かる。後者は、一般的・原理的事態の確認でなく、個別的・一回的な事態の認知(気づき)である。(4)問題の①-1の文は、後者の例に当たる。

①-1の文は、「抜ける」という移動動作を体験している主体が、時の経過に伴って眼前に出現した事態に気づいた(認知した)ことを表している。その認知主体(視点人物)は誰か、それが明示されていない。石出は、その主体を「島村」としている(レジュメによる)。それが一般的にみられる解釈で間違いではないが、厳密に叙述に従って読めば、冒頭文の段階で、主人公が島村であることは分かっていない。ここで主体と言える「人格」を有している者は「語り手」だけである。「語り」において「語り手」が存在することは読み手にも了解されていることで、「吾輩は猫である」のように、あえて名乗ることもない。但し、一人称小説の語り手か三人称小説の語り手かが不明である。もっとも三人称小説では「語り手」が「私」として「語り内容」(作中世界)に登場することはないか

ら、ここは一人称小説の語り手「私」が「抜ける」の動作主体かと思って読み手は読む。しかし、第四文目に「…娘が立って来て、島村の前の…」とあって、ここで初めて、冒頭から語り手は島村の目に同化して車中の島村の認知する事態を語っていたことが分かるのである。

冒頭文に続く第二文、第三文の文末「タ」形（「…白くなった」「…止まった」）は、工藤真由美[(4)]がいう「かたり」の「継起性」の「タ」形で、次々と眼前に展開する出来事を確定した事実として語っていく意味・用法で用いられている。認知主体は冒頭文と同じく、語り手が同化している島村である。車中の島村が焦点化され、視座（いまここ）は島村（の目）にある。

(二)「テイル」形「テイタ」形の交換可

「語り」の「タ」形（及び動作述語の「ル」形）が継起性という意味・用法を有するのに対して、「テイル」形「テイタ」形は、状態性（継続性・同一状態の持続）という意味・用法を有している。注目すべきは、「語り」の叙述では、しばしば両形の交換が可能なことである。

③　二年前に行ったとき、もうすでに工事は終わっていた。（作例）

この例の「…ていた」は、「…ている」に交換できない。「二年前に工事は終わっている」なら言えるが、③は特定の過去の時点で認知した事実を回想して述べていて、「テイタ」形が要求されるからである。では、次の例はどうだろうか。

④　或夕方、――それは二月の初旬だった。良平は二つ年下の弟や、弟と同じ年の隣の子供と、トロッコの置いてある村外れへ行っ**た**。トロッコは泥だらけになったまま、薄明るい中に**並んでいる**。が、その外は何処を見ても、土工たちの姿は**見えなかった**。（「トロッコ」）

この「並んでいる」を「並んでいた」に換えても、作中の現場に視座があることに変わりはない。また、逆に「見えなかった」を「見えない」に換えることもできる。「見えない」は状態性述語であるから。私見では、どちらも焦点化された良平の視点で描かれているとみる。では、両者はどう異なるのか。

「テイル」形（「見えない」などの状態性述語も含む、以下同じ）は、眼前の事態の今の有り様を直接知覚して描いているが、「テイタ」形は、眼前に見る今の事態が既に存在している事実であったことを確認している、あるいは気づいたという視点人物（ここでは「良平」）の意識が加わっている。言うまでもなく語り手は焦点化した人物に同化している。

ところで工藤真由美は、「テイル」形を「テイタ」形など「タ」形に換えると、「作中人物の意識の〈対象化〉」が起こると捉え、さらに「典型的〈かたり〉部分との境界が曖昧になってくる」と指摘している。この「曖昧（さ）」は、私見で語り手と登場人物の同化とみている「語りの方法」がもたらすものと思われる。もっとも石出はこの工藤の議論「意識の〈対象化〉」を踏まえて（レジュメによる）、「作中人物の知覚を利用した語り手の語り」と捉えている。例えば、

⑤「駅長さん、弟をよく見てやって、お願いです。」

悲しいほど美しい声**であった**。高い響きのまま夜の雪から木魂して来そう**だった**。　（『雪国』）

この「であった」も「である」に、「そうだった」は「そうだ」に置換しうる。がここが「タ」形であることによって、「物語の語り手が語っている表現だと理解できる」と解している。このあたり、視点論の観点から「タ」形を巡って、なお議論を深めるべき課題があるように思われる。

なお、例文④の後には、動作性述語の「押す」「まわす」「（ひやりと）する」「驚く」「登って行く」が「タ」形をとって、その継起性を発揮して場面が展開している。言われるように、スポーツなどの実況放送を思い起こして

もよい。

(三)「タ」形「ル」形の使い分けと視点

流れる時の認識として、「今以前（過ぎ去った時）―今（いまここの私の時）―今以後（これからの時）」といった認識（テンスの識別）は人類にとって普遍的な認識に属するであろうが、そういう認識を言語でどう表すかとなると、言語によって異なるのであろう。日本語では「タ」形「ル」形がこの認識の言語化を担当する。そこで「タ」形を「過去形」、「ル」形を「非過去形」と便宜呼ぶことがあるが、しかし、日本語では、両形はいわゆるテンス専用の語とは言うことができない。では、時の認識に関わって、両形はどういう認識を意味する機能を持っているのか。典型的な文型は、いわゆる「とき」節と言われる構文であると思われるので、それを例に説明すると、

⑥　ソウルに〈a行く・b行った〉時、関西空港で友人に〈c会う・d会った〉。

従属句においてa「行く」とb「行った」は何を基準に選択されるかというと、主文のB「関西空港で友人に会うこと」と従属文のA「ソウルに行くこと」とどちらが時間的順序が先であるか（タクシス性）に依ってきまる。この場合常識的にBが先でAが後であり、その場合a「行く」が選択され、b「行った」はエラーとなる。主文の出来事より従属文の出来事が、時間的順序が後であれば、従属節の述語は「ル」形を取る。この場合文末のc「会う」d「会った」はどちらもありうる。b「行った」が選ばれるのは、主文に「ソウル」に行ってから後に生じる出来事が持ち込まれる場合である。つまり従属節が「タ」形の場合は、時間的にAのことが先にありBがその後の出来事である場合である。

ただし、次の文がなり立つ場合がある。

⑦　ソウルに行った時、関西空港で友人に会った。

この例の「ソウルに行った時」が、「一年前」とか「昔」とかと同じく単に主文の時格を示す機能で使われている場合である。この場合二つの出来事の時間的順序は意識されていない。常識的にソウルに着いてから関西空港で友人に会うなどはありえない。

では主文末のc「会う」とd「会った」は何を基準に選択されるのか。主文Bの出来事と発話時（発話者の今）との時間的関係（生起の順序と言ってもよい）によって決まる。発話時が基点時（視点）となって、Bの事態が発話時において既に起こったことなら「タ」形が、これからのことなら「ル」形が選択される。

事態時と事態時の時間的関係と、事態時と発話時の時間的関係の二種が存在するが、共通するのは基準時となる事態時、または発話時において、既に「確定した、あるいは実現した事態」であれば、「タ」形で表示されるということである。

(四)「語り」における人称制限解除

この度の共通資料（三作品）には該当する事例がなく、話題にできなかったが、視点論に関わる言語事象として、「語り」における人称制限解除と言われる課題がある。日常の「話し合い」のテクストでは、「歯が痛い」「水が飲みたい」などの直接的な感情感覚の表出文は、(5) その感覚感情の主体が発話時の一人称に限られるという人称制限がある。それ故、「歯が痛い（よ）」「水が飲みたい（なあ）」と言えば、主体の表示がなくても、そう発話している人の感覚感情であることは伝わるのである。

ところが、「語り」のテクストである三人称小説では、三人称を主体とする文にも感覚感情表出文が用いられる。二人称小説では二人称主体の文にも用いられることを野村眞木夫が指摘している。(6) これを人称制限解除と言う。なぜ「語り」のテクストでは解除が可能になるのか。これについてはまだ充分説明できていないのではないか。今後の課題として、問題点を整理してみよう。基本的には「語り」のテクストの「視点」あるいは「焦点化」に関わる問題と考えている。

「語り」のテクストでは、感覚感情表出文の人称制限が解除されるとは言っても、三人称小説では三人称主体の文で、二人称小説では二人称主体の文においてみられ、いずれも、いわゆる視点（あるいは焦点）人物になるような、主たる登場人物の場合に限られることに注目したい。語り手が同化して語る登場人物に限られる。

三人称小説の場合、登場人物は固有名や代名詞などの三人称表示で描かれるが、その人物が主人公で、視点人物である場合、三人称代名詞や固有名で主語になっている文では、その三人称表示の主語を「私・僕」などの一人称表示に変えても違和感を感じない場合が多いという観察が報告され、また、三人称の主人公が描かれていても、その人物を一人称とする小説のように読めると指摘されることがある。これはどういうことであろうか。つまり、語り手が登場人物に同化して描かれるという視点論に通じることではないか。このことが「語り」における、感覚感情表出文の人称制限解除に関わっているという見方ができよう。(7)

ところで、石出は、以上とは異なる観点からこの問題を論じている。「レジュメ」によると、

⑧　太郎は水がほしい。（作例）

この文を例にして、A「『語り手』は作中人物の心的状況（感情）を知っていて、またそれを語る立場にあるということを、聞き手が了解している。」続けて、B「その場合は、『水がほしい』の部分は作中人物の感情を表出しているわけではない。太郎の状態を語り手が外側からの視点で語ったものと考えられる。つまり、属性形容詞のように使われていると考えられる」と述べている。

⑧は「太郎は」と、語り手にとって第三者である登場人物を外側から語っている文である。合理的に説明しようとすれば、石出の説明のようになるのもうなずけるところがあるが、Aの説明はともかく、Bにはかなり無理があ

るように思われる。Bのように解すると、⑧の文は、感覚感情表出文の人称制限が解除された例文とは言えなくなる。本質的に別の文種の出現と言うべきところではないか。

なお補足すると、日常の「話し合い」のテクストでも、⑧の文を「タ」形文（「太郎は水が欲しかった」）にすると、「すでに確定している事実」を示す「タ」形の意味・用法から、第三者の太郎の心的状況であっても、発話者には情報として認知可能な事実といえるので、人称制限は解除される。このことは、「語り」のテクストにおいても同じことが言える。

三　視点の並列化と「読み手」の視点

(一)　視点の並列化

一人称小説は、一人称の「私」（「僕」などを代表して使う）が作中に登場し、すべては一人称を視座として語られる。「語り手」として語る、主体としての「私」と「作中人物」として語られる、素材としての「私」とが存在する。作中世界を語る時、往々にして主体の「私」（語り手）が素材の「私」に同化して語ることになる。語り手の「私」が、作中の「私」を外側から語る部分と作中の「私」に同化して語る部分とから「語り」は構成されている。読み手はこの二種の視点の関係性を読み取っていくことになる。

この度の共通資料とした三作品は、いずれも三人称小説であった。そこで、これらの作品を例にして、私に言う「視点の並列化」[8]の問題を考えてみる。ここでいう「視点の並列化」とは、例えば、

⑨　そのあくる日もごんは、くりをもって、兵十の家へ出かけました。兵十は物置でなわをなっていました。それでごんは家のうら口から、こっそり中へはいりました。ア　そのとき兵十は、ふと顔をあげました。イ　ときつねが

家の中へはいったではありませんか。[ウ]こないだうなぎをぬすみやがったあのごんぎつねめが、またいたずらをしにきたな。

（「ごんぎつね」ポプラ社版）

語り手は「ごん」の側に寄り添い、「ごん」を視点人物にして語られている作品であるが、最終章（「六」）の冒頭文⑨のアの文で兵十を描いた後、イの文は兵十の目が捉えた光景と兵十の驚きとを語り手が代弁している。そしてウの文は、兵十の内面がそのまま語られている。兵十に焦点化されているのである。

⑩　兵十はかけよってきました。[エ]家の中をみると土間にくりが、かためておいてあるのが目につきました。[(9)]（同）

エの文では、兵十が視点人物になっている。ここにきて語り手は兵十の側に立って語っているのである。ここまではごんぎつね側から兵十を見ての語りであったが、ここにきて兵十の側からごんぎつねを見ての語りが加わったのである。これを「視点の並列化」と呼びたい。このように同一作品中に視点人物が複数現れることは珍しいことではない。また、「複数」の有り様もいろいろである。ここにみた「ごんぎつね」の「視点の並列化」は、視点人物を焦点人物と捉える、廣野由美子の紹介する文芸批評における「不定内的焦点化」に相当すると言えるようだ。[(10)]

「トロッコ」という作品は、八歳の良平の体験を語ったものであるが、そのときの自分を、社会人となって雑誌社で働く現在の良平が時折思い出すという作品である。

⑪　塵労に疲れた彼の前には今でもやはりその時のように、薄暗い藪や坂のある路が、細細と一すじ継続している。

（「トロッコ」）

この作品は、⑪の文で結ばれている。深津は、廣野由美子の用語を用いて[(11)]（レジュメによる）、「（やや変則的な）「固定内的焦点化」の語り」と指摘している。「固定」とは同一作品において焦点人物が同一人物に固定している場合である。この作品の場合、現在の良平が語り手となって八歳のころの自分を回想して語る一人称小説の仕立てになっていてもおかしくない作品である。しかし、語り手は良平を三人称で語っている。八歳の良平の視点と、僅か末尾の段落及びその結び⑪の叙述ではあるが、現在の良平の視点とが並列化している。こうした「視点の並列化」は、作者が意図して選んだ「語りの方法」であるとともに、読み手の「読み」に関わる問題でもあろう。(補注2)

(二)「読み手」の視点

語り手の語る「語り」を読むとは、どういうことであるか。語り手の視点を読み手の視点で追う―視点を見る視点、つまり語り手が何をどのように語っているかを読み手はどのように受けとっていくか、それが「よむ」ことであろう。視点に同化して読むことも語り手の視点を外側から異化して読むこともできる。あたかも語り手が登場人物に同化して語る時と登場人物を外側から語る時とがあるように。ここでは、「視点の並列化」という語りの方法に限って「よみ」を考えてみる。

「ごんぎつね」の場合、もっぱら「ごん」に限定された視点で語られているが、そこに兵十の視点が持ち込まれるという「視点の並列化」という語りの方法がとられていた。あたかも裁判官のように読み手は両方の視点を知ることになる。それは、「ごん」にも兵十にもできないことである。そこで読み手は、「ごん」と兵十の関係性を読むことが義務づけられることになる。そして「語り」から読み取れる作品の主題性へと向かう。

「トロッコ」の場合、八歳の時のことに社会人としての現在の状況が重ねられるという「視点の並列化」が見られる。後者は僅かに事例⑪に示されただけであるが、〈薄暗い藪や坂のある路〉(八歳の体験)が今も〈細細と一すじ〉続いている、と語られることで、読み手は八歳のエピソードが語られた意味を、そして主題を読み取ることが義務づけられることになる。因みに深津は、「トロッコ」の主題を、「軽率な期待や願望は冷酷な現実によって挫かれ、痛い目にあう。にもかかわらず、人は何度も同じ「過ち」を繰り返すものだ」と読み取っている(レジュメによる)。

四　『雪国』冒頭の「The train」

『雪国』の冒頭文に「抜ける」という出来事が語られるが、日本語文ではその動作の主体が明示されていないが、英訳文では、「The train」となっている。「汽車」が出てくるのも原文では三文目においてである。そもそも「トンネル」を抜けると言っても「汽車」とは限らない。「伊豆の踊子」では、人が歩いて越えている。それはともかく、動作主体が明示されていないのは、明示しなくても、それが一人称の語り手であることが読み手には分かるからである。そういう日本語文の発想で書かれていることを先に述べた。

なぜ「The train」かにつき、もう一つなぜ「A」（不定冠詞）でなくて「The」なのか、冒頭文である故にそれ以前に何の前提も情報もないにもかかわらず、なぜ「The」なのか、と言う課題がある。(12) 日英語の構文上の問題として、新情報と旧情報の区別に関わって、方や助詞「は」と「が」の使い分けが、方や「A」と「The」の使い分けがあると指摘されている。視点論とも関わって、両者の対照的研究は、なお残された課題であろう。

シンポジウムにおいて長谷部は特にこの冒頭文をどう読むかを重視していた。中で「the train は本当に『外から見た』列車の姿を想起するのか」（レジュメによる）という問題提起が注目される。一般に英文訳は、石出（レジュメ）も引用する「原作では汽車の中にあった視点が、英訳では汽車の外、それも上方へと移動している」(13) が代表するように「外から」見ていると受け取られている。「came out of」という訳になっているからであろうか。にもかかわらず、長谷部は汽車に乗る人物が車中の視座から「汽車」を捉えているのでは、と解している。「the train…」は表現主体が汽車を〈対象化〉して捉えているのであるが、そのことと「（それを）外から」見るということとは異質な認識である。ここから言えることは、語り手が登場人物を「島村は…」と語る時、語り手はその人物を〈対象化〉しているのであるが、それは単に「外から」見ているということではないのではないか。以上、意が尽くせていないが、幾つか課題を提示してみた。

〔底本〕「雪国」(川端)、「トロッコ」(芥川)は新潮文庫、「ごんぎつね」(新美)はポプラ社・ポプラポケット文庫によった。

注

(1) G・ジュネット(花輪光他訳)『物語のディスクール——方法論の試み』(書肆風の薔薇・一九八五)、廣野由美子『批評理論入門』(中公新書・二〇〇五)、及び深津のレジュメ。

(2) 語り手が特定の人物として設定された作品に『大鏡』がある。

(3) 登場人物の「焦点化」を本論では、以下「同化」と言うことがある。語り手が登場人物の眼になって登場人物が語るように語ることを指す。

(4) 工藤真由美『アスペクト・テンス体系とテクスト——現代日本語の時間の表現』(ひつじ書房・一九九五)。以下工藤真由美による部分は、この著書による。

(5) これまで「表現文」としてきたが、「表出文」と改めた。

(6) 野村眞木夫『スタイルとしての人称——現代小説の人称空間』(おうふう・二〇一四)

(7) 糸井通浩「日本語表現の機構——表現の視点・主体」(半沢幹一外編『日本語表現学を学ぶ人のために』世界思想社・二〇〇九、本書後編〔四〕3)

(8) シンポジウムの資料で「複層化」としていたが、「並列化」と改める。

(9) 事例⑩の最初の文が「兵十がかけよって**き**ました」とあって、「…**いき**ました」となってないことには注目したい。あくまで「ごん」が主人公という語り手の意識か。

(10) 注(1)の廣野由美子(二〇〇五)による。

（11）　注（10）に同じ。
（12）　マーク・ピーターセン『続日本人の英語』（岩波新書・一九九〇）は「定冠詞があれば、かならず話し手と聞き手（あるいは、著者と読者）との間に、theという言葉で具体的に何を指しているか、（略）『前提がはっきりしているはず』だ」と述べている。
（13）　金谷武洋『日本語は敬語があって主語がない――『地上の視点』の日本文化論』（光文社新書・二〇一〇）

（補注1）「誰が語っている」「誰が見ている」、この二つの関係を次のように考える。問題は、「語り」の言語表現をなす「主体」は「誰か」ということにある。そしてその「主体」は何をどのように表現しているかが読者にとっては肝心なことということになる。その表現は、「主体」が何をどのように認知しているかを言語化したもの（語る内容）であるはずで、その認知こそ事態をどう見ているかということになる。「誰が語っているか」という行為は、「誰が見ているか」という認知行為の結果の伝達行為である。なお、「誰が語っているか」は「誰の声が聞こえるか」とも言い換えられる。表現の「主体」は「誰か」、という問題が視点の問題である。

（補注2）　読者は、語り手の視点で語られた表現を読む。言わば、語り手の視点を読者の視点で読む。読者の視点は、「語り」のすべての視点を自らの視点で捉えていくことになる。Aの人物の視点もBの人物の視点も包み込むように（総括して）、読み取っていく。そこに読者としての「読み」が確立する。「語り」を読み取った意味構造が確立すると言っていいだろう。

〔五〕小説の構造分析

1　三島由紀夫『金閣寺』構造試論——文章論における意図をめぐって

「私の目は、その構造や主題の明瞭な輪郭を、主題を具体化してゆく細部の丹念な繰り返しや装飾を、対比や対称の効果を、一望の下に収めることができた」(『金閣寺』十章・249頁)だろうか?

はじめに　考察の立場——自律と自立

三島は、いじわるにも第十章(終章)に至っていきなり、右に引用した一文を読者に投げかける。勿論、この一文は、主人公「私」の金閣観について述べたものである。「私」を視点にして書かれた、この小説における「私の目」を読者自身の〝私の目〟に置換して、小説の世界に参加してきたのであるが、主人公「私の目」から、読者としての私の目にふと戻ってみるとき、この一文ほどこの小説自体のことに関してぬけぬけと語っているものはない。つまり、読者としての私(筆者)がこの小説『金閣寺』を、主人公の「私」が金閣をそのように観たように読みとってこなければならなかったことを比喩しているかのような一文なのである。「いじわるにも」と言ったのはこの言いである。

右の引用の後に、「だろうか？」と付したのは、筆者の正直な自己表出の言葉である。言われるように、小説『金閣寺』は、まさに金閣のように巧緻な構造を持った作品なのである。

筆者には、三島文学を考察するための脈絡が充分に備わっているとは言えない。三島の愛読者でもなく、ましてや研究者でもない筆者は、いわゆる一般読者にすぎなくて、三島文学の脈絡において作品『金閣寺』を考察する資格はない。だから、筆者のここでの考察は、作品『金閣寺』を三島文学の脈絡の中で自律する作品のレベルにおいて考察するものではなくて、一般読者の世界に対しては、自立する作品としても開かれている作品であることをよりどころに考察するということになる。つまり、ひとまずは、三島文学の脈絡からは切り離して、自立する作品『金閣寺』として、その文章構成—構造を考察してみたい。

筆者の、ここで目指すものは、文学史的位置づけとか文芸批評といった立場からのものではなく、同時代的に言語を共有する一読者の立場で、そして文章を語学の面から研究する立場で、唯一の客体的存在物である言語事象『金閣寺』の、その言語表現のみを素材として、作品『金閣寺』構造論を展開してみようとするところにある。だから、この考察において明らかになるものは、『金閣寺』構造論としても、ましてや作品論としての『金閣寺』論としても、その「理想」的なレベルに到達したものとして位置づけられるものではないかもしれない。しかし、「文学は言語である」という認識で把握するなら、作品論としての『金閣寺』論の基層部分に位置づけられるべきもの、又はそれを目指しての論であるということはできる。この、作品の基層部分を考察する立場を、作品の自立性の考察と称することができようか。自立する作品の世界を、その自立するままに、まず捉えてみようと目指すものので、本格的には、より徹底的には、三島文学、又は戦後文学、ひいては日本文学史の脈略の中で自律する作品として、その言語行為としての作品『金閣寺』は考察されるべきであることは言うまでもない。そして、実はそこに徹底してこそ、作品（文学）を言語として認識する徹底もあるのである。

しかし、従来の作品論や作品分析をみるとき、筆者（一般読者）などからすると、作品の言語分析、文章分析、文章構成—構造といった、作品論の基層部分に位置づけられるべき考察において、なお充分ではないという印象はまぬがれがたく、ここにあえて『金閣寺』を考察の俎上にのせたことの意味には、従来の作品『金閣寺』研究の状況への不満も一つあるわけである（殊に「父」のこと。「有為子」と「金閣」のかかわりとその意味。又、「海」のこと、及び「海」と「金閣」とのかかわりとその意味、等々に関して）。

構成—構造のあとづけ（確認）が、言語行為としての作品の「意図」への接近、又はその把握の上にいかに有効であるかないかを、こうした考察を通して考えてみたかった、そして、文の文法（論）ならぬ「文章の文法（論）」はいかなるものとして体系化されるべきものかを考えてみたかったというのが、ここでの筆者の考察の意図でもある。

一　小説の始発——「言葉」

幼時から父は、私によく、金閣のことを語った(1)。　　　　　（5頁）

この冒頭の一文は、これだけで一段落を構成し、早くも多くのことを語りはじめている。

小説の題名が『金閣寺』であるのに対して、この一文では「金閣」と出てくる。意味的には、題名『金閣寺』は、小説の舞台の中心となった場所（場面）を指示し、「金閣」は、その場所（場面）の中心的な建築物（素材）を指示する言葉である。しかし、小説本文中において場所、つまり鹿苑寺の別称としての「金閣寺」はほとんど用いられることはなく、主人公「私」の志向する対象が、「金閣」であったことは少し読み進むだけですぐ理解されることでもある。父が語ったのは、「金閣寺」のことでなく、「金閣」のことであった。この小説において、そういう位置にある「金閣」をあえて題名とはせず、なぜ作者は「金閣寺」の方を題名として選んだのか。舞台としての場所の限定を意味する「金閣寺」は、主人公「私」と金閣との交渉の場所（場面）・環境を意味する。「金閣」をもって題名としない理由はここにみえてくる。つまり、場面としての「金閣寺」を題名とすることによって、そこに、人間と金閣のかかわりが描かれていることを示すことになる。この「金閣寺（題名）→金閣（主たる表現素材）」のズレに、小説の方向がすでに暗示されていると言えようか。

文章の冒頭を、文章研究の課題として位置づけたのは時枝誠記であろう。[2] しかし、時枝のいう「冒頭」は、この節の最初に示した、『金閣寺』の第一文などを指していう用語ではなく、この第一文などは、時枝が「書き出し」と呼んでいるものにあたる。いわば、作品『金閣寺』は、「冒頭の無い文章」ということになるのであって、むしろ第一章そのものが、時枝のいう「冒頭」に近いものと言うことができるかもしれない。[3]

しかし、いわゆる冒頭の一文、作者の内面のカオスの中からひねり出《エクスプレス》されてくる、この第一文は、作品全体の方向を決定する力を持つ「書き出し」である。絵画における最初の一筆のように後になってそれを塗りつぶしてしまうことのできない、線条性継時性を宿命とする文章において、その後につづくことばは、すべて、この「書き出し」の第一文を無視しては存在しえない。この一文は、その後につづくすべてのことばを従えていかねばならないのである。

この第一文の背後には、計り知れない作者の苦闘が存在していたはずである。「冒頭の無い文章」のように、作者の弁明や立場の明示を許さず、いきなり読者を作品の世界へ直結させてしまうような、いわゆる冒頭の一文においては、まして、作者の決断の折の振幅は大きかったと思われる。逆に言うならば、この第一文において、作品に対する、作者の発想、態度の大むねが計りなくも露呈されてしまうということが言える。いわば、作者の弁明や立場の明示は、この第一文にこめられてしまうのである。例えば、横光利一「機械」の冒頭の一文、初めの間は私の家の主人が狂人ではないのかとときどき思った。

には、この小説の方法がすでに暗示されていると言える。「初めの間は」という評価の副詞句は、この一文によって表示される叙述内容が、いずれ後になると否定されることになるものであることを承知の上で成立している文であることを意味している。それ故又、読者は、主人公「私」の判断の変化の理由などへの興味をすでに抱かせられることになる。これはまさに、「機械」という小説自体の方法であった。「私」の認識が次々と否定されつつ展開していく、自己の存在の不安定性を心理的に描こうとした小説であった。そして、「私の家の主人が狂人」ではないかということは、これ又、この小説の構造において、決定的な働きをなす素材になっている。

殊に、『金閣寺』の場合のように、冒頭の一文だけが一段落をなしている場合には、その一文が、小説全体に対して暗示的象徴的に物語っているものは多く又大きいと言えるであろう（ましてやかなりな計算のもとに生み出された小説においては、冒頭の一文に対する作者の意識は大きかったと思われる(4)）。

冒頭の一文は、小説の視点を決定する。この小説の場合は、語り手「私」の目を通して描かれ、しかもある時点に立ち止まっての回想によって成り立っていることを意味する。第一文の主語は、父である（このことは二でふれる）。しかし、この小説の主人公が「私」であることはやがてわかることだ。ここでは、まず、第一文の叙述内容「父が私に金閣のことを語った」という事柄に注目してみたい。この一文が「幼時から」のことを内容とする叙述であるのに対して、この第一文につづく文の内容は、「私」の出生のことや、「私」の育った風土のことなどである。その後に、ふたたび、父が金閣を語ったことについて触れることになるのであるが、この展開方法は、いわば、はじめに回想する「私」の、回想されることに関する判断、「認識」の核又は結論、結果というべきものを先に提示しておくという方法である。その意味でこの冒頭の一文は、一種の予告の文、語り手の決めつけの文、結論を先取りして提示し、読者の目をある観念の一定の方向に、余地を与えず向けてしまおうとする方法だと言える。「回想」

の形式を採用したことによって、この方法を随所に用いることを容易にしたと言えよう。これは予告の方法、予告的展開というものである。

主人公「私」が、「金閣」を内界に位置づけたのは、父が「金閣」を語り聞かせたことによってであった。金閣との出合いは、父の言葉を通して行われた。「言葉」から金閣を受け入れたのである。このように認識が言葉を先取りすることによって生成するということは、我々の文化継承一般にみられる方式の中核をなしていると言ってよいことだ。しかしここでは、「幼時から」「よく」聞かされたことであったことは注目すべきことであり、そこに「父」の教育的意図が語られていて、そのことがとりも直さず、「私」の生き方を方向づける契機となったと読みとって行くべきことと理解される。

父子相伝（後述）の文化、語り継ぎ言い継がれていく文化的（美の）観念、そういう与えられる（伝統的）観念として「私」はまず「金閣」を内界に受けとめたという事実に注目したい。これは又、「私」の認識の方法とも即応することである。

さて、言葉による認識の問題、そういう言葉の問題は、この小説において、重要な基層部分を形成する問題であると言わねばならない。我々は、言葉によって認識する、認識の大部分は言葉によって行われることは言うまでもない。しかし、主人公「私」にとっては、それ以上に言葉の問題は重要な意味をもっていたのである。例えば、

金閣というその字面、その音韻から、私の心が描きだした金閣は、途方もないものであった。（6頁）

というように、言葉は内界の映像を増殖させるものであり、「御みくじ」で旅先の暗示を得ようとし、

「一四」（略）その数字の音は私の舌に停滞して、徐々に意味を帯びるように思われ（177頁）

しかも、「旅行―凶。殊に西北がわるし」とあったことから、かえって「私は西北へ旅をしようと思った」（178頁）という決意に、言葉は決定的な契機ともなったのである。「私」における「言葉」の機能は、日常用語の伝達機能

とは切り離されたところに存在する機能で、いわば、「私」の内界においては、言葉は指示物からも自立して、言葉自体が孤り歩きするようなものとしてあったのである。

「私」の、こういう言葉への偏執は、他人の言葉から「私」の言葉を孤立させ、両者は相入れないものであることを自覚させることになる。「私の言葉」は「現世の言葉」（57頁）と相入れず、鶴川による翻訳を必要としたし、山陰への旅の車中に聞く「かれらの言葉」（老いた役員たちの言葉）は、「私の言葉」とは「別な」ものであり、そんな言葉で「私が理解されるのは耐えがた」かった（183頁）。

「私」の言葉は、「私」を他人に理解させるための言葉ではなく、「私」が、「私」の内界において、自立する「夢想の世界」を構築するためのものであったといってよい。「現実」に対する「心象」の世界の自立がここに保証される。

大学生になって、「標準語」（92頁・柏木との出合い）を使おうとする自覚は、日本の「文化的教養」人の通常な精神的発達段階に即応する言語事象にすぎないと言ってしまってもよかろうが、「私」の、この自覚の動因は、日常語の情意的な要素を注意深く排除して、外界との交渉を抽象化し客体化して押し進めようと企むもので、それは「私」の言葉への情向から自ずと現れてくる自覚によるものであったと理解したい。つまり、「私」は、「私」の情意界から対者を切り離し、越えられぬ「溝」を設定して、それを隔てて「知」によって対者との交渉を持とうとしたものであったかと思う。

しかし、「私」にとって、何よりも重要な言葉にまつわる課題は、「私」の肉体的条件の、「私を引込思案」にする「生来の吃り」（6頁）にあったことは言うまでもない。

> その最初の音が、私の内界と外界との間の扉の鍵のようなものであるのに、鍵がうまくあいたためしがない。（6頁）

そこで、日頃の「私」は、「内界の世界の王者、静かな謗観にみちた大芸術家になる空想をもたのしんだ」（7頁）のである。

言葉によって外界と関わらねばならない時、「私」は吃った。しかし、いつでも吃ったわけではなかった。例えば、中学の先輩の海機の生徒に向かって「僕は坊主になるんです」と言った時には、

言葉はすらすらと流れ、意志とかかわりなく、あっという間に出た。（9頁）

ここで列挙はしないが、「極度に吃って」言った時があった一方、「すらすら」と言葉が流れた時があったことは、その場面場面における、外界と、「私」の内界との対応構造を明らかにしつつ読まなければならないことを意味する。概して言うならば、外界が「私」と同調しようとする、又は「私」の心情が外界を志向する、又はその状況に寄りそう方向にある時には「吃」り、外界が「私」の内面と相入れない方向、又は対峙ないし対立する関係にある時、「私」の言葉は、むしろ「すらすら」と流れ出たと言えようか。そして、金閣放火の寸前における、

私は口のなかで吃ってみた。（略）私の内界の重さと濃密さは、あたかもこの今の夜のようで、言葉はその深い夜の井戸から重い釣瓶のように軋りながら昇って来る。（243頁）

にみる「吃り」は「私」と金閣寺との関わり方を如実に物語っていて注目すべきところである。四参照。

「私」には「行動という光彩陸離たるものは、いつも光彩陸離たる言葉を伴っているように思われた」のだったが、「行動が必要なときに、いつも私は言葉に気をとられて」（13頁）いた、という少年時代の言語観には、「言《こと》は事《こと》なり」とする素朴な呪術的な言語観がうかがえ、外界なる有為子に、初めて立ち向かった時、「私」は、「言葉に気をとられて」「行動」を喪失する、そして「人生」への行為の最初の痛烈な挫折を経験することにもなった。そして又、「呪う」（14頁）ことに確信を持ったりもした。

こうして「私」の内界は、「外界」とは断絶してそれと関わりなく生長をしつづけていた。しかし、こういう言

語観が、「私特有の誤解」（13頁）によっていたことは明らかであった。外界とふれあうための言葉を持ちえなかった「私」にとって、言葉とは、「私」が「私」自体の内界と交渉するための機能しか持たないものであった。

母や檀那たちは、私と父との最後の対面を見戍《まも》っていた。しかしこの言葉が暗示している生ける者の世界の類推を、私の頑なな心は受けつけなかった。（33頁）

が、しかし一方戦火の金閣と向きあうとき、

金閣もまた、私たちと同じ突端に立っていて、対面し、対話した。（45頁）

のである。「私」は、「私」を他人に理解させる表現のために言葉を持ちあわせてはいなかった。

出発せねばならぬ。この言葉はほとんど羽搏いていると云ってよかった。（179頁）

のように、言葉は「私」の内面の世界において生き生きと活動し、内面のエネルギーとなるものであった。

そして、金閣放火寸前において、「行為」か「認識」かの問題に「逢着」した時、その「逢着」からの脱出も、「言葉」によって可能となったのであった。

何かの言葉がうかんで消えた。（略）…その言葉が私を呼んでいる。（略）言葉は私を、陥っていた無力から弾き出した。（253頁）

この状況は、先にみた有為子との対峙の場面（13頁）と呼応する。そして、この「言葉」自体は、すでに柏木との会話（141頁）において予知されていた『臨済録』示衆章中の言葉であった。「この言葉」によって、金閣放火の行為は完遂することができたのである。

主人公「私」にみる言葉への偏執は、作者三島の、この小説の方法自体にもうかがうことができる。[5] すでに述べたが、「予告の方法」によって、後に述べる事柄に関して、作者の意図に基づく方向づけをしておくことは、作者（又は語り手）によって、ある観念を、言葉を通して読者が洗脳されることを意味していた。すると、「海の予感」

（6頁）なる語は、単なる、「私」の生い立ちの生活空間を象徴する言葉ではなく、時間的に展開する、この小説の構成上の重要な予告の機能を有するものであったことが、後になって読者をあっと言わせるのである。又、「一人」「独《ひとり》」「ひとり」の書き分けなどは小さい表現事実だとしても、「私」の名が「溝口《みぞぐち》」であること（この名は、先輩の海機の生徒に言わせるところと、柏木との出合いにおいて、柏木の口から出るところの二箇所のみ）、そして、「有為子」「田山道詮和尚」「倉井」「鶴川」「柏木」「禅海和尚」などの登場人物の名。殊に「有為子」は、その名において「人生」を暗示する。仏教語の「有為転変」に由来することは明白であり、放火事件の夜、裏日本から訪れた「禅海和尚」の「海」も象徴的である。登場人物には、固有名が与えられる、先に列挙した系統と、「父」「母」「下宿の娘」「洋館の令嬢」「副司さん」などのように固有名を与えられずに登場する人物の系統とがある。この二系統の違いは、それぞれがこの小説において果たす構造的意味の違いによるものであることは明らかである。

　このように、「私」の、言葉による内面世界の構造をみてくると、「私」が、「父」の「語る」言葉によって「私」の内界に「金閣」の映像を自立させていったことを語る、冒頭の一文がになっていた重要な意味が理解される。

> 私の心の中では、父の語った金閣の幻のほうが勝を制した。父は決して現実の金閣が、金色にかがやいているなどと語らなかった筈だが、…　（5頁）

この、「父」「金閣」「私」の問題は、二において改めて考えることにする。

二　初章の構成――「父」

　初章、つまり第一章が、作品『金閣寺』全体と対応関係にあるということは、すでに指摘されていることである。[6]人生―金閣―海という、この小説の基調をなす、素材関係構造は、すべてすでに第一章において予知され、「予感」

されることであった。

さて、第一章の構成を整理してみると、第一章の第一章たる意図が奈辺にあったかをうかがい知ることができる。ここでは、その構成の全体を開示する余裕はないが、そのうちの第一章の枠組みとも言うべきもののみを指摘することによって、第一章の意図を確かめてみたい。

冒頭の一文は、「幼時から父は、私によく、金閣のことを語った」（5頁）であった。その後、出生と生育の環境（風土）を語り、つづいて、「父は決して現実の金閣が、…」（5—6頁）と冒頭の一文に叙述内容の上で戻るのである。

この冒頭の、父の金閣語りは、第一章の末尾部分の、

「地上でもっとも美しいものは金閣だと、お父さんが言われたのは本当です。」（30頁）

と、「父への手紙に書いた」ことと呼応しているのである。この、章の頭尾の呼応（①外枠）は、第一章の完結性を印象づけ、それ故、又第一章だけで、それがこの作品の一部分であるにも関わらず、作品の全体と対応していると説かれもするような形式を備えていたことを示す。さらに、この頭尾の呼応を補強する表現事実として、先の頭尾の呼応①の内側に、それぞれ即して、頭部には、五月の夕方などの自然の風景に「見えざる金閣」（6頁）の幻影を追う「私」が描かれているのに対して、尾部には、「もう私は、属目の風景や事物に、金閣の幻影は追わなくなった」（30頁）とあって、呼応（②内枠）をなしていることが指摘できる。

第一章の構成図

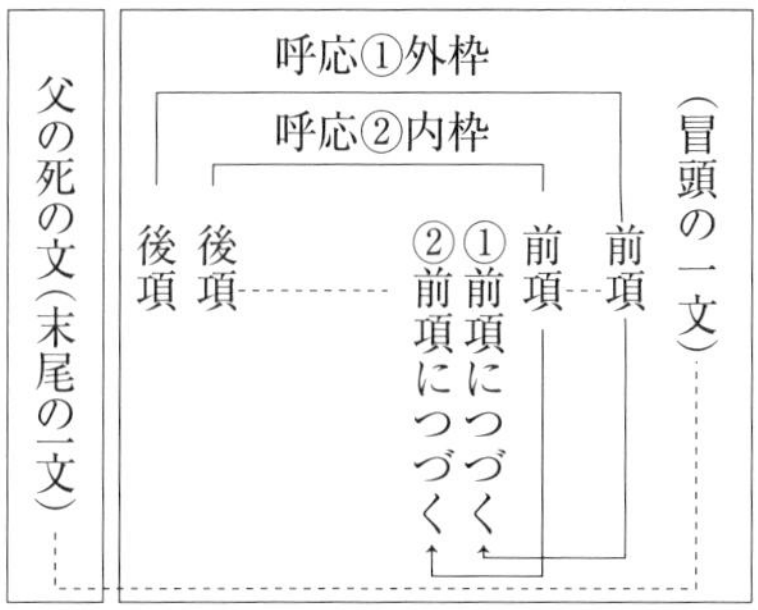

この二つの頭尾の呼応のさらなる外枠に位置するかたちで、第一章の末尾の文は「父は夥しい喀血をして死んでいた」（31頁）と「父の死」をもって終わっている。この文が冒頭の「幼児から父は、…」とも呼応しているのである（図表参

照）。冒頭の一文が父を主語にしていたことの意味がここに明らかとなる。

この「父の死」の意味するものは何か。第一章では二つの死、「有為子」の死と、「父」の死が語られたのであるが、全体の展開をふまえて言うならば、「有為子」は後章においてよみがえるが、「父」はよみがえらないことに、この二つの死の、この小説における構造的意味の相違を理解することができる。いわば、「父」は父の任務を完遂した、否、「父」は、子の「私」自身に受け継がれた、「私」によみがえったというべきかも知れない。「幼児から、私によく、金閣のことを語った」父は、死を自覚した（？）時、「私」を京の旅へつれ出し、「私」に金閣を見せて、金閣の美を語り継ぎ言い継ぐ任務を完了したのであり、又生活者としては、「私」の将来を金閣寺の和尚に託したのでもあった。ここに、金閣の美の伝承、父子相伝が完了するのである。そして、この完了の意味は、第二章の冒頭「父の死によって、私の本当の少年時代は終る」（32頁）に端的に表出されもしていたのである。ここには、単なる一回的な父子の関係ならぬ、「世代」の関係と言った抽象的な父子の関係を象徴していると言ってよい。

しかし、この美の父子相伝が、直線的《スムース》になされたものでなく、屈折的な継承であったことは注意すべきで、それは、第二章そして第三章の、父の一周忌の折、母のことにふれて回想された事実によって明らかになっていく。

中学一年の夏休みの夜。一つの蚊帳に四人が寝た、その中で、母と母の縁者の男倉井とが不義の情交をしているのを「私」は目ざめて目撃する。

　そのとき、突如として、十三歳の私のみひらいた目は、大きな暖かいものにふさがれて、盲らになった。すぐにわかった。父のふたつの掌が、背後から伸びて来て、目隠しをしたのである。　（55頁）

　私はあの掌、世間で愛情と呼ぶものに対して、これほど律儀な復讐を忘れなかった…　（56頁）

この「人生」に直面した「私の目」を、その「人生」から隔てた父の掌、という構造は、「下宿の娘」（第五章）「生花の女師匠」（第六章）との「人生」に立ち向かおうとする「私」の前に立ちはだかった金閣、という構造と相似をなして呼応しているのである。「父」は、このように金閣の側にいた。「父」への律儀な復讐は、金閣への律儀な復讐「金閣を焼かなければならぬ」と呼応してもいるのである（付言すれば、「母」については、「私はついぞ復讐を考えなかった」（56）とあることは暗示的である）。

第一章は、全章の源泉であった。様々な呼応の始発はすべて第一章に用意されていたと言ってよい。そして、金閣放火の決意（第七章）から、金閣放火事件（第十章）の間において、

生れたときから、私はそれ（注・金閣放火）を志していたかのようだった。少くとも父に伴われてはじめて金閣を見た日から、この考えは私の身内に育ち、開花を待っていたかのようだった。（八章・198頁）

金閣を焼こうと決心して以来、私はふたたび少年時代のはじめのような新しい無垢の状態にいたので…（九章・218頁）

と、「源泉」としての第一章の意味を明らかにしてもいるのである。

三　呼応と相似――「有為子」

「呼応」は、文章論的な概念を示す用語として用いてきた。文章の展開過程において、隔たって出現する二項の表現（事実）が、相互にひびき合おうとするベクトルを有しているために、読者に、関係する二項として認識され感得されることをいう。「相似」は、次頁引用の文（408頁）にみえる用語を借用して用いたものであり、先の、呼応する二項の表現、又は、その表現する内容の、それぞれの構造が類似性を有しているときに、その二項の意味的関係を称して言う語である。二項の表現（又はその表現する内容）が相似の関係にあるときは一層、隔たる二項の表現が呼応関係にあると読者に受けとられ易い。作者の仕組んだ呼応を読みとっていくためには、まずは二項の表

現の相似（性）を鋭くかぎわけてゆくことが読者に要求されることにもなる。そして又、こうした二項間の相似性をかぎわけるためには、ある程度の帰納的思考、抽象的思考が要求される故に、言語認識における「構造」の問題の重要性を指摘しておいてよいことかと思う。

呼応関係は、文脈の方向性を暗示する。呼応関係が、単なる類似事項の繰り返しでなく、展開の論理によって関係を形成していることを認識していくことが、文章の展開の方向を把握していく上で一層重要な表現理解であることは言うまでもない。その意味において、各表現事項間の呼応を把握していくことが、文章の意図の把握を容易にするのである。

呼応関係は、「ことばのひびきあい」と言ってもよいが、関係のあり方には種々あることに注意したい。情意的関係をなす場合と論理的関係をなす場合とに大別することもできよう。又、例えば、連歌における付け合いの「四道」[7]——添、随、離、逆——なども分類を試る上で参考にすることができよう。又、細かく確かめてみるなら、二項の呼応関係には、添加、累加、並列、同列、対照、対立、対比、矛盾、転換、逆接、限定、補足、解説、前提、順接、逆接、強化、深化、拡大、縮少、止揚、等々の場合を想定することができる。

さて、ここでは相似構造を共有することによって呼応関係にある事項を整理してみたい。

> 総じて私の体験には一種の暗合がはたらき、鏡の廊下のように一つの影像は無限の奥までつづいて、新たに会う事物にも過去に見た事物の影がはっきりと射し、こうした相似にみちびかれてしらずしらず廊下の奥、底知れぬ奥の間へ踏み込んで行くような心地がしていた。　（七章・154頁）

これは、第七章の冒頭の一文である。ここに一つの集約のかたちをとって、小説は終焉へ向けての準備をはじめていることを読みとることができる。

二で、「父の死」と「有為子の死」との、この小説における構造的意味の違いを述べたが、ここにいう「相似」

の主たる一つは、「有為子」のよみがえりであった。それは、「新たに会う事物」に「過去（有為子）に見た事物」の影を感得するという、体験のよみがえり（繰り返し）を意味している。読者の立場からみるならば、それは文章展開過程において感得する、表現（事項）の呼応ということでもあった。

有為子のことは、すでに第一章に二つのエピソードにおいて登場していた。一つは、Ⓐ「私」と有為子との事件であり、一つは、Ⓑ有為子と脱走兵の事件である。このⒶⒷ二つの事件は、Ⓐにおける、「私」の恥の証人有為子の死をねがっての「私」の「呪」いが、Ⓑにおいて実現するという関係で結びついている。「有為子」のよみがえりというとき、このⒶⒷ二つの源泉的構造に基づく二種の有為子のよみがえりを区別して捉えなければならない。

まずⒷを源泉とする相似の呼応を整理する。有為子のよみがえりの最初は、五月の南禅寺で鶴川と垣間見た、軍服の若い陸軍士官と女との逢瀬の場面においてである（第二章）。〈軍人—女—妊娠〉、この構造が第一章のⒷと相似をなす。そして、これは又、雪の金閣寺での、外人兵がつれていた娼婦の腹を踏みつけるという、「私」の悪の行為の場面と呼応する（三）。これ又〈軍人—女—妊娠〉という構造の相似をなしている。「ただ一点が有為子」と似ていたという娼婦は、構造を共有する陰画と陽画の関係によって、「有為子」のよみがえりであったことを意味していることには変わりがない。そして、娼婦の腹を踏むという悪の可能を味わうことによって、「私」にとって「私の内界とはかかわりのない」「外界」における官能（人生）の構造への参加のきっかけをやっと手にすることができたのであり、そのことによって、Ⓑの相似のよみがえりは消え、次には、Ⓐの構造を源泉とする相似が登場することになる。つまり、外界（人生）への参加の志向が芽ばえることになる。それを促したのは柏木であった。

柏木の告白によると、柏木と最初の女との出合いは、「私」と有為子との出合い、つまりⒶとみごとな対照構造をもって語られている（第四章）。「女に拒否される私」と「女を拒否する柏木」と。そして何よりも、Ⓐとの相似をなすのは、第五章の冒頭における、柏木と洋館の令嬢との出合いである。

「そこらで跳び下りろ」
私の背が柏木の尖った指先で押された。私はごく低い石塀をまたいで、道の上へ跳び下りた。（略）それにつづいて、内翻足の柏木が、怖ろしい音を立てて、私の傍らに崩れ墜ちていた。（五章・108頁）

これは、月下に「私」が有為子の前に跳び出したかたちと相似である。「私」と柏木との対照性をきわだたせる強烈な印象を与える。そして、この場から逃げ出した「私」は、自分が、

(a)自分のせきたつ心が金閣を志しているのを知った。（110頁）

ここでは、「私」の方から志して、「人生」からの保護を金閣に求めたのであったのだが、嵐山への遊山では、金閣の方が「私」と「下宿の娘」（私の志す人生）との間に立ちはだかって、「私」を「人生」からへだてることになる（第五章）。

(b)それは、私と私の志す人生との間に立ちはだかり…私の外に屹立しているように思われた金閣が、今完全に私を包み、その構造の内部に私の位置を許していた。（124頁）

そしてさらに、第六章では、「生花の女師匠――この女は南禅寺の例の女であった――」と「人生」に参加しようとする「私」の前に、

(c)又そこに金閣が出現した。というよりは、乳房が金閣に変貌したのである。（150頁）

この場合も、金閣によって「又もや私は人生から隔てられた！」ことには変わりなかったが、「下宿の娘」との場合とは、「金閣」の出現の仕方が異なっていることに注意しなければならない。ここに一つの展開を読みとることができるのである。

相似の繰り返しは、「私」のいう、行為の「積み重ね」（154）ではないにしても、その繰り返しによって、それなりの認識の深まり、「私」の立場からみるならば、おぼろげなものがだんだんにその正体をみせてくる、その姿か

たちが明確化していく、一層核心へと迫っていくといった変化に対応しているはずのものである。

(b)では、金閣は「私」と「人生」の間に立ちはだかった。そして「人生」から隔てた「私」を、金閣は、その構造の内部に「抱擁」した。(c)では、「乳房が金閣に変貌した」。つまり、「人生─生」へ誘いかける肉、人生の象徴ともいうべき「乳房」そのものが金閣に変貌することによって「私」は「人生」から隔てられたのだ。

(b)では、「人生─生」と美とが相入れないこと、その内質において、永遠的なものと瞬間的なもの、という対立する関係にあることを「私」に教えた。そして「金閣自らがそういう瞬間に化身して、私の人生への渇望の虚しさを知らせに来たのだ」と認識する。それは「人生─生」が見せる瞬間的な美（官能）によっては「世界を底辺で引きしぼってつかまえる」（9）ことはできないことを意味した。この金閣出現の直前、永い接吻の間欲望が駈けめぐっている一方において、「白い曇った空、竹藪のざわめき、杜鵑花の葉をつたう七星天道虫の懸命な登攀…これらのものは、依然何の秩序もなく、ばらばらに存在しているままであった」という叙述が暗示していることであった。

(c)における金閣出現の意味は、「みるみる乳房は全体との連関を取戻し…肉を乗り超え…不感のしかし不朽の物質になり、永遠につながるものになった」（150）という叙述に読みとることができる。この乳房の変貌は、「人生─生」の肉としての瞬間的な美（官能）という存在から、永遠につながるもの、つまり美の構造へ接近していることに注意すればよい。このことを仏教用語を用いて説明しなおすならば、「人生」という生滅門における仮象─「用《ゆう》」なる「乳房」に、実相─虚無なる「体《たい》」を観相したことを意味する。（補注）

つまり、(b)においては、瞬間的なる波（用）と、永遠なる水（体）との識別を提示し、(c)においては、波（用）そのものに水（体）を見るという認識への到達を意図した展開をみせていたと考えられる。(b)では、ことは「みじめに」終わるが、(c)では、「無力な幸福感が私を充たし」たのである。このように「私」は金閣の美にみちびかれながら「人生」から隔てられたのである。

四　現実と心象――「美」

幼児から「金閣」のことを語って聞かせた父は、「私」にその美について語ったのであった。「金閣ほど美しいものは地上に」はないと。「私」は「見えざる金閣」を内界において想像し、本物の金閣とは無縁に自立した金閣映像が形象化されてゆく。そして、「まだ見ぬ金閣にいよいよ接する時が近づくにつれ」「私」の内界の金閣映像は、「夢想の金閣」として、本物の金閣によって修正されえないほどの確固たる観念に成長する。それは、吃音の「私」が当然いたりついた想念――暴君か大芸術家か、という相反する権力意志を夢みる「私」、この夢想される「私」そのものの投影かとも思わせるような、すべての言葉を拒否し、「無言で周囲の闇に耐えている」（21頁）という金閣映像であった。そして金閣は、あらゆる美の価値基準ともなっていく。

　私が人生で最初にぶつかった難問は、美ということだったと言っても過言ではない。（22頁）

「美ということ」という認識にもかかわらず、この段階での「私」は「美がたしかにそこに存在しているならば、私という存在は、美から疎外されたものだ」（22頁）と、「金閣」を、「私」と対峙する、「私」を醜の側に位置させるものと認識する。金閣を観念ではなく、「一つの物」として捉えている。それ故、例えば、

　さまざまの変容のあいだにも、不変の金閣がちゃんと存在すること（23頁）

にみるような二律背反の難問を背負うことになるのである。「さまざまの変容」とは、「夢想の金閣」（つまり後の「心象の金閣」）で、金閣の妙用《ゆう》にあたるものであるのに対して、「不変の金閣」（「本物の金閣」）は、金閣の体《たい》相にあたるという認識を「私」はしていたと言えよう。こうした「現実」と「心象」の対立は、一でみたような吃音の主人公「私」においては、殊に「心象」の力は強く、現実から切り離されて自立した力を持つことになる（そういう

人々を我々はあえて浪漫主義者と言ったりする）。だから、「本物の金閣」に接した時、あれほど美しさを予期した、そのものから「私」は裏切られて、

私は金閣がその美をいつわって、何か別のものに化けているのではないか。（26頁）

とまで思ったりもするのである。

さて、ここで「美」についての展開を整理しておく必要があるが、その前に、美（醜）と悪（善）との問題について確認しておかなければならないことがある。

金剛院における、有為子と脱走兵の事件、あれは、有為子が二重の裏切りによって「悪」をなし、単なる、男に従う女に身を落として、「人生」内にとどまったことを暗示しているが、この舞台となった「金剛院」は、この事件から超然としていた。それはあたかも金剛院ならぬ「金閣」が、その雪の庭で、米兵の娼婦の腹を踏むという、「私」の悪を邪魔しなかったことと相似をなしていた。

彼のひろい肩幅のうしろには、雪をいただいた金閣がかがやき、洗われたように青い冬空が潤んでいた。（77頁）

美の金閣にとって、善悪の問題は、「人生」内のこと故に、美とは無縁の又は低級なレベルの価値観念であったから。善も悪も美をおびやかしはしない（ここには、美のためには、悪さえ許されるという論理が生まれる危険を含んでいる――「美ということだけを思いつめると、人間はこの世で最も暗黒な思想にしらずしらずぶつかるのである。人間は多分そういう風に出来ているのである」（49頁）――）。そして、「私」にとって究極の観念《イデー》は、善ではなく美であった。その点、鶴川と柏木とは、その本質において所詮「人生」の枠《レベル》を越えようとしない、つまり善と悪との対照の役割を演ずるべく設定されていた人物であった。善の論理からみて、鶴川の第八章の変貌は、むしろ、そのことによって善としての鶴川が完結することができたと解釈すべきところかもしれぬ。それは、「私」にとって意外な鶴川の変貌ではあったが、それについて「私は記憶の意味よりも、記憶の実質を信じるにいたった」（211頁）と「私」が

語るのは、そういう意味であったと思われる。

美が「一つの物」であるという認識は、「私」をそれから隔て疎外する、そういう他者としての存在物として、美を捉えたことを意味する。戦火の危難の恐れが、幸いにも、「私」と「私」を疎外する美（金閣）とを結ぶ媒体となり、つまり滅びの危機を共有することによって金閣と「私」とは「私たち」（63頁）の関係を形成し、「私」は美に「溺れ」ることができた。しかし、敗戦は再び、「私」と金閣とを対峙―対立する関係にひき戻してしまう。

「私」は柏木に促されて「人生」を志す。そういう「私」を、その「人生」から隔てるものとして「金閣」が出現するようになって、「金閣の美」が明らかになっていく。まず三における(a)で「私にとっての美というものは」「人生から私を遮断し、人生から私を護って」くれるものであったが、そこに「構造の美しさ」（111頁）という認識がみえ、(b)で「今完全に私を包み、その構造の内部に私の位置を許」す金閣を「美の永遠な存在」（125頁）と認識し「人生―生」の「瞬間的な美」との異質性対照性を明らかにする。このときの金閣を「幻の金閣」（「金閣の幻」ではない）とあらたに呼ぶ。これは「心象の金閣」の変貌に外ならない。そして、ここに金閣の美の属性―永遠的なもの―がはじめて明らかにされたのである。

このことから微妙な変化が、私の金閣に対する感情に生じていたものと思われる。憎しみというのではないが、私の内に徐々に芽生えつつあるものと、金閣とが、決して相容れない事態がいつか来るにちがいないという予感があった。（略）私はそれに名をつけることを恐れた。（130頁）

そして、「私が金閣を所有しているのだと云おうか、所有されているのだと云おうか」と錯覚させるほどに、私をその構造のうちに包みこんだ金閣を、「私」は「絶対的な金閣」と呼ぶ。

さらに「音楽」を通して、「永保ちする美が嫌いな」柏木と「私」は、その「美」の一点において接点を見い出したが、それは又、「音楽」の美との対照において、「金閣」の美が「生命から遠く、生を侮蔑して見える美」であることを明らかにする。

(c)で、金閣に感得した「重い豪奢な闇」(「なぜなら金閣そのものが、丹念に構築され造型された虚無に他ならなかったから」151頁)を、「乳房」に観相する。こうして金閣の美が、永遠的なる虚無であるという、その内質(実相)を明らかにしていく。ここに至ると、第一章で「変容なる金閣」(心象の金閣)を金閣の用《ゆう》とし、「不変の金閣」(現実の金閣)を金閣の体《たい》ととらえていたかに思える認識が、その構造を逆転させていることを知るのである。つまり、「永遠的なる虚無」こそ仏教でいう「体」であり、歴史的存在物としての構築物〈現実の金閣〉は、その「用」なる存在であるということになるからである(「心象の金閣」から「幻の金閣」へとその呼び方を変えた)。

「私」が師の名を呼ばず別の名を呼ぶだろうと思念し、それは?、と自問するとき、

「美」と言いかけたり、「虚無」と言いかけたりするだろう。(162頁)。

この「美の観念」は「私」を縛《いま》しめるものであり、「人を無気力にする」ものであった。「絶対的な金閣」について、「私」は柏木との会話において、

「金閣は無力じゃない。決して無力じゃない。しかし凡ての無力の根源なんだ」(176頁)

と言う。

こうして、金閣の美の属性・内質が明らかになるにつれ、「一つの物」として「私」の外界に対峙する、「私」を疎外する対立物としての金閣から、「私」を完全に包みこみ、「私」を縛しめる美、そして「私」を無力にする美としての金閣へと変貌していると理解しなければならない。

美が金閣そのものであるのか、それとも、美は金閣を包むこの虚無の夜と等質なものなのかわからなかった。おそらく美はそのどちらでもあった。(略)一つ一つのここには存在しない美の予兆が、いわば金閣の主題をなした。(略)虚無がこの美の構造だったのだ。(250頁)

以上に、「私」の「金閣」に関する認識の二重構造「現実」と「心象」を考察し、その変貌のうちに明らかになる「美」の問題を考えてきた。ここにみる認識の二重構造は、「有為子」や「海」に関しても指摘されねばならない。それは五でふれることになる。

五　猫目と蜂目――「海」

第一章で、「私」には、二つの「自覚」が芽ばえた。一つは、世界を底辺において引きしぼっているというそれであり、一つは、他人の世界の存在というそれであった。この二つは、「私」の世界認識の「源泉」であったといってよい。しかし、行動が必要な時に、いつも言葉に気をとられている「私」(第一章)、「世間の人たち」が生活と行動(つまり、行為)で悪を行うのに対して、「内面(つまり、認識)の悪に沈む」(第三章)と決意する「私」には、自らの条件において「他人の世界」を志す「行為」が欠けていたのであるが、雪の金閣の庭で、米兵の娼婦の腹を踏むという行為(命令的な受身の行為であったが)によって、「悪の行為」への可能性に芽ばえたのであった(ここに付言するならば、この行為は、海機の生徒(軍人のたまご)の飾り「短剣」に創をつけたという、隠密な悪の行為に呼応する。しかし、ここでは、米兵の飾り(?)娼婦を踏み流産させたという顕現化した悪の行為であったところに、呼応する構造の質の展開を指摘する必要がある)。

この新しい事態への展開は、「私」が鶴川と訣別し、柏木に接近していくことと相即する。そして、ここに又付言するならば、他者への悪の行為を志向する「私」と、第八章で明らかにされるように、自己への悪の行為(＝自殺)しか志向しえなかった鶴川とは訣別を余儀なくされていたのであり、第八章にいたっての鶴川の変貌がまさにそのことによって、鶴川の小説上の任務を完遂することになったと先に言ったのは、この故であったのだ。

さて、こうして「私」を「ぎりぎりまで」せめつづける問題、世界を変えるものは、「行為」か「認識」かをめぐって、公案『南禅斬猫』の解釈が、柏木との間に展開することになっていく。第六章で、柏木は言う。

「…今のところは、俺が南禅（注・行為の人）で、君が趙州（注・認識の人）だが、いつの日か、君が南禅になり、俺が趙州になるかもしれない。この公案はまさに、『猫の目のように』変るからね」（143頁）

といった柏木の予告は、第七章で「海」から受けた啓示が、「私」を、認識者から行為者へと変貌させていくことによって実現していくのである。しかし、このまさに「猫の目」のように変貌したということについて、柏木と「私」とでは、その認識の質に違い《ズレ》があるように思われる。「人生に対する行為の意味」について、「或る瞬間に対して忠実を誓い、その瞬間を立止らせることにある」（125頁）と「私」は語る。「人生」を越えようとしない柏木の行為は、「洋館の令嬢」を「羅漢だった」と言い、「まだ殺し方が足らんさ」と告白するように、瞬間の行為に目ざめるか目ざめないかの問題であり、「羅漢（女）」を殺しきるという、永遠的な行為を志向することはない。それに対して「私」の究極的にたどりついた、「私」の行為の意味は、「付喪神のわざわいに人々の目をひらき、このわざわいから彼らを救うことになろう。私はこの行為によって、金閣の存在する世界を、金閣の存在しない世界へ押しめぐらすことになろう」（三章・192頁）と語るように、世界を底辺からゆさぶること、永遠的なるものを志向しての行為であった。

究極的に認識者であった柏木の「認識」も、五番町「大滝」での「私」の敵娼「まり子」のことを、

女の、考えない柏木が、まり子であった。（八章・229頁）

といっていることによって、つまり、認識によって世界を変える、ということを認識しない認識者「まり子」の存在によって相対化される。柏木の認識者としての存在の意味を相対化することによって、「私」は柏木を乗り超えていると言えようか。ところが「私」における「猫の目」の変貌は、柏木のような、二次元的又は三次元的なレベ

ルでの逆転ではなかった。このことは第六章と第八章との間にはめこまれた第七章冒頭（三「呼応と相似」参照）につづいて位置する「蜂の目」によって理解しなければならなかったことである。

私はほとんど光りと、光りの下に行われているこの営み（注・密蜂と夏菊の花との）とに眩暈を感じた。ふとして、又、蜂の目を離れて私の目に還ったとき、これを眺めている私の目が、丁度金閣の目の位置にあるのを思った。それはこうである。私が蜂の目にあることをやめて私の目に還ったように、生が私に迫ってくる刹那、私は私の目であることをやめて、金閣の目をわがものにしてしまう。そのとき正に、私と生との間に金閣が現われるのだ、と。（略）世界は相対性の中へ打ち捨てられ、時間だけが動いていたのである。（157頁）

そして、その後、なお「私」は、悪の行為の可能性を問いつづける。

「蜂の目」から「私の目」へ、「私の目」から「金閣の目」への、この展開は、柏木のいう「猫の目」の展開とは異質なものと考えられる。いわば、これは、絶対的なものを相対化してしまうような、より高次の絶対的な位置を獲得することによって可能となるものである。「蜂の目」の世界は、より高次の「私の目」の世界によって相対化され、「私の目」の世界は、より高次の「金閣の目」の世界によって相対化される。ここに至って、永遠なる「絶対的な金閣」の認識が確立し、それが「私」を包みこんで出現することによって「私」を無力にする。つまり、金閣だけが、絶対的な形態を保持し、「美を占有し、その余のものを砂塵に帰してしまうこと」になる。「私」は、この金閣（美）をいかにして（悪によって）超えることができるか。

この「蜂の目」に関する叙述内容は、作品『金閣寺』の思考の方法を開陳しているところだとみることもできる。そして、それがこの第七章のはじめに位置していることの理由が、この第七章の後半（末尾）で、「海」を登場させるためであったことは、もう明らかなことである。

さて、筆者はここで、次のような構造の整理を行っておく方がよいようだ。それは、「有為子――つまり、人生」

「金閣――つまり、美」そして「海」についてである。

第一章で死んだ有為子は、幾度かのよみがえりを見せた。このよみがえる有為子は、有為子の生きている時期（第一章）においてさえも存在したものである。例えば、それは、「私」は「ある晩、有為子の体を思って、暗鬱な空想に耽っ」たが、「有為子の体を思ったのは、その晩がはじめてではな」く、それは又、「思念の塊」（以上12頁）のようなものであったのだが、それは「私」の内面（認識）に凝結したものであった。よみがえる有為子とは、その「思念の塊」としての有為子であったと言ってよい。いわば、現実の有為子に対する心象の有為子（官能の人生）、換言すれば、現実の人生に対する心象の人生を象徴するものであった。

第九章で有為子は不在だった。そして有為子のよみがえりならぬ「まり子」と「私」ははじめて「人生」を凌駕することができた。その折、有為子について「二重の世界を自由に出入りする」というが、それは、こういう「私」の有為子に対する認識の二重構造に基づいていると解釈すべきものかと考えられる。

金閣（美）も、現実の金閣と心象の金閣の二重構造を有していたことは四で述べた。

そして、「海」も又、現実の海と心象の海との二重構造によって認識されているものであった。例えば、現実の海は、「海の匂いというよりは、無機質の、錆びた鉄のような匂いがしていた。町の只中へ、深く導かれている運河のような狭隘な海、その死んだ水面、岩に繋がれたアメリカの小艦艇…」（七章・184―185頁）と描かれる舞鶴湾で、それは「見えざる海」の総称としての舞鶴湾ではなく、「私はここで海と親しく会おうと思わなかった」し、「私の旅の衝動には海の暗示があり、その海はおそらくこんな人工的な港の海ではなか」った、というような海のことである。

心象の海とは、すでに第一章において「見えざる」ものであることにおいて、「見えざる金閣」と同じく「見えざる海」（184頁）であった故に、常に「海の予感」があったという、あの「予感」によって「私」の内界に形成されていった海であり、その意味で、「海の予感」（6頁）は、この心象の海の源泉をなすものであり、内面（認識）に予感される海の映像こそ、心象の海であった。では、心象の金閣の内質（体）が美（永遠的なる虚無）であったのに対して、心象の海の内質（体）は何であったのか。

　暗い時間の海　（七章・154頁）

この時間の比喩としての「海」は、その内質として「時間」を象徴しうるものであったことを物語る。心象の海の内質（体）は、「時間」であった。これこそ「絶対的な金閣」（第五、七章）を相対化する、より高次の絶対性として登場せしめられていたのである。海が、「私」の旅を暗示し、「私」に与えた啓示「金閣を焼かなければならない」は、こうした絶対相対の転換の論理によって可能となったのである。しかもこのことは又、すでに第一章に次のように「予告」されてもいたのであった。

　この金閣の鳳凰はかがやく翼をあげて、永遠に、時間のなかを飛んでいるのだ。時間がその翼を打つ。（略）
　私には金閣そのものも、時間の海をわたってきた美しい船のように思われた。　（22頁）

金閣が海に漂っている船、海に抱かれているという構造は、金閣に抱かれている「私」という構造と相似であり、「私」を縛しめる「金閣」を支配するものは「海」でなければならなかった。『連理秘抄』によれば、「海」は水辺の「体」である、「船」は、水辺の「用《ゆう》」である。船なる金閣は、ここにおいて仮象の金閣にすぎなかった。金閣はその形態（相用）において歴史的存在物であることをまぬがれえなかった。それは時間の支配のもとにしか存在しえない。さらに、第二章に、こうあったことを想起する。

　明日こそは金閣が焼けるだろう。（略）そして形態に縛しめられていた金閣は、身もかるがると碇を離れて…
　暗に海の潮の上にも…漂い出すだろう。　（48頁）

「海」は、「私」にとって「あらゆる不幸と暗い思想の源泉」「あらゆる醜さと力との源泉」であった。それは、

「私」のすべての認識の源泉として存在し、「時間」の深淵へと結びつける源泉であった。「私」は、この海（日本海）を前にして、「自足し」えたのである。この、「美」を相対化する「醜」の存在の認識に注目したい。

付言するならば、すでに指摘したことがある(8)が、この「海」への旅を誘発した「御みくじ」に、

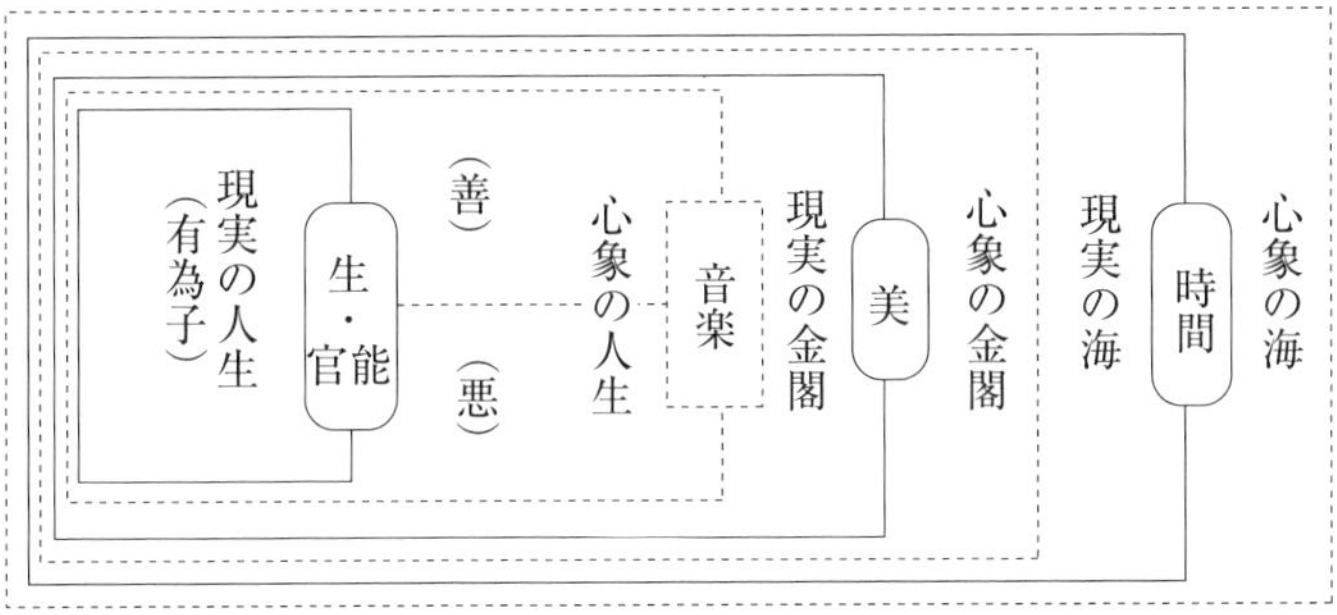

「汝有此間者遂為八十神所滅
焼石はめ矢等の困難苦節にあひ給ひし大国主命は御祖神の御教示によって此の
国を退去すべくひそかにのがれ給ふ」　（七章・178頁）

とあって「西北がわるし」とあったにかかわらず「西北」（山陰）へ旅だったのであるが、この「御みくじ」の内容が、『古事記』の根国訪問の一節をひきふまえていることをみても、「海」への旅は、根の堅州国、妣《はは》の国なる「海」――裏日本を志向していることを暗示していたのである。「海」は、神話の時間をも生きているのであった。つまり、この心象の海の内質「時間」は、勿論物理的時間などではなく、「文化的時間」であったと理解すべきであろう。

ここに、包摂関係によって把握される価値体系、人生　美　文化的時間　をまとめることができる（上の図表参照）。

以上のまとめとして、作品『金閣寺』の素材と思考の構造を図式化して示しておく。構造の確認は、意図の認定を容易にしてくれる。小説の末尾で「生きようと」思った「私」は、文化的時間という難問に逢着することを必至としている。この逢着なくして「私」は生きることはできない。少なくとも「仏」に逢着するまでは。

六　脈絡と意図――「天皇」

筆者は注意深く、自立する作品『金閣寺』内部において、その構成—構造と、その意図を捉えようとしてきたつもりであったが、すでに予断と偏見とからまぬがれていなかった感もある。

三島文字の世界全体の中に作品『金閣寺』を位置づけるとき、作品『金閣寺』は自律はしても、もうその全体から自立はしえない。一般に文章、殊に小説などは、意識的なる場合は当然のこと、無意識なる場合においても、他の作品（小説）等との連続性（脈絡）を完全に断ち切ることはできない。そこに「文章」という言語単位の、単位としての不安定性もあるのであるが、そしてむしろそれ故にこそ、個々の作品を越えた脈絡というものが存在することにもなる。例えば、すでに周知の事実であるが、「海」は、三島文学の処女作『花ざかりの森』にはじまり、最終作『豊饒の海』にまで渡って、主要なる素材（モチーフ）であった[9]。筆者には、今その力はないが、この「海」は、三島文学の脈絡の中で、的確に把握されていかねばならないと思われる。

ただ、ここで筆者の乏しい脈絡理解からあえて『金閣寺』の「（心象の）海」の解釈をしてみるならば（三島にとってなぜ金閣だったか?なぜ海であったか?それをそのイメジャリーの論理といったものをたよりに短絡的に解釈してみるならば）、それは神話の神々の時代に源泉を有する「民族的心性（ゲミュート）」を暗示するものであって、又、「心象の金閣」（あるいは、「心象の海」）は三島自信の言葉でいうならば、「文化概念としての天皇（制）」（『文化防衛論』）であり、「現実の金閣」（あるいは、「心象の金閣」）とは、「現実の天皇（制）」を暗示しているものと思われてくる。

一人の作者の文学世界の脈絡の中に作品を位置づけてみるとき、例えば、『金閣寺』だと、自立する作品の中での「金閣」は、それそのものが表現対象（目標―「金閣」が美一般の比喩であると解釈することまでは可能であるのだが）であるにすぎなかったものが、自律する脈絡の中で位置づけてみると、「金閣」は、その具象性が抽象化され、何かの比喩として認識される。何かをそれに託して描いた「金閣」であったという、転換（解釈）を可能にする。つまり、筆者の解釈によって説明するならば、「心象の海」は、すでに三島文学の世界においては、後に三島のいう「文化概念としての天皇（制）」とすでに解釈せしめられるような、「文化概念としての天皇（制）」の比喩たりうる「海（金閣）」ではなかったか、ということである。こうした解釈は、自立する『金閣寺』からは生まれてこない、生まれるとするならば、それは読者の世界においてのみである。読者の脈絡において生まれることは可能だ。しかし、それを三島自身の意図として捉えることが可能なのは、作品『金閣寺』を、三島文学の脈絡の中において解釈する場合にのみ可能になってくることだと言わざるをえない。

おわりに　作品と文体――イメジャリー

華麗なる文章の流れ、その豊かな言葉の氾濫する中で、ともすると追う筆者の目は方向を見失って、ふと気づいた時には、巧みにすりぬけられたような思いにかられていて、なおも前へ前へと押し出されてしまう。そんな印象の、この作品の表現世界に、妙に気がかりなイメジャリーの呼応というものがちりばめられていることに気づく。すでにふれたものは除き、いわゆる「文体」考察の対象ともなるような表現事実を二、三指摘しておきたい。

一つは、「白」のイメジャリー。例えば、「空《あき》御堂の白骨のような木組」「（月下に）白い石段を昇ってゆく」「有為子」の顔の「白」さ（以上18頁）、「白い胸」「白い乳房」「白い乳」「白い横顔」（以上53頁）、「雪」（第三章）、「白い胸のように白光を放ち、その白さがいかにも…」（114頁）、「白い眼」（125頁）、「（鶴川の）白いシャツ」（127頁ほか）

等々とある。これらは、虚相、虚無、無力といったイメージを暗示するものだろうか。

一つは「五月」のイメジャリー。山陰の「十一月十二月のころ」（初冬）の「時雨」が「私の変わりやすい心情」を養ったのではないかと、冒頭で「私」が語っている。この時雨を丹後では裏西《うらにし》という。この叙述につづいて、「私」は、「五月の夕方（略）金閣を想像した」（5頁）とある。これをはじめとして、「五月」は次のように繰り返される。（8頁）（33頁）（58頁）（126―129頁）（139頁）（203頁）

一つは「稲妻」のイメジャリー。「稲妻」の語はなくてもそれに類するものまで含めると、（34頁）（68―69頁）（71頁）（85頁）（120頁）（188―189頁）などに呼応するものを感ずる。これは、「人生」と「私」の間を隔てる「金閣」のイメージと結びつけて理解すべきなのだろうか。

その外「月（夜）」「夕方・夕日」なども指摘できるだろうが以上でとどめておく。これらの素材（そのイメージャリー）の表現価値は、三島文学の脈絡の中におくとき、一層の光彩をはなつものかと思われる。

この小説には、又「私たち」「われわれ」の使いわけがみられるが、例えば、鶴川と柏木とについていうと、前者と「私」との場合は、主として「私たち」を用い、後者と「私」との場合は主として「われわれ」を用いているといったところに、逆に鶴川と柏木の、この小説における構造的意味を考えていく上で参考にすべき言語事実であり、そういったものも外に摘出されるべきことかと思う。

しかし、今筆者には、こうした諸々の言語事実を三島文学の脈絡の中で的確に捉える力がまだないことは残念である。が、ひとまずここに『金閣寺』構造試論をまとめることによって、五年間心に抱いてきた『金閣寺』の構造の縛《いま》しめからやっと解放されたという思いで今は一杯なのである。

注

（1）テキストは新潮文庫『金閣寺』によった。引用文の後に（　）で示した数字はテキストのページ数、但し漢数字は章番号である。以下同じ。
（2）時枝誠記『文章研究序説』（山田書院・一九六〇）。
（3）ただし、筆者なりに、「冒頭」（時枝用語）を全体と対応する部分、と理解してのことである。
（4）『波』（新潮社）一九七四年一、二、三月号に「『金閣寺』ノート」が発表されている。
（5）三島の言語観については、『解釈と鑑賞』（三七―一五）、『三島由紀夫事典』（明治書院・一九七六）などに一つの整理がなされている。
（6）三好行雄「金閣寺㈡」（『解釈と鑑賞』三三―六、後に『作品論の試み』至文堂・一九六七に収められる）。
（7）例えば『四道九品』（宗牧）。
（8）糸井通浩「高等学校における創造性の育成の実践―文学教材における言語教育の視点―」（『季刊国語教育誌』二―三・四合併号）。
（9）「海」についても注（5）に同じ。

（補注）この「妙用《ゆう》」を始め、以下の記述で「体相《たい》」「体《たい》」「用《ゆう》」などの用語を用いているが、これらは『大乗起信論』などにみる仏教用語の応用である。糸井通浩「「体用」論と「相」――連歌学における」（『国語学史論叢』笠間書院・一九八一所収）、及び本書㈤2を参照されたい。仏教では、「体」は本体（真心如、唯一絶対なるもの）、「用」は「体」の働き（作用、この世の諸現象）を言う。わかりやすい喩えに、「水」と「波」の関係、つまり「水」を「体」としてその働きが「波」、つまり「用」と捉える。認知できるのは現象としての「波」であり、本体の「水」は確かに存在するが、観念として認識しているのである。「くだもの」を「体」とするなら、リンゴやバナナなどの個々に存在するものが「くだもの」の現象としての「用」ということになる。「体」としての「くだもの」は確かに存在するが、観念として存在しているのである。

参考文献

野口武彦『三島由紀夫の世界』（講談社・一九六八）
日本文学研究資料叢書『三島由紀夫』（有精堂・一九七一）
三枝康高編『三島由紀夫・その運命と芸術』（有信堂・一九七一）
川崎寿彦『分析批評入門』（至文堂・一九六七）
杉山康彦『ことばの芸術』（大修館書店・一九七六）

付記　本稿の叙述の方法上、いちいち指摘することを省略したが、以上の参考文献からは多くの教示・ヒントを受けた。又、磯貝英夫「金閣寺〈巧緻な模型〉」（『解釋と鑑賞』四一—二）などこれまで提出されている分析や解釈・批評などと本稿との関係についても省筆に随ったが、本稿の構造分析の結果によってこれらに対する答えとしたい。

2　川端康成「百合」――その構造と思想

序　本稿の目的

最近とみに、作品の構造論が、古典、近代文学にわたって盛んである。しかし、言語表現を分析するにあたって、構成と構造(1)とは、異質なものとして峻別すべきだと考えるが、そのあたりがあいまいなままにすぎているきらいがある。この問題を具体的な作品例をとりあげることによって考えてみたい。

川端康成の掌の小説と称される一群の作品の一つ「百合」は、昭和二年『文藝春秋』に発表された作品である。技巧の勝った、図式的な作品で、文芸形象の面からみると、必ずしもすぐれた作品とは言えないかもしれないが、川端の根底にある思想を探るには、見すごすことのできない作品と考える。

川端における、仏教的な思想という面からこの作品を捉えてみたい。そして、作品における構成・構造と思想との関係をも明らかにしてみたい。まず作品の全文を掲げておく。

百合《ゆり》

百合子《ゆりこ》は小学校の時、

「梅子さんは何て可哀想《かわいそう》なんだろう。親指より小さい鉛筆を使って、兄さんの古カバンを提げて。」と思った。

そして、一番好きなお友だちと同じものを持つために、小刀《こがたな》に附いた小さい鋸《のこぎり》で長い鉛筆を幾つもに切り、兄のない彼女は男の子のカバンを泣いて買って貰った。

女学校の時、

「松子さんは何て美しいんだろう。耳朶《みみたぶ》や手の指が霜焼でちょっぴり紅くなっている可愛さったら。」と思った。

そして、一番好きなお友だちと同じようになるために、洗面器の冷たい水に長いこと手を漬けていたり、耳を水に濡らしたまま朝風に吹かれて学校へ行ったりした。

女学校を出て結婚すると、言うまでもなく百合子は溺《おぼ》れるように夫を愛した。そして、一番好きな人に倣《なら》い、彼の通りにするために、髪を切り、強度の近視眼鏡を掛け、髭《ひげ》を生やし、マドロスパイプを銜《くわ》え、夫を「おい。」と呼び、活発に歩いて陸軍に志願しようとした。ところが驚いたことには、そのどれ一つとして夫は許してくれなかった。夫と同じ肌襦袢《はだじゅばん》を着ることさえ文句を言った。夫と同じように紅白粉を附けないことにさえ厭《いや》な顔をした。だから彼女の愛は手足を縛られた不自由さで、芽を切り取られたようにだんだん衰えて行った。

「何て厭な人なんだろう。どうして私を同じようにさせてくれないのだろう。愛する人と私が違っているなんて、あんまり寂しいもの。」

そして、百合子は神様を愛するようになった。彼女は祈った。

「神様、どうぞお姿をお見せ下さいまし。何かして見せて下さいまし。私は愛する神様と同じ姿になり、同じことをしたいのでございます。」

神様の御声が空から爽《さわや》かに響き渡って来た。

「汝《なんじ》百合の花となるべし。百合の花の如く何ものをも愛するなかれ。百合の花の如く総《すべ》てのものを愛すべし。」

「はい。」と素直に答えて、百合子は一輪の百合の花になった。

（新潮文庫本による）

一　作品の構成

私の構成分析の結果は、次頁の表に示した通りである。話の展開は時間的秩序に従っており、その点、川端の多くの作品が、語られる場面の現在から遡った過去が回想されて、重層性をなすのに比べると、この作品の展開は、複雑化重層性はみられず、単純な展開だと言える。

表は形式段落（塚原鉄雄の修辞的段落(2)）によって整理したものであるが、まず、第一章段と第二章段が一行あきによって大きく分けられていることが注意される。主人公の相手が同性であるか、同性でないかで切れているとも考えられ、又、主人公の成長過程に従って展開していることを重視するならば、大人になる前と、大人になってからとによって切れているとも言えよう。

各章段は二つずつの節からなっている。これをA・BとC・Dとする。このC節中に、「ところが驚いたことには」という接続語がある。この驚きは、C節冒頭にある「言うまでもなく」という語に込められたA・B節にみる百合子を前提にしており、そういう百合子の人間性からすると、現実社会においては、当然ぶつからざるをえない「壁」であった。

さて、この「ところが驚いたことには」は、C節中にあって、C節内における、内容的な「転換」を指示しているというものではなく、この接続語を境にして、この作品全体が、前半と後半とに分かれているのである。つまり、塚原の論理的段落の考えに基づけば、「ところが驚いたことには」以後が後半章段であり、それ以前を前半章段とすべきで前半から後半へと「転換」されていることになる。

表

章段	第一		第二	
節	A	B	C	D
主人公の時	小学校	女学校	結婚生活	（最後に）
相手	梅子 一番好きなお友達	松子 一番好きなお友達	夫 愛する一番好きな人	神 愛する
性	同性	同性	異性	中性
主人公の願い	同じものを持つこと（相）	同じようになること（相）	彼の通りにすること（用）	同じ姿となり（相） 同じことをすること（用）

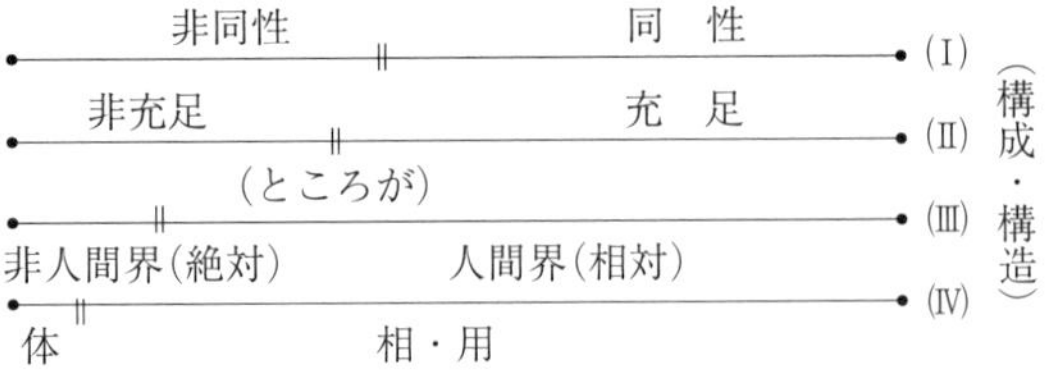

前半章段は、主人公の願いが思い通りになった部分にあたり、後半章段は主人公の願いが思い通りにいかない、つまり「壁」にぶつかっている部分にあたる。

この作品は、愛する相手と同一化一体化を志向する百合子の「愛」を描いているのであるが、その「愛」が異性との人間関係において破綻を生じたことになる。

余談ながら、川端文学の脈略の中で捉えながら、ここに、作品「少年」にみられる、中学時代の清野少年との同性愛、そして、十六才の伊藤初代との婚約破棄による恋の痛手という、川端の多くの作品に反映されている川端の二つの体験を想起することができ、「百合」をこのように捉える時、他の作品群との系譜的関係も明らかにすることができるかと思われる。「抒情歌」同様、主人公は「女」に設定されてはいるが。

論理的段落の観点からみるならば、さらにＡＢＣの三節とＤの一節とが論理的に対立的関係にあると考えられる。主人公の相手が人間であるか、人間でないか、という違いに基礎づけられるのである。いわば、相対的な現実世界である人間界を対象とする前半と、絶対的な存在物としての神を対象とする後半とであり、この表現素材の論理的関係は、この作品においては重要であろう。

段落相互の関係を、修辞的段落関係から論理的段落関係へ、主として素材の論理的関係という観点にしぼって整理するならば、この作品は、以上のような構成を有しているといえるのである。

二　作品の構造

構成は、作品にみられる表層的な展開の秩序をもって捉えられるものであるのに対して、構造は、深層的に発展して主題の組み立てに基礎的に関与している、表現対象となった素材の論理構造、又は作者の思考の論理構造ということになる。構造は、より主題的である。

作品の構造は、主題の構造と表裏をなす関係にあると言える。(3) 作品の構造がほぼ構成によく反映しているという場合がある。ことに表現素材が時間的秩序によって書かれた作品の場合は、これに該当することが多くなる。時間的秩序という点でみると、川端の作品には、語られる場面の現在に、過去が重層的に回想され、語られる場面の現在の存在の意味が複雑化し立体化していくといった作品が多い。「抒情歌」はその典型的作品で、さらに「雪国」「美しさと哀しみと」など、挙げることがわずらわしいほどである。

ところが「百合」が、時間的秩序によってすべての叙述が展開されていることはすでに述べた。その点からするならば、「百合」の構造は、ほぼその構成の上に顕現化しているといえる。確かに、一章にみてきたように、構成を、修辞上から論理上へと分析していくにつれて、この作品の主題へと接近していることが感じられる。

ＡＢＣ節の相対的世界（現実界）とＤ節の絶対的世界との対応は、この作品の思想の構造を露わにしているのである。しかし、ここで、Ｄ節そのものをさらに、分析的に捉えていかなければ、この作品の構造は鮮明にならないと考える。

先の表に示しておいたように、ＡＢ節からＣ節への展開が、相手が同性から異性へという展開という以上に重要なこととして、ＡＢ節においては、「相」（すがた）の面において、対象との一体化を願っているのに対して、Ｃ節では、「用《ゆう》」（働き・行動）の面での対象との一体化へと進んでいることに注意しなければならない。そして、さらに「体」の面へと、進展していることを読みとる必要があることを予知させる。

ひとまず、「相」とは、人間の表相的なすがたを指示し、「用」とは、人間の行為、はたらきを指示し、「体」とは、人間の本質（本性）、こころを指示することばと規定しておく。

さて、Ｄ節をみると、百合子の神様への願いのことばに「愛する神様と同じ姿になり、同じことをしたい」とある。「同じ姿」とは、ＡＢ節の「同じものを持つ（こと）」「同じようになる（こと）」に対応し、「相」の面を意味している。そして、「同じことをしたい」が、Ｃ節の「彼の通りにする（こと）」に対応し、「用」の面を意味している。

先の百合子の神様への願いのことばは、ＡＢＣ節に基礎づけられた「相用」なる相対的世界（現実界）のレベルでの願いであるにすぎないことを意味しているのである。しかし、この「相用」なる相対的世界を超克する以外に、百合子の「愛」の心は、救われなかった。

現実界からの超克は、「百合の花となるべし」という神様の啓示によって可能となる。それは、「何ものをも愛するなかれ」「総てのものを愛すべし」ということであった。ここに絶対的な「愛」が、つまり「体」としての愛が示されているのである。

三　川端と仏教

体・用・相とは、言うまでもなく本来仏教の用語である。ことに禅的な思想において、用いられることの多いことば（概念語）であった。（補注）

川端は、大正十三年『文藝時代』創刊にあたって、「古き世において宗教が人生及び民衆の上に占めた位置」を、「来るべき新しい世に於ては、文芸が占めるであらう」と述べ、宗教時代から文芸時代へとすすむことを自覚していた。折しも、岩手にあって、宮沢賢治が大正十年に関宛書簡で「これからの宗教は芸術です。これからの芸術は宗教です」と語り、法華文学・四次元文学を目指したと同じ頃のことであった。

川端における仏教的思想は、近年本格的にとり挙げられるようになった。単に、人間川端が興味をもった思想としての意味だけでなく、その仏教的思想が、彼の作品の思想そのものに深く本質的に関わっていることが分析されつつあると言えよう。しかし、まだなお、各作品の思想を解釈し把握していく上で、必ずしも充分に活用、あるいは応用されているとは言えないように思われる。

「百合」に関して言うならば、「神様」「百合の花」「愛」から連想されるものは、キリスト教の聖書の影響ということであった。マタイ伝福音書第六章に「野の百合は如何にして育つかを思へ、労せず、紡がざるなり。然れど我なんぢらに告ぐ、栄華を極めたソロモンだに、その服装《よそおひ》この花の一つに如かざりき。」とあることが想起されるからである。

松坂俊夫等によって、この作品の聖書の影響が指摘されている。[4] しかしながら、「川端作品の世界はキリスト教の世界とは完全に異ったものである」[5] というジェイナ・T・ヤマグチの考えに私は賛同する。

掌の小説群の分類は、これ又渋川驍、松坂等によって進められているが、最近の、長谷川泉の分類[6]によると、この「百合」は、「四、夫婦間の情愛、男女心理の機微の作品」の一つに数えられている。そして、「二、怪奇霊感、輪廻思想的な作品」には含められていないのである。

川端における「万物一如、輪廻転生思想」を大きくとりあげた最初は、昭和四十一年の羽鳥一英の論文[7]と評されている。画期的な問題提起であったが、各論として、又作品の読みとしては、この思想を、作品の構造に探るという点では充分でなかった。羽鳥は、「掌の小説とよばれる一群の作品を検討するなら、そのほとんどが輪廻転生思想、不滅の生への信仰を背景においていることがわかる」と述べるが、特に「百合」にはふれていない。

ノーベル文学賞を受賞したときの記念講演「美しい日本の私――その序説」は、冒頭に道元の歌を挙げ、又一休禅師への傾倒にはただならぬものがみえる。最後の作品の一つ「竹の声桃の花」、この題名は道元のことばからとったものであった。晩年における禅宗への傾斜は明らかである。

体用論は、中国仏教が、道教的思想の影響を受けながら確立した大乗仏教理論であり、日本でも、『大乗起信論』などをよりどころにことに禅的仏教の世界で用いられた。日本では、単に仏教思想においてのみならず、この理論は、連歌式目や、能楽、さらに華道などにもとり入れられて、伝統的芸術の理念として定着した理論であった。のみならず、言語観にも影響を与え、文法用語としての体言・用言が、この仏教用語の「体用」から発したものであることは言うまでもない。

体用論は、このように日本人の心を深く捉えた認識論であった。「万物一如」という語を川端は用いているが、その思想は「体用一如」の思想であったととらえなおす方が、その思想の構造は理解しやすいと思われる。

さて、川端は、植物の百合を、仏教的思想を説く比喩としても用いている。例えば、「空に動く灯」（大正十三年）に「前世の王姫は現世の乞食であり、来世の紅雀であり、その次の世の谷間の白百合である。」と、これは輪廻転生を説いている。又、「人間がペンギン鳥や、月見草に生れ変るといふのでなくて、月見草と人間が一つのものだといふことになれば、一層好都合だがね。」（「同」）といい、ここには、万物一如（体用一如）の思想がみえる。月見草は勿論百合の花でもよかった。そして、こう考えることが、「それだけでも人間の心の世界、言ひ換へると愛はどんなに広くなり、伸びやかになるかもしれやしない」（「同」・傍線筆者、以下同じ）のだという。ここにみられる、無（仏教の空）と西欧の虚無との違いを川端は強調する。それは、「無いといふ感じが分るかい。無はあらゆる存在より広々と大きい自由な実在だといふことが」（「孤児の感情」）にもみえ、又、「抒情歌」の主人公は、花になることを願うことが、「さう思ふ方が生きてゐる時の心の愛が、どんなに広々とのびやかなことでありませう」と言い、この思想を、「末期の眼」では、「虚無を超えた肯定である」と言う。

川端作品におけるトンネルは重要なイメジャリーであるが、「死者の書」では、トンネルが次のように用いられている。「二人ともトンネルを潜りぬけた時のやうに軽やかだった」とあり、この「軽やかだった」という感覚は、先の「無」の本質・思想（先の傍線部参照）に通ずるものと考えられる。

さらに川端は、百合を次のようにも用いている。「例へば、野に一輪の白百合が咲いてゐる。この百合の見方は三通りしかない。百合を認めた時の気持は三通りしかない。百合の内に私があるのか。私の内に百合があるのか。または、百合と私とが別々にあるのか」と述べ、「百合の内に私がある。私の内に百合がある。この二つは結局同じである。そしてこの気持で物を書き現さう《ママ》とするところに、新主観主義的表現の根拠があるのである。」（「新進作家の新傾向解説」一九二五年）と言う。

ここにみえる認識論が、当時の新感覚派の人々に共通してみられるものであったにしても、少なくとも川端自身においては、仏教的な「体用一如」の思想が、その理論的根拠となっていたであろうことが充分考えられ、右の引用の文章の後に書かれた、昭和二年の「百合」（初出題名は「百合の花」）は、この思想の延長上に成立していると考えるべきかと思う。

四　体用一如

仏教の無が、西欧の虚無思想と違うのは、「すべてのものを愛するなかれ」にとどまることなく、そのことが「すべてのものを愛す」ることに通ずるという点にある。「抒情歌」や「空に動く灯」にみえるように、この考えは人間と自然との関係についての川端の考えに通ずる。「大体人間は人間と自然界の森羅万象との区別を鮮明にすることに、永い歴史の努力を続けて来たんだが、これは余り愉快なことぢゃないよ」（「空に動く灯」）。人間と自然との断絶の上に立つ西欧文明、特に人間と動植物の間に連続性を拒否する西欧思想では考えられない思想だと言えよう。

ところで、仏教で言う「体」は、心真如（仏性）である。心真如は不生不滅（ふえもしないし、へりもしない、つまり唯一絶対）なるものである。この、エネルギーを持つ心真如が働く時、相用なる「生滅門」が現象するのであるが、自然も人間も、その「用」そのものとして現象しているのであり、それは、不生不滅の「体」の働くことによって現象しているものである。

野に咲く「百合」も、ここにこうして生きている「百合子」も、その不生不滅の「体」そのものの現象であることにおいて変わりがない。しかし、唯一絶対なるものは、「体」そのもののみであり、「相用」としての、野に咲く「百合」も、生きている「百合子」も、つまり、そのように「野に咲く百合」であり、「生きている百合子」であることは、生滅するものである故に虚空なものである。「百合子」であり、「百合」であることは、「生滅」する「用」

にすぎない。

しかし、空しい「用」としての姿をとりながら、唯一絶対なるものとしての「体」としては、野に咲く「百合」も、生きている「百合子」も、不生不滅の唯一絶対の「体」（心真如、仏性）を共有している。唯一絶対の「体」のはたらきそのものが、「百合」であり「百合子」であるのだ。同一の「体」において一体である。「体」は唯一絶対な不生不滅なものであるからだ。そういう一体なるものが、「用」としては、「百合子」であったり、「百合」であったりするにすぎない。これを「体」「用」が「一如」である、つまり「体用一如」という。

体用論による、仏教認識では、右のように理解することができる。川端が仏教での「体」（心真如・仏性）を志向していたかどうかはともかくとして、少なくとも、そういう「体」なるものを求め、そこに「美」を見、「愛」を見ていたことは否定できないことであろう。

「百合子が一輪の百合の花になった」という比喩は、「用」なる百合子が、「体」なる百合子（つまり百合）を認識したこと（これを心真如を悟る、つまり「悟り」という）を意味している。

「体」なるものの認識を通して、我々は、人間界と自然界とを連続的に捉えることができる。「百合子」が実は、野に咲く「百合」そのものであるという認識が可能なのである。

人間界の現実は、いわば「用」なる世界そのものであり、そういう現実を云々することは、相対的世界の内にあってあれこれするにすぎない。川端が、この現実界の彼岸に、非現世的な世界に「体」なるもの（必ずしも、それを川端が心真如、仏性として認識していたかどうかは断定できないが）を志向していたのだと言えるように思う。

以上、この作品の構造を、「相用」から「体」への展開として読みとり、この作品が、川端の仏教的思想（万物一如といわれる）を反映した作品であることを述べた。単なる構成分析にとどまらず、構造を明らかにしなければ、作品の主題が鮮明にならないことをみてきたつもりである。

注

（1）森重敏「山田文法の再評価」（『日本文法の諸問題』笠間書院・一九七一）。
（2）塚原鉄雄「論理的段落と修辞的段落」（『表現研究』四）。
（3）糸井通浩「安房直子作『鳥』の構造分析」（『解釈』二三―一二）。
（4）松坂俊夫「川端文学とキリスト教試論」（『解釈』一五―五）。林武志「「掌の小説」研究の現段階」（『詩塊の源流、掌の小説』教育出版センター・一九七七）。
（5）ジェイナ・T・ヤマグチ「百合」（注（4）『詩塊の源流』所収論文）。
（6）長谷川泉『川端康成――その愛と美と死』（主婦之友社・一九七八）。
（7）羽鳥一英「川端康成と万物一如・輪廻転生思想」（『國語と國文學』一九六六・三）、三田英彬「川端康成の思想と文体」（『文学』一九七八・五）。

（補注）本来仏教用語である「体・用・相」については、糸井通浩「「体用」と相―連歌学における」（竹岡正夫編『国語学史論叢』笠間書院・一九八二）を参照されたい。

〔六〕マンガの表現――絵と詞

1　文体としてみた「マンガのことば」

一　マンガの様式に応じる「画」と「詞」の関係

マンガには、映像マンガと印刷マンガとがある。ここでは、印刷マンガをとりあげることにするが、マンガの「文体」ということなら、マンガという表現（作品）の総体を対象として、その様式《スタイル》を意味することでなければならないだろう。たとえ、言語記号を全く含まないマンガであっても、それに様式《スタイル》があることは言うまでもない。言語記号を含んでいるかいないかにかかわらず――と言うよりは言語記号の含まれ方それ自体が様式《スタイル》を大きく左右する因子として機能している――、マンガという表現の総体を対象として、そのスタイル（様式―文体）は問われる必要がある。

しかし、本稿でいう「文体」は、そういうマンガという表現（作品）の総体を対象とする[1]のでなく、「マンガのことば」のみを直接の対象として、それを「文体」という観点からみて問題を掘りおこすことにする。もっとも「文体」という概念自体多義的で、さてここで「マンガのことば」を「文体としてみ」ようとしても、やはりまずは、大きく「文体」という概念を二つに区分しておかねばならない。一つは、むしろ「文章体」とでも別称すべき

「文体」である。ことば（表現）の様式として、候文体、漢文訓読文体、和漢混交文体などと区別される、文章ジャンル別に対立的な類型的な文体がある。これをここでは「文章体」と呼ぶことにする。もう一つの「文体」概念は、個別的な文体――作家独自の文体というべきもので、厳密には、作品単位に、その差異性がとりあげられねばならない様式《スタイル》というものがあるはずで、それを狭義「文体《スタイル》」と呼ぶことにする。ともかく、現在、いまだ用語「文体」は、この二つの概念を未分化に含んで用いられるのが一般で、二つを用語上区別することは徹底していない。

さて、マンガは、その語義通り「画」なくしては成立しないが、現在のマンガを語るに、ことば（詞）を抜きにしては語れなくなっている。しかし、「画」と「詞」とのかかわり方は様々な歴史を経てきているのである。大雑把には、「見る」ものから「読む」ものへと変わってきている。そこには「笑い」を目的とするものから「笑い」を含まないものまでという広がりが生まれてきた。そして、さらに広く「画」と「詞」の総合表現ととらえるなら、その範疇はマンガをはるかに超えてしまうことになる。

「画」中「詞」の源流の一つに、屏風（歌）絵がある。画中の人物を視点人物として詠まれた歌は、いわば今のマンガの「ふき出し」に当たる。現存『宇津保物語』中には、「絵解」（画詞）と称される文章が挿入されているが、それがいわゆる「画」中に書かれた「絵詞《えことば》」であったのか、その場面の絵を描くときの、絵師に対する指示内容だったのかどうかは不明である。絵巻物――奈良絵本の中には、いわゆる絵とは別に書かれた「詞書《ことばがき》」とは違って、「画」の中に「詞」が書き込まれたものがある。例えば、奈良絵本「小男の草子」(2)を例にすると、第一番目の「画」中のことばはすべて絵に描かれている各人物のセリフで、その人物のそばに書き込まれている。

「あら〳〵小さや」

「さても〳〵おかしや」

「かやうの事は見初《はじ》めなり。いぶせや」
「今を初めての京上りの物に、御宿貸し給へ」（以下略）

この最後のセリフは「小男」のもの。また、第六番目の「画」中には、次のように書かれている。

とし久
「とにかくに、御こころへにてこそ候はんずれ。とし久が命は君に参らせ候、申候。御文、確かに参らせられ候て給候へかし」
周防殿

この例にみるように、「画」中の人物の名前を記したところもあるが、このセリフや固有名（地名も含め）を示すのが、「絵詞」の代表的なものである。右の第六図の場合、本文には全く出てこない、「小男」の名「とし久」が「画」中のことばで明示されているというのは注目すべきことである。本文では「小男」「男」で通されている。但し、「周防殿」は本文にも出てくる。この例などに今の劇画の源流をみることもできるが、しかし、絵巻物—奈良絵本においては、たとえ「画」中に「詞」が書き込まれていても、それら「画」中の「詞」でもって、その「語り」の一部が抽出されていたわけではなく、その点で、詞書と絵とで展開する「語り」にとっては飾り的な役割しか果たしていなかった。別にまた、全く「詞」を伴わないが、連続コママンガの源流とも言える鳥羽僧正の「鳥獣戯画」があった。

このように「画」と「詞」のかかわり方をみてくると、「マンガのことば」といっても、今や多様化した「マンガ」の「ことば」を総括的に捉えて論じようとしても、「画」との関わりで「詞」は存在している、といった抽象的なレベルでしか、「ことば」の共通性は捉えることができない。ましてや、「文体」としてみるならば、大よそ次のような「マンガ」の下位類ごとに、それは捉えるべきものと考えられる[3]。

まず、連続コママンガと対立する一コママンガ（カーツーン）では、その題名（キャプション）だけか、または、題名とコメント（注解）とが「画」と関わるにすぎなくて、「画」中の世界は空間的広がりを示すだけである。連続コママンガでは、四コママンガを代表とする短いものと、長編化したものとがある。いずれにしても、カーツーンとの違いとして、そこに「時間」が「画」にもちこまれることが特色である。短いものは、笑い―諷刺性をもつが、それにはサイレントマンガと呼ばれる、「事」にふくまれる笑い―諷刺の要素を「画」だけで語らせようとするものと、笑い―諷刺を表現するために、「詞」を補うものとがある。長編化したものには、この「笑い―諷刺」の要素を継承した、いわゆるギャグマンガと、笑いの要素を目的としない、いわゆる劇画とに大別できるだろう。前者は長編化しているが、ストーリーはあっても「語り」と言えるものではない。例えば、「どらえもん」「天才バカボン」などでは、ストーリーはギャグ（おち、しゃれ、笑い）を生み出す状況としてあって、そのつど「事」のもち出された意味は解消してしまう。だからその「あらすじ」を話題にするということには価値がないと言ってよい。「あらすじ」はあることはあるが、それを語ってみても、全く、その「作品」の価値の何ものをも語ったことにならないのである。それに対して、後者は、ストーリーそのものがマンガ（作品）の思想になっているもので、「語り」一般の中に位置づけることができるのである。マンガということばで括られるものの中にもいわば様々なジャンル（下位類）があるのであって、そのジャンル毎に、「文章体」的、そして「文体」的特徴がそなわっている、ということになる。本稿ではそのすべてに渡ることができない。

二　劇画（「語り」）における時間の克服

対象を長編の劇画にしぼって、そのことばの「文章体」としての特色について述べてみよう。劇画となると、いわば虚構の「語り」の一種と言えるものであるが、コマ割りされた「画」の連続が物語を展開させていく。そのことが、ことばだけによって展開される文章（物語・小説）の場合と自ずと異なってくる。物語・小説の「挿画」は、物語を展開させる機能を果たさない、その点がまた、劇画の「画」との違いでもある。文章（物語・小説）を構成していることばは、その主体との関係の違いによって、地の文、会話文、心内語に区分される。会話文、心内語は登場人物が主体である。心内語は外面化する会話と違って、語り手の視点の設定のされ方によっては現れないこともありうる。勿論、会話文にしても、語り手（ないし作者）による取捨選択の網をくぐるものであり、直接、間接という話法の選択も語り手（そして作者）にゆだねられている。地の文にしても、語られる世界と語る世界の両方にかかわって、いくつかの層をなす。つまり、客体的な対象世界を表現することばから、語り手の主体的な立場を表現することばまでが地の文として存在する。ともかく以上のような質的な違いを持つことばが、文章では、線条的継時的に連ねられる以外に表現方法をもたない。そして、文の構造論が明らかにしているように、質的な違いのことばは相互に関係が構造化されている。そしてさらに、文章という構造のうちに関係づけられているとも言えよう。いずれにしても、文—文章の言語主体（語り手）によってすべてが統括されている。語り手（言語主体）は、その任務を義務づけられている。

　文章のことばをこのようにみてくると、劇画におけることばのあり方はそれとは全く異なるのである。地の文（ナレーション）と、会話文、心内語は「画」中という同一空間にあって、分散させられて存在するのである。注目すべきことには、オノマトペ（擬声語、擬態語）がこれらからさらに独立して、「画」中に存在する。このオノマトペの存在のしかたが劇画の文章体の最大の特徴とも言われるほどである。[4] オノマトペが、先の地の文、会話文、心内語からさらに独立しているというのは、それらとは「字体」を全く異にしているのであって、それは「字（詞）」の側よりも、「画」の側に属する記号と言うべきものである。

一体、「画」にとってオノマトペは何を表現してくれるものなのか。ことばの中でも、オノマトペは「こと（できごと）」のある面（さま・ありさま）の模写された語という性質がある。「こと」の現象化に伴って発生したはずの「音」「ことのあり方」を表現することばである。劇画は「こと」を描くものである限り、時間を限りなく追求しなければならないが、「画」は「こと」の一瞬の局面を、「時」を静止して捉えたものである。そこで基本的にはコマの連続が「こと」の変化の局面局面を示すことで時間を克服しているのだが、映像（動画）に比すれば、はるかに観念的な時間認知である。それをいかに感覚的レベルで、時間を獲得するか、その克服の一つの方法がオノマトペの効用ということであったと考えられる。狼が獲物の肉を食べている画、そこに「ビチャビチャ」とオノマトペを描き込むことによって、時間が流れている感覚が表現される。「音」は「こと」が現象（変化）しなければ発生しないものだからである。

○雷がゴロゴロ鳴っている。

○ギーコギーコ戸が音をたてている。

これらの「ている」は動作の継続（時間的持続）を示すアスペクトである。これらの文のオノマトペは「鳴る」「音をたてる」という動作に伴って生じる。それらの動作のあり様を限定する副詞として機能している。副詞機能の接辞「―と」を伴って「ゴロゴロと」「ギーコギーコと」としても同じである。同じオノマトペでも「シーン」「ザァー」は常に「と」を伴って、右にみたのと同じ働きをする。

○教室全体がシーンとしていた。

○雨がいきなりザァーと降ってきた。

しかし劇画で描かれるときには「シーン」「ザァー」だけで、文における副詞的用法と同じ機能を持つ。文における統語法と絵（画）における統語法の違いがここに見えている。ともかく「音」とはすぐれて時間的現象である。

時間は「画」に描けないのである。

さて、劇画の「語り」を動かす中心となる会話文のことは、次の三でふれることにして、ここでは、心内語、地の文にふれておく。心内語は、会話文と同じ「ふき出し」の形式で示して会話文と区別のない場合もあるが――独語なのか心内語なのか判定しがたい場合もある――、多くは「ふき出し」の形式を用いずに示されて、いわゆる対語などのセリフと区別され、それと対立的である。心内語も、マンガの物語をゆり動かす要素として機能していることは言うまでもない。心内語が多いか少ないかは、マンガの文体に関わっているのである。

地の文（ナレーション）は、また会話文・心内語とは異質なもので、マンガではそうしばしば現れるものではない。時代的状況や人物の身分などの紹介・解説、または、大きく語り（ドラマ）が時代的に状況的に変化をなしたときに現れるだけである。地の文に〝ナレーション〟とあえて注釈を加えた理由がここにあり、文章（物語・小説）での地の文とは全く異なるものと言ってよい。「画」による「コト」叙述の統語法と、ことばによる「コト」叙述の統語法との違いについてここでふれることになる。文章（物語・小説）における地の文に当たるものは劇画ではどうなっているのか――これは、言語表現と画像表現の相違の問題と言えよう。

文章の、いわゆる「地の文」に当たるものは、マンガでは多く、それが「画」そのものなのである。いわば、動作変化や状態などが絵になる。動作（変化）や状態の成立する上で必須条件となる、各述語文の格成分も含めてのことである。しかしそれは、常に「特定の一回的な事実」としてしか描かれない（描けない）、ということが重要で、そこが言語表現と大きく異なるところである。

しかも、すべての動作（変化）や状態が絵になるかと言うとそうではない。言うまでもなく、外面化（視覚対象化）する事実、外面的に観察できる動作（変化）や状態に限定されるのである。言い換えれば、絵に描けない動作（変化）や状態の面が存在することになる。

本来、「画」を生命とするマンガは、「画」だけで自立すべきであろうが、マン画の表現対象が拡大するにつれて、ストーリー性が持ち込まれることによって、「画」としての完結のために「詞」の助力を求めざるをえなかった。ストーリーマンガ、とりわけ劇画は、そういう限界をもっていた。絵が時間表現に欠けるところがあることは先にオノマトペで見たが、「会話」や「心内語」も時間的表現である。しかもこれらは、内面的なもので、観察対象とはならない動作（変化）や状態でもあった。人物ないし擬人化されたもの同志の対立や力関係が語り（ドラマ）を動かす劇画において、会話文・心内語は欠かせないものである。一方、地の文（ナレーション）はまた、「画」の持つ「特定化された一回的事実」しか描けないという限界を超える情報（ことがら）を描くに欠かせないものであり、「特定化された一回的事実」を包みこむ背景的状況（時代や社会、場所）などの明示化を受けもつ言語部分として機能していると言えよう。

文章にはその地の文に刻みこまれる、語り手の視点が存在するが、文章の地の文とは全く異質なマンガの地の文（ナレーション）では刻みこまれることはない。では、この「視点」は、マンガではどうなっているのか、物語・小説の語り手に当たるものはどこへ行ったのか、この問題はもう、「マンガのことば」を超えるものである。マンガでは、絵を描く角度――映画におけるカメラ・アイ――読者から言えば画像の見せられ方、それがマンガにおける「視点」であって、それは「詞」によって特定されることがない、この点も注目すべきことである。

三　劇画「語り」における会話の機能

なんと言っても「画」を助けて語り（ドラマ）を動かしているものは会話文（対話）である。「マンガのことば」の文体と言えるものが最も明確な形で存在していて、対象化しうるのもこの会話文においてである、と言えよう。

もっともこの会話文を中心に、「マンガのことば」の文体を考えるのなら、それは「談話体—話体」という用語に言い換えるべきであろう。話体も含めて文体と言うならともかく、話体と対立する、狭義の文体ということを考えるとき、文体の研究に比して、話体の研究というのは、ラング的「談話体」にしても、パロール的「話体」にしてもほとんど行われていないと言うに等しい。人には物言い・口ぐせというものがある。よく人を笑わせる人の話体と、まじめにしか話せない人の話体というものが、どのようにことばの質ないしことばの展開のしかたにおいて相違しているのかといった記述的研究はまだほとんどなされていない。（補注）

新聞小説を代表として、いわゆる大衆的小説では会話文が多いと言えようか。日本語では、男女差や成人・子供（老若）の差や職業によることばの違い、また上下関係による待遇表現による区別などが語彙・文体に反映していて、いちいちの会話の主を明示しなくても、会話の主の違いは区別できるということもあって、会話だけが連続していても日本語では一向理解に支障をきたさない。その点で新聞小説など会話が多いものは、会話で語り（ドラマ）が展開する劇画に共通していると言える。

普通、「ふき出し」という特別の空白空間が「詞」で充塡される。「ふき出し」を形成する輪郭を変えることで、文の種類に対応させるという工夫がなされる。例えば、普通の会話の叙述では、とか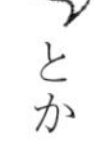とかの形で示し、激情的会話になると、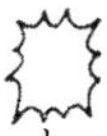といった輪郭が用いられたりする。また、「画」中の「詞」自体も視覚的効果を付与されて、手書き文字によるオノマトペなどは「画」の側よりの記号だと先に述べたが、そうした視覚性は、会話文（心内語も）においても応用されて、活字の大きさを変える——視覚的に変化させることで、会話の音的変化——プロミネンス、イントネーション、ポーズなどが表現されるということは、近代詩などでの試みを除けば、文章（物語・小説）では、むしろ邪道ともされる方法であり、「画」に奉仕する、「画」を構成するという劇画の「詞」においてこそ有効な方法だと言えよう。

マンガの会話文にみる言語的特徴について二、三ふれておくと、指示語については、「画」中の場面を現場とするダイクシス用法が多いことが指摘できる。一般にマンガの会話のことばではダイクシス性が高くなる。「画」を見なければ、会話が理解できないのである。逆に「画」を見れば分かる場合には、会話のことばでは省略がほどこされる。言いさし表現や、名詞だけを投げ出したような表現、ときには「詞」を全く含まない「ふき出し」もありうる。文章（物語・小説）の会話との違いがこうしたところに現れる。

さらに、今後追求すべき課題として、絵（の表現）の意味作用における特定性と多義性、それに対して言語の意味作用における特定性と多義性、この両者がどのように補完し合うものであるか、ということがある。(5) 絵では単一化特定化された対象を描く、むしろ、それしか描けない、にもかかわらず、固有名詞は絵にしにくい。絵では同一人物であることの同定はたやすいが、文章では、指示語などによって、いちいち同定を助ける言語表現を必要とするといったことなど、掘りおこしてみるべき言語事象は多いようだ。

ここまで「マンガのことば」の「文章体」（談話体）について、その特徴を述べてきたことになるが、最後に、パロール的な「話体」について一例、示しておこう。マンガの会話文は当然マンガに登場する会話の主が話者主体となる。「話体」とは、言い換えれば、それぞれのキャラクターの話体であり、作家がそれぞれのキャラクターにいかなる性格規定をほどこしているかが、その会話のことばに反映しているはずであり、それが「話体」ということになる。きわだった一つの事例として、赤塚不二夫の『天才バカボン』の中の「パパ」をとりあげてみる。

文末表現に「…のだ」をしつこく用いる口癖が（天才バカボンの）パパの性格を特徴づけている。いわゆる「ノダ」文の多用ということだが、「ノダ」文をその他の登場人物が用いないわけではなく、ただ、その場合、多くは「…ンダ」となっていて、それだけ一層、パパの「…ノダ」が目立つ。「…ンダ」と「…ノダ」の文体的な差異がうまく利用されている。というよりパパ以外の登場人物については、ごく普通の日常会話体を素直に反映させているのであり、パパの場合が普通ではない、標準的ではないということになろう。改まった言い方、殊更《ことさら》な言い方をしていることになるのである。そしてパパの場合はほとんど「…ンダ」を用いることがない。

のべつまくなしに「ノダ」文を使用するパパもさすがに、命令表現、依頼表現、終助詞「な」を用いた、推量又は詠嘆の表現、不完全文的表現などにおいては、「ノダ」の文末形式がとれない。但し、「どうしても買うのだ。」といった相手への行為の押しつけ的命令とか、「そんなところでどうしたのだ?」といった疑問表現はある。では、パパの「ノダ」文がどんな文末用法であるのかを概観しておくと、勿論、自然な用法である、その他の登場人物の「ンダ」文の場合と同じ用法であるものも多い。前提となった問いやことがらに対する、その理由・原因などを説明したり解説したりする場合である。それに対して、殊更、パパに目立つのは、「それはインチキなのだ。」のような名詞文（判断文）の「ノダ」文で、いわば「判断の確認」ともいうべき用法である。それに又、「事実の確認」ともいうべき用法も多い。さらに、「しつれいしましたのだ。」「もらえまいなのだ。」「わしはうれしくてうれしくてたまりませんのだ。」「こっちですのだ。」などあまり一般的には用いられることのないような「ノダ」文がみられる。自分の思いや考え、あるいは自分の主張したいことを相手にきめつけるように押しつけるガンコな親父が思い浮かぶ。

注

（1）マンガ批評——研究において、もっともおくれている面が、「画」と「詞」の総体としてのマンガの表現論であろう。石子順造「マンガ表現の論理と構造」（『現代マンガの思想』太平出版社・一九七〇、新しく『マンガ批評大系第三巻』平凡社、一九八九に収録）、木股知史「マンガの表現構造—画像と言葉—」（『宇部国文研究』二〇）などがあるが、この面についてはここでは特にふれない。

（2）　岩波新日本古典文学大系『室町物語集上』による。

（3）　ロラン・バルト「映像の修辞学」（『第三の意味』みすず書房・一九八四）によると、画像的メッセージと言語的メッセージとの関係を、「投錨」と「中継」の二つに要約している。

（4）　草森紳一「擬声語・擬態語の論理」（『ＣＯＭ』一九六八・三、『マンガ批評大系第三巻』平凡社・一九八九に収録）の分析が示唆的。

（5）　この問題に関しては、注(3)のロラン・バルト、及びミシェル・ビュトール『絵画のなかの言葉』（清水徹訳、新潮社・一九七五）、吉本隆明「映画的表現について―映像過程論―」（『吉本隆明全著作集第五巻』勁草書房・一九七〇）など参照。

（補注）　注目したい研究に、金水敏『ヴァーチャル日本語　役割語の謎』（〈もっと知りたい！日本語〉シリーズ・岩波書店・二〇〇三）がある。「役割語」とは、特定のキャラクターと結びついた特徴ある言葉づかいのことを指す。新しい言語研究の分野を切り開いている。老博士の「博士ことば」や「お嬢様ことば」等が指摘されている。これらがどちらかというと「談話体」に属するのに対して、赤塚不二夫の「天才バカボンのパパ」の口癖「のだ」語は「話体」と言うべきか。もっとも「頑固親父ことば」とみるなら、「談話体」と言えるかも知れない。

2　現代マンガの表現論

一　「語り」としてのマンガ

漫画という一つのジャンル名ではくくりきれないほど、多様な表現形式が切り開かれてきた。その中で、大人も「よむ」、大人が「よむ」、ストーリーを持った漫画が、「MANGA」として、世界的に認知されるほどに、日本の現代文化の一つの姿として世界の中でも突出した現象を呈している。

ストーリー漫画、あるいは劇画と呼ばれるものを、本論ではマンガと呼び、このマンガを対象として以下述べることにする。それは、本誌（巻末「初出一覧」参照）特集「現代の言語表現」において、無視出来ない存在になってきているのである。マンガは、新しい「語り」の芸術として定着しつつある。

「語り」文学の学、物語学《ナラトロジー》は、物語を物語内容《イストワール》の面からと物語言説《ディスクール》の面からと、分析する観点を二つ有している。前者は主として何が語られているか、何を語っているかを追求するのであり、後者はいかに（どのように）語られているかを追求する。

マンガには原作（別のジャンルの作品として）がある場合とない場合とがある。例えば『源氏物語』―原文源氏物語とそれを原作とするマンガ源氏物語（既に数種類が存在）とがある。物語内容はほぼ同一と認められるとしても、物語言説は全く異なる。物語言説が異なることから、両者は別のジャンルに属すると認めるべきであろう。しかし、原文源氏物語に対して、現代語訳源氏物語も明らかに物語言説を異にするが、これをジャンルが異なると認めるかどうかとなると難しい。別の作品であることは認められる。もっとも、原文源氏物語といっても、その原文（本文）自体に幾種類もあることは、源氏学が問題にしてきた通りで、源氏物語の言説は、それぞれのテクストのそれとしてしか認知出来ない。

物語言説について、今そこまで厳密に考えないにしても、原文源氏、源氏絵巻、現代語訳源氏、マンガ源氏、アニメ源氏、舞台源氏等々、いわゆる「何を（何が）」は共通していると認めるとして、すべて「いかに（どのように）」語るかにおいて、表現方法―様式を異にしているのである。

マンガがまともに批評の対象となることによって、マンガ文化は認知されてきたと言えよう。(1) マンガ論というジャンルは既に確立しているのである。しかし、これまで「語り」としてのマンガの論は、専ら「何を（何が）」を追求するものであったきらいがある。マンガの思想を問う内容主義、主題主義に立つ批評が専らであった。ところがここにきて、竹内オサム、木股知史、夏目房之介らによって、「いかに（どのように）」語られているかという観点からするマンガ論―マンガ表現論が確立される兆しが見えてきたのである。(2)「語り」としてのマンガの論は、その「語り内容」と「語り言説」とがともに対象となることで初めて確立したと言えることになる。

月刊『日本語学』（明治書院）平成元年九月号の特集（「マンガのことば」）は、学問的認知を象徴する一つとなっている。しかし、その特集では専らマンガという表現を構成する一部にすぎない「言葉」のみに注目したものであった。マンガ表現という環境にあって、言葉がどういう性質を持つことになるかを明らかにしようとするものであった。

二　マンガの表現機構

㈠マンガの記号体系

本稿では、マンガ表現がどんな表現機構を持っているかについて、言語表現との類似性、相違性をにらみながら考えてみることにする。

言語表現が言語記号の体系に基礎づけられて成立するのに対して、マンガ表現は、絵画記号の体系を根拠としていると言えるほどに、絵画記号の体系化は進んでおり、マンガ表現に独自の記号体系が確立してきていると思われるのである。

漫画は一般に絵画なくして成り立たないが、「マンガ」表現は、絵画、言葉、そしてコマ（枠）の総体としてとらえなければならない。マンガ表現論の確立を提唱する夏目房之介は次のように言う。「マンガは絵の記号的な働きと、言葉の働き、コマの構文で成り立っている」「絵、コマ、言葉の三者と、各々の関係を解かないとマンガ表現を分析したことにならない」そして「重要なことは、マンガという表現は、絵や言葉という内容を、コマ構成という形式に流し込んだような表現」の仕組みを持っていると述べている。[3] 夏目の表現論に学ぶところが多いが、以下、日本語学の立場から私なりに考えてみたい。

マンガ表現の記号体系化には、二つの方向が認められる。一つは、同じ絵画と言いながらも、マンガの絵画が、一般の絵画と異なる独自の記号化を達成していることである。それは、夏目らが「形喩《けいゆ》」と呼ぶもので、具体的な例を挙げているときりがない、一例だけ示せば、**図1**に見るようなものを指す。それは、ある伝えたい意味概念の視覚的形象化、いわば絵文字《もじ》化した記号だと言ってよい。絵画記号をより言語記号寄りのものにシンボル化してい

図１　夏目房之介『マンガはなぜ面白いのか』（ＮＨＫ人間大学テキスト1996年から）

るのである。

一つは、やはり夏目によって「音喩《おんゆ》」と呼ばれているものに当たるが、いわゆる、言語の中のオノマトペのことである。もっとも「音喩」とはいえ、直接音を表す擬声（音）語だけでなく、擬態語も同じように用いられることがあるが、これらの言語記号が、吹き出し《バルーン》の中の会話語やナレーション（会話語、心内語以外で、状況や背景を解説―説明する、語り手（作者）の直接の言葉）とは異なって、手書きで、しかも絵画的に装飾化されて表現される。これは先の「形喩」とは異なり、逆に言語記号が絵画記号化されているものと言ってよい。言語記号として有する音象徴性を、視覚にも訴える形象化がなされているのである。絵になった文字、絵文字ならぬ文字絵である。

オノマトペが、こうした表現方法をとるのは、前稿でも述べた[4]が、特にそれが音を模写する場合、音という現象が時間を伴うものであるからで、絵画が一般に静止した時間の表現であるかぎり、描かれた事態や動作に伴うもので、しかもその特徴をよく語る様態であっても、それが時間を伴う「音」であるために絵画化は出来ない。そこで生まれた、やむなき表現的工夫であった。しかし、それがかえって状況の雰囲気を伝える上で効果的に機能する。

さらに、いわゆる吹き出しの枠線の描き方を工夫することで、会話語に伴う、話主の情意面情緒面を視覚的に暗示するという記号化や、話し言葉において実際には対応する音（韻）の存在しないような〝ん〟〝あ〟などといった新文字―文字絵化した記号なども生み出されている。もっともこれらの記号は見られることでしか機能しないものである。音声言語におけるプロミネンスも、活字（字）の大小やその他の変化を付けることで視覚的に感得しうるような表現法をとることがある。

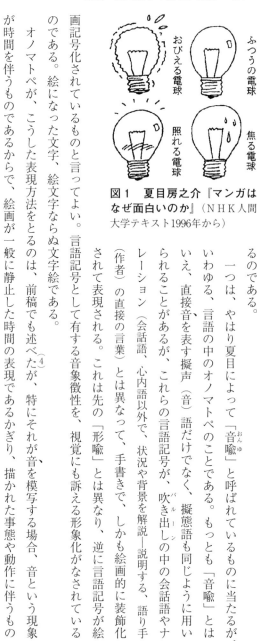

(二)表現の単位

マンガ表現は、コマの連続によって文脈を形成する。このコマという単位は、言語表現における、どういう単位に相当するとみるべきか。単語に相当するとみる考えもあるようだが、結論的には、先の夏目の引用にも見られたように、「構文」、文という単位に相当すると考えるべきではないかと思う。例えば、一コマ漫画（カーツーン）は、一つの文レベルでの完結性がそのまま文章レベルでの完結性にも当たるとみることが出来る。ちょうど一文から成る俳句、短歌に相当するのが一コマ漫画なのだ。しかしまた、その表現的特質からすると、一つの俳句・短歌は、むしろ四コマ漫画に相当する表現性を持っているようにも思われる。

夏目は「構文」としか言っていないが、厳密に考えるなら、一つのコマは、一つの句、つまり「主語―述語」構造の一回的成立（単文がそれ）に相当するとみるべきかもしれない。つまり、複合文は、複数の句から成るが、それは、連続する複数のコマに相当すると考えればよいことになる。

一コマは、絵画として完結性を持っているということが文の完結性に通じている。コマの枠は句点に当たる。では、コマはどういう意義的統一性を持っているのか。一枚の絵であることで、コマは意義的統一性を獲得しているのである。そして、絵の世界は、一つの同時空間であること自体が統語的機能の磁場となって、描かれている一つ一つの表現素材（それが言語表現の単語という単位に相当するとみる）が、関係性を有することになる。単に描かれた表現素材にとどまらず、文字の絵画化されたオノマトペ（音喩）も、言葉（会話語また心内語も）も、同時空間に存在することによって、一コマという文に相当する意義的統一性を形成しているのである。

コマ一個では、文章レベルにおける完結性を持たないのがマンガ（ストーリー漫画、劇画）である。そして文章レベルの完結性を求めて、コマは連続することになる。コマ連続は文連続に相当する。

ところが、一般にマンガは冊子本で語られるために、言語表現と異なる単位体の連続が見られるのである。それは、マンガ表現がページという視覚上の制約や見開きという視覚的環境を表現的単位として持っていることによる。いわば、ページという制約が、言語表現における段落的な機能を持つということである。ページ単位、または見開きという視覚上の条件を利用して、文脈形成上のある種のまとまりを表現することが可能だということになる。もっとも、表現上どうしてもページの途中で、言語表現における段落的切れ目を付けることが必要になった場合には、それなりにコマとコマの切れ目に工夫が施されることになる。夏目らは、コマとコマの間のことを「間白《まはく》」と呼んでいるが、「間白」は、単に言語表現における段落切れの機能を果たすだけでなく、言語表現では到底果たせない、「語り」の展開上の表現的機能を獲得してもいるのである。(5)

㈢直列表現と並列表現

言語表現とマンガ表現の本質的な違いは、言語表現が、線条性をその本質としていることにある。言語表現は、単位となる言語記号を線条的に連ねることによってしか表現を実現することが出来ない。

小松光三は、日本語の文法論を、この言語の本質――線条性に基づいたものでなければならないと考えて、「日本表現文法論」を構築した(6)が、例えば、小松は、

（a）　夜空に星が輝いている。

（b）　星が夜空に輝いている。

の二つの文は、文表現―文のしくみを異にするととらえ、（a）（b）の表現に見る線条的差異が説明出来る文法論でなければならないと主張している。しかし、この言語表現に見られる（a）（b）の差異は、マンガ表現（絵画表現）では、区別することが困難である。「星」と「夜空」は同時空間に存在するからである。

（c）　机の上のかごにバナナとリンゴとミカンが盛られている。

絵に描けば同時に存在が確認出来る、かごに盛られた三種の果物を、逆に言語では同時に描写することが出来ない。必ずどれかの順序で並べなければならないのが言語表現の線条性である。文という単位のまとまりは、文より小さいさまざまなレベルの言語単位が、入れ子式構造をとりながら、その間すべて線条性という表現的制約の下に展開されるのである。

文を直接構成する要素を「文の成分」と呼ぶが、日本語では、すべての「文の成分」が文末の述語成分に統括されることで、「文」という、より大きな単位を生み出すのである。コマ一つを、一つの文に比したが、では、コマにおいて「文」における「文の成分」に当たるものは何か。それは、絵であり、「吹き出し」の会話語であり、絵文字的なオノマトペであり、時には、ナレーションが存在することもあり、これらがコマを直接構成する「コマの成分」と言ってよい。そして、表現上、言語表現と本質的に異なるのが、これらの「コマの成分」が線条性という制約を持たないことだ。つまり、同時に知覚しうる関係で表現されるのである。言語表現が「成分」を直列的関係で連結するのに対して、マンガ表現は「成分」を並列的関係で連結するのであり、この本質的な表現上の差異が、言語表現では不可能な表現をも可能にし、画像による認知という、新しい認知の方法が新しい認知の能力を開発しているのだと言える。

㈣「とき」の表現

マンガに限らず、絵画は一般に空間芸術である。時間を表現することが出来ない。絵画は、表現において「時間」との戦いの歴史を持ってきたと言えるかもしれない。昔の絵巻など物語絵では、一枚の画像に同一人物を幾つもの姿で描くという、いわゆる「異時同図」という手法を用いることがあった。

物語絵のように、ドラマを描くストーリー漫画、劇画では、時間をいかに表現するかは、その物語内容からいって避けられない課題である。そこでマンガ表現でも、時間の取り入れ方がさまざまに工夫されてきたのである。

言語表現は線条性を本質とする。継時的にしか表現出来ない。音楽と同様、時間芸術である。マンガでは、登場人物の会話語抜きには語れないと言ってよいが、その会話という時間表現は、「吹き出し」という、コマの中のコマを設定することで、静止の画像の中に時間を持ち込むことができたのである。もっとも、日本では、「吹き出し」という枠線こそなかったが、このことは、既に絵巻や奈良絵本などにみられた手法であった。

文字絵のようなオノマトペの描《か》き込み、これも時間を獲得する工夫の一つとみることが出来る。「音」とはすぐれて時間性のうちに生ずる事象である。出来事を語る「語り」では、動きや変化こその生命である。動きや変化をリアルに描くのに、動きや変化に伴うありさまをリアルに描くことが望まれる。動きや変化を視覚化することが不可能なマンガでは、せめて動きや変化に伴う音（象徴）を示すことで、動きや変化の持つ時間性を獲得しようとしたのである。オノマトペも時間表現であった。

「形喩」と呼ばれるものの中にも、時間性を獲得するための工夫と言えるものがある。**図2**はその例で、時間のうちに変化する動作であることをイメージさせる工夫である。以上見たものすべて、異時同図的機能を持っていると言えるだろう。コマ連続自体が単に空間の分節化に終わらず、時間の分節化でもあることは言うまでもない。コマは切れることで、もう一つのコマが、時間を異にする別の空間であることを可能にする。

「語り」の芸術として避けられない時間という難題を、以上のような表現上の工夫によって克服しているわけだが、絵画であることの本質、その空間性は消し去ることが出来ない。そして絵画化するとは、事柄・物事を特定化して描く、一回的事実として描くということを意味する。この指示性において、一回的事実に対応出来ない概念や観念は、絵画化出来ないことになる。例えば、ナレーションと呼ばれて、言語表現によって画像中に持ち込まれる言葉もそれに該当する。また、言語表現でする「猫は動物だ。」という判断ないし認識自体は絵画化のしようがないのである。一匹の猫を描いても、それは特定化単一化された猫で、「猫は動物だ。」の「猫」を意味することは出来ないのである。

逆に、言語表現では必ずしも限定する必要がなかったり、表現する必要もない事柄を、絵画化するときには限定して描く必要があるといった場合がある。例えば、普通名詞の示す物について、必ず単複の区別をつけなければならないし、例えば、人物《キャラクター》は、その顔立ちや衣服の模様や色彩を決定して描かなければならない。そして、これらがおのずと受け手（読み手）の「よみ」のイメージ化を拘束する。つまり、受け手の内面での形象化（「よみ」）が受け身的になるのである。

図2（上）屋台の前でキョロキョロする少女の顔。（下）夢からさめて起きあがった少女の体の動きを示す線が描かれている。（山岡英樹「だるまの酒」『ヤングアニマル』1997年4月号、白泉社）

言語表現の「語り」においても、作中人物はそれぞれの個性的形象化によって描写されるのであるが、マンガ表現の人物に比べて、受け手（読み手）は、作中人物に同化しやすいのではないかと思われる。このことはしかし、キャラクターの映像的印象の強烈さといった問題だけでなく、表現における、描写の視点のとり方にも関わっているのではないかと思われる。マンガ表現の場合には、読み手の眼線が登場人物と向き合う関係にあることも同化しにくくさせていると思われる。言語表現の「語り」においては、語り手自体がその視点を作中人物の視点に同化して語る、つまり作中人物が視点人物となる。そのことで、読み手も人物の視点に同化して当事者的立場から物語の世界を追体験しやすい。それに比べて、マンガ表現では、傍観者的立場から（あたかも客席から）舞台を、登場人物を眺めるという眼線を維持することになる。(7)

㈤コマ割りと文脈構成

一つのコマは、言語表現における「文」という単位に相当する。とすると、文の連続が文脈を形成するように、コマの連続が画像による語りの文脈を形成する。文と文とは、いったん切れながら、なんらかの意味的つながりを持たなければ、文脈という意味のまとまりを形成することはない。その「意味的つながり」がどのような手段によってもたらされるか、またそのことによって前文と後文とがどのような意味的関係を形成するのかという研究が文章論の分野では進められてきた。連文論とか連接論とか呼ばれる研究である。同じことが、一つ一つ切れているコマとコマの間に存在していなければ、一貫した文脈《すじ》は形成されないということになる。

最近のコマ連続には、いろいろな工夫が施されるようになった。「コマ割り」と称して、マンガ表現の独特な表現の一部となっている。

言語表現の場合、文と文の関係を明示化する方法の一つとして、接続語や指示語が用いられる。それに相当する専用の記号が存在しないマンガ表現では、その点、連続するコマとコマの関係を示す上で、言語表現には及ばない、むしろ表現上大きな制約を受ける。しかし一方で、手塚治虫のストーリー漫画に映画的手法が取り入れられたという指摘があるように、人物のズーム・アップ法などは、マンガ表現特有の表現法の一つである。マンガ表現におけるコマ連続の一貫性を保持する表現的手段として、連続するコマ間に同定出来る人物が繰り返されるということがある。が、また、同一の視点から描き続けると単調にもなる。そこで、人物の心理状態やその場面におかれた状況に応じて、人物との距離の遠近を自在に駆使する。そしてまた、対話する人物たちを、視点を左右に振りながら描くといった手法など、その連続のさせ方には、文の連続では見られない表現法が開発されているのである。

こうしたコマの連続に見る、視点の移動のあり方を確かめてみるとき、明らかに言語表現の「語り」の語り手とは異質な「語り手」をマンガ表現には考えなければならないようだ。連続するコマの意味的一貫性は、「切れ結ぶ」展開として実現するが、そこに画像には画像の論理が働く。例えばモンタージュの手法の応用など、触れたいことは尽きない。

三　現代マンガと国語教育

言語の教育として、専ら言語能力の育成に携わってきた国語教育も、現代文化の中でのマンガ表現の定着を他人《ひと》事《ごと》として無視出来なくなってきた。(8)

マンガは読書（指導）の対象になりうるのか、また、マンガは見るもので読むものではないのでは、とかいった議論は、もう一昔前のことになった感がある。以上見てきたように、マンガ表現が、言語表現とは異なる独自の認知の方法を切り開いているからである。しかし例えば、吉田兼好の『徒然草』をマンガ化した作品がある。(9)これを

図3　鼎を抜き取ろうとする周りの僧侶たち（バロン吉元『マンガ日本の古典17　徒然草』第53段・中央公論新社・1996年）

読んでも『徒然草』を読んだことにはならないことは分かっていても、では現代語訳を読んでも『徒然草』を読んだことにならないと言うときと、どれだけの差異があるのかを、表現論的に明らかにしておかねば、やみくもに「マンガは駄目」とも、「マンガでもいいじゃないか」とも言えないのである。「何が（何を）」の面を知ればこと足りると言うなら、マンガでも『徒然草』を体験したと認められるかもしれない。問題は、言語という記号体系と絵画という記号体系とでは認知能力の育成という点でどんな違いがあるのか、それぞれの長所短所は何か、といったことを明らかにしておかなければならなくなってきているということである。

紙数が尽きたが、一つだけ触れられなくて残念なのが「イメージ」（あるいは「想像力」）の問題である。イメージする能力は、言語と深くかかわりがあるが、すべて言語と関わるというものではない。イメージと言語の関係、そしてマンガ（絵画）とイメージの関係、このイメージをめぐって言語表現とマンガ表現とを比較しながらその本質を考えてみるべきであったが、別の機会を待ちたい。

注

（1）竹内オサム・村上知彦編『マンガ批評大系』全三巻（平凡社・一九八九・七）がある。

（2）竹内長武（オサム）「手塚治虫マンガにおける映画的手法の研究」（『帝国学園紀要』五）、木股知史『イメージの図象学――反転する視線』（白地社・一九九二）、夏目房之介・竹熊健太郎外『マンガの読み方』（宝島社、別冊宝島E

X、一九九五)、夏目房之介『マンガはなぜ面白いのか』(NHK人間大学テキスト、一九九六)。
(3) いずれも注(2)のうち、NHK人間大学テキストによる。
(4) 糸井通浩「文体としてみた『マンガのことば』」(『日本語学』一九八九・九、本書後編〔六〕1)。
(5) 少女マンガを例にする、注(2)のうち『マンガの読み方』など参照されたし。
(6) 小松光三『日本表現文法論』(新典社・一九九六)。
(7) もっとも、人間の背中(後ろ姿)を描いて、その人物が他の人物(または周りの状況)に向かい合っているよう描かれたコマでは、読み手はその人物の視点に同化できるとも言える。
(8) 昨年(一九九六年)夏、京都教育大学国語教育セミナー(代表位藤紀美子)の、「漫画」をテーマとする合宿研修に参加して、坪内稔典、植山俊宏、宗雪修三らと討議した。本稿は、その成果を反映している。
(9) 『マンガ日本の古典17　徒然草』(バロン吉元著、中央公論新社・一九九六)。第五三段の仁和寺の鼎をかぶった坊主のリアルな迫力など、画像が効果的なものと、第一〇九段の高名の木のぼりの話などでは、抽象化した深い人生訓を読み取るという点で、絵画化では不十分に終わってしまっているものとに分かれるようだ。

キーワード索引（用語・事項）

凡例

一、当索引は、本書利用の便宜を考慮して編んだものである。

一、当索引は、用語及び事項の索引である。

一、索引項目は、各章・節を単位に、そこで用いた用語や事項名を示している。

　例：歴史的現在（法）　前〔一〕1〜3〔三〕〔六〕1後〔一〕〔二〕〔四〕1

　＊項目の後の記号は、所属の「章・節」を示している。

　例：前〔一〕1…前編第一章第一節

　前参…前編参考

一、項目の中には、本文における表記・表現のままでないものがある。凝縮した表現や語順を替えたりした場合などがある。

　例：「意識領域の外に放置されていた事柄であること」

　→「意識領域外の事柄」

　「当意即妙に和歌の表現世界……」→「当意即妙の和歌」

　「「見立て」という発想を……」→「見立ての発想（歌）」

一、「述体句・喚体句」のような用語の併記の場合、逆の「喚体句・述体句」は立項していない。「「めり」「なり」（終止接）」や「表層と深層」などの場合も同様。

一、「敬語（法・表現）」の場合、本文には「敬語」「敬語法」「敬語表現」のいずれかがあることを意味している。

　また「動く視点（移動する視点）」のように、（　）を他の箇所での表現や意味の補足に用いた場合などもある。

あ行

か行

さ　行

初出一覧

前編　古典語の「語り」言説

〔一〕物語の表現機構

1　物語文学の表現――語法と文体のはざま
（原題「物語文学の表現」三谷栄一編『体系物語文学史第二巻』有精堂・一九八七年）

2　物語言語の法――表現主体としての「語り手」（高橋亨外編『物語の方法――語りの意味論』世界思想社・一九九二年）

3　「語り」言語の生成――歌物語の文章
（『龍谷大学論集』四四七号・一九九六年一二月）

〔二〕「なりけり」構文と「語り」の展開

1　貫之の文章――仮名文の構想と「なりけり」表現（『王朝――遠藤嘉基博士古稀記念論叢』中央図書出版・一九七四年）

2　『大和物語』の文章――「なりけり」表現と歌語り
（『愛媛国文研究』二九号・一九七九年）

3　源氏物語の「なりけり」語法の表現価値

（原題「『なりけり』語法の表現価値――「桐壺」「若菜下」を中心に――」『國文學』二二巻一号・一九七七年一月）

〔三〕源氏物語の文体――「いかに書かれているか」の論
（『源氏物語研究集成第三巻』風間書房・一九九八年）

〔四〕夕顔巻（源氏物語）を読む

1　夕顔の巻はいかに読まれているか
（『解釋と鑑賞』四五巻五号・一九八〇年五月）

2　夕顔の宿
（朴光華著『源氏物語――韓国語訳注（夕顔巻）』図書出版香紙・二〇一六年）

〔五〕とぞ本にはべめる――語りテクストの表現構造
（関根賢司編『宇治十帖の企て』おうふう・二〇〇五年）

〔六〕大鏡を読む

1　大鏡――その語りの方法
（高橋亨外編『物語の方法――語りの意味論』世界思想社・一九九二年）

2　公任「三船の才」譚（大鏡）再考――指示語の機能と語り
（『説話論集第三集』清文堂・一九九三年）

参考・絵巻詞書の文章――信貴山縁起（絵巻）・源氏物語絵巻・西行物語絵巻

（原題「「絵巻詞書の文章」序論」『國語國文』三〇巻一〇号・一九六一年一〇月）

後編　現代語の「語り」言説

〔一〕文章論的文体論　（『日本語学』四巻二号・一九八五年二月）

〔二〕歴史的現在（法）と視点　（『京都教育大学国文学会誌』一七号・一九八二年一一月）

〔三〕小説の冒頭表現

1　小説冒頭の「は」「が」（覚書）

（原題「小説冒頭の「は」と「が」（覚書）」『京都教育大学国文学会誌』二二号・一九八七年六月）

2　小説冒頭表現――「は／が」の語用論的考察

（原題「小説冒頭表現と視点――「は／が」の語用論的考察」林四郎編『文化言語学―その提言と建設―』三省堂・一九九二年）

3　冒頭表現と視点　（原題「小説の冒頭表現と視点」『表現研究』六四・一九九六年一二月）

〔四〕「語り」と視点

1　物語・小説の表現と視点　（『今井文男教授古稀記念論集　表現学論考第二』一九八六年）

2　視点と語り　（『表現学論考第三』一九九三年）

3　表現の視点・主体

（原題「日本語表現の機構――表現の視点・主体」『日本語表現学を学ぶ人のために』世界思想社・二〇〇九年）

4　表現と視点――「私」はどこにいるか　（『表現研究』八〇号・二〇〇四年一〇月）

5　視点論の課題――語り手の視点と語法　（原題「視点論の課題」『表現研究』一〇〇号・二〇一四年一〇月）

〔五〕小説の構造分析

1　三島由紀夫『金閣寺』構造試論――文章論における意図をめぐって

（『愛媛大学法文学部論集』九号・一九七六年一二月）

2　川端康成「百合」――その構造と思想
（原題「『百合』（川端康成掌の小説）――その構造と思想」『解釈』二六巻一号・一九八〇年一月）

〔六〕マンガの表現――絵と詞

1　文体としてみた「マンガのことば」
（『日本語学』八巻九号・一九八九年九月）

2　現代マンガの表現論
（『日本語学』一六巻六号・一九九七年六月）

あとがき

本書と並行して進んでいる、姉妹編とも言うべき拙著の書名を『古代文学言語の研究』（和泉書院）とした。従来の慣習によれば、『日本古代文学の国語学的研究』とでもするところであろうが、「国語学的」という限定に少し違和感があったことによる。これに対し本書は、「言語」を「言説」と替えて、『「語り」言説の研究』とした。「語り」とは、古典の「物語」や近代の「小説」などを一括してとらえるための用語で、創作主体（作者）と異なる表現主体（語り手）が存在することで共通している。

本書で「言説」を用いたのは、ジュネットによって体系化がなったと言われる物語学（ナラトロジー）が、物語という言語は物語内容（イストワール）と物語言説（レシ、あるいはディスコース）とからなると、「内容」と「言説」という区別をする、その翻訳用語「言説」を活用したものである。こうした区別はソシュールの言語という記号の構造的仕組みを、意味するもの（シニフィアン・記号形式）と意味されるもの（シニフェ・記号内容）の結合体、ないしは結合することという理論を展開させたものと言えよう。

わかりやすくは、物語内容とは、物語に「何が」書かれているか、あるいは、「何を」書いているかの答えをなすもので、物語言説とは、物語が「如何に」書かれているか、あるいは「どのように」読めるかという問いに答えるものと言っていいだろう。ストーリーは前者に属し、プロットは後者に属する。また、従来文章表現等に関して、「構成」と「構造」を区別することが説かれてきたが、「構成」は「如何に、How」の面の総体であり、「構造」は「内容」（何が・を、What）の骨格をなすものである。つまり物語内容は「あらすじ」に纏めたり「要約」することが出来る。それを更に煮詰めれば「主題」に行き着く。言い換えれば「意味構造」ということになろう。これに対して言説―物語言説は「要約」ができない。どういう形式・形を選択しているか、つまり選ばれた形式・形自体が選ばれなかった形式・形とは違う価値を持っているからである。

本書に収めた論考はおおむね、結果的に物語（語り）言説を追究してきたものであったと後になって気づいたというべきものかも知れない。実際「語り」作品を読み解きながら、ここはなぜ「き」なのか「けり」なのかを考え、そこから「ル形」と「タ形」の問題へと展開したり、「なり」と「なりけり」は何が違うのか、或いは挿入句において、ここはなぜ「む」「らむ」であって、「けむ」でないのはなぜか、などと思考を進めて行った。そうして問題の本質に「作者」と「語り手」の問題や「語り手」と登場人物の関係などが関わっていることなど、それらを統括する原理は叙述の「視点」にある、「視点論」こそ「語り」言説を総括するものだと悟るようになってきた。悪戦苦闘しながら、物語論―学が明らかにしていることを自ずと手作りで確認してきたようなものであった。私には先にナラトロジー（物語学）があったわけではない。「語り」言語を読む、表現を読むことに徹することから、使われた言葉・表現の価値を見極めようとしてきたことが、自ずと不十分ながら物語論―学にたどり着いていたと言って好いだろう。こうした私のスタンスを造ったのは、時枝誠記の言語理論、就中「文学は言語である」という言語観であった。本書で「言説」という語を使うのもその体のものである。

「語り」言説の研究とは言え、「物語」にしても「小説」にしても「語りのテクスト」は書かれたテクストである。その語りの表現機構の研究に悪戦苦闘してきたわけであるが、ふと気づいてみると、口頭言語の語りに「語りのテクスト」のモデルが存在しているではないか。舞台芸術、いわゆるお芝居は、舞台――登場人物達による出来事の世界が展開する場所――と、客席――出来事の世界を間近で目撃している客たち――という関係にある。「語り」の語り手は、舞台、客席、どこにいると考えればいいか、と見ると色々ヒントが得られる。かつての無声映画では弁士（語り手）が活躍したが、動画の映像との関係で、弁士は何を語らなければならなくて存在していたのか。それは、マンガ（特に劇画）では文字が、つまり言葉が加えられるのは、言葉でしか表現できなかったものは何か、という課題にも通じる。画像、映像の最大の難点は「時間」の表現であることにもすぐ気づく。

また例えば、スポーツなどの実況放送の言葉を確認してみれば、様々なヒントが転がっていることが知れる。目の前で展開する試合の流れを追っての実況には、ル形とタ形のモデルがある。タ形は決してテンス「過去」とは限らないことも分かる。動く事柄の報告と立ち止まっての描写や解説・説明のことば等々、「地の文」の様々な側面のモデルが存在している。

なんと言っても「語りのテクスト」を考えるのに、何よりアナロジックな関係にあるのは、落語などの話芸であろう。噺家は「語り手」で、お話のお膳立てや場面や状況の説明をする「地の文」も、色々登場する人物の「会話」（及び心内語—ひとり言）も、すべて語り手の噺家が受け持っている。熊さんの会話も実際聞こえるのは噺家の声だが、聞く方は熊さんがしゃべっていると思って聞くではないか。

「語りのテクスト」に起こる語り手の視点の転移、例えば「語り」の現在から語りの世界の現場への転移、語りの世界の現場における語り手の視点から登場人物に視点を移すなど落語の語りを注意深く見ていれば納得がいくことである。その他「語りのテクスト」の様々な言語事象を考える上で、口頭言語の話芸などとのアナロジックな関係を活用できるような気がするのである。

本書も、姉妹編（『古代文学言語の研究』）同様に、和泉書院の編集長廣橋研三氏はじめ編集スタッフの方々の、きめの細かいチェックを始め何かとアドバイス頂きながら刊行にこぎ着けられた。ここに改めて感謝申し上げたい。

平成二十九（二〇一七）年十一月一日

糸井通浩

■著者紹介

糸井通浩（いとい　みちひろ）

一九三八年生、京都府出身。京都大学文学部卒。日本語学・古典文学専攻。国公立の高校教員（国語）を経て、京都教育大学・龍谷大学名誉教授。主な共編著：『後拾遺和歌集総索引』、『小倉百人一首の言語空間―和歌表現史論の構想―』、『物語の方法―語りの意味論―』、『王朝物語のしぐさとことば』、『日本語表現学を学ぶ人のために』、『国語教育を学ぶ人のために』、『京都学の企て』、『京都学を楽しむ』、『京都地名語源辞典』、『地名が語る京都の歴史』など、及び専著：『日本語論の構築』ほか。

研究叢書492

「語り」言説の研究

二〇一八年一月二五日初版第一刷発行

（検印省略）

著者　糸井通浩
発行者　廣橋研三
印刷所　亜細亜印刷
製本所　渋谷文泉閣
発行所　有限会社 和泉書院
大阪市天王寺区上之宮町七-六
〒五四三-〇〇三七
電話　〇六-六七七一-一四六七
振替　〇〇九七〇-八-一五〇四三

ISBN978-4-7576-0860-3　C3381

研究叢書

（価格は税別）